# 서하객유기 1

徐霞客遊記

*The Travel Diaries of Xu Xia Ke*

**지은이 서하객**(徐霞客, 1587~1641)은 본명이 서홍조(徐弘祖)이며, 명나라 말의 걸출한 문인이자 지리학자, 여행가, 탐험가로서 세계의 문화명인으로 손꼽히고 있다. 그는 중국의 곳곳을 여행하면서 유람일기인 『서하객유기』를 남겼는데, 이 책은 유기문학의 최고의 성과이자, 명말의 사회상을 반영한 백과전서로 평가받고 있다.

**옮긴이 김은희**(金垠希, Kim, Eun Hee)는 이화여자대학교 중어중문과를 졸업하고 서울대학교에서 문학박사 학위를 취득했으며, 현재 전북대학교 인문대학 중어중문과 교수로 재직하고 있다. 주요 논문으로는 「1920년대와 1980년대의 여성소설 비교 연구」, 「1920년대 중국 여성소설의 섹슈얼리티」 등이 있으며, 저역서로는 『신여성을 말하다』, 『역사의 혼 사마천』 등이 있다.

**옮긴이 이주노**(李珠魯, Lee, Joo No)는 서울대학교 중어중문과를 졸업하고 같은 대학에서 문학박사 학위를 취득했으며, 현재 전남대학교 인문대학 중어중문과 교수로 재직하고 있다. 주요 논문으로는 「魯迅의 「狂人日記」의 문학적 시공간 연구」, 「王蒙 소설의 문학적 공간 연구」 등이 있으며, 저역서로는 『중국현대문학과의 만남-중국현대문학의 인물들과 갈래』(공저), 『중화유신의 빛 양계초』 등이 있다.

# 서하객유기 徐霞客遊記 1

**1판 1쇄 인쇄** 2011년 10월 20일  **1판 1쇄 발행** 2011년 11월 1일

**지은이** 서하객  **옮긴이** 김은희 · 이주노  **펴낸이** 박성모  **펴낸곳** 소명출판
**등록** 제13-522호  **주소** 137-878 서울시 서초구 서초동 1621-18 (란빌딩 1층)
**대표전화** (02) 585-7840  **팩시밀리** (02) 585-7848
**이메일** somyong@korea.com  **홈페이지** www.somyong.co.kr

ISBN 978-89-5626-623-7 94820    값 27,000원    ⓒ 2011, 한국연구재단
ISBN 978-89-5626-622-0(전7권)

이 번역도서는 2005년도 정부재원(교육인적자원부 학술연구조성사업비)으로 한국연구재단의 지원에 의하여 연구되었음.

霞容先生遺像
咸豊壬子夏日吳儁摹

▲ 청말 강음(江陰) 출신의 궁정화가인 오준(吳儁)이 그린 서하객의 상

賀

李珠魯

金垠希 教授

《徐霞客遊記》韓譯本出版

奇人奇書出國門

游記金譯芳一年

呂錫生敬題

二〇一〇年七月

▲ 여석생(呂錫生, 1933~ )은 화동사범대학 역사학과를 졸업하고 강남(江南)대학 역사학과 교수를 역임.
현재 무석시 서하객연구회 명예회장

▲ 서하객의 옛집

▲ 서하객 서거 360주년을 맞아 2001년 5월 완공한 앙성원(仰聖園)의 내부

▲ 청산당(晴山堂) 뒤쪽에 위치한 서하객의 묘

▲ 황산(黃山) _사진 : 박하선

▲ 소림사(少林寺)의 비림(碑林) _사진 : 박하선

▲ 용문석굴(龍門石窟) _사진 : 박하선

▲ 화산(華山)

▲ 항산(恒山)의 현공사(懸空寺)

▲ 항주(杭州) 영은사(靈隱寺) 길목의 석불상 _사진 : 박하선

▲ 항주의 서호(西湖) _사진 : 박하선

서하객 지음 | 김은희 · 이주노 옮김

서하객유기 1

徐霞客遊記

소명출판

1. 역문의 단락은 기본적으로 날짜를 기준으로 나누었으며, 하루의 기록이 긴 경우에는 여정을 기준으로 나누었다.
2. 주석에 기술된 판본은 각각 다음과 같이 간략히 일컬었다. 계회명초본(季會明抄本)은 계본(季本), 서건극초본(徐建極抄本)은 서본(徐本), 양명시초본(楊明時抄本)은 양본(楊本), 양명녕초본(楊明寧抄本)은 영본(寧本), 진홍초본(陳泓抄本)은 진본(陳本), 사고전서본(四庫全書本)은 사고본(四庫本), 서진(徐鎭)의 건륭본(乾隆本)은 건륭본(乾隆本), 섭정갑본(葉廷甲本)은 섭본(葉本), 주혜영교주본(朱惠榮校注本)은 주혜영본(朱惠榮本) 등으로 약칭했다.
3. 역문과 원문의 괄호는 다음과 같은 의미를 지닌다.
   (본문 크기의 글자) : 저본 및 참고문헌의 정리자가 개별적으로 보완한 부분
   (작은 크기의 글자) : 계본이나 건륭본 등의 원문에 주석의 형태로 원래 있던 글자
   [본문 크기의 글자] : 건륭본에는 있으나 계본에 빠져 있는 글자를 보충한 부분
   [작은 크기의 글자] : 계본과 건륭본의 내용이 서로 합치되지만 건륭본의 기술이 계본보다 상세한 부분
4. 매 편마다 해제를 두어 유람의 대강을 설명하고, 이어 날짜에 따라 역문과 역주를 두었으며, 각 편 뒷부분에 원문과 주석을 실었다. 아울러 각 편에 해당하는 여행노선도를 유람일정 혹은 유람노선에 따라 매 편의 앞에 실었다.
5. 권말에 주요 인물과 지명의 색인을 두어 참고하도록 했다.
6. 서하객의 여행노선도에 나타난 지도 기호의 의미는 다음과 같다.

| ◎ | 성성(省城)의 소재지 | ∞ | 호 수 |
|---|---|---|---|
| ◉ | 부(府)·직예주(直隷州)·위(衛)의 치소 | ⌇⌇⌇ | 성 벽 |
| ◉ | 주(州)·현(縣)·소(所)·사(司)의 치소 | 天台山 | 산 맥 |
| ○ | 진(鎭)과 마을 | ▲ | 산봉우리 및 동굴 |
| × | 요새 및 요충지 | ← | 여행 노선 |
| ⊨ | 교 량 | ◀----- | 추측 노선 |
| 〰 | 하 천 | ←→ | 왕복 노선 |

7. 유람노선도 일람표

『서하객유기(徐霞客遊記)』는 서하객(徐霞客)이 중국 각지를 여행하면서 기록한, 60여 만 자에 이르는 유람일기이다. 중국 역사를 살펴보면, 서하객의 여행 이전에도 대탐험과 여행은 있어 왔다. 이를테면 한(漢)나라 때에 장건(張騫)은 사절로서 서역을 여행하였고, 동진(東晉) 시기의 법현(法顯)과 당(唐)나라 때의 현장(玄奘)은 불경을 구하기 위해 인도를 여행하였으며, 명(明)나라 때의 정화(鄭和)는 대선단을 이끌고 일곱 차례나 서양을 다녀왔다. 이들의 여행은 황제의 칙명에 의해서거나, 혹은 종교적 신앙심에서 비롯되었다고 할 수 있다. 이에 반해 서하객의 여행은 자비를 들여 자신의 주체적 의도 아래 이루어졌다는 점에서 이들의 여행과는 사뭇 다른 성격을 지니고 있다고 할 수 있다. 따라서 그의 유람일기의 성격 역시 법현의 『불국기(佛國記)』나 현장의 『대당서역기(大唐西域記)』와는 다르다고 할 수 있다.

# 1

서하객(1587~1641)은 강음(江陰) 오승(梧塍) 사람으로, 오승 서씨이다. 서하객의 족보를 살펴보면, 오승 서씨의 시조는 서고(徐鋼)로서, 북송(北宋) 때에 개봉부(開封府)의 최고 행정관리인 부윤(府尹)을 지냈다. 그는 금(金)나라의 침략으로 인해 남하하는 조정을 따라 항주(杭州)로 옮겨왔다. 이후 4대조인 서수성(徐守誠)이 처주(處州)의 종사(從事)를 거쳐 남송(南宋) 녕종(寧宗) 경원(慶元) 연간(1195~1200)에 오현(吳縣)의 현위(縣尉)로 임직함에 따라, 오현의 치소인 지금의 소주(蘇州)로 이주했다. 얼마 후 5대조인 천십일(千十一)은 원(元)나라와의 전란을 피해 소주에서 강음의 오승리(梧塍里)로 이주했다. 이후 오승 서씨는 줄곧 오승리에 터전을 잡고 생활하다가, 서하객의 증조부인 14대조인 서흡(徐洽)에 이르러 강음의 양기(暘岐)로 분가했으며, 조부인 15대조 서연방(徐衍芳)에 이르러 다시 남양기(南暘岐)로 분가했다. 서연방은 아들 여섯을 두었는데, 이 가운데 셋째 아들이 서하객의 부친인 서유면(徐有勉)이다.

서하객은 본명이 홍조(弘祖)이고, 자는 진지(振之)이며, 하객은 호이다. 본명인 홍조는 훗날 『서하객유기』를 찍어낼 때, 청나라 건륭(乾隆)의 이름인 홍력(弘曆)을 피휘하기 위해 굉조(宏祖)로 고쳤다. 하객은 그의 지우인 진계유(陳繼儒)가 붙여준 호이며, 이밖에도 황도주(黃道周)는 하일(霞逸)이라 일컫기도 했다. 그는 만력 14년 11월 27일, 즉 서기 1587년 1월 5일에, 서유면과 왕(王)부인 사이에 지금의 강소성 강음현 남양기에서 둘째 아들로 태어났다.

어린 시절의 서하객에 대해, 진함휘(陳函輝)는 『서하객묘지(徐霞客墓誌)』에서 다음과 같이 술회하고 있다. "어린 시절 글방에서 공부했는데, 입을 열면 술술 암송하고 붓을 들면 줄줄 글이 되었다." "기이한 책을 특히 좋아하여 고금의 역사저작과 지리지, 산해도경(山海圖經) 및 날아올라 신선이 되었다는 사적 등을 많이 읽었으며, 매번 살그머니 경서 아래에 감추고서 남몰래 즐기면서 몹시 즐거워하였다. 다만 부모님의 뜻을 어길까 염려하여 글공부에 힘쓰고 유가경전을 읽고 팔고문을 열심히 지었으나, 평소 그가 좋아하는 바는 아니었다." 그는 늘 "대장부가 마땅히 아침에는 푸른 바다를 보고 저녁에는 창오(蒼梧)를 보아야 할 터이니, 어찌 한 구석에 스스로 갇혀 지내리오"라고 되뇌곤 했다. 어린 시절의 서하객의 의취가 남달랐음을 엿볼 수 있다.

서하객의 삶에 풍파가 밀어닥친 것은 1603년, 그의 나이 17세 때이었다. 그 해 부친 서유면과 아우 서홍제(徐弘禔)가 야방교(冶坊橋)의 별장에 머물러 있다가, 집안의 노비들이 일으킨 반란의 와중에 부친이 심한 부상을 입었던 것이다. 부친은 끝내 이듬해인 1604년에 화병이 겹쳐 세상을 떠나고 말았다. 1607년 서하객은 강음의 명망있는 가문의 허(許)씨를 맞아 결혼했으나, 부친을 여읜 슬픔과 정치적 혼란으로 인해 더욱 세상사에 염증을 느낀 채 명산대천의 기이한 곳을 다니고 싶어했다. 그러나 홀로 된 모친을 남겨두고 차마 떠나지 못하자, 그의 모친은 "천하에 뜻을 두는 것이 사나이의 일이다. 『논어』에서 '길을 떠남에 반드시 가는 곳을 알려야 한다'고 하였다만, 멀고 가까움을 고려하고 날짜를 헤아려, 갔다가 약속한 날짜에 돌아오면 되나니, 어찌 너를 울타리 속의 꿩, 끌채 아래의 망아지처럼 꼼짝 못하게 하겠느냐?"고 말하면서 자식의 행장을 꾸려주었다.

드디어 모친의 격려에 힘입어 서하객은 명산대천을 찾아 유람을 시작했다. 1607년 태호(太湖) 유람을 시작으로, 그는 이후 30여 년간 유람을 멈추지 않았다. 1640년 최후의 유람지였던 운남에서 두 발을 모두 쓰지 못하는 중병을 앓아 고향으로 돌아오기까지, 그는 중국 전역을 두 발로 누볐다. 그가 여행하였던 지점을 살펴보면, 동쪽으로는 바다를 건너 낙가산(落迦山)에 이르고, 서쪽으로는 국경에 미치고, 남쪽으로는 광동의 나부산(羅浮山)을 돌아보고, 북쪽으로는 반산(盤山)에 다다랐다. 그는 평생

동안 지금의 북경, 남경 등지의 도시를 유람했으며, 태산(泰山), 황산(黃山), 여산(廬山), 숭산(嵩山), 오대산(五臺山) 등의 각지의 명산을 유람했다. 그가 유람한 성은 강소·산동·하북·산서·섬서·하남·호북·안휘·절강·복건·광동·강서·호남·광서·귀주·운남 등 16곳에 이르렀다.

그가 유람한 시기와 지역 및 관련 기록을 살펴보면 아래의 표와 같다.

| 연월 | 유람 지역 | 유람 일기에 적힌 기간 | 유람일기 |
|---|---|---|---|
| 1607년(만력 35년) | 太湖 | | 유람 기록 없음 |
| 1609년(만력 37년) | 泰山, 孔陵, 孟廟 | | 유람 기록 없음 |
| 1613년(만력 41년) | 紹興, 寧波, 落迦山, 天台山, 雁宕山 | 3월 30일~4월 15일 | 「遊天台山日記」「遊雁宕山日記」 |
| 1614년(만력 42년) | 南京 | | 유람 기록 없음 |
| 1616년(만력 44년) | 白岳山, 黃山, 武彝山 | 정월 26일~2월 11일, 2월 21일~23일 | 「遊白岳山日記」「遊黃山日記」「遊武彝山日記」 |
| 1617년(만력 45년) | 宜興 善卷洞, 張公洞 등 | | 유람 기록 없음 |
| 1618년(만력 46년) | 廬山, 黃山 | 8월 18일~23일, 9월 3일~6일 | 「遊廬山日記」「遊黃山日記後」 |
| 1620년(태창 원년) | 九鯉湖 | 5월 23일, 6월 7일~11일 | 「遊九鯉湖日記」 |
| 1623년(천계 3년) | 嵩山, 太華山, 太和山 | 2월 19일~25일, 2월 그믐~3월 15일 | 「遊嵩山日記」「遊太華山日記」「遊太和山日記」 |
| 1624년(천계 4년) | 荊溪, 勾曲 | | 유람 기록 없음 |
| 1628년(숭정 원년) | 福建 남쪽 羅浮山 | 3월 11일~4월 5일 | 羅浮山 유람 기록 없음 「閩遊日記前」 |
| 1629년(숭정 2년) | 北京, 盤山, 崆峒山, 碣石山 | | 유람 기록 없음 |
| 1630년(숭정 3년) | 福建 | 7월 30일~8월 18일 | 「閩遊日記後」 |
| 1632년(숭정 5년) | 天台山, 雁宕山 | 3월 14일~20일, 4월 16일~18일, 4월 28일~5월 8일 | 「遊天台山日記後」「遊雁宕山日記後」 |
| 1633년(숭정 6년) | 五臺山, 恒山, 福建省 | 7월 28일~8월 11일 | 복건성 유람 기록 없음. 「遊五臺山日記」「遊恒山日記」 |
| 1636년(숭정 9년) | 浙江省, 江西省 | 9월 19일~12월 30일 | 「浙遊日記」「江右遊日記」 |
| 1637년(숭정 10년) | 湖南省, 廣西省 | 1월 1일~12월 30일 | 「楚遊日記」「粤西遊日記」 |
| 1638년(숭정 11년) | 廣西省, 貴州省, 雲南省 | 1월 1일~12월 30일 | 「黔遊日記」「滇遊日記」 |
| 1639년(숭정 12년) | 雲南省 | 1월 1일~9월 14일 | 「滇遊日記」 |
| 1640년(숭정 13년) | 雲南省에서 귀향 | | 유람 기록 없음 |

1636년 9월 서하객은 3년여에 걸친 머나먼 유람길에 올랐는데, 이때 강음 영복사(永福寺)의 정문(靜聞) 스님, 고행(顧行)과 왕이(王二) 두 하인이

동행했다. 그러나 왕이는 유람이 시작된 지 보름이 채 지나지 않아 도망치고, 정문 스님은 1637년 9월 광서를 유람하던 중에 세상을 떠났으며, 고행은 1639년 9월 도망쳤다. 식량의 부족, 도적의 강탈로 고초를 겪으면서도 유람을 계속하던 서하객은 유람 중에 얻은 족질(足疾)로 말미암아 유람을 중단했으며, 그의 유람일기 또한 1639년 9월 14일로 그치고 말았다. 그리하여 서하객은 여강부(麗江府)의 토사(土司)인 목증(木增)의 도움을 받아 이듬해 6월 고향으로 돌아왔다. 고향에서 병든 몸을 추스르던 그는, 자신이 가장 흠모해오던 황도주(黃道周)가 투옥되어 핍박을 받았다는 소식에 충격을 받아 식음을 전폐하다가 숭정(崇禎) 14년 1월 27일, 즉 서기 1641년 3월 8일에 세상을 떠났다.

2

　서하객은 30여 년간 중국의 각지를 유람하면서 일기를 기록했다. 짧게는 보름 남짓, 길게는 3년이 넘도록 유람하는 도중에, 서하객은 유람의 여정과 함께 직접 보고 겪은 바를 진솔하게 일기에 담았다. 서하객은 유람하는 도중에 며칠간의 일정을 한꺼번에 기록하는 경우도 간혹 있었지만, 대체로 날마다 일기를 기록했으며, 유람을 마치고 귀향한 후에 보완·정리했다. 현재 전해지고 있는 유람일기는 60여 만 자에 이르지만, 서하객이 세상을 뜬 후에 전해지고 베껴지는 과정에서 전란의 화마를 당하거나 분실되는 바람에 사라진 기록이 약 20여 만 자에 달하리라 본다.
　서하객이 남긴 유람일기는 여러 사람의 손을 거쳐 정리·초록되었기에 다양한 판본이 나타났다. 이처럼 판본이 다양하게 출현했던 것은 서

남부 지역의 유람에서 돌아온 서하객의 급작스러운 죽음과 깊이 관련되어 있다. 이로 말미암아 유기, 특히 1636년 이후의 서남부 유람의 기록은 서하객이 살아 있는 동안에 본인의 손으로 정리되지 못한 채, 후세 사람의 몫으로 남겨지게 되었다. 서하객이 세상을 떠난 후 가장 시급한 과제는 그가 남겨놓은 유람일기, 특히 서남부 유람일기를 정리하는 일이었을 것이다. 여기에서는 『서하객유기』의 여러 판본 가운데에서 중요한 의미를 지닌 판본을 중심으로 크게 초본(抄本)과 간본(刊本)으로 나누어 살펴본다.

## 1) 초본

### ① 계회명초본(季會明抄本)

『서하객유기』의 최초의 초본이다. 계회명은 강음(江陰) 사람으로, 자가 몽량(夢良)이며, 서하객 집안의 가정교사를 지냈다. 1640년 6월 운남에서 집으로 돌아온 후 서하객은 계회명에게 유람일기의 정리를 부탁했으나, 계회명은 불민하다 여겨 사양했다. 서하객의 거듭된 부탁으로 인해 계회명이 정리를 맡으려 하던 1641년 정월, 서하객은 세상을 떠나고 말았다. 이즈음 서하객의 벗인 왕충인(王忠紉)이 서하객의 유람일기를 가져가 정리하다가 복주(福州)로 부임할 때, 대조하여 차례를 매긴 유람일기의 일부를 서하객의 큰아들인 서기(徐屺)에게 돌려주었다. 서기는 이 정리본을 계회명에게 건네주면서 마저 정리해달라고 부탁했으며, 계회명은 왕충인이 미처 보완하지 못한 부분을 채워넣고, 지역에 따라 나누고 모아 초록했다. 이렇게 엮어진 초본에 계회명은 1642년 섣달 보름 「계몽량서(季夢良序)」를 지어 붙였다. 이것이 계회명초본이다.[1]

---

1    이 '계회명초본'이 초본인지 정리본인지에 대해서는 견해가 분분하다. 일부 연구자

이 계회명초본은 1645년 7월 서하객 집안의 하인들이 일으킨 변란으로 인해 사라져버릴 위기를 맞았다. 즉 계회명의 종친 계양지(季楊之)가 외숙인 서우경(徐虞卿, 서하객의 형인 서홍조徐弘祚의 둘째 아들 서량공徐亮工, 우경은 그의 자字)의 집으로 피난을 왔다가, 객사에 있던 계회명에게서 「운남 유람일기(滇遊日記)1」권을 가지고 갔는데, 이틀이 채 지나지 않아 서우경이 도적에게 죽임을 당하고 그의 집이 불타는 바람에 그 기록은 영영 사라지고 말았던 것이다. 이 변란으로 서우경 뿐만 아니라 서하객의 큰아들인 서기 역시 목숨을 잃었거니와, 계회명초본 또한 이리저리 흩어져버리는 액운을 겪었다. 이후 계회명은 가까스로 흩어진 초본을 되찾았으나, 「운남 유람일기1」은 끝내 되찾지 못했다.

계회명초본은 이후 여러 사람에 의해 초록되는 과정에서 산실되어 버렸지만, 다행히도 현재 북경도서관에 5책의 계회명초본이 소장되어 있다. 이 소장본에는 '友弟季夢良會明甫抄錄' 혹은 '季夢良會明父較錄'이라는 서명이 적혀 있는데, '보(甫)'와 '보(父)'의 의미로 보아 계회명 자신이 초록하지 않고 그의 집안사람들이 초록하였음을 알 수 있다. 아마도 이 소장본은 1645년의 변란을 겪은 후, 계회명의 집안사람들이 계회명의 초본을 저본으로 삼아 초록했으리라 본다. 이 소장본은 앞에 「계몽량서」가 붙어있으며, 각 책의 첫머리에 여정의 제강(提綱)이 적혀 있다. 이 소장본에는 초기의 명산 유람일기 및 귀주 유람일기와 운남 유람일기는 빠져 있으며, 1636년 9월 이후의 서남유 유람일기의 일부분만 기록되어 있다. 북경도서관의 소장본을 통해 계회명초본의 체제와 내용을 엿볼 수 있다.

들은 이것을 초본이 아니라 정리본으로 보고, 1645년 서하객 집안의 변란 이후 계회명이 초록한 것을 초본으로 간주한다. 반면 일부 연구자들은 이 초본을 시초본(始抄本)으로 보고, 변란 이후의 초본을 복초본(複初本)으로 간주하기도 한다.

| 구분 | 기간 | 여정 | 기타 |
|---|---|---|---|
| 第一冊 | 1636년 9월 19일~1637년 1월 10일 | 절강성과 강서성 | |
| 第二冊 | 1월 11일~윤4월 7일 | 호남성 | |
| 第三冊 | 윤4월 8일~7월 17일 | | 책 앞머리에 제강 |
| 第四冊 | 7월 18일~11월 30일 | 광서성 | |
| 第五冊 | 12월 1일~1638년 3월 27일 | | |

### ② 사하륭초본(史夏隆抄本)

서하객이 세상을 떠난 후, 의흥(宜興) 사람으로서 서하객을 흠모했던 조준보(曹駿甫)는 서하객을 조문하러 왔다가 서하객의 유람일기의 원고를 빌려가 초록하고서 1년이 지나 되돌려주었다. 이 조준보초본(曹駿甫抄本)은 4책으로 이루어져 있는데, 이 초본에는 「운남 유람일기1」은 실려 않지 않은 대신에, 「태화산 유람기(遊太華山記)」와 「안동 유람기(遊顔洞記)」, 「반강고(盤江考)」 등만이 실려 있다. 조준보는 서하객이 다닌 여정의 대략이 이미 「반강고」안에 드러나 있다고 여겨 「운남 유람일기1」을 잘라내버렸던 것이다. 1666년 사하륭(史夏隆)은 조준보초본을 구하였는데, 이 초본이 거칠고 번잡하여 보기에 대단히 힘들다고 여겨 이를 저본으로 초록을 진행했다. 이로써 볼 때, 사하륭초본은 4책으로 이루어져 있으며, 체제와 내용 역시 조준보초본과 거의 비슷하리라 본다. 조준보초본과 사하륭초본은 1684년 서하객의 첩의 아들인 이기(李寄)에게 전해졌는데, 현재 이 두 초본은 모두 전해지지 않는다.

### ③ 서건극초본(徐建極抄本)

서건극(徐建極, 1634~1692)은 서하객의 큰아들인 서기의 아들이며, 자는 오징(五徵)이고 호는 범중(范中)이다. 그의 외종 오촌조카인 무선(繆詵)이 지은 「름언범중공전(廩彦范中公傳)」에 따르면, 평소 서하객을 흠모하던 유(劉)공이 1662년 강남을 독학(督學)하던 중 서하객의 후손을 방문하여 유람기록을 찾자, 서건극이 책을 베껴 바쳤다고 한다. 이 서건극초본(徐建極抄本)은 모두 4冊 6本으로 이루어져 있으며, 『서하객유기』의 원본을 저본으로 삼아 초록이 이루어진 듯하다. 이 抄本의 체제와 내용은 다음과 같다.

| 구분 | | 기간 | 여정 | 기타 |
|---|---|---|---|---|
| 第六冊 | | 1638년 3월 27일~5월 8일 | 귀주성 | |
| 第八冊 | | 8월 7일~12월 22일 | 廣西府에서 鷄足山까지 | |
| 第九冊 | 上 | 12월 23일~1639년 2월 24일 | 鷄足山에서 騰越州 북쪽의 界頭까지 | 책 앞머리에 제강 |
| | 下 | 3월 1일~4월 29일 | | |
| 第十冊 | 上 | 5월 1일~7월 30일 | 界頭에서 鷄足山까지 | |
| | 下 | 8월 1일~9월 14일 | | |

서건극초본은 5책으로 이루어진 계회명초본을 이어받아 제6책으로 시작할 뿐만 아니라, 각 책의 앞머리에 여정을 소개하는 제강을 배치하고 있는 등, 전체적으로 계회명초본의 체제와 내용을 이어받고 있다. 이 초본에는 제7책이 빠져 있는데, 이는 아마 결락된 「운남 유람일기1」, 「태화산 유람기(遊太華山記)」, 「안동 유람기(遊顔洞記)」와 「반강고(盤江考)」 등이 훗날 발견될 때를 대비하여 비워놓은 듯하다. 이 초본은 등지성(鄧之誠), 담기양(譚其驤)을 거쳐, 현재 등극(鄧克)이 소장하고 있다.


### ④ 이기초본(李寄抄本)

이기(李寄)는 서하객의 첩인 주(周)씨의 소생으로, 자는 개립(介立)이다. 이기는 어머니가 본처에게 쫓겨나 임신한 몸으로 이(李)씨에게 개가한 후에 낳아 길렀기에, 성이 이씨로 바뀌었다. 1684년 이기는 의흥(宜興)의 사하륭(史夏隆)을 찾아가 조준보가 초록한 4책의 초본을 구했는데, 이 초본은 전문이 아닌데다 빠지고 지워진 것이 많았다. 이기는 다행히 이 초본에서 「태화산 유람기」, 「안동 유람기」와 「반강고」 등의 기록을 구하여 계회명초본을 보완하는 한편, 조준보초본 가운데의 틀리고 그릇된

부분을 바로잡았다. 현재 이기초본은 전해지지 않아 그 구체적인 체제와 내용은 달리 고증할 길이 없다. 그렇지만 1703년에 해우부(奚又溥)가 초록한 초본이 이기의 초본을 저본으로 삼았다는 점에서, 이기의 초본은 해우부초본의 체제 및 내용과 흡사하리라 추측할 수 있다.

### ⑤ 해우부초본(奚又溥抄本)

해우부(奚又溥)는 1702년 겨울 서하객의 증손인 서근하(徐覲霞)의 거처에서 이기의 초본을 구해 초록을 진행했다. 다섯 달 후인 1703년 4월 그는 초록을 마치고서 초본의 서문을 지었다. 해우부는 이기의 초본 가운데에서 사하릉의 서문을 삭제하는 대신, 자신의 서문을 집어넣었다. 진홍(陳泓)의 「제본이동고략(諸本異同攷略)」에 따르면, 해우부초본은 모두 10본으로 이루어져 있으며, 그 체제와 내용은 다음과 같다.

| 구분 | 명칭 | 기간 | 여정 | 기타 |
|------|------|------|------|------|
| 第一本 | 名山遊記 17편 | | | |
| 第二本 | 西南遊日記 1 | 1636년 9월 9일~1637년 1월 10일 | 절강성, 강서성 | |
| | 西南遊日記 2 | 1월 11일~윤4월 7일 | 호남성 | |
| 第三本 | 西南遊日記 3 | 윤4월 8일~6월 11일 | | |
| | 西南遊日記 4 | 6월 12일~7월 20일 | | |
| | 西南遊日記 5 | 7월 22일~8월 21일 | 광서성 | |
| | 西南遊日記 6 | 9월 22일~12월 24일 | | |
| | 西南遊日記 7 | 12월 25일 ~1638년 2월 17일 | | |
| 第四本 | 西南遊日記 8 | 2월 18일~3월 27일 | | |
| | 遊黔日記 1 | 3월 27일~4월 19일 | 귀주성 | 앞머리에 제강(豊寧下司上司에서 普安州까지) |
| | 遊黔日記 2 | 4월 22일~5월 9일 | | |
| 第五本 | 遊滇日記 2 | 8월 7일~29일 | | 第五本 앞머리에 제강(廣西府에서 鷄足山까지) |
| | 遊滇日記 3 | 9월 1일~29일 | | |
| 第六本 | 遊滇日記 4 | 10월 1일~29일 | 운남성 | |
| | 遊滇日記 5 | 11월 1일~12월 30일 | | |
| 第七本 | 遊滇日記 6 | 1639년 1월 1일~29일 | | 第七本 앞머리에 제강(鷄足山에서 界頭까지) |
| | 遊滇日記 7 | 2월 1일~24일 | | |
| 第八本 | 遊滇日記 8 | 3월 1일~29일 | | |

| | 遊滇日記 9 | 4월 10일~29일 | | |
|---|---|---|---|---|
| 第九本 | 遊滇日記 10 | 5월 1일~30일 | | 第九本 앞머리에 제강(騰 |
| | 遊滇日記 11 | 6월 1일~29일 | | 越 羅生山에서 鷄足山까 |
| | 遊滇日記 12 | 7월 1일~30일 | | 지) |
| 第十本 | 遊滇日記 13 | 8월 1일~29일 | | |
| | 遊滇日記 14 | 9월 1일~14일 | | |

제1본의 첫머리에는 「서하객전(徐霞客傳)」, 「촉중소각유기서(囑仲昭刻遊記書)」, 「해우부서(奚又溥序)」가, 제9본의 말미에는 「영창지(永昌志)」와 「근등제이설략(近騰諸彝說略)」이 부록으로 실려 있다. 그리고 제10본의 말미에는 「계산지목(鷄山志目)」, 「계산지략(鷄山志略)」, 「계산명찰비기(鷄山名刹碑記)」, 「여강기략(麗江紀略)」, 「법왕연기(法王緣起)」, 「안동 유람기(遊顔洞)」, 「태화산 유람기(遊太華山記)」, 「소강기원(溯江紀源)」, 「반강고(盤江考)」, 「수필이칙(隨筆二則)」 등이 부기되어 있다.

### ⑥ 양명시초본(楊名時抄本)

양명시(楊名時, 1661~1737)는 강음 사람으로, 자는 빈실(賓實) 혹은 응재(凝齋)이며, 병부상서와 운귀총독(雲貴總督), 이부상서 등을 역임했다. 그는 부모의 상을 당하여 고향에서 복상할 즈음인 1709년과 1710년, 두 차례에 걸쳐 서하객유기를 초록했다. 1709년 여름 그는 외숙인 유남개(劉南開)가 초록한 『서하객유기』를 얻어 두 달 동안 베껴 썼다. 그러나 그해 중양절에 벗이 소장하고 있는 초본을 얻어 대조한 결과, 유남개의 초본이 저본으로 삼은 사하륭의 초본에 잘못되고 틀린 글자가 너무 많아 다시 새로 초록하지 않으면 안 되었다. 1710년에 초록을 끝마친 두 번째의 초본은 이기의 초본을 저본으로 삼았으리라 추측된다. 양명시의 두 번째 초본은 현재 북경도서관과 화동사범대학(華東師大學) 도서관에 소장되어 있다. 북경도서관에 소장되어 있는 양명시초본은 10책 12권 25편으로 이루어져 있으며, 그 체제와 내용은 다음과 같다.

| 구분 | | 명칭 | 여정 | 비고 |
|---|---|---|---|---|
| 第一冊 | 卷一 | | 천태산 등 명산 | |
| 第二冊 | 卷二 | 西南遊 1・2 | 절강과 강서, 호남성 | |
| 第三冊 | 卷三 | 西南遊 3・4・5 | 광서성 | |
| 第四冊 | 卷四 | 西南遊 6・7・8 | | |
| 第五冊 | 卷五 | 西南遊 9・10 | 귀주성, 운남성 | 西南遊 10은 결락됨 |
| 第六冊 | 卷六 | 西南遊 11・12 | 운남성 | |
| 第七冊 | 卷七 | 西南遊 13・14 | | |
| 第八冊 | 卷八 | 西南遊 15・16 | | |
| 第九冊 | 卷九 | 西南遊 17・18 | | |
| | 卷十 | 西南遊 19・20・21 | | |
| 第十冊 | 卷十一 | 西南遊 22・23 | | |
| | 卷十二 | 西南遊 24・25 | | |

양명시의 두 번째 초본의 제1책의 책머리에는 양명시의 전서(前序)와 후서(後序)가 실려 있으며, '운남 유람일기1'에 해당하는 제5책의 '서남유 10'의 자리에는 '계회명 소기(季會明小記)'가 덧붙여져 있다.


### ⑦ 진홍초본(陳泓抄本)

진홍(陳泓)은 강음(江陰) 사람으로서, 건륭 연간에 『서하객유기』와 관련 된 각종 초본을 수집하여 「제본이동고략(諸本異同攷略)」을 저술했다. 그는 수집한 각종 초본을 바탕으로 기존의 초본을 정리하고 바로잡은 뒤, 융 교(融郊)의 정정을 거쳐 초본을 완성했다. 현재 진홍의 초본은 상해도서 관(上海圖書館)에 소장되어 있는데, 권1부터 권10까지, 그리고 권수(卷首)와 권말(卷末)을 더해 모두 12권 25편의 체제를 취하고 있다. 권수에는 명산 유기 17편이 실려 있고, 권1부터 권10까지에는 서남유일기 25편(운남유람 일기1에 해당하는 서남유일기 10은 결락됨)이 배치되어 있다. 권말에는 「제본 이동고략」, 서발(序跋), 서하객의 시, 서한, 묘지명(墓志銘) 등이 실려 있다.

### ⑧ 사고전서본(四庫全書本)

건륭 47년(1782년) 7월에 완성된 사고전서에는 양강총독(兩江總督)의 채진본 『서하객유기』가 실려 있다. 「서하객유기 총목제요(徐霞客遊記總目提要)」에 따르면, 이 사고전서본은 양명시의 두 번째 초본을 저본으로 삼고 있으며, 12권 25편의 체제를 취하고 있다. 즉 제1권은 천태산과 안탕산으로부터 오대산, 항산에 이르기까지를 싣고 있으며, 제2권 이하는 서남유기(西南遊記) 25편을 싣고 있다. 이들 25편은 절강·강서 1편, 호남 1편, 광서 6편, 귀주 1편, 운남 16편으로 이루어져 있으며, 이 가운데 '운남유람일기1'에 속하는 1편이 결락되어 있다.

## 2) 간본

### ① 건륭본(乾隆本)

이 간본은 건륭 41년(1776년)에 서하객의 족손인 서진(徐鎭)이 양명시와 진홍의 초본을 저본으로 삼아 이들을 대조·교정하여 간행한 목각본(木刻本)이다. 이것은 『서하객유기』의 최초의 간본으로서, 현재 북경도서관, 중국과학원도서관 및 화동사범대학도서관 등에 소장되어 있다. 이 간본은 10책으로 이루어져 있고, 각 책마다 상하 2권으로 나누어져 있다. 건륭본의 체제와 내용은 다음과 같다.

| 구분 | | 명칭 | 여정 | 비고 |
|---|---|---|---|---|
| 第一冊 | 上 | 名山遊記 17편 | 각지의 명산 | |
| | 下 | | | |
| 第二冊 | 上 | 浙遊日記, 江右遊日記 | 절강성, 강서성 | |
| | 下 | 楚遊日記 | 호남성 | |
| 第三冊 | 上 | 粤西遊日記 1 | 광서성 | |
| | 下 | 粤西遊日記 2 | | |
| 第四冊 | 上 | 粤西遊日記 3·4 | | |

| | | | | |
|---|---|---|---|---|
| | 下 | 黔遊日記 1·2 | 귀주성 | |
| 第五冊 | 上 | 小記 3則, 隨筆 2則, 滇遊日記 2 | | 滇遊日記 1은 결락 |
| | 下 | 滇遊日記 3, 盤江考 | | |
| 第六冊 | 上 | 滇遊日記 4 | 운남성 | |
| | 下 | 滇遊日記 5 | | |
| 第七冊 | 上 | 滇遊日記 6 | | |
| | 下 | 滇遊日記 7 | | |
| 第八冊 | 上 | 滇遊日記 8 | | |
| | 下 | 滇遊日記 9 | | |
| 第九冊 | 上 | 滇遊日記 10 | | |
| | 下 | 滇遊日記 11 | | |
| 第十冊 | 上 | 滇遊日記 12 | | |
| | 下 | 滇遊日記 13 | | |

건륭본의 제1책의 책머리에는 서진의 서문과 양명시의 두 편의 서문, 그리고 진홍의 「서후(書後)」가 실려 있다. 또한 제9책의 하권에는 「영창지략(永昌志略)」과 「근등제이설략(近騰諸彜說略)」이, 그리고 제10책의 하권에는 「계산지목(鷄山志目)」, 「계산지략(鷄山志略)」, 「법왕연기(法王緣起)」, 「여강기략(麗江紀略)」, 「강원고(江源考)」 및 외편(外編)(「서독(書牘)」·「묘지(墓志)」·「개립소전(介立小傳)」·「제본이동고략(諸本異同攷略)」·「변위(辨僞)」) 등이 부기되어 있다. 건륭본의 10책 상하 20권의 체제는, 서하객과 관련된 글이나 서하객의 유람과 관련된 보충자료가 덧붙여지는 약간의 차이가 있을 뿐, 이후의 간본에서도 기본적으로 이어지고 있다.

### ② 섭정갑본(葉廷甲本)

섭정갑(葉廷甲, 1754~1832)은 강음 출신의 저명한 장서가로서, 자는 보당(保堂)이고, 호는 운초(雲樵)이다. 그는 가경(嘉慶) 11년(1806년) 겨울에 건륭본을 구해 읽어보고서, 썩고 좀 먹은 부분이 많음을 발견했다. 그는 건륭본을 양명시의 초본 및 진홍의 초본과 대조하여 잘못된 부분을 바로잡아 1808년에 간본을 간행했다. 현재 상해도서관에 소장되어 있는 섭정갑본은 제1책의 첫머리에 섭정갑 본인의 서문을 덧붙이고, 제10책의 말미에 서하객 유시(遺詩), 제증(題贈), 「추포신기도부(秋圃晨機圖賦)」, 「추포신기도기(秋圃晨機圖記)」, 「서씨삼가전(徐氏三可傳)」 및 「광지명(壙志銘)」 등을 덧붙였을 뿐, 체제와 내용은 건륭본과 똑같다.

### ③ 수영산방본(瘦影山房本)

이 간본은 광서(光緒) 7년(1881년)에 상해의 수영산방(瘦影山房)에서 간행한 활자본이며, 체제와 내용은 기본적으로 건륭본을 따르고 있다. 제1책의 첫머리에는 제사(題辭), 목록, 섭정갑의 서문, 서진의 서문, 양명시의 두 편의 서문, 진홍의 「서후」, 사고전서의 제요, 예언(例言)이 실려 있다. 제10책의 말미에는 「제소향산매화당(題小香山梅花堂)」 5수, 「유도화간(遊桃花澗)」, 「부득고운독왕환(賦得孤雲獨往還)」 5수, 「곡정문선려(哭靜聞禪侶)」 6수, 「계산십경(鷄山十景)」 17수 등의 서하객의 시를 보충한 한편, 황도주(黃道周)가 제증(題贈)한 「화서진지고운독왕환(和徐振之孤雲獨往還)」 5수와 「분구십륙운(分闓十六韻)」, 칠언절구 10수, 오언고풍(五言古風) 4수, 「만서하객(輓徐霞客)」 2수(이중 1수는 일실됨) 등을 덧붙이고 있다.

### ④ 정문강본(丁文江本)

정문강(丁文江, 1887~1936)은 강소성 태흥(泰興) 사람으로, 자는 재군(在君)이다. 그는 1901년에 일본으로 유학을 떠났다가 영국의 글래스고우대학(University of Glasgow)에서 지질학을 전공했다. 1911년에 귀국한 이후, 그는 중국 최초의 지질기구인 중국지질조사소를 창립하여 중국 초기의 지질조사와 과학연구를 이끌었다. 귀국하던 길에 운남을 거치면서 처음으로 『서하객유기』를 접한 그는, 섭정간본과 건륭본을 토대로 여러 판본을 대조 · 정리하여 1927년 상무인서관(商務印書館)에서 『서하객유기』를 간행했다. 이 간본은 신식 구두점을 이용하고, 「서하객연보」와 「유람노선도(旅遊路線圖)」36폭을 수록하여 독자의 읽기에 도움을 주었다. 10책 상하 20권의 이 간본은 책머리에 반뢰(潘耒)의 서문과 정문강 자신의 서문, 「서하객연보」및 목록을 덧붙였다. 또한 제20권에는 서독(書牘), 묘지(墓誌), 「제본이동고략」및 「변위(辨僞)」등을 포함한 외편(外編), 그리고 유시(遺詩), 제증(題贈), 「추포신기도부기」, 「서씨삼가전」및 「광지명」등을 포함한 보편(補編)을 두었다.

### ⑤ 저소당、오응수정리본(褚紹唐、吳應壽整理本)

저소당(褚紹唐, 1912~ )은 강소성 의흥(宜興) 사람으로, 화동사범대학 지리학과 교수이며, 오응수(吳應壽, 1927~ )는 귀주성 동인(銅仁) 사람으로, 상해 복단대학의 중국역사지리연구소 교수이다. 이들은 계회명초본과 건륭본을 저본으로 삼고, 서건극초본, 진홍초본, 양명시초본 및 기타 초본과 간본을 참고하여, 1980년에 상해고적출판사에서 『서하객유기』를 출판했다. 또한 이와 동시에 저소당과 유사원(劉思源)은 서하객이 유람한 여정을 정리한 서하객여행노선도(徐霞客旅行路線圖) 39폭을 제작하여 같은 출판사에서 출판했다. 이 정리본은 1987년에 새로 발견된 관련 자료를 보완하여 증보판으로 간행되었으며, 이어 1995년에는 원래 상하 두 권으로 이루어져 있던 것을 한 권으로 합쳐 출판되었다. 이 정리본은 현재 가장 뛰어난 판본으로 인정받고 있다.

이 정리본은 10권으로 이루어져 있고, 각 권마다 상하로 나누어져 있다. 책머리에는 전언(前言), 교점설명(校點說明), 계몽량의 서문, 서진의 서문이 실려 있다. 또한 권1에는 17편의 명산유기가 실려 있고, 권2 상(上)부터 권10 상(上)까지에는 절강 유람일기부터 운남 유람일기가 실려 있다. 권10 하(下)는 부편(附編)으로서, 각종 글을 시문·서독(書牘), 제증(題贈)·서독(書牘), 전지(傳誌), 석각(石刻), 구서(舊序)·교감(校勘) 등의 다섯 항목으로 나누어 싣고 있으며, 책의 말미에는 서하객선생 연보가 부록으로 실려 있다.

### ⑥ 주혜영교주본(朱惠榮校注本)

주혜영(朱惠榮, 1936~ )은 귀주 흥의(興義) 사람으로, 운남대학교 역사학과 교수를 지냈다. 그는 계회명초본과 건륭본을 저본으로 삼고 각종 초본 및 간본을 참조하여 교감과 주석을 진행하여, 1985년에 운남인민출판사에서『서하객유기교주(徐霞客遊記校注)』를 출판했다. 이 최초의 교주본은 기존의 번체자의 세로쓰기에서 벗어나 간체자의 가로쓰기를 채택하는 한편, 지명과 사항, 제도와 문물, 인물과 민족은 물론, 난해한 글자와 구문에 대해 주석을 가함으로써 독자의 읽기에 커다란 도움을 주었다. 이 교주본은 일반적인 간본의 배열을 따라 앞쪽에 명산유기 17편을 싣고, 뒤이어 절강·강서·호남·광서·귀주·운남의 순으로 유람일기를 싣고 있다. 그러나 '운남 유람일기1' 뒤에「유태화산기(遊太華山記)」와「전중화목기(滇中花木記)」,「유안동기(遊顏洞記)」및「수필이칙(隨筆二則)」을 덧붙이고, '운남 유람일기3' 뒤에「반강고(盤江考)」를, 그리고 '운남 유람일기10' 뒤에「영창지략(永昌志略)」과「근등제이설략(近螣諸彝說略)」을 덧붙였다. 또한 '운남 유람일기13' 뒤에「계산지목(鷄山志目)」,「계산지략(鷄山志略) 1·2」,「여강기략(麗江紀略)」,「법왕연기(法王緣起)」,「소강기원(溯江紀源)」등을 덧붙였다. 이 교주본에 이어, 주혜영은 1997년에 원문 및 주석, 역문을 함께 엮은『서하객유기전역(徐霞客遊記全譯)』을 귀주인민출판사에서 출판했다.

### ⑦ 여석생점교본(呂錫生點校本)

여석생(呂錫生, 1933~ )은 강소 강음(江陰)의 서하객진(徐霞客鎭) 사람으로, 화동사범대학 역사학과를 졸업하고 강남(江南)대학 역사학과의 교수를 지냈으며, 무석시(無錫市) 서하객연구회 명예회장 겸 학술위원회 주임을 맡고 있다. 그는 저소당·오응수정리본을 저본으로 삼아, 현대어법체계에 따라 단락을 나누고 구두점을 새로이 찍고 오탈자를 바로잡아, 2009년에 광릉서사(廣陵書社)에서 이 점교본을 출판했다. 이 점교본은 서하객의 글이 아닌 것을 모두 가려내어 제외하였다. 특히 원래 부록으로 처리했던 유문(遺文)이나 일시(佚詩)들을 글이 쓰여진 시간의 순서에 따라 배열하였는 바, 이를테면 1권에 「유도화간(遊桃花澗)」과 「치사산진계유서(致仕山陳繼儒書)」 등을 수록하고, 7권에 「유태화산기(遊太華山記)」와 「전중화목기(滇中花木記)」는 물론 「숙묘봉산(宿妙峰山)」과 「계산십경(鷄山十景) 17수」 등도 함께 수록하였다. 아울러 이 책은 권수를 합쳐 일반적인 간본의 10권을 8권으로 만들었는데, 명산유기 17편을 한 권으로 합치고, 「강서 유람일기」·「호남 유람일기」·「광서 유람일기」·「귀주 유람일기」를 각각 한 권으로 묶었다.


3


『서하객유기』는 서하객이 자신의 발로 전국의 명산대천을 누비면서, 직접 보고 겪은 바를 사실적으로 기술한 성과이다. 이 유람 기록은 일기의 형식으로 경물을 묘사하고 정감을 서술했다는 점에서 유기문학의 성격을 지니고 있는 한편, 각지의 산천과 지형에 대해 객관적으로 기술했다는 점에서 지리지의 전통을 계승했다고 할 수 있으며, 당시의 정치·경제·사회·문화 및 생활상을 담아내고 있다는 점에서 명말 사회의 백과전서라 할 수 있다. 바로 이러한 점에서 전겸익(錢謙益)은 이 저작을 '세상의 참된 글이요, 위대한 글이요, 기이한 글(世間眞文字, 大文字, 奇文字)'이라고 찬사를 아끼지 않았던 것이다. 『서하객유기』가 지니고 있는 가치와 의의를 몇 가지 학문분야를 중심으로 살펴보기로 하자.

먼저 지리학적 관점에서 살펴보면, 『서하객유기』는 현지답사에 의한 실증적인 조사를 통해 산계(山系)와 수계(水系)를 과학적으로 논증하고 있다. 즉 산계의 경우, 산악의 형태는 물론, 산지와 산맥을 정확히 파악했으며, 수계 또한 본류와 지류, 분수령을 조사하고, 강의 근원을 궁구했다. 서하객은 특히 황하(黃河) 수계, 장강(長江) 수계, 주강(珠江) 수계, 난창강(瀾滄江) 수계, 노강(怒江) 수계, 금사강(金沙江) 수계 등을 고찰했다. 이러한 과학적이고 실증적인 작업을 통해, 서하객은 장강(長江)의 근원이 금사강(金沙江)임을 밝혀냄으로써 그때까지 『서경(書經)·우공(禹貢)』에 근거하여 믿어온 민산(岷山) 기원설을 바로잡았으며, 노강(潞江)이 난창강(瀾滄江)의 지류가 아님을 실증함으로써 『대명일통지(大明一統志)』의 오류를 바로잡았다. 이처럼 수계를 고찰하는 외에도, 서하객은 하천의 수량과 색깔, 물길의 유속 등의 계절에 따른 변화를 조사하고 복류(伏流)의 물길을 추적하는 한편, 각지에 분포되어 있는 폭포와 호수, 샘, 온천 등의 발생원인을 분석하고 특징을 기술했다. 아울러 각지의 농산물과 임산물, 광물, 약재 등의 지리적 분포와 특징, 용도를 기술하고, 기후환경과 식물의 상관관계에 대해서도 살펴보았다.

둘째, 『서하객유기』는 지질학적 관점에서 매우 귀중한 성과를 남겼다. 서하객은 호남성에서 운남성에 이르는, 중국의 대표적인 카르스트지형을 유람하면서 카르스트지형에 대한 많은 기록을 남겼다. 그는 각지의 카르스트지형의 분포상황을 기록하는 한편, 카르스트지형에서의 물의 작용을 상세히 설명했다. 그는 카르스트지형에서 흔히 나타나는 원형의 와지(窪地)와 복류(伏流) 등의 지질현상을 기술했을 뿐만 아니라, 이른바 '카르스트 윤회'와 관련된 다양한 지형변화에 대해서도 기술했다. 특히 그는 카르스트지형에서 나타나는 종유동(鐘乳洞)을 약 100여 곳이나 탐험했다. 그는 종유동의 크기와 깊이, 복잡한 구조 등에 대해 상세히 기록하고 있으며, 종유석(鐘乳石)의 형상은 물론 생성원리에 대해서도 과학적으로 설명했다. 서하객의 이러한 기록은 카르스트지형에 대한 세계 최초의 보고로 평가받고 있다.

셋째, 『서하객유기』는 역사학적 관점에서도 대단히 중요한 사료를 제공하고 있다. 서하객이 생존했던 시기는 위충현(魏忠賢) 등의 환관의 발호, 후금(後金)의 침공, 계속되는 농민기의와 이자성(李自成)의 난 등으로 말미암아 정치적 혼란이 극심하던 때였다. 이러한 때에 전국 각지를 유람했던 서하객은 당시의 다양한 계층, 특히 하층민의 생활상을 포착했을 뿐만 아니라, 각지에서 창궐하는 도적떼의 만행과 이로 인한 민중의 참상을 여실히 기록했다. 이와 함께 자신이 유람한 각지의 행정중심지와 군사요충지에 대해 상세히 기록하였는 바, 주(州)와 현(縣) 등 각급 행정단위의 치소와 관할구역을 중심으로 연혁과 현황을 소개하는 한편, 군사요충지의 지형과 규모, 성벽 등에 대해 꼼꼼히 기록했다. 이러한 기록들은 명말의 사회사 연구에 없어서는 안될 귀중한 자료로 평가받고 있다.

넷째, 『서하객유기』는 문학, 특히 유기문학의 발전사에 있어서도 중요한 의미를 지니고 있다. 서하객은 각지의 신화와 민간전설을 풍부하게 소개하고, 각지의 역사적 인물, 이를테면 제갈량(諸葛亮)이나 안진경(顔眞卿), 유종원(柳宗元), 주희(朱熹) 등의 유적과 분묘를 탐방하여 비문을 탁본하는 등, 많은 자료를 수집·정리했다. 특히 유기문학의 측면에서, 그는 유종원의 「영주팔기(永州八記)」, 범중엄(范仲淹)의 「악양루기(岳陽樓記)」, 주희(朱熹)의 「백장산기(百丈山記)」, 섭적(葉適)의 「연비루기(烟霏樓記)」, 소식(蘇軾)의 「적벽부(赤壁賦)」 등의 유기문의 전통을 이어받고 있거니와, 특히 육유(陸游)의 「입촉기(入蜀記)」와 범성대(范成大)의 「오선록(吳船錄)」 등의 일기체 유기문의 직접적인 영향을 받았다. 이처럼 『서하객유기』는 이전의 유기문학의 성과를 계승하는 가운데, 유기문학의 최고봉으로서 서하객 나름의 독특한 경지를 구축하였다고 평가받고 있다.

다섯째, 소수민족 연구에 있어서도 『서하객유기』는 풍부한 자료를 제공해주고 있다. 서하객이 유람했던 지역 가운데, 호남성과 광서성, 귀주성, 운남성은 수많은 소수민족이 거주하고 있는 곳이다. 유람 중에 그는 요족(瑤族), 장족(壯族), 묘족(苗族), 흘료족(仡佬族), 이족(彝族), 납서족(納西族) 등의 다양한 소수민족을 만났으며, 이들의 생활상과 풍속, 생산물 등에 대해 상세히 소개했다. 특히 그는 소수민족 내부의 정치적 갈등과 분규를 사실적으로 기술하고 있을 뿐만 아니라, 소수민족과 중앙정부와의 관계, 이를테면 중앙정부에서 파견된 관리와 토착세력의 토사(土司) 사이의 알력 등에 대해서도 언급하고 있다. 이러한 기록들은 소수민족에 관한 문헌자료가 드문 현재, 대단히 가치 있는 자료로 평가받고 있다.


4


우리 역자가 『서하객유기』를 처음 접하게 되었던 것은 1998년 중국의 소주(蘇州)대학에서 교환교수로 지냈을 때였다. 당시 우리는 이학운(李鶴雲) 선생님께 서예를 배우면서 중국문화에 대해 이런저런 담소를 나누곤 했었다. 그러던 어느 날 이학운 선생님께서 우리에게 『서하객유기』를 들려주시면서, 중국문학 연구자라면 읽어볼 만한 가치가 있는 책이라고 권해주셨다. 이후에 알게 된 것이지만, 소주는 서하객의 고향인 강음(江陰)과 그리 멀지 않은 곳이었으며, 따라서 소주 지역의 어지간한 지식인이라면 누구나 『서하객유기』에 대해 한 마디씩은 할 수 있을 정도였다. 우리는 이후 『서하객유기』 및 서하객과 관련된 자료를 하나둘 모으기 시작했다.

이 책의 번역은 한국학술진흥재단(현 한국연구재단)의 명저번역지원사업에 선정됨으로써 이루어졌다. 2005년 11월 지원대상자로 선정된 우리는 강의하고 연구하는 틈틈이 번역을 진행했다. 번역의 완성도를 높이기 위해, 우리는 강음의 서하객 고거(故居)를 탐방하고 서하객연구회의 임원들과 교류하여 도움을 요청하는 한편, 강음에서 열린 서하객연구 국제학술대회에도 참가했다. 그렇지만, 역자의 면박(綿薄)함으로 말미암아 많은 난관에 부딪치는 바람에 예상보다 훨씬 많은 노력과 시간을 들이지 않으면 안 되었다. 다행히 이제 상재(上梓)를 앞두고 있으니, 완역에 꼬박 6년간의 품이 든 셈이다.

서하객은 명대의 걸출한 문인이자, 지리학자, 여행가, 탐험가로서, 세계의 문화명인으로 손꼽히고 있으며, 그의 『서하객유기』는 유기문학의 최고의 성과이자, 명말의 사회상을 반영한 백과사전으로 높이 평가받고 있다. 1980년대 초 이래, 서하객과 그의 『서하객유기』에 대한 전문 연구는 서학(徐學)이라 일컬어지고 있으며, 서하객연구회를 통한 연구활동도 활발하다. 1987년에 강음에 서하객연구회가 설립된 이래, 서하객의 발걸음이 미친 곳곳에 서하객연구회가 설립되어 있으며, 전국적 성격을 띤 학술단체로는 1993년에 설립된 중국서하객연구회가 있다. 국외의 서하객연구회로는 2000년에 미국 샌프란시스코에 설립된 서하객연구회를 들 수 있다.

『서하객유기』의 번역본으로는 영어본과 불어본 두 가지를 들 수 있다. 영어본은 미국 미시건대학의 교수를 역임했던 이기(李祁)가 1974년에 홍콩 중문대학에서 출판한 『The Travel Diaries of Hsu Hsia-K'o』이다. 이 번역본에는 헨리 슈와츠(Henry. G. Schwarz)가 쓴 「자연의 애호 : 서하객과 그의 초기 유람(The Love of Nature : Hsu Hsia-K'o and His Early Travel)」이라는 글이 도언으로 실려 있다. 불어본은 프랑스 국가과학연구원의 아시아학 전문가이자 중국고전문학 연구자인 자크 다르(Jacques Dars)가 1993년에 갈리마르(Gallimard) 출판사에서 동양지식(Connaissance de l'Orient)총서의 하나로 출판한 『Xu Xia ke : Randonnées aux sites sublimes』이다. 그러나 유감스럽게도 이들 번역본은 모두 『서하객유기』의 선역본일 뿐, 완역본이 아니다. 이런 점에서 이번에 출판되는 한글 번역본은 세계 최초의 완역본이라는 점에서 커다란 의미를 지닌다고 할 수 있다.

이 번역본은『사고전서(四庫全書)』사부(史部)에 실린『서하객유기』를 비롯하여, 정문강본(丁文江本), 저소당(褚紹唐)·오응수(吳應壽)의 정리본, 주혜영(朱惠榮)의 교주본(校注本), 여석생(呂錫生)의 점교본(點校本) 등의 기존 성과물을 두루 참조하였다. 번역본의 체제는 크게 두 부분, 즉 서하객의 유람일기와 부록으로 이루어져 있으며, 부록에는 서하객의 시문(詩文), 여러 판문의 서문 및 서하객의 연보를 실었다. 아울러 유람의 여정을 한 눈에 엿볼 수 있도록 직접 제작한 유람노선도를 유람일정에 따라 끼워넣었다. 각 편의 유람일기에는 앞머리에 해제와 유람의 주요 여정을 기술하고, 이어 본문의 역문과 역주를 실었으며, 뒷부분에 원문과 주석을 실었다.

이 책을 번역하는 과정에서 많은 분들의 도움을 받았다. 우선 세 차례에 걸친 심사과정에서 엄격하고도 진지한 태도로 번역의 오류를 꼼꼼하게 지적해주신 심사위원들, 번역 중에 부딪친 여러 난제에 대해 언제라도 도움을 주었던 전남대학교의 양회석(梁會錫) 교수, 이 책의 학술적 가치를 인정하고 조언과 격려를 아끼지 않았던 학계의 여러 선배들께 감사의 인사를 드린다. 아울러 세계 최초의 완역본 출판을 위해 축하의 글을 보내주신 무석시(無錫市) 서하객연구회 명예회장인 여석생(呂錫生) 선생, 이 책에 유람과 관련된 사진을 사용할 수 있도록 허락해주신 여러 분, 유람노선도의 제작을 도맡아 도와준 이종훈(李鍾勳) 씨, 그리고 이 책의 편집을 맡아 수고를 마다하지 않은 소명출판 편집부에도 감사의 인사를 드린다. 이 번역본이 그나마 꼴을 갖추게 된 것은 오로지 이분들의 비판과 도움, 격려의 덕택이다. 그럼에도 불구하고 번역상의 오류가 적지 않을 터, 이는 모두 역자의 천학비재로 말미암은 것이다. 여러분의 아낌없는 질정을 바란다.

2011년 9월
역자 씀

# 서하객유기 전체 차례

서하객 유람노선도

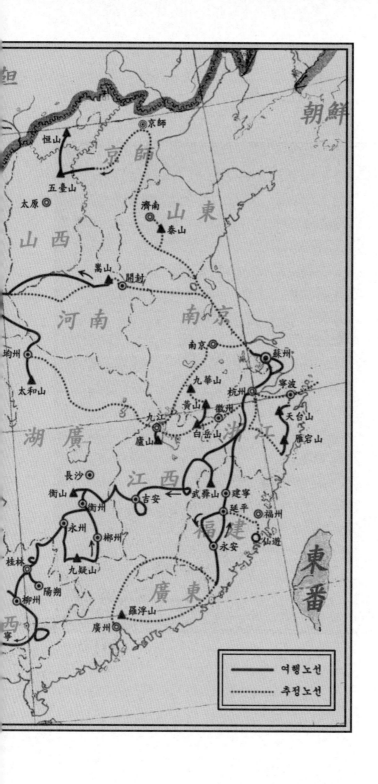

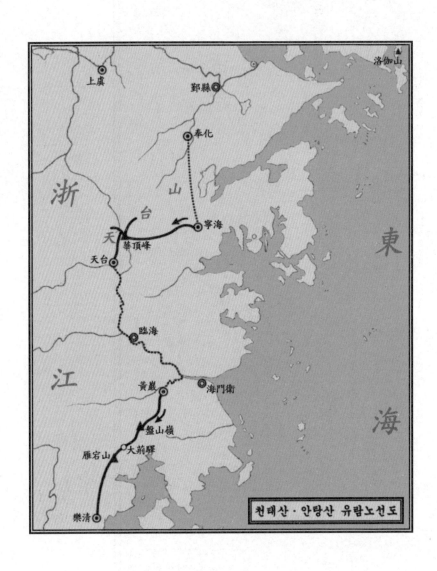

천태산·안탕산 유람노선도

# 천태산 유람일기(遊天台山日記)

## 해제

　만력(萬曆) 41년(1613년) 나이 28살의 서하객은 절강성으로 여행을 떠났다. 그는 먼저 낙가산(洛伽山, 지금의 보타산普陀山)을 유람했으나, 애석하게도 유람의 기록을 남기지 않았다. 낙가산을 유람한 서하객은 바다를 따라 남쪽으로 천태산(天台山)과 안탕산(雁宕山)을 유람했는데, 이때 연주(蓮舟) 스님이 동행했다. 「천태산 유람일기」는 서하객이 천태산을 유람한 기록으로서, 「안탕산 유람일기(遊雁宕山日記)」, 「백악산 유람일기(遊白岳山日記)」, 「황산 유람일기(遊黃山日記)」, 「무이산 유람일기(遊武彝山日記)」, 「여산 유람일기(遊廬山日記)」, 「황산 유람일기 후편(遊黃山日記後)」, 「구리호 유람일기(遊九鯉湖日記)」 등과 함께 건륭본(乾隆本) 제1권에 실려 있다.

　천태산은 절강성 태주부(台州府) 천태현(天台縣) 북쪽에 위치해 있으며, 태산(台山)이라고 줄여 말하기도 한다. 이곳에는 화정(華頂), 적성(赤城), 경대(瓊臺), 도원(桃源), 한암(寒巖), 명암(明巖) 등의 명승지가 있으며, 그 가운데에서도 석량(石梁)의 폭포가 가장 유명하다. 아울러 천태산은 불교 천태종(天台宗)의 발상지로서, 수(隨)나라 때에 창건된 국청사(國淸寺)가 있다. 태주부는 태군(台郡)이라고도 불리며, 지금의 절강성(浙江省) 임해시(臨海市) 일대를 관할했다.

이번 유람의 주요 여정은 다음과 같다. 영해현(寧海縣) → 근죽령(筋竹嶺) → 천봉사(天封寺) → 석량(石梁)폭포 → 만년사(萬年寺) → 국청사(國淸寺) → 명암(明巖) → 한암(寒巖) → 평두담(坪頭潭) → 쌍궐(雙闕)과 경대(瓊臺) → 국청사 (國淸寺) → 적성산(赤城山)


## 역문


### 계축년[1] 3월 그믐

영해현(寧海縣)[2]의 서문을 나섰다. 구름이 흩어지고 햇살 밝으니, 사람의 마음과 산중의 풍광도 모두들 기뻐하는 기색이 역력하다. 30리를 나아가 양황산(梁隍山)[3]에 이르렀다. 듣자하니 이곳은 사나운 호랑이가 길을 가로막아 한 달이면 수십 명의 행인들이 변을 당한다고 한다. 하는 수 없이 걸음을 멈추고 여관에 묵었다.

---

1) 계축(癸丑)은 명나라 만력(萬曆) 41년, 즉 1613년이다.
2) 영해(寧海)는 명나라 때의 현(縣)으로서 태주부(台州府)에 속하며, 지금의 절강성(浙江省) 영해현(寧海縣)이다.
3) 양황산(梁隍山)은 오늘날 양황(梁皇)이라 일컬으며, 영해현 서남쪽 경계의 도로변에 있다.

## 4월 초하루

아침부터 비가 내렸다. 15리를 가자, 길이 갈라졌다. 말머리를 서쪽으로 돌려 천태산(天台山)을 향하여 나아갔다. 날이 차츰 개었다. 다시 10리를 나아가 송문령(松門嶺)에 이르렀다. 산세가 험하고 길이 미끄러운지라 말에서 내려 걸어갔다. 봉화(奉化)[1]에서 오는 동안 비록 재를 여러 번 넘어야 했지만 모두 산기슭을 따르는 길이었다. 그런데 여기에 이르러서는 에돌아가는 길이든, 물을 건너 오르는 길이든 모두 산등성이에 있다. 비가 온 뒤 막 개인 터라 샘물 흐르는 소리와 산속의 경관이 끊임없이 새로이 바뀌고, 푸르게 우거진 수풀 사이로 진달래꽃이 흐드러지게 피어나, 길을 가는 수고를 잊게 해주었다.

다시 15리를 나아가 근죽암(筋竹庵)에서 식사를 했다. 산꼭대기 곳곳에는 보리가 심어져 있다. 근죽령(筋竹嶺)에서 남쪽으로 나아가면, 국청사(國淸寺)[2]로 이어지는 큰길이다. 마침 국청사의 운봉(雲峰) 스님이 함께 식사를 했는데, 운봉 스님이 이렇게 말했다. "석량(石梁)으로 가는 길은 산세가 험하고 길도 멀어 짐을 가져가면 불편할 것입니다. 그러니 가벼운 차림으로 가시고, 무거운 짐은 짐꾼에게 들려 국청사에서 기다리게 하는 편이 나을 것입니다." 나는 그의 말을 옳다 여겨 짐꾼에게 운봉 스님을 따라 국청사로 가라 하고, 나는 연주(蓮舟)[3] 스님과 함께 석량을 향해 길을 떠났다.

5리를 나아가 근죽령[4]을 넘었다. 근죽령 곁에는 키가 작은 소나무들이 많이 있다. 줄기는 휘어지고 굽었으며 뿌리와 잎은 짙푸르고 아름다워, 마치 우리 소주(蘇州) 사람이 가꾸는 분재와도 같다.

다시 30여리를 나아가 미타암(彌陀庵)에 이르렀다. 높다란 산고개를 오르내리는 동안, 깊은 산은 황량하고 적막하기 그지없었다. 행여 호랑이가 수풀 사이에 숨어 있다가 사람을 해칠까봐 초목을 모두 불살라 버렸던 것이다. 샘물은 요란한 소리를 내며 흐르고, 바람은 거세게 불어대고 있었다. 산길에는 나그네의 발길조차 끊겼다. 미타암은 만산요(萬山坳)에 위치해 있는데, 갈 길 황량하고 먼 터에 마침 여정의 중간쯤이어서 숙식하기에 적당했다.

---

1) 봉화(奉化)는 명나라 때 영파부(寧波府)에 속한 현이며, 오늘날의 절강성 봉화현이다.
2) 국청사(國淸寺)는 수(隋)나라 때에 창건된, 천태종의 발상지이다. 처음에는 천태산사(天台山寺)로 불리워졌으나, 후에 이 절을 창건한 지의(智顗)가 임종할 때 "절이 이루어지면 나라가 맑아지리라(寺若成, 國卽淸)"라고 유언한 데에서 비롯되어 국청사로 고쳤다. 천태현의 북쪽 3.5킬로미터 지점의 천태산 산기슭에 위치해 있다. 절 주위로는 다섯 개의 봉우리가 둘러싸고 있으며, 두 개의 물줄기가 휘감아 흘러 청아하고도 그윽한 분위기를 자아내고 있다.
3) 연주(蓮舟)는 강음(江陰)에 있는 영복사(迎福寺)의 스님이며, 서하객과 함께 유람길에 올랐다.
4) 근죽령(筋竹嶺)은 오늘날의 금령(金嶺)으로서, 영해현과 천태현의 경계에 위치해 있다.

## 4월 초이틀

식사를 마치고 나서야 비가 그쳤다. 길바닥에 괸 물을 건너뛰어 고개를 기어올랐다. 시내와 바위들이 차츰 그윽해진다. 20리를 걸어 저물녘에야 천봉사(天封寺)[1]에 이르렀다. 잠자리에 누워서 내일 아침에 산봉우리에 오를 일을 생각하노라니, 화창한 날씨도 연분이 있나보다 라는 생각이 들었다. 연일 저녁에는 날이 개었다가도 새벽녘에 맑았던 날이 하루도 없었기 때문이다. 오경 무렵 꿈결에 밝은 별빛이 하늘에 가득하다는 하인의 말을 듣고서, 기쁨에 겨워 잠을 이루지 못했다.

---

1) 천봉사(天封寺)는 오늘날 천봉(天封)이라고 하며, 천태현 동북 경계에 위치해 있다.

## 4월 초사흘

아침에 일어나니 과연 햇빛이 눈부신지라, 산꼭대기에 오르기로 마음먹었다. 몇 리를 올라 화정암(華頂庵)[1]에 이르렀다. 3리를 더 가자, 꼭대기 가까이에 태백당(太白堂)[2]이 있다. 하지만 어느 곳이나 모두 볼만한 것은 없다.

태백당의 왼쪽으로 내려가면 황경동(黃經洞)이라는 동굴이 있다기에, 오솔길을 따라 내려갔다. 2리를 갔다가 몸을 굽어보니 바위 하나가 툭 튀어나와 있는데, 제법 멋지다는 느낌이 들었다. 동굴에 도착해 보니 머리를 기른 스님 한 명이 동굴 앞에 암자를 엮어 놓았다. 그런데 동굴에서 불어오는 바람을 막으려고 그런 것인지, 돌을 쌓아 동굴 입구를 막아놓고 있었다. 못내 아쉬웠다.

다시 태백당으로 올라갔다가 산길을 따라 정상에 올랐다. 황량한 잡초들이 우수수 쓰러지고 있었다. 산이 높아 바람은 살을 에듯 차갑다. 풀잎마다 서리가 한 치 남짓 맺혀 있다. 들꽃마다, 나무마다 옥구슬이 대롱대롱, 사방의 뭇 산에는 영롱한 빛이 눈에 가득 되비친 채 빛나고 있다. 고개 모퉁이에는 들꽃이 무성하게 피어 있건만, 꼭대기에는 꽃들이 도리어 제 색깔을 토해내지 못하니, 이는 아마 지대가 높고 추운 탓이리라.

이어 화정암에서 내려오는 길에 못가의 작은 다리를 지나고 세 개의 고개를 넘었다. 시냇물은 산을 감돌아 합쳐지고, 나무와 돌은 무성하고도 아름답다. 몸을 돌릴 때마다 기이한 경관이 펼쳐지니, 바라는 바에 흡족하기 그지없다.

20리 길을 걸어 상방광(上方廣)을 지나 석량에 이르렀다. 담화정(曇花亭)에서 예불을 드리긴 했지만, 날듯이 쏟아지는 폭포를 구경할 짬이 없었다. 하방광(下方廣)에 내려와서야 석량의 폭포를 우러러 보니, 문득 하늘가에 있는 듯하다.

듣자하니 단교(斷橋)와 주렴(珠簾)의 경치가 더욱 빼어나다는데, 스님 말씀이 식사 후에 가도 다녀올 수 있으리라고 했다. 마침내 선벌교(仙筏橋)에서 산 뒤쪽으로 고개 하나를 넘고 시내를 따라 8, 9리를 갔다. 폭포수가 바위 사이로 쏟아져 내려오는데, 세 번을 굽이쳐 돌아내리고 있었다.

맨 위층은 끊어진 다리모양의 단교인데, 두 개의 커다란 바윗돌이 비스듬히 이어져 있다. 물은 그 사이로 물보라를 일으키면서 감돌아 못으로 흘러든다. 가운데층은 두 개의 바윗돌이 좁은 문처럼 서로 마주하고 있다. 물은 이 문에 조여지는 바람에, 물의 기세가 성난 듯 거세다. 아래층의 못 어귀는 자못 넓고 쏟아져 내려오는 곳이 마치 문지방과 같다. 물은 움푹 꺼진 곳에서 비스듬히 쏟아져 내리고 있다.

세 층의 폭포는 모두 높이가 몇 길씩이나 되는데, 층마다 신기한 경관을 뽐내고 있다. 하지만 층을 따라 흘러내리다가 감돌아 흐르는 곳이 굽이진 모퉁이에 가려져 있는지라, 한 눈에 전체의 모습이 들어오지는 않았다.

다시 1리쯤을 가자 주렴수(珠簾水)가 나타났다. 물이 쏟아져 내리는 곳은 아주 평평하고 넓어서 물의 흐름 역시 완만하다. 못에 가득한 물은 넘실넘실 철썩거린다. 나는 맨발로 수풀 사이에 뛰어들어 나무를 붙들고 낭떠러지 쪽으로 올라갔다. 하지만 연주 스님은 따라오지 못했다.

사방에 어둠이 내려앉을 무렵에야 비로소 돌아오는 길에 올랐다. 선벌교에서 잠시 발걸음을 멈추고서 석량에 걸쳐 누운 무지개와 눈처럼 휘날리는 폭포의 물보라를 구경하노라니, 잠자리에 눕고 싶지 않았다.

---

1) 화정암(華頂庵)은 화정봉(華頂峰)에 있는 암자이다. 화정봉은 천태현 동북 경계에 있으며, 천태산 정상으로 해발 1098미터이다. 정상 아래에는 선흥사(善興寺), 즉 화정사(華頂寺)가 있다.
2) 태백당(太白堂)은 이백(李白)이 책을 읽던 곳이라 전해진다.

## 4월 초나흘

하늘과 산은 하나같이 검푸른 빛을 띠고 있었다. 아침 식사를 할 겨를도 없이 곧바로 선벌교를 따라 담화정에 올랐다. 석량은 바로 그 너머에 있다.

석량은 너비가 1자 남짓에, 길이는 세 길인데, 두 산의 움푹 꺼진 곳 사이에 걸려 있다. 나는 듯이 떨어지는 두 줄기의 폭포는 담화정 왼쪽에서 내려오다가, 다리에 이르러 합쳐져 날듯이 떨어져 내린다. 폭포 소리가 우르르 콸콸 마치 천둥이 치는 듯, 강둑이 무너지는 듯하다. 폭포의 높이는 백 길이 넘을 듯하다. 석량 위에 올라 아래로 깊은 못을 굽어보니 모골이 송연해졌다.

석량의 끄트머리는 커다란 바윗돌에 가로막혀 앞산으로 나아갈 수가 없었다. 하는 수 없이 되돌아 나왔다. 담화정을 지나 상방광사(上方廣寺)[1]로 들어갔다. 절 앞의 시내를 따라 앞산을 가로막고 있던 커다란 바윗돌 위로 기어올라 앉아서 석량을 감상했다. 하방광사(下方廣寺)의 스님이 식사를 하라고 재촉하는 바람에 자리를 떠났다.

식사를 마친 후에 15리를 걸어서 만년사(萬年寺)에 이르러 장경각(藏經閣)에 올랐다. 두 층으로 이루어진 장경각에는 선종의 남북 불교경전이 모두 소장되어 있다. 만년사 앞뒤로 오래된 삼나무들이 많이 있는데, 모두 세 사람이 안아야 할 정도로 줄기가 굵다. 나무 위에는 학들이 떼를 지어 둥지를 틀고 있다. 맑고 우아한 학 울음소리는 깊은 산속의 청아한 소리라 할 만하다.

이날, 나는 동백궁(桐柏宮)[2]으로 나아가 경대(瓊臺)와 쌍궐(雙闕)을 찾아가고 싶었다. 하지만 도중에 헷갈리는 길들이 너무도 많아 국청사에 가기로 했다. 국청사는 만년사에서 40리 떨어져 있다. 가는 도중에 용왕당(龍王堂)[3]을 지났다. 고개 하나를 내려갈 때마다 나는 이미 평지에 이르렀겠거니 생각했다. 그런데 산고개를 몇 번이나 내려갔는데도 내리막길의 기세가 여전히 그치지 않았다. 그제야 비로소 화정봉이 대단히 높아 하늘로부터 결코 멀지 않음을 새삼 깨닫게 되었다.

해 저물녘에야 국청사에 이르러 운봉 스님과 다시 만났다. 마치 오래 헤어진 옛 친구를 만난 듯 반가웠다. 유람해야 할 순서를 그와 상의하니, 운봉 스님은 이렇게 말했다. "명승지로는 한암(寒巖)과 명암(明巖)만한 게 없지요. 멀긴 하지만 말을 타고 가시면 될 겁니다. 우선 한암과 명암을 유람하신 뒤에 걸어서 도원동(桃源洞)에 가셨다가 동백궁에 이르면, 명승지인 취벽(翠壁)과 적성(赤城)을 한눈에 두루 보실 수 있을 겁니다."

1) 『서역기(西域記)』에 따르면, 방광성사(方廣聖寺)에는 500 나한(羅漢)이 거주하고 있었다. 이로 인해 방광사에도 석량 아래에 500 나한이 숨어 지냈는데, 오로지 수행하여 득도한 사람만이 이들의 모습을 볼 수 있다고 한다. 방광사는 원래 석교사(石橋寺)라는 이름으로 북송 건중(建中) 정국(靖國) 원년(1101년)에 지어지기 시작했다. 방광사는 산골짜기의 상·중·하 세 곳에 위치하고 있는데, 상방광사(上方廣寺)는 가장 높은 곳에 자리잡고 있으며, 건축물이 가장 웅장·화려하다. 중방광사(中方廣寺)는 석량 오른쪽에 위치하여 있으며, 담화정(曇華亭)을 개축하여 세웠다. 하방광사(下方廣寺)는 석량 오른쪽 아래에 위치하여 있으며, 맨 처음 지어졌던 건물이다.
2) 동백궁(桐柏宮)은 도가에서 일컫는 바의 금정동천(金庭洞天)이다. 당(唐)나라 때 사마승정(司馬承禎)이 칙명을 받아 세웠으며, 당시 동백관(桐柏觀)이라 일컬었다가 송(宋)나라 때에는 숭도관(崇道觀)으로, 다시 훗날 본래의 동백궁으로 개칭했다.
3) 용왕당(龍王堂)은 오늘날 용황당(龍皇堂)이라고 하며, 천태현 북쪽 경계에 위치해 있다.

## 4월 초닷새

비 올 기미가 있었다. 개의치 않고 한암과 명암[1]을 구경하는 길을 잡았다. 국청사에서 서문으로 향하면서 타고 갈 말을 구했다. 말을 구하자마자 비가 내렸다. 50리를 나아가 보두(步頭)에 도착했다. 비가 그쳤다. 말을 떠나보냈다.

2리를 걸어 산속으로 들어갔다. 산봉우리는 휘감아 도는 산골물에 되비치고, 나무와 바위는 아름답고 기묘하다. 마음이 한껏 즐거웠다. 시냇물 한 줄기가 동양현(東陽縣)에서 흘러온다. 물살이 매우 거세고 규모가 조아강(曹娥江)[2]만큼 크다. 사방을 둘러봐도 시내를 건널 만한 뗏목이 없어 하인의 등에 업혀 건넜다. 물이 깊어 무릎까지 차올랐다. 이 시냇물을 건너는 데 거의 두 시간 가량이 걸렸다.

3리를 가서야 명암에 이르렀다. 명암은 한산(寒山)과 습득(拾得)[3]이 은거하던 곳으로, 두 개의 산에 둘러싸여 있다. 이곳이 바로 『대명일통지

(大明一統志)』[4]에서 일컫는 팔촌관(八寸關)이다. 팔촌관으로 들어가니, 사방이 성벽처럼 가파르고 험준하다. 맨 끝에는 몇 길 깊이의 동굴이 있는데, 수백 명을 수용할 만큼 넓다. 동굴 밖의 왼쪽에는 암벽 중간에 두 개의 바윗돌이 매달려 있다. 오른쪽에는 암벽과 가지런한 높이로 석순이 우뚝 솟아 있는데, 암벽과 사이에 선 하나가 그어져 있는 정도로 바짝 붙어 있다. 석순 위에 무성하게 자라난 푸른 소나무와 자줏빛의 꽃술이, 마침 왼쪽의 두 바윗돌과 마주하고 있다. 절경이라 할 만하다.

팔촌관을 나와 다시 동굴 한 곳에 올랐는데, 역시 왼쪽을 향하고 있다. 오를 적에 쳐다보니 조그마한 틈새처럼 보였는데, 위에 올라서 보니 툭 트이고 넓어 수백 명이 앉을 만하다. 동굴 안에 선인정(仙人井)이라는 우물이 하나 있다. 깊지 않은데도 물이 말라 있지 않다. 동굴 너머에 기괴한 모양의 바위 하나가 또 있다. 높이는 몇 길이나 되는데, 윗부분은 두 사람이 서 있는 듯 갈라져 있다. 스님은 이 바위를 가리켜 한산과 습득이라고 했다.

절로 돌아왔다. 식사를 마치자 먹구름이 흩어졌다. 하늘에는 초승달이 하늘에 떠 있고, 에워싼 벼랑 위에는 한산과 습득이 서 있다. 아득한 꼭대기에서 달과 사람이 서로 마주보고 있는 것이다. 청아한 빛이 절벽에 가득했다.

---

1) 한암(寒巖)은 천태산의 가장 큰 동굴로서, 흔히 '한암동천(寒巖洞天)'이라 일컫는다. 높이는 15미터, 너비는 18미터이다. 송(宋)나라 때의 대서예가 미불(米芾)이 이 동굴에 '잠진(潛眞)'이란 글자를 남기면서 '잠진동(潛眞洞)'이라 고쳐 부른다. 당(唐)나라 때의 은일시인인 한산자(寒山子)가 이곳에 오래 거주했기에 '한암'이라 일컬어져 왔다. 이 동굴 앞에는 천연 암석으로 된 거북과 뱀이 지키고 있으며, 동굴 입구에는 '안좌석(晏坐石)'이란 큰 돌이 있는데, 한산자가 앉았던 곳이라고 한다. 명암(明巖)은 한암의 동북부 뒷자락의 산중턱에 위치하고 있으며, 한산자가 국청사의 승려 습득(拾得)과 함께 은거했던 곳이다. 이곳에는 '오마은(五馬隱)', '당랑조섬(螳螂釣蟾)', '화상배도사(和尙背道士)' 등의 빼어난 경관이 있다.
2) 조아강(曹娥江)은 천태산 북쪽 산기슭에서 발원하여 북으로 신창(新昌)과 승현(嵊縣), 상우(上虞)를 거쳐 항주만(杭州灣)으로 흘러든다.
3) 한산(寒山)과 습득(拾得)은 당(唐)나라 때의 스님들이다. 한산은 천태산 한암(寒巖)에

은거한 적이 있으며, 천태산 국청사를 오가며 습득과 사귀었다. 한산은 시를 잘 지어 『한산자집(寒山子集)』 2권을 남기고 있다. 습득은 원래 고아인데, 국청사 스님인 풍간(豊干)이 거두어 스님으로 길렀기에 습득이라 한다. 그 역시 시를 잘 지어 『풍간습득시(豊干拾得詩)』 1권을 남기고 있다. 후인들이 한산과 습득을 병칭하여 '화합이선(和合二仙)'이라 높여 불렀다.

4) 『대명일통지』는 명나라 때 이현(李賢) 등이 황제의 명을 받들어 순천(天順) 5년(1461년)에 편찬한 지리서로서 모두 90권이다. 원대(元代)의 『일통지』를 본떠 경사, 남경 및 13곳의 포정사(布政司)를 설명하고, 새로이 군명(郡名), 관공서, 학교, 서원, 궁실, 사관(寺觀), 사묘(祠廟), 고적 및 열녀 등의 항목으로 나누어 설명을 덧붙였다. 서하객은 유람을 떠날 때마다 유람지와 관련된 『대명일통지』의 일부를 가지고 다니면서 일일이 대조했다. 이 책에 나오는 『지』는 특별한 경우가 아닌 한, 이 『대명일통지』를 가리킨다.

## 4월 초엿새

새벽에 절을 나섰다. 6, 7리쯤 가서 한암에 이르렀다. 암벽은 깎아지른 듯 곧게 위로 뻗어 있다. 고개를 쳐들어 공중을 바라보니 동굴이 매우 많다. 한암의 중간 부분에 동굴 한 곳이 있다. 너비는 80 걸음 정도에, 깊이는 100여 걸음이다. 동굴 안은 평탄하고 밝다. 한암을 따라 오른쪽으로 가다가, 벼랑 사이의 좁은 길을 따라 위로 올라갔다. 한암의 움푹 꺼진 곳에는 두 개의 바위가 마주하여 우뚝 솟아 있다. 아래 부분은 갈라져 있고 윗부분은 이어져 있는데, 이곳은 작교(鵲橋)이다. 이곳은 상방광사의 석량과 기이함을 견줄 만하다. 다만 쏟아져 내리는 폭포수가 없을 따름이다.

돌아와 스님의 거처에서 식사를 한 뒤, 대나무 뗏목을 찾아 시내를 건넜다. 시내를 따라 나아갔다. 산 아래의 일대는 온통 깎아지른 듯한 절벽과 가파른 낭떠러지이다. 그 위에는 초목이 엉킨 채 드리워져 있었다. 해당나무와 박태기덩굴 나무가 우거져 시냇물에 되비치고, 향기로운 바람이 불어오는 곳에는 아름다운 난초와 향긋한 풀들이 곳곳마다 끝없이 자라나 있다.

얼마 후, 산 입구에 이르렀다. 암벽은 산골물 밑바닥에 수직으로 서 있다. 산골물은 깊고도 물살이 빠르다. 옆에는 발 디딜 틈이 전혀 없다. 암벽 위에 지나다닐 수 있도록 구멍을 뚫어 놓았는데, 구멍 안은 발바닥 반절만 겨우 걸칠 수 있을 따름이다. 암벽에 몸을 바짝 붙여 간신히 빠져나왔다. 정신이 어질어질했다.

한암에서 15리만에 보두에 이르렀다. 오솔길을 따라 도원동으로 향했다. 도원동은 호국사(護國寺) 옆에 있다. 호국사는 폐허가 되어버린 지 오래인지라, 토박이들조차 까마득하여 아는 이가 없다. 운봉 스님을 따라 무작정 굽이진 산길을 걸었다. 해는 벌써 서산에 졌건만, 도무지 묵을 곳이 없다. 길을 물어 물어 평두담(坪頭潭)[1]에 이르렀다.

평두담은 보두에서 고작 12리밖에 떨어져 있지 않았다. 그런데도 오늘 오솔길로 되돌아오는 길에 30여 리를 돌고 돌아서야 겨우 묵을 곳을 찾게 되었으니, 참으로 도원동이 사람을 헷갈리게 하는도다!

---

[1] 평두담(坪頭潭)은 오늘날의 평진(平鎭)으로서, 천태현 서쪽 경계에 위치해 있으며, 풍계(豊溪) 북쪽 언덕에서 시작된다.

## 4월 초이레

평두담에서 굽이진 길을 따라 30여 리만에 시내를 건너 산에 들어섰다. 4, 5리를 더 가자, 산 어귀가 점점 좁아지더니 도화오(桃花塢)라는 집이 나왔다. 깊은 못을 따라 걸음을 옮겼다. 못물은 맑고도 푸르다. 날듯이 떨어지는 산골 샘물이 못 속으로 쏟아져 내린다. 이곳은 명옥간(鳴玉澗)이다. 산골물은 산을 따라 돌아 흐르고, 사람은 산골물을 따라 걸었다.

골짜기 양옆의 산들은 온통 뾰족뾰족한 바위투성이이고, 겹겹이 이어진 산등성이 사이로 푸른 나무들이 섞여 있다. 눈이 닿는 곳마다 아름다운 경치를 빚어내니, 무릇 아름다운 경관은 한암과 명암 사이에 있도다. 산골물이 다하고 길도 끊기었는데, 폭포수 한 줄기가 산 웅덩이에서 쏟아져 내려왔다. 그 물살이 대단히 제멋대로이다.

식사를 마친 뒤 도화오를 나와 동남쪽으로 길을 잡았다. 두 곳의 고개를 넘어 경대와 쌍궐을 찾아보았다. 그러나 끝내 아는 이가 없었다. 몇 리를 더 가서 물어보고서야, 두 곳이 산꼭대기에 있다는 것을 알았다. 운봉 스님과 함께 산길을 따라 기어올라 겨우 산꼭대기에 올라섰다.

아래를 굽어보니 깎아지른 듯한 절벽으로 빙 둘러 있는 모습이 마치 도원동과 흡사하다. 그러나 짙푸른 나무들로 덮여 있는 만길 암벽은 도원동을 능가하고도 남았다. 봉우리의 중간 부분이 끊긴 듯 갈라져 있다. 이곳이 바로 쌍궐이다. 쌍궐 사이에 끼어 있는 둥근 고리모양의 곳은 경대이다. 경대의 삼면은 절벽이고, 뒤쪽으로 돌아들면 쌍궐과 이어져 있다.

나는 쌍궐을 마주보고 있었다. 날이 저무는지라 오를 시간은 없었다. 하지만 아름다운 경치는 이미 한 눈에 빠짐없이 들어와 있다. 마침내 산을 내려와 적성의 뒤쪽을 따라 국청사로 돌아왔다. 대략 30리 길이었다.

## 4월 초여드레

국청사를 떠나 산 뒤를 좇아 5리만에 적성[1]에 올랐다. 적성의 산꼭대기에는 둥그런 암벽이 우뚝 솟아 있다. 마치 성처럼 보인다. 바위의 색깔은 약간 붉은 색을 띠고 있다. 바위동굴들은 스님들의 거처로 사용되고 있는데, 자연스런 정취를 완전히 잃어버린 상태이다. 옥경동(玉京洞),[2] 금전지(金錢池),[3] 세장정(洗腸井)[4]이라는 곳들도 모두 별로 특이할 게 없다.

---

1) 적성(赤城)은 천태산에 있는 언덕으로 천태현의 서북쪽 3.5킬로미터에 위치하고 있으며, 높이는 339미터이다. 이곳에는 바위동굴 12곳이 있는데, 그 가운데 자운동(紫雲洞)과 옥경동(玉京洞)이 가장 유명하며, 산꼭대기에는 적성탑(赤城塔)이 있다.

2) 옥경동(玉京洞)은 적성산 중턱에 있는 도교의 명승지이다. 도교에서는 신선이 거주하는 명산의 동굴로 10대 동천(洞天)을 들고 있는데, 이 가운데 여섯 번째 동굴이 바로 옥경동이다. 전해지는 이야기에 따르면, 원시존천(元始尊天)이 현도옥경산(玄都玉

京山)에서 설법을 할 때 신선들에게 이곳에 머물도록 명했다고 한다.

3) 금전지(金錢池)는 적성산의 북쪽에 위치하여 있다. 전설에 의하면, 석담란(釋曇蘭)이 이곳에서 쉬면서 불경을 암송하고 있었는데, 어느 신이 그에게 금전을 헌금하자 담란이 이를 연못에 던졌다고 하여 금전지라는 명칭이 있게 되었다고 한다. 또한 금전지는 일 년 내내 물이 마르지 않는다고 하는데, 이는 다음과 같은 전설과 관련이 있다. 즉 적성산은 본래 바다밑에 있었는데, 산신이 바다의 용왕과 싸우다가 법술로 수면 위로 떠올라 높은 산이 되게 했다. 바다의 용왕은 싸움에 패하여 어린 용녀를 남겨두고 떠났으며, 용녀는 산속에 숨어 살 수밖에 없게 되었다. 이때부터 적성산의 못은 일년 내내 마르지 않게 되었다고 한다.

4) 세장정(洗腸井)은 적성산 아래에 위치하여 있다. 전설에 따르면, 석담유(釋曇猷)가 방광사에 참배하러 갔는데, 나한(羅漢)은 그가 태아였을 때에 부추의 기운을 받은 적이 있어 뱃속이 정결하지 못하다고 여겨 들여보내지 않았다. 그러자 담유는 이 우물물로 뱃속을 깨끗이 씻어냈으며, 이때부터 세장정이라 일컬어지게 되었다고 한다.

# 원문

**癸丑之三月晦**[1] 自寧海出西門. 雲散日朗, 人意山光, 俱有喜態. 三十里, 至梁隍山. 聞此於菟[2]夾道, 月傷數十人, 遂止宿焉.[3]

---

1) 회(晦)는 음력에서 매달 그믐날을 의미한다.
2) 오도(於菟)는 초나라의 방언으로, 호랑이를 의미한다
3) '수지숙언(遂止宿焉)'의 '焉'은 원래 없는데, 사고본(四庫本)에 근거하여 보충했다.

**四月初一日** 早雨. 行十五里, 路有岐, 馬首西向台山, 天色漸霽. 又十里, 抵松門嶺, 山峻路滑, 舍騎步行. 自奉化來, 雖越嶺數重, 皆循山麓; 至此迂迴臨陟, 俱在山脊. 而雨後新霽, 泉聲山色, 往復創變, 翠叢中山鵑映發, 令人攀歷忘苦. 又十五里, 飯於筋竹庵. 山頂隨處種麥. 從筋竹嶺南行, 則向國清大路. 適有國清僧雲峯同飯, 言, "此抵石梁,[1] 山險路長, 行李不便, 不若以輕裝往, 而重擔向國清相待." 余然之, 令擔夫隨雲峯往國清, 余與蓮舟

<u>上人</u>²⁾就石梁道. 行五里, 過筋竹嶺. 嶺旁多短松, 老干屈曲, 根葉蒼秀, 俱吾<u>閶門</u>³⁾盆中物也. 又三十餘里, 抵<u>彌陀庵</u>. 上下高嶺, 深山荒寂, 恐藏虎, 故草木俱焚去. 泉轟風動, 路絶旅人. 庵在<u>萬山坳</u>⁴⁾中, 路荒且長, 適當其半, 可飯可宿.

---

1) 석량(石梁)은 '돌다리'라는 뜻으로서 중방광(中方廣)에 있다. 산허리에 두 산을 이어 주는 돌다리가 있는데, 길이는 약 7미터이고 한 가운데는 거북의 등처럼 솟아 있으며 너비가 좁은 곳은 겨우 반 자(尺)밖에 되지 않는다. 돌다리 아래를 흐르는 물줄기의 근원지는 두 곳으로, 동쪽으로는 금계(金溪), 서쪽으로는 대흥갱계(大興坑溪)가 있는데, 이 두 물줄기가 합쳐져 돌다리 아래에서 밑으로 떨어져 내린다. 여기에서는 고유명사로 사용하기로 한다.

2) 상인(上人)은 스님에 대한 존칭이다. 불가에서는 인간을 4종류로 나누는데, 조인(粗人)·탁인(濁人)·중간인(中間人)·상인(上人)이 그것이다. 안으로는 덕과 지혜를 겸비하고, 밖으로는 행동이 뛰어난 사람을 '위에 계신 분(在上之人)'이라 하여 상인이라 일컬었다.

3) 창문(閶門)은 강소성 소주(蘇州)의 동쪽 북단에 위치한 성문이며, 여기에서는 소주를 가리킨다.

4) 요(坳)는 산속의 움푹 패어 우묵한 곳을 의미한다.

**初二日** 飯後, 雨始止. 遂越<u>潦</u>¹⁾攀嶺, 溪石漸幽, 二十里, 暮抵<u>天封寺</u>. 臥念晨上峯頂, 以朗霽爲緣, 蓋連日晚霽, 幷無曉晴. 及五更夢中, 聞明星滿天, 喜不成寐.

---

1) 료(潦)는 길바닥에 괸 물을 의미한다.

**初三日** 晨起, 果日光燁燁,¹⁾ 決策向頂. 上數里, 至<u>華頂庵</u>; 又三里, 將近頂, 爲<u>太白堂</u>, 俱無可觀. 聞堂左下有黃經洞, 乃從小徑. 二里, 俯見一突石, 頗覺秀蔚. 至則一髮僧結庵於前, 恐風自洞來, 以石甃²⁾塞其門, 大爲歎悑. 復上至<u>太白</u>, 循路登絶頂. 荒草靡靡, 山高風冽, 草上結霜高寸許, 而四山廻映, 琪花玉樹, 玲瓏彌望. 嶺角山花盛開, 頂上反不吐色, 蓋爲高寒所勒耳.

仍下<u>華頂庵</u>, 過池邊小橋, 越三嶺. 溪廻山合, 木石森麗, 一轉一奇, 殊慊³⁾所望. 二十里, 過<u>上方廣</u>, 至<u>石梁</u>, 禮佛<u>曇花亭</u>, 不暇觀飛瀑. 下至<u>下方廣</u>,

仰視石梁飛瀑, 忽在天際. 聞<u>斷橋</u>、<u>珠簾</u>尤勝, 僧言飯後行, 猶及往返. 遂由<u>仙筏橋</u>向山後越一嶺, 沿澗八九里, 水瀑從石門瀉下, 旋轉三曲. 上層爲<u>斷橋</u>, 兩石斜合, 水碎迸石間, 匯轉入潭; 中層兩石對峙如門, 水爲門束, 勢甚怒; 下層潭口頗闊, 瀉處如閾,[4] 水從坳中斜下. 三級俱高數丈, 各極神奇, 但循級而下, 宛轉處爲曲所遮, 不能一望盡收, 又里許, 爲<u>珠簾水</u>,[5] 水傾下處甚平闊, 其勢散緩, 滔滔汩汩.[6] 余赤足跳草莽中, 揉木緣崖, <u>蓮舟</u>不能從. 瞑色四下, 始返. 停足<u>仙筏橋</u>, 觀<u>石梁</u>臥虹, 飛瀑噴雪, 幾不欲臥.

---

1) 엽엽(燁燁)은 화염이 강렬한 모양을 가리킨다.
2) 추(甃)는 '돌을 쌓다'는 의미이다.
3) 겸(慊)은 '만족스럽다', '흡족하다'를 의미한다.
4) 역(閾)은 '문지방', '문턱'을 의미한다.
5) 주렴(珠簾)은 물방울이 구슬을 꿰어놓은 듯 흘러내리는 모양을 가리킨다.
6) 도도(滔滔)는 물이 가득 차서 넘실거리는 모양을 나타내고, 골골(汩汩)은 물결치는 소리를 형용한다.

**初四日** 天山一碧如黛.[1] 不暇晨餐, 卽循<u>仙筏</u>上<u>曇花亭</u>, <u>石梁</u>卽在亭外. 梁闊尺餘, 長三丈, 架兩山坳間. 兩飛瀑從亭左來, 至橋乃合流下墜, 雷轟河隤, 百丈不止. 余從梁上行, 下瞰深潭, 毛骨俱悚. 梁盡, 卽爲大石所隔, 不能達前山, 乃還. 過<u>曇花</u>, 入<u>上方廣寺</u>. 循寺前溪, 復至隔山大石上, 坐觀<u>石梁</u>. 爲下寺僧促飯, 乃去. 飯後, 十五里, 抵<u>萬年寺</u>, 登<u>藏經閣</u>. 閣兩重, 有南北經兩藏.[2] 寺前後多古杉, 悉三人圍, 鶴巢於上, 傳聲嘹嚦,[3] 亦山中一清響也. 是日, 余欲向<u>桐柏宮</u>, 覓<u>瓊臺</u>、<u>雙闕</u>, 路多迷津, 遂謀向<u>國清</u>. <u>國清</u>去<u>萬年</u>四十里, 中過<u>龍王堂</u>. 每下一嶺, 余謂已在平地, 及下數重, 勢猶未止, 始悟<u>華頂</u>之高, 去天非遠! 日暮, 入<u>國清</u>, 與<u>雲峯</u>相見, 如遇故知, 與商探奇次第. <u>雲峯</u>言, "名勝無如兩巖,[4] 雖遠, 可以騎行. 先兩巖而後步至<u>桃源</u>, 抵<u>桐柏</u>, 則<u>翠壁</u>、<u>赤城</u>, 可一覽收矣."

---

1) 대(黛)는 눈썹을 그리는 검푸른 빛의 먹으로서, 검푸른 산색을 형용할 때 흔히 사용한다.

**初五日** 有雨色, 不顧. 取寒、明兩岩道, 由寺向西門覓騎. 騎至, 雨亦至.
五十里至步頭, 雨止, 騎去. 二里, 入山, 峯縈水映, 木秀石奇, 意甚樂之.
一溪[1]從東陽來, 勢甚急, 大若曹娥. 四顧無筏, 負奴背而涉, 深過於膝. 移
渡一澗, 幾一時. 三里, 至明巖. 明巖爲寒山、拾得隱身地, 兩山廻曲,
『志』所謂八寸關也. 入關, 則四圍峭壁如城. 最後, 洞深數丈, 廣容數百人.
洞外, 左有兩巖, 皆在半壁; 右有石笋突聳, 上齊石壁, 相去一線, 靑松紫蕊,
翁蓊[2]於上, 恰與左巖相對, 可稱奇絕. 出八寸關, 復上一巖, 亦左向. 來時
仰望如一隙, 及登其上, 明敞容數百人. 巖中一井, 曰仙人井, 淺而不可竭.
巖外一特石, 高數丈, 上岐立如兩人. 僧指爲寒山、拾得云. 入寺, 飯後雲
陰潰散, 新月在天, 人在廻崖, 頂上對之, 淸光溢壁.

**初六日** 凌晨出寺, 六七里至寒巖. 石壁直上如劈, 仰視空中, 洞穴甚多. 巖
半有一洞, 闊八十步, 深百餘步, 平展明朗. 循巖右行, 從石隘[1]仰登. 巖坳
有兩石對聳, 下分上連, 爲鵲橋, 亦可與方廣石梁爭奇, 但少飛瀑直下耳.
還飯僧舍, 覓筏渡一溪. 循溪行, 山下一帶, 峭壁巉崖, 草木盤垂其上, 內多
海棠紫荊, 映蔭溪色, 香風來處, 玉蘭芳草, 處處不絕. 已至一山嘴, 石壁直
竪澗底, 澗深流駛, 旁無餘地, 壁上鑿孔以行, 孔中僅容半趾, 逼身而過, 神
魄爲動. 自寒巖十五里至步頭, 從小路向桃源. 桃源在護國寺旁, 寺已廢,
土人茫無知者. 隨雲峰莽行曲路中, 日已墮, 竟無宿處, 乃復問至坪頭潭.
潭去步頭僅二十里, 今從小路返, 迂廻三十餘里宿, 信桃源誤人也!

1) 석애(石隘)는 두 벼랑 사이에 난 좁은 길을 가리킨다.


**初七日** 自坪頭潭行曲路中三十餘里, 渡溪入山. 又四五里, 山口漸夾, 有館曰桃花塢.[1] 循深潭而行, 潭水澄碧, 飛泉自上來注, 爲鳴玉澗. 澗隨山轉, 人隨澗行. 兩旁山皆石骨, 攢巒夾翠, 涉目成賞, 大抵勝在寒、明兩巖間. 澗窮路絶, 一瀑從山坳瀉下, 勢甚縱橫. 出飯館中, 循塢東南行, 越兩嶺, 尋所謂瓊臺、雙闕, 竟無知者. 去數里, 訪知在山頂. 與雲峰循路攀援, 始達其巓. 下視峭削環轉, 一如桃源, 而翠壁萬丈過之. 峰頭中斷, 卽爲雙闕;[2] 雙闕所夾而環者, 卽爲瓊臺. 臺三面絶壁, 後轉卽連雙闕. 余在對闕, 日暮不及復登, 然勝已一目盡矣.[3] 遂下山, 從赤城後還國淸, 凡三十里.

1) 오(塢)는 사면이 높고 가운데가 낮은 산간의 우묵한 평지를 가리킨다.
2) 궐(闕)은 본래 고대의 궁전이나 사당, 능묘 앞에 세워진 건축물을 가리킨다. 먼저 높은 대를 만들고 그 위에 루관(樓觀)을 세우는데, 대개 좌우에 각각 하나씩 짓고 중앙은 비워서 길로 사용한다. 이를 일컬어 '궐(闕)' 혹은 '쌍궐(雙闕)'이라고 한다. 여기에서는 천연적으로 이루어진 산봉우리 끝이 마치 한 쌍의 궐루(闕樓)처럼 보이기에 '쌍궐'이라 일컫은 것이다.
3) '然勝已一目盡矣'의 구에서의 '목(目)'에 대해, 사고본(四庫本)은 "然勝已一日兼收(그렇지만 아름다운 경치는 이미 하루 동안에 다 보았다)"라 했고, 상해중화도서관인본(上海中華圖書館印本)은 '一目'이라 했다. 여기에서는 문장의 뜻에 비교적 적합한 것으로 후자를 취했다.


**初八日** 離國淸, 從山後五里登赤城. 赤城山頂圓壁特起, 望之如城, 而石色微赤. 巖穴爲僧舍凌雜, 盡掩天趣. 所謂玉京洞、金錢池、洗腸井, 俱無甚奇.

# 안탕산 유람일기(遊雁宕山日記)

## 해제

서하객은 평생 안탕산을 세 차례 유람했는데, 이 「안탕산 유람일기」
는 그가 처음으로 안탕산을 유람했을 때의 기록이다. 서하객은 앞에서
살펴보았듯이 천태산을 유람한 뒤에 안탕산을 유람했다. 「안탕산 유람
일기」는 맑고도 간결한 필치로 안탕산의 다채로운 풍광을 그려내고 있
는 바, 서하객의 풍경 묘사의 기교를 잘 보여주고 있다.

안탕산은 흔히 줄여서 안산(雁山)이라고 일컬으며, 오늘날에는 안탕산
(雁蕩山)이라 부른다. 여기에서의 탕(宕)은 탕(蕩)과 마찬가지로 물이 가득
차고 풀이 자란 웅덩이를 가리킨다. 이 산의 정상에 호수가 있는데, 가
을 기러기가 돌아갈 때 산속 호수의 갈대밭에서 쉬어갔다고 하여 안탕
산이라고 일컬어지게 되었다. 안탕산은 절강성 동남쪽 온주시(溫州市)와
평양현(平陽縣), 낙청현(樂淸縣) 등의 경계에 위치하고 있으며, 산의 아름

다운 풍광으로 '동남제일산(東南第一山)'으로 받들어지고 있다. 아름다운 풍광을 자랑하는 곳이 수없이 많으나, 그 가운데에서도 영봉(靈峰), 영암 (靈巖)과 대룡추(大龍湫)는 '안탕삼절(雁宕三絶)'로 손꼽히고 있다. 안탕산이 위치한 온주부(溫州府)는 지금의 절강성 온주시(溫州市)이다.

이번 유람의 주요 여정은 다음과 같다. 황암(黃巖) → 대형역(大荊驛) → 사공령(謝公嶺) → 영봉사(靈峰寺) → 영암사(靈巖寺) → 운정암(雲靜庵) → 능인 사(能仁寺) → 낙청현(樂淸縣)

## 역문

### 4월 초아흐레

천태산(天台山)을 떠났다.

### 4월 초열흘

황암(黃巖)[1]에 도착했다. 해는 어느덧 서산에 기울어 있었다. 남문을 나와 30리 길을 걸어가 팔오(八鰲)[2]에서 묵었다.

---

1) 황암(黃巖)은 명(明)나라 때 태주부(台州府)에 속한 현(縣)으로서, 오늘날의 절강성 황 암현(黃巖縣)이다.
2) 검오(鰲)는 절강과 복건(福建) 등지의 연해 일대에서 산간의 평지를 일컫는 말이다. 팔오(八鰲)는 황암현에 속한 마을의 이름이다.

## 4월 11일

20리를 나아가 반산령(盤山嶺)[1]에 올랐다. 안탕산의 여러 봉우리를 바라보았다. 마치 연꽃이 하늘에 꽂혀 있고, 휘날리는 꽃잎이 사람의 눈속으로 달려드는 듯하다.

다시 20리를 가서 대형역(大荊驛)[2]에서 식사를 했다. 남으로 한 줄기 시내를 건넜다. 서쪽의 산봉우리 위를 바라보니 둥근 바위가 이어져 있다. 하인들이 그곳을 가리켜 양두타(兩頭陀)라고 했다. 나는 노승암(老僧巖)[3]이 아닌가 생각했으나, 그리 비슷해 보이지는 않는다.

5리를 나아가 장가루(章家樓)[4]를 지났다. 비로소 노승암의 진면목이 제대로 보였다. 가사의 옷차림에 번들거리는 머리가 마치 노승이 꼿꼿이 서있는 모습과 아주 흡사하다. 높이는 대략 백 자 정도이다. 그 옆으로 동자승 모양의 바위 하나가 마치 허리를 구부리고 노승의 뒤를 따르는 듯하다. 줄곧 노승에 가려져 보이지 않았을 따름이다.

장가루에서 2리를 나아가자 산허리에 석량동(石梁洞)[5]이 나타났다. 동굴문은 동쪽을 향하여 있고, 동굴 어귀에 돌다리 하나가 있다. 동굴 꼭대기로부터 비스듬하게 땅에 꽂혀 있는 모습이 마치 무지개가 날듯이 아래로 늘어져 있다. 돌다리 옆의 틈 사이로 층계를 따라 올라갔다. 위쪽은 평평하고 툭 트여 있다. 잠시 앉아 쉬다가 산을 내려왔다.

오른쪽 산기슭을 따라 사공령(謝公嶺)[6]을 넘었다. 한 줄기 산골물을 건너 산골물을 따라 서쪽으로 나아갔다. 이 길은 곧 영봉(靈峰)[7]으로 가는 길이다.

산겨드랑이를 돌아들자 양쪽의 암벽들이 하늘에 닿을 듯 우뚝 솟아 있고, 험준한 봉우리들이 어지러이 겹쳐 있다. 깎아낸 듯, 모아놓은 듯, 죽순을 늘어놓은 듯, 영지를 뽑아놓은 듯, 붓을 곧추 세운 듯, 두건이 기울어진 듯하다. 동굴의 어귀는 마치 장막을 말아 올린 듯하고, 못의 푸르름은 마치 쪽빛 물감을 풀어놓은 듯하다. 쌍란봉(雙鸞峰)은 난새가 날개를 잇댄 채 춤추는 듯하고, 오로봉(五老峰)[8]은 다섯 노인이 어깨를 나란히 한 채 걷는 듯하다.

이렇게 1리쯤 나아가 영봉사(靈峰寺)에 이르렀다. 절의 옆을 따라 영봉동(靈峰洞)에 올랐다. 영봉은 가운데가 텅 빈 채 영봉사 뒤에 우뚝 솟아 있다. 그 옆으로 들어갈 만한 틈새가 있다. 그 틈새로 수십 개의 층계를 올라 동굴 꼭대기에 다다랐다. 거기 깊숙이 평대가 둥글게 훤히 트여 있고, 그 안에는 여러 개의 나한상이 있다. 해질녘까지 앉아 놀다가 영봉사로 돌아왔다.

---

1) 반산령(盤山嶺)은 반산(盤山) 혹은 수산(秀山)이라고도 일컬으며, 황암현 서남쪽에 위치하여 있다.
2) 대형역(大荊驛)은 당시 대형에 설치되어 있던 역참으로서, 오늘날의 대형진(大荊鎭)이며, 낙청현 동북쪽 근교에 위치하여 있다.
3) 노승암(老僧巖)은 석불봉(石佛峰) 혹은 접객승(接客僧)이라고 일컬어진다. 바위의 모양이 손을 마주잡고 손님을 맞는 스님의 형상과 흡사하다고 하여 붙여진 이름이다. 오늘날에는 노승배종(老僧拜鐘)이라 하여 안탕명승의 하나로 손꼽히고 있다.
4) 장가루(章家樓)는 오늘날 대형진(大荊鎭) 서남쪽의 마을 부근이다. 서하객이 유람할 당시 장(章)씨 집안사람이 이곳 누각에서 손님을 맞이했을 것이다.
5) 안탕산에는 동쪽과 서쪽, 북쪽의 세 곳에 석량동(石梁洞)이 있다. 이곳의 석량동은 동쪽 석량동으로서, 노승암의 서북쪽 2리여 쯤에 위치하고 있다. 동굴 앞에 바위가 다리처럼 걸려 있기에 석량동이라 하며, 그 돌다리 모양이 마치 무지개가 걸려 있는 듯하기에 석홍동(石虹洞)이라고도 일컫는다.
6) 사공령(謝公嶺)은 낙청현(樂淸縣) 동북쪽에 있으며, 안탕산으로 가는 길에 있다. 진(晉)나라 때의 저명한 시인인 사령운(謝靈運)이 영가태수(永嘉太守)로 있을 때 여기를 유람한 적이 있는데, 여기에서 유래한 지명이라고 전해온다. 산고개 위에는 낙극정(落屐亭)이 있는데, 이 역시 사령운을 기념하기 위해 지은 것이라 한다.
7) 영봉(靈峰)은 높이가 약 270미터로 오른편의 의천봉(倚天峰)과 합장하고 있는 듯하여 합장봉(合掌峰) 혹은 부처봉(夫妻峰)이라 불리운다. 영봉 앞에는 영봉사(靈峰寺)가 있고, 영봉 아래로는 거대한 관음동(觀音洞)이 있는데, 이 글에서 말하는 영봉동은 바로 이것이다. 동굴 입구에는 천왕전(天王殿)이 있으며, 동굴 안에는 바위에 기대어 지은 10층 누각이 있는데, 꼭대기 층이 관음전(觀音殿)으로 관음과 18 나한상이 있다.
8) 쌍란(雙鸞)과 오로(五老)는 모두 영봉에서 약간 떨어져 있는 산봉우리의 이름이다. 쌍란봉은 두 마리의 난새가 날개를 붙이고서 춤을 추는 듯한 모습에서 비롯되었으며, 오로봉은 다섯 명의 노인이 어깨를 나란히 붙이고 있는 듯한 모습에서 비롯되었다.

## 4월 12일

식사를 마친 후 영봉의 오른쪽 발치를 따라 벽소동(碧霄洞)[1])을 찾아갔다. 왔던 길을 되짚어 사공령 아래에 이르렀다. 남쪽으로 향암(響巖)[2])을 지나 5리를 가자, 정명사(淨名寺)[3]) 어귀에 다다랐다. 들어가 수렴곡(水簾谷)[4])을 찾아가 보았다. 두 벼랑 사이에 끼어 있는데, 물이 벼랑의 꼭대기에서 흩날리며 떨어지고 있다.

수렴곡에서 5리를 나아가 영암사(靈巖寺)[5])에 이르렀다. 사방을 에워싼 절벽은 하늘에 닿을 듯 높고, 땅을 쪼개내리 듯 가파르다. 구불구불한 오솔길을 따라 들어서자, 마치 새로운 별세계가 열리는 듯하다.

절은 바로 그 가운데에 자리한 채 남쪽을 향하고 있으며, 병하장(屏霞嶂)[6])을 등지고 있다. 병하장 꼭대기는 평평한 채, 자줏빛을 띠고 있다. 높이는 100길에, 너비 역시 엇비슷하다. 병하장의 맨 남쪽은 왼편이 전기봉(展旗峰)[7])이고, 오른편이 천주봉(天柱峰)[8])이다. 병하장의 오른쪽 산옆구리와 천주봉 사이에 낀 채 맨 앞에 있는 것이 바로 용비수(龍鼻水)[9])이다.

용비수의 동굴은 바위 틈새를 따라 쭉 뻗어 올라가는데, 영봉동과 모습이 흡사하나 크기가 조금 작다. 동굴 안의 바위 색깔은 누르스름한 자줏빛을 띠고 있다. 유독 틈새 입구의 돌무늬 한 가닥은 검푸른색을 띤 채 매끄럽게 반짝인다. 형상이 마치 용의 비늘이나 발톱과 같다. 이것이 동굴 꼭대기에서 동굴 밑바닥으로 쭉 이어져 내려와, 코 모양의 한쪽 끄트머리까지 드리워져 있다. 코 모양의 끄트머리에 나 있는 구멍은 손가락이 들어갈 정도이다. 거기에서 물이 흘러나와 아래의 그릇 모양의 바위에 똑똑 떨어지고 있다. 이것이 바로 병하장 오른편의 제일가는 비경이다.

병하장의 서남쪽은 독수봉(獨秀峰)[10])이다. 이곳은 천주봉보다는 작지만, 높이와 날카로움은 뒤지지 않는다. 독수봉 아래는 탁필봉(卓筆峰)[11])

이다. 이곳의 높이는 독수봉의 반쯤 되지만, 날카로움은 독수봉과 엇비슷하다. 두 봉우리의 남쪽 웅덩이에 요란스러운 소리를 내며 아래로 쏟아지는 것이 있는데, 이것이 바로 폭포 소룡추(小龍湫)[12]이다.

소룡추와 떨어진 채 독수봉과 마주하고 있는 것은 옥녀봉(玉女峰)[13]이다. 옥녀봉 꼭대기에는 아름다운 봄꽃들이 가득 피어 있는데, 마치 쪽진 머리처럼 보인다. 여기에서 쌍란봉(雙鸞峰)을 지나면 바로 천주봉의 끄트머리이다. 쌍란봉은 두 개의 봉우리가 나란히 솟아올라 있을 뿐이다. 봉우리 사이에 있는 승배석(僧拜石)[14]은 가사 차림에 몸을 구부리고 있는 노승의 모습과 영락없이 닮아 있다.

병하장의 왼쪽 산허리를 따라 전기봉 사이에 낀 채 맨 앞에 있는 것은 안선곡(安禪谷)[15]이다. 안선곡은 바로 병하장의 아래쪽에 있는 동굴이다. 그 동남쪽은 석병풍(石屛風)[16]이다. 모습은 병하장과 흡사하지만, 높이와 규모는 병하장의 절반 정도이고, 병하장의 끄트머리에 꽂혀 있는 듯하다. 석병풍 꼭대기에는 섬여석(蟾蜍石)[17]이 있는데, 병하장 옆의 옥귀석(玉龜石)[18]과 서로 마주보고 있다.

석병풍에서 남쪽으로 나아갔다. 전기봉 옆의 습곡 속에 난 오솔길로 쭉 올라갔다. 돌층계가 끝나는 곳에 돌문턱이 가로막고 있다. 돌문턱 아래로 굽어보니 아래로 땅바닥은 보이지 않고, 위로 하늘이 훤히 트여 있다. 그 너머에는 두 곳의 둥근 동굴이 있고, 옆쪽으로 기다란 동굴이 하나 있다. 밝은 빛이 동굴 안으로 비쳐들어와 별난 경계를 보여준다. 이곳은 천총동(天聰洞)[19]으로, 병하장 왼편의 제일가는 비경이다.

뾰족한 봉우리와 겹겹의 높은 산이 좌우로 빙 두른 채 기이하고도 교묘한 온갖 경치를 자아낸다. 참으로 천하의 절경이다. 소룡추에서 흘러내리는 물은 천주봉과 전기봉을 거쳐 흐른다. 그 위에 돌다리가 걸쳐져 있는데, 영암사의 산문이 돌다리를 굽어보고 있다. 돌다리 너머로 함주암(含珠巖)[20]이 천주봉 기슭에 있고, 정주봉(頂珠峰)[21]이 전기봉 위에 있다. 이것이 바로 영암(靈巖)[22]의 외관이다.

1) 벽소동(碧霄洞)은 벽소봉(碧霄峰) 안에 있으며, 오늘날에는 장군동(將軍洞)이라 일컫는다. 동굴 입구에 벽소봉을 마주하고 있기에 벽소동이라 일컬었다.

2) 향암(響巖)은 무덤처럼 둥글고 볼록한 모양을 지니고 있으며, 석굴 안에 동굴이 많은지라 바위로 치면 기이한 울림소리를 낸다고 하여 향암이라 부른다.

3) 정명사(淨名寺)는 안탕산의 18곳 고찰 중의 하나이다. 송(宋)나라 때에 세워졌으며, 명나라 때에 중건했다.

4) 수렴곡(水簾谷)은 수렴동(水簾洞)이라고도 불리며, 철성장(鐵城嶂) 아래에 있다. 물이 동굴 꼭대기에서 웅덩이로 떨어져 내리는데, 마치 처마 아래로 빗물이 떨어지는 듯하다. 동굴 안에는 감유천(甘乳泉)이 있는데, 일년 내내 졸졸거리지만 밖으로 넘쳐 흐르지는 않는다.

5) 영암사(靈巖寺)는 안탕산 18곳 고찰 가운데 두 번째로 규모가 큰 사찰이다. 북송(北宋) 때에 지어졌으며, 원(元)나라 때에 병란으로 훼손되었다가 명(明)나라 때에 중건되었다.

6) 병하장(屛霞嶂)은 병풍처럼 둘러진 높고 가파른 산을 가리킨다. 병하장은 영암사 뒤에 위치해 있는데, 병풍처럼 펼쳐져 있고 오색이 섞여 햇빛 아래 가을 놀처럼 빛난다고 하여 병하장이라 부른다. 영암(靈巖)이라고도 일컫는다.

7) 전기봉(展旗峰)은 영암사 앞 동편에 위치하며 높이는 약 260미터이다. 봉우리는 드넓어 거대한 담처럼 보이는데, 바람에 펄럭이는 깃발 모양이라고 하여 전기봉이라 일컫는다.

8) 천주봉(天柱峰)은 영암사의 서편에 위치하며 높이는 전기봉과 비슷하다. 봉우리의 모습이 마치 기둥과 같아서 천주봉이라 일컫는다.

9) 영암사 뒤쪽의 삽룡봉(揷龍峰) 아래에 있는 용비동(龍鼻洞)은 입구의 높이가 100여 미터, 깊이는 40여 미터이다. 용비동의 꼭대기에는 용비늘처럼 보이는 돌무늬가 기다란 용 모양으로 동굴 바닥까지 생겨나, 코의 형상을 닮은 바위와 연결되어 있다. 이 바위에는 두 개의 손가락만한 크기의 구멍이 나 있으며, 여기에서 떨어져 내린 물을 용비수(龍鼻水)라고 부른다.

10) 독수봉(獨秀峰)은 영암사 서쪽에 위치하고 있으며, 외로이 우뚝 서 있다고 하여 붙여진 이름이다. 운무가 봉우리를 휘감아 돌 때가 많으니, 의천봉(倚天峰)이라고도 일컫는다.

11) 탁필봉(卓筆峰)은 봉우리의 형세가 공중에 글을 쓰는 거대한 붓 모양과 같다 하여 붙여진 이름이다.

12) 소룡추는 영암사 뒤에 위치하여 있으며, 대룡추(大龍湫)와 함께 안탕산을 대표하는 폭포이다. 소룡추 폭포는 높이가 약 60여 미터로 대룡추보다는 짧지만, 암석에 부딪쳐 날리는 폭포수의 물보라가 대단히 웅장하며 그 소리 또한 하늘을 진동시킨다.

13) 옥녀봉(玉女峰)은 영암사 뒤쪽에 위치하여 있으며, 꽃다운 아가씨가 아름다운 자태로 우뚝 서 있는 모습이라 하여 옥녀봉이라 일컫는다. 봄이 오면 봉우리에 진달래꽃이 만발하여, 마치 새댁의 쪽진 머리에 예쁜 꽃을 꽂은 듯하다고 한다.

14) 승배석(僧拜石)은 노승포석(老僧抱石)이라고도 일컬어진다.

15) 안선곡(安禪谷)은 영암사 동쪽에 위치하여 있으며, 영암사의 초대 조사(祖師)인 행량(行亮)과 선소(禪昭)가 이곳에서 지냈다고 한다.

16) 석병풍(石屛風)은 석비봉(石碑峰) 혹은 옥병봉(玉屛峰)이라고도 하며, 소전기봉(小展旗峰)이라 일컫기도 한다.

17) 섬여석(蟾蜍石)은 그 모습이 두꺼비를 닮았기에 붙여진 이름이다.

18) 옥귀석(玉龜石)은 거북을 닮은 바위의 이름이다.

19) 천총동(天聰洞)은 대(大)전기봉과 소(小)전기봉 사이에 위치해 있으며, 천창동(天窓洞)이라고도 불린다. 동굴의 형상은 아래가 넓고 위는 뾰족하여 대단히 기험하며, 동굴 입구에서 꼭대기에 이르는 돌길이 자못 가파르다. 꼭대기에 이르면 두 곳의 둥근 동굴이 있는데, 하늘로 난 창문의 모습이기에 천창동이라 부른다. 또한 동굴의 동북쪽에는 귀 모양의 대창동(大窓洞)이 있는데, '귀와 눈이 밝은(耳聰目明)' 사람을 지혜로운 자로 여겨왔기에 천총동이라 일컬었던 것이다.

20) 함주암(含珠巖)은 두 바위 사이에 진주같이 둥근 돌을 머금고 있다고 하여 붙여진 이름이다.

21) 정주봉(頂珠峰)은 꼭대기에 진주같이 둥근 돌이 세워져 있다고 하여 붙여진 이름이다. 전설에 따르면, 대룡추와 소룡추의 두 마리 용이 진주를 빼앗으려 다투다가 떨어뜨린 것이라고 한다.

22) 영암(靈巖)은 암벽이 하늘까지 닿을 듯 치솟고 병풍을 두른 듯 하여 병하장(屛霞嶂)이라고도 한다. 영암 앞에는 영암사가 있다. 영암사 앞에는 천주봉(天柱峰)과 전기봉(展旗峰)이 마주보고 있는데, 이를 남천문(南天門)이라 부르며 이곳에서 와룡계(臥龍溪)가 솟아나고 있다.

## 4월 13일

영암사 산문을 나서 산기슭을 따라 오른쪽으로 나아갔다. 가는 길 내내 벼랑은 들쑥날쑥하고, 피어나는 산기운은 온갖 경물에 어려 있다. 높이 펼쳐진 곳은 판장암(板嶂巖)[1]이고, 판장암 아래로 삐죽하게 우뚝 솟은 곳은 소전도봉(小剪刀峰)[2]이다.

다시 앞으로 나아갔다. 겹겹이 보이는 봉우리들 위로 하늘을 찌를 듯 우뚝 솟은 바위가 있다. 관음암(觀音巖)[3]이다. 그 옆으로 마안령(馬鞍嶺)[4]이 앞쪽에 가로 놓여 있다. 험준한 산길을 굽이져 돌아 움푹 꺼진 곳을 넘어 오른쪽으로 돌아들었다. 시냇물이 콸콸 흐르고 있다. 시내 바닥의 돌들은 숫돌처럼 평평하다.

시냇물을 따라 깊이 들어갔다. 대략 영암사에서 10여리 떨어진 곳에서 상운봉(常雲峰)[5]을 지났다. 산골물 옆에 대전도봉(大剪刀峰)[6]이 홀로 솟구쳐 있다. 대전도봉 북쪽으로 겹겹의 바위들이 우뚝 솟아 있는데, 이곳은 연운봉[7]이다. 봉우리를 따라 구불구불 나아가자, 바위벼랑이 다했다.

용추(龍秋)[8]의 폭포수는 요란한 굉음을 내면서 못 속으로 쏟아지고 있다. 바위의 형세는 웅장하고도 험준하다. 흐르는 물은 거침없이 허공으로 솟구쳐 흩날린다. 일시에 눈이 아찔하고 무섬증이 들었다.

못 위에는 묘당이 한 채 있는데, 전해지는 이야기로 낙거나(諾詎那)[9]가 폭포의 못을 감상하던 곳이라 한다. 묘당 뒤의 층계를 곧바로 오르자, 새가 날개를 펼친 듯 정자 한 채가 세워져 있다. 폭포를 마주하여 오래도록 걸터앉아 있었다.

암자에 내려와 식사를 했다. 보슬비가 그치지 않았다. 하지만 나의 마음은 이미 안호산(雁湖山)[10] 꼭대기로 날아가 있었다. 그리하여 마침내 비를 무릅쓰고 상운봉에 이르렀다. 상운봉 산허리의 도송동(道松洞)[11] 너머로 가파른 층계를 3리쯤 기다시피 올라 백운암(白雲庵)[12]에 이르렀다. 하지만 백운암은 인적이 끊긴 채 허물어져 있다. 도사 한 사람이 우거진 풀더미 속에서 나그네 오는 것을 우두커니 바라보더니 하릴없이 가 버렸다.

다시 1리를 더 들어가니 운정암(雲靜庵)[13]이 나왔다. 이곳에서 하룻밤을 묵기로 했다. 청은(淸隱) 도사는 병상에 누운 지 수십 년이 되었는데도, 나그네와 담소를 나눌 수는 있었다. 사방의 산봉우리에 비구름이 스산했다. 나는 내일 아침의 여정이 걱정되지 않을 수 없었다.

---

1) 판장암(板嶂巖)은 영암사 서쪽에 위치하며, 병풍처럼 펼쳐져 있는 모습에서 붙여진 이름이다. 철판장(鐵板嶂)이라 일컫기도 한다.
2) 소전도봉(小剪刀峰)은 천주봉 서쪽에 위치하며, 가위처럼 생긴 봉우리의 모습에서 붙여진 이름이다. 규모나 명성에 있어서 대전도봉(大剪刀峰)에 미치지 못한다.
3) 관음암(觀音巖)은 관음봉(觀音峰)이라고도 하며, 상령암촌(上靈岩村)의 서북쪽에 위치하여 있다. 관음암의 아래에 연대장(蓮臺嶂)이 있는데, 운무가 자욱한 날 멀리서 바라보면 관음이 연대 위에 앉아 운무 속에 떠있는 듯이 보인다 하여 관음암이라 일컬어진다.
4) 마안령(馬鞍嶺)은 영암 풍경구와 대룡추 풍경구 사이에 이어져 있으며, 고개의 일부분이 움푹 들어가 마치 말안장처럼 보인다하여 붙여진 이름이다.
5) 상운봉(常雲峰)은 관음봉의 서쪽, 대룡추의 동쪽에 위치해 있다. 그다지 높지는 않지만, 늘 자욱한 구름 속에 잠겨 있어 가파르게 보인다.

6) 대전도봉(大剪刀峰)은 바라보는 위치에 따라 벌어진 가위, 배의 돛, 기둥, 거대한 자라 등의 모양으로 다채롭게 변한다. 이 때문에 청나라 사람들은 "산중에 기이한 봉우리가 백 개가 넘지만, 가장 뛰어난 것을 고른다면 이것이 으뜸이리라(山中奇峰百二, 而選其優, 則以此爲首)"고 칭찬하고 있다.

7) 연운봉(連雲峰)은 상운봉의 서쪽에 위치하여 있으며, 연운장(連雲嶂)이라 일컫기도 한다. 대룡추 폭포는 바로 이 연운봉에서 쏟아져 내린다.

8) 용추(龍秋)는 여기서 대룡추를 가리키며, 높이 190미터에서 귀를 찢는 듯한 굉음과 함께 엄청난 물보라를 일으키며 쏟아져 내린다. 앞에서 설명한 소룡추와 함께 안탕산의 폭포를 대표하고 있다.

9) 소승(小乘)의 교법을 수행하는 사람을 나한(羅漢)이라 하며, 불교 경전 중에는 16 나한이 있다. 낙거나(諾詎那)는 16 나한 가운데의 한 사람으로 송(宋)나라 때 심괄(沈括)이 저술한 『몽계필담(夢溪筆談)』에서는 낙구라(諾矩羅)라고 일컫기도 했다. 전해 오는 이야기에 따르면, 낙거나는 용추 폭포 앞에서 폭포수를 바라보며 좌화(坐化), 즉 앉은 채로 세상을 떠났다고 한다.

10) 안호산(雁湖山)은 일명 안호강(雁湖岡)으로 해발 약 1000미터이다. 산꼭대기의 호수는 안탕호(雁蕩湖) 혹은 평호(平湖)라고 하는데, 가을철 기러기들이 쉬어가던 곳이다.

11) 전해 오는 이야기에 따르면, 도송동(道松洞)은 도송 스님이 열었던 곳이라고 한다. 대룡추 폭포 근처의 여러 동굴 가운데에서 풍광이 가장 아름다운 곳이다.

12) 백운암(白雲庵)은 대룡추 폭포 근처에 있는 도관(道觀)이다.

13) 운정암(雲靜庵) 역시 대룡추 폭포 근처에 있는 도관이다.

# 4월 14일

날이 갑자기 맑아졌다. 억지로 청은 도사의 제자에게 길안내를 부탁했다. 청은 도사의 말씀에 따르면, 안호는 잡초가 우거져 이미 황무지가 되었다고 한다. 제자가 달리 갈 곳이 있기는 하지만, 봉우리 꼭대기까지 바래다주겠노라고 했다.

나는 꼭대기에 이르면 호수를 구경할 수 있겠거니 여겼다. 이리하여 각자 지팡이를 하나씩 짚고서 우거진 잡초 속을 기다시피 올라갔다. 발걸음을 내딛을 때마다 숨을 헐떡거리면서 몇 리를 올라 높은 산마루에 이르렀다. 사방을 둘러보니 온통 흰 구름만 자욱히 봉우리 아래를 뒤덮고 있다. 여러 봉우리들은 꽃떨기마냥 꼭대기만 슬쩍 드러내고 있다. 햇살이 이를 비추니 맑고 아름다운 선경이라, 어디가 바다요 어디가 뭍인지 알 수 없다. 하지만 바다 속의 저 옥환산(玉環山)[1] 한 오라기는 몸을 굽히기만 하면 주워 올릴 수 있을 듯하다.

북쪽으로 멀리 바라보니 산속의 움푹 꺼진 곳이 우뚝 서 있고, 안쪽에는 죽순 모양의 바위들이 들쑥날쑥 빽빽하다. 비취빛 벼랑에 둘러싸인 삼면의 경치는 영암보다 훨씬 뛰어나다. 그저 골짜기가 깊고 지세가 깎아지른 듯한지라, 졸졸 흘러내리는 물소리만 들릴 뿐 어디에서 흐르는지 알 길이 없다. 사방에 겹겹이 이어진 산봉우리들은 언덕과 개밋둑처럼 아래로 엎드려 있다. 오직 동편의 봉우리만이 홀로 우뚝 솟구쳐 있는데, 맨 동편의 상운봉이 그래도 어깨를 겨룰 만하다.

길잡이를 맡은 이가 돌아가자고 했다. 그는 손가락으로 가리키면서, 안호는 서편 옆구리 봉우리에 있으며, 아직도 뾰족한 산봉우리를 세 곳이나 넘어야 한다고 말해주었다. 나는 그의 말대로 했다. 한 봉우리를 넘자, 길은 어느덧 사라지고 없었다. 한 봉우리를 더 넘자, 올라야 할 꼭대기는 벌써 하늘 중간에 걸려 있다. 생각해보니 『대명일통지』에는 "안탕은 산꼭대기에 있고, 용추 폭포의 물은 곧 안탕에서 흘러나온다"라고 씌어 있다. 그런데 이제 산의 지세는 점점 내려가고, 대룡추 폭포의 산골물은 도리어 동쪽의 높은 봉우리에서 발원하는데다가, 여기에서 산골짜기 두 곳이나 떨어져 있다. 그리하여 마침내 동쪽으로 몸을 돌려, 동쪽의 높은 봉우리를 바라보며 앞으로 나아갔다.

연주 스님은 힘이 부쳐 도저히 따를 수 없어서 오던 길로 내려갔다. 나는 두 명의 하인과 함께 고개를 두 곳 넘었다. 사람 자취는 찾아볼 길이 없다. 잠시 후 산은 한층 높아지고 등성이는 더욱 좁아진다. 양쪽은 깎아지른 듯한 벼랑인지라, 마치 칼등 위를 걷는 듯하다. 게다가 바위조각의 모서리가 성난 듯 날카롭다. 등성이를 지날 때마다 곧바로 험준한 봉우리가 나왔다. 그때마다 칼날처럼 예리한 틈새 속을 버둥거리면서 기어올랐다. 이와 같이 하기를 여러 차례 했지만, 가는 곳마다 발 딛을 여지가 없으니, 그 어디에 호수를 들일 만한 터가 있을 수 있겠는가?

얼마 후 높다란 봉우리가 끝나는 곳에 바위 하나가 마치 칼로 쪼개놓은 듯 놓여 있다. 오르는 길 내내 날카로운 돌조각에 찔릴까봐 걱정했다. 그런데 여기에 이르고 보니 그나마 발 딛을 날카로운 바위조각조차 보이지 않는다. 벼랑 위에서 머뭇거리면서 왔던 길로 되돌아갈 수도 없었다. 굽어보니 남쪽 암벽 아래에 돌층계가 있다. 하인들에게 발싸개 네 개를 벗어 벼랑 위에서 늘어뜨리게 했다. 하인을 먼저 내려 보낸 다음, 내가 뒤따랐다. 기어오를 길을 찾을 요량이었다.

아래로 내려가니 겨우 발을 붙일 수 있을 뿐 더 이상 여지가 없었다. 바위 아래를 살펴보니 가파른데다 깊이가 백 길인지라, 다시 오르고자 했다. 그러나 위쪽의 바위 또한 세 길이 넘게 움패어 있는지라 날아오를 수도 없는 일이었다. 발싸개로 만든 베끈을 잡고 오르고자 해보았다. 그런데 베끈이 불룩 솟은 바위에 쓸려 그만 중간이 끊기고 말았다. 다시 베끈을 이어 매달아 젖먹던 힘을 다해 붙잡고 기어올라 간신히 위쪽 바위에 다시 올라설 수 있었다.

험한 곳을 겨우 빠져나와 운정암으로 되돌아왔다. 해가 벌서 뉘엿뉘엿 서쪽으로 지고 있었다. 주인과 하인의 옷과 신발은 해질 대로 해져 버렸다. 안호를 찾겠다는 흥취는 식고 말았다.

청은 도사와 작별하고 내려오는 길에 다시 용추 폭포에 들렀다. 오래도록 비가 내린 뒤끝이라 성난 물살이 쏟아져 변화가 극심하다. 우레 울리듯 폭포 소리가 진동하고 눈발 휘날리듯 물보라 일어나니, 그 기세가 어제보다 배나 거세다. 땅거미가 내릴 때까지 앉아 있다가 용추 폭포를 떠났다. 남쪽으로 4리를 나아가 능인사(能仁寺)[2]에서 하룻밤을 묵었다.

---

1) 옥환산(玉環山)은 오늘날 절강성 옥환현에 위치해 있으며, 바다를 두고 서북쪽으로 안탕산과 마주보고 있다.
2) 능인사(能仁寺)는 송(宋)나라 함평(咸平) 2년(999년)에 세워졌으며, 처음에는 상운원(常雲院)이라 일컬어지다가 승천사(承天寺)로 고치고 정화(政和) 7년(1117년)에 능인사로 바뀌었다. 이곳은 안탕산에 있는 18곳의 사찰 가운데 규모가 가장 크다.

## 4월 15일

능인사 뒤에서 방죽[1] 몇 움큼을 찾아냈는데, 나뭇가지만큼 가늘다.
대숲에 새로 자라난 대나무는 커봐야 직경이 한 치밖에 안 된다. 이런
대나무는 연약해서 지팡이로 쓰기에 알맞지 않다. 오래 자란 대나무는
거의 모두 베어버린 터였다! 마침내 갈림길을 좇아 사십구반령(四十九盤
嶺)[2]을 넘었다. 가는 길 내내 동해(東海)가를 따라 남쪽으로 요오령(窯塢
嶺)[3]을 넘어 낙청현(樂淸縣)[4]으로 갔다.

1) 방죽(方竹)은 줄기의 단면이 사각형이며, 이 때문에 사방죽(四方竹)이라고도 일컫는
   다. 중국의 화동과 화남 지역에서 관상용으로 재배되는데, 옛사람들은 이 대나무로
   지팡이를 만들었다.
2) 사십구반(四十九盤)은 고개의 이름으로, 고개를 넘어가는 산길이 굽이굽이 돌아드
   는 데에서 비롯되었다. 예전에는 단방령(丹芳嶺)이라 일컬었으며, 능인사에서 이 고
   개를 넘어 부용(芙蓉)을 거쳐 낙청현에 이른다.
3) 요오령(窯塢嶺)은 부용(芙蓉)과 낙청현 사이에 위치하며, 고개가 그다지 높지는 않
   다.
4) 낙청현(樂淸縣)은 명(明)나라 때에 온주부(溫州府)에 속한 현으로서, 오늘날의 절강
   성 낙청현이다.


## 원문

**自初九日別台山, 初十日抵黃巖.** 日已西, 出南門, 步行[1]三十里, 宿於八塢.

1) 보행(步行)이란 글자는 원본에 없으나, 사고본(四庫本)에 의거하여 보충했다.

**十一日** 二十里, 登盤山嶺. 望雁山諸峰, 芙蓉揷天, 片片撲人眉宇. 又二十
里, 飯大荊驛. 南涉一溪, 見西峰上綴圓石. 奴輩指爲兩頭陀,[1] 余疑卽老僧

巖, 但不甚肖. 五里, 過章家樓, 始見老僧眞面目: 袈衣禿頂, 宛然兀立, 高可百尺.[2] 側又一小童傴僂於後, 向爲老僧所掩耳. 自章樓二里, 山半得石梁洞. 洞門東向, 門口一梁, 自頂斜揷於地, 如飛虹下垂. 由梁側隙中層級而上, 高敝空豁. 坐頃之, 下山.

由右麓逾謝公嶺, 渡一澗, 循澗西行, 卽靈峰道也. 一轉山腋, 兩壁峭立亘天, 危峰亂疊, 如削如攢, 如騈笋, 如挺芝, 如筆之卓, 如幞[3]之欹. 洞有口如捲幞者, 潭有碧如澄靛[4]者. 雙鸞, 五老, 接翼聯肩. 如此里許, 抵靈峰寺, 循寺側登靈峰洞. 峰中空, 特立寺後, 側有隙可入. 由隙歷磴數十級, 直至窩頂, 則窅然[5]平臺圓敞, 中有羅漢諸像. 坐玩至暝色, 返寺.

---

1) 두타(頭陀)는 원래 스님의 수행을 의미하며, 스님을 가리키는 말로 전화했다.
2) 사고본(四庫本)에서는 백장(百丈)이라고 되어 있으나, 여기에서는 백척(百尺)으로 한다.
3) 복(幞)은 고대에 남자들이 착용했던 두건의 일종이다.
4) 전(靛)은 청대(靑黛), 즉 쪽으로 만든 검푸른 물감, 또는 그 물감으로 물을 들이는 것을 의미한다.
5) 요(窅)는 깊고 먼 모양을 가리킨다.

**十二日** 飯後, 從靈峰右趾覓碧霄洞. 返舊路, 抵謝公嶺下. 南過響巖, 五里, 至淨名寺路口. 入覓水簾谷, 乃兩崖相夾, 水從崖頂飄下也. 山谷五里, 至靈巖寺, 絶壁四合, 摩天劈地, 曲折而入, 如另闢一實界.[1] 寺居其中, 南向, 背爲屛霞嶂. 嶂頂齊而色紫, 高數百丈, 闊亦稱之. 嶂之最南, 左爲展旗峰, 右爲天柱峰. 嶂之右脇介于天柱者, 先爲龍鼻水. 龍鼻之穴從石罅直上, 似靈峰洞而小. 穴內石色俱黃紫, 獨罅口石紋一縷, 靑紺,[2] 頗有鱗爪之狀. 自頂貫入洞底, 垂下一端如鼻, 鼻端孔可容指, 水自內滴下注石盆. 此嶂右第一奇也.

西南爲獨秀峰, 小於天柱, 而高銳不相下. 獨秀之下爲卓筆峰, 高半獨秀, 銳亦如之. 兩峰南坳, 轟然下瀉者, 小龍湫[3]也. 隔龍湫與獨秀相對者, 玉女峰也. 頂有春花, 宛然揷髻, 自此過雙鸞, 卽極於天柱. 雙鸞止兩峰並起, 峰際有僧拜石, 袈裟傴僂, 肖矣. 由嶂之左脇, 介於展旗者, 先爲安禪谷, 谷卽屏霞之下巖. 東南爲石屏風, 形如屏霞, 高闊各得其半, 正揷屏霞盡處. 屏風頂有蟾蜍石, 與嶂側玉龜相向. 屏風南去, 展旗側褶中, 有徑直上, 磴級盡處, 石閾限之. 俯闚而窺, 下臨無地, 上嵌崆峒.[4] 外有二圓穴, 側有一長穴, 光自穴中射入, 別有一境, 是爲天聰洞, 則嶂左第一奇也. 銳峰疊嶂, 左右環向, 奇巧百出, 眞天下奇觀! 而小龍湫下流, 經天柱、展旗, 橋跨其上, 山門臨之. 橋外含珠巖在天柱之麓, 頂珠峰在展旗之上. 此又靈巖之外觀也.

---

1) 환계(寰界)는 천하 혹은 세계를 의미한다.
2) 감(紺)은 푸른빛을 띤 검은색을 의미한다.
3) 추(湫)란 원래 폭포 아래 만들어진 못을 가리킨다.
4) 공동(崆峒)은 툭 트여 휜하고 드넓음을 의미한다.

**十三日** 出山門, 循麓而右, 一路崖壁參差, 流霞[1]映采. 高而展者, 爲板嶂巖. 岩下危立而尖夾者, 爲小剪刀峰. 更前, 重巖之上, 一峰亭亭揷天,[2] 爲觀音巖. 巖側則馬鞍嶺橫亘於前. 鳥道盤折,[3] 逾坳右轉, 溪流湯湯,[4] 澗底石平如砥. 沿澗深入, 約去靈巖十餘里, 過常雲峰, 則大剪刀峰介立[5]澗旁. 剪刀之北, 重巖陡起, 是名連雲峰. 從此環遶廻合, 巖窮矣.

龍湫之瀑, 轟然下搗潭中, 巖勢開張[6]峭削, 水無所着, 騰空飄蕩, 頓令心目眩怖. 潭上有堂, 相傳爲諸詎那觀泉之所. 堂後層級直上, 有亭翼然,[7] 面瀑踞坐久之. 下飯庵中, 雨廉纖[8]不止, 然余已神飛雁湖山頂. 遂冒雨至常雲峰, 由峰半道松洞外, 攀絶磴三里, 趨白雲庵, 人空庵圮. 一道人在草莽中, 見客至, 望望去. 再入一里, 有雲靜庵, 乃投宿焉. 道人淸隱, 臥牀數十年, 尙能與客談笑. 余見四山雲雨凄凄, 不能不爲明晨憂也.

---

1) 유하(流霞)는 피어오르는 산기운을 의미한다.
2) 정정(亭亭)은 우뚝 솟은 모양이며, 삽천(揷天)은 하늘을 찌를 듯한 모양이다.
3) 『화양국지(華陽國志)』에서 "조도(鳥道) 4백리는 험준하여 짐승조차도 건널 길이 없

고, 오로지 위로 날아가는 새의 길만 있을 따름이다(鳥道四百里, 以其險絶, 獸猶無蹊, 特上有飛鳥之道耳)"라고 했듯이, 조도(鳥道)는 험준한 길을 의미한다. 반절(盤折)은 구불구불 빙빙 돈다는 뜻이다.

4) 탕탕(湯湯)은 큰물이 급하게 흐르는 모양을 형용한다.

5) 개립(介立)은 홀로 우뚝 서 있음을 의미한다.

6) 개장(開張)은 기세가 웅장하고 드넓음을 의미한다.

7) 여기에서의 정자는 연좌정(宴坐亭)이다. 익연(翼然)은 새가 날개를 활짝 편 모습을 가리킨다.

8) 염섬(廉纖)은 가느다랗다는 의미이다.


**十四日** 天忽晴朗, 乃强淸隱徒爲導. 淸隱謂湖中草滿, 已成蕪田, 徒復有他行, 但可送至峰頂. 余意至頂, 湖可坐得, 於是人捉一杖, 躋攀深草中, 一步一喘, 數里, 始歷高巓. 四望白雲, 迷漫一色, 平鋪峰下. 諸峰朶朶, 僅露一頂, 日光映之, 如氷壺瑤界,[1] 不辨海陸. 然海中玉環一抹, 若可俯而拾也. 北瞰山坳壁立, 內石笋森森, 參差不一. 三面翠崖環繞, 更勝靈巖. 但谷幽境絶, 惟聞水聲潺潺, 莫辨何地. 望四面峰巒累累,[2] 下伏如丘垤,[3] 惟東峰昂然獨上,[4] 最東之常雲, 猶堪比肩.

導者告退, 指湖在西腋一峰, 尙須越三尖. 余從之, 及越一尖, 路已絶; 再越一尖, 而所登頂已在天半. 自念『志』云 : "宕在山頂, 龍湫之水, 卽自宕來."[5] 今山勢漸下, 而上湫[6]之澗, 却自東高峰發脈,[7] 去此已隔二谷. 遂返轍[8]而東, 望東峰之高者趨之, 蓮舟疲不能從, 由舊路下. 余與二奴東越二嶺, 人跡絶矣. 已而山愈高, 脊愈狹, 兩邊夾立, 如行刀背. 又石片稜稜[9]怒起, 每過一脊, 卽一峭峰, 皆從刀劍隙中攀援而上. 如是者三, 但見境不容足, 安能容湖? 旣而高峰盡處, 一石如劈, 向懼石鋒撩人, 至是且無鋒置足矣. 躊躇崖上, 不敢復向故道. 俯瞰南面石壁下有一級, 遂脫奴足布四條, 懸崖垂空, 先下一奴, 余次從之, 意可得攀援之路. 及下, 僅容足, 無餘地. 望巖下斗[10]深百丈, 欲謀復上, 而上巖亦嵌空三丈餘, 不能飛陟. 持布上試, 布爲突石所勒, 忽中斷. 復續懸之, 竭力騰挽, 得復登上巖. 出險, 還雲靜庵, 日已漸西. 主僕衣履俱敝, 尋湖之興衰矣. 遂別而下, 復至龍湫, 則積雨[11]之後, 怒濤傾注, 變幻極勢, 轟雷噴雪, 大倍於昨. 坐至暝始出, 南行四里,宿能仁寺.

1) 빙호(氷壺)는 물을 담는 옥병을 의미하는데, 여기에서는 깨끗하고 투명함을 비유한다. 이 말은 남조(南朝) 송(宋)나라의 시인인 포조(鮑照)가 지은 「백두음(白頭吟)」의 "곧기는 명주실로 꼰 붉은 노끈이요, 맑기는 옥으로 만든 빙호라네(直如朱絲繩, 淸如玉壺氷)"라는 구절에서 비롯되었다. 요계(瑤界)는 맑고 아름다운 세계를 의미한다.
2) 루류(累累)는 첩첩히 쌓인 모양 혹은 연이어 잇댄 모양을 가리킨다.
3) 구질(丘垤)은 언덕과 개밋둑을 의미하며, 크고 작은 언덕을 의미한다.
4) 앙연독상(昂然獨上)은 홀로 우뚝 치솟아 있는 모양을 가리킨다.
5) 『대명일통지』의 이 기록은 아래의 서술을 통해 알 수 있듯이 잘못된 것이다. 서하객은 이번의 유람을 통해 대룡추 폭포의 발원지와 안호의 정확한 위치를 조사함으로써 『대명일통지』의 오류를 바로잡았다.
6) 상추(上湫)는 대룡추 폭포를 가리킨다.
7) 맥(脈)은 곧 수맥(水脈)이며, 발맥(發脈)이란 물의 발원을 의미한다.
8) 철(轍)은 수레바퀴 자국이란 본의에서 수레가 다니는 길을 의미한다. 반철(返轍)은 가는 길의 방향을 바꿈을 가리킨다.
9) 능릉(稜稜)은 '날카롭게 모가 진 모양'을 가리킨다.
10) 두(斗)는 '가파르다'는 의미의 두(陡)의 가차이다.
11) 적우(積雨)는 장맛비 혹은 오랫동안 내린 비를 의미한다.

**十五日** 寺後覓方竹數握, 細如枝; 林中新條, 大可徑寸, 柔不中杖, 老柯[1] 斬伐殆盡矣! 遂從岐度四十九盤, 一路遵海而南, 逾窯嶴嶺, 往樂清.

1) 노가(老柯)는 오래 자란 대나무를 가리킨다.

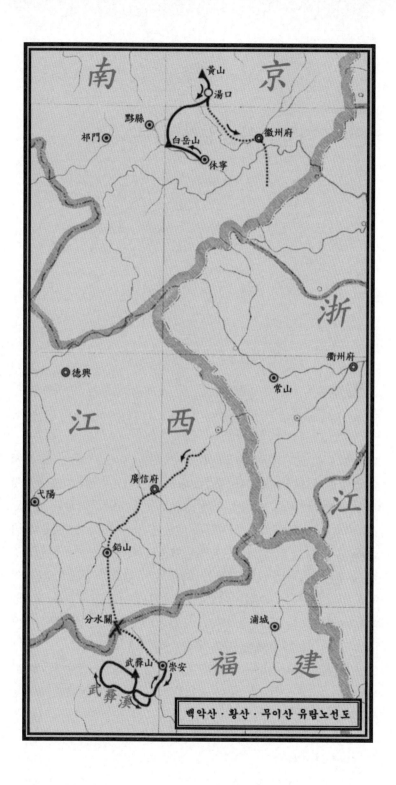

白岳山 · 황산 · 무이산 유람노선도

# 백악산 유람일기(遊白岳山日記)

## 해제

만력(萬曆) 44년(1616년) 31살의 서하객은 만력 41년(1613년)의 첫 번째 유람에 이어, 안휘성(安徽省)과 복건성(福建省)에 있는 백악산(白岳山)과 황산(黃山), 무이산(武彛山)으로 두 번째 유람길에 올랐다. 「백악산 유람일기」는 바로 이 유람길에서 백악산을 유람한 기록이다. 서하객은 만력 46년(1618년)에 다시 한번 백악산을 유람했지만, 이때에는 기록을 남기지 않았다. 백악산은 오늘날의 제운산(齊雲山)이며, 안휘성 휴녕현(休寧縣)에 위치해 있다. 백악산 위에는 태소궁(太素宮)이 웅장하고 화려한 모습을 자랑하고 있다. 이밖에도 향로봉(香爐峰)과 자옥병(紫玉屛), 삼고봉(三姑峰), 오로봉(五老峰), 문창각(文昌閣) 등의 명승들이 많이 있다.

이번 유람의 주요 여정은 다음과 같다. 휴녕현(休寧縣) → 낭매암(榔梅巖) → 사신애(捨身崖) → 낭매암(榔梅巖) → 문창각(文昌閣) → 관음암(觀音巖) → 낭

매암(榔梅巖)

## 역문

### 병신년[1] 정월 26일

나는 작은 할아버지 심양(瀋陽)과 함께 정월 26일 휘주부(徽州府)의 휴
녕현(休寧縣)에 이르렀다. 서문을 나섰다. 기문현(祁門縣)에서 흘러오는 시
내는 백악산(白岳山)[2]을 지나 현성을 따라 남쪽으로 흘러가다가, 매구(梅
口)에 이르러 군의 시내와 합쳐져 절계수(浙溪水)로 흘러든다.

시내를 따라 올라가 20리를 나아가 남도(南渡)에 이르렀다. 다리를 지
나 산기슭을 좇아 10리를 걸어 암하(巖下)에 닿았다. 어느덧 날이 저물었
다. 산에 올라 5리를 가다가 묘당에 걸린 등롱을 빌렸다. 눈보라를 무릅
쓰고 얼음을 밟으면서 2리를 걸어 천문(天門)[3]을 지났다. 다시 1리쯤 더
나아가 낭매암(榔梅巖)[4]에 들어섰다.

길을 가는 도중에 천문과 주렴(珠簾)[5]의 절경을 거쳤다. 하지만 모두
살펴볼 짬을 내지 못한 채, 그저 숲속에서 얼음이 떨어지며 쟁쟁거리는
맑은 소리만 들었다. 낭매암에 들어서자 싸라기눈이 쏟아지는데, 작은
할아버지와 하인은 모두 뒤쳐져 있었다. 나 홀로 산방에 누운 채, 밤새
낙숫물 소리에 끝내 잠을 이루지 못했다.

---

1) 병신(丙申)년은 1616년을 가리킨다.
2) 백악산(白岳山)은 백악령(白岳嶺)이라 일컫기도 한다. 아름다운 경치로 이름이 드높
   아, 일찍이 청(淸)나라 건륭제(乾隆帝)는 "천하에 둘도 없는 절경으로 강남 제일의 명
   산이다(天下無雙勝景, 江南第一名山)"라고 찬사를 아끼지 않았다.

3) 천문(天門)은 동천문(東天門)이라고도 일컬으며, 산벼랑의 틈이 마치 문처럼 네모지게 열려 있다고 하여 천문이라 부른다.

4) 전해 오는 이야기에 따르면, 현무대제(玄武大帝)가 일찍이 무당산(武堂山)에 빈랑나무와 매화나무를 심었는데, 도사들이 이를 흉내내어 가정(嘉靖) 5년(1526년)에 백악산에 낭매암(椰梅巖)을 짓고 빈랑나무와 매화나무를 심었다고 한다.

5) 주렴(珠簾)은 진주렴(珍珠簾)이라고도 하며, 낭매암 근처에 있다. 샘물이 공중에서 떨어져 내리는 모습이 발(簾)과 같고, 흩날리는 것이 마치 구슬(珠)과 같다고 하여 붙여진 이름이다.

# 정월 27일

아침에 일어나 살펴보니, 온 산이 얼음꽃과 옥나무로 화하고 천지가 은빛으로 가득 차 있다. 누각에 앉아 있노라니 마침 작은 할아버지와 하인이 도착했다. 이에 함께 태소궁(太素宮)[1]에 올랐다.

태소궁은 북쪽을 향하고 있는데, 현제(玄帝)[2]의 상은 백 마리의 새가 진흙을 물어와 빚어 만들었으며 색깔은 새카맣다. 현제의 상은 송나라 때에 완성되었다. 대전은 가정 37년[3]에 새로 지어졌으며, 정원 안의 비문[4]은 명나라 세종 황제의 어명으로 제작된 것이다. 좌우에는 왕령관(王靈官)[5]과 조원수(趙元帥)[6]의 전당이 있는데, 모두 웅장하고 화려하다. 뒤로는 옥병봉(玉屏峰)[7]을 등지고 있고, 앞으로는 향로봉(香爐峰)을 굽어보고 있다. 향로봉은 수십 길의 높이로 우뚝 솟아 있는데, 마치 종을 뒤집어 엎어놓은 듯하다. 천태산과 안탕산을 유람한 적이 없는 이들은 혹 매우 기이하게 여길 것이다.

묘당을 나와 왼쪽으로 향하자, 사신애(捨身崖)가 나왔다. 돌아 오르자 자옥병(紫玉屏)이 나오고, 다시 서쪽으로 나아가니 자소애(紫霄崖)[8]가 나왔다. 모두 불쑥 높이 치솟아 있다. 다시 서쪽으로 나아가니 삼고봉(三姑峰)[9]과 오로봉(五老峰)[10]이 나오고, 문창각(文昌閣)[11]이 그 앞에 자리잡고 있다. 오로봉은 어깨를 나란히 하고 있는데, 그다지 가파르지 않고 영락 없이 붓걸이를 닮아 있다.

매낭암으로 돌아와 밤에 왔던 길을 따라 천제(天梯)를 내려갔다. 바위 벼랑이 삼면을 둘러싸고 있는데, 위는 뒤덮여지고 아래는 움패어져 마치 복도와 흡사하다. 벼랑을 따라 나아가니 샘물이 벼랑 너머로 휘날려 떨어졌다. 이것이 주렴수(珠簾水)이다. 깊이 움팬 곳은 나한동(羅漢洞)이다. 동굴 밖은 툭 트여 있고 안은 나지막하다. 깊이는 15리나 되고, 남동쪽으로 남도(南渡)로 통해 있다.

벼랑이 끝나는 곳은 천문이다. 벼랑의 가운데 부분은 구멍이 나 있어 사람들이 그 사이로 드나드는데, 시원스럽고 오뚝하여 마치 전설 속의 하늘문과 같았다. 천문 밖에는 거대한 녹나무가 한 가운데에 우뚝 솟아 있다. 구불구불한 줄기에 이파리가 짙푸르다. 천문 안쪽 벼랑 일대에는 주렴수가 흩날리니, 그 기이한 경관은 천하제일이다.

낭매암으로 되돌아와 하룻밤을 쉬어가기로 했다. 오정(五井)[12]과 교애(橋崖)[13]의 절경을 물어 보았다. 도사 왕백화(汪伯化)가 내일 아침 함께 가 주겠노라 약속했다.

---

1) 태소궁(太素宮)은 오늘날의 현무관(玄武觀)으로, 제운산(齊雲山)의 널리 알려진 도관이다.
2) 현제(玄帝)는 곧 현천상제(玄天上帝)로 현무대제(玄武大帝)라고도 불리며, 도교에서 떠받드는 천제이다.
3) 가정(嘉靖)은 명나라 세종(世宗)의 연호이며, 가정 37년은 1558년이다.
4) 비문(碑文)은 '제운산현천태소궁비(齊雲山玄天太素宮碑)'를 가리킨다.
5) 왕령관(王靈官)은 옥추화부천장왕령관(玉樞火府天將王靈官)으로 일컬어지는, 도교의 호법산신장이다. 전해오는 이야기에 따르면, 그는 왕선(王善)이라는 이름의, 송(宋)나라 휘종 때의 인물인데, 임령소(林靈素)에게 부법(符法, 부적법술)을 전수받는다. 사후에 그는 도교의 신으로 받들어지고, 천상에서 인간을 규찰하는 임무를 맡고 있다고 한다.
6) 조원수(趙元帥)는 조공원수(趙公元帥)이다. 전해 오는 이야기에 따르면, 조공명(趙公明)은 진(秦)나라 때에 종남산(終南山)에서 득도했으며, 도교에서는 그를 정일현단원수(正一玄壇元帥)로 떠받들고 있다. 이로 인해 조현단(趙玄壇)이라 일컫기도 하는데, 뇌전(雷電)과 재이(災異), 재리(財利)를 다스리는 직무를 맡고 있다.
7) 옥병봉(玉屛峰)은 아래의 자옥병봉(紫玉屛峰)을 가리키며, 빼어난 봉우리가 병풍과 같다고 하여 붙여진 이름이다. 좌우에는 용과 호랑이의 형상을 한 바위가 있다.
8) 자소애(紫霄崖)는 벼랑의 암벽이 자줏빛을 띠고 있고, 하늘 높이 솟구쳐 있다고 하여 붙여진 이름이다.
9) 삼고봉(三姑峰)은 푸르른 산봉우리가 마치 머리에 쪽을 진 듯하여 붙여진 이름이다.

10) 오로봉(五老峰)은 다섯 봉우리가 검푸르고 말쑥한 모습을 지니고 있다. 마치 덕행이
    있는 이가 예복의 띠를 두르고 있는 듯하여 붙여진 이름이다.
11) 문창각(文昌閣)은 명(明)나라 만력 연간에 읍령(邑領)인 축세록(祝世祿)이 세웠다.
12) 제운산(齊雲山)에는 못이 많이 있는데 모두 용정(龍井)이라 일컫는다. 이른바 오정
    (五井)이나 구정(九井)은 단순히 많다는 의미의 숫자이지 실제의 숫자는 아니다.
13) 교애(橋崖)는 석교암(石橋岩)을 가리킨다. 원명은 기산(岐山)이며, 암벽의 높이가 백
    길로 하늘 높이 치솟아 있다.

## 정월 28일

꿈결에 함박눈이 내린다는 누군가의 말이 들려왔다. 하인을 다그쳐
일어나 살펴보게 했다. 온 산과 골짜기에 백설이 가득했다. 나는 마지못
해 침상에 누워버렸다.

오전 10시경에 왕백화와 함께 신발을 동여매고 길을 나섰다. 2리쯤
걸어 다시 문창각에 이르렀다. 하늘과 땅 사이에 가득한 눈빛이 비록
오정의 유람을 가로막아 버렸지만, 기이한 경관을 더욱 더해주었다.

## 정월 29일

하인이 구름이 걷혔다고 알려주었다. 햇빛이 수풀 끝에 떠 있다. 급
히 옷을 걸치고 일어났다. 하늘빛이 파랗다. 보름 동안 보지 못했던 맑
은 날씨이다. 하지만 추위는 대단히 매섭다. 왕백화를 재촉하여 함께 식
사를 했다. 식사가 끝나자 함박눈이 다시 내리기 시작하더니, 휘날려 쌓
인 눈이 한 자를 넘었다. 우연히 누각 옆으로 걸음을 옮기니, 향로봉이
바로 눈앞에 우뚝 솟아 있다. 누각 뒤에서 나온 정진화(程振華)라는 도사
가 나에게 구정(九井), 교암(橋巖), 부암(傅巖) 등의 절경에 대해 이야기해주
었다.

정월 30일

눈이 엄청나게 내렸다. 게다가 안개까지 자욱하여 한치 앞도 분간할
수가 없었다. 왕백화가 사신애로 술을 가져와 제원각(睇元閣)에서 함께
마셨다. 제원각은 벼랑 옆에 있는데, 벼랑에서 뻗어내려온 고드름 가운
데 긴 것은 무려 한 길이나 된다. 뭇봉우리들은 자취마저 보이지 않고,
향로봉처럼 가까이 있는 봉우리조차도 보이지 않는다.

2월 초하루

동녘에 한 오라기 구름이 걷히더니 이윽고 환히 맑아졌다. 작은 할아
버지는 발이 얼어터지는 바람에 낭매암에 남았다. 나는 서둘러 왕백화
와 함께 서천문(西天門)을 넘어 내려갔다. 10리를 걸어 쌍계가(雙溪街)를 지
나자, 산세는 어느덧 툭 트여 있다. 5리를 더 나아갔다. 산은 다시 점점
합쳐지고, 시내는 바위를 굽이돌며 비춘다. 멋진 정취가 한층 더했다.
    3리를 나아가 시내 어귀에서 오솔길을 따라 들어가 산 하나를 넘었
다. 2리를 가서 석교암(石橋巖)[1]에 이르렀다. 석교암 옆의 바깥 바위는 백
악산의 자소애만큼 높고 험준하다. 석교암 아래에는 암벽을 따라 전당
이 지어져 있다. 바위는 모두 자줏빛이다. 유독 그 안에 바위 하나만이
푸른빛을 띤 채 용처럼 구불구불 꿈틀거린다. 한 자 남짓 공중에 드리
운 머리부분에서 물이 뚝뚝 떨어진다. 이것이 바로 용연천(龍涎泉)으로,
안탕산(雁宕山)의 용비수(龍鼻水)와 흡사하다.
    석교암의 오른쪽에 산 하나가 가로로 걸쳐 있는데, 가운데가 비어 있
다. 이것이 곧 석교(石橋)이다. 걸려 있는 모습은 마치 무지개 같고, 아래
의 빈 곳은 마치 반달 같다. 석교 아래에 앉았다. 산 너머로 봉우리가
불쑥 솟아 팔을 벌려 안듯이 석교 위와 마주보고 있고, 사방에는 많은
산봉우리가 에워싸고 있다. 제운산(齊雲山)의 천문(天門)보다 훨씬 나은 장

관이다. 천태산(天台山)의 석량(石梁)도 그저 커다란 바위가 두 산 사이에 걸쳐 있을 따름이다. 이에 반해 이곳은 산으로 높게 걸쳐 있고, 가운데가 반이나 비어 있으니, 더욱 환상적이로다! 석교를 뚫고 들어갔다. 1리쯤 나아가니 안 바위이다. 안 바위 위에는 샘물이 떨어져 흩날리고, 가운데에는 스님의 처소가 있다. 자못 절경이다. 바깥 바위로 돌아와 식사를 했다.

길잡이를 구해 벼랑의 왼쪽을 따라 관목과 잡초더미 속을 내려왔다. 두 산 사이에 산골물이 끼어 있다. 길이 험한데다 눈 속에 길을 잃어 걷기가 너무나 힘들었다. 길잡이는 내게 관음암(觀音巖)으로 갈 필요 없이 부암(傅巖)으로 가자고 권했다. 나는 기반석(棋盤石)[2]과 용정(龍井)의 절경을 함께 보지 못할까 염려스러워 허락하지 않았다.

2리를 나아가자 산골물이 고인 못이 있다. 깊고 푸르러 바닥이 보이지 않는다. 이곳 또한 '용정'이리라. 다시 3리를 걸으니 벼랑과 산개울은 모두 끝이 났다. 높이 매달린 폭포가 홀연 산의 움푹 꺼진 곳에서 몇 길 아래로 걸려 있다. 이 또한 이곳 일대의 기이한 경관이다.

몸을 돌려 위로 올라 산등성이를 2리 걸어갔다. 기반석이 산마루에 높이 솟아 있다. 버섯 모양에다가 크기는 몇 아름이나 되었다. 기반석에 올랐다. 쌓인 눈이 옥처럼 새하얗다. 고개를 돌려 부암을 바라보니, 구름가에 불쑥 솟아 있다. 거기에서 이곳 기반석까지도 가깝다. 길잡이의 말을 따르지 않은 걸 후회했다. 기반석 옆에는 문수암이 있는데, 대나무와 바위가 청아하게 어우러져 있다.

동쪽으로 돌아들었다가 다시 남쪽으로 2리를 나아갔다. 두 개의 고개를 넘자, 산 중턱에 관음암이 있다. 관음암의 선원은 청정하고 정결하지만, 기이한 경관이 없다. 부암을 눈앞에 두고서도 유람할 기회를 놓쳐버린 게 더욱 후회스러웠다.

계속해서 고개를 넘어 동쪽으로 깊은 구덩이로 내려갔다. 바위틈으로 흐르는 산골물이 사방에서 합쳐져 때로 깊은 못이 생겨나 있다. 큰 것은 깊은 웅덩이만하고, 작은 것은 절구만하다. 이를 모두 '용정'이라 일컬으니, 어느 것이 '오정'이고 어느 것이 '구정'인지 분간할 수가 없다.

3리를 더 나아갔다. 암벽 가운데에 바위 무늬가 보일락 말락 흐릿하다. 길잡이가 그 하나를 가리켜 청룡이라 하고, 다른 하나를 백룡이라 했다. 나는 웃음을 지으며 고개를 끄덕였다. 어지러운 벼랑 사이로 움푹 패어 있는 바위 하나가 보였다. 그 바위 아래로 물이 떨어지고, 바깥에는 가로로 널찍한 돌이 걸쳐 있다. 천태산의 석량과 영락없이 닮았다.

왕백화가 날이 금방 저물 터이니, 어서 산골물을 따라 대룡정(大龍井)을 찾아가자고 했다. 그런데 홀연 황산(黃山)에서 오는 스님을 만났다. 스님이 "여기에서 걸어나가면 큰 시내인데, 가셔서 무얼 구경하시려오?"라고 말씀하셨다. 그래서 발걸음을 되돌렸다.

1리 남짓을 나아가 다른 오솔길을 따라 칠수원(漆樹園)으로 향했다. 가파른 바위와 어지러이 흐르는 시내 사이를 걸었다. 석양빛이 깊은 수풀에 되비쳐, 걷는 내내 그윽하고 아름다웠다. 3리를 걸어 칠수원 산마루에 올랐다. 높이가 제운산만 하려니 생각했는데, 살펴보니 문창각이 그래도 높이 치솟아 있는 편이다. 오로봉이 문창각을 마주하여 솟아 있다. 오로봉의 동쪽은 독용채(獨聳寨)이고, 독용채의 움푹 꺼진 곳을 따라 나가면 서천문이다. 오로봉의 서쪽은 전기봉이고, 전기봉의 아래에서 개울을 건너면 부용교(芙蓉橋)이다. 내가 전에는 서천문을 나섰는데, 이제 부용교에서 들어가는 셈이었다.

삼고봉의 옆을 바라보니 아직 석양빛이 남아 있다. 그래서 앞장서 올랐더니, 오로봉 사이로 저녁해가 뉘엿뉘엿 지고 있었다. 낭매암으로 돌아오니, 벌써 저녁 먹을 시간이었다. 서로 하루 동안의 겪은 일을 더듬어 이야기를 나누었다. 그제야 대룡정이 바로 큰 시내 어귀에 있음을 알게 되었다. 발걸음이 그곳 가까이까지 이르렀는데, 그만 스님의 말만 듣고 가지 못했던 것이다. 그러나 어쩌랴, 이게 운수인 것을!

1) 석교암(石橋巖)은 백악령(白岳嶺)의 서쪽에 위치해 있으며, 이곳에 석문사(石門寺)·
대룡궁(大龍宮)·천천암(天泉岩) 등의 여러 경관이 있다.
2) 기반석(棋盤石)은 네모지고 넓으며 평평하여 마치 장기판을 닮았다고 하여 붙여진
이름이다.

## 원문

**丙辰歲**[1] 余同潯陽叔翁,[2] 於正月二十六日, 至徽[3]之休寧. 出西門. 其溪[4]
自祁門縣來, 經白岳, 循縣而南, 至梅口, 會郡溪[5]入浙.[6] 循溪而上, 二十里,
至南渡. 過橋, 依山麓十里, 至巖下已暮. 登山五里, 借廟中燈, 冒雪躡冰,
二里, 過天門, 里許, 入榔梅巖. 路經天門、珠簾之勝, 俱不暇辨, 但聞樹間
冰響錚錚. 入庵後, 大霰作, 潯陽與奴子俱後. 余獨臥山房, 夜聽水聲屋溜,
竟不能寐.

1) 병신세(丙辰歲)는 명(明) 만력(萬曆) 44년인 1616년이다.
2) 숙옹(叔翁)은 부친의 숙부, 즉 숙조부(叔祖父)인 작은 할아버지이다.
3) 휘(徽)는 휘주부(徽州府)를 가리키는 바, 오늘날의 안휘성 흡현(歙縣)이다.
4) 계(溪)는 길양수(吉陽水)를 가리키며, 안휘성 기문현 동쪽의 무정산(武亭山)에서 발
원한다.
5) 군계(郡溪)는 흡포(歙浦)를 가리키며, 휘주부 흡현을 흐르는 하천이다.
6) 절(浙)은 절계수(浙溪水), 즉 오늘날의 솔수(率水)이며, 신안강(新安江)의 상류이다.

**二十七日** 起視滿山冰花玉樹, 迷漫一色. 坐樓中, 適潯陽幷奴至, 乃登太
素宮. 宮北向, 玄帝像乃百鳥啣泥所成, 色鴛黑. 像成於宋, 殿新於嘉靖三
十七年, 庭中碑文, 世廟[1]御制也. 左右爲王靈官、趙元帥殿, 俱雄麗. 背倚
玉屏, 前臨香爐峰. 峰突起數十丈, 如覆鐘, 未游台、宕[2]者或奇之. 出廟左,
至捨身崖, 轉而上爲紫玉屏, 再西爲紫霄崖, 俱危聳傑起. 再西爲三姑峰、

五老峰, 文昌閣據其前. 五老比肩, 不甚峭削, 頗似筆架.

返榔梅, 循夜來路, 下天梯, 則石崖三面爲圍, 上覆下嵌, 絶似行廊. 循崖而行, 泉飛落其外, 爲珠簾水. 嵌之深處, 爲羅漢洞, 外開內伏, 深且十五里, 東南通南渡. 崖盡處爲天門. 崖石中空, 人出入其間, 高爽飛突, 正如閶闔.[3] 門外喬楠中峙, 蟠靑叢翠. 門內石崖一帶, 珠簾飛灑, 奇爲第一. 返宿菴中, 訪五井、橋崖之勝, 羽士[4]汪伯化, 約明晨同行.

---

1) 황제가 세상을 떠나면 태묘(太廟)에 명호(名號)를 세워 제사를 받게 한다. 이렇게 만들어진 묘호(廟號)는 죽은 황제를 대신하는 명칭이 된다. 여기에서의 세묘(世廟)란 세상을 떠난 세종(世宗) 주후총(朱厚熜)의 묘호이다.
2) 태(台)와 탕(宕)은 각각 천태산과 안탕산을 가리킨다.
3) 창합(閶闔)은 전설 속의 하늘문이다. 굴원(屈原)은 「이소(離騷)」에서 "나는 궁문의 문지기에게 관문을 열라 하네, 하늘문에 기대어 바라보네(吾令帝閽開關兮, 倚閶闔而望予)"라고 노래했다.
4) 우사(羽士)는 우인(羽人)이라고도 하며, 전설 속의 신선이다. 도사들은 우화등선(羽化登仙)을 추구하기에, 도사의 별칭으로 쓰인다.

二十八日 夢中聞人言大雪, 促奴起視. 彌山漫谷矣. 余强臥. 巳刻,[1] 同伯化躡屐,[2] 二里, 復抵文昌閣. 覽地天一色, 雖阻游五井, 更益奇觀.

---

1) 사각(巳刻)은 오전 9시부터 11시까지를 가리킨다.
2) 섭극(躡屐)은 산을 오를 때 신는 신발을 의미하며, 길을 나서거나 출발하다는 뜻으로 사용된다.

二十九日 奴子報, 雲開, 日色浮林端矣. 急披衣起, 靑天一色, 半月來所未睹, 然寒威殊甚. 方促伯化共飯. 飯已, 大雪復至, 飛積盈尺.[1] 偶步樓側, 則香爐峰正峙其前. 樓後出一羽士, 曰程振華者, 爲余談九井、橋巖、傅巖諸勝.

---

1) 영척(盈尺)은 '한 자를 넘다'의 의미이다.

**三十日** 雪甚, 兼霧濃, 咫尺不辨. 伯化携酒至捨身崖, 飲睇元閣. 閣在崖側, 冰柱垂垂,[1] 大者竟丈. 峰巒滅影, 近若香爐峰, 亦不能見.

---

1) 수수(垂垂)는 '아래로 드리우거나 축 처진 모양'을 가리킨다.

**二月初一日** 東方一縷雲開, 已而大朗. 潯陽以足裂[1]留庵中. 余急同伯化躡西天門而下. 十里, 過雙溪街, 山勢已開. 五里, 山復漸合, 溪環石映, 倍有佳趣. 三里, 由溪口循小路入, 越一山. 二里, 至石橋巖. 橋側外巖, 高亘如白岳之紫霄. 巖下俱因巖爲殿. 山石皆紫, 獨有一靑石龍蜿蜒[2]於內, 頭垂空尺餘, 水下滴, 曰龍涎泉, 頗如雁宕龍鼻水.

巖之右, 一山橫跨而中空, 卽石橋也. 飛虹垂蝀,[3] 下空恰如半月. 坐其下, 隔山一岫特起, 拱對其上, 衆峰環侍, 較勝齊雲天門. 卽天台石梁, 止一石架兩山間, 此以一山高架, 而中空其半, 更靈幻矣! 穿橋而入, 里許, 爲內巖. 上有飛泉飄灑, 中有僧齋, 頗勝. 還飯於外巖. 覓導循崖左下灌莽中. 兩山夾澗, 路棘雪迷, 行甚難. 導者勸余趣傅巖, 不必向觀音巖. 余恐不能兼棋盤、龍井之勝, 不許. 行二里, 得澗一泓, 深碧無底, 亦'龍井'也. 又三里, 崖絕澗窮, 懸瀑忽自山坳掛下數丈, 亦此中奇境.

轉而上躋, 行山脊二里, 則棋盤石, 高峙山巓, 形如擎菌,[4] 大且數圍. 登之, 積雪如玉. 廻望傅巖, 屼嵲[5]雲際. 由彼抵棋盤亦近, 悔不從導者. 石旁有文殊菴, 竹石淸映. 轉東而南, 二里, 越嶺二重, 山半得觀音巖. 禪院淸整, 然無奇景, 尤悔覿面[6]失傅巖也. 仍越嶺東下深坑, 石澗四合, 時有深潭, 大爲淵, 小如臼, 皆云'龍井', 不能別其孰爲'五', 孰爲'九'. 凡三里, 石巖中石脈隱隱,[7] 導者指其一爲靑龍, 一爲白龍, 余笑頷之. 又亂崖間望見一石嵌空, 有水下注, 外有橫石跨之, 頗似天台石梁. 伯化以天且晚, 請速循澗覓大龍井. 忽遇僧自黃山來, 云, "出此卽大溪, 行將何觀?" 遂返.

里餘, 從別徑向漆樹園. 行巉石亂流間, 返照映深木, 一往幽麗. 三里, 躋其巓, 余以爲高坪[8]齊雲, 及望之, 則文昌閣猶巍然也. 五老峰正對閣而起,五老之東爲獨聳寨, 循其坳而出, 曰西天門, 五老之西爲展旗峰, 由其下而渡, 曰芙蓉橋. 余向出西天門, 今自芙蓉橋入也. 余望三姑之旁, 猶殢[9]日色, 遂先登, 則落照正在五老間. 歸菴, 已晚餐矣. 相與追述所歷, 始知大龍井正在大溪口, 足趾已及, 而爲僧所阻, 亦數[10]也!

---

1) 족렬(足裂)은 동상으로 인해 발이 터짐을 의미한다.
2) 완연(蜿蜒)은 구불구불 꿈틀거리는 모양을 나타낸다.
3) 동(蝀)은 체동(蝃蝀), 즉 무지개를 뜻한다.
4) 경균(擎菌)은 위로 들어올려진 버섯을 의미한다.
5) 올얼(屼嵲)은 '불쑥 솟아있는 모양'을 가리킨다.
6) 적(覿)은 '보다', '멀리 바라보다'의 뜻이며, 적면(覿面)은 '눈앞'이라는 뜻이다.
7) 은은(隱隱)은 '보일락 말락 어렴풋한 모양'을 가리킨다.
8) 날(埒)은 '같다'의 의미이다.
9) 체(殢)는 '지쳐 느른하다', '막히다'를 의미하며, 여기에서는 '막혀 남아 있다'를 나타낸다.
10) 수(數)는 정해진 운명을 의미한다.

# 황산 유람일기(遊黃山日記)

## 해제

「황산 유람일기」는 서하객이 만력(萬曆) 44년(1616년), 그의 나이 31세에 처음으로 황산을 유람했던 기록이다. 이 일기를 통해 서하객은 유람의 여정 외에, 황산의 기후변화, 산천경물의 특색, 식물과 환경의 관계, 황산 주변 하천의 발원지 등을 자세히 밝히고 있다. 황산은 오늘날 안휘성의 남부, 즉 흡현(歙縣)·이현(黟縣)·태평현(太平縣)·휴녕현(休寧縣)에 걸쳐 있다. 황산은 중국의 유명한 명승구로서, 특히 기송(奇松)·괴석(怪石)·운해(雲海)·온천(溫泉) 등으로 널리 알려져 있다. 서하객이 황산을 유람했을 때 큰 눈으로 석 달 동안 산길이 막혀 유람하지 못했지만, 그는 조금도 황산 유람의 뜻을 포기하지 않았다. 그는 백악산을 유람한 후 2월 3일부터 11일까지 아흐레 동안 황산을 유람했다.

이번 유람의 주요 여정은 다음과 같다. 백악산(白岳山) → 고교(高橋) →

탕구(湯口) → 상부사(祥符寺) → 자광사(慈光寺) → 천문(天門) → 평천강(平天矼)
→ 광명정(光明頂) → 사자림(獅子林) → 접인애(接引崖) → 석순강(石笋矼) → 천
창(天窓) → 송곡암(松谷庵) → 청룡담(靑龍潭) → 사자림(獅子林) → 비래봉(飛來
峰) → 대비암(大悲庵) → 백보운제(百步雲梯) → 탕구(湯口) → 동담(東潭)


## 역문


### 2월 초이틀

백악산(白岳山)에서 내려와 10리를 걸었다. 산기슭을 따라 서쪽으로 가
다가 남계교(南溪橋)에 이르렀다. 큰 시내를 건넜다. 또 다른 시내를 따라
산을 끼고 북쪽으로 나아갔다. 10리를 나아가자 두 개의 산이 가파르게
마치 문처럼 바짝 붙어 있고, 시내는 벼랑에 좁게 조여져 있다. 벼랑을
넘어 내려갔다. 평평한 들판이 자못 넓게 눈앞에 펼쳐졌다.

20리를 더 가니 바로 저갱(猪坑)이 나왔다. 오솔길을 따라 호령(虎嶺)에
오르는데, 길이 무척 가파르다. 10리를 걸어 고개에 이르고, 5리를 걸어
호령의 산기슭을 넘었다. 북쪽으로 황산[1]의 여러 봉우리들을 바라보니
한 조각 한 조각 만질 수 있을 것만 같다.

3리를 더 가니, 고루요(古樓坳)이다. 시내는 매우 드넓고 물이 불었는
데, 다리가 없는데다 나무 조각들이 시내를 가득 메워 건너기가 몹시
어려웠다. 2리를 나아가 고교(高橋)[2]에서 하룻밤을 묵었다.

---

1) 황산(黃山)은 원래의 명칭이 이산(黟山)이었는데, 당(唐)나라 천보(天寶) 이후에 지금
   의 이름으로 바뀌었다. 전해오는 이야기에 따르면, 황제(黃帝)와 용성자(容成子), 부

구공(浮丘公)이 이곳에서 함께 연단(煉丹)했기에 황산 혹은 황악(黃岳)이라 일컬어졌다고 한다. 안휘성 황산시 남쪽에 위치하고 있으며, 면적은 대략 154㎢이다. 황산의 안개구름은 파도가 수많은 산을 말아올리고 솜털이 깊은 계곡을 덮은 것 같아서 황해(黃海)라 일컫는다.

2) 고교(高橋)는 휴녕현 북서쪽 모퉁이에 있는 마을의 이름이다.

## 2월 초사흘

나무꾼을 따라 갔다. 한참만에 두 겹의 고개를 넘었다. 오르락내리락, 또다시 한 겹의 고개를 넘었다. 이 험준한 두 겹의 고개는 쌍령(雙嶺)이라 한다. 시오리를 걸어 강촌(江邨)을 지났다. 20리를 나아가 탕구(湯口)[1]에 이르렀다. 향계(香溪)[2]와 온천 등의 여러 물길이 거쳐 나오는 곳이다.

길을 꺾어 산으로 들어갔다. 시내를 따라 점점 위로 올라가자, 눈 속에 발목이 빠졌다. 5리를 나아가 상부사(祥符寺)[3]에 이르렀다. 탕천(湯泉)[4]은 시내 너머에 있었다. 모두들 옷을 벗고 탕 속에 들어갔다. 앞쪽으로는 시내를 굽어보고, 뒤로는 암벽을 등지고 있다. 삼면은 모두 돌로 쌓아 올리고 위에는 다리처럼 돌을 둘렀다. 탕지의 깊이는 석 자. 때는 아직 겨울의 추위가 풀리지 않았는데도 뜨거운 온천의 수증기가 모락모락 피어오른다. 물거품이 탕 바닥에서 콸콸 솟구쳐 올랐다. 진한 향기가 피어올랐다. 황정보(黃貞父)[5]는 이 온천이 반산(盤山)[6]만 못하다고 했는데, 탕구와 초촌(焦邨)[7]의 큰길이 뚫려 목욕하는 이들이 너무 많아졌기 때문이리라.

목욕을 마치고 상부사로 돌아왔다. 휘인(揮印) 스님의 안내로 연화암(蓮花庵)에 오르고자 눈을 밟으며 산골물을 따라 올라갔다. 산골물이 세 번 굽이돌아 흘러내려 깊이 웅덩이진 곳이 바로 백룡담(白龍潭)[8]이다. 좀 더 올라가 산골물이 돌 사이에 고여 있는 곳은 단정(丹井)[9]이다. 우물곁에 불쑥 튀어나와 있는 돌은 약구(藥臼)와 약요(藥銚)이다.

시내를 따라 빙글 돌아들었다. 사방에 높은 봉우리가 빙 둘러 솟아 있고 나무와 돌이 서로 어울려 돋보였다. 이렇게 1리를 가자 암자 한 채가 보였다. 인아(印我) 스님이 다른 일로 출타한지라 암자 안으로 들어가지는 못했다. 암자 안에는 향로, 종과 북을 받치는 틀이 있다. 모두 천연의 오래된 나무뿌리로 만들어진 것이다. 상부사로 돌아와 하룻밤을 묵었다.

---

1) 탕구(湯口)는 황산 남쪽의 도로변에 있는 마을이며, 황산으로 들어가는 길목이다.
2) 향계(香溪)는 봄철이면 떨어진 꽃잎이 시냇물에 떠내려오면서 향기가 가득하다고 하여 붙여진 이름이다.
3) 상부사(祥符寺)는 당(唐)나라 개원(開元) 18년(730년)에 세워졌다. 본래의 이름은 탕사(湯寺) 혹은 탕원(湯院)이었는데, 송(宋)나라 진종(眞宗) 대중상부(大中祥符) 6년(1008년)에 지금의 이름으로 바뀌었다. 지금은 피폐해진 채 그 터만이 황산 관리처의 강당 부근에 남아 있다.
4) 탕천(湯泉)은 황산의 온천으로 주사천(朱砂泉)이라고도 한다. 해발 630미터에 위치하고 있으며, 탄산 성분이 주를 이룬다. 수온은 42도, 시간당 배출량은 48톤이며, 황산여행의 출발점이라 할 수 있다.
5) 황정보(黃貞父)는 황여형(黃汝亨)으로 정보는 그의 자이다. 인화(仁和) 출신으로 명나라 만력(萬曆) 26년에 벼슬에 올랐다.
6) 반산(盤山)은 오늘날 절강성 황암현(黃岩縣) 남서쪽에 위치해 있으며, 주봉은 괘월봉(掛月峰)으로 해발 864미터이다.
7) 초촌(焦邨)은 황산의 서쪽에 위치해 있는 마을의 이름이다.
8) 백룡담(白龍潭)은 도화계(桃花溪)의 상류에 위치해 있으며, 주위에 거대한 바위가 많이 있다. 비가 내린 후에는 거센 물이 바위에 튀어올라 마치 흰 용이 날아오르는 듯하여 백룡담이라 일컬어진다.
9) 단정(丹井)은 도화계의 상류 호두암(虎頭岩) 근처에 위치해 있다. 전해오는 이야기에 따르면, 황제(黃帝)가 연단하던 곳이라 한다.

## 2월 초나흘

하루 종일 우두커니 앉아 눈이 녹아 떨어지는 낙숫물 소리를 들었다.

## 2월 초닷새

구름 낀 날씨가 매우 험악했다. 나는 억지로 침상에 누워 있다가 정오쯤에야 일어났다. 휘인 스님이 자광사(慈光寺)[1]가 퍽 가까우니 제자를 시켜 안내하겠다고 했다. 탕지를 지나 산벼랑을 올려다보니, 가운데에 험준한 길이 걸려 있다. 그 양쪽으로 흘러내리는 샘물은 마치 새하얀 비단 같다. 곧장 여기에서 기어올랐다. 샘의 반짝이는 빛과 구름 기운이 옷자락을 휘감는다.

잠시 후 몸을 돌려 오른쪽으로 나아갔다. 띠로 지은 암자가 위아래로 어른거리는데, 종소리와 향의 연기가 바위틈을 뚫고 스며나왔다. 이곳이 바로 자광사이다. 자광사의 옛 이름은 주사암(硃砂庵)이다. 스님이 내게 이렇게 말했다. "산꼭대기의 여러 정실[2]들은 길이 눈에 막힌 지 두 달이 되었습니다. 오늘 아침 사람을 시켜 양식을 보냈는데, 산 중턱에 쌓인 눈이 허리춤에 차는 지라 돌아오고 말았습니다." 나는 그만 흥취가 깨지고 말았다. 큰길을 따라 2리쯤 걸어 산을 내려와 이불을 뒤집어쓰고 누웠다.

---

1) 자광사(慈光寺)는 오늘날의 자광각(慈光閣)이며, 주사봉(硃砂峰) 아래에 있기에 예전에는 주사암(硃砂庵)이라 일컬었다. 명(明)나라 만력(萬曆) 연간에 칙명으로 호국자광사(護國慈光寺)로 봉했다.
2) 정실(靜室)은 사원의 거처 혹은 은사나 거사가 수행하는 방을 가리킨다.

## 2월 초엿새

날씨가 그지없이 맑았다. 길잡이를 찾아 각자 대나무 지팡이를 짚고서 산에 올랐다. 자광사를 지나 왼편을 따라 올랐다. 바위봉우리는 빙 둘러 있고, 그 속의 눈에 덮여 평평한 돌층계는 백옥처럼 보였다. 드문드문 서 있는 나무들은 여리고 부드러운 눈꽃을 뒤집어쓰고 있다. 멀리 바라보니 뭇 봉우리들이 얽혀 있는 가운데 천도봉(天都峰)[1]만이 홀로 우뚝 솟아 있다.

몇 리를 나아갔다. 돌층계는 더욱 가파르고 눈 또한 더욱 깊어졌다.

응달진 곳은 눈이 꽁꽁 얼어붙어 있다. 단단하고 미끄러워 도무지 발을 내디딜 수가 없었다. 내가 앞장서서 지팡이로 얼음구멍을 뚫어 앞 발걸음을 내디딘 다음, 다시 또 구멍을 뚫어 뒷 발걸음을 옮겼다. 뒤따르던 이들도 모두 이런 방법으로 나아갈 수 있었다.

평평한 등성이에 올라섰다. 연화봉(蓮花峰)[2]과 운문봉(雲門峰)[3] 등 여러 산봉우리가 기이함과 빼어남을 다투는데, 마치 천도봉을 호위하고 있는 듯하다. 이곳에서 좀 더 들어갔다. 깎아지른 듯한 봉우리와 아찔한 낭떠러지마다 괴이한 모양의 소나무가 매달려 있다. 키 큰 소나무라도 한 길이 채 안되고 작은 것은 몇 치에 지나지 않는다. 우듬지는 평평하고 솔잎은 짧으며, 빙빙 휘감은 뿌리가 줄기를 뒤얽고 있다. 키 작은 소나무일수록 더욱 오래 되고 더욱 기묘하니, 기이한 산중에 이처럼 기묘한 품종이 있을 줄 꿈엔들 생각이나 했으랴!

소나무와 바위가 어우러진 사이로 한 무리의 스님들이 느릿느릿 하늘에서 내려온 듯 나타나더니 합장을 하고서 말을 건넸다. "눈에 막혀 산속에 갇힌 지 석달이 되었는지라, 지금 식량을 구하려고 간신히 이곳까지 오게 되었습니다. 여러분께서는 어떻게 올라오실 수 있었습니까?" 이어 "전해(前海)[4]의 여러 암자에 있던 스님들은 모두 벌써 산을 내려갔고, 후해(後海)의 산길은 아직 트이지 않았습니다. 오직 연화동(蓮花洞)에만 갈 수가 있습니다"라고 말했다.

잠시 후 천도봉 옆을 따라 기어올랐다. 봉우리 틈새를 뚫고 내려가다가 동쪽으로 돌아드니, 곧 연화동으로 가는 길이다. 나는 광명정(光明頂)[5]과 석순강(石笋矼)[6]의 절경을 보고 싶은 마음이 간절했다. 그리하여 연화봉을 좇아 북쪽으로 나아갔다. 오르내리기를 수차례, 천문(天門)[7]에 닿으니 두 벼랑이 우뚝 맞닿아 서 있다. 그 가운데 틈은 겨우 어깨가 빠져나갈 정도이고 높이는 수십 길이다. 고개를 젖히고서 건너갈 제 으스스하여 모골이 송연해졌다. 그 안에 쌓인 눈은 훨씬 깊다. 얼음에 구멍을 뚫으면서 올라갔다. 이곳을 지나 평평한 꼭대기에 이르니, 이곳이 바로 이른바 전해이다.

여기에서 다시 봉우리 하나를 올라 평천강(平天矼)[8])에 이르렀다. 평천강 가운데 홀로 우뚝 솟아있는 것이 광명정이다. 평천강의 아래쪽은 후해라는 곳이다. 대체로 평천강의 양달진 남쪽을 전해, 응달진 북쪽을 후해라고 하는데, 이곳이 가장 높은 곳이다. 사방이 모두 험준한데도 이곳만은 평평한 땅과 같다. 전해의 앞쪽으로 천도봉과 연화봉의 두 봉우리가 가장 험준하다. 그 남쪽은 휘주부(徽州府)의 흡현(歙縣)에 속하고, 북쪽은 영국부(寧國府)의 태평현(太平縣)에 속한다.

평천강에 이르자, 광명정을 바라보며 기어오르고 싶었다. 그런데 이미 30리 길을 걸은 데다 배가 몹시 고픈지라, 평천강 뒤쪽의 암자로 들어갔다. 암자의 스님들은 모두 바위에 걸터앉아 해바라기하고 있었다. 주지 스님은 지공(智空)이라는 분이신데, 나그네의 굶주린 기색을 보시고 먼저 죽을 대접하면서 이렇게 말씀하셨다. "방금 떠오른 태양이 너무 밝은 걸 보니, 아무래도 오래 맑지는 않을 듯합니다." 그리고서 한 스님을 가리키며 내게 말씀하셨다. "서공께서 남은 힘이 있어 먼저 광명정에 다녀오신 후에 점심을 드실 수 있다면, 오늘 중에 석순강에 가보실 수 있을 겁니다. 숙소는 이 스님의 처소에 정하시구요."

나는 주지 스님의 말씀을 좇아 광명정에 올랐다. 광명정 앞쪽에는 천도봉과 연화봉이 어깨를 나란히 하고, 뒤쪽에는 취미봉(翠微峰)[9])과 삼해문(三海門)[10])이 에워싸고 있다. 아래로 내려다보니 깎아지른 듯한 절벽과 가파른 산봉우리가 우묵한 평지에 쭉 늘어서 있다. 이곳이 바로 승상원(丞相原)[11])이다. 광명정 앞에 커다란 바위 하나가 낮게 엎드렸다가 치솟아 있다. 그 형세가 마치 가운데가 끊긴 채 우묵한 평지에 홀로 매달려 있는 듯하다. 그 위에는 뿌리와 줄기가 뒤엉킨 채 괴이한 모양의 소나무가 자라나 있다. 나는 몸을 모로 뉘여 그 위로 기어올라 앉고, 작은 할아버지 심양은 광명정에 걸터앉았다. 우리는 마주보면서 각자 경관의 뛰어난 아름다움을 자랑했다.

광명정에서 내려와 암자로 들어왔다. 기장밥이 다 익어 있었다. 식사를 마친 후 북쪽을 향하여 고개를 하나 지났다. 수풀 우거진 곳에서 이리저리 헤매다가 어느 암자로 들어서게 되었다. 이곳은 사자림(獅子林)[12]으로, 지공 스님이 내게 묵어갈 거처라고 말씀하신 곳이다. 이 암자의 주지인 하광(霞光) 스님이 벌써 암자 앞에서 나를 기다리고 계셨다. 그는 암자 북쪽의 두 봉우리를 가리키면서 "서공께서는 우선 이쪽의 절경을 구경하시지요"라고 말했다. 나는 그의 말을 따랐다.

몸을 구부려 두 산봉우리의 북쪽을 살펴보았다. 봉우리들이 어지러이 늘어선 채 기이함을 다투며 솟구쳐 있다. 봉우리를 따라 서쪽으로 나아갔다. 홀연 산벼랑이 끊겼는데, 나무를 엮어 이어놓았다. 마침 위쪽에 소나무 한 그루가 있어 그것을 붙잡고 건넜다. 이곳은 접인애(接引崖)[13]이다. 접인애를 지나 바위 틈을 뚫고 올랐다. 바위들이 어지러이 이어진 사이로 나무를 얽어 방을 꾸며놓았다. 그 안에 발을 들여놓을 수도 있었지만, 차라리 걸터앉아 내려다보는 게 훨씬 장관이었다.

접인애에서 내려와 길을 따라 동쪽으로 나아갔다. 1리쯤 가자 석순강이 나왔다. 석순강의 등성이는 비스듬히 이어져 있다. 두 벼랑 사이의 우묵한 평지 속에 봉우리들이 어지러이 늘어서 있다. 그 서쪽이 바로 접인애에서 보았던 곳이다. 석순강 곁에 봉우리 하나가 불쑥 솟아 있는데, 기이한 바위와 괴상한 소나무가 많았다. 그곳에 올라 골짜기를 내려다보니, 바로 접인애가 마주보였다. 봉우리를 돌아들 때마다, 문득 앞서 보았던 경관과 달리 보였다.

봉우리에서 내려오자, 석양빛이 소나무를 감싸고 있다. 내일 날씨가 맑으리라 예상하니 기분이 좋아 나는 듯이 사자림의 암자로 돌아왔다. 하광 스님이 차를 마련해놓고 있었다. 그는 나를 이끌어 앞의 누각에 올랐다. 서녘 하늘을 바라보니 벽록색의 자취가 떠 있다. 나는 산그림자인가 여겼다. 그러자 스님이 "산그림자는 밤에 보면 매우 가깝게 보이지요. 이건 분명 구름 기운일 겁니다"라고 말씀하셨다. 나는 입을 다물고 말았다. 비가 올 조짐임을 알았던 것이다.

1) 천도봉(天都峰)은 황산의 주봉 가운데의 하나이며, 해발 1810미터이다. 옛 사람들은 이 봉우리를 천제신도(天帝信都)로 받들었는데, 여기에서 천도봉이란 명칭이 비롯되었다.
2) 연화봉(蓮花峰)은 황산의 최고봉으로 해발 1860미터이다. 산꼭대기를 바위들이 떼 지어 둘러싸고 있는데, 그 모습이 연꽃의 꽃망울이 터지는 모습과 흡사하다고 하여 연화봉이라 일컫는다.
3) 운문봉(雲門峰)은 두 봉우리가 마치 문처럼 마주보고 있고 그 사이에 구름이 떠 있다 하여 붙여진 이름이다.
4) 황산 중부의 평천강(平天矼)의 광명정(光明頂)을 경계로, 그 북쪽은 후해(後海), 남쪽은 전해(前海)라고 하며, 오늘날에는 그 동쪽을 동해(東海), 서쪽을 서해(西海), 광명정 주변을 천해(天海)라고도 한다.
5) 광명정(光明頂)은 황산의 주봉 가운데의 하나로 해발 1840미터이다. 이 봉우리의 꼭대기는 툭 트여 넓으며, 황산의 여러 봉우리 가운데 가장 넓고 평평하다. 현재 이곳에는 기상대가 설치되어 있다.
6) 석순강(石笋矼)은 산봉우리가 울쑥불쑥하여 죽순처럼 생겼기에 붙여진 이름이다.
7) 천문(天門)은 연화봉 정상의 끄트머리의 출구로서, 연화봉과 연심봉(蓮芯峰)이 마주 닿아 있고 암벽이 치솟아 마치 하늘로 들어가는 문처럼 보이기에 붙여진 이름이다.
8) 평천강(平天矼)은 평천강(平天岡)이라고도 하며, 황산의 한 가운데에 위치하여 있다.
9) 취미봉(翠微峰)은 황산 북서쪽에 있는 명승이다.
10) 평천강에서 연단봉(煉丹峰) 뒤의 산등성이를 따라 1리쯤 가면 두 개의 봉우리가 마주보고 있는데, 이곳이 해문(海門)이다.
11) 승상원(丞相原)은 운곡사(雲谷寺)의 소재지를 가리킨다. 전해오는 이야기에 따르면, 송(宋)나라 이종(理宗) 때에 승상을 지낸 정원봉(程元鳳)이 일찍이 이곳에서 책을 읽었다고 하여 붙여진 이름이다.
12) 황산 북부에 땅에 엎드린 사자 형상의 사자봉(獅子峰)이 있다. 이 사자봉의 머리 부분에 단하봉(丹霞峰), 허리 부분에 청량대(淸凉臺), 꼬리 부분에 서광정(曙光亭)이 각각 있는데, 사자가 입을 벌리고 있는 곳에 있는 사묘가 바로 사자림이다. 지금은 무너지고 없으며, 그 터에 북해빈관(北海賓館)이 자리잡고 있다.
13) 접인애(接引崖)는 시신봉(始信峰) 위에 위치해 있다. 봉우리의 벼랑에 한 길 너비의 틈새가 있어 나무 다리를 가설해 놓았는데, 벼랑 북쪽에 있는 오래된 소나무 한 그루의 줄기가 구불거리며 벼랑 남쪽으로 뻗어나와 이끌어주는 듯하다고 하여 접인애라 일컫는다.

## 2월 초이레

사방의 산에 안개가 자욱하다. 잠시 후에 암자 북동쪽은 이미 개었으나 남서쪽은 여전히 심하다. 마치 암자를 경계로 하는 듯하다. 사자봉

역시 안개 속에 모습이 보였다 사라졌다 한다.

아침 식사를 마친 후, 접인애를 따라 눈을 밟으며 내려갔다. 산의 우묵한 평지 중간에 봉우리 하나가 우뚝 솟아 있고, 그 위에 소나무 한 그루가 바위틈을 뚫고 자라나 있다. 굵직한 줄기는 높이가 2자를 넘지 못하지만, 비스듬히 뻗은 푸른 가지는 구불구불 휘감은 채 세 길이 넘는다. 뿌리는 바위의 위아래를 뚫고 있는데, 뿌리의 길이가 바위의 높이와 엇비슷하다. 이게 바로 '요룡송'[1]이다.

잠간 즐기고 있노라니, 사자봉이 모습을 드러냈다. 지팡이를 짚고서 서쪽으로 나아갔다. 사자봉은 사자림 암자의 남서쪽에 있으며, 안산[2]에 해당한다. 2리를 나아가 산마루에 올랐다. 삼면이 우묵한 평지 속에 우뚝 솟아 있다. 그 아래에는 수많은 봉우리들이 석순강과 접인애 사이의 우묵한 평지에서 구불구불 이곳까지 이어진 채, 빙 둘러 얽혀 있는 모습이 절경을 이루고 있다.

높이 올라 구경하는 사이에, 자욱한 안개가 차츰 걷혔다. 서둘러 석순강에서 북쪽으로 돌아 내려왔다. 바로 어제 봉우리 꼭대기에서 보았던, 나무숲이 울창한 길이다. 뭇 봉우리들은 높기도 하고 낮기도 하며, 거대하기도 하고 가냘프기도 하며, 꼿꼿하기도 하고 기울어져 있기도 하다. 나는 갖가지 모습의 봉우리를 뚫거나 에돌아 지났다. 굽어보고 뒤돌아보니, 걸음걸음마다 기이한 느낌이 들었다. 다만 산골짜기 깊고 쌓인 눈 두터운지라, 걸음을 내딛을 때마다 등골이 오싹했다.

5리를 걸었다. 왼편 봉우리의 산겨드랑 구멍이 툭 트여 환했다. 이곳은 '천창(天窓)'이라고 한다. 다시 앞으로 나아가니 봉우리 옆에 바위가 툭 튀어나와 있는데, 면벽하는 모습을 하고 있다. 이것은 '승좌석(僧坐石)'이다. 다시 5리를 더 내려가자 길이 조금 평탄해진다. 산골물을 따라 나아갔다. 갑자기 앞쪽 산골물 속에 바위가 어지러이 흩어진 채, 길을 막고 있다.

바위를 넘어 한참을 나아갔다. 갓 무너진 한쪽 귀퉁이에서 바위 조각들이 금방이라도 떨어져 내릴 듯하다. 길이 새로이 나타나기 시작했다. 봉우리 꼭대기를 올려다보니, 사각형의 누런 자취 가운데에 푸른색의 글자가 씌어 있다. 완연하여 알아볼 수 있다. 이곳은 '천패(天牌)'[3] 혹은 '선인방(仙人榜)'이다.

다시 앞으로 나아가자 이어석(鯉魚石)이 나왔다. 더 가자 백룡지(白龍池)[4]가 나왔다. 이렇게 모두 15리의 길을 나아가자, 띠집이 한 채 산골물 가에 나타났다. 이곳은 송곡암(松谷庵)[5] 옛터이다. 다시 5리의 길을 시내를 따라 동쪽으로 서쪽으로 걸었다. 오수(五水)를 건너자, 바로 송곡암이 나왔다.

시냇가를 따라 내려왔다. 시냇가에 향기가 코를 찔렀다. 우뚝 선 매화 한 그루가 막 꽃을 피우고 있었다. 눈 쌓인 차가운 산골에서 꽃향기 피어나기 시작할 줄이야! 청룡담(靑龍潭)[6]에 이르자, 깊은 벽록의 못에 두 줄기 시냇물이 합쳐졌다. 백룡담에 비해 그 기세 웅장한데다가, 즐비한 커다란 바위 사이로 세찬 물살이 마구 쏟아져 내렸다. 멀리 가까이의 뭇 봉우리가 둥글게 껴안고 있으니, 이 또한 멋진 경관이었다.

송곡암으로 돌아와 저녁을 먹었다. 송곡암 옛터로 가서 하룻밤을 묵었다. 나는 애초에 송곡암에 도착하면 평지이겠거니 생각했다. 그런데 이곳에 와서 물어보니, 고개를 두 개나 더 넘어 20리 길을 가야 평지에 다다를 수 있으며, 태평현(太平縣)까지는 모두 35리 길이라고 한다.

---

1) 요룡송(擾龍松)은 요룡송(繞龍松)이라고도 일컬으며, 시신봉(始信峰) 서쪽 골짜기에 있다. 거대한 바위를 뚫고 나온 소나무의 가지와 뿌리의 모습이 마치 구름 속을 노니는 용을 닮았다고 하여 요룡송이라 일컬으며, 흔히 '황산제일송(黃山第一松)', '제송(帝松)'이라는 칭호를 받고 있다.

2) 안산(案山)은 풍수지리학에서 일컫는 바의, 주산맥(主山脈)과 마주하여 평야 혹은 평지를 둘러싸고 있는 산을 가리킨다. 이 책에서의 안산은 모두 이러한 의미로 쓰이고 있다.

3) 천패(天牌)는 '天榜' 혹은 '선인방(仙人榜)'이라 일컫기도 하며, 선방봉(仙榜峰) 위에 있다. 쪼갠 듯이 우뚝 선 선방봉의 중간에 전자(篆字)로 녹색의 글자가 씌어져 있는데, 기괴하여 대단히 읽기 어렵다. 그 아래에 바위가 있는데, 관을 쓴 신선이 눈을

들어 하늘을 바라보는 듯한 형상이다. 이곳이 '선인관방(仙人觀榜)'이라는 기묘한 경관이다.

4) 백룡지(白龍池)는 송곡계(松谷溪) 안에 있는 백룡담(白龍潭)을 가리킨다.

5) 송곡암(松谷庵)은 첩장봉(疊嶂峰) 아래에 위치해 있으며, 원래 명칭은 송곡초당(松谷草堂)이었다가 명(明)나라 선덕(宣德) 연간에 고쳐 지으면서 지금의 명칭으로 바꾸었다. 송곡암의 옛터는 지금 송곡암 남쪽에 있다.

6) 황산 북부에는 다섯 곳의 용담(龍潭)이 있는 바, 청룡담(靑龍潭)·오룡담(烏龍潭)·황룡담(黃龍潭)·백룡담(白龍潭)·유룡담(油龍潭) 등이 그것이다. 이 다섯 곳의 못은 색깔과 깊이가 각각 다르다. 송곡암은 바로 이 부근에 있다.

## 2월 초여드레

석순강의 오묘한 비경을 찾을 심산이었는데, 끝내 날씨 때문에 이루지 못했다. 안개가 자욱이 깔려 있었다. 사자림에 이르자, 바람은 더욱 거세게 불어오고, 안개 또한 더욱 짙어졌다. 나는 어서 연단대(煉丹臺)[1]에 오르고 싶어서 몸을 돌려 남서쪽으로 향했다. 3리쯤 걷다가 안개 속에 길을 잃고 말았다. 우연찮게 암자 한 곳을 발견하여 들어갔다. 비가 억수같이 내리기 시작했다. 할 수 없이 이곳에서 하룻밤을 묵었다.

---

1) 연단대(煉丹臺)는 연단봉(煉丹峰) 앞에 위치해 있으며, 만 명 정도를 수용할 수 있을 정도로 평평하고 넓다. 전해 오는 이야기로는, 부구공(浮丘公)이 헌원(軒轅) 황제(黃帝)를 위해 연단을 하던 곳이라고 한다.

## 2월 초아흐레

정오를 지나자 날이 조금 맑아졌다. 암자의 자명(慈明) 스님이 남서 일대의 봉우리가 석순강에 못지않다고 자랑이 대단했다. '독로조천(禿顱朝天)', '달마면벽(達摩面壁)' 등의 여러 명승이 있다는 것이다. 나는 작은 할아버지 심양을 이끌어 어지러이 흐르는 시내를 뛰어 건너 산골 속에 이르렀다. 북쪽으로는 취미봉 등의 여러 봉우리요, 남쪽으로는 연단대 등의 여러 우묵한 평지이다. 대체로 사자봉과는 아름다움을 다툴 만하지만, 석순강에 비길 바는 아니다. 비가 뒤쫓아오는지라 암자로 급히 되돌아왔다.

## 2월 초열흘

아침부터 쏟아 붓듯이 비가 내리더니 한낮에야 잠시 그쳤다. 지팡이를 짚고서 2리를 걸어 비래봉(飛來峰)을 지났다. 이곳은 평천강의 북서쪽 고개이다. 비래봉 남쪽의 우묵한 평지에는 봉우리의 험준한 벼랑이 빽빽이 치솟은 채, 연단대와 더불어 빙 둘러싸고 있다.

2리를 나아가 연단대에 이르렀다. 서쪽 가장자리에 봉우리가 하나 있는데, 꼭대기가 자못 평탄했다. 삼면에는 푸른 나무로 뒤덮인 암벽이 겹쳐 있고, 앞쪽에는 우묵한 평지에서 솟아오른 조그만 봉우리가 있다. 그 바깥쪽은 취미봉과 삼해문이 발굽과 바퀴통이 한데 모이듯이 빙 둘러 치솟아 있다.

봉우리에 올라 한참동안 바라보다가, 동남쪽으로 1리를 나아가 평천강을 감돌아 나왔다. 큰비가 다시 쏟아지기 시작하는지라, 급히 천문으로 내려왔다. 천문의 두 벼랑은 좁아서 겨우 어깨 너비만 했다. 벼랑 꼭대기에서 물방울이 날려 사람들 이마로 튀어내렸다.

천문을 나섰다. 깎아지른 듯한 벼랑이 겹겹이 걸려 있고, 길은 산허리를 따라 뻗어 있다. 후해 일대의 빽빽한 봉우리와 험준한 벼랑에 비해 보니 또 다른 절경이다. 해라석(海螺石)[1]이 벼랑 곁에 있었다. 영락없이 소라를 닮았다. 올 적에는 소홀하여 살펴볼 겨를이 없었는데, 이제 빗속에 가는 길에 남에게 물어서야 그 기이함을 자세히 알게 되었다. 잠시 후 대비암(大悲庵)으로 갔다. 대비암의 옆을 따라 암자로 가서, 오공(悟空) 스님의 거처에서 하룻밤을 묵었다.

---

1) 해라석(海螺石)은 오어봉(鰲魚峰) 앞에 위치해 있으며, 바위의 형상이 소라의 모습을

하고 있다.

## 2월 11일

백보운제(百步雲梯)[1]에 올랐다. 백보운제의 돌층계는 하늘로 치솟을 듯, 어찌나 가파른지 발이 뺨에 닿을 듯하다. 돌층계가 옆으로 기울어진 데다 틈새가 넓고 고르지 않아, 금방이라도 흔들릴 것만 같다. 전에 내려올 적에는 눈이 험준한 모습을 뒤덮고 있었는데, 이제 보니 머리털이 곤두서고 등골이 오싹해졌다.

백보운제를 오르자, 곧 연화봉에 오르는 길이 나왔다. 다시 아래로 돌아내려 봉우리 옆을 따라 들어가면, 곧 문수원(文殊院)[2]과 연하동(蓮花洞)으로 가는 길이다. 하지만 비가 그치지 않은지라, 산을 내려와 탕원(湯院)에 들러 다시 목욕을 했다. 탕구에서 나와 20리를 나아가 방촌에 이르렀다. 15리를 더 걸어 동담(東潭)에 다다랐는데, 개울물이 불어 건널 수 없는지라 가던 발걸음을 멈추었다.

황산의 물줄기 가운데 송곡계(松谷溪)와 초촌계(焦邨溪) 등은 모두 북쪽을 향해 태평현으로 흘러나오고, 남쪽으로 흐르는 탕구계(湯口溪) 역시 북쪽으로 태평현을 돌아들어 장강(長江)으로 흘러든다. 오직 탕구 서쪽에 흐르는 시냇물 한줄기만은 방촌(芳邨)에 이르러 거대한 흐름을 형성하여, 남쪽의 암진(巖鎭)[3]으로 흐르다가 휘주부 북서쪽에 이르러 적계(積溪)와 만난다.

---

1) 백보운제(百步雲梯)는 연화봉 아래에 있는 돌층계이다. 낭떠러지 위로 나 있는 이 돌층계는 백보 가량이 가장 험난하다.
2) 문수원(文殊院)은 옥병봉(玉屛峰) 앞에 있는 옥병루(玉屛樓)이다. 전해오는 이야기에 따르면, 명(明)나라의 보문(普門) 스님이 오대산(五臺山)에 있을 적에 문수보살(文殊菩薩)이 바위 끄트머리에 단정하게 앉아 있는 꿈을 꾸었다. 꿈에서 본 경관과 매우 흡사하여 명(明)나라 만력(萬曆) 42년(1614년)에 황산에 와서 이 건물을 짓고 문수원이라 일컬었다. 후에 화재로 소실된 후 중건한 후에 옥병루라 칭했다.
3) 암진(巖鎭)은 오늘날 흡현(歙縣)에 속한 암사진(岩寺鎭)이다.

**원문**

**初二日**[1] 自<u>白岳</u>下山, 十里, 循麓而西, 抵<u>南溪橋</u>. 渡大溪, 循別溪, 依山北行. 十里, 兩山峭逼如門, 溪爲之束. 越而下, 平疇頗廣. 二十里, 爲<u>豬坑</u>. 由小路登<u>虎嶺</u>, 路甚峻. 十里, 至嶺, 五里, 越其麓. 北望<u>黃山</u>諸峰, 片片可揷. 又三里, 爲<u>古樓坳</u>. 溪甚闊, 水漲無梁, 木片瀰布[2]一溪, 涉之甚難. 二里, 宿<u>高橋</u>.

---

1) 초이일(初二日)은 1616년 2월 2일이다.
2) 미(瀰)는 수면이 끝없이 넓어 아득한 모양, 혹은 물이 널리 가득찬 모양을 형용한다. 미포(瀰布)는 가득 늘어져 있음을 의미한다.

**初三日** 隨樵者行, 久之, 越嶺二重. 下而復上, 又越一重. 兩嶺俱峻, 曰<u>雙嶺</u>. 共十五里, 過<u>江邨</u>.[1] 二十里, 抵<u>湯口</u>, <u>香溪</u>、<u>溫泉</u>諸水所由出者. 折而入山, 沿溪漸上, 雪且沒趾. 五里, 抵<u>祥符寺</u>. 湯泉在隔溪, 遂俱解衣赴<u>湯池</u>.[2] 池前臨溪, 後倚壁, 三面石甃,[3] 上環石如橋. 湯深三尺, 時凝寒未解, 而湯氣鬱然,[4] 水泡池底汩汩[5]起, 氣本香洌. <u>黃貞父</u>謂其不及<u>盤山</u>, 以<u>湯口</u>、<u>焦邨</u>孔道,[6] 浴者太雜遝[7]也. 浴畢, 返寺. 僧揮印引登<u>蓮花庵</u>, 躡雪循澗以上. 澗水三轉, 下注而深泓者, 曰<u>白龍潭</u>, 再上而停涵石間者, 曰<u>丹井</u>. 井旁有石突起, 曰<u>藥臼</u>, 曰<u>藥銚</u>. 宛轉隨溪, 群峰環聳, 木石掩映.[8] 如此一里, 得一庵, 僧印我他出, 不能登其堂. 堂中香爐及鐘鼓架, 俱天然古木根所爲. 遂返寺宿.

---

1) 강촌(江邨)은 오늘날 강촌(崗村)이라 하며, 황산의 남쪽에 위치해 있다.
2) 탕지(湯池)는 곧 탕천(湯泉)을 가리킨다.
3) 추(甃)는 벽돌을 쌓는다는 의미이다.
4) 울연(鬱然)은 원래 수목이 우거진 모양을 가리키는데, 여기에서는 수증기가 모락모락 피어오르는 모양을 가리킨다.
5) 골골(汩汩)은 물이 세차게 흐르는 소리를 형용한다.

7) 잡답(雜遝)은 어지러이 뒤섞인 모양을 가리킨다.
8) 엄영(掩映)은 두 사물이 서로 가리면서 어울려 돋보인다는 의미이다.

**初四日** 兀坐[1]聽雪溜竟日.

---

1) 올좌(兀坐)는 우두커니 앉아 있는 모습을 가리킨다.

**初五日** 雲氣甚惡, 余强臥至午起. 揮印言慈光寺頗近, 令其徒引. 過湯地, 仰見一崖, 中懸鳥道, 兩旁泉瀉如練. 余卽從此攀躋上, 泉光雲氣, 撩繞衣裾. 已轉而右, 則茅庵上下, 磬[1]韻香烟, 穿石而出, 卽慈光寺也. 寺舊名珠砂庵. 比丘[2]爲余言, "山頂諸靜室, 徑爲雪封者兩月. 今早遣人送粮, 山半雪沒腰而返." 余興大阻, 由大路二里下山, 遂引被臥.

---

1) 경(磬)은 예불을 올릴 때 흔드는, 동(銅)으로 만든 바리때 모양의 종을 가리킨다.
2) 비구(比丘)는 집을 떠나 불교에 귀의하여 머리를 깎고 구족계(具足戒)를 받은 남자 중을 가리키며, 비구니(比丘尼)는 여자 중을 가리킨다. 구족계란 비구와 비구니가 사미계(沙彌戒)를 받은 지 3년 뒤에 받는 계로서, 비구에게는 250계, 비구니에게는 348계가 있다.

**初六日** 天色甚朗, 覓導者各携筇上山. 過慈光寺, 從左上, 石峰環夾, 其中石級爲積雪所平, 一望如玉. 蔬木茸茸[1]中, 仰見群峰盤結,[2] 天都獨巍然上挺. 數里, 級愈峻, 雪愈深, 其陰處凍雪成氷, 堅滑不容着趾. 余獨前, 持杖鑿氷, 得一孔置前趾, 再鑿一孔, 以移後趾. 從行者俱循此法得度. 上至平岡, 則蓮花、雲門諸峰, 爭奇競秀, 若爲天都擁衛者. 由此而入, 絶巘[3]危崖, 盡皆怪松懸結. 高者不盈丈, 低僅數寸, 平頂短鬣,[4] 盤根虯幹, 愈短愈老, 愈小愈奇, 不意奇山中又有此奇品也! 松石交映間, 冉冉[5]僧一群從天而下, 俱合掌言, "阻雪山中已三月, 今以覓粮勉到此. 公等何由得上也?" 且言 "我等前海諸庵, 俱已下山, 後海山路尙未通, 惟蓮花洞可行耳." 已而從天都峰側攀而上, 透峰罅而下, 東轉, 卽蓮花洞路也. 余急於光明頂、石筍矼之勝, 遂循蓮花峰而北. 上下數次, 至天門. 兩壁夾立, 中闊摩肩, 高數十丈, 仰面而度, 陰森悚骨. 其內積雪更深, 鑿冰上躋, 過此得平頂, 卽所謂前海也. 由此更上一峰, 至平天矼. 矼之兀突獨聳者, 爲光明頂. 由矼而下, 卽所謂後海也. 蓋平天矼陽爲前海, 陰爲後海, 乃極高處, 四面皆峻塢, 此獨若平地. 前海之前, 天都、蓮花二峰最峻, 其陽屬徽之歙,[6] 其陰屬寧之太平.[7]

　余至平天矼, 欲望光明頂而上. 路已三十里, 腹甚枵,[8] 遂入矼後一庵. 庵僧俱踞石向陽. 主僧曰智空, 見客色饑, 先以粥餉. 且曰, "新日太皎, 恐非老晴." 因指一僧謂余曰, "公有餘力, 可先登光明頂而後中食, 則今日猶可抵石笋矼, 宿是師處矣." 余如言登頂, 則天都、蓮花並肩其前, 翠微、三海門環繞於後, 下瞰絶壁峭岫, 羅列塢中, 卽丞相原也. 頂前一石, 伏而復起, 勢若中斷, 獨懸塢中, 上有怪松[9]盤蓋. 余側身攀踞其上, 而潯陽踞大頂相對, 各誇勝絶.

　下入庵, 黃粱已熟. 飯後, 北向過一嶺, 躑躅菁莽中,[10] 入一庵, 曰獅子林, 卽智空所指宿處. 主僧霞光, 已待我庵前矣. 遂指庵北二峰曰 "公可先了此勝." 從之. 俯窺其陰, 則亂峰列岫, 爭奇並起. 循之西, 崖忽中斷, 架木連之, 上有松一株, 可攀引而度, 所謂接引崖也. 度崖, 穿石罅而上, 亂石危綴間, 搆木爲室其中亦可置足, 然不如踞石下窺更雄勝耳. 下崖, 循而東, 里許, 爲石笋矼. 矼脊斜亘, 兩夾懸塢中, 亂峰森羅, 其西一面卽接引崖所窺者. 矼側一峰突起, 多奇石怪松. 登之俯瞰壑中, 正與接引崖對瞰, 峰廻岫轉, 頓改前觀.

　下峰, 則落照擁樹, 謂明晴可卜, 踊躍歸庵. 霞光設茶, 引登前樓. 西望碧痕一縷, 余疑山影. 僧謂"山影夜望甚近, 此當是雲氣." 余默然, 知爲雨兆也.

---

1) 용용(茸茸)은 가늘고 여리며 부드러운 모양을 가리킨다.

2) 군봉(群峰)은 황산의 크고 작은 봉우리들을 가리키는 바, 황산에는 36곳의 큰 봉우리와 36곳의 작은 봉우리가 있다. 반결(盤結)은 얽힌 모습을 가리킨다.

3) 헌(巘)은 산봉우리를 의미하며, 절헌(絶巘)은 깎아지른 듯이 높고 험준한 산봉우리를

가리킨다.

4) 렵(鬣)은 짐승의 터럭이나 수염을 뜻하며, 여기에서는 소나무의 솔잎을 가리킨다.
5) 염염(冉冉)은 가볍고 부드러운 모양이나 느릿느릿한 모양을 가리킨다.
6) 휘지흡(徽之歙)은 휘주부(徽州府) 흡현(歙縣)을 가리킨다.
7) 녕지태평(寧之太平)은 녕국부(寧國府) 태평현(太平縣)을 가리킨다. 녕국부는 지금의 안휘성 선성현(宣城縣)인 선성을 다스렸던 행정구역이며, 태평현은 지금의 황산시 동쪽의 선원진(仙源鎭)이다.
8) 효(枵)는 속이 텅 빈 모양으로 굶주리다는 의미이다.
9) 여기에서 말하는 괴송(怪松)은 아마 우비봉(牛鼻峰) 부근의 포단송(蒲團松)일 것이다.
10) 척촉(躑躅)은 머뭇거리며 나아가지 못하는 모양을 가리키며, 청망(菁莽)은 풀이 무성하게 우거진 모양을 가리킨다.

**初七日** 四山霧合. 少頃, 庵之東北已開, 西南膩[1]甚, 若以庵爲界者, 卽獅子峰亦在時出時沒間. 晨餐後, 由接引崖踐雪下. 塢牛一峰突起, 上有一松, 裂石而出, 巨幹高不及二尺, 而斜拖曲結, 蟠翠三丈余, 其根穿石上下, 幾與峰等, 所謂'擾龍松'是也.

攀玩移時,[2] 望獅子峰已出, 遂杖而西. 是峰在庵西南, 爲案山. 二里, 躡其巓, 則三面拔立塢中, 其下森峰列岫, 自石笋、接引兩塢, 迤邐[3]至此, 環結又成一勝. 登眺間, 沉霧漸爽, 急由石笋矼北轉而下, 正昨日峰頭所望森陰徑也. 群峰或上或下, 或巨或纖. 或直或欹, 與身穿遶而過. 俯窺轉顧, 步步生奇, 但壑深雪厚, 一步一悚.

行五里, 左峰腋一竇透明, 曰'天窓'. 又前, 峰旁一石突起, 作面壁狀, 則'僧坐石'也. 下五里, 徑稍夷, 循澗而行. 忽前澗亂石縱橫, 路爲之塞. 越石久之, 一闕新崩, 片片欲墮, 始得路. 仰視峰頂, 黃痕一方, 中間綠字, 宛然可辨, 是謂'天牌', 亦謂'仙人榜'. 又前, 鯉魚石; 又前, 白龍池. 共十五里, 一茅出澗邊, 爲松谷庵舊基. 再五里, 循溪東西行, 又過五水, 則松谷庵矣. 再循溪下, 溪邊香氣襲人, 則一梅亭亭[4]正發, 山寒稽雪,[5] 至是始芳. 抵青龍潭, 一泓深碧, 更會兩溪. 比白龍潭勢旣雄壯, 而大石磊落,[6] 奔流亂注, 遠近群峰環拱, 亦佳境也. 還餐松谷, 往宿舊庵. 余初至松谷, 疑已平地, 及是詢之, 須下嶺二重, 二十里方得平地, 至太平縣共三十五里云.

1) 니(膩)는 '엉키다'는 의미이다.
2) 이시(移時)는 '잠간 동안의 시간이 흐르다'를 의미한다.
3) 이리(迤邐)는 구불구불 이어진 모양을 가리킨다. 리(邐)는 리(邐)로 쓰기도 한다.
4) 정정(亭亭)은 우뚝하게 높이 솟은 모양을 가리킨다.
5) 계(稽)는 '머무르다'의 의미이며, 계설(稽雪)은 '쌓인 눈'을 가리킨다.
6) 뇌락(磊落)은 뜻이 커서 소소한 일에 구애받지 않는 모양, 혹은 주렁주렁 달려 있는 모양을 가리킨다.

**初八日** 擬尋石笋奧境, 竟爲天奪, 濃霧迷漫. 抵獅子林, 風愈大, 霧亦愈厚. 余急欲趨煉丹臺, 遂轉西南. 三里, 爲霧所迷, 偶得一庵, 入焉. 雨大至, 遂宿此.

**初九日** 逾午少霽. 庵僧慈明甚誇西南一帶峰岫不減石笋矼, 有'禿顱[1]朝天', '達摩面壁'諸名. 余拉潯陽蹈亂流至壑中, 北向卽翠微諸巒, 南向卽丹臺諸塢, 大抵可與獅峰競駕, 未得比肩石笋也. 雨踵至,[2] 急返庵.

1) 독로(禿顱)는 원래 '머리털이 없는 머리뼈'를 의미하며, 여기에서는 스님을 가리킨다.
2) 종(踵)은 발꿈치를 의미하며, 종지(踵至)는 발꿈치에 닿도록 곧바로 뒤쫓아옴을 가리킨다.

**初十日** 晨雨如注, 午少停. 策杖二里, 過飛來峰, 此平天矼之西北嶺也. 其陽塢中, 峰壁森峭, 正與丹臺環繞. 二里抵臺. 一峰西垂, 頂頗平伏. 三面壁翠合沓,[1] 前一小峰起塢中, 其外則翠微峰、三海門蹄股[2]拱峙. 登眺久之, 東南一里, 繞出平天矼下. 雨復大至, 急下天門. 兩崖隘肩, 崖額飛泉, 俱從人頂潑下. 出天門, 危崖懸疊, 路緣崖牛, 比後海一帶森峰峭壁, 又轉一境. '海螺石'卽在崖旁, 宛轉酷肖, 來時忽不及察, 今行雨中, 頗稔其異, 詢之始知. 已趨大悲庵, 由其旁復趨一庵, 宿悟空上人處.

1) 합답(合沓)은 중첩된 모양을 가리킨다.
2) 제(蹄)는 마소 따위의 짐승의 발굽을 가리키며, 고(股)는 바퀴살의 바퀴통에 가까운 부분을 가리킨다. 따라서 여기에서의 제고(蹄股)는 봉우리들이 한데로 모여드는 것

처럼 보이는 모양을 나타낸다.

**十一日** 上<u>百步雲梯</u>. 梯磴揷天, 足趾及腮, 而磴石傾側硲岈,[1] 兀兀[2]欲動. 前下時以雪掩其險, 至此骨意俱悚. 上<u>百步雲梯</u>, 卽登<u>蓮花峰</u>道. 又下轉, 由峰側而入, 卽<u>文殊院</u>、<u>蓮花洞</u>道也. 以雨不止, 乃下山, 入<u>湯院</u>, 復浴. 由 <u>湯</u>口出, 二十里抵<u>芳邨</u>, 十五里抵<u>東潭</u>, 溪漲不能渡而止. <u>黃山</u>之流, 如<u>松 谷</u>、<u>焦邨</u>, 俱北出<u>太平</u>, 卽南流如<u>湯</u>口, 亦北轉<u>太平</u>入江, 惟<u>湯</u>口西有流, 至<u>芳邨</u>而巨, 南趨<u>巖鎭</u>, 至府[3]西北與<u>積溪</u>會.

---

1) 함하(硲岈)는 중간이 비어서 틈새가 넓음을 의미한다.
2) 올올(兀兀)은 움직이지 않으려 애쓰는 모양, 혹은 뒤뚱뒤뚱 위태로운 모양을 가리킨다.
3) 부(府)는 휘주부(徽州府)의 치소(治所)가 있는 흡현(歙縣)을 가리킨다.

# 무이산 유람일기(遊武彝山日記)

## 해제

「무이산 유람일기」는 만력 44년(1616년)에 서하객이 무이산을 유람한 기록이다. 서하객은 백악산과 황산을 유람한 후 숭안현(崇安縣)으로 들어와 2월 21일부터 23일에 걸쳐 무이산을 유람했다. 무이산은 무이산(武夷山)이라고도 하는데, 복건성(福建省) 숭안현에 위치하여 있다. 무이산은 해발 600미터 남짓의 낮은 산으로, 특별히 높은 봉우리는 없지만, 산중의 기이한 풍광이 많다. 특히 무이계(武彝溪) 양안에는 36곳의 봉우리가 솟아 있으며, 현관(懸棺)이라는 특이한 장례풍습이 낳은 경관도 있다. 물이 맑은 무이계는 아홉 굽이를 돌아드는데, 대나무 뗏목을 타면 산수의 명승을 함께 즐길 수 있다. 서하객은 배를 타고 시내를 따라 유람하면서 무이산의 봉우리 대부분을 기술하고 있는 바, 물굽이를 실마리로 각 굽이마다의 경관을 묘사한 다음, 뭍에 올라 산길을 걸으면서 산속의 사묘와 폭포, 풍광 등을 자연스러운 필치로 차분하게 그려내고 있다.

이번 유람의 주요 여정은 다음과 같다. 숭안현(崇安縣) → 첫 번째 굽이 → 두 번째 굽이 → 세 번째 굽이 → 네 번째 굽이 → 다섯 번째 굽이 → 여섯 번째 굽이 → 조가석(曹家石) → 운와(雲窩) → 다동(茶洞) → 대은병(大隱屛) → 천유봉(天遊峰) → 삼앙봉(三仰峰) → 소도원(小桃源) → 고자암(鼓子巖) → 삼교봉(三敎峰) → 영봉(靈峰) → 사자암(獅子巖) → 인면석(人面石) → 성고암(城高巖) → 자양서원(紫陽書院) → 어다원(御茶園) → 가학주(架壑舟) → 금계암(金鷄巖) → 수광석(水光石) → 만년궁(萬年宮) → 회진관(會眞觀) → 삼고봉(三姑峰) → 환골암(換骨巖) → 만정봉(幔亭峰) → 수렴동(水簾洞) → 적석가(赤石街) → 두할암(杜轄巖) → 적석가(赤石街) → 숭안현(崇安縣)


## 역문


## 2월 21일

숭안(崇安)[1] 남문을 나서 타고 갈 배를 구했다. 북서쪽의 시내는 분수관(分水關)에서, 북동쪽의 시내는 온령관(溫嶺關)에서 흘러나온다. 두 시내는 현의 남쪽에서 합쳐졌다가 군과 성을 지나 바다로 흘러든다. 물길을 따라 30리를 지나자, 시냇가에 비스듬히 기운 봉우리 하나, 그리고 홀로 우뚝 솟은 봉우리 하나가 보인다. 내가 깜짝 놀라 눈여겨 바라보니, 비스듬히 기운 것은 만정봉(幔亭峰)[2]이요, 우뚝 솟은 것은 대왕봉(大王峰)[3]이다. 봉우리 남쪽에 시내 한 줄기가 동쪽으로 향하여 큰 시내[4]로 흘러든다. 이것이 바로 무이계(武彝溪)[5]이다. 충우궁(冲祐宮)은 봉우리를 옆에 끼고서 시내를 굽어보고 있었다.

나는 먼저 구곡(九曲)에 이른 다음, 물길을 따라 경관을 구경하고 싶었다. 그래서 충우궁을 버려두고서 뭍에 오르지 않은 채 물길을 거슬러 앞으로 나아갔다. 물살이 몹시 거셌다. 선원들이 맨발로 시내에 뛰어들어 배를 끌었다.

첫 번째 굽이의 오른쪽은 만정봉, 대왕봉이요, 왼쪽은 사자봉(獅子峰), 관음암(觀音巖)이다. 시내 오른편의, 시내에 맞닿은 곳은 수광석(水光石)이다. 그 위는 시를 지어 새긴 글자로 거의 가득 차 있다.

두 번째 굽이의 오른쪽은 철판장(鐵板嶂), 한묵암(翰墨巖)이요, 왼쪽은 두무봉(兜鍪峰), 옥녀봉(玉女峰)이다. 철판장의 옆에 벼랑이 깎아지른 듯 가파르게 서 있는데, 그 가운데에 세 개의 구멍이 '품(品)'자 모양을 이루고 있다.

세 번째 굽이의 오른쪽은 회선암(會仙巖)이요, 왼쪽은 소장봉(小藏峰), 대장봉(大藏峰)이다. 대장봉의 벼랑은 천 길 높이로 서 있고, 벼랑의 꼭대기에 여러 곳의 구멍이 나 있다. 그 구멍 가운데에 마치 베틀의 북처럼 나무판자가 어지러이 꽂혀 있다. 작은 배 한 척이 그 구멍의 목판 끄트머리에 비스듬히 걸려 있다. 이것은 '가학주(架壑舟)'[6]이다.

네 번째 굽이의 오른쪽은 조어대(釣魚臺), 희진암(希眞巖)이요, 왼쪽은 계서암(鷄棲巖), 안선암(晏仙巖)이다. 계서암의 허리춤에 동굴이 있는데, 바깥은 좁고 안은 넓다. 비스듬히 꽂혀 있는 목판이 영락없이 닭장의 횃대처럼 보인다. 계서암 아래에 깊고 푸른 못이 있다. 이곳은 와룡담(臥龍潭)이다.

와룡담의 오른편은 대은병(大隱屛), 접순봉(接筍峰)이요, 왼편은 갱의대(更衣臺), 천주봉(天柱峰)이다. 이곳이 바로 다섯 번째 굽이이다. 문공서원(文公書院)[7]은 바로 대은병 아래에 있다.

여섯 번째 굽이에 이르니, 오른쪽은 선장암(仙掌巖), 천유봉(天遊峰)이요, 왼쪽은 만대봉(晚對峰), 향성암(響聲巖)이다. 멀리 대은병과 천유봉 사이를 바라보니, 드높은 돌층계와 날아갈 듯 솟구친 건물이 그 위에 걸려 있다. 황홀한 느낌을 어찌 형언할 수 있으리오! 내가 탄 배가 급한 물살로 인해 나아가지 못한지라, 조가석(曹家石)으로 돌아와 배를 댔다.

뭍에 올라 운와(雲窩)[8]에 들어섰다. 구름을 헤치고 바위를 지나, 어지러운 벼랑 속에서 구불구불 한참을 헤매고서야 길을 찾았다. 운와의 뒤편은 접순봉이다. 접순봉은 대은병에 나란히 붙어 있다. 그 봉우리의 허리춤에 가로로 둘로 쪼개진 자국이 있기에 '접순봉'이라 한다.

봉우리 옆 바위의 좁은 곳을 따라 돌비탈을 몇 계단 올라섰다. 사방이 푸른 산으로 둥글게 에워싸여 있는데, 그 한 가운데에 손바닥 모양의 빈 터가 남아 있다. 이곳은 다동(茶洞)이다. 다동의 어귀는 서쪽에서 들어가는데, 그 어귀의 남쪽은 접순봉이요, 북쪽은 선장암이다. 선장암의 동쪽은 천유봉이요, 천유봉의 남쪽은 대은병이다. 여러 봉우리마다 위는 온통 몹시 가파른 절벽이고 아래는 한데 모여 있다. 바깥으로는 오르는 길이 없고, 오직 서쪽으로만 틈새 하나로 통할 뿐이다. 천태산(天台山)의 명암(明巖)보다도 훨씬 기이하고도 웅장하도다!

봉우리 속에서 대은병으로 기어올랐다. 깎아지른 듯한 벼랑에 이르자, 커다란 나무를 매달아 사다리가 만들어져 있다. 사다리는 벼랑에 바짝 붙은 채 구름 속에 곧추서 있다. 나무 사다리는 나무 세 개를 이어 붙였으며, 층계는 모두 81개이다. 층계가 끝나자, 쇠사슬이 산허리에 가로로 매어져 있고 아래에는 발을 내딛을 구덩이가 패여 있다.

쇠사슬을 붙잡고서 봉우리를 돌아들어 서쪽으로 나아갔다. 양쪽 암벽 사이로 산등성이가 그 가운데에 끼어 있는데, 마치 꼬리를 늘어뜨린 듯했다. 패인 구덩이를 오르자, 곧 대은병의 꼭대기가 나왔다. 봉우리 꼭대기에는 정자와 대나무가 있고, 사방은 깎아지른 듯한 벼랑이었다. 몸을 굽혀 아래를 바라보았다. 참으로 선경과 범계(凡界)는 멀리도 떨어져 있도다! 다시금 걸린 사다리를 타고 내려와 다동에 이르렀다. 올랐던 곳을 쳐다보니, 은하수마냥 까마득했다.

좁다란 길목의 북쪽 벼랑이 곧 선장암이다. 암벽은 우뚝 힘차게 치솟아 있다. 그 가운데에 사람의 손바닥 모양의 자국이 있는데, 길이가 한 길을 넘는 것이 수십 줄이다. 벼랑을 따라 북쪽으로 올라 봉우리에 이르렀다. 석양빛은 소나무에 스며들고, 수려한 산색과 굽이져 흐르는 시내가 서로 더하여, 참으로 보기 좋을시고!

남쪽으로 돌아들어 비좁은 골짜기를 걸었다. 산골짜기가 다하자 불쑥 봉우리의 마루가 모습을 드러냈다. 삼면에는 가파른 벼랑이 솟아 있고, 그 꼭대기에는 정자가 자리 잡고 있었다. 이곳이 바로 천유봉⁹⁾이다. 이 봉우리는 아홉 굽이의 한 가운데에 자리하고 있다. 이 봉우리는 시내에 닿아 있지 않지만, 아홉 굽이의 시내가 삼면에서 에워싸고 있다.

동쪽을 바라보면 대왕봉인데, 첫 번째 굽이부터 세 번째 굽이까지의 시내가 둘러싸고 있다. 남쪽을 바라보면 갱의대이고, 남쪽으로 가장 가까운 곳이 대은병 등의 여러 봉우리인데, 네 번째 굽이부터 여섯 번째 굽이까지의 시내가 둘러싸고 있다. 서쪽을 바라보면 삼교봉(三敎峰)¹⁰⁾이고, 서쪽으로 가장 가까운 곳이 천호봉 등의 여러 봉우리인데, 일곱 번째 굽이부터 아홉 번째 굽이까지의 시내가 둘러싸고 있다.

오로지 북쪽으로만 시내가 없다. 산줄기가 수렴봉(水簾峰) 등의 여러 산봉우리를 타고서 층층이 뻗어내려 오다가 이곳에 이르러 매달린 듯 서 있는 것이다. 그 앞쪽으로 몸을 굽혀 내려다보는 곳은 바로 다동이다. 다동에서 고개 들어 쳐다보면, 깎아지른 듯한 벼랑이 구름 속에 솟구쳐 있고, 샘물이 옆에서 쏟아져 내려오는 것만 보일 뿐이다. 그래서 처음에는 그 위에 쉴 만한 봉우리가 있음을 알지 못했다. 시내에 이르지 않고서도 아홉 굽이 시내의 뛰어난 경관을 모두 구경하고 싶다면, 이 산봉우리야말로 마땅히 으뜸이리라.

봉우리의 누대에 서서 멀리 반원의 지는 해를 바라보았다. 멀리 가까이의 잇닿은 여러 봉우리들이 푸른빛과 보랏빛의 온갖 경관을 빚어내고 있었다. 봉우리 누대의 뒤쪽은 천유관이다. 서둘러 작별하고서 배로 돌아왔다. 어느덧 황혼녘이었다.

1) 숭안(崇安)은 지금의 복건성 숭안현이다. 황산을 유람한 후, 서하객은 강서성 동부를 거쳐 광신(廣信), 연산(鉛山)으로 가는 길을 잡아 분수관(分水關)을 지나 숭안에 들어왔다.

2) 만정봉(幔亭峰)은 대왕봉의 북쪽에 위치하며, 대왕봉과 기슭으로 이어져 있으나 대왕봉보다는 낮다. 봉우리의 꼭대기는 평평하며, 그 위에 향정(香鼎) 모양의 거석이 있다. 송나라 축목(祝穆)의 「무이산기(武夷山記)」의 기록에 따르면, 진시황(秦始皇) 2년 8월 15일 무이군(武彝君)과 황태모(皇太姥), 위(魏) 왕자 건(騫) 등 13명의 선인과 더불어 이 봉우리의 평평한 꼭대기에 장막을 쳐서 마을 사람들에게 큰 연회를 베풀었는데, 이로부터 만정봉이라는 이름이 비롯되었다.

3) 대왕봉(大王峰)은 천주봉(天柱峰)이라고도 하며, 무이산에 들어서는 첫 봉우리로서 무이계의 어귀에 솟아 있다.

4) 여기에서의 큰 시내(大溪)는 명대에는 숭계(崇溪)라 일컬어졌는데, 오늘날의 숭양계(崇陽溪)를 가리킨다.

5) 무이계(武彝溪)는 명대에는 구곡계(九曲溪), 청계(清溪)라 불리웠으며, 삼보산(三保山)에서 발원하여 무이산으로 흘러들어 아홉 굽이를 돌아들면서 장관을 만들어낸다. 전장은 9.5km이다.

6) 가학주(架壑舟)는 가학선(架壑船), 선관(船棺), 선선(仙船), 선탈(仙脫), 선함(仙函)이라 일컬으며, 복건 지역에서 사용된 독특한 장례도구이다. 이것은 통나무를 배 모양으로 깎아 만드는데, 시신을 누인 다음 낭떠러지의 동굴 틈새 등의 사람의 발길이 닿기 힘든 곳에 놓아둔다. 이러한 장례를 흔히 선관장(船棺葬), 애묘(崖墓)라 한다. 1978년 복건성 박물관에서 북산(北山) 백암(白巖)의 한 골짜기에서 선관 하나를 발견했는데, C14의 측정에 따르면 지금으로부터 3400여 년 전의 것이라 한다.

7) 문공서원(文公書院)은 주희(朱熹)가 강학했던 자양서원(紫陽書院)을 가리킨다. 주희의 사후 시호가 '문(文)'이었으므로 사람들은 흔히 주문공(朱文公)이라 일컬었는데, 문공서원은 여기에서 비롯된 이름이다.

8) 운와(雲窩)는 접순봉 서쪽 암벽 아래에 있으며, 이곳에는 10여 곳의 크고 작은 동굴이 있다. 겨울과 봄의 아침, 저녁마다 동굴에서 늘 운무를 피워내는데, 바람에 흘러 다니는 운무가 금세 한 덩어리로 모였다가 다시 흩어져 변화무상한지라 운와라고 이름했다.

9) 천유봉(天遊峰)은 다섯 번째 굽이의 은병봉 뒤쪽에 있으며, 꼭대기에는 사방을 조망할 수 있는 정자가 세워져 있다. 천유봉은 상천유(上天遊)와 하천유(下天遊)로 나뉘며, 천유봉 아래에는 천유관(天遊觀)이 있다.

10) 삼교봉(三敎峰)은 커다란 바위가 품(品)자 모양의 봉우리를 이루고 있다 하여 품자암(品字巖)이라고도 한다. 삼교는 유교, 불교와 도교를 가리킨다.

# 2월 22일

물가로 올라 선장암과 작별하고서 서쪽으로 나아갔다. 내가 따르는 길은 시내의 오른쪽 물가이고, 시내 너머는 왼쪽 물가이다. 일곱 번째

굽이의 오른쪽은 삼앙봉(三仰峰),[1] 천호봉(天壺峰)이요, 왼쪽은 성고암(城高
巖)이다. 삼앙봉 아래는 소도원(小桃源)[2]인데, 절벽이 무너져 어지러이 쌓
인 바윗돌이 바깥에 돌문을 이루고 있었다.

허리를 굽혀 문에 들어섰다. 한 조각 터가 있고, 사방은 산으로 둘러
싸여 있다. 그 가운데에 밭두둑이 있고 산골물이 굽이져 흐르고 있었다.
푸른 소나무와 비취빛 대나무가 둘러싸고 있는데, 닭 우는 소리와 사람
들의 말소리가 푸른 산기운속에 울려퍼지고 있었다.

문을 나와 서쪽으로 나아가자 곧 북랑암(北廊巖)[3]이 나왔다. 그 꼭대기
가 바로 천호봉이다. 그 맞은편 언덕에 성고암이 우뚝 홀로 솟아있는데,
사방이 마치 성처럼 깎아지른 듯 가파르다. 성고암 꼭대기에 암자가 있
으며, 역시 오를 수 있도록 사다리가 매달려 있었다. 하지만 시내 너머
에 있기에 가보지는 못했다.

여덟 번째 굽이의 오른쪽은 고루암(鼓樓巖), 고자암(鼓子巖)이요, 왼쪽은
대름석(大廩石),[4] 해책석(海蚱石)이다. 나는 고루암의 서쪽을 지나 북쪽으
로 꺾어 우묵한 평지를 가다가 봉우리 꼭대기로 기어올랐다. 두 개의
돌이 마치 북처럼 우뚝 서 있었다. 이곳이 바로 고자암이다. 고자암의
높이와 너비 역시 성고암만하다.

고자암 아래쪽의 깊이 움푹 꺼진 곳은 한 줄기 긴 복도인 듯했다. 그
안에 방을 들이고 난간을 걸쳐놓았다. 이곳이 고자암(鼓子庵)이다. 고자
암(鼓子巖)을 올려다보니 어지러운 동굴 속에 수많은 목판들이 가로로 꽂
혀져 있었다. 고자암(鼓子巖)의 뒤로 돌아들었다. 암벽 사이의 동굴은 더
욱 깊고 툭 트여 있다. 이곳은 오공동(吳公洞)[5]이다. 오공동 아래의 사다
리는 이미 망가져서 오를 수가 없었다.

삼교봉을 바라보면서 발걸음을 재촉했다. 산을 따라 돌층계를 넘으
니, 그 위로 나무가 무성했다. 삼교봉에 이르렀다. 정자가 그 곁에 이어
져 있었다. 동쪽으로 고루봉, 고자암 등의 여러 멋진 경관이 보였다. 산
머리의 세 봉우리는 뾰족한 바위가 툭 튀어나온 채 나란히 우뚝 서 있

었다.

바위 틈새 사이로 돌층계를 올랐다. 벼랑 곁에 정자 하나가 서 있었다. 정자를 지나 돌문을 들어서니, 두 벼랑이 바짝 붙어 치솟아 있고, 암벽은 하늘에 닿을 듯했다. 그 가운데로 한 줄기 선(線)이 나 있는데, 위아래가 겨우 한 자 남짓이었다. 그 사이를 지날 때 머리카락이 곤두섰다. 아마 세 개의 봉우리가 한데 모여 서 있는데, 이곳은 두 봉우리의 틈새이리라. 그 옆에도 틈새가 두 곳 더 있는데, 이곳만큼 가지런하고도 가파르지는 않았다.

잠시 후 산을 내려오다 몸을 돌려 산의 뒤쪽에 이르렀다. 봉우리 하나가 묘아석(猫兒石)[6]과 서로 마주보며 우뚝 서 있는데, 그 끊임없이 이어진 모습이 마치 고자암(鼓子巖)과 흡사했다. 이곳은 영봉(靈峰)[7]의 백운동(白雲洞)이다. 봉우리 꼭대기에 이르러 바위 틈새 안에 쌓은 층계를 걸어 올랐다. 두 암벽이 바짝 붙은 채 솟아 있는 모습이 마치 황산(黃山)의 천문(天門)과 비슷했다. 돌층계를 다 올라 구불구불한 길을 따라 석굴 아래에 이르렀다. 바위에 의지하여 방을 들인 모습이 역시 고자암(鼓子庵)과 흡사했다.

누대에 올라 남쪽으로 멀리 아홉 굽이의 상류를 바라보았다. 모래섬 하나가 그 가운데에 우뚝 솟아 있다. 서쪽에서 흘러오던 시내는 이 모래섬에서 나뉘어 에워싸고 흐르다가, 굽이진 곳에 이르러 다시 하나로 합쳐진다. 모래섬 너머로 두 곳의 산이 점차 열리면서 아홉 굽이는 어느덧 끝이 난다.

이 석굴은 아홉 굽이가 끝나는 곳에 있다. 겹겹의 바위가 포개져 있는지라 아늑한 기분이 들었다. 석굴 북쪽 끄트머리에 더욱 기이한 석굴이 하나 더 있었다. 위아래는 온통 깎아지른 듯한 절벽인데, 암벽 사이에 가로로 겨우 한 줄기 선(線)이 패여 있었다. 그래서 몸을 엎드려 뱀처럼 기어서 암벽을 굽이돌아 넘어야만 간신히 들어갈 만했다.

나는 곧바로 암벽의 패인 곳을 따라 기었다. 얼마 후 패인 곳은 점점 낮아지고 암벽은 차츰 가팔라졌다. 허리를 잔뜩 구부렸다. 암벽의 패인 곳은 더욱 낮아지고 비좁아졌다. 마치 뱀처럼 무릎으로 기어가다 돌아드는 곳에 이르렀는데, 위아래 높이는 겨우 일곱 치요, 너비는 한 자 다섯 치에 지나지 않는다. 패여 있는 곳 바깥의 절벽은 높이가 만 길이다.

엉금엉금 기어가는 중에, 가슴과 등이 바위에 쓸렸다. 한참동안 빙빙 돌아서야 그 험준한 곳을 넘을 수 있었다. 석굴은 과연 높고 널찍하며 층층이 겹쳐 있었다. 그 속에 도끼로 판 흔적이 남아 있는 걸로 보아, 아마 길을 내려다가 도중에 그만 둔 듯했다.

한참 만에 앞쪽의 석굴로 돌아왔다가 다시 뒤쪽 석굴에 이르렀다. 갓 지은 새 집이 있었다. 그윽하고도 널찍하여 썩 마음에 들었다. 문을 나서서 구곡계(九曲溪)를 향하니, 사자암(獅子巖)이 그곳에 있었다.

시내를 따라 되돌아가는 길에, 시내 너머로 여덟 번째 굽이의 인면석(人面石),[8] 일곱 번째 굽이의 성고암을 구경했다. 갖가지 비경에 가슴이 뛰었다. 다시 배를 대고서 운와를 거쳐 다동으로 들어갔다. 깊고도 그윽한 경치, 다시 찾아왔으니 다시는 떠나지 않으리!

잠시 후 운와에서 왼쪽으로 돌아 복희동(伏羲洞)[9]으로 들어갔다. 동굴이 자못 음산했다. 왼쪽으로 대은병봉(大隱屛峰)의 남쪽으로 나오자, 곧 자양서원(紫陽書院)[10]이 나왔다. 주희(朱熹) 선생의 상에 배알했다.

물길을 따라 노를 저었다. 시내 양쪽 기슭의 검푸른 기운이 어지러이 흩날렸다. 배의 속도가 빠른 게 원망스러웠다. 얼마 후 천주봉, 갱의봉을 지나서, 네 번째 굽이의 남쪽 물가에 배를 댔다. 어다원(御茶園)[11]에서 시내 언덕에 올랐다. 금계암(金鷄巖) 위로 돌아나오려 했는데, 가시나무 덤불 속에서 헤매다가 길을 잃어 버렸다. 그래서 금계암 뒤쪽의 큰 길을 따라 동쪽으로 가면서, 대장봉, 소장봉 등의 여러 봉우리로 올라갈 수 있는 곁길이 있으리라 기대했다. 하지만 역시 길을 찾지 못했다.

시냇가로 빠져 나오니, 어느덧 옥녀봉 아래에 와 있었다. 여기에서 일선천(一線天)[12]을 찾으려고 잠시 머뭇거렸다. 하지만 길을 물어볼 사람이 없는데다, 배는 금계동 아래에 정박해 있는지라 멀어서 서로 들리지도 않았다. 그래서 시내를 따라 길을 찾으면서 대장봉, 소장봉의 기슭을 구불구불 걸었다.

이 일대의 깎아지른 듯 높이 솟은 벼랑에서 모래자갈이 무너져내려 더미를 이루고 있는데, 토박이들이 이 위에 차를 많이 심고 있었다. 차나무 속을 걸으면서 아래로 깊은 시내를 내려다보고 위로 아찔한 벼랑을 쳐다보노라니, '선학당(仙學堂)',[13] '장선굴(藏仙窟)'이 어디인지 가릴 겨를이 없었다.

어느덧 가학주에 이르렀다. 올려다보니 영락없이 허공에 뜬 배였다. 이전에 시내에서 보았던 때보다 훨씬 똑똑하고 자세했다. 대장봉의 서쪽으로 난 길은 차츰 막혔다. 가시덤불 속으로 들어가 암벽을 타고 올라, 대장봉 서쪽의 석굴을 내려다보았다. 배 한 척이 더 걸려 있으나, 두 벼랑이 마주한 채 우뚝 솟아 있는지라 그곳에 가지는 못했다.

홀연 한 척의 배가 두 번째 굽이에서 물길을 거슬러 오고 있었다. 급히 산을 내려가 손짓하여 불렀다. 그 배에 타고 있던 이가 배를 대어 나를 태워주었다. 그 역시 막 이곳에 온 유람객이었다. 그는 갱의대로 되돌아가 함께 일선천과 호소암(虎嘯巖)[14] 등의 절경을 구경하기로 나와 약속했다. 나의 배가 정박한 곳을 지나자 두 척의 배가 나란히 노를 저어 물길을 따라 내려갔다.

만정봉에 올라 대왕봉을 찾아보고픈 생각이 들었다. 첫 번째 굽이의 수광석에 이르렀다. 배를 시내 어귀에 대어 기다리기로 약속하고서, 나는 다시 뭍으로 올라갔다. 약간 들어가자 지지암(止止庵)에 닿았다. 지지암 뒤쪽을 바라보니 올라갈 길이 있었다. 발걸음을 재촉하여 올라가보니, 석굴이 하나 있었다. 스님 한 분이 그 안에서 불경을 읊고 있었다. 이 석굴이 바로 선암(禪巖)이다.

대왕봉으로 오르는 길은 아직 지지암의 서쪽에 있었다. 그 길로 지지암 앞으로 내려와 서쪽으로 몸을 돌렸다. 2리쯤 산을 올라 봉우리 아래에 이르러, 어지러운 대숲 속에서 등선석(登仙石)을 찾아냈다. 등선석 옆으로 불쑥 솟구친 산봉우리는 고개를 우러러 무언가를 바라는 듯한 모습을 하고 있었다. 산봉우리 암벽의 틈새로 보이는 학모석(鶴模石)[15]은 서리처럼 하얀 깃, 붉은 머리, 갈라진 무늬가 그림 같았다.

곁길이 끝이 났다. 절벽에 걸린 사다리를 타고 오르는데, 흔들흔들 꼭 떨어질 것만 같았다. 사다리가 끝나는 곳에 바위가 하나 있는데, 이것은 장선유태(張仙遺蛻)[16]이다. 이 바위는 봉우리의 중턱에 있다. 서선암(徐仙巖)[17]을 찾았으나 온통 암벽인지라 도저히 갈 수가 없고, 사다리를 내려와 다른 길을 찾아보아도 역시 찾을 수가 없었다. 바위를 기어오르면 가파른 절벽이라 계단이 없고, 우거진 풀숲 속에 들어가면 깊고 빽빽하여 방향을 분간할 수가 없었다.

앞서가던 짐꾼이 끊어진 돌층계를 발견하고서, 큰 소리로 길을 찾았노라 외쳤다. 나는 옷이 찢기거나 말거나 발걸음을 재촉하여 뒤따라갔다. 하지만 더 이상 나아갈 수가 없었다. 해가 어느덧 서산 너머로 기울었던 것이다. 손으로 가시덤불을 헤치면서 마구 뛰어내려왔다. 길에 올라서고 보니, 어느덧 만년궁(萬年宮)[18] 오른편이었다.

걸음을 서둘러 만년궁에 들어섰다. 궁은 엄숙하고도 드넓었다. 우리를 맞이하던 도사가 이렇게 말했다. "대왕봉의 꼭대기는 올라갈 수 없게 된 지가 오래되었습니다. 오직 장선암(張仙巖)[19]의 사다리가 남아 있을 뿐이지요. 봉우리 꼭대기에 오르는 6층의 사다리와 서선암에 오르는 사다리는 모두 썩어 망가졌고, 서선의 유체는 이미 회진묘(會眞廟)로 옮겼습니다."

만년궁을 나와서 오른쪽으로 돌아 회진묘에 들렀다. 회진묘 앞의 커다란 단풍나무는 어찌나 무성한지, 그늘이 수백 걸음이나 되고 둘레도 수십 아름이나 되었다. 도사와 헤어져 배로 돌아왔다.

---

1) 삼앙봉(三仰峰)은 세 개의 봉우리가 층층이 이어져 있는 형상이 마치 고개를 쳐들어

하늘을 바라보는 듯하여 붙여진 이름이다.

2) 소도원(小桃源)은 경관이 무릉도원과 흡사하여 붙여진 이름이다. 입구에는 원래 석당사(石堂寺)가 있었으나 송나라 천성(天聖) 연간에 무너지고, 낭떠러지가 무너져 쌓인 돌이 서로 맞닿아 문을 이루고 있다. 이 돌문을 나서면 시야가 툭 트인데다 복숭아나무숲이 우거져 흡사 선경에 들어선 듯하다. 옛 사람의 시에서는 이곳을 "무릉도원은 옛날 어떤 모습이었을꼬? 이곳이 그와 같지 않을까 하노라(桃源昔何似, 此中疑與同)"라고 읊고 있다.

3) 북랑암(北廊巖)은 무이계 북쪽에 위치하면서 바위가 빙빙 돌아 이어진 모양이 복도와 같다하여 붙여진 이름이다.

4) 대름석(大廩石)은 바위 모양이 원추형으로 마치 곡식을 저장하는 곳집을 닮았기에 붙여진 이름이다. 대름석 옆에는 소름석(小廩石)이 있는데, 모양은 대름석과 비슷하나 크기가 작다.

5) 오공동(吳公洞)은 오공(吳公)이 득도했다고 전해지는 곳으로, 40~50명이 앉을 수 있을 만큼 넓다. 오공은 고자봉(鼓子峰) 오른쪽 석실에서 수년간 수련했는데, 어느 날 목탄으로 암벽 위에 층계를 그린 다음 이 층계를 타고 날아올라가 신선이 되었다고 한다.

6) 묘아석(猫兒石)은 엎드려있는 고양이의 모습을 닮았다하여 붙여진 이름인데, 이 바위 바로 아래에 쥐의 모습을 닮은 바위가 여럿 있다.

7) 영봉(靈峰)은 백운암(白雲巖)이라고도 부르며, 꼭대기에 현도관(玄都觀)이 있다.

8) 인면석(人面石)은 크고 작은 두 개의 바위가 서로 마주보고 있는 모습이 마치 사람의 얼굴을 닮았다하여 붙여진 이름이다.

9) 복희동(伏羲洞)은 선천동(先天洞)이라고도 하며, 바위가 쌓여 늘어져 있는 모습이 마치 괘(卦)를 그려놓은 듯하여 붙여진 이름이다.

10) 자양(紫陽)은 안휘성 흡현(歙縣) 남쪽에 있는 산의 이름이며, 이 산에서 송대의 주송(朱松)이 학문을 닦았다. 그의 아들 주희(朱熹)가 숭안에서 책을 읽고 가르치던 곳은 이로 인해 자양서옥(紫陽書屋)이라 일컬어졌다. 자양서원은 후세 사람에 의해 세워졌는데, 이것이 바로 앞에서 언급한 문공서원(文公書院)이다.

11) 어다원(御茶園)은 원나라 때에 공물용 차를 재배한 데에서 비롯된 이름이다.

12) 일선천(一線天)은 일자천(一字天)이라고도 한다. 두 개의 벼랑이 백여 길의 높이로 서로 맞붙어 있는데, 그 가운데의 틈새로 한 줄기의 빛이 스며든다고 하여 붙여진 이름이다.

13) 선학당(仙學堂)은 선관암(仙館巖)이라고도 하며, 소장봉(小藏峰) 위의 석실을 가리킨다. 이 석실 안에 궤안(几案)이 있고 위로 수옥천(漱莹泉)이 흐르는데, 선가(仙家)들이 이곳에서 글을 지었다고 한다.

14) 호소암(虎嘯巖)은 진인(眞人)이 타고 다니던 호랑이가 이곳에서 울부짖었다는 전설에서 비롯된 이름이다.

15) 학모석(鶴模石)은 선학암(仙鶴巖)이라고도 하는데, 학의 모양과 흡사하여 붙여진 이름이다.

16) 장선(張仙)은 한나라의 장해(張垓)를 가리킨다. 전해오는 이야기에 따르면, 그는 무이산에서 생식만을 하는 도술을 익혀 신선이 되었다고 한다. 유태(遺蛻)란 유체, 즉 주검을 가리키는데, 도가에서는 죽음을 허물을 벗는 것으로 해석한다.

17) 서선암(徐仙巖)은 대왕봉 아래에 있으며, 이곳 골짜기에 진인 서희춘(徐熙春)의 유태

가 있다고 한다. 서희춘은 송대 소무(邵武) 출신으로 원래 상인이었으나, 소무성에서 무이산의 도사를 만난 이후 무이산에 들어가 수련했다. 그는 대왕봉 동쪽 암벽에서 좌화(坐化)했는데, 유체가 썩지 않아 후세인에게 신선으로 여겨졌다.

18) 만년궁(萬年宮)은 흔히 충우궁(沖祐宮) 혹은 무이궁(武夷宮)이라 일컬으며, 무이산 무이계 어귀 대왕봉 기슭에 있다. 이곳은 도교의 활동중심지로 널리 알려져 있다.

19) 장선암(張仙巖)은 대왕봉 위에 있으며, 이곳 골짜기에 장해의 가부좌상의 유태가 있다고 한다.

# 2월 23일

뭍에 올라 환골암(換骨巖)[1]과 수렴동 등의 여러 절경을 찾기로 했다. 배를 십 리 옮겨서 적석가(赤石街)에서 기다리라 명하고서, 나는 회진관에 들어가 무이군(武夷君)[2]의 신상과 서선(徐仙)의 유체를 배알했다.

회진묘를 나와 만정봉 동쪽 기슭을 따라 북쪽으로 나아갔다. 2리를 가자, 만정봉 뒤쪽에 봉우리 세 개가 나란히 서 있는 게 보였다. 이상히 여겨 물어보니, 그것이 삼고봉(三姑峰)[3]이라 했다. 환골암이 바로 삼고봉의 곁에 있는지라, 삼고봉을 바라보며 달려갔다.

산을 올라 1리쯤 걷자, 폭포가 세차게 쏟아져 내렸다. 몸을 굽혀 그 아래를 내려다보니, 깎아지른 듯한 절벽이 있다. 샘물이 절벽 중턱에서 솟구치고, 드문드문한 대나무가 어울려 돋보이니, 운치가 각별했다. 이미 삼고봉에 올랐지만 돌아볼 겨를도 없이 삼고봉에서 다시 반 리를 올라 환골암에 이르렀다. 환골암은 곧 만정봉 뒤쪽의 벼랑이다. 환골암 앞에 암자가 있다.

환골암 뒤쪽에 매달린 두 층의 사다리를 타고서 다시 석굴에 올랐다. 석굴은 그다지 깊지 않으나, 겹겹의 병풍 같은 산마루에 에워싸여 있었다. 토박이들이 새로이 나무판자로 석굴을 따라 방을 만들었는데, 휘고 곧음, 높고 낮음이 암벽의 형세를 좇아 딱 맞게 지어져 있었다. 석굴 틈새를 따라 기어올라 거의 만정봉 꼭대기에 이르렀다. 그러나 길이 막혀 걸음을 멈추었다.

삼고봉 기슭으로 되돌아왔다. 그 뒤로 돌아 다시 왔던 길을 좇아 내려가 방금 전에 솟구치는 샘물을 굽어보던 곳에 이르렀다. 여기에서 산고개를 넘으면 곧 수렴동으로 가는 길이요, 여기에서 내려가면 곧 샘물이 솟구치던 암벽이었다. 조금 전에는 위에서 굽어보느라 그 교묘함을 제대로 맛보지 못했다. 이제 다시 그 아래에 이르러 샘솟는 곳을 올려다보았다. 암벽 중간쯤 위에 누군가 옆으로 물을 끌어 방아를 만들고 사다리를 설치했으며, 암벽에 구멍을 파서 도랑을 내어 샘물을 끌어내고 있었다.

나는 사다리를 타고서 절벽을 기어올라, 샘솟는 곳 바로 아래에 이르렀다. 그 움푹 팬 웅덩이는 너비가 두 길 남짓이고, 위아래 모두 가파른 암벽이다. 샘물은 윗벽에서 웅덩이 속으로 떨어졌다가, 웅덩이에서 가득 차고 넘쳐 아래로 흘러내렸다. 웅덩이의 위아래와 사방은 물이 아닌 곳이 없다. 웅덩이 속에 사람이 앉을 만한 바위 하나가 불쑥 솟아나 있다. 한참동안 거기에 앉아 있다가 암벽을 기어내려왔다.

대나무 숲 사이의 길을 따라 산고개를 세 굽이 넘었다. 산허리에서 대략 7리를 걸어 우묵한 평지로 내려왔다. 석문(石門)4)을 지나 반 리를 올라갔다. 수렴동이 나왔다. 가파른 벼랑은 천 길이나 되었다. 벼랑의 위는 툭 튀어나오고 아래는 움푹 패어 있다. 샘물은 벼랑 꼭대기에서 곧바로 떨어져 내린다. 벼랑의 바위는 크고 넓다. 샘물 또한 높은 곳에서 흩어져 떨어졌다. 천 갈래 만 갈래가 허공에 매달려 쏟아져 내리니, 이 또한 얼마나 멋진 장관인가! 벼랑이 높다랗게 치솟아 있고 윗부분이 툭 튀어나와 있기에, 벼랑 아래쪽에 방을 층층이 지어도 흩날리는 폭포수는 난간 너머로 떨어지고 있었다.

이전에 길을 가던 중에 도각채(睹閣寨)가 자못 기이하다는 이야기를 들은 적이 있었다. 그런데 도사가 손을 들어, 왔던 길을 따라 산고개를 넘으면 갈 수 있다고 가리켜 주었다. 나는 석문을 나섰다. 하지만 우묵한 평지와 시내의 절경을 즐기다가 그만 적석가로 통하는 길로 잘못 들어서고 말았다. 길 가던 이가 이곳에서 조그마한 다리를 건너 남쪽으로 가도 도각채에 이를 수 있다고 가리켜 주었다. 그의 말을 좇아 산에 올랐다. 비좁은 곳에 들어서자, 두 산이 바짝 맞닿아 있고, 그 안에 석굴과 방이 있었다. 방의 편액에 '두할암(杜轄巖)'이라 적혀 있었다. 토박이가 도각이라 잘못 전했으리라.[5)

좀 더 들어가자 석굴이 또 있었다. 구불구불한 난간과 높은 누각이 있는데, 적석가를 바라보니 매우 가까웠다. 이리하여 왔던 길을 따라 3리를 나아갔다. 시내 한 줄기를 건넌 뒤, 1리를 더 걸었다. 적석가의 시내가 나왔다. 배에 올라탔다. 돛을 달아 이십 리 길을 달려 숭안으로 돌아왔다.

---

1) 환골암(換骨巖)은 균봉(均峰)이라고도 하며, 만정봉 북쪽에 위치해 있다. 도서(道書)의 기록에 따르면, "선(仙)을 배우는 자는 천태산에 이름을 적고 무이산에서 뼈를 바꾸어야 한다(學仙者, 當於天台注名, 武夷換骨)"라고 하여, 도사는 이곳에서 뼈를 바꾼 후에야 우화등선(羽化登仙)할 수 있다고 한다.

2) 무이군(武夷君)은 『사기(史記)』에 처음 등장한다. 즉 한나라 무제 때에 무제에게 글을 올려, 고대의 천자는 황제(黃帝)와 무이군 등의 신에게 봄·가을에 제사를 올렸다고 아뢰었다. 이리하여 무제는 사관(祀官)에게 장안의 남쪽 태일단(泰一壇) 곁에 묘당을 지어 황제와 무이군 등 아홉 신에게 제사를 지내도록 명했다. 『사기·봉선서(封禪書)』의 기록에 따르면, 무이군이 한나라 무제의 봉선을 받고, 사관이 건어로 무이군을 제사한 후, 무이산은 신산(神山)으로 여겨지게 되었다고 한다. 이로부터 무이군은 무이산의 주신(主神)으로 여겨졌으며, 역대 제왕의 제사를 받게 되었다.

3) 삼고봉(三姑峰)은 환골암 북쪽에 있으며, 흔히 삼고석(三姑石)이라고도 한다. 여기에서의 세 여인은 태소공원군(太素孔元君)·태미장원군(太微莊元君)·태묘엽원군(太妙葉元君)을 가리킨다. 전해오는 이야기에 따르면, 송 치평(治平) 연간(1064~1067년)에 숭안에 큰 가뭄이 들어 논밭이 갈라지고 초목이 말라죽게 되었다. 어느 날 강소삼(江小三)이라는 농부가 환골암 아래에서 밭에 물을 끌어대고 있는데, 홀연 도사 차림의 세 여인이 산길을 따라 내려오다가 강소삼 등의 농부들이 고생하는 것을 보았다. 그들은 농부들에게 조그마한 호리병박과 비결을 건네주고는 연기처럼 사라져 버렸다. 강소삼 등의 농부들이 세 여인이 일러준 대로 하자, 갑자기 먹구름이 몰아닥쳐 큰 비를 뿌려 가뭄에서 벗어났다. 이 세 여인의 은덕에 감사드리기 위해 환골암 기슭에 있는 세 개의 큰 바위에 삼고석이란 이름을 붙여주었다고 한다.

4) 석문(石門)은 수렴동 아래에 위치한 석문암(石門巖)을 가리킨다.

5) 도각채(賭閣寨)는 두갈채(杜葛寨)의 착오이다. 이는 아마 도각과 두갈의 중국어 음이 모두 '두꺼(duge)'인 데에서 비롯되었을 것이다. 전해오는 이야기에 따르면, 두갈이

란 이가 병사를 이끌고 이곳에서 산도둑을 물리친 적이 있었기에 두갈채라는 이름
이 붙게 되었다고 한다. 두갈채 앞에는 두 개의 큰 바위가 마주보며 솟아 있는데, 그
지나는 길이 매우 비좁은 바, 이 바위를 두갈암(杜葛巖), 혹은 두할암(杜轄巖)이라 일
컫는다. 달리 전해오는 이야기로는, 두씨(杜氏)와 갈씨(葛氏)가 이곳에 숨어 지냈기에
두갈채라는 이름이 생겨났다고도 한다.

## 원문

二月二十一日, 出崇安南門, 覓舟. 西北一溪自分水關, 東北一溪自溫嶺關,
合注於縣南, 通郡省而入海. 順流三十里, 見溪邊一峰横欹, 一峰獨聳. 余
咤而矚目, 則欹者幔亭峰, 聳者大王峰也. 峰南一溪, 東向而入大溪者, 卽
武彝溪也. 冲祐宮傍峰臨溪. 余欲先抵九曲, 然後順流探歷, 遂舍宮不登,
逆流而進. 流甚駛, 舟子跣行光着脚走路溪間以挽舟. 第一曲, 右爲幔亭
峰、大王峰, 左爲獅子峰、觀音巖, 而溪右之瀨水者曰水光石, 上題刻殆
徧. 二曲之右爲鐵板嶂、翰墨巖, 左爲兜鍪峰、玉女峰, 而板嶂之旁, 崖壁
峭立, 間有三孔, 作品字狀. 三曲右爲會仙巖, 左爲小藏峰、大藏峰. 大藏
壁立千仞, 崖端穴數孔, 亂挿木板如機杼.[1] 一小舟斜架穴口木末, 號曰架
壑舟. 四曲右爲釣魚臺、希眞巖, 左爲鷄棲巖、晏仙巖. 鷄棲巖半有洞, 外
隘狹窄中宏, 横挿木板, 宛然堸塴.[2] 下一潭深碧, 爲臥龍潭. 其右大隱屏、
接笋峰, 左更衣臺、天柱峰者, 五曲也. 文公書院正在大隱屏下. 抵六曲,
右爲仙掌巖、天遊峰, 左爲晚對峰、響聲巖. 回望隱屏、天遊之間, 危梯
飛閣懸其上, 不勝神往! 而舟亦以溜急不得進, 還泊曹家石.
　登陸入雲窩, 排雲穿石, 俱從亂崖中宛轉得路. 窩後卽接笋峰. 峰駢附於
大隱屏, 其腰横兩截痕, 故曰'接笋'. 循其側石隘, 躋礏數層, 四山環翠, 中
留隙地如掌者, 爲茶洞. 洞口由西入, 口南爲接笋峰, 口北爲仙掌巖. 仙掌

之東爲天遊, 天遊之南爲大隱屛. 諸峰上皆峭絶, 而下復攢湊,[3] 外無磴道,
獨西通一罅, 比天臺之明巖更爲奇矯也! 從其中攀躋登隱屛, 至絶壁處, 懸
大木爲梯, 貼壁直竪雲間. 梯凡三接, 級共八十一. 級盡, 有鐵索橫系山腰,
下鑿坎受足. 攀索轉峰而西, 夾壁中有岡介其間, 若垂尾, 鑿磴以登, 卽隱
屛頂也. 有亭有竹, 四面懸崖, 憑空下眺, 眞仙凡敻[4]隔! 仍懸梯下, 至茶洞.
仰視所登之處, 嶄然[5]在雲漢.

臨口北崖卽仙掌巖. 巖壁屹立雄展, 中有斑痕如人掌, 長盈丈者數十行.
循巖北上至嶺, 落照侵松, 山光水曲, 並加入覽! 南轉, 行夾谷中. 谷盡, 忽
透出峰頭, 三面壁立, 有亭踞其首, 卽天遊峰矣. 是峰處九曲之中, 不臨溪,
而九曲之溪三面環之. 東望爲大王峰, 而一曲至三曲之溪之. 南望爲更
衣臺, 南之近者, 則大隱屛諸峰也, 四曲至六曲之溪環之. 西望爲三敎峰,
西之近者, 則天壺諸峰也, 七曲至九曲之溪環之. 惟北向無溪, 而山從水簾
諸山層疊而來, 至此中懸. 其前之俯而瞰者, 卽茶洞也. 自茶洞仰眺, 但見
絶壁干霄, 泉從側間瀉下, 初不知其上有峰可憩. 其不臨溪而能盡九溪之
勝, 此峰固應第一也. 立臺上, 望落日半規,[6] 遠近峰巒, 靑紫萬狀. 臺後爲
天遊觀. 亟辭去, 抵舟已入暝矣.

---

1) 기저(機杼)는 직포기의 베틀을 가리킨다.
2) 시걸(塒桀)의 시(塒)는 닭이 앉아 쉬는 횃대나 흙벽에 구멍을 파서 만든 보금자리를
   가리키며, 걸(桀)은 횃대를 의미하며 걸(榤)과 같다.
3) 찬주(攢湊)는 '한데 모이다'를 의미한다.
4) 형(敻)은 '시간적, 공간적으로 아득히 멀다'를 의미한다.
5) 참연(嶄然)은 '산이 높고 험준한 모양을 의미한다.
6) 규(規)는 '원형을 그리는 데 쓰이는 그림쇠' 혹은 '동그라미'를 의미하는 바, 반규(半
   規)는 반원형을 가리킨다.


二十二日 登涯, 辭仙掌而西. 余所循者, 乃溪之右涯, 其隔溪則左涯也. 第
七曲右爲三仰峰、天壺峰, 左爲城高巖. 三仰之下爲小桃源, 崩崖堆錯, 外
成石門. 由門傴僂而入, 有地一區, 四山環繞, 中有平畦曲澗, 圍以蒼松翠

竹, 鷄聲人語, 俱在翠微中. 出門而西, 卽爲北廊巖, 巖頂卽爲天壺峰. 其對
岸之城高巖矗然[1]獨上, 四旁峭削如城. 巖頂有庵, 亦懸梯可登, 以隔溪不
及也. 第八曲右爲鼓樓巖、鼓子巖, 左爲大㾖石、海蚱石. 余過鼓樓巖之
西, 折而北行塢中, 攀援上峰頂, 兩石兀立如鼓, 鼓子巖也. 巖高亘亦如城,
巖下深坳, 一帶如廊, 架屋橫欄其內, 曰鼓子庵. 仰望巖上, 亂穴中多木板
橫揷. 轉巖之後, 壁間一洞更深敞, 曰吳公洞. 洞下梯已毀, 不能登. 望三敎
峰而趨, 緣山越磴, 深木翳薈[2]其上. 抵峰, 有亭綴其旁, 可東眺鼓樓、鼓子
諸勝. 山頭三峰, 石骨挺然並矗. 從石磚間躡磴而升, 傍崖得一亭. 穿亭入
石門, 兩崖夾峙, 壁立參天, 中通一線、上下尺余, 人行其間, 毛骨陰悚. 蓋
三峰攢立, 此其兩峰之磚, 其側尙有兩磚, 無此整削.

已下山, 轉至山後, 一峰與猫兒石相對峙, 盤亘[3]亦如鼓子, 爲靈峰之白
雲洞. 至峰頭, 從石磚中累級而上, 兩壁夾立, 頗似黃山之天門. 級窮, 迤邐
[4]至巖下, 因崖架屋, 亦如鼓子. 登樓南望, 九曲上游, 一洲中峙, 溪自西來,
分而環之, 至曲復合爲一. 洲外兩山漸開, 九曲已盡. 是巖在九曲盡處, 重
巖迴疊, 地甚幽爽. 巖北盡處, 更有一巖尤奇, 上下皆絕壁, 壁間橫坳僅一
線, 須伏身蛇行, 盤壁而度, 乃可入. 余卽從壁坳行, 已而坳漸低, 壁漸危,
則就而僂; 愈低愈狹, 則膝行蛇伏, 至坳轉處, 上下僅懸七寸, 闊止尺五.
坳外壁深萬仞. 余匍匐[5]以進, 胸背相摩, 盤旋久之, 得度其險. 巖果軒敞層
疊, 有斧鑿置於中, 欲開道而未就也.

半晌, 返前巖, 更至後巖, 方構新室, 亦幽敞可愛. 出向九曲溪, 則獅子巖
在焉. 循溪而返, 隔溪觀八曲之人面石、七曲之城高巖, 種種神飛. 復泊舟,
由雲窩入茶洞, 穹窿窈窕,[6] 再至矣, 再不能去! 已由雲窩左轉, 入伏羲洞,
洞頗陰森. 左出大隱屛之陽, 卽紫陽書院, 謁先生廟像. 順流鼓棹, 兩崖蒼
翠紛飛, 翻恨舟行之速. 已過天柱峰、更衣臺, 泊舟四曲之南涯. 自御茶園
登岸, 欲繞出金鷄巖之上, 迷荊叢棘, 不得路. 乃從巖後大道東行, 冀有旁
路可登大藏、小藏諸峰, 復不得. 透出溪旁, 已在玉女峰下. 欲從此尋一線
天, 徬徨無可問, 而舟泊金鷄洞下, 迥不相聞. 乃沿溪覓路, 迤邐大藏、小

藏之麓. 一帶峭壁高騫, 砂磧崩壅, 土人多植茶其上. 從茗柯中行, 下瞰深溪, 上仰危崖, 所謂仙學堂、藏仙窟, 俱不暇辨.

已至架壑舟, 仰見虛舟宛然, 較前溪中所見更悉更淸楚細致. 大藏之西, 其路漸窮. 向莉棘中捫壁面上, 還瞰大藏西巖, 亦架一舟, 但兩崖對峙, 不能至其地也. 忽一舟自二曲逆流而至, 急下山招之. 其人以舟來受, 亦游客初至者, 約余返更衣臺, 同覽一線天、虎嘯巖諸勝. 過余泊舟處, 並棹順流而下, 欲上幔亭, 問大王峰. 抵一曲之水光石, 約舟待溪口, 余復登涯, 少入, 至止止庵. 望庵後有路可上, 遂趨之, 得一巖, 僧誦經其中, 乃禪巖也. 登峰之路, 尙在止止庵西. 仍下庵前西轉, 登山二里許, 抵峰下, 從亂箐中尋登仙石. 石旁峰突起, 作仰企狀, 鶴模石在峰壁罅間, 霜翎朱頂, 裂紋如繪. 旁路窮, 有梯懸絶壁間, 躡而上, 搖搖欲墮. 梯窮得一巖, 則張仙遺蛻也. 巖在峰半, 覓徐仙巖, 皆石壁不可通, 下梯尋別道, 又不可得, 躡石則峭壁無階, 投莽則深密莫辨. 傭夫在前, 得斷磴, 大呼得路. 余裂衣不顧, 趨就之, 復不能前. 日已西薄, 遂以手懸棘亂墜而下, 得道已在萬年宮右. 趨入宮, 宮甚森敞. 羽士迎言, "大王峰頂久不能到, 惟張巖梯在. 峰頂六梯及徐巖梯俱已朽壞. 徐仙蛻已移入會眞廟矣." 出宮右轉, 過會眞廟. 廟前大楓扶疏,[7] 蔭數畝, 圍數十抱. 別羽士, 歸舟.

---

1) 촉(矗)은 '우거지다, 무성하다, 곧다'를 의미하며, 촉연(矗然)은 '우뚝 솟은 모양'을 가리킨다.
2) 옹총(蓊蓯)은 '초목이 우거진 모양'을 가리킨다.
3) 반긍(盤亙)은 '끊임없이 이어지는 모양'을 가리킨다.
4) 이리(迤邐)는 '구불구불 잇달아 이어진 모양'을 가리킨다.
5) 포복(匍匐)은 '두 손을 땅에 짚고 엉금엉금 기어감'을 의미한다.
6) 궁륭(穹窿)은 길게 굽은 모양을, 요조(窈窕)는 깊고 먼 모양을 가리킨다.
7) 부소(扶疎)는 '가지나 잎이 무성함'을 의미한다.

二十三日 登陸, 覓換骨巖、水簾洞諸勝. 命移舟十里, 候於赤石街, 余乃入會眞觀, 謁武彝君及徐仙遺蛻. 出廟, 循幔亭東麓北行二里, 見幔亭峰後三峰駢立, 異而問之, <u>三姑峰</u>也. <u>換骨巖</u>即在其旁, 望之趣. 登山里許, 飛流汨然[1]下瀉. 俯瞰其下, 亦有危壁, 泉從壁半突出, 疏竹掩映, 殊有佳致. 然業已上登, 不及返顧, 遂從<u>三姑</u>又上半里, 抵<u>換骨巖</u>, 巖即<u>幔亭峰</u>後崖也. 巖前有庵. 從巖後懸梯兩層, 更登一巖. 巖不甚深, 而環繞山巓如疊嶂. 土人新以木板循巖爲室, 曲直高下, 隨巖宛轉. 循巖隙攀躋而上, 幾至<u>幔亭</u>之頂, 以路塞而止. 返至<u>三姑峰</u>麓, 繞出其後, 復從舊路下, 至前所瞰突泉處. 從此越嶺, 即<u>水簾洞</u>路; 從此而下, 即突泉壁也. 余前從上瞰, 未盡其妙, 至是復造其下. 仰望突泉, 又在半壁之上, 旁引水爲碓, 有梯架之, 鑿壁爲溝以引泉. 仰望突泉, 又在半壁之上, 旁引水爲碓, 有梯架之, 鑿壁爲溝以引泉. 余循梯攀壁, 至突泉下. 其坳僅二丈, 上下俱危壁, 泉從上壁墮坳中, 復從坳中溢而下墮. 坳之上下四旁, 無處非水, 而中有一石突起可坐. 坐久之, 下壁循竹間路, 越嶺三重, 從山腰約行七里, 乃下塢. 穿<u>石門</u>而上, 半里, 即<u>水簾洞</u>. 危崖千仞, 上突下嵌, 泉從巖頂墮下. 巖既雄擴, 泉亦高散, 千條萬縷, 懸空傾瀉, 亦大觀也! 其巖高矗上突, 故巖下搆室數重, 而飛泉猶落檻外.

先在途聞瞎閣寨頗奇, 道流[2]指余仍舊路, 越山可至. 余出<u>石門</u>, 愛塢溪之勝, 誤走<u>赤石街道</u>. 途人指從此度小橋而南, 亦可往. 從之, 登山入一隘, 兩山夾之, 內有巖有室, 題額乃杜轄巖, 土人訛爲瞎閣耳. 再入, 又得一巖, 有曲檻懸樓, 望<u>赤石街</u>甚近. 遂從舊道, 三里, 渡一溪, 又一里, 則<u>赤石街</u>大溪也. 下舟, 挂帆二十里, 返<u>崇安</u>.

---

1) 율(汨)은 물의 흐름이 빠름을 의미한다. 율연(汨然)은 물이 세차게 흐르는 모습을 가리킨다.
2) 도류(道流)는 도교의 도사를 가리킨다.

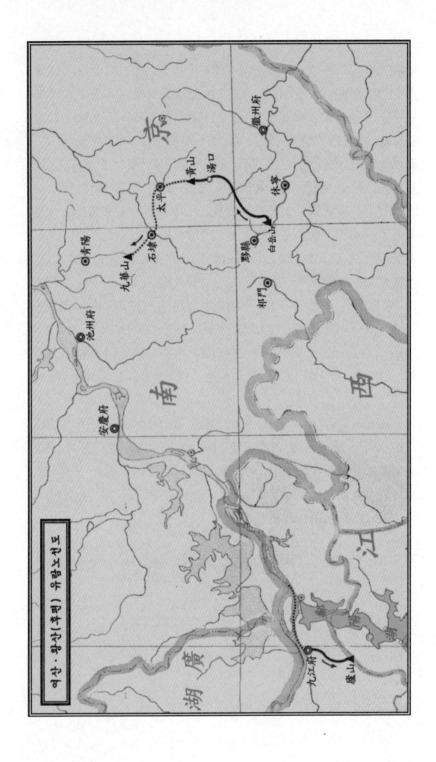

여산·황산(黃山) 유람노선도

# 여산 유람일기(遊廬山日記)

## 해제

　서하객은 만력 46년(1618년)에 장강의 물길을 거슬러 오르다 구강(九江)에서 뭍에 올라 여산, 백악산, 황산과 구화산(九華山)을 유람했다. 이 「여산 유람일기」는 서하객이 이번 여행길에 8월 18일 구강에 도착한 이래 23일 여산을 떠나기까지 유람한 기록이다. 여산은 장강의 남쪽, 강서성 북부에 위치해 있으며, 동쪽으로 멀리 파양호(鄱陽湖)를 바라볼 수 있다. 여산에는 기이한 암석과 험준한 절벽, 높은 폭포와 깊은 못, 기이한 꽃과 커다란 나무가 많다. 또한 여산은 운무의 변화가 무상하여 일찍이 소식(蘇軾)은 "여산의 참모습 알기 어려우니, 다만 이 몸이 산속에 있기 때문이라네(不識廬山眞面目, 只緣身在此山中)"라고 읊기도 했다. 서하객은 이 글에서 생동하는 언어로써 자연경관을 세밀히 묘사하고 있는 바, 이 글은 그의 유람일기 가운데에서도 대단히 아름다운 문장으로 손꼽힌다.

이번 유람의 주요 여정은 다음과 같다. 구강부(九江府) → 서림사(西林寺) → 동림사(東林寺) → 석문(石門) → 천지사(天池寺) → 대림사(大林寺) → 천지사(天池寺) → 신룡궁(神龍宮) → 금죽평(金竹坪) → 앙천평(仰天坪) → 한양봉(漢陽峰) → 오로봉(五老峰) → 방광사(方廣寺) → 삼협동(三峽洞) → 백학관(白鶴觀) → 백록동(白鹿洞) → 개선사(開先寺) → 학봉당(鶴峰堂) → 문수대(文殊臺) → 황석암(黃石巖)

## 역문

무오년,[1] 나는 족형(族兄)인 뇌문(雷門),[2] 백부(白夫)와 함께 8월 18일 구강(九江)에 도착했다. 거룻배로 갈아타고서 장강(長江)을 따라 남쪽으로 용개하(龍開河)에 들어선 뒤, 20리를 지나 이재봉언(李裁縫堰)에 배를 댔다. 뭍에 올라 5리를 나아가 서림사(西林寺)[3]를 지나 동림사(東林寺)[4]에 이르렀다.

동림사는 여산(廬山)의 북쪽에 있는데, 남쪽으로 여산을 마주하고 북쪽으로 동림산(東林山)에 기대어 있다. 동림산은 그다지 높지 않으며, 여산의 외곽이다. 산 안에는 동쪽에서 서쪽으로 흐르는 커다란 시내가 있다. 역참으로 통하는 길이 두 산 사이에 경계를 이루고 있다. 이 길은 구강에서 건창(建昌)[5]으로 통하는 요로이다. 동림사는 앞으로 시내[6]를 굽어보고 있으며, 문을 들어서면 바로 호계교(虎溪橋)이다. 절의 규모는 매우 큰데, 정전은 이미 허물어져 버렸고 오른쪽에 삼소당(三笑堂)[7]이 있다.

---

1) 무오(戊午)년은 명 만력(萬曆) 46년인 1618년이다.
2) 뇌문(雷門, 1587~1654)의 이름은 응진(應震)이고 서하객과는 동갑이며, 병마사지휘

3) 서림사(西林寺)는 동진(東晉) 태원(太元) 연간에 혜영(慧永)이 창건했으며, 송대에는 건명사(乾明寺)라 불리웠다. 서림사 일대는 풍경이 대단히 수려한 바, 소식(蘇軾)의 명편 「제서림벽(題西林壁)」은 바로 이곳에서 지어졌다.

4) 동림사(東林寺)는 중국의 정토종(淨土宗)의 발상지로서, 중국 불교 8대 도량 가운데의 하나이다. 동진 태원 6년(381년)에 고승 혜원(慧遠)이 이곳에서 강학하면서 용천정사(龍泉精舍)를 지었는데, 후에 자사 환이(桓伊)가 그를 위해 동림사를 지었다.

5) 건창(建昌)은 명대의 현으로 남강부(南康府)에 속했으며, 지금의 강서성 영수현(永修縣) 북쪽이다.

6) 이 시내의 이름은 호계(虎溪)이다. 전해오는 이야기에 따르면, 혜원이 호랑이 한 마리를 길렀는데, 몹시 아껴 시내의 이름으로 삼았다고 한다.

7) 삼소당(三笑堂)은 동림사 안에 있다. 전해오는 이야기에 따르면, 혜원이 손님을 배웅할 때 호계를 건너지 않는데, 호계를 건너가면 호랑이가 크게 포효했다. 어느날 혜원이 벗인 도연명(陶淵明)과 도사인 육수정(陸修靜)을 배웅하다가 자기도 모르게 호계를 건넜는데, 호랑이가 포효하자 세 사람이 마주 보며 크게 웃었다고 하여 삼소당이란 명칭이 생겼다고 한다.

## 8월 19일

절을 나와 산기슭을 따라 남서쪽으로 나아갔다. 5리를 걸어 광제교를 넘어서 비로소 관도를 버리고, 시내를 좇아 동쪽으로 나아갔다. 2리를 더 갔다. 시내는 굽이지고, 산은 겹겹이 이어진다. 안개가 마치 보슬비처럼 자욱히 흩날린다. 어떤 사람이 시내 어귀에 서 있기에 그에게 길을 물었다. 여기에서 동쪽으로 올라가면 천지(天池)로 가는 큰길이 나오고, 남쪽으로 돌아 석문(石門)으로 올라가면 천지사(天池寺)로 통하는 곁길이 나온다고 대답했다.

나는 석문의 기이함을 익히 알고 있었다. 하지만 길이 험하여 도저히 오를 수 없었다. 그래서 그 사람에게 길잡이를 해달라고 청했다. 두 족형과는 천지에서 만나기로 약속했다. 그리하여 남쪽으로 자그마한 시내를 두 번 건너서 보국사(報國寺)를 지났다. 푸른 가지와 향기로운 아지랑이 속에서 5리를 기어올랐다. 짙은 안개 속을 쳐다보니 두 개의 바위가 우뚝 솟아 있었다. 이곳이 바로 석문이다.

바위틈으로 쭉 들어가자, 또다시 두 개의 바위봉우리가 마주 솟아 있었다. 길은 바위 봉우리 틈새로 굽이져 돌아들었다. 아래를 내려다보니 가파른 계곡의 여러 봉우리들이 철선봉(鐵船峰)[1] 옆에 있다. 모두 계곡 아래에 가까이 늘어선 채 하늘 높이 우뚝 치솟아, 웅장하고 빼어남을 서로 다투고 있다. 층층의 구름안개와 겹겹의 푸른 산봉우리는 말갛게 사방을 비춘다. 그 아래로 계곡물은 눈을 내뿜고 우레를 울리듯 하늘로 치솟고 뒤흔든다. 이로 인해 눈과 귀가 미칠 듯 즐거웠다.

석문 안의 마주 솟은 두 봉우리는 암벽에 기대어 있는데, 거기에는 여러 층의 누각이 높이 세워져 있다. 사원은 휘주(徽州) 사람 추창명(鄒昌明)과 필관지(畢貫之)가 새로이 지었으며, 용성(容成) 스님이 그 안에서 수도하고 있었다. 암자 뒤의 오솔길을 따라 다시 석문을 나서서 바위 벼랑을 따라 올랐다. 위로 손으로 붙들고 아래로 발을 내딛었다. 돌층계가 다하면 덩굴을 당기고, 덩굴이 끝나면 나무 사다리를 두어 올랐다. 이렇게 2리를 걸어 사자암(獅子巖)에 이르렀다. 사자암 아래에는 정실(靜室)이 있었다.

고개를 넘자 길은 자못 평탄했다. 다시 1리 남짓을 오르자 큰 길이 나왔다. 이 길은 구강부에서 남쪽으로 뻗어온 길이다. 층계를 오르자, 대전이 어느덧 눈앞에 펼쳐져 있다. 안개 때문에 미처 분간하지 못했던 것이다. 가까이 다가가자, 붉은 기둥과 화려한 색깔의 마룻대가 보였다. 이곳이 바로 천지사인데, 불타버렸다가 다시 지은 것이었다.

오른쪽 곁채 옆으로 취선정(聚仙亭)에 올랐다. 취선정 앞에 낭떠러지 하나가 불쑥 튀어나와 있었다. 그 아래로는 바닥이 보이지 않았다. 이곳은 문수대(文殊臺)이다. 천지사에서 나와 큰길을 따라 왼쪽으로 피하정(披霞亭)에 올랐다. 피하정 곁의 갈림길에서 동쪽으로 산등성이를 올라 3리를 걸었다.

여기에서 다시 동쪽으로 2리를 갔다. 대림사(大林寺)가 나왔다. 여기에서 북쪽으로 꺾어져 서쪽으로 나아가면 백록승선대(白麓昇仙臺)이고, 북쪽으로 꺾어져 동편으로 나아가면 불수암(佛手巖)이다. 승선대는 삼면이 깎아지른 듯한 암벽이고, 사방에 크고 높은 소나무가 많았다. 그 꼭대기에는 주원장(朱元璋)이 손수 만든 주전선(周顚仙)[2]의 묘비가 있었다. 그 위는 돌로 지은 정자로 덮여 있는데, 만든 지 매우 오래되었다. 불수암은 꼭대기 부분이 봉긋하게 높이 솟아 있는데, 높이는 대여섯 길이다. 불수암의 끄트머리에 바위 갈래가 가로로 뻗어나와 있는지라 '불수'라 일컬었던 것이다.

불수암의 옆쪽 암자를 따라 오른쪽으로 나아갔다. 벼랑 바위의 두 층이 툭 튀어나와 있는데, 위층은 평평하고 아래층은 좁았다. 이곳은 방선대(訪仙臺)의 옛 터이다. 방선대 뒤쪽 바위 위에 '죽림사(竹林寺)'라는 세 글자가 씌어져 있었다. 죽림사는 여산의 몽환적 경지였다. 이 절은 바라볼 수는 있으나, 다가갈 수는 없었다. 방선대 앞에서는 비바람이 칠 때면 때때로 종소리와 독경소리가 들리는 듯하기에 방선대라 일컫는다. 때마침 운무가 자욱했다. 우묵한 평지의 경관조차도 바다위의 세 신산[3]과 같으니, 죽림사야 어찌 말할 나위가 있으랴?

불수암으로 되돌아와 그곳을 나왔다. 큰길을 따라 동쪽으로 나아가 대림사에 이르렀다. 대림사는 사방이 봉우리에 둘러싸이고, 앞쪽에 한 줄기 시내를 감싸고 있다. 시내 위의 나무는 세 사람이 팔을 벌려 안을 만큼 굵은데, 노송나무도 아니고 삼나무도 아니다. 가지 위에는 열매가 주렁주렁 열려 있었다. 전해지기로 서역에서 건너온 귀한 나무라고 한다. 이전에 두 그루가 있었는데, 그 중 한 그루는 비바람에 뽑혀 버렸다고 한다.

---

1) 철선봉(鐵船峰)은 암석의 색깔이 검푸르고 꼭대기에 배 모양의 거대한 바위가 있다 하여 붙여진 이름이다. 전해오는 이야기에 따르면, 동진(東晉) 때에 허손(許遜), 오맹(吳猛) 등이 왕돈(王敦)에게 쫓기다가 남경에 이르러 배를 한 척 구했다. 오맹이 여러 사람들에게 배에 올라 눈을 감으라 했는데, 배가 바람을 타고 날아 여산의 자소봉에 이르렀다. 배가 나무에 스쳐 스슥거리는 소리에 여러 사람들이 자기도 모르게 눈을 뜨자, 배는 공중에서 떨어져 철선봉이 되었다고 한다.

2) 전해오는 이야기에 따르면, 주전선(周顚仙)은 원말 명초의 미치광이 스님이다. 주원
   장(朱元璋)이 진우량(陳友諒)과 파양호에서 전투를 벌이고 남창(南昌)에 들어갔는데,
   주전(周顚)이 태평가를 부르면서 주원장이 즉위하면 천하가 태평해지리라 예언했다.
   후에 주원장이 배를 타고 남경을 공략할 때 큰 풍랑이 일어났는데, 주전이 뱃머리에
   서서 하늘을 향해 부르짖으니 풍랑이 가라앉았다. 헤어질 때 주원장이 그의 거처를
   묻자 주전은 "나는 여산 죽림사의 스님이요"라고 대답했다. 주원장이 남경에서 즉위
   한 후 사람을 보내 주전을 찾았으나 끝내 찾을 길이 없었는데, 그가 흰 사슴을 타고
   신선이 되어 승천했다는 이야기가 전해지고 있었다. 앞에 나오는 백록승선대(白鹿昇
   仙臺)는 주전이 흰 사슴을 타고 승천했다는 곳이다.
3) 세 신산(三山)은 전설속의 봉래산(蓬萊山), 방장산(方丈山), 영주산(瀛洲山)의 세 산을
   가리키며, 흔히 환상적이고 현묘한 선경을 나타낸다.

# 8월 20일

이른 아침 안개가 말끔히 걷혔다. 천지사를 나와 문수대로 향했다.
사면의 암벽은 만 길 낭떠러지이다. 아래로 굽어보이는 철선봉은 마치
신선이 신고서 날아다니는 신발[1]처럼 보였다. 산의 북쪽에는 뭇 산들이
개미떼처럼 엎드려 있다. 여산의 호수는 산기슭까지 드넓게 뻗어 있고,
장강은 띠처럼 멀리 하늘가에 닿아 있다.

그래서 다시 한 번 석문을 유람하기로 했다. 3리를 나아가 어제 지났
던 험준한 곳을 지났다. 용성(容成) 스님이 불경을 들고서 마중을 나왔는
데, 기뻐해마지 않으면서 여러 봉우리를 둘러보도록 나를 안내했다. 위
로 신룡궁(神龍宮) 오른편으로 올랐다가, 몸을 돌려 아래로 내려와 신룡
궁으로 들어갔다. 세차게 흐르는 산골물 소리는 우레와 같고 무성한 소
나무와 대나무는 서로 비치니, 골짜기 속에는 그윽한 정적이 감돌았다.

이전에 왔던 길을 따라 천지사 아래에 이르렀다. 갈림길에서 남동쪽
으로 10리를 걸어 겹겹의 봉우리와 깊은 산골물을 오르내렸다. 길마다
대나무가 자라나 있고, 응달마다 소나무가 자라나 있었다. 이곳이 바로
금죽평(金竹坪)이다. 여러 봉우리는 은은히 서로 감싸고 있는데, 그윽하
기는 천지사의 배이건만 넓이는 그에 미치지 못했다.

다시 남쪽으로 3리를 걸어 연화봉(蓮花峰) 옆을 올랐다. 안개가 다시

자욱이 끼었다. 이 연화봉은 천지사의 안산이며, 금죽평에서 보자면 왼쪽에 있다. 연화봉 꼭대기에는 바위가 겹겹으로 높이 쌓여 있었다. 안개 사이로 그 모습이 살짝 엿보였지만, 안개로 인해 오르지는 못했다.

산고개를 넘어 동쪽으로 2리를 가서 앙천평(仰天坪)에 이르렀다. 한양봉(漢陽峰)의 절경을 죄다 둘러보고 싶었다. 한양봉은 여산의 최고봉이며, 이곳 앙천평은 스님의 처소 가운데 가장 높은 곳이다. 앙천평의 북쪽은 물이 죄다 북으로 흘러 구강부에 속하고, 남쪽은 물이 모두 남으로 흘러 남강부(南康府)에 속한다. 나는 앙천평이 한양봉에서 틀림없이 멀지 않으리라고 생각했다. 그런데 스님 말씀으로는 가운데가 도화봉에 막혀 있어, 멀리 10리 길이나 된다고 했다.

절문을 나서니 안개가 차츰 걷혔다. 산속의 우묵한 평지에서 남서쪽으로 나아갔다. 도화봉(桃花峰)을 따라 동쪽으로 돌아들어 쇄곡석(晒谷石)을 지났다. 산고개를 넘어 남으로 내려갔다가 다시 올라섰다. 한양봉이 나왔다. 이전에 스님 한 분을 만난 적이 있었다. 스님은 봉우리 꼭대기에 묵을 만한 곳이 없으니 혜등(慧燈) 스님의 거처에 묵어야 하리라고 말씀하시면서 길을 가리켜 주었다. 봉우리 꼭대기에 이르자면 아직 2리나 남았는데, 석양빛이 온 산에 가득 비쳤다.

스님의 말씀대로 동쪽으로 향하여 산고개를 넘은 다음, 몸을 돌려 남서쪽으로 나아갔다. 한양봉의 남쪽이 나왔다. 한 줄기 길이 산을 따라 나 있다. 겹겹의 가파른 산이 그윽하여, 더 이상 인간세상 같지가 않다. 1리쯤 나아가니 대나무 숲이 무성한 곳에 감실 하나가 나타났다. 짧은 머리가 이마를 덮은, 기운 옷차림에 맨발의 스님이 계셨다. 이 분이 바로 혜등 스님이다. 그는 마침 물을 길어 두부를 갈고 있었다.

대나무 숲 사이로 스님 서너 명이 옷과 신발을 갖추어 입고서 손님에게 읍하여 인사를 건넸다. 모두 혜등 스님을 사모하여 멀리서 온 사람들이었다. 맨발에 짧은 머리의 다른 스님 한 분이 벼랑 사이에서 내려왔다. 물어보니 운남(雲南)의 계족산(鷄足山)에서 온 스님이라 했다. 혜등 스님에게는 안쪽에 띠집을 엮어 살고 있는 제자가 있었다. 운남에서 온 스님은 깎아지른 듯한 벼랑을 지나 그를 방문하고서 방금 돌아오는 길이라고 했다.

나는 곧바로 스님 한 분에게 그곳에 안내해달라고 부탁했다. 반 리를 기어올라 그곳에 이르렀다. 암벽이 깎아지른 듯 가팔랐다. 매달린 사다리를 타고 건넜다. 한 채의 띠집은 혜등 스님의 감실과 흡사했다. 이 스님은 본래 산 아래의 평범한 백성인데, 역시 혜등 스님을 사모하여 이곳에 거처하고 있었다. 이곳에서 위를 쳐다보면 한양봉이고, 아래를 굽어보면 깎아지른 벼랑이었다. 참으로 인간세상과는 멀리 떨어져 있었다.

어둠이 찾아들었다. 혜등의 감실로 돌아와 묵었다. 혜등 스님이 삶은 두부를 함께 먹고 있는데, 전에 길을 알려주었던 스님도 도착했다. 혜등 스님은 보름에 한 번 두부를 가는데, 꼭 직접 만들어서 그의 제자들에게 고루 나누어 주었다. 제자들 역시 알아서들 오는데, 방금 왔던 스님도 그 가운데의 한 명이었다.

---

1) 석(舄)은 원래 '바닥을 여러 겹으로 붙인 신발'을 의미하며, 비석(飛舄)은 타고 날아다닐 수 있는 신선의 신발을 가리킨다.

## 8월 21일

혜등 스님에게 작별 인사를 드린 후, 감실 뒤의 오솔길을 따라 곧바로 한양봉을 기어올랐다. 띠풀을 끌어당기고 가시나무를 붙들어 2리를 올라 봉우리 꼭대기에 도착했다. 남쪽으로 파양호(鄱陽湖)[1]가 내려다보였다. 호수는 하늘만큼 드넓다. 동쪽으로는 호구현(湖口縣)이 멀리 내려다보이고, 서쪽으로는 건창(建昌)이 보인다. 눈앞에 역력한 산마다 한양봉에 고개 숙여 순종하지 않은 것이 없었다. 오직 북쪽의 도화봉만이 우뚝 치솟아 한양봉과 어깨를 겨룰 만하지만, 하늘에 닿을 듯 높이 치솟아 있기로는 한양봉이 으뜸이다.

산에서 2리쯤 내려와 왔던 길을 따라 오로봉(五老峰)²⁾으로 향했다. 한양봉과 오로봉은 모두 여산의 남쪽에 위치한 산으로, 마치 두 개의 뿔이 서로 마주보고 있는 듯하다. 여두첨(犁頭尖)³⁾이 그 사이에 경계를 이루고 있으나 뒤로 물러나 있다. 그래서 두 봉우리는 대단히 가까이 마주하고 있었다. 길은 반드시 금죽평에 이르렀다가, 여두첨 뒤로 에돌아 그 왼쪽 옆구리 쪽으로 나온 다음, 북쪽으로 돌아들어야만 비로소 오로봉에 닿을 수 있었다. 헤아려보니 한양봉에서 30리 길이었다.

내가 막 고개턱에 이르러 바라볼 적에는 봉우리 꼭대기가 평탄한지라, 오로봉의 진면목을 자세히 알 길이 없었다. 봉우리 꼭대기에 이르렀다. 바람은 거세고 물도 끊긴지라, 거주하는 이 없이 쓸쓸했다. 오로봉을 두루 돌아보고서야 알게 되었다. 즉 산의 북쪽은 산등성이 하나로 이어져 있다. 남쪽으로는 산이 꼭대기를 따라 반듯이 갈라져 다섯 갈래로 줄지어 있는데, 허공에서 아래로 만 길이나 떨어지고, 밖으로는 겹겹으로 치솟은 산들이 가리지 않아 시야가 툭 트여 있다. 하지만 서로 마주하면 다섯 봉우리가 나란히 늘어서서 서로 가리고 있는지라, 모든 봉우리가 한 눈에 다 들어오지는 않는다. 다만 어느 봉우리라도 올라서면 양 옆으로 밑바닥이 보이지 않았다. 봉우리마다 기이한 경관은 조금도 서로 뒤지지 않으니, 참으로 웅장하고 광활한 경관의 극치일진저!

그 길로 2리를 내려와 고개 모퉁이에 이르렀다. 북쪽으로 산의 우묵한 평지를 1리쯤 걸어 방광사(方廣寺)에 들어섰다. 이곳은 오로봉에 새로 지은 사찰이다. 삼첩(三疊)의 절경을 익히 알고 있는 지각(知覺) 스님이, 길이 대단히 험하니 어서 서둘러 가라고 재촉하셨다.

북쪽으로 1리를 갔다. 길은 이미 끊겨 있었다. 산골물을 건넜다. 산골물의 동쪽을 따라 서쪽으로 나아갔다. 콸콸 흐르는 산골물이 어지러이 쌓인 바위 위로 쏟아져 내리고, 계곡 양쪽의 산은 빽빽한 대나무와 긴

나무 가지가 위아래로 무성하다. 때때로 쳐다보면 날듯한 바위들이 툭 튀어나와 그 사이에 이어져 있다. 들어갈수록 경치는 더욱 아름답다.

잠시 후 계곡의 곁길도 끝이 났다. 계곡 속의 어지러운 바윗돌을 따라 나아갔다. 둥근 돌은 발을 미끄러지게 하고 뾰족한 돌은 신발을 찔렀다. 이렇게 3리를 걸어 녹수담(綠水潭)에 이르렀다. 한 줄기 깊고 푸른 못 위로 노한 듯 세찬 물이 비스듬히 쏟아져 내렸다. 흐르는 물은 눈처럼 하얀 물보라를 뿜어내고, 못에 고인 물은 눈썹먹처럼 검푸르다.

다시 1리 남짓을 나아갔다. 대록수담(大綠水潭)이 나왔다. 이곳에 이르러 막 떨어지는 물은 배나 많으며, 그 세찬 기세 또한 훨씬 심했다. 못 앞에는 어지러이 솟구친 절벽이 바짝 붙은 채로 빙 둘러 있었다. 아래를 내려다보니 바닥은 보이지 않은 채, 오직 계곡을 들썩거리는 우레소리만이 들려왔다. 마음은 두렵고 눈은 어지러웠다. 샘물이 어디에서 떨어져 내리는지 알 길이 없었다.

여기에서부터 산골의 길 또한 끊어지고 말았다. 서쪽을 향하여 봉우리에 올랐다. 봉우리 앞에는 평평한 석대가 불쑥 솟아있다. 사방을 굽어보니 층층의 절벽은 스산하고 비좁다. 샘은 가려져 보이지 않았다. 필경 맞은편 절벽 사이에 가면, 그 아름다운 경관을 다 구경할 수 있을 듯했다. 이에 산등성을 따라 북쪽에서 동쪽으로 몸을 돌려 2리를 나아갔다. 맞은편 낭떠러지에 이르러 아래를 굽어보니, 첫째, 둘째, 셋째의 샘물이 비로소 차례대로 모두 보였다. 그 우묵한 평지의 한 암벽에 문만한 크기의 동굴이 두 곳 있었다. 스님이 문득 그곳을 가리키면서 죽림사의 문이라 했다.

얼마 후 북풍이 호구(湖口)에서 불어왔다. 추위에 오돌토돌 소름이 돋았다. 서둘러 왔던 길로 되짚어 녹수담에 이르렀다. 녹수담을 찬찬히 살펴보니, 위에 오그라들어 합쳐진 동굴이 있었다. 아래로 짓쳐 내려갔다. 스님이 나를 그 안으로 이끌면서 "이곳 역시 죽림사의 세 문 가운데의 하나입니다"라고 말했다. 그렇지만 동굴은 본래 바위 틈새에 끼어 있었다. 안은 가로로 십(十)자 모양으로 통한 채 남북으로 훤히 뚫려 있었다. 서쪽으로 들어가자, 끝이 없을 듯하여 발걸음을 멈추었다. 동굴을 나와 시내를 거슬러 올라 방광사에 도착했다. 날은 벌써 어둑어둑해졌다.

---

1) 파양호(鄱陽湖)는 중국 최대의 담수호로서 면적이 3976㎢이며, 강서성 북부에 위치하여 있다.
2) 오로봉(五老峰)은 다섯 노인이 웃음을 띤 채 다리를 쭉 뻗고 앉아 있는 형상이라고 하여 붙여진 이름이다. 여산의 여러 봉우리 가운데에서 가장 빼어난 모습을 지니고 있다고 일컬어진다.
3) 여두첨(犁頭尖)은 봉우리의 모양이 마치 쟁기처럼 뾰족하다고 하여 붙여진 이름이다.

## 8월 22일

방광사를 나와 남쪽으로 시내를 건너서 여두첨의 남쪽에 이르렀다. 동쪽으로 몸을 돌려 10리의 산길을 내려가 능가원(楞伽院) 옆에 이르렀다. 멀리 산의 왼쪽 허리춤을 바라보니 폭포 한 줄기가 허공에서 날아 떨어지고 있었다. 짙푸른 주위를 빙둘러 비추면서 구불구불 튀어올라 거세게 흩날리니, 이 또한 장관이도다!

5리 길을 걸어 서현사(棲賢寺)를 지났다. 산의 형세가 이곳에 이르러 비로소 평탄해졌다. 삼협간(三峽澗)을 구경하고 싶은 마음이 급한지라 서현사에 들어가지는 않았다. 1리쯤 가서 삼협간에 이르렀다. 계곡의 바위가 바짝 붙어 솟아 골짜기를 이루고 있다. 우당탕 부딪치며 흘러오던 거친 물살이 골짜기에 막혀 소용돌이치며 솟구쳐 올라 온 산골짜기를 진동시킨다. 양쪽 벼랑의 바위 위에 걸쳐 있는 다리 위에서 깊은 골짜기를 굽어 내려다보니, 옥구슬이 튕기듯 물방울들이 사방으로 흩어지고 있다.

다리를 지나 갈림길에서 동쪽으로 향했다. 산고개를 넘어 백록동(白鹿洞)[1]으로 나아갔다. 길은 내내 오로봉의 남쪽에 뻗어 있었다. 산중의 밭은 높낮이가 일정치 않은 채 민가 사이에 여기저기 흩어져 있다. 비탈길을 걷다가 쳐다보니, 가파른 산이 3리쯤 늘어서 있었다. 곧바로 봉우리 아래로 들어서니, 이곳이 곧 백학관(白鶴觀)이다. 다시 북동쪽으로 3리를 나아가 백록동에 이르렀다. 이곳 역시 오로봉 앞에 있는 우묵한 평지의 하나이다. 띠 모양의 시내가 산을 빙 둘렀는데, 커다란 소나무가 여기저기에 섞여 있다.

백록동을 나와 큰길을 따라 나아갔다. 개선사(開先寺)로 가는 길이었다. 여산의 형세는 여두첨이 가운데에서 약간 뒤쳐져 있고, 서현사가 실제로 한 가운데를 차지하고 있다. 오로봉은 한 가운데의 왼쪽으로 삐져나와 있고, 백록동은 오로봉의 아래쪽에 있다. 한가운데의 오른쪽에 치솟아 있는 것은 학명봉(鶴鳴峰)[2]이고, 개선사는 학명봉 앞에 있다.

이리하여 서쪽으로 산을 따라 백록동과 서현사로 통하는 큰길을 가로질렀다. 15리 길을 나아가 만송사(萬松寺)를 지나 고개 하나를 넘어 내려가는데, 남쪽을 향해 우뚝 솟은 산사가 있었다. 이곳이 바로 개선사이다. 대전 뒤를 따라 누각을 오르자, 멀리 폭포가 바라보였다. 축 늘어진 한 줄기 폭포는 5리 밖에 있었다. 그나마 반은 산의 나무에 가려져 보이지 않았다. 비스듬히 쏟아져내리는 물길은 능가원 가는 길에 보았던 것만 못했다. 다만 쌍검봉(雙劍峰)이 여러 봉우리 가운데 우뚝 솟은 채 연꽃이 하늘에 꽂혀 있는 듯하고, 향로봉(香爐峰)은 산마루가 영락없이 둥근 언덕처럼 보일 따름이었다.

누각 옆을 따라 서쪽으로 계곡을 내려갔다. 계곡물이 맑은 소리를 내며 골짜기 바위에 쏟아져내렸다. 이곳은 폭포의 하류이다. 폭포는 이곳에 이르러 오히려 모습을 감춘 채 보이지 않았다. 깊은 못에 고인 계곡물이 마음과 눈을 맑게 비추었다. 바위에 오래도록 앉아 있노라니, 사방의 산색이 어두워졌다. 되돌아와 대전 서쪽의 학봉당에 묵었다.

---

1) 백록동(白鹿洞)은 당나라 때에 강주자사(江州刺史)를 지낸 이발(李渤)이 이곳에서 공

부할 때 흰 사슴 한 마리를 길렀기에 붙여진 이름이다. 송대에는 서원으로 확장했는데, 휴양(睢陽), 숭양(嵩陽), 악록(岳麓) 등의 서원과 어깨를 나란히 했다. 이곳에서 저명한 학자인 주희(朱熹), 육상산(陸象山), 왕양명(王陽明) 등이 강학했다.
  2) 학명봉(鶴鳴峰)은 학이 고개를 쳐든 형상인데다 늘 학이 깃들어 있기에 붙여진 이름이다.

## 8월 23일

개선사 뒤의 옆길을 따라 산에 올랐다. 계곡을 넘고 산고개를 빙빙 돌아서 산허리를 이리저리 돌아다녔다. 봉우리 너머로 폭포 하나가 또 보였다. 그 폭포의 동쪽에 나란히 걸려 있는 것이 곧 마미천(馬尾泉)이다.

5리를 나아가 가파른 봉우리에 올랐다. 그 꼭대기가 문수대(文殊臺)다. 외로운 봉우리만이 우뚝 솟아 사방으로 거칠 것이 없었다. 꼭대기에는 문수탑이 있었다. 맞은편 벼랑은 만 길의 높이로 깎아지른 듯하고, 폭포는 요란한 소리를 내며 아래로 떨어져 내렸다. 벼랑은 문수대와 겨우 계곡 하나를 사이에 두고 있을 뿐이었다. 벼랑 꼭대기에서 밑바닥까지 한 눈에 보이지 않은 게 거의 없었다. 문수대에 오르지 않고서 이 폭포의 아름다움을 어찌 알 수 있으랴!

문수대를 내려와 산등성의 북서쪽을 따라 시내를 거슬러 올랐다. 폭포의 상류가 나왔다. 홀연 한 줄기 오솔길을 따라 들어가니 산과 골짜기가 에워싸고 있었다. 황암사(黃巖寺)가 쌍검봉 아래에 자리하고 있었다. 계곡을 넘어 다시 올라 황석암(黃石巖)에 이르렀다. 이곳의 바위는 어떤 것은 날듯이 튀어나와 있고, 또 어떤 것은 숫돌처럼 평평하게 얹혀 있었다.

황석암 곁에 있는 띠집은 사방 한 자의 크기로, 그윽하고 단아하여 세속을 떠나 있었다. 띠집 밖의 높다란 대나무 몇 그루는 뭇 봉우리를 스치듯 솟아올라, 산속의 꽃, 서리맞은 잎사귀와 짝하여 산봉우리 사이를 비추었다. 멀리 한 점의 파양호는 마침 창문인 양 했다. 시내의 바위 사이를 마음 내키는 대로 이리저리 거닐면서, 깎아지른 듯한 벼랑과 바짝 붙어 솟구친 암벽의 절경을 구경했다. 개선사에서 식사를 한 다음, 작별을 고하고 떠났다.

## 원문

戊午, 余同兄雷門、白夫, 以八月十八日至九江. 易小舟, 沿江南入龍開河, 二十里, 泊李裁縫堰. 登陸, 五里, 過西林寺, 至東林寺. 寺當廬山之陰, 南面廬山, 北倚東林山. 山不甚高, 爲廬之外廊. 中有大溪, 自東而西, 驛路界其間, 爲九江之建昌孔道. 寺前臨溪, 入門爲虎溪橋, 規模甚大, 正殿夷毀,[1] 右爲三笑堂.

---

1) 이훼(夷毀)는 '마치 평지처럼 망가졌음'을 의미한다.

**十九日** 出寺, 循山麓西南行. 五里, 越廣濟橋, 始舍官道, 沿溪東向行. 又二里, 溪迴山合, 霧色霏霏[1]如雨. 一人立溪口, 問之, 由此東上爲天池大道, 南轉登石門, 爲天池寺之側徑. 余稔知石門之奇, 路險莫能上, 遂倩其人爲導, 約二兄徑至天池相待. 遂南渡小溪二重, 過報國寺, 從碧篠香藹中, 攀陟五里, 仰見濃霧中雙石屼立,[2] 卽石門也. 一路由石隙而入, 復有二石峰對峙. 路宛轉峰罅, 下瞰絶澗諸峰, 在鐵船峰旁, 俱從澗底矗聳直上, 離立咫尺, 爭雄競秀, 而層烟疊翠, 澄映四外. 其下噴雪奔雷. 騰空震蕩, 耳目爲之狂喜. 門內對峰倚壁, 都結層樓危閣. 徽人鄒昌明、畢貫之新建精廬,[3] 僧容成焚修其間. 從庵後小徑, 復出石門一重, 俱從石崖上, 上攀下蹑, 磴窮則挽藤, 藤絶置木梯以上. 如是二里, 至獅子巖. 巖下有靜室. 越嶺, 路頗平. 再上里許, 得大道, 卽自郡城南來者. 歷級而登, 殿已當前, 以霧故不辨. 逼之, 而朱楹彩棟, 則天池寺也, 蓋毁而新建者. 由右廡側登聚仙亭, 亭前一崖突出, 下臨無地, 曰文殊臺. 出寺, 由大道左登披霞亭. 亭側岐路東上山脊, 行三里. 由此再東二里, 爲大林寺; 由此北折而西, 曰白麓昇仙臺;[4] 北折而東, 曰佛手巖. 升仙臺三面壁立, 四旁多喬松, 高帝御制周顚仙廟碑在其頂, 石亭覆之, 制甚古. 佛手巖穹然軒峙, 深可五六丈, 巖端石岐橫出, 故称'佛手'. 循巖側庵右行, 崖石兩層, 突出深塢, 上平下仄, 訪仙臺遺址也. 臺後石上書'竹林寺'三字. 竹林爲匡廬[5]幻境, 可望不可卽; 臺前風雨中, 時時聞鐘梵聲, 故以此當之, 時方雲霧迷漫, 卽塢中景亦如海上三山, 何論竹林? 還出佛手巖, 由大路東抵大林寺. 寺四面峰環, 前抱一溪. 溪上樹大三人圍, 非檜非杉, 枝頭着子累累, 傳爲宝樹, 來自西域, 向原來有二株, 爲風雨拔去其一矣.

---

1) 비비(霏霏)는 '안개나 보슬비 등의 미세한 것이 날아 흩어지는 모양'을 가리킨다.
2) 올립(屼立)은 '우뚝 솟아 있음'을 의미한다.
3) 정려(精廬)는 서재(書齋)나 학사(學舍), 혹은 학생을 모아 강학하는 곳을 가리킨다. 후에는 승려가 거주하거나 설법하는 곳을 의미하면서 사원의 별칭으로 쓰였다.
4) 백록승선대(白麓昇仙臺)의 록(麓)은 록(鹿)으로 바꾸어야 한다.
5) 광려(匡廬)는 여산을 가리킨다. 전해오는 이야기에 따르면, 주(周)나라 때에 광속(匡俗) 형제 일곱 명이 이 산에 초막을 짓고 살았는데, 주나라의 위열왕(威烈王)이 사자를 보내 찾으려 하자 빈 초막만 남겨둔 채 떠나버리고 없었다. 이리하여 이 산을 광려라 했으며, 여산을 광산이라고 일컫기도 한다.


**二十日** 晨霧盡收. 出天池, 趨文殊臺. 四壁萬仞, 俯視鐵船峰, 正可飛潟. 山北諸山, 伏如聚螘. 匡湖洋洋山麓, 長江帶之, 遠及天際. 因再爲石門游, 三里, 度昨所過險處, 至則容成方持貝葉[1]出迎, 喜甚, 導余歷覽諸峰. 上至神龍宮右, 折而下, 入神龍宮. 奔澗鳴雷, 松竹蔭映, 山峽中奧寂境也. 循舊路抵天池下, 從岐徑東南行十里, 升降於層峰幽澗; 無徑不竹, 無陰不松, 則金竹坪也. 諸峰隱護, 幽倍天池, 曠則遜之. 復南三里, 登蓮花峰側, 霧復大作. 是峰爲天池案山, 在金竹坪則左翼也. 峰頂叢石嶙峋,[2] 霧隙中時作窺人態, 以霧不及登.

越嶺東向二里, 至仰天坪, 因謀盡漢陽之勝. 漢陽爲廬山最高頂, 此坪則爲僧廬之最高者. 坪之陰,[3] 水俱北流從九江; 其陽, 水俱南下屬南康. 余疑坪去漢陽當不遠, 僧言中隔桃花峰, 尚有十里遙. 出寺, 霧漸解. 從山塢西南行, 循桃花峰東轉, 過晒谷石, 越嶺南下, 復上則漢陽峰也. 先是遇一僧, 謂峰頂無可托宿, 宜投慧燈僧舍, 因指以路. 未至峰頂二里, 落照盈山, 遂如僧言, 東向越嶺, 轉而西南, 卽漢陽峰之陽也. 一徑循山, 重嶂幽寂, 非復人世. 里許, 蓊然竹叢中得一龕[4] 有僧短髮覆額, 破衲[5]赤足者, 卽慧燈也, 方挑水磨腐. 竹內僧三四人, 衣履揖客, 皆慕燈遠來者. 復有赤脚短髮僧從崖間下, 問之, 乃雲南鷄足山僧. 燈有徒, 結茅於內, 其僧歷懸崖訪之, 方返耳. 余卽拉一僧爲導, 攀援半里, 至其所. 石壁峭削, 懸梯以度, 一茅如慧燈龕. 僧本山下民家, 亦以慕燈居此. 至是而上仰漢陽, 下俯絶壁, 與世夐隔矣. 暝色已合, 歸宿燈龕. 燈煮腐相餉, 前指路僧亦至. 燈半一腐, 必自己出, 必遍及其徒. 徒亦自至, 來僧其一也.

---

1) 패엽(貝葉)은 인도에서 자라는 다라수(多羅樹, tāla)의 나뭇잎(貝多, pattra)을 의미한다. 이 나뭇잎으로 종이를 만들 수 있는데, 불교도는 여기에 불경을 적었기에 불경을 패엽이라고 부르기도 한다.
2) 린순(嶙峋)은 '산이 겹겹이 싸여 깊숙한 모양'을 가리킨다.
3) 옛사람들은 산의 북쪽을 음(陰), 남쪽을 양(陽)이라 일컬은 반면, 물의 남쪽은 음(陰), 북쪽은 양(陽)이라 불렀다.
4) 감(龕)은 불상을 받들어 모시는 조그마한 방을 가리킨다.
5) 납(衲)은 원래 '깁다'를 의미하는데, 승려의 옷은 늘 수많은 천 조각으로 기운 것이기에 승려의 의복을 가리킨다.

二十一日 別燈, 從龕後小徑直躋漢陽峰. 攀茅拉棘, 二里, 至峰頂. 南瞰鄱湖, 水天浩蕩. 東瞻湖口, 西盼建昌, 諸山歷歷, 無不俯首失恃. 惟北面之桃花峰, 錚錚比肩, 然昂霄逼漢, 此其最矣. 下山二里, 循舊路, 向五老峰. 漢陽、五老, 俱匡廬南面之山, 如兩角相向, 而犁頭尖界於中, 退於後, 故兩峰相望甚近. 而路必仍至金竹坪, 繞犁頭尖後, 出其左脅, 北轉始達五老峰,自漢陽計之, 且三十里. 余始至嶺角, 望峰頂坦夷, 莫詳五老面目. 及至峰頂, 風高水絶, 寂無居者. 因遍歷五老峰, 始知是山之陰, 一岡連屬; 陽則山從絶頂平剖, 列爲五枝, 憑空下墜者萬仞, 外無重岡疊嶂之蔽, 際目甚寬. 然彼此相望, 則五峰排列自掩, 一覽不能兼收; 惟登一峰, 則兩旁無底. 峰峰各奇不少讓, 眞雄曠之極觀也!

仍下二里, 至嶺角. 北行山塢中, 里許, 入方廣寺, 爲五老新刹.[1] 僧知覺甚稔熟悉三疊之勝, 言道路極艱, 促余速行. 北行一里, 路窮, 渡澗. 隨澗東西行, 鳴流下注亂石, 兩山夾之, 叢竹修枝, 鬱葱上下, 時時仰見飛石, 突綴其間, 轉入轉佳. 旣而澗旁路亦窮, 從澗中亂石行, 圓者滑足, 尖者刺履. 如是三里, 得綠水潭. 一泓深碧, 怒流傾瀉於上, 流者噴雪, 停者毓黛. 又里許, 爲大綠水潭. 水勢至此將墮, 大倍之, 怒亦益甚. 潭前峭壁亂聳, 回互逼立, 下瞰無底, 但聞轟雷倒峽之聲, 心怖目眩, 泉不知從何墜去也. 於是澗中路亦窮, 乃西向登峰. 峰前石臺鵲起, 四瞰層壁, 陰森逼側. 泉爲所蔽, 不得見, 必至對面峭壁間, 方能全收其勝. 乃循山岡, 從北東轉. 二里, 出對崖, 下瞰, 則一級、二級、三級之泉, 始依次悉見. 其塢中一壁, 有洞如門者二, 僧輒指爲竹林寺門云. 頃之, 北風自湖口吹上, 寒生粟起, 急返舊路, 至綠水潭. 詳觀之, 上有洞翕然[2]下墜. 僧引入其中, 曰: "此亦竹林寺三門之一." 然洞本石罅夾起, 內橫通如'十'字, 南北通明, 西入似無底, 止. 出, 溯溪而行, 抵方廣, 已昏黑.

---

1) 찰(刹)은 범어(梵語) 찰다라(刹多羅, Laksata)의 약어로서 원래 불탑 꼭대기의 장식인 바, 이로써 불사(佛寺)를 가리킨다.
2) 흡연(翕然)은 '합해지는 모양, '오그라들어 합쳐지는 모양'을 가리킨다.

---

二十二日 出寺, 南渡溪, 抵犂頭尖之陽. 東轉下山, 十里, 至楞伽院側. 遙望山左脅, 一瀑從空飛墜, 環映靑紫, 夭嬌滉漾,[1] 亦一雄觀. 五里, 過棲賢寺, 山勢至此始就平. 以急於三峽澗, 未之入. 里許, 至三峽澗. 澗石夾立成峽, 怒流沖激而來, 爲峽所束, 回奔倒涌, 轟振山谷. 橋懸兩巖石上, 俯瞰深峽

中, 迸珠戛玉. 過橋, 從岐路東向, 越嶺趨白鹿洞. 路皆出五老峰之陽, 山田高下, 點錯民居. 橫歷坡陀,[2] 仰望排嶂者三里, 直入峰下, 爲白鶴觀. 又東北行三里, 抵白鹿洞, 亦五老峰前一山塢也. 環山帶溪, 喬松錯落. 出洞, 由大道行, 爲開先道. 蓋廬山形勢, 犁頭尖居中而少遜, 棲賢寺實中處焉; 五老左突, 下卽白鹿洞; 右峙者, 則鶴鳴峰也, 開先寺當其前. 於是西向循山, 橫過白鹿, 棲賢之大道, 十五里, 經萬松寺, 陟一嶺而下, 山寺巍然南向者, 則開先寺也. 從殿後登樓眺瀑, 一縷垂垂, 尙在五里外, 半爲山樹所翳, 傾瀉之勢, 不及楞伽道中所見. 惟雙劍嶄嶄衆峰間, 有芙蓉揷天之態; 香爐一峰, 直山頭圓阜耳. 從樓側西下壑, 澗流鏗然,[3] 瀉出峽石, 卽瀑布下流也. 瀑布至此, 反隱不復見, 而峽水匯爲龍潭, 澄映心目. 坐石久之, 四山暝色, 返宿於殿西之鶴峰堂.

---

1) 요교(夭矯)는 '굽이지면서 튀어오르는 모양'을 가리키며, 황양(滉瀁)은 '물이 깊고 넓은 모양'을 가리킨다.
2) 파타(坡陀)는 '울퉁불퉁 비탈진 모양'을 가리킨다.
3) 갱연(鏗然)은 '쇠나 돌 따위가 울리는 소리'를 가리킨다.

**二十三日** 由寺後側徑登山. 越澗盤嶺, 宛轉山半. 隔峰復見一瀑, 並挂瀑布之東, 卽馬尾泉也. 五里, 攀一尖峰, 絶頂爲文殊臺. 孤峰拔起, 四望無倚, 頂有文殊塔. 對崖削立萬仞, 瀑布轟轟下墜, 與臺僅隔一澗, 自巓至底, 一目殆無不盡. 不登此臺, 不悉此瀑之勝. 下臺, 循山岡西北溯溪, 卽瀑布上流也. 一徑忽入, 山迴谷抱, 則黃巖寺據雙劍峰下. 越澗再上, 得黃石巖. 巖石飛突, 平覆如砥. 巖側茅閣方丈, 幽雅出塵. 閣外修竹數竿, 拂群峰而上, 與山花霜葉, 映配峰際. 鄱湖一點, 正當窗牖. 縱步溪石間, 觀斷崖夾壁之勝. 仍飯開先, 遂別去.

# 황산 유람일기 후편(遊黃山日記後)

## 해제

　「황산 유람일기 후편」은 만력 46년(1618년)에 서하객이 다시 한번 황산을 유람한 기록이다. 이 해 서하객은 여산과 백악산을 유람한 후, 9월 4일에 탕구(湯口)에서 산에 올라 고죽탄(苦竹灘)을 거쳐 태평현(太平縣)으로 향했다. 서하객은 황산을 떠나 북쪽으로 구화산(九華山)을 유람했으나, 애석하게도 유람일기가 전해지지 않는다. 서하객은 황산을 처음 유람했을 때 천도봉과 연화봉을 오르지 못했기에, 이 유람일기에는 두 봉우리에 오르기까지의 험준한 여정과 봉우리의 기이한 풍광에서 느낀 정감을 생생하게 묘사하고 있다. 이 유람일기는 정련된 언어로 자신의 심경을 마음껏 토로하고 있기에, 전체 문장이 매우 활기차고 색채감으로 충만되어 있다.

　이번 유람의 주요 여정은 다음과 같다. 낭매암(榔梅庵) → 강촌(江村) →

탕구(湯口) → 석문(石門) → 문수원(文殊院) → 천도봉(天都峰) → 문수원(文殊院) → 연화봉(蓮花峰) → 연단대(煉丹臺) → 석순강(石笋矼) → 접인애(接引崖) → 사자림(獅子林) → 백사령(白沙嶺) → 선등동(仙燈洞) → 승상원(丞相原) → 구룡담(九龍潭) → 고죽탄(苦竹灘)

## 역문

### 무오년[1] 9월 초사흘

백악산(白岳山)의 낭매암(榔梅庵)을 나와 도원교(桃源橋)에 이르렀다. 조그마한 다리의 오른쪽을 따라 내려오는데, 길이 몹시 가팔랐다. 지난번[2]에 황산에 갔던 그 길이다. 70리 길을 걸어 강촌(江村)에서 묵었다.

---

1) 무오(戊午)년은 만력 46년인 1618년이다.
2) 만력 44년(1616년) 2월 초에 황산을 유람했던 것을 가리킨다.

### 9월 초나흘

15리 길을 걸어 탕구(湯口)에 이르렀다. 5리를 더 걸어 탕사(湯寺)[1]에 도착하여 탕지(湯池)에서 목욕을 했다. 지팡이를 짚고서 멀리 주사암(硃砂庵)[2]을 바라보며 걸어 올랐다. 10리를 나아가 황니강(黃泥岡)에 올랐다. 지금까지 구름 속에 뒤덮여 있던 뭇 봉우리들이 차츰 모습을 드러내더니, 점점 내 지팡이 아래로도 펼쳐졌다.

석문(石門)[3]으로 돌아들어 천도봉 옆구리를 넘어 내려갔다. 천도봉과 연화봉의 두 꼭대기가 하늘에 수려한 자태를 드러냈다. 길가의 갈림길에서 동쪽으로 올라갔다. 이 길은 전에 가보지 않은 길이었다. 앞으로 걸음을 빨리 하여 쭉 올랐다. 거의 천도봉의 옆에 닿을 즈음, 다시 북쪽으로 올라가 바위 틈새로 걸었다.

바위 봉우리들마다 바짝 붙어 솟아 있고, 길은 바위 사이로 구불구불 이어져 있다. 길이 막힌 곳은 길을 뚫어내고, 길이 가파른 곳은 층계를 만들었으며, 길이 끊긴 곳은 나무를 대어 길을 내고, 허공에 떠 있는 곳은 사다리로 이어 놓았다. 아래로 굽어보니 깎아지른 듯한 낭떠러지는 스산하기 그지없다. 단풍나무와 소나무가 엇섞여 오색 빛깔이 어지러이 입혀져서 그림과 비단자수처럼 눈부시게 빛났다. 생각해보니 황산 유람은 마땅히 평생의 진기한 일임에도, 이번처럼 기이한 경관은 이제까지 한 번도 구경한 적이 없었다. 이번 유람은 유쾌하면서도 부끄럽도다!

이때 길이 너무 험한지라 하인들은 뒤에 처져 있었다. 그래서 나도 걸음을 멈추고 오르지 않았다. 그런데 도중의 기이한 절경이 나를 이끄는 바람에, 나도 모르게 홀로 나아갔다. 잠시 후 봉우리 꼭대기에 올랐다. 암자 하나가 새가 날개를 펼친 듯 자리하고 있었다. 이곳은 문수원(文殊院)이다. 내가 재작년에 오르고 싶었으나 끝내 오르지 못했던 곳이다.

문수원은 왼쪽으로는 천도봉(天都峰)이요, 오른쪽으로는 연화봉(蓮花峰)이며, 등뒤로는 옥병풍(玉屛風)에 기대어 있다. 두 봉우리의 빼어난 경색은 손을 내밀면 잡힐 듯했다. 사방을 둘러보니, 기이한 봉우리가 들쑥날쑥 늘어서 있고, 뭇 골짜기는 제멋대로 뻗어 있다. 참으로 황산의 명승지로다! 다시 오지 않았더라면, 이처럼 기이할 줄이야 어찌 알 수 있었으리오? 떠돌이 스님인 징원(澄源)을 우연히 만나니, 유람의 흥취가 더욱 솟구쳤다.

때는 벌써 정오를 넘었다. 하인들이 마침 도착했다. 문수암 앞에 서서 두 봉우리를 가리키고 있노라니, 암자의 스님이 말했다. "천도봉은 비록 가까우나 오를 길이 없고, 연화봉은 오를 수는 있으나 길이 너무 멀지요. 그저 천도봉은 가까이에서 바라보고, 연화봉 꼭대기는 내일 오르시지요.” 나는 그의 말을 듣지 않고 천도봉을 유람하기로 마음먹었다.

징원 스님 및 하인들과 함께 골짜기 길을 내려왔다. 천도봉 옆에 이르렀다. 미끄러져 내리는 돌을 따라 뱀처럼 구불구불 기었다. 풀을 움켜쥐고 가시나무를 잡아당겼다. 돌 더미가 쌓여 있으면 더미위로 넘어가고, 바위 벼랑이 비스듬히 깎여 있으면 벼랑에 매달려 건넜다. 손발을 어디에 두어야 할지 모를 때마다, 먼저 올라간 징원 스님이 손을 내밀어 잡아주곤 했다. 오르는 길이 이렇듯 험해서야 내려가는 길은 어찌할거나 하는 생각이 들었다. 하지만 끝내 아무 것도 생각하지 않기로 했다.

여러 차례 위험을 겪고서야 마침내 봉우리 꼭대기에 닿았다. 꼭대기에는 오직 수십 길 높이의 큰 바위만이 솟구쳐 있었다. 옆을 둘러보다가 돌층계를 발견한 징원 스님이 나를 데리고서 올랐다. 바위 꼭대기에 오르니 수많은 봉우리 가운데 아래로 엎드리지 않은 봉우리가 없었다. 다만 연화봉만이 어깨를 나란히 할만 했다. 이때 짙은 안개가 문득 일어났다가 홀연 사라졌다. 안개가 피어오를 적마다 맞은편이 보이지 않았다. 연화의 여러 봉우리를 바라보니, 대부분 안개 속에 잠겨 있었다.

홀로 천도봉에 올라섰다. 내가 천도봉 앞쪽으로 가면 안개는 뒤쪽으로 옮겨가고, 내가 그 오른쪽으로 넘어가면 안개는 왼쪽에서 피어오른다. 꼭대기의 소나무는 가지가 제멋대로이긴 해도 구부러지거나 곧게 뻗어 있는데, 잣나무는 줄기가 팔뚝만 해도 이끼인 양 돌 위에 붙어있지 않은 것이 없다. 산은 높고 바람은 거세다. 안개기운은 오락가락 일정하지가 않다. 뭇 봉우리들을 내려다보니, 봉우리가 나타날 때면 벽록색의 뾰족한 봉우리이다가도, 모습이 사라지면 은빛의 바다로 변했다. 다시 산 아래를 내려다보니, 밝게 빛나는 햇살 속에 별천지를 이루고 있었다.

해가 뉘엿뉘엿 기울었다. 발은 앞으로 내밀고 손은 뒤로 땅을 짚고서 앉은 채로 미끄러지듯 내려갔다. 험준한 곳에 이르면, 징원이 어깨를 나란히 하여 손을 잡아주었다. 험한 곳을 지나 산속의 우묵한 평지에 닿았다. 어느덧 어둠이 깃들었다. 다시 계곡을 따라 잔도를 건너 올랐다. 문수원에서 묵었다.

---

1) 탕사(湯寺)는 지금의 상부사(祥符寺)를 가리킨다.
2) 주사암(硃砂庵)은 지금의 자광각(慈光閣)을 가리킨다.
3) 석문(石門)은 지금의 운소동(雲巢洞)을 가리킨다. 청나라의 왕작(王灼)이 지은 『황산기유(黃山紀游)』에 따르면, "거대한 바위가 길을 막고 있는데, 가운데가 마치 문처럼 텅 비어 있고, 돌을 쌓아 층계를 만들었다. 그 사이에 열 개의 층계를 헤아릴 수 있으며, '운소'라는 이름이 쓰여 있다(有巨石當路, 而中空如門, 累石爲磴, 其間可數十級, 題之曰'雲巢')"고 했다.

## 9월 초닷새

날이 밝았다. 천도봉의 움푹 꺼진 곳을 따라 2리를 내려갔다. 우뚝 치솟은 암벽 아래, 연화동이 마침 그 앞에 있는 석순과 마주한 채 우뚝 서 있는데, 그 일대의 평지가 고즈넉했다. 징원 스님과 헤어졌다. 산을 내려오다가 어제의 갈림길 곁에 이르자, 연화봉을 향하여 발걸음을 재촉했다.

가는 길 내내 가파른 암벽을 따라 서쪽으로 나아갔다. 오르내리기를 두 차례, 백보운제에 막 이를 즈음, 연화봉으로 곧장 오를 수 있는 길이 있었다. 잠시 오르다보니 층계가 끝이 났다. 의아하게 여기면서 다시 내려갔다. 그러자 맞은편 봉우리에서 스님 한 분이 큰 소리로 "그곳이 바로 연화봉으로 가는 길이오!"라고 외쳤다.

이에 돌비탈의 곁을 따라 바위틈을 지났다. 길은 좁고 험준하다. 봉우리 꼭대기에는 온통 커다란 바위들이 서로 맞선 채 솟아 있고, 그 가운데는 방처럼 비어 있다. 그 가운데의 층층의 계단을 따라 곧바로 올랐다. 층계가 끝나더니 동굴이 돌아들었다. 구불구불 기괴하기 짝이 없어 마치 누각 속을 오르내리는 듯하니, 험준한 이곳이 하늘 높이 솟아 있음을 잊었다.

1리를 더 나아갔다. 띠집 한 채가 바위틈에 의지하여 지어져 있다. 머뭇거리다가 막 문을 열려는 순간, 방금 전에 길을 알려주었던 스님이 왔다. 스님의 호는 능허(凌虛). 이곳에 띠집을 엮어놓은 분이다. 함께 다정히 꼭대기에 올랐다. 꼭대기에는 두 길 정도 떨어져 바위 하나가 있다. 능허 스님이 사다리를 가져와 건넜다.

산꼭대기는 툭 트인 채, 사방의 하늘이 푸르렀다. 천도봉일지라도 고개를 숙일 만하다. 연화봉은 황산의 한 가운데이다. 홀로 뭇 봉우리보다 높고, 사방에 솟구친 암벽에 에워싸여 있으니, 햇빛 찬란히 맑게 개인 날이면 선명하게 비치는 모습이 층층이 피어나리라. 미친 듯 외치고 덩실덩실 춤을 추고 싶었다.

한참을 구경하다가 띠집으로 돌아왔다. 능허 스님이 죽을 끓여 대접하는지라, 한 사발을 마시고 산을 내려왔다. 갈림길 곁에 이르러서 대비정(大悲頂)을 지나 천문(天門)으로 올랐다. 3리를 나아가 연단대(煉丹臺)에 닿았다. 연단대의 갈라진 틈을 따라 내려가 옥병풍(玉屛風)[1]과 삼해문(三海門) 등의 여러 봉우리를 구경했다. 이 봉우리들은 모두 우묵한 평지에서 암벽이 치솟아 오른 것이다. 연단대는 등성이 가운데가 낮게 드리워져 있는데, 그다지 기이하거나 험준하지 않았다. 다만 취미봉(翠微峰)의 뒤쪽을 내려다보니, 우묵한 평지 속의 잇닿은 봉우리가 들쭉날쭉 솟구친 채 위아래로 두루 비추고 있을 뿐이었다. 이곳이 아니면 기이한 경관을 죄다 보지는 못하리라.

돌아오는 길에 평천강을 지나 후해로 내려왔다. 지공(智空) 스님이 계시는 암자에 들러 작별인사를 드리고 나왔다. 3리쯤 나아가 사자림(獅子林)으로 내려온 다음, 석순강을 향해 발걸음을 서둘러 재작년에 올랐던 뾰족한 봉우리위에 이르렀다. 소나무에 기대어 앉아 바라보았다. 우묵한 평지 속에 빙 둘러 모여 있는 봉우리의 바위들이, 마치 화려하게 수 놓은 듯 눈 안에 가득 찼다. 그제야 불현듯 깨달았다. 여산의 석문은 경관의 전체적인 면은 갖추었으되 어느 일면은 결여되어 있으니, 이곳의 웅장하고 광대하며 화려한 경관에는 미치지 못한다는 걸!

한참 있다가 접인애(接引崖)에 올랐다. 우묵한 평지를 굽어보니, 음산하여 느낌이 예사롭지 않았다. 다시 산등성에 이르러 뾰족한 봉우리 옆에 올랐다. 미끄러지는 돌을 밟으며 가시덤불과 잡초를 붙잡고서 움푹 팬 구덩이를 따라 내려갔다. 내려갈수록 구덩이가 깊어지더니, 뭇 봉우리가 가려져 한 눈에 다 보이지 않았다. 날이 저무는지라, 사자림으로 돌아왔다.

---

1) 옥병풍(玉屛風)은 옥병봉(玉屛峰)으로 황산 36봉의 하나이며, 봉우리가 병풍을 펼쳐 놓은 듯 아름답기에 붙여진 이름이다.

## 9월 초엿새

하광(霞光) 스님과 작별인사를 나누었다. 산구덩이를 따라 승상원(丞相原)을 향해 7리를 내려왔다. 백사령(白沙嶺)에 이르렀는데, 하광 스님이 다시 오셨다. 내가 패루석(牌樓石)을 보고 싶어하는데, 아무래도 백사암에는 길을 알려줄 이가 없을 듯하여 길잡기를 해주려고 쫓아온 것이었다.

그리하여 함께 백사령을 넘는데, 하광 스님이 백사령 오른쪽 너머의 비탈을 가리켰다. 거기에는 바위 무더기가 서 있었다. 아래는 나뉘어 있고 위는 나란히 이어져 있으니, 이것이 곧 패루석이다. 내가 골짜기를 넘어 산골물을 거슬러 곧바로 그 아래로 가려 하자, 하광 스님이 이렇게 말씀했다. "가시나무가 가득하고 길이 끊겨서 틀림없이 가실 수가 없을 겁니다. 구덩이를 따라 승상원으로 쭉 내려간다면 다시 백사령으로 올라오실 필요가 없습니다. 만약 선등동(仙燈洞)을 따라 가시고 싶다면, 차라리 백사령을 따라 동쪽으로 가시는 게 낫습니다."

나는 그의 말을 좇아 백사령의 산등성이를 따라 나아갔다. 백사령은 천도봉과 연화봉의 북쪽에 걸쳐 있었다. 어찌나 비좁은지 곁에는 발 디딜 곳조차 없으며, 남북으로는 높다란 봉우리들이 바짝 비추고 있었다. 백사령이 끝나는 곳에서 북쪽으로 내려왔다. 고개를 쳐들자 오른편에 나한석(羅漢石)이 바라보였다. 둥그런 머리에 정수리는 벗겨져서 영락없는 스님 두 분의 모습이다.

아래로 산구덩이로 내려왔다. 산골물을 넘어 4리를 오르자, 선등동이 나왔다. 선등동은 남쪽을 향한 채 천도봉의 북쪽을 마주하고 있다. 스님이 동굴 밖으로 나무판자를 내밀어 길을 냈다. 동굴 안은 그런대로 널찍하고, 자연스러운 정취가 남아 있었다. 다시 남쪽으로 3리를 내려가 승상원을 지났다. 승상원은 산속의 협소한 평지에 지나지 않았다. 그곳의 암자가 자못 깔끔하지만, 사방을 둘러보아도 기이한 곳이 없는지라 끝내 들어가지는 않았다.

다시 남쪽으로 향하여 산허리를 따라 5리를 나아갔다. 천천히 산을 내려오는데, 산골짜기의 샘물 흐르는 소리가 요란했다. 바위 사이로 아홉 층을 이루어 쏟아져 내리는데, 층층이 아래에는 시퍼런 깊은 못이 있었다. 이것이 바로 이른바 구룡담(九龍潭)이다. 황산에는 허공에서 날아 떨어지는 폭포가 오직 이곳 말고는 없다. 다시 5리 길을 내려가 고죽탄(苦竹灘)을 지났다. 몸을 돌려 태평현(太平縣)으로 가는 길을 따라 동북쪽으로 나아갔다.

# 원문

戊午 九月初三日 出白岳榔梅庵, 至桃源橋. 從小橋右下, 陡甚, 卽舊向黃山路也. 七十里, 宿江村.

初四日 十五里, 至湯口. 五里, 至湯寺, 浴於湯池. 扶杖望硃砂庵而登. 十里, 上黃泥岡. 向時雲里諸峰, 漸漸透出, 亦漸漸落吾杖底. 轉入石門, 越天都之脅而下, 則天都、蓮花二頂, 俱秀出天半, 路旁一岐東上, 乃昔所未至者, 遂前趨直上, 幾達天都側. 復北上, 行石罅中. 石峰片片夾起; 路宛轉石間, 塞者鑿之, 陡者級之, 斷者架木通之, 懸者植梯接之. 下瞰峭壑陰森, 楓松相間, 五色紛披, 燦若圖綉. 因念黃山當生平奇覽, 而有奇若此, 前未一探, 茲遊快且愧矣!

時夫僕俱阻險行後, 余亦停弗上; 乃一路奇景, 不覺引余獨往. 旣登峰頭, 一庵翼然, 爲文殊院, 亦余昔年欲登未登者. 左天都, 右蓮花, 背倚玉屏風, 兩峰秀色, 俱可手擥. 四顧奇峰錯列, 衆壑縱橫, 眞黃山絶勝處! 非再至, 焉知其奇若此? 遇遊僧澄源至, 興甚勇. 時已過午, 奴輩適至. 立庵前, 指點兩峰. 庵僧謂: "天都雖近而無路, 蓮花可登而路遙. 只宜近盼天都, 明日登蓮頂." 余不從, 決意游天都. 挾澄源、奴子仍下峽路. 至天都側, 從流石蛇行而上. 攀草牽棘, 石塊叢起則歷塊, 石崖側削則援崖. 每至手足無可着處, 澄源必先登垂接. 每念上旣如此, 下何以堪? 終亦不顧. 歷險數次, 遂達峰頂. 惟一石頂壁起猶數十丈, 澄源尋視其側, 得級, 挾予以登. 萬峰無不下伏, 獨蓮花與抗耳. 時濃霧半作半止, 第一陣至, 則對面不見. 眺蓮花諸峰, 多在霧中. 獨上天都, 予至其前, 則霧徙於後; 予越其右, 則霧出於左. 其松猶有曲挺縱橫者; 柏雖大幹如臂, 無不平貼石上、如苔蘚然. 山高風巨, 霧氣去來無定. 下盼諸峰, 時出爲碧嶠, 時沒爲銀海. 再眺山下, 則日光晶晶, 別一區宇也. 日漸暮, 遂前其足, 手向後據地, 坐而下脫. 至險絶處, 澄源倂肩手相接. 度險, 下至山坳, 暝色已合. 復從峽度棧[1]以上, 止文殊院.

---

1) 잔(棧)은 잔도, 즉 가파른 벼랑 위에 구멍을 뚫고 거기에 나무를 꽂아 만든 길, 혹은 산골짜기에 높이 건너 질러놓은 다리를 가리킨다.

**初五日** 平明, 從天都峰坳中北下二里. 石壁岈然, 其下蓮花洞正與前坑石笋對峙, 一塢幽然. 別澄源, 下山至前岐路側, 向蓮花峰而趨. 一路沿危壁西行, 凡再降升, 將下百步雲梯, 有路可直躋蓮花峰. 旣陟而磴絶, 疑而復下. 隔峰一僧高呼曰: "此正蓮花道也!" 乃從石坡側度石隙. 徑小而峻, 峰頂皆巨石鼎峙, 中空如室. 從其中疊級直上, 級窮洞轉, 屈曲奇詭, 如下上樓閣中, 忘其峻出天表也. 一里得茅廬, 倚石罅中. 徘徊欲開, 則前呼道之僧至矣. 僧號凌虛, 結茅於此者, 遂與把臂陟頂. 頂上一石, 懸隔二丈, 僧取梯以度. 其巓廓然,[1] 四望空碧, 即天都亦俯首矣. 蓋是峰居黃山之中, 獨出諸峰上, 四面巖壁環聳, 遇朝陽霽色, 鮮映層發, 令人狂叫欲舞.

久之, 返茅庵, 凌虛出粥相餉, 啜一盂, 乃下. 至岐路側, 過大悲頂, 上天門. 三里, 至煉丹臺. 循臺嘴而下, 觀玉屏風、三海門諸峰, 悉從深塢中壁立起. 其丹臺一岡中垂, 頗無奇峻, 惟瞰翠微之背, 塢中峰巒錯聳, 上下周映, 非此不盡瞻眺之奇耳. 還過平天矼, 下後海, 入智空庵, 別焉. 三里, 下獅子林, 趨石笋矼, 至向年所登尖峰上. 倚松而坐, 瞰塢中峰石迴攢, 藻績[2]滿眼, 始覺匡廬、石門, 或具一體, 或缺一面, 不若此之閎博富麗也! 久之, 上接引崖, 下眺塢中, 陰陰覺有異. 復至岡上尖峰側, 踐流石, 援棘草, 隨坑而下, 愈下愈深, 諸峰自相掩蔽, 不能一目盡也. 日暮, 返獅子林.

---

1) 곽연(廓然)은 툭 트여 넓은 모양을 가리킨다.
2) 조귀(藻績)는 '그림같이 화려함'을 의미한다.

**初六日** 別霞光, 從山坑向丞相原下七里, 至白沙嶺, 霞光復至. 因余欲觀牌樓石, 恐白沙庵無指者, 追來爲導. 遂同上嶺, 指嶺右隔坡, 有石叢立, 下分上並, 卽牌樓石也. 余欲逾坑溯澗, 直造其下. 僧謂 : "棘迷路絕, 必不能行. 若從坑直下丞相原, 不必復上此嶺; 若欲從仙燈而往, 不若卽由此嶺東向." 余從之, 循嶺脊行. 嶺橫亘天都、蓮花之北, 狹甚, 旁不容足, 南北皆崇峰夾映. 嶺盡北下, 仰瞻右峰羅漢石, 圓頭禿頂, 儼然二僧也. 下至坑中, 逾澗以上, 共四里, 登仙燈洞. 洞南向, 正對天都之陰. 僧架閣連板於外, 而內猶穹然, 天趣未盡刊[1]也. 復南下三里, 過丞相原, 山間一夾地耳. 其庵頗整, 四顧無奇, 竟不入. 復南向循山腰行, 五里, 漸下. 澗中泉聲沸然,[2] 從石間九級下瀉, 每級一下有潭淵碧, 所謂九龍潭也. 黃山無懸流飛瀑, 惟此耳. 又下五里, 過苦竹灘, 轉循太平縣路, 向東北行.

---

1) 간(刊)은 '없애다(除, 削)'를 의미한다.
2) 불연(沸然)은 물소리가 거세게 흐르는 모양을 가리킨다.

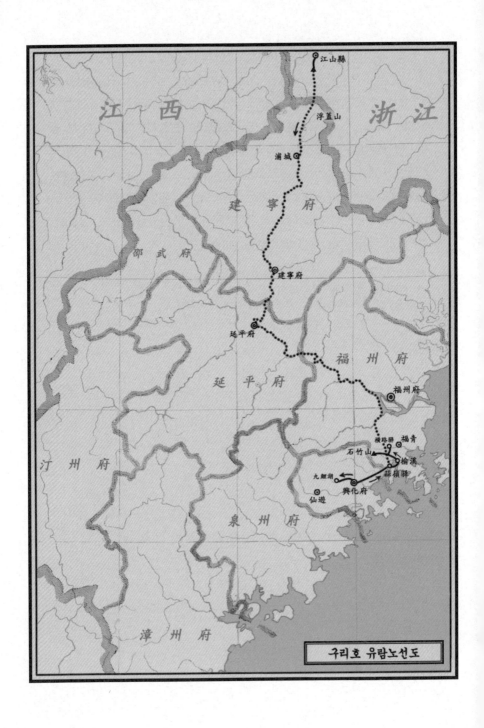

江西
浙江
江山縣
浮蓋山
浦城
建寧府
建寧府
邵武府
延平府
延平府
福州府
福州府
橫路驛
福青
石竹山
榆溪
蒜嶺驛
九鯉湖
汀州府
興化府
仙遊
泉州府
漳州府

구리호 유람노선도

# 구리호 유람일기(遊九鯉湖日記)

## 해제

「구리호 유람일기」는 태창(泰昌) 원년(1620년)에 서하객이 강랑산, 구리
호, 석죽산을 유람한 기록이다. 서하객은 이 해 5월 6일에 길을 떠나 절
강과 복건 두 성을 63일간에 걸쳐 유람했다. 그는 5월 23일 절강 강산현
을 지나 강랑산을 유람하고, 6월 8일과 9일 이틀간 복건 선유현의 구리
호를 유람했으며, 6월 11일 복건 복청현의 석죽산을 유람했다. 세 곳의
명승지에 대한 그의 기술은 약간 차이가 있는 바, 강랑산에 대해서는
지형의 변화에, 그리고 석죽산에 대해서는 산위의 경물에 중점을 두고
있다면, 구리호에 대해서는 폭포의 변화무상한 모습과 함께 물아일체의
심경을 담아내고 있다.

이번 유람의 주요 여정은 다음과 같다. 강산현(江山縣) → 강랑산(江郎山)
→ 홍화부(興化府) → 보군(莆郡) → 석보(石步) → 뇌굉제(雷轟滯) → 구선사(九

仙祠) → 폭포제(瀑布漈) → 주렴천(珠簾泉) → 옥저천(玉筯泉) → 석문제(石門漈)
→ 오성제(五星漈) → 비봉제(飛鳳漈) → 기반석(棋盤石) → 장군암(將軍巖) → 산
령역(蒜嶺驛) → 유계(楡溪) → 파려포(波黎鋪) → 석죽산(石竹山) → 구선각(九仙
閣) → 횡로역(橫路驛)


## 역문


절강(浙江)과 복건(福建)을 여행하고자 함은 오래되었다. 나의 바람은
사천(四川)의 아미산(峨眉山)과 광서(廣西)의 계림(桂林), 그리고 태화산(太華
山)과 항산(恒山) 등의 명산을 유람하는 것이며, 나부산(羅浮山)[1]과 형산(衡
山)을 유람하는 것은 그 다음이다. 절강의 오설산(五泄山)과 복건의 구제
(九漈)를 유람하는 것은 그 다음의 일이다.

그러나 사천, 광서와 섬서(陝西)를 가는 것은 어머니가 늙으시고 길 또
한 멀어서 당장 떠날 수가 없다. 또한 형산과 상강(湘江)은 지나는 길에
유람할 수 있기에 이곳만을 보기 위해 길을 떠날 수는 없다. 가까운 것
을 따져보면, 강랑산(江郞山)과 삼석(三石)[2]을 거쳐 구제[3]에 이르는 여정
만한 것이 없다. 그리하여 마침내 경신년 단오절 이튿날에 숙부인 방약
(芳若)과 약속하여 길을 떠났다. 때는 바야흐로 풍정(楓亭)[4]의 여지가 갓
무르익을 무렵이다.

---

1) 나부산(羅浮山)은 광동 박라현(博羅縣)의 경계 부근의 동강(東江) 가에 있으며, 동초
  산(東樵山)이라고도 일컫는다. 나산(羅山)은 동쪽에, 부산(浮山)은 서쪽에 있는데, 전
  해오는 이야기에 따르면 부산은 봉래산(蓬萊山)이 떠내려 왔다고 하여 붙여진 이름
  이다. 이 두 산을 병칭한 나부산은 도교의 명산으로, 동진(東晉)의 갈홍(葛洪)이 이곳
  에서 단약(丹藥)을 빚었다고 전해진다.

2) 강랑산(江郎山)은 절강성 강산현(江山縣) 동남쪽에 있으며, 금둔산(金鈍山) 혹은 수랑산(須郞山)이라고도 일컫는다. 전해지는 이야기에 따르면, 강씨 형제 세 사람이 산에 올랐다가 바위로 변했다고 하여 강랑산이라 부른다. 이 산에 있는 삼석봉(三石峰)은 하늘을 찌를 듯이 치솟아 있는데, 흔히 삼장석(三뉘石)이라 일컫는다.

3) 구제(九漈)는 구리호의 아홉 폭포를 가리킨다. 복건과 강서 일대에서는 폭포를 제(漈)라 일컫는다. 아홉 폭포는 뇌굉제(雷轟漈), 폭포제(瀑布漈), 주렴제(珠簾漈), 옥저제(玉筯漈), 석문제(石門漈), 오성제(五星漈), 비봉제(飛鳳漈), 기반제(棋盤漈), 장군제(將軍漈) 등이다.

4) 풍정(楓亭)은 복건성 선유현의 동남쪽에 위치하며, 명대에 풍정시 순검사(巡檢司)를 두었다.

# 5월 23일

비로소 강산현(江山縣)의 청호(靑湖)를 지났다. 산들이 차츰 겹쳐진다. 동편에는 깎아지른 듯한 봉우리와 가파른 산이 많고, 서편의 산은 나지막이 엎드려 있다. 동편의 산들이 끝나는 곳까지 멀리 바라다보니, 남쪽의 봉우리 하나가 특히 하늘에 닿을 듯 우뚝 솟구쳐 있다. 형세가 날아 움직이는 듯다. 물어보니 그곳이 바로 강랑산이다.

강랑산을 바라보며 발걸음을 재촉했다. 20리를 나아가 석문가를 지났다. 걸을수록 더욱 가까워지는데, 홀연 산이 갈라져 둘이 되더니 금방 셋으로 변했다. 잠시 후에는 다시 그 머리 부분이 반으로 갈라지더니 뿌리 부분까지 쫙 갈라졌다. 더욱 가까이 다가갔다. 다시 윗부분은 뾰족하고 아랫부분은 한데 모여들었다. 끊길 듯하더니 다시 이어지니, 발걸음을 옮길 때마다 바뀌는 모습이 구름처럼 변화무상하도다!

안탕산(雁宕山)의 영봉(靈峰), 황산(黃山)의 석순봉(石笋峰) 등은 촘촘하고 가파르게 우뚝 솟아 아름다운 경관을 이루고 있다. 하지만 모두 깊은 골짜기 속에 있는지라, 여러 봉우리들이 서로 가리는 바람에 오히려 각각의 기이함을 잃어버렸다. 설사 진운현(縉雲縣)의 정호봉(鼎湖峰)이 큼지막하게 홀로 우뚝 솟아 기세가 더욱 장엄할지라도, 보허산(步虛山)이 그 옆에 우뚝 서서 서로 높낮이를 가릴 수 없으니, 멀리서 바라보면 하나

의 산처럼 보였다. 그러므로 강랑산의 봉우리처럼, 뭇 산보다 더 빼어나
고 스스로 변환하여 각기 그 기이함을 다하느니만 못했다.

## 6월 초이레

홍화부(興化府)에 당도했다.

## 6월 초여드레

　보군(莆郡)의 서문을 나섰다. 북서쪽으로 5리를 걸어 산고개를 넘었다.
40리를 나아가 거계(筥溪)에 이르도록 수많은 산고개를 오르내렸다. 거
계는 곧 구제의 하류이다. 거계의 공관을 지나 2리를 걸어가, 석보(石步)
에서 시내를 건넜다. 다시 2리를 걸었다. 한 줄기 곁길이 서쪽으로 움푹
꺼진 곳을 향해 있고, 북쪽으로는 산으로 올라가는 돌층계가 있었다.
　이때 산은 깊고 해는 뜨거운데다 길에는 행인도 없어, 길을 잃고 어
디로 가야 할지 몰랐다. 나는 구리호의 물이 구제를 따라 흘러내리니,
위로 올라가면 틀림없이 기이한 경관을 만나리라고 여겨 돌층계를 올
랐다. 숙부인 방약과 하인은 높이 오르기를 꺼렸다. 그들은 길을 잘못 들
었다고 여겼다. 얼마 후 사방의 주변이 차츰 좁아지자, 그들은 길을 잘못
들었다고 확신했다. 하지만 나는 길을 가면서 기운을 북돋아주었다.
　그러나 잠시 후 오를수록 더욱 높아지는데도 아득히 끝이 보이지 않
았다. 게다가 뜨거운 햇살이 살갗을 태울 듯하는지라, 나 역시 지치고
말았다. 수 리를 걸어 산고개마루를 넘었다. 꼭대기이리라 여겼다. 그런
데 발걸음을 서쪽으로 돌리자, 이보다 배나 높은 산봉우리가 있었다. 산
을 따라 구불구불 3리를 나아갔다. 평탄한 들판이 드넓게 펼쳐져 있었
다. 마치 무릉도원의 선경에 길을 잘못 들어선 듯한 느낌이 들었다. 이
곳이 수많은 봉우리의 꼭대기 위라는 사실을 알지 못했던 것이다.

도중에 정자가 나왔다. 서쪽에서 뻗어오는 길은 선유현(仙遊縣)으로 가는 길이고, 동쪽은 내가 걷고 있는 길이다. 남쪽으로 통선교(通仙橋)를 지나서 조그마한 산고개를 넘어 내려갔다. 공관이 나오고, 종고루(鐘鼓樓)가 딸린 봉래석(蓬萊石)이 나왔는데, 뇌굉제(雷轟濟)는 바로 그곳에 있었다. 산골물이 봉래석 옆에서 흘러나왔다. 산골 밑바닥의 바위는 숫돌처럼 평평했다. 물이 바위 위를 천천히 흘러내려오는데, 마치 주름비단처럼 두루 퍼져 있었다.

조금 더 내려왔다. 평평한 곳에 움푹 팬 웅덩이가 많았다. 그 사이의 둥근 구멍은 아궁이(竈), 절구(臼), 술단지(樽), 우물(井) 등을 단(丹)에 붙여 명명하고 있었다.[1] 이는 아홉 신선이 남겨놓은 것이다. 이곳까지는 평평하게 흐르던 물이 갑자기 호수 안으로 떨어져 내렸다. 마치 만 마리의 말이 박차고 튀어나가는 듯, 참으로 천둥이 치는 듯한 기세였다. 이곳이 바로 구제 가운데 첫 번째 폭포의 장관이다.

구선사(九仙祠)[2]는 그 서쪽에 우뚝 선 채 앞쪽의 구리호(九鯉湖)[3]를 굽어보고 있다. 호수는 그다지 넓지 않았다. 그러나 맑고 푸른 호숫물이 수많은 산 위에서 푸른빛에 둘러싸인 채 일렁거리니, 대자연의 신령한 조화가 기이하기만 하도다! 구선사의 오른편에는 석고동(石鼓洞), 원주동(元珠洞), 고매동(古梅洞) 등의 여러 절경이 있다. 구선사 옆의 고매동은 큰 바위에 올라탄 채 이루어져 있는데, 문 모양의 바위 틈새가 있다. 바위 틈새를 뚫고 올라섰다. 예전에는 구선각(九仙閣)이 있었고, 구선사 앞에 수정궁(水晶宮)이 있었다는데, 지금은 모두 무너지고 없다. 구선사와 마주한 채 구리호 너머로 떨어져 내리는 폭포가 바로 2제에서 9제까지의 물이다.

나는 호수 오른쪽을 따라 걸어 3제에 이르렀다가, 급히 숙부 방약과 함께 되돌아오면서 말했다. "오늘 저녁은 마땅히 정신을 맑게 하고 힘을 아껴서 아홉 신선이 현몽해주시기를 조용히 기다리시지요. 마음과 눈을 수고로이 하여 기이한 장관을 구경하는 일은 내일로 미루십시다."

구선사로 돌아와 봉래석에 가서 맨발로 산골물 속을 거닐었다. 돌 위로 흘러내리는 여울은 평탄하고 널찍했다. 물이 맑고 얕으니, 마치 신선이 사는 곳과 같았다. 옷자락을 추어올리고서 이리저리 거닐었다. 저녁에 구선사 앞에 앉아 있노라니, 갓 떠오른 달이 산봉우리에 걸려 있었다. 고요한 호수를 굽어보자, 심신이 모두 맑아졌다. 고요한 정적 속에 물소리만 들려왔다. 간혹 뇌굉제의 폭포 소리가 귓가를 스쳤다. 이날 밤 구선사에서 아홉 신선이 현몽하기를 기도했다.

---

1) 단(丹)을 붙여 명명했다는 것은 단조(丹竈), 단구(丹臼) 등으로 명명했다는 뜻이다.
2) 구선(九仙)은 하씨(何氏) 형제 아홉 사람을 가리킨다. 구선사(九仙祠)는 하씨 형제를 받들어 모시는 사당이다.
3) 구리호(九鯉湖)는 한나라 무제(武帝) 때에 하씨 아홉 형제가 잉어를 타고 승천했다고 하여 붙여진 이름이다. 『대청일통지(大淸一統志)』에 따르면, "하씨 아홉 신선은 그 세대를 고증할 수가 없다. 아홉 형제는 선유현 동북의 산속에 살면서 수도했으며, 이 때문에 그 산을 구선산(九仙山)이라 부른다. 또한 호숫가에 기거하면서 단약을 빚었는데, 단약이 이루어지자 각기 붉은 잉어를 타고 신선이 되어 떠났기에 그 호수를 구리호(九鯉湖)라고 일컫는다."

## 6월 초아흐레

구선사를 떠나 구제 끝까지 쭉 내려가기로 했다. 구제는 구리호에서 몇 리 떨어져 있는데, 3제 아래로는 길이 끊긴 지 이미 오래되었다. 몇 달 전에 보전(莆田) 출신의 국자감 제주1)인 요유(堯兪)2)가 육선(陸善)에게 험준한 산길을 다시 닦아, 곧바로 구제를 지나 거계까지 이르도록 명했다. 어제 곁길을 따라 폭포를 거슬러 올라가지 않고 에돌아 큰길을 따르는 바람에, 기이한 장관을 구경할 기회를 앉은 채로 놓쳐 버렸노라 후회했다.

행장을 꾸린 뒤, 길을 바꾸어 드디어 구제 유람에 나섰다. 2제인 폭포제(瀑布濟)는 구리호의 남쪽에 있으며, 구선사와 마주보고 있다. 호수가 끝이 나자, 물은 이곳에서 깊은 계곡으로 날듯이 떨어졌다. 계곡의 바위는 마치 칼로 자른 듯, 양쪽 벼랑이 만 길 높이로 우뚝 서 있다. 호수에서 갓 빠져나온 물은 바위에 가로막혀 빠져나가지 못했다. 그리하여 드세진 물살은 공중에서 물보라를 일으키면서 우당탕탕 쏟아져내렸다. 물과 바위가 각기 웅장하기 그지없는 경관을 이루었다.

좀 더 내려가자, 3제인 주렴천(珠簾泉)이 나왔다. 이곳의 경관은 2제인 폭포제와 비슷했다. 오른쪽 벼랑에 관란정(觀瀾亭)이란 정자가 있었다. 천연좌(天然坐)라는 바위 위에도 정자가 세워져 있었다. 여기에서 산고개와 산골짜기를 오르내리면서 골짜기 속을 구불구불 걸었다. 골짜기의 암벽은 위는 덮여 있고 아래는 넓었다. 주렴천의 물은 정면에서 떨어져 내리고, 옥저천(玉筯泉)의 물은 근처의 물안개 속에서 솟구쳐 올랐다.

이 두 샘물은 나란히 매달려 있다. 골짜기의 암벽은 아래로 깎아지른 듯하고, 사방은 온통 철벽으로 에워싸인 듯했다. 위는 하늘에 닿을 듯 높았다. 두 줄기 폭포수는 한 쌍의 옥룡이 춤을 추듯 못 아래로 떨어져 내렸다. 못의 물은 깊고 푸르렀다. 구리호보다는 작지만, 가파른 암벽이 꼭꼭 에워싸고 폭포수의 흐름이 한데 어울려 진기한 경관을 다 모았으니, 이곳의 경관이 으뜸이도다! 이곳이 4제이다.

이제 막 산골 바닥에 이르렀는데, 숙부 방약은 어서 골짜기를 빠져나가고만 싶어 했다. 그는 골짜기 어귀에 앉아 기다린 채 더 이상 들어오지 않았다. 나는 혼자서 골짜기의 바위를 따라 나아갔다. 못가의 바위 위에 걸터앉아 고개를 쳐들어 바라보았다. 한 쌍의 폭포가 허공 속을 높이 날아 떨어지고 있었다. 벼랑의 암벽 위는 항아리 주둥이처럼 덮여 있다. 마침 벼랑의 가장자리에 떠오르던 해는 일렁거리는 물결과 함께 반짝반짝 빛나고 있었다. 굽어보고 쳐다보며 멋진 장관에 눈이 쉴 틈이 없었다. 차마 떠나기가 아쉬웠다.

산골을 따라 더 내려왔다. 갑자기 골짜기 양쪽이 가팔라지고, 한 줄기 시냇물이 비스듬히 흘러왔다. 골짜기의 오른쪽 길은 어느덧 끝이 났다. 왼쪽으로 바라보니, 물가의 험준한 바위 위의 끊긴 층계 사이에 나무판자가 높이 얽어매어 있었다. 덕분에 시내를 가로질러 건너 오를 수 있었다. 산골물을 건너 왼쪽을 따라 걸어갔다. 5제인 석문제(石門滯)가 나왔다.

양쪽 벼랑은 이곳에 이르러 암벽이 합쳐졌다. 겨우 한 줄기 선만을 남겨놓은 채, 합쳐질듯 말듯 떨어질듯 말듯했다. 아래에는 샘물이 솟구쳐 흐르고, 위에는 구름기운이 뒤덮고 있었다. 그 사이를 더듬더듬 붙잡고 오르는 모습이 마치 원숭이 같았다. 차가운 바람이 불어오면, 살이 엘 듯한 추위에 금방이라도 떨어질 것만 같았다. 대체로 4제 이후로 산골짜기는 깊고 길이 끊어져 험준하기 짝이 없었다. 오직 샘물소리와 새소리만이 들려올 따름이었다.

5제를 나오자, 산의 형세가 차츰 훤히 트였다. 산골의 오른편에는 가파른 암벽이 쭉 늘어서고, 왼편에는 비봉봉(飛鳳峰)이 날아오를 듯 마주서 있었다. 어지러이 흐르는 물은 그 아래를 굽이져 흐르다가, 맑은 못을 이루기도 하고 골짜기를 되비치기도 했다. 6제인 오성제(五星滯), 7제인 비봉제(飛鳳滯), 8제인 기반석(棋盤石), 9제인 장군암(將軍巖) 등은 모두 순서에 따라 붙여진 이름이다. 그러나 이 일대에는 구름과 놀이 자욱이 피어오르고 있었다. 정취는 산수 가운데에서 얻어지는 것, 어찌 경물의 모습에 얽매어 구하겠는가?

대체로 물은 골짜기의 형세를 좇아 제 마음 내키는 대로 뻗어나가는 법이다. 그 옆에 무너지고 흩어져 있는 벼랑과 바위는, 비스듬히 끼워 있으면 바위요, 가로로 걸쳐 있으면 석실이요, 겹겹이 쌓이면 누각이요, 굽이지면 동굴이다. 물이 허공에 걸리면 폭포요, 휘감아돌면 시내요, 고이면 샘일지니, 앉을 수도, 누울 수도 있고, 기댈 수도, 씻을 수도 있으리라.

무성한 대나무숲에서 구름 안개가 피어오르고 있었다. 몇 리 사이의 아름다운 경관에 종일토록 눈을 뗄 수도, 걸음을 옮길 수도 없도다! 이르는 곳에 다른 동굴이 보일 때마다 바위 틈새를 뚫고 들어가 보지만,

동굴 안은 굽이지고 널찍하여 단숨에 그 묘경을 죄다 맛볼 수는 없었다. 흐르는 물은 혹 벼랑에 걸리고, 혹 고이며, 혹 날개치듯 날아올라 겹겹으로 쏟아져 내렸다. 설사 여산(廬山)의 삼첩천(三疊泉)이나 안탕산(雁宕山)의 용추(龍湫) 폭포일지라도 각기 한 가지 특징으로 빼어남을 자랑할 뿐, 이 산처럼 부분과 전체의 아름다움을 모두 갖추고 있지는 않았다.

9제를 나서서 골짜기를 따라 걸었다. 산을 좇아 돌아들어 동쪽으로 5리를 갔다. 그제야 구름 속에 밭을 갈고 산에서 나무하는 사람들이 보였다. 다가오는 사람을 보고서 깜짝 놀라지 않은 이가 없었다. 다시 5리를 나아갔다. 거계의 석보에 이르러, 지난번의 길로 나왔다.

---

1) 제주(祭酒)는 고대에 연회를 베풀 때 술을 땅에 붓고 신에게 제사지내던 우두머리이다. 후에 연장자나 지위가 높은 사람을 일컫게 되었으며, 관직명으로도 쓰이게 되었다.
2) 요유(堯兪)는 확실하지는 않으나 명대 만력 연간에 상서를 지낸 임요유(林堯兪, ?~1629)를 가리키는 듯하다.

## 6월 초열흘

산령역(蒜嶺驛)을 지나 유계(楡溪)에 이르렀다. 횡로역(橫路驛)의 서쪽 10리에 석죽산(石竹山)이 있다는데, 암석의 경관이 매우 빼어나며 아홉 신선이 기도하고 꿈을 꾸었던 곳이라고 했다. 복건 지방에 '봄에는 석죽산에 놀러가고, 가을에는 구리호에 놀러간다'는 말이 있다. 6월인 지금이야 제일 좋은 철은 아니지만, 눈앞의 좋은 기회를 놓칠 수야 없었다. 그리하여 흥에 겨워 유람길에 올랐다. 횡로역이 이곳에서 15리 길이라기에 유계에서 하룻밤을 묵었다.

## 6월 11일

파려포(波黎鋪)에 이르자마자, 오솔길을 따라 석죽산으로 떠났다. 서쪽으로 산을 향하여 5리를 걸어 조그마한 산고개를 넘었다. 다시 5리를 걸어 시내를 건너니, 바로 석죽산 남쪽 기슭이었다. 산기슭을 따라 서쪽으로 돌아들어 쳐다보았다. 봉우리 꼭대기에 도려낸 듯하고 쪼개놓은 듯한 벼랑이 모여 있었다.

북서쪽으로 한참을 걸어 들어갔다. 산 가까이에 누각이 있는데, 그 서쪽에 산을 오르는 길이 나 있었다. 돌층계는 자못 가파른지라, 편한 옷차림으로 층계를 걸어 올랐다. 구불구불한 돌층계 위로 나무와 바위는 그늘을 드리우고, 용처럼 구부러진 가지와 넝쿨은 가파른 바위와 기울어진 벼랑 위에 어지러이 얽혀 있었다. 원숭이들이 위아래로 뛰어다니며 쉬지 않고 서로 울부짖었다. 문득 가파른 바위 위에 정자 하나가 허공 높이 치솟아 있으니, 더불어 짝할 만한 것이 없었다. 정자는 산 중턱에 있었다.

다시 몸을 꺾어 돌았다. 돌층계가 높이 쭉 뻗어있었다. 돌층계가 끝나는 곳에 날아오를 듯한 바위 하나가 처마처럼 허공을 덮어내리고 있었다. 다시 두 번을 꺾어 돌아 동굴의 곁문으로 들어갔다가 나왔다. 구선각(九仙閣)이 나왔다. 구선각은 툭 트인 채 고상한 정취를 띠고 있었다. 구선각의 왼쪽은 스님의 거처인데, 모두 산에 기대어 우뚝 서 있었다. 이리저리 다니면서 멀리 바라볼 만했다.

구선각 뒤에는 대여섯 개의 가파른 봉우리가 나란히 서 있었다. 높이는 모두 수십 길이고 서로 두세 자씩 떨어져 있었다. 봉우리 틈새의 암벽은 마치 칼로 깎아낸 듯했다. 구불구불 틈새를 에도는 길을 따라 각 봉우리의 꼭대기로 빠져나갈 수 있었다. 소나무는 쓰러질 듯 구부러져 있고, 넝쿨은 뻗어 있었다. 눈길 닿는 곳곳마다 장관이었다. 스님이 향기 그윽한 차를 대접했다. 이 산에서 생산된 것이었다.

옆길을 따라 내려가다가 축 드리워진 바위에 이르렀다. 길 왼편에 길이 한 줄기 더 있었다. 나는 "이 길로 가면 틀림없이 기이한 경치가 있겠군"이라고 말하고서, 이 길을 따라 내려갔다. 과연 석굴 하나가 푹 움팬 채 서 있었다. 동굴에서 빠져나와 내려가자, 곧바로 반산정(半山亭)에 이르렀다. 산을 내려와 횡로역으로 나온 후, 집으로 돌아왔다. 이번 유람길은 모두 63일이 걸렸는데, 두 개의 성을 넘고 19곳의 현과 11곳의 부를 지났으며, 세 곳의 명산을 구경했다.

## 원문

浙、閩之遊舊矣. 余志在蜀之峨眉、粤之桂林, 至太華、恒岳諸山; 若羅浮、衡岳, 次也. 至越之五泄, 閩之九漈, 又次也. 然蜀、廣、關中,[1] 母老道遠, 未能卒游; 衡湘可以假道, 不必專游. 計其近者, 莫若由江郎三石抵九漈, 遂以庚申午節後一日, 期約芳若叔父啓行, 正楓亭荔枝新熟時也.

---

1) 절(浙)은 절강성, 민(閩)은 복건성, 촉(蜀)은 사천성, 월(粤)은 광동성, 월(越) 역시 절강성, 광(廣)은 광서성의 약칭이며, 관중(關中)은 섬서성을 가리킨다.

**二十三日** 始過江山之靑湖. 山漸合, 東支多危峰峭嶂, 西伏不起. 懸望東支盡處, 其南一峰特聳, 摩雲揷天, 勢欲飛動. 問之, 卽江郎山也. 望而趨, 二十里, 過石門街. 漸趨漸近, 忽裂而爲二, 轉而爲三; 已復半岐其首, 根直剖下; 迫之, 則又上銳下斂, 若斷而復連者, 移步換形, 與雲同幻矣! 夫雁宕靈峰、黃山石笋, 森立峭拔, 已爲瑰觀; 然俱在深谷中, 諸峰互相掩映, 反失其奇. 卽縉雲鼎湖, 穹然獨起, 勢更偉峻; 但步虛山卽峙於旁, 各不相降, 遠望若與爲一. 不若此峰特出衆山之上, 自爲變幻, 而各盡其奇也.

**六月初七日** 抵興化府.

**六月初八日** 出莆郡西門, 西北行五里, 登嶺, 四十里, 至莒溪, 降陟不啻數嶺矣. 莒溪卽九漈下流. 過莒溪公館, 二里, 由石步過溪.[1] 又二里, 一側徑西向坳, 北復有一磴, 可轉上山. 時山深日酷, 路絶人行, 迷不知所往. 余意鯉湖之水, 歷九漈而下, 上躋必奇境, 遂趨石磴道. 芳叔與奴輩憚高陟, 皆以爲誤. 頃之, 境漸塞, 彼益以爲誤, 而余行益勵. 旣而愈上愈高, 杳無所極, 烈日鑠鑠,[2] 余亦自苦倦矣. 數里, 躋嶺頭, 以爲絶頂也; 轉而西, 山之上高峰復有倍此者. 循山屈曲行, 三里, 平疇蕩蕩, 正似武陵誤入, 不復知在萬峰頂上也. 中道有亭, 西來爲仙遊道, 東卽余所行. 南過通仙橋, 越小嶺而下, 爲公館, 爲鐘鼓樓之蓬萊石, 則雷轟漈在焉. 澗出蓬萊石旁, 其底石平如礪, 水漫流石面, 勻如鋪縠. 少下, 而平者多窪, 其間圓穴, 爲竈, 爲臼, 爲樽, 爲井, 皆以丹名, 九仙之遺也. 平流至此, 忽下墮湖中, 如萬馬初發, 誠有雷霆之勢, 則第一漈之奇也. 九仙祠卽峙其西, 前臨鯉湖. 湖不甚浩蕩, 而澄碧一泓, 於萬山之上, 圍靑漾翠, 造物之醞靈亦異矣! 祠右有石鼓、元珠、古梅洞諸勝. 梅洞在祠側, 駕大石而成者, 有罅成門. 透而上, 舊有九仙閣, 祠前舊有水晶宮, 今俱圮. 當祠而隔湖下墜, 則二漈至九漈之水也. 余循湖右行, 已至第三漈, 急與芳叔返, 曰: "今夕當淡神休力, 靜晤九仙. 勞心目以奇勝, 且俟明日也." 返祠, 往蓬萊石, 跣足步澗中. 石瀨平曠, 淸流輕淺, 十洲三島,[3] 竟褰衣而涉也. 晚坐祠, 新月正懸峰頂, 俯挹平湖, 神情俱朗, 靜中颷颸,[4] 時觸雷漈聲. 是夜祈夢祠中.

---

1) '由石步過溪'는 각 판본마다 '由石上步過溪'로 되어 있다. 그러나 이튿날인 9일의 기록에 나오는 '至莒溪之石步'라는 글귀에 근거하여 '上'을 삭제한다.
2) 삭삭(鑠鑠)은 삭삭(爍爍)과 같으며, '태울 듯이 뜨거움'을 의미한다.
3) 십주(十洲)는 조주(祖洲), 영주(瀛洲), 현주(玄洲), 염주(炎洲), 장주(長洲), 원주(元洲),

유주(流洲), 생주(生洲), 봉린주(鳳麟洲), 취굴주(聚窟洲) 등이며, 삼도(三島)는 봉구도(蓬丘島), 방장도(方丈島), 곤륜도(昆侖島) 등이다. 십주삼도란 고대 전설 속에 나오는 신선의 거처를 가리킨다.

4) 풍풍(灃灃)은 '물이 흐르는 소리'를 가리킨다.

**初九日** 辭九仙, 下窮九漈. 九漈去鯉湖且數里, 三漈而下, 久已道絶. 數月前, 莆田祭酒堯兪, 令陸善開復鳥道, 直通九漈, 出莒溪. 悔昨不由側徑溯漈而上, 乃紆從大道, 坐失此奇. 遂束裝改途, 竟出九漈, 瀑布爲第二漈, 在湖之南, 正與九仙祠相對. 湖窮而水由此飛墮深峽, 峽石如劈, 兩崖壁立萬仞. 水初出湖, 爲石所扼, 勢不得出, 怒從空墜, 飛噴冲激, 水石各極雄觀. 再下爲第三漈之珠簾泉, 景與瀑布同. 右崖有亭, 曰觀瀾. 一石曰天然坐, 亦有亭覆之. 從此上下嶺澗, 盤折峽中. 峽壁上覆下寬, 珠簾之水, 從正面墜下; 玉筯之水, 從旁霢沸溢. 兩泉並懸, 峽壁下削, 鐵障四周, 上與天並, 玉龍雙舞, 下極潭際. 潭水深泓澄碧, 雖小於鯉湖, 而峻壁環鎖, 瀑流交映, 集奇撮勝, 惟此爲最! 所謂第四漈也.

初至澗底, 芳叔急於出峽, 坐待[1]峽口, 不復入. 余獨緣澗石而進, 踞潭邊石上, 仰視雙瀑從空矯, 崖石上覆如甕口. 旭日正在崖端, 與頹波突浪, 掩暈流輝. 俯仰應接, 不能舍去. 循澗復下, 忽兩峽削起, 一水斜回, 澗右之路已窮. 左望, 有木板飛架危磯[2]斷磳間, 亂流而渡, 可以攀躋. 遂涉澗從左, 則五漈之石門矣. 兩崖至是, 壁湊僅容一線, 欲合不合, 欲開不開, 下涌奔泉, 上磕雲影. 人緣陟其間, 如獼猿然, 陰風吹之, 凜凜[3]欲墮. 蓋自四漈來, 山深路絶, 幽峭已極, 惟聞泉聲鳥語耳. 出五漈, 山勢漸開. 澗右危嶂屛列, 左則飛鳳峰回翔對之, 亂流繞其下, 或爲澄潭, 或爲倒峽. 若六漈之五星, 七漈之飛鳳, 八漈之棋盤石, 九漈之將軍巖, 皆次第得名矣. 然一帶雲蒸霞蔚, 得趣故在山水中, 豈必刻迹而求乎? 蓋水乘峽展, 旣得自恣, 其旁崩崖頹石, 斜挿爲巖, 橫架爲室, 層疊成樓, 屈曲成洞; 懸則瀑, 環則流, 瀦則泉; 皆可坐可臥, 可倚可濯, 蔭竹木而弄雲烟. 數里之間, 目不能移, 足不能前者竟日! 每下一處, 見有別穴, 必穿巖通隙而入, 曲達旁疏, 不可一境窮也.

若水之或懸或渟, 或翼飛疊注, 卽匡廬三疊、雁宕龍湫, 各以一長擅勝, 未若此山微體皆具也. 出九漈, 沿澗依山轉, 東向五里, 始有耕雲樵石之家, 然見人至, 未有不驚訝者. 又五里, 至芭溪之石步, 出向道.

---

1) 대(待)는 본래 '시(視)'로 되어 있으나, 사고본과 진본(陳本)에 의거하여 바로 잡았다.
2) 기(磯)는 물가에 툭 튀어나온 바위를 의미한다.
3) 늠름(凜凜)은 살을 엘 듯이 추운 모양을 가리킨다.

**初十日** 過蒜嶺驛, 至楡溪. 聞橫路驛西十里, 有石竹山,[1] 巖石最勝, 亦爲九仙祈夢所. 諺有'春游石竹, 秋游鯉湖'語, 雖未合其時, 然不可失之交臂[2]也. 乘興遂行. 以橫路去此尚十五里, 乃宿楡溪.

---

1) 건륭본(乾隆本)과 사고본에는 '석소산(石所山)'으로 되어 있으나, 영본(寧本)에 근거하여 석죽산(石竹山)으로 고쳤다.
2) 『장자·전자방(田子方)』에는 "내가 평생토록 너와 더불어 팔을 붙들고 살아가려 해도 결국은 서로를 잃게 될 터이니 어찌 슬프지 않을 수 있겠느냐(吾終身與汝交一臂而失之, 可不哀與?)"라는 글이 있다. 여기에서 비롯된 '교비실지(交臂失之)'는 '눈앞에서 좋은 기회를 놓치다'는 의미로 쓰인다.

**十一日** 至波黎鋪, 卽從小路爲石竹游. 西向山五里, 越一小嶺. 又五里, 渡溪, 卽石竹南麓. 循麓西轉, 仰見峰頂叢崖, 如攢如劈. 西北行久之, 有樓傍山西向, 乃登山道也. 石磴頗峻, 遂短衣歷級而上. 磴路曲折, 木石陰翳, 虯枝老藤, 盤結危石欹崖之上, 啼猿上下, 應答不絕. 忽有亭突踞危石, 拔逈[1]凌虛, 無與爲對. 亭當山之半. 再折, 石級巍然直上, 級窮, 則飛巖檐覆垂半空. 再上兩折, 入石洞側門, 出卽九仙閣, 軒敞雅潔. 左爲僧廬, 俱倚山凌空, 可徙倚憑眺.[2] 閣後五六峭峰離立, 高皆數十丈, 每峰各去二三尺. 峰罅石壁如削成, 路屈曲罅中, 可透漏各峰之頂. 松偃藤延, 縱目成勝. 僧供茗芳逸, 山所産也. 側徑下, 至垂巖, 路左更有一徑. 余曰: "此必有異." 從之, 果一石洞嵌空立. 穿洞而下, 卽至半山亭. 下山, 出橫路而返. 是遊也, 爲日六十有三, 歷省二, 經縣十九, 府十一, 游名山者三.

1) 발형(拔逈)은 '높고 멀리 우뚝한 모양'을 가리킨다.
2) 사의(徙倚)는 '배회하다'를 의미하고, 빙조(憑眺)는 '높은 곳에서 멀리 바라보다'를 의미한다.

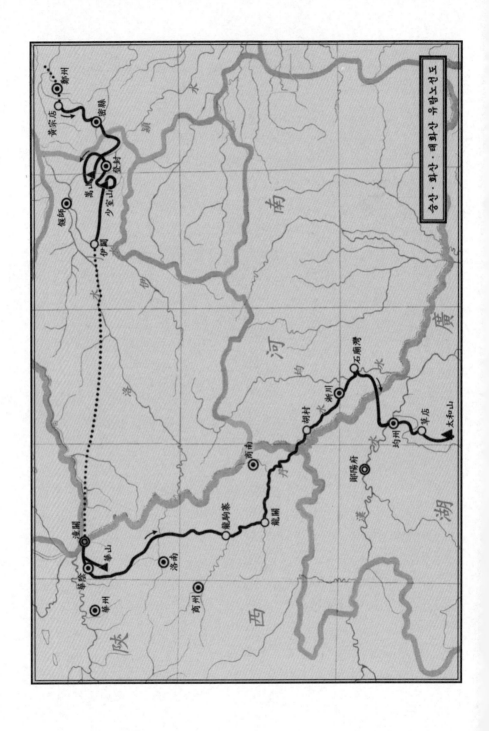

鄭州
黃宗店
密縣
嵩山
偃師
少室山
登封
伊闕

潁水
洛水
伊水
河南
均水

石廟灣
淅川
胡村
商南
龍駒寨
龍關
丹水
順陽府
達水
均州
草店
太和山

潼關
華山
華州
洛南
商州

廣
西
陝
湖

# 숭산 유람일기(遊嵩山日記)

## 해제

천계(天啓) 3년(1623년)에 서하객은 당시 북쪽으로 숭산, 화산(華山), 태화산(太和山)을 유람했는데, 「숭산 유람일기」는 숭산 일대를 유람한 기록이다. 그는 2월 1일 출발하여 육로로 서주(徐州), 개봉(開封)을 지나 19일 정주(鄭州) 황종점(黃宗店)에 이르러 성승지(聖僧池)를 둘러본 후 밀현(密縣)을 지나 천선원(天仙院)을 구경했다. 20일에 등봉현(登封縣) 경계에 들어선 그는 24일 소림사(少林寺)를 떠나기까지 닷새간 숭산을 유람했다. 숭산 유람을 마친 후 25일에 이궐(伊闕)에 이르러 용문석굴(龍門石窟)을 구경했다.

숭산은 숭악(嵩岳), 현악(玄岳), 중악(中岳)이라 일컬어지며, 오악 가운데 으뜸이라 여겨져 왔다. 숭산은 소림하(少林河)를 경계로 태실산(太室山)과 소실산(少室山)의 두 부분으로 나뉘어진다. 태실산은 등봉현 북쪽에 커다란 병풍처럼 가로누워 있고, 소실산은 등봉현 서쪽에 거대한 연밥 모양

으로 우뚝 솟아 있다. 이 글은 숭산의 외곽 경관으로부터 숭산의 빼어
난 절경에 이르기까지를 생동적인 필치로 그려내고 있을 뿐만 아니라,
서하객의 명산 유람일기 가운데에서도 문물고적에 대해 가장 많이 기
록하고 있다.

이번 유람의 주요 여정은 다음과 같다. 정주(鄭州) 황종점(黃宗店) → 밀
현(密縣) → 경점(耿店) → 석종(石淙) → 고성진(告成鎭) → 중악묘(中岳廟) → 노
암사(盧巖寺) → 중악묘(中岳廟) → 천문봉(天門峰) → 등고암(登高巖) → 진무묘
(眞武廟) → 법황사(法皇寺) → 숭양궁(嵩陽宮) → 숭복궁(崇福宮) → 중악묘(中岳
廟) → 등봉현(登封縣) → 회선사(會善寺) → 곽점(郭店) → 소림사(少林寺) → 이
조암(二祖庵) → 남채(南寨) → 용담구(龍潭溝) → 소림사(少林寺) → 초조암(初祖
庵) → 대둔(大屯) → 이궐(伊闕)


## 역문


나는 어렸을 적에 오악(五岳)[1]에 오를 뜻을 마음에 품었는데, 숭악(嵩
岳)이 오악 가운데에서 빼어났기에 사모하는 마음이 더욱 간절했다. 오
래도록 양양부(襄陽府), 운양부(鄖陽府)를 지나 화산(華山)을 둘러본 다음,
검각관(劍閣關)의 연운잔(連雲棧)을 거치는 여정을 아미산(峨眉山) 유람의
첫손으로 꼽고 싶었다. 그러나 어머께서 연로하신지라 계획을 바꾸어
먼저 태화산(太和山)을 유람하지 않을 수 없게 되었다. 이건 그래도 적절
한 여행이라 할 수 있다. 다만 장강을 따라 거슬러 오르는 여정은 시일
이 너무 오래 걸릴 터이니, 육로로 갔다가 배로 돌아오는 게 나을 것이
다. 이렇게 해야 시간이 덜 걸릴 것이다. 여주(汝州)와 등주(鄧州) 사이의
육로로 가면, 섬주(陝州)와 개봉부(開封府)로 가는 거리와 엇비슷한데다가,

숭산(嵩山)과 화산(華山) 두 곳을 겸하여 유람도 하고 태산을 구경할 수도 있다.

마침내 계해년[2] 2월 초하루에 길을 떠났다. 우선 숭산을 둘러보기로 했다. 길을 떠난 지 열아흐레만에 하남(河南) 개봉부 정주(鄭州)의 황종점(黃宗店)에 도착했다. 황종점의 오른쪽을 따라 돌비탈을 올라 성승지(聖僧池)를 구경했다. 성승지의 맑은 샘은 마치 벽옥처럼 산허리에 고여 있었다. 산 아래의 깊은 산골은 서로 겹쳐져 있는데, 물 한 방울 없이 말라 있었다. 산비탈을 내려와 산골 바닥을 걸어서 향로산(香爐山)을 따라 구불구불 남쪽으로 나아갔다. 산의 모양은 마치 엎어놓은 솥처럼 세 봉우리가 우뚝 솟은 채 모여 있고, 뭇 산이 이를 에워싸고 있다. 그 빼어난 풍광에 마음이 이끌렸다. 산골 바닥에 어지러이 흩어진 바위는 골짜기를 가득 메운 채 자옥색을 띠고 있다. 양쪽 벼랑의 암벽은 둥글게 굽어 있고, 색감은 자못 곱고 반질반질하다. 맑은 물이 쏟아져 내릴 때를 상상해보았다. 구슬같은 물방울을 튕기면서 검푸른 물결이 일렁거릴 터이니, 그 경관 또한 틀림없이 더욱 아름다우리라!

10리를 걸어 석불령(石佛嶺)에 올랐다. 다시 5리를 걸어 밀현(密縣)의 경계에 들어서자, 멀리 숭산이 바라보였다. 숭산은 아직 60리 밖에 있었다. 갈림길에서 남동쪽으로 25리를 걸어 밀현을 지나 천선원(天仙院)에 이르렀다. 천선원은 황제의 세 딸인 천선을 제사지내는 곳이다. 사당 뒤의 가운데 뜰에 백송[3]이 자라나 있었다. 전해지는 이야기로는 세 딸이 백송 아래에서 허물을 벗고 신선이 되어 날아갔다고 한다. 그 소나무의 둘레는 네 사람이 싸안아야 할 정도인데, 뿌리 하나에 세 줄기가 자라나 하늘에 닿을 듯이 솟구쳐 있다. 그 껍질은 엉긴 지방처럼 매끈매끈하고, 분을 바른 것보다 더 하얗다. 휘어진 가지는 용처럼 구불구불하고, 파란 솔잎은 바람에 춤을 추면서 하늘을 향해 미끈하게 쭉 뻗어 있으니, 참으로 장관이다! 소나무의 주위는 돌난간으로 둘러싸여 있다.

집이 한 채 북쪽을 굽어보고 있었다. 집 안에는 시와 사를 써놓은 대련이 많았다. 오래도록 서성거리다가 내려와 적수(滴水)를 구경했다. 산골은 이곳에 이르러 갑자기 푹 꺼져내렸다. 그 위를 덮고 있는 벼랑을 타고서 물방울이 뚝뚝 떨어지고 있었다. 밀현으로 돌아와 성의 서문에 이르렀다. 35리를 나아가 등봉현(登封縣)의 경계인 경점(耿店)에 들어섰다. 남쪽으로 석종(石淙)으로 가는 길이 나 있었다. 이곳에서 하룻밤을 쉬었다.

---

1) 오악(五岳)은 중국 5대 명산의 총칭으로서, 동악(東岳) 태산(泰山), 서악(西岳) 화산(華山), 남악(南岳) 형산(衡山), 북악(北岳) 항산(恒山), 중악(中岳) 숭산을 가리킨다.
2) 계해년은 1623년이다.
3) 전해오는 이야기에 따르면 황제의 세 딸이 득도한 후 하룻밤 사이에 세상을 떠나자 한데 합장했다. 나중에 장사지낸 곳에 뿌리는 하나인데 줄기는 셋인 기이한 소나무가 자라났는데, 껍질이 눈같이 새하얗기에 백송(白松)이라 부른다.

## 2월 20일

오솔길을 따라 남쪽으로 25리를 나아갔다. 사방은 온통 흙언덕 뿐이었다. 한참만에야 시내 한 줄기를 만났다. 시내를 건너 남쪽으로 등성이를 걸어가는데, 아래로 멀리 석종(石淙)이 내려다보였다. 내가 개봉부에 들어선 이후로 길은 평탄하고 넓게 쭉 뻗어 있었다. 예전에는 이 길을 '육해(陸海)'라 일컬었다. 이곳의 지형은 샘을 얻기가 대단히 어렵고, 샘이 있다 해도 바위를 구경하기는 더욱 어렵다.

숭산에 가까워져서야 비로소 꿈틀거리는 듯한 뭇 산이 보이기 시작했다. 이곳에 북쪽으로 경(景)과 수(須)라는 시내가 흐르고, 남쪽으로 영수(潁水)가 흐르지만, 모두 모래자갈 속으로 구불구불 숨어 흐른다. 다만 등봉현(登封縣) 남동쪽 30리에 있는 석종만은 숭산 동쪽 골짜기에서 흘러나와 영수로 흘러든다. 도중의 길은 구불구불 비탈지고, 물은 땅속으로 흘렀다.

이곳 석종에 이르러서야 홀연 험준한 바위를 만나게 되었다. 이 바위는 높은 등성이와 산골짜기 사이에 서 있는데, 관문의 요충지를 지키는 형세를 취하고 있다. 물이 이 바위의 옆구리에 차 있다. 여기에서부터 물과 바위가 잘 어우러져 아름다운 경관이 변화무상했다.

물을 에워싼 양쪽 벼랑은 고니가 서있는 듯, 기러기가 날아가는 듯하다. 그 가운데에 웅크린 것은 코뿔소가 물을 마시는 양, 호랑이가 누워 있는 양하다. 바위 가운데에 낮은 것은 섬이요, 높은 곳은 평평한 대(臺)이다. 바위가 높아질수록 수면과 멀어지는데, 가운데가 텅 빈 것은 움이요, 동굴이다. 벼랑은 몇 자 간격으로 떨어져 있고, 물은 몇 길로 떨어져 내린다. 물은 바위 사이로 흐르고, 바위는 물 위에 우뚝 솟아있다. 이 물과 바위가 모양과 색깔을 내고, 살갗과 뼈를 이루어, 지극히 아름다운 경관을 갖추었다. 뜻밖에도 누런 갈대와 허연 띠풀 속에서 문득 세속에 찌든 눈을 말끔히 씻노라!

언덕에 올라 서쪽으로 10리를 걸었다. 고성진(告成鎭)이 나왔다. 예전에 고성현(告成縣)이 있던 곳이다. 측경대(測景臺)는 고성진의 북쪽에 있다. 북서쪽으로 25리를 걸어 중악묘(中岳廟)에 이르렀다. 동화문(東華門)에 들어섰을 때 해는 어느덧 기울었다. 그러나 나는 노암사(盧巖寺)에 가보고 싶은 마음이 굴뚝같았다. 그래서 곧바로 중악묘의 북동쪽으로 산을 따라 걸었다.

여러 굽이의 비탈진 길을 넘어 10리를 나아갔다. 몸을 돌려 산으로 들어가자, 노암사가 나왔다. 절 밖으로 몇 걸음 떨어진 곳에 금옥소리를 내며 흐르는 물이 바위골짜기 속으로 떨어져 내렸다. 양쪽 골짜기에는 천지의 기가 어려 놀을 이루고 있었다. 물길을 거슬러 올라 절 뒤편으로 갔다. 골짜기의 바닥에 우뚝 솟은 벼랑은 반달처럼 둥근데, 벼랑의 위는 비스듬히 뒤덮여 있고, 아래는 움푹하게 깎여 있다. 샘물이 허공에서 떨어져 내렸다. 마치 비단이 바람을 타고 춤을 추듯, 보슬비같은 물방울이 온 골짜기를 가득 채우고 있었다. 참으로 무이산(武彝山)의 수렴(水簾)에 비길만했다. 대체로 이 산은 물을 얻음으로 인해 기이해졌다. 게다가 물이 또 돌을 얻고 돌 또한 물을 도울 수 있으니, 물을 막지 않고 물이 날아 흐를 수 있게 했다. 이리하여 무이산보다 훨씬 나은 절경을 이루었다. 그 아래에서 이리저리 거닐고 있는데, 범음(梵音) 스님이 차와 간식을 대접했다. 서둘러 중악묘로 돌아왔다. 날은 어느덧 어두워졌다.

## 2월 21일

이른 아침에 숭산의 신 악제(岳帝)를 참배했다. 대전을 나와 동쪽으로 태실산(太室山) 꼭대기를 향했다. 고찰에 따르면, 숭산은 천지의 한 가운데에 위치하며, 제사의 순서 역시 오악 중의 으뜸인지라 숭고(嵩高)라 일컬었다. 또한 숭산은 소실산(少室山)과 나란히 치솟아 있으며, 산 아래에 둥굴이 많은지라 태실산이라고도 부른다.[1] 태실산과 소실산은 멀리서 바라보면 마치 두개의 눈썹처럼 보인다. 그런데 소실산은 가파르고 험준함에 반해, 태실산은 웅장하여 병풍을 뒤에 세운 듯이 위엄이 넘친다. 비취빛 가득한 산자락 위로 잇닿은 벼랑이 가로로 펼쳐져 있는데, 마치 병풍처럼 늘어서고 깃발처럼 벌려 있으니, 더욱 위엄이 넘쳐 보였다.

숭산을 떠받들고 제사지내기 시작한 일은 오랜 예부터이다. 한나라 무제(武帝)는 '숭산이 만세를 불렀다'는 기이한 일로 인해 특별히 숭고읍(嵩高邑)을 더하여 주었다.[2] 또한 송나라 때에는 숭산이 수도와 매우 가까웠기에, 숭산에 제사하는 의례가 더욱 잘 갖추어지게 되었다. 오늘날까지도 꼭대기에는 여전히 철량교(鐵梁橋), 피서채(避暑寨) 등의 명칭이 남아 있으니, 당시의 번성했던 때를 상상해볼 수 있다.

태실산의 남동쪽 지맥은 황개봉(黃蓋峰)이다. 봉우리 발치가 바로 중악묘인데, 규모와 양식이 웅장하다. 중악묘 뜨락 안에는 비석이 가지런히 서 있는데, 모두 송나라와 요나라 이래의 것들이다. 숭산을 오르는 바른 길은 만세봉(萬歲峰)[3] 아래에 있으며, 태실산 정남쪽에 위치해 있다. 어제 내가 노암사로 발걸음을 재촉하여 갈 때 먼저 동봉(東峰)을 지났는데,

가는 길에 빼어난 봉우리가 보였다. 그 봉우리의 가운데가 문처럼 갈라져 있었다. 어떤 이가 이를 가리켜 금봉(金峰)의 옥녀구(玉女溝)라 하면서, 여기에서도 올라가는 길이 있다고 했다. 그래서 길잡이를 해줄 나무꾼을 구해달라고 미리 약속했기에, 오늘 이곳을 오르게 되었다.

빼어난 봉우리에 가까이 다가갈수록 길이 차츰 꺾였다. 그 길을 비켜가려 했지만, 험하기 짝이 없어 도저히 넘어갈 수가 없었다. 그래서 북쪽으로 흙산을 따라 나아갔다. 간신히 기어오를 만한 길이 한 줄기 있을 뿐이었다. 이 길을 약 20리쯤 기어서 마침내 동봉을 넘었다. 잠시 후 갈라진 문 위로 돌아 나왔다. 서쪽으로 비좁은 산등성을 넘어 꼭대기를 바라보며 걸어갔다.

이 날은 먹을 풀어놓은 듯 구름이 잔뜩 끼었으나, 나는 발걸음을 멈추지 않았다. 이때 산속 안개기운이 더욱 짙어지다가 약간 걷히기에 아래쪽을 내려다보았다. 가파른 겹겹의 벼랑이 명주실을 늘어놓은 듯, 옥을 쪼개놓은 듯했다. 안개가 다시 모여들었다. 마치 큰 바다 속을 나아가는 듯했다. 5리를 걸어 천문봉(天門峰)에 이르렀다. 봉우리의 위아래는 온통 겹겹의 암벽 벼랑이고, 가는 길은 눈으로 덮여 있었다. 길을 안내하는 이가 제일 험준한 곳을 가리키면서 대철량교(大鐵梁橋)라 한다.

그곳에서 몸을 돌려 서쪽으로 나아갔다. 3리를 더 가서 봉우리를 에돌아 남쪽으로 내려갔다. 등고암(登高巖)이 나왔다. 무릇 석굴이란 깊숙하면 대체로 툭 트이지가 않고, 툭 트이면 굽이져 감춰진 채 돋보이게 하는 운치가 없다. 그런데 이 석굴은 위로는 층층의 벼랑에 기대어 있고, 아래로는 깎아지른 듯한 절벽을 굽어보고 있었다. 동굴 어귀는 겹겹의 산봉우리에 에워싸이고, 좌우는 평대와 병풍을 세운 듯한 봉우리에 빙 둘러 기대어 있었다.

등고암에 막 들어서자, 널찍한 동굴이 있었다. 동굴벽은 비스듬히 뚫려 있었다. 몇 걸음 뚫고 나아갔다. 벼랑 중간이 갑자기 5자 정도 끊겨있어서 발 디딜 곳이 없었다. 길잡이인 현지의 나이든 나무꾼은 원숭이처럼 날렸다. 그는 몸을 뉘여 맞은편 벼랑으로 뛰어넘어 나무줄기 두 개를 가져오더니 가로로 걸쳐서 잔도를 만들었다. 그곳을 건너자 바위가 봉긋하게 높이 뒤덮여 있고, 그 안에 유천(乳泉), 단조(丹竈), 석탑(石榻) 등의 여러 절경이 있었다. 벼랑의 옆을 따라 올라갔다. 평대가 삼면이 깎아지른 듯한 골짜기 위에 걸려 있었다. 길잡이가 말했다. "아래로 등봉현을 내려다볼 수 있고, 멀리 기수(箕水)와 영수(潁水)를 바라볼 수 있습니다." 이때는 마침 사방이 짙은 안개에 뒤덮여 있어 아무 것도 보이지 않았다.

등고암에서 나와 북쪽으로 돌아 2리를 내려왔다. 백학관(白鶴觀)의 옛 터가 나왔다. 옛터는 산간의 평지에 있었다. 험준한 곳에서 멀리 떨어져 평탄한 곳에 자리잡은데다 소나무 한 그루만이 외로이 우뚝 서 있어 광활한 정취를 지니고 있다. 다시 북쪽으로 3리를 가서야 꼭대기에 올랐다. 그곳에는 세 칸으로 이루어진 진무묘(眞武廟)가 있다. 곁에는 우물이 하나 있는데, 물이 무척 맑았다. 이 우물은 어정(御井)이라 하며, 송나라 진종(眞宗)이 피서차 왔을 적에 판 것이었다.

진무묘에서 식사를 했다. 하산하는 길을 물었더니, 길잡이가 이렇게 말했다. "바른 길은 만세봉을 따라 산자락에 이르는 길로, 20리입니다. 만약 서구(西溝)에서 비스듬히 쏟아지는 물줄기를 따라 내려온다면, 절반으로 줄일 수 있지요. 하지만 길이 몹시 험준합니다." 나는 희색이 만면했다. 숭산이 기이하지 않음은 험준한 곳이 없기 때문이라고 여기던 터였다.

급히 그를 좇아 지팡이를 짚고서 앞으로 나아갔다. 처음에는 그래도 바위에 의지하여 타넘고 무성한 나뭇가지를 헤치면서 내려가다가, 잠시 후에는 두 바위골짜기의 작은 물길을 타고 곧장 내려왔다. 위를 쳐다보니 벼랑의 양쪽이 하늘 높이 솟아 있었다. 방금 전 봉우리 꼭대기에는 안개가 비처럼 방울져 떨어졌는데, 이곳에 이르자 차츰 개고 경관 또한 점점 기이해졌다. 하지만 수직의 도랑에는 층계가 없었다. 나아갈 수도,

그렇다고 멈추어 서 있을 수도 없었다. 내려갈수록 벼랑의 형세는 더욱 장관이었다. 골짜기 하나를 다 내려와 돌아서면, 또 다른 골짜기가 막아섰다. 나의 눈은 잠시도 곁눈질하지 못하고, 나의 발은 조금도 멈추어 쉴 수가 없었다.

이렇게 10리를 걸어서야 비로소 골짜기를 빠져나와 평지에 이르러 제 길을 찾았다. 무극동(無極洞)을 지났다. 서쪽으로 고개를 넘었다. 풀숲 속을 걸어 5리를 갔다. 법황사(法皇寺)가 나왔다. 이 절에는 금련화(金蓮花)가 있는데, 다른 곳에는 없는, 이곳만의 특산이다. 산비가 갑자기 쏟아지는지라 스님의 방을 빌려 묵었다.

절의 동쪽에 바위 봉우리가 우뚝 마주 서 있었다. 달이 떠오를 때마다 골짜기 가운데를 따라 나오니, 이것이 이른바 '숭산에 달 뜨기를 기다린다(嵩門待月)'는 절경이다. 가만 헤아려보니, 방금 전에 내려온 골짜기가 바로 저 위에 있건만, 지금은 그 골짜기를 마주보며 구름기운이 오락가락함을 느낄 따름이니, 나 자신이 이 속에서 오갔음을 어찌 알겠는가?

---

1) 예전에는 바위동굴(石洞)을 석실(石室)이라 일컬었는 바, 태실(太室)은 바위동굴이 많다는 의미를 지니고 있다.
2) 한 무제가 원봉(元封) 원년(기원전 110년) 3월에 태실산에 행차했을 때 산이 '만세'라고 외치는 소리를 세 번 들었는 바, 사관(祠官)에게 영을 내려 태실사(太室祠)에 산 아래 300호를 봉읍으로 내리고 '숭고읍(嵩高邑)'으로 부르도록 했다.
3) 만세봉(萬歲峰)은 한 무제가 산이 '만세'라고 외치는 소리를 들었다는 곳으로, 태실산 남쪽에 위치해 있다.

## 2월 22일

산을 떠나 동쪽으로 5리를 나아갔다. 숭양궁(嵩陽宮) 옛터에 당도했다. 옛터에는 세 그루의 장군백[1]만이 산처럼 울창할 따름인데, 이것은 한나라 때에 봉한 명칭이다. 큰 잣나무의 둘레는 일곱 사람이, 중간 것은 다

섯 사람이, 작은 것은 세 사람이 둘러싸야 안을 수 있을 정도였다. 잣나
무의 북쪽에는 세 칸의 집이 있는데, 정이(程頤)와 정호(程顥) 두 분의 제
사를 모시는 곳이다. 잣나무의 서쪽에는 옛 궁전의 돌기둥이 하나 남아
있는데, 대부분은 흙속에 파묻혀 있다. 돌기둥 위에는 송나라 사람들의
이름이 많이 씌어 있는데, 알아 볼 수 있는 이로는 범양(范陽) 사람 조무
택(祖無擇),2) 상곡(上谷) 사람 구무중(寇武仲)3) 및 소재옹(蘇才翁)4) 등의 몇
사람밖에 없었다. 잣나무의 남서쪽에는 웅장한 비석이 있으며, 사면에
조각된 용 모양이 대단히 정교했다. 오른쪽의 비석은 당나라 때에 세워
진 것으로 배형(裴逈)이 글을 짓고, 서호(徐浩)5)가 팔분서(八分書)6)로 글을
썼다.

다시 동쪽으로 2리를 걸어 숭복궁(崇福宮)7) 옛터를 지났다. 숭복궁은
만수궁(萬壽宮)이라고도 하는데, 송나라 재상이 제점(提點)8)으로 일하던
곳이다. 다시 동쪽으로 나아가자, 계모석(啓母石)9)이 나왔다. 크기는 몇
칸의 집만 하며, 곁에는 숫돌처럼 평평한 돌이 있다. 다시 동쪽으로 8리
를 걸어 중악묘로 돌아왔다.

식사를 하고서, 송나라와 원나라 때의 비석을 구경했다. 서쪽으로 8
리를 나아가 등봉현에 들어섰다. 서쪽으로 5리를 더 가서 오솔길을 따
라 북서쪽으로 걸었다. 다시 5리를 걸어 회선사(會善寺)에 들어섰다. '다
방(茶榜)'이란 비문이 절의 서쪽의 조그만 건물 안에 있다. 뒤편에 비석
하나가 담 발치에 쓰러져 있는데, 이것은 당나라 정원(貞元)10) 연간에 새
겨진 「계단기(戒壇記)」이다. 이 비석은 여주(汝州)자사인 육장원(陸長源)11)
이 글을 짓고, 하남 사람 육영(陸郢)이 글을 썼다. 다시 서쪽으로 걸어갔
다. 계단(戒壇)12)의 옛 터가 나왔다. 돌 위에 새겨진 조각은 대단히 정교
하지만, 부서진 채 잡초와 돌더미 속에 버려져 있었다.

남서쪽으로 5리를 걸어갔다. 한길이 나왔다. 다시 10리를 걸어 곽점
(郭店)에 이르렀다. 그곳에서 몸을 돌려 남서쪽으로 나아갔다. 소림사(少
林寺)로 가는 길이었다. 5리를 걸어 소림사에 들어가 서광(瑞光) 스님의

방에서 묵었다.

1) 장군백(將軍柏) 세 그루는 숭양서원 안에 있으며, 수령이 오래되었다. 전해오는 이야기에 따르면, 한 무제가 숭산을 유람할 때 세 그루의 거대한 잣나무를 보고 각각 대장군, 이장군, 삼장군으로 봉했다고 한다.
2) 범양(范陽)은 지금의 하북성 탁현(涿縣)이며, 조무택(祖無擇, 1006~1084))은 자가 택지(擇之)이고 시문에 능했다.
3) 상곡(上谷)은 지금의 하북성 역현(易縣)이며, 구무중(寇武仲)은 잘 알려져 있지 않다.
4) 소재옹(蘇才翁, 1006~1054)은 이름이 순원(舜元), 호가 재옹으로서 초서에 능했으며, 시인 소순흠(蘇舜欽)의 형이다.
5) 서호(徐浩, 703~782)는 자가 계해(季海)로서 서법에 능했는데, 특히 초서와 예서에 뛰어났다.
6) 팔분서(八分書)는 한자의 서체 명칭으로서, 예서(隸書)와 흡사하며 사선을 오른쪽 아래로 삐치는 필법이다. 전해오는 이야기에 따르면, 진(秦)나라 때 상곡(上谷) 사람인 왕차중(王次仲)이 만들었다고 한다. 팔분이라는 명칭에 대해서는 여러 가지 견해가 있는데, 20%는 예서와, 80%는 전서(篆書)와 흡사하여 팔분이라 일컫는다는 견해, 혹은 한나라 예서의 삐침이 마치 '팔(八)'처럼 좌우로 나누어졌기에 팔분이라 일컫는다는 견해 등이 있다.
7) 숭복궁(崇福宮)의 원명은 만수궁, 만세관(萬歲觀)이며, 한 무제가 이곳에서 만세 소리를 들었다고 하여 세워졌다. 당대와 송대에 천자가 행차했을 때 이곳에서 공경들과 연회를 베풀었다.
8) 제점(提點)은 송대에 설치한, 궁관의 관리를 맡은 관직이다. 숭복궁 내에 송대 진종(眞宗)의 초상을 모셨기에 제점을 두어 관리하도록 했다. 송대의 재상 범중엄(范仲淹)과 사마광(司馬光)이 제점을 역임한 바 있는데, 사마광은 숭복궁에서 『자치통감(資治通鑑)』을 저술했다고 전해진다.
9) 계모석(啓母石)은 만세봉 아래 높이 약 10미터, 둘레 약 40여 미터의 바위이다. 전해오는 이야기에 따르면, 대우(大禹)가 치수하던 중 환원산(轘轅山)에서 곰으로 변하여 작업을 하고 있었는데, 그의 아내인 도산씨(涂山氏)가 그만 이 모습을 보고서 깜짝 놀라 도망쳤다. 우가 아내를 쫓아가자 그의 아내는 돌로 변했는데, 우가 "내 자식을 돌려주오!"라고 외치자 돌이 쪼개지면서 아들이 나왔다. 이 아들의 이름이 계(啓)이기에 계모석이라 부른다는 것이다.
10) 정원(貞元)은 당대 덕종(德宗) 이적(李適)의 연호(785~805)이다.
11) 육장원(陸長源)은 자가 영지(泳之)이며, 당대 현종(玄宗) 때에 여주자사를 역임했다.
12) 계단(戒壇)은 회선사(會善寺) 서쪽에 위치하여 있으며, 당대에 승려가 계율을 받던 곳이다.

## 2월 23일

구름이 말끔히 걷혔다. 소림사1] 정전에 들어가 예불을 마쳤다. 남채

(南寨)에 오르기로 했다. 남채란 소실산 꼭대기로서, 높이는 태실산과 맞먹는다. 하지만 잇닿은 봉우리가 가파르고 우뚝하여 '구정연화(九鼎蓮花)[2]'라는 명성을 누리고 있다. 소실산의 뒤를 낮게 에워싸고 있는 것은 구유봉(九乳峰)[3]이다. 이 봉우리는 구불구불 동쪽으로 뻗어 태실산으로 이어진다.

소실산의 북쪽에 소림사가 있다. 소림사는 대단히 웅장하고 화려하다. 뜨락에 얼마 되지 않았거나 오래된 비석들이 숲처럼 줄지어 늘어서 있는데, 매우 온전하다. 계단 위 양쪽에는 두 그루의 소나무가 높고 웅장하다. 잘 가꾸어져 있어 마치 자로 가지런히 정돈해놓은 듯하다. 소실산은 앞쪽에 우뚝 솟아 있는데, 아무리 쳐다보아도 산꼭대기가 보이지 않았다. 마치 담을 마주보고 서 있는 듯한 느낌이 들었다. 소실산의 풍광은 멀리서 바라보아야 좋으리라는 생각이 문득 들었다.

나는 어제 저녁에 절에 들어서자마자 소실산으로 가는 길을 물어보았다. 깊이 쌓인 눈에 길이 끊어져서 틀림없이 갈 수 없으리라 여겼다. 무릇 산을 오르는 데에는 맑은 날씨를 으뜸으로 치는 법이다. 내가 태실산을 오를 적에, 운무가 자욱하여 산신령이 유람객을 거부한다고 여기는 이도 있었다. 하지만 그건 이 태실산의 장엄함은 바로 모름지기 절반만을 드러낸다는 점에 있음을 모르기에 하는 소리이다. 만약 소실산의 묘미가 가려져 돋보이는 데에 있다면, 비록 엷은 구름이 낀다 할지라도 어찌 옥의 티가 되겠는가? 하물며 오늘은 날씨가 기막히게 맑다. 이런 좋은 기회를 만났으니, 어찌 나를 막을 수 있을소냐!

이리하여 소림사의 남쪽을 따라 산골짜기를 건너 산을 올랐다. 6, 7리쯤 가자, 이조암(二祖庵)[4]이 나왔다. 이곳에 이르자, 산에는 홀연 확연히 흙이 없어지고 온통 바위뿐이며, 바위 벼랑은 아래로 뚝 떨어져내려 깊은 구덩이를 이루고 있었다. 구덩이의 중턱에는 샘이 있고, 샘물은 툭 튀어나온 바위를 타넘어 날리듯 쏟아져 내렸다. 역시 '주렴(珠簾)'이라 부르고 있었다. 나는 지팡이를 짚고서 홀로 앞서 갔다. 내려갈수록 길이 없어져 한참만에야 당도했다. 이조암은 노암(盧巖)만큼 웅장하고 탁 트이지는 않지만, 깊고 가파르기는 훨씬 더했다. 이조암 아래에 푸르고 맑은 못이 있고, 사방에 얼어붙은 눈이 쌓여 있었다.

다시 위로 올라 연단대(煉丹臺)에 이르렀다. 연단대는 삼면이 허공에 떠 있고, 한쪽은 비스듬히 푸른 암벽에 기대어 있다. 연단대 위에는 소유천(小有天)이라는 정자가 있다. 하지만 유람객의 발길이 이제껏 깊숙한 이곳까지 찾아온 적이 없었다. 이곳을 지나 바위 등성을 따라 위를 바라보면서 쭉 기어올랐다. 양쪽에는 깎아지른 듯 만 길 높이의 벼랑이 서 있다. 바위 등성이 그 사이에 매달려 있다. 한 치의 흙도 거의 보이지 않았다. 손과 발을 번갈아 젖 먹던 힘을 다한 후에야 기어오를 수 있었다.

이렇게 7리를 가서야 비로소 큰 봉우리를 넘었다. 큰 봉우리의 지세는 넓고 평탄했다. 여태까지 가파르던 바위는 칼로 자른 듯이 갑자기 모두 흙으로 변해 있었다. 잡초와 가시덤불 속을 마구 헤치면서 남쪽으로 올랐다.

5리쯤을 가서 드디어 남채 고개를 넘으니, 바위를 덮고 있던 흙이 비로소 사라졌다. 남채는 사실 소실산의 북쪽 꼭대기이다. 소림사에서 볼 때 남채라 한 것이다. 소실산의 꼭대기는 남북으로 끊어진 채 갈라져 있다. 북쪽 꼭대기는 마치 병풍을 펼쳐놓은 듯하고, 남쪽 꼭대기는 그 앞에 창을 늘어놓은 듯 솟아 있다. 두 꼭대기는 서로 겨우 8자 내지 한 길 정도 떨어져 있을 따름이었다. 그 가운데는 깊은 골짜기로서, 칼로 도려낸 듯 아래로 푹 꺼져 있다. 바짝 붙은 양쪽 벼랑 사이에 밑바닥으로부터 봉우리 하나가 기묘하게 일어나 여러 봉우리 위로 솟아 있다. 이것이 이른바 적성대(摘星臺)로서, 소실산의 중앙이다. 그 꼭대기는 북쪽 벼랑과 닿을락말락 서로 끊겨 있어서 건널 수가 없었다. 허리를 굽혀 그 아래를 내려다보니 한 오라기 실만한 길로 서로 연결되어 있었다.

나는 옷을 벗어부치고서 그 길을 따라 위로 올라갔다. 남쪽 꼭대기의 아홉 봉우리는 앞에 숲처럼 우뚝 서 있고, 북쪽 꼭대기의 암벽 반쯤은 뒤쪽에 막혀 있다. 그리고 동서 양편은 모두 깊은 구덩이를 이루고 있다. 허리를 굽혀 내려다보아도 바닥이 보이지 않았다. 세찬 바람이 갑자기 불어닥치자, 거의 새의 깃을 타고 날아갈 것만 같았다.

남채에서 북동쪽으로 돌아들어 흙산을 내려오는데, 느닷없이 되만한 크기의 호랑이 발자국이 보였다. 풀더미 속을 5, 6리쯤 걸어 띠집에 당도했다. 부싯돌을 쳐서 불을 피웠다. 가져온 쌀로 죽을 쑤어 서너 그릇을 마시니, 그제야 기갈이 씻은 듯이 가셨다. 암자안의 스님께 용담(龍潭)으로 가는 길을 안내해달라고 부탁드렸다.

봉우리 하나를 내려왔다. 봉우리 등성이가 차츰 좁아지는데, 흙과 돌이 한데 섞인데다 가시덩굴로 뒤덮여 있다. 나뭇가지를 붙잡고 나아갔다. 느닷없이 바위가 만 길 높이로 우뚝 서 있는지라 도저히 건너갈 수가 없었다. 몸을 돌려 위로 기어올랐다가, 봉우리의 형세가 구불구불한 곳을 바라보며 짓쳐 내려갔다. 바위가 우뚝 솟아 있기는 방금 전과 다름이 없었다. 이리저리 몇 리를 오가다가 움푹 꺼진 곳을 에돌았다. 5리를 더 가자 길이 나왔다. 이곳이 곧 용담구(龍潭溝)이다.

방금 전에 길을 헤맸던 곳을 올려다보았다. 깎아지른 듯한 암벽과 비스듬히 기운 바위가 만 길 높이의 절벽 위에 있었다. 그 가운데에서 샘물이 솟구쳐 오르고, 수목이 울창한 험준한 벼랑 암벽에는 노을 비단이 어려 있었다. 골짜기를 끼고서 나아갔다. 산골물이 돌아들고, 양쪽 벼랑의 정실들은 벌집과 제비둥지처럼 보였다. 모두 5리를 나아갔다. 용담은 푸른빛이 깊이 배어 있는데, 그 깊이를 도무지 헤아릴 길이 없었다. 다시 두 곳의 용담을 지나서 골짜기를 빠져나왔다. 소림사에서 묵었다.

---

1) 소림사(少林寺)는 소실산 북쪽 기슭 오유봉 아래에 위치하고 있으며, 북위(北魏) 태화(太和) 19년(495년)에 효문제(孝文帝)가 천축의 승려 발타(跋陀)를 위해 건립했다. 효명제(孝明帝) 효창(孝昌) 3년(527년) 천축의 승려 보리달마(菩提達摩)가 이곳에 와서 처음으로 선종(禪宗)을 전한 이래, 소림사는 중국 선종의 본산이 되었다. 소림사는

중국 무술의 하나인 소림파의 발원지이기도 하다.

2) 구정연화(九鼎蓮花)는 소실산 꼭대기에 있는 조그만 봉우리가 마치 솥 위의 연꽃처럼 우뚝 솟아 있다고 하여 붙여진 이름이다.

3) 구유봉(九乳峰)은 소실산의 지맥으로서, 산의 형세가 아홉 개의 젖꼭지처럼 생겼다고 하여 붙여진 이름이다.

4) 이조암(二祖庵)은 소림사 남서쪽 발우봉(鉢盂峰) 위에 위치하고 있으며, 선종 제2대 조사인 혜가(慧可)가 거처하던 곳이다. 혜가(482~593)는 속명이 희광(姬光)으로 북위 낙양사람이며, 달마에게 팔을 잘라 진심을 보여줌으로써 의발을 전수받았던 설화로 유명하다.

# 2월 24일

소림사에서 북서쪽으로 나아갔다. 감로대(甘露臺)를 지나고 나서 초조암(初祖庵)1)을 지났다. 북쪽으로 4리를 걸어 오유봉(五乳峰)에 올라 초조동(初祖洞)을 찾아갔다. 동굴은 깊이가 두 길이고, 너비는 두 길에 미치지 못한다. 이 동굴은 달마대사께서 9년간 벽을 마주하여 수도하셨던 곳이다. 동굴문 아래는 소림사를 굽어보고 있으며, 소실산을 마주보고 있다. 땅에는 샘이 없는지라 사는 이도 없었다.

아래로 내려와 초조암에 이르렀다. 암자 안에는 달마 형상의 바위가 모셔져 있다. 바위의 높이는 석 자가 채 안되고, 흰 바탕에 검은 무늬인데, 마치 서역의 스님이 서 있는 모습과 흡사하다. 가운데의 전각에는 육조(六祖)2)께서 손수 심었다는 잣나무가 있다. 둘레가 세 사람이 둘러싸야 할 정도이다. 비문에 따르면, 육조께서 광동(廣東)으로부터 바리때에 넣어 이곳에 가져 오셨다고 한다. 계단 양쪽의 소나무는 소림사의 것에 버금갔다. 소림사의 소나무와 잣나무는 구불구불 굽은 악묘의 것과는 달리 곧게 쭉 뻗고 웅장한데, 이곳의 소나무 역시 그러했다.

아래로 내려와 감로대(甘露臺)에 이르렀다. 흙산이 우뚝 솟아 있고, 그 위에 장경전(藏經殿)이 있다. 감로대에서 내려와 삼층 전각을 지났다. 갖가지 비석이 여기저기 널려 있으나 눈여겨 볼 틈이 없었다. 뒤쪽에 있는 천불전(千佛殿)은 웅장하고 화려하기 짝이 없었다. 천불전에서 나와 서광 스님의 방에서 식사를 했다. 말에 채찍질하여 등봉현으로 내달려 헌원령(軒轅嶺)을 넘었다. 대둔(大屯)에서 하룻밤을 묵었다.

---

1) 초조암(初祖庵)은 송대 휘종(徽宗) 선화(宣和) 7년(1125년)에 선종의 개조인 달마(達 摩)대사를 위하여 세워졌다. 달마는 중국 선종의 개조로서, 인도 이름은 보디 다르마 (Bodhi-dharma)이며, 보리달마(菩提達磨) 혹은 달마라고도 한다. 당대 중기에 원각대 사(圓覺大師)라는 시호를 받았으며, 6세기 초 서역(西域)에서 건너와 낙양(洛陽)을 중 심으로 활동했다.
2) 육조(六祖)는 선종의 제6대 사조인 혜능(慧能)으로 중국 선종의 실제 창립자로 추앙 받고 있다.

## 2월 25일

남서쪽으로 50리를 나아갔다. 산등성이 갑자기 끊어졌다. 이곳이 바로 이궐(伊闕)[1]이다. 남쪽에서 흘러온 이수(伊水)가 이 아래를 지나는데, 몇 섬을 실은 배가 떠다닐 수 있을 정도로 깊다. 이궐의 잇닿은 산등성이는 동서로 가로누워 있고, 이수 위에는 나무다리를 엮어놓았다.

이수를 건너 서쪽 강언덕에 이르자, 벼랑은 더욱 가파르게 솟아 있다. 하나의 산이 죄다 벼랑으로 쪼개져 있는데, 벼랑의 바위에는 온통 불상이 조각되어 있다. 벼랑에는 큰 동굴이 수십 곳이요, 높이는 모두 수십 길이다. 큰 동굴이 있는 가파른 벼랑은 산꼭대기로 곧바로 들어가고 있다. 산꼭대기에는 조그마한 동굴들이 파이고, 동굴마다 그 안에는 불상이 조각되어 있다. 아무리 조그마한 벽면일지라도 구석구석 새겨져 있지 않은 곳이 없다. 참으로 그 숫자를 헤아릴 길이 없었다.

동굴의 왼편에는 샘물이 산에서 흘러내리고 있었다. 샘물의 일부는 고여 네모진 못을 이루고, 그 나머지 물은 이천(伊川)으로 쏟아져 들어간다. 이궐산은 높이가 백 길이 채 안되는데도 맑은 물이 졸졸 흘러내린다. 이곳에서 참으로 보기 드문 일이었다. 이궐산은 행인과 마차가 끊이지 않고 많이 오간다. 이곳은 호북과 하남으로 가는 대로이며, 북서쪽으로 관중과 섬서로 지나는 요로이다. 나는 이곳에서 화산(華山)으로 가는 길을 취했다.

---

1) 이궐(伊闕)은 용문산(龍門山)과 향산(香山)이 마주 솟아 있어서 멀리서 바라보면 궐문처럼 보이는데다가 이수(伊水)가 그 사이를 뚫고 흐르기에 붙여진 이름이다. 전해 오는 이야기에 따르면, 대우(大禹)가 치수할 때 파냈다고 하며, 흔히 용문(龍門)이라 일컫는다.

## 원문

余髫年1)蓄五岳志, 而玄岳出五岳上, 慕尤切. 久擬歷襄、郿, 捫太華, 由劍閣連云棧, 爲峨眉先導; 而母老志移, 不得不先事太和, 猶屬有方之遊. 第沿江泝流, 曠日持久, 不若陸行舟返, 爲時較速. 乃陸行汝、鄧間, 路與陝、汴略相當, 可以兼盡嵩、華, 朝宗2)太岳. 遂以癸亥仲春朔, 決策從嵩岳道始. 凡十九日, 抵河南鄭州之黃宗店. 由店右登石坡, 看聖僧池. 淸泉一涵潭, 停碧山半. 山下深澗交疊, 涸無滴水. 下坡行澗底, 隨香爐山曲折南行. 山形三尖如覆鼎, 衆山環之, 秀色娟娟3)媚人. 澗底亂石一壑, 作紫玉色. 兩崖石壁宛轉, 色較縝潤; 想淸流汪注時, 噴珠泄黛, 當更何如也! 十里, 登石佛嶺. 又五里, 入密縣界, 望嵩山尙在六十里處. 從岐路東南二十五里, 過密縣, 抵天仙院. 院祀天仙, 黃帝之三女也. 白松在祠後中庭, 相傳三女蛻骨其下. 松大四人抱, 一本三干, 鼎聳霄漢, 膚如凝脂, 潔逾傅粉, 蟠枝虬曲, 綠鬣舞風. 昂然玉立半空, 洵奇觀也! 周以石欄. 一軒臨北, 軒中題詠絶盛. 徘徊久之, 下觀滴水. 澗到此忽下跌, 一崖上覆, 水滴歷4)其下. 還密, 仍抵西門. 三十五里, 入登封界, 曰耿店. 南向石淙道, 遂稅駕5)焉.

1) 초(髫)는 '어린아이의 머리에 드리운 다박머리'를 가리키며, 초년(髫年)은 어린 시절
을 의미한다.
2) 고대에 제후가 천자를 알현할 때 봄에 하는 것을 조(朝), 여름에 하는 것을 종(宗)이
라 한다. 여기에서는 명산에 대한 존숭을 나타내기 위해 조종(朝宗)이라 표현했다.
3) 연연(娟娟)은 '예쁜 모양, 혹은 그윽한 모양, 깊숙하고 조용한 모양'을 가리킨다.
4) 력(歷)은 력(瀝)과 통하며, 적력(滴歷)은 '물방울이 뚝뚝 떨어지다'를 의미한다.
5) '세(稅)'는 '탈(脫)'과 같은 뜻이다. 세가(稅駕)는 '말의 멍에를 풀다'라는 의미에서
'가던 길을 멈추고 쉬다'라는 의미를 나타낸다.

**二十日** 從小徑南行, 二十五里, 皆土岡亂壟. 久之, 得一溪. 渡溪, 南行岡脊中, 下瞰則石淙在望矣. 余入自大梁,[1] 平衍廣漠, 古稱'陸海', 地以得泉爲難, 泉以得石尤難. 近嵩始睹蜿蜒衆峰, 於是北流有景、須諸溪, 南流有潁水, 然皆盤伏土磧中. 獨登封東南三十里爲石淙, 乃嵩山東谷之流, 將下入於潁. 一路陂陀[2]屈曲, 水皆行地中, 到此忽逢怒石. 石立崇岡山峽間, 有當關扼險之勢. 水沁入脅下, 從此水石融和, 綺變萬端. 繞水之兩崖, 則爲鵠立, 爲雁行: 踞中央者, 則爲飮兒, 爲臥虎. 低則嶼, 高則臺, 愈高, 則石之去水也愈遠, 乃又空其中而爲窟, 爲洞. 挨崖之隙以尋尺[3]計, 竟水之過以數丈計, 水行其中, 石峙於上, 爲態爲色, 爲膚爲骨, 備極妍麗. 不意黃茅白葦中, 頓令人一洗塵目也!

登隴, 西行十里, 爲告成鎭, 古告成縣地. 測景臺在其北. 西北行二十五里, 爲岳廟. 入東華門時, 日已下舂,[4] 余心豔[5]盧巖, 卽從廟東北循山行. 越陂陀數重, 十里, 轉而入山, 得盧巖寺. 寺處數武,[6] 卽有流鏗然, 下墜石峽中. 兩旁峽色, 氤氳[7]成霞. 溯流造寺後, 峽底轟崖, 環如半規, 上覆下削. 飛泉隨空而下, 舞綃曳練, 霏微散滿一谷, 可當武彝之水簾. 蓋此中以得水爲奇, 而水復得石, 石復能助水, 不尼[8]水, 又能令水飛行, 則比武彝爲尤勝也. 徘徊其下, 僧梵音以茶點餉, 急返岳廟, 已昏黑.

1) 대량(大梁)은 전국시대 위(魏)나라의 수도로서, 예로부터 개봉을 가리킨다.
2) 피타(陂陀)는 파타(坡陀)와 같으며, '울퉁불퉁 비탈진 모양'을 가리킨다.
3) 심(尋)은 길이의 단위로 '여덟 자'를 의미하는 바, 심척(尋尺)은 '여러 자'를 의미한
다.

4) 용(舂)은 '절구, 절구질하다'의 뜻 외에, 여기에서는 '해가 지다'의 의미로 쓰였다.
5) 염(豔)은 염(艷)과 같다. '곱다, 예쁘다'의 뜻 외에, 여기에서는 '부러워하다, 갈망하다'의 의미로 쓰였다.
6) 무(武)는 '보(步)'와 같으며, '한 발짝의 거리'를 의미한다.
7) 인온(氤氳)은 '천지의 기가 서로 합하여 어린 모양'을 가리킨다.
8) 니(尼)는 여기에서 '멈추게 하다, 그치게 하다'의 의미로 쓰였다.

二十一日 晨, 謁岳帝. 出殿, 東向太室絶頂. 按嵩當天地之中, 祀秩爲五岳首, 故稱嵩高, 與少室幷峙, 下多洞窟, 故又名太室. 兩室相望如雙眉, 然少室嶙峋, 而太室雄厲稱尊, 儼若負扆.1) 自翠微以上, 連崖橫亘, 列者如屛, 展者如旗, 故更覺巖巖. 崇封始自上古, 漢武以嵩呼之異, 特加祀邑. 宋時逼近京畿, 典禮大備. 至今絶頂, 猶傳鐵梁橋、避暑寨之名. 當盛之時, 固想見矣.

太室東南一支, 曰黃蓋峰. 峰下卽岳廟, 規制宏壯. 庭中碑石矗立, 皆宋、遼以來者. 登岳正道, 乃在萬歲峰下, 當太室正南. 余昨趨盧巖時, 先過東峰, 道中見峰巒秀出, 中裂如門, 或指爲金峰玉女溝, 從此亦有路登頂, 乃覓樵預期爲導, 今遂從此上. 近秀出處, 路漸折, 避之, 險絶不能徑越也. 北就土山, 一縷僅容攀躋, 約二十里, 遂越東峰, 已轉出裂門之上. 西度狹脊, 望絶頂行. 是日濃雲如潑黑, 余不爲止. 至是嵐氣愈沉, 稍開, 則下瞰絶壁重崖, 如列綃削玉, 合則如行大海中. 五里, 抵天門. 上下皆石崖重疊, 路多積雪. 導者指峻絶處爲大鐵梁橋. 折而西, 又三里, 繞峰南下, 得登高巖. 凡巖幽者多不暢, 暢者又少迴藏映帶之致. 此巖上倚層崖, 下臨絶壑, 洞門重巒擁護, 左右環倚臺嶂. 初入, 有洞岈然, 洞壁斜透; 穿行數武步, 崖忽中斷五尺, 莫可着趾. 導者故老樵, 狷2)捷如猿猴, 側身躍過對崖, 取木二枝, 橫架爲閣道. 旣度, 則巖穹然上覆, 中有乳泉、丹竈、石榻諸勝. 從巖側躋而上, 更得一臺, 三面懸絶壑中. 導者曰: "下可瞰登封, 遠及箕、潁." 時濃霧四塞, 都無所見. 出巖, 轉北二里, 得白鶴觀址. 址在山坪, 去險就夷, 孤松挺立有曠致. 又北上三里, 始躋絶頂, 有眞武廟三楹. 側一井, 甚瑩, 曰御井, 宋眞宗避暑所濬也.

飯眞武廟中, 問下山道, 導者曰: "正道從萬歲峰抵麓二十里. 若從西溝懸溜而下, 可省其半, 然路極險峻."余色喜, 謂嵩無奇, 以無險耳. 亟從之, 遂策杖前. 始猶依巖凌石, 披叢條以降. 旣而從兩石峽溜中直下, 仰望夾崖逼天. 先是峰頂霧滴如雨, 至此漸開, 景亦漸奇. 然皆垂溝脫磴, 無論不能行, 且不能止. 愈下, 崖勢愈壯, 一峽窮, 復轉一峽. 吾目不使旁瞬, 吾足不容求息也. 如是十里, 始出峽, 抵平地, 得正道. 過無極洞. 西越嶺, 趨草莽中, 五里, 得法皇寺. 寺有金蓮花, 爲特産, 他處所無. 山雨忽來, 遂借榻[3]僧寮.[4] 其東石峰夾峙, 每月初生, 正從峽中出, 所稱嵩門待月也. 計余所下之峽, 卽在其上, 今坐對之, 祇覺雲氣出沒, 安知身自此中來也?

---

1) 의(扆)는 원래 도기의 머리 부분의 모양을 수놓은 병풍을 의미하며, 천자가 제후를 만날 때 이 병풍을 등 뒤에 세워 위엄을 과시하는 바, 이를 '부의(負扆)'라 한다.
2) 견(狷)은 '날래다, 민첩하다'를 의미한다.
3) 탑(榻)은 원래 길고 좁게 만든 걸상이나 침상을 가리키며, 차탑(借榻)은 '숙소를 빌어 묵다'를 의미한다.
4) 료(寮)는 작은 집을 의미한다.


**二十二日** 出山, 東行五里, 抵嵩陽宮廢址. 惟三將軍柏鬱然如山, 漢所封也; 大者圍七人, 中者五, 小者三. 柏之北, 有室三楹, 祠二程先生.[1] 柏之西, 有舊殿石柱一, 大半沒於土, 上多宋人題名, 可辨者爲范陽祖無擇、上谷寇武仲及蘇才翁數人而已. 柏之西南, 雄碑傑然,[2] 四面刻蛟螭[3]甚精. 右則爲唐碑, 裴迥撰文, 徐浩八分書也. 又東二里, 過崇福宮故址, 又名萬壽宮, 爲宋宰相提點處. 又東爲啓母石, 大如數間屋, 側有一平石如砥. 又東八里, 還飯岳廟, 看宋、元碑. 西八里, 入登封縣. 西五里, 從小徑西北行. 又五里, 入會善寺, '茶榜'在其西小軒內, 元刻也. 後有一石碑仆墻下, 爲唐貞元'戒壇記', 汝州刺史陸長源撰, 河南陸郢書. 又西爲戒壇廢址, 石上刻鏤極精工, 俱斷委草礫. 西南行五里, 出大路, 又十里, 至郭店. 折而西南, 爲少林道. 五里, 入寺, 宿瑞光上人房.

二十三日 雲氣俱盡. 入正殿, 禮佛畢, 登南寨. 南寨者, 少室絶頂, 高與太室等, 而峰巒峭拔, 負九鼎蓮花之名. 俯環其後者爲九乳峰, 蜿蜒東接太室, 其陰則少林寺在焉. 寺甚整麗, 庭中新舊碑森列成行, 俱完善. 夾墀二松, 高偉而整, 如有尺度. 少室橫峙於前, 仰不能見頂, 游者如面墻而立, 輒謂少室以遠勝. 余昨暮入寺, 卽問少室道, 俱謂雪深道絶, 必無往. 凡登山以晴朗爲佳. 余登太室, 雲氣彌漫, 或以爲仙靈見拒, 不知此山魁梧,1) 正須止露半面. 若少室工於掩映, 雖微雲豈宜點淬?2) 今則霽甚, 適逢其會, 烏可阻也! 乃從寺南渡澗登山, 六七里, 得二祖庵. 山至此忽截然3)土盡而石, 石崖下墜成坑. 坑半有泉, 突石飛下, 亦以珠簾名之. 余策杖獨前, 愈下愈不得路, 久之乃達. 其巖雄拓4)不如盧巖, 而深峭過之. 巖下深潭泓碧, 僵雪四積. 再上, 至煉丹臺. 三面孤懸, 斜倚翠壁, 有亭曰小有天, 探幽之屐, 從未有抵此者. 過此皆從石脊仰攀直躋, 兩旁危崖萬仞, 石脊懸其間, 殆無寸土, 手與足代匱5)而後得升. 凡七里, 始躋大峰. 峰勢寬衍, 向之危石, 又截然忽盡爲土. 從草棘中莽莽6)南上, 約五里, 逐凌南寨頂, 屏翳7)之土始盡. 南寨實少室北頂, 自少林言之爲南寨云. 蓋其頂中裂, 橫界南北, 北頂若展屏, 南頂列戟峙其前, 相去僅尋丈, 中爲深崖, 直下如剖. 兩崖夾中, 坑底特起一峰, 高出諸峰上, 所謂摘星臺也, 爲少室中央. 絶頂與北崖離倚, 彼此斬絶不可度. 俯矙其下, 一絲相屬. 余解衣從之, 登其上, 則南頂之九峰, 森立於前, 北頂之半壁橫障於後, 東西皆深坑, 俯不見底, 罡風8)午至, 幾假翰9)飛去.

從南寨東北轉, 下土山, 忽見虎跡大如升. 草莽中行五六里, 得茅庵, 擊石炊所携米爲粥, 啜三四碗, 飢渴霍然去. 倩庵僧爲引龍潭道. 下一峰, 峰脊漸窄, 土石間出, 棘蔓翳之, 懸枝以行, 忽石削萬丈, 勢不可度. 轉而上躋,望峰勢蜿蜒處趨下, 而石削復如前. 往復不啻數里, 乃迂過一坳, 又五里而道出, 則龍潭溝也. 仰望前迷路處, 危崖欹石俱在萬仞峭壁上. 流泉噴薄其中, 崖石之陰森嶄巕[10]者, 俱散成霞綺. 峽夾澗轉, 兩崖靜室, 如峰房燕壘. 凡五里, 一龍潭沉涵凝碧, 深不可規以丈. 又經二龍潭, 遂出峽, 宿少林寺.

---

1) 오(梧)는 '장대하다'를 뜻하며, 괴오(魁梧)는 '높고 장엄하다'를 의미한다.
2) 점재(點滓)는 '더러운 때나 앙금'을 의미하며, 여기에서는 '소실산의 아름다운 풍경을 가리는 티'라는 의미이다.
3) 절연(截然)은 '자른 듯이 경계가 분명한 모습'으로 '확연히, 분명히, 뚜렷이'를 의미한다.
4) 웅탁(雄拓)은 '웅장하고 탁 트임'을 의미한다.
5) 궤(匱)는 '다하다'의 의미이며, 교궤(交匱)는 '번갈아 있는 힘을 다하다'를 의미한다.
6) 망망(莽莽)은 '풀이 우거진 모양, 장대한 모양, 넓은 모양' 등의 의미로 쓰이나 여기에서는 '거칠고 경솔한 모양'을 가리킨다.
7) 병예(屛翳)는 '가려 숨기다'를 의미한다.
8) 강풍(罡風)은 도가에서 일컫는 바의, 하늘 높은 곳에서 부는 세찬 바람을 가리킨다.
9) 한(翰)은 '새의 깃'을 의미한다.
10) 참절(嶄巕)은 '산이 높고 가파른 모양'을 가리킨다.

**二十四日** 從寺西北行, 過甘露臺, 又過初祖庵. 北四里, 上五乳峰, 探初祖洞. 洞深二丈, 闊殺[1]之, 達摩九年面壁處也. 洞門下臨寺, 面對少室. 地無泉, 故無棲者. 下至初祖庵, 庵中供達摩影石. 石高不及三尺, 白質黑章, 儼然胡僧[2]立像. 中殿六祖手植柏, 大已三人圍, 碑言自廣東置鉢中携至者. 夾墀二松亞少林. 少林松柏俱修偉, 不似岳廟傴仆盤曲, 此松亦然. 下至甘露臺, 土阜矗起, 上有藏經殿. 下臺歷殿三重, 碑碣散布, 目不暇接. 後爲千佛殿, 雄麗罕匹. 出飯瑞光上人舍. 策騎趨登封道, 過軒轅嶺, 宿大屯.

---

1) 활(闊)은 너비나 폭을 가리키고, 쇄(殺)는 '덜다, 미치지 못하다'를 의미한다.
2) 호승(胡僧)은 서역의 스님이란 뜻이다. 사고본(四庫本)에는 '번승(番僧)'으로, 진본(陳本)에는 '호승'으로 되어 있다.

**二十五日** 西南行五十里, 山岡忽斷, 卽伊闕也. 伊水南來經其下, 深可浮

數石舟. 伊闕連岡, 東西橫亘, 水上編木橋之. 渡而西, 崖更危聳. 一山皆劈
爲崖, 滿崖鐫佛其上. 大洞數十, 高皆數十丈. 大洞處峭崖直入山頂, 頂俱
刊小洞, 洞俱刊佛其內. 雖尺寸之膚,[1] 無不滿者, 望之不可數計. 洞左, 泉
自山流下, 匯爲方池, 餘瀉入伊川. 山高不及百丈, 而淸流淙淙[2]不絶, 爲此
地所難. 伊闕摩肩接轂,[3] 爲楚、豫大道, 西北歷關、陝. 余由此取西岳道
去.

---

1) 부(膚)는 살갗이나 껍질을 뜻하지만, 여기에서는 길이를 의미한다.
2) 종종(淙淙)은 물 흐르는 소리를 가리킨다.
3) 마견접곡(摩肩接轂)이란 '어깨가 스치고 수레의 바퀴통이 닿다'의 의미에서 '행인과
   수레가 끊이지 않고 많이 오가다'를 의미한다. 곡(轂)은 원래 바퀴살이 모이고 굴대
   가 관통하는 수레바퀴의 중앙부분인 바퀴통을 가리킨다.

# 태화산 유람일기(遊太華山日記)

## 해제

　「태화산 유람일기」는 천계(天啓) 3년(1623년)에 서하객이 숭산에 이어 화산을 유람한 기록이다. 이 기록은 서하객이 2월 그믐 동관(潼關)에 들어선 이후로부터 3월 10일 섬서 경계를 벗어나기까지의 여정을 담고 있다. 태화산은 서악(西岳)으로 일컬어지는 화산(華山)이며, 섬서성 화음현(華陰縣) 남쪽에 위치하여 있다. 이 산은 멀리서 바라보면 꽃이 하늘에 솟아 있는 듯하기에 화산이라 부르며, 이 산의 서쪽에 소화산(少華山)이 있기에 태화산이라 부른다. 화산의 주봉으로는 동봉(東峰)인 조양봉(朝陽峰), 서봉(西峰)인 연화봉(蓮花峰), 남봉(南峰)인 낙안봉(落雁峰)이 있으며, 이밖에 북봉(北峰)인 운대봉(雲臺峰) 혹은 백운봉(白雲峰)과 중봉(中峰)인 옥녀봉(玉女峰)이 있다. 이 글은 화산의 형세와 경물에 대해 정확하게 묘사하고 있을 뿐만 아니라, 서하객이 지나온 섬서 남동부의 지형과 물길, 구역과 교통 등에 대해서도 상세히 기술하고 있다.

이번 유람의 주요 여정은 다음과 같다. 동관(潼關) → 서악묘(西岳廟) → 사라궁(莎蘿宮) → 청가평(靑柯坪) → 영양동(迎陽洞) → 남봉(南峰) → 서봉(西峰) → 영양동(迎陽洞) → 동봉(東峰) → 백운동(白雲峰) → 서악묘(西岳廟) → 목배(木杯) → 홍령(泓嶺) → 황라포(黃螺鋪) → 양씨성(楊氏城) → 석문진(石門鎭) → 전가원(田家原) → 경촌(景村) → 초수구(草樹溝) → 오저차(塢底岔) → 노군욕(老君峪) → 용구채(龍駒寨) → 소영석탄(小影石灘) → 용관(龍關) → 연탄(連灘) → 백성탄(百姓灘) → 호촌(胡村) → 석묘만(石廟灣)


## 역문


## 2월 그믐

동관(潼關)에 들어서서 35리만에 서악묘(西岳廟)에서 걸음을 멈추었다. 황하는 북방의 사막지대에서 남쪽으로 흘러내리다가 동관에 이르러 동쪽으로 꺾인다. 동관은 바로 황하가 좁아지는 화산 어귀에 위치하고 있다. 북쪽으로 굽어보면 황하가 보이고, 남쪽으로 화산과 잇닿아 있으니, 오직 동관의 이 한 줄기 길만이 동서를 가로지르는 대로이다. 그래서 길고 높은 성벽으로 봉쇄되어 있다. 동관을 거치지 않고 북쪽으로 가려면 반드시 황하를 건너야 하고, 남쪽으로 가려면 반드시 무관(武關)으로 가야 한다. 화산(華山) 이남은 험준하고 가파른 벼랑이 겹겹인지라 도저히 넘어갈 수가 없다.

아직 동관에 들어서지 않았을 때 백리 밖에서 바라보니, 화산은 구름 밖으로 우뚝 치솟아 있었다. 그런데 동관에 들어서서 바라보니, 도리어 산등성과 고개에 가려져 버린다. 20리를 나아가 쳐다보니, 홀연 연꽃처럼 아름다운 봉우리가 보였다. 어느덧 화산 아래에 이르러 있었던 것이다. 화산은 세 봉우리[1]가 빼어나기 짝이 없을 뿐만 아니라, 동서 양쪽에 모여 있는 여러 봉우리들 역시 깎아지른 듯 층층이 솟구쳐 있다. 북쪽에는 간혹 흙등성이가 나타나더니, 이곳에 이르자 온통 산의 바위를 드러내면서 아름다운 절경을 다투어 뽐내고 있다.

---

1) 세 봉우리(三峰)는 화산에서 가장 빼어나고 험준한 동봉, 서봉과 남봉을 가리킨다.

## 3월 초하루

서악묘에 들어갔다. 서악 화산의 신을 배알한 뒤, 만수각(萬壽閣)에 올랐다. 화산의 남쪽으로 15리를 나아가, 운대관(雲臺觀)에 들어섰다. 십방암(十方庵)에서 길잡이를 구했다. 산골짜기 어귀를 따라 들어가니, 양쪽에 벼랑이 우뚝 서 있고, 한 줄기의 시내가 산골짜기 가운데를 흐르고 있다. 옥천원(玉泉院)은 시내의 왼편에 자리하고 있다.

시내를 따라 산골짜기를 끼고서 10리를 나아가 사라궁(莎蘿宮)에 이르렀다. 길은 험준해지기 시작했다. 10리를 더 가서 청가평(青柯坪)에 이르자, 길은 조금 평탄해졌다. 5리를 걸어 요양교(寥陽橋)를 지나자, 길이 끊어지고 말았다. 쇠사슬을 붙잡고 천척당(千尺幢)을 기어오르고 나서 백척협(百尺峽)에 올랐다. 벼랑을 따라 왼쪽으로 돌아 노군려구(老君犁溝)[1]에 올라 호손령(猢猻嶺)[2]을 넘었다. 청가평으로부터 5리 떨어진 곳에 산봉우리 하나가 깊은 골짜기 속에 북쪽으로 우뚝 솟아 있는데, 삼면이 깎아지른 듯한 절벽이다. 이곳이 바로 백운봉(白雲峰)이다.

나는 백운봉을 제쳐두고 남쪽으로 나아갔다. 창룡령(蒼龍嶺)에 올라 일월암(日月巖)을 지났다. 노군려구로부터 5리를 더 가서야 세 봉우리의 발치를 오르기 시작한 셈이었다. 동봉의 측면을 바라보며 올라갔다. 옥녀사(玉女祠)³⁾를 참배하고 영양동(迎陽洞)에 들어갔다. 성이 이(李)씨인 도사 한 분이 나를 붙들기에 하룻밤을 묵기로 했다. 남은 시간을 이용하여 동봉(東峰)에 올랐다가, 날이 어두워져서야 영양동으로 돌아왔다.

---

1) 노군려구(老君犁溝)는 북봉 아래에 있으며, 그 동쪽은 낭떠러지이고 서쪽은 깊은 계곡이다. 전해오는 이야기에 따르면, 노자(老子)가 화산에서 수도하던 중 사람들이 산길을 내느라 고생하는 것을 보고, 소를 끌어 하룻밤 동안 쟁기질하여 도랑을 냈다고 한다.
2) 호손령(猢猻嶺)은 호손수(猢猻愁)라고도 일컫는다. 전해오는 이야기에 따르면, 화산의 수렴동(水簾洞)에서 온 원숭이가 이곳에 이르러 건널 길이 없자 수심에 잠겨 바라보다가 되돌아갔다고 한다. 호손령 위에는 쇠로 만든 네 마리의 원숭이상이 있는데, 험준한 길을 바라보며 시름에 잠긴 눈으로 바라보는 형상을 하고 있다.
3) 옥녀사(玉女祠)는 중봉인 옥녀봉 꼭대기에 있다. 전해오는 이야기에 따르면, 화산에 명성옥녀(明星玉女)라는 선녀가 있었는데, 해를 타고 승천했기에 이를 제사하기 위해 세웠다고 한다.

## 3월 초이틀

남봉(南峰)의 북쪽 산기슭을 따라 봉우리 꼭대기를 오르다가 남쪽의 가파른 벼랑을 타고 내려와 피정처(避靜處)¹⁾를 구경했다. 다시 남봉의 꼭대기로 쭉 올라갔다. 위에 조그마한 동굴이 하나 있었다. 도사는 그것을 가리켜 앙천지(仰天池)라 했다. 그 곁에는 흑룡담(黑龍潭)이 있다. 남봉의 서쪽으로 내려와 다시 서봉(西峰)에 올랐다. 서봉 위에는 바위들이 솟구쳐 있는데, 연꽃잎 모양의 납작한 바위조각이 바위 위를 덮고 있었다. 그 옆에 아주 깊은 옥정(玉井)이란 우물이 있다. 우물 위에는 누각이 덮고 있었는데, 이렇게 한 까닭이 무엇인지 알 수 없었다.

영양동으로 돌아와 식사를 했다. 동봉을 오르다가 남쪽의 가파른 벼랑을 타고 내려왔다. 조그마한 누대가 가파른 골짜기 속에 우뚝 솟아 있었다. 이곳은 기반대(棋盤臺)이다. 이윽고 동봉(東峰)에 올라 도사와 작별했다. 왔던 길을 따라 내려오는 길에 백운봉을 구경했다. 성모전(聖母殿)이 그곳에 있다. 내려와 사라평(莎蘿坪)에 이르자, 해가 뉘엿뉘엿 지고 있었다. 서둘러 골짜기를 빠져나왔다. 어둠을 헤치고 3리를 걸어 십방암에서 묵기로 했다.

청가평을 나와 왼쪽으로 오르면 배도암(杯渡庵)과 모녀동(毛女洞)[2]이 있고, 사라평을 나와 오른쪽으로 오르면 상방봉(上方峰)[3]이 있다. 이 모두는 화산에서 갈라져 나온 봉우리들이다. 이곳으로 가는 길이 험준한데다가, 날이 이미 저물었기에 오르지는 못했다.

---

1) 피정처(避靜處)는 피조암(避詔巖)이라고도 일컬으며, 도사 초도광(焦道廣)과 은사 진단(陳搏)이 이곳에서 수도했다. 이곳의 바위 위에는 진단이 손수 쓴 '피조암'이라는 세 글자가 새겨져 있다.

2) 모녀동(毛女洞)은 모녀봉(毛女峰) 위에 있다. 전해오는 이야기에 따르면, 진시황에게 옥강(玉姜)이라는 궁녀가 있었는데, 몸에 녹색의 털이 나서 매우 기이했다. 옥강은 나라가 곧 망하리라는 것을 알고 거문고를 안고 산에 들어와 이 동굴에 거처했다고 한다. 지금도 이 동굴에서 거문고를 타는 소리가 들린다고 한다.

3) 상방봉(上方峰)은 백학봉(白鶴峰)이라고도 일컬으며, 옥천원(玉泉院) 앞에 있다. 전해오는 이야기에 따르면, 당대 현종의 누이인 금선공주(金仙公主)가 이 봉우리에 거처했는데, 현종이 사람을 보내 찾아오자 학을 타고 날아갔다고 한다.

## 3월 초사흘

15리를 걸어 서악묘에 당도했다. 서쪽으로 5리를 걸어 화음현(華陰縣)의 서문을 빠져나왔다. 오솔길을 따라 남쪽으로 20리를 나아가 홍욕(泓峪)에 들어섰다. 이곳은 화산 서쪽의 세 번째 골짜기이다. 양쪽의 벼랑은 하늘에 닿을 듯 솟아 있고 벼랑 사이의 골짜기는 몹시 좁은데, 그 골짜기로 물이 세차게 흘러내리고 있다.

산골짜기를 따라 남쪽으로 걸어갔다. 돌연 동쪽으로 꺾였다가 다시 서쪽으로 굽어들었다. 날카로운 암벽 조각이 개의 이빨처럼 어긋버긋 엇갈려 있다. 뾰족한 이빨 사이를 따라 걷는 길이 몹시 구불거렸다. 마치 구불구불한 강물 위를 노 저어 가는 듯하다. 이렇게 20리를 가서 목배(木杯)에서 묵었다. 서악묘로부터 45리의 길이었다.

## 3월 초나흘

10리를 나아가자, 산골짜기가 끝이 났다. 홍령(泓嶺)에 올랐다. 10리를 걸어 홍령의 등성이에 이르렀다. 북쪽으로 화산을 바라보니 하늘가에 높이 솟아 있다. 동쪽으로 봉우리 하나가 보이는데, 높고 험준함이 특이했다. 토박이들은 이 봉우리를 새화산(賽華山)이라 일컬었다. 남서쪽 30리에 있는 소화산이 바로 이 산임을 비로소 알았다.

남쪽으로 10리를 내려왔다. 남동쪽에서 북서쪽으로 흘러내리는 시내가 있다. 이 시내는 화양천(華陽川)이다. 화양천을 거슬러 동쪽으로 10리를 나아가 남쪽으로 진령(秦嶺)에 올랐다. 이곳은 화음현과 낙남현(洛南縣)의 경계이다. 5리 길을 오르내렸다. 다시 10리를 가니 황라포(黃螺鋪)이다. 시내를 따라 남동쪽으로 내려와 10리 길을 걸어 양씨성(楊氏城)에 당도했다.

## 3월 초닷새

20리를 나아갔다. 석문진(石門鎭)을 나서자, 산이 훤히 트이기 시작했다. 다시 7리를 나아가 남동쪽으로 꺾어 격범욕(隔凡峪)에 들어섰다. 남서쪽으로 20리를 가자, 낙남현의 산골짜기가 나왔다. 남동쪽으로 3리를 걸어 산고개를 넘어서 산골짜기 속을 걸었다. 10리를 가서 산을 벗어났다. 낙수(洛水)가 서쪽에서 동쪽으로 흐르고 있었다. 이곳은 하남으로 흘러가는 물길의 상류이다. 낙수를 건너 다시 산고개를 오르니 곧 전가원(田家原)이다.

5리를 걸어 산골짜기 속을 내려왔다. 남쪽에서 낙수로 유입되는 물길이 있다. 이 물길을 거슬러 들어가 15리를 나아가니 곧 경촌(景村)이다. 산이 다시 훤히 열리고 논밭이 보이기 시작했다. 이곳을 지나 쭉 물길을 거슬러 남쪽 골짜기로 들어섰다. 남쪽으로 5리를 나아가 초수구(草樹

溝)에 이르렀다. 산에는 인적이 끊기고 해마저 기운지라, 산속 인가를 빌어 하룻밤을 묵었다.

서악묘에서 목배에 이르기까지는 줄곧 남서쪽으로 걷다가, 화양천을 지나서는 남동쪽으로 걸었다. 화양천에서 남쪽으로 갈수록 시내는 차츰 커지고 산도 점점 훤히 트였다. 하지만 마주보이는 봉우리는 몹시 높고 가팔랐다. 진령을 내려와 양씨성에 이르자, 양쪽 벼랑은 나뉘어졌다가도 금방 합쳐졌다. 일순간에 나뉘고 합쳐짐이 엇갈려 나타나니, 목배의 산골짜기와는 사뭇 달랐다. 목배의 산골짜기는 양쪽 벼랑이 우뚝 솟구친 채 굽이굽이 돌기는 하여도, 나뉘고 합쳐지는 일은 없었던 것이다.

### 3월 초엿새

두 곳의 고개를 넘었다. 25리의 길을 나아가 오저차(塢底岔)에서 식사를 했다. 오저차에서 서쪽으로 나 있는 길은 낙남현으로 가는 길이다. 다시 남동쪽으로 10리를 걸어 상주(商州)의 경계로 들어섰는데, 낙남현으로부터 70여리 떨어져 있다. 다시 25리를 걸어 창룡령(倉龍嶺)에 올랐다. 구불구불한 고갯길을 걷노라니, 두 줄기의 시내가 고개 양쪽으로 굽이져 흐르고 있다. 5리를 걸어 산고개를 내려가자, 두 줄기 시내가 마침 합쳐졌다. 시내를 따라 노군욕(老君峪) 속을 걸어 10리를 나아갔다. 날은 저물고 비까지 갑자기 쏟아지는지라, 골짜기 어귀에서 묵었다.

### 3월 초이레

5리를 걸어 산골짜기를 나왔다. 큰 시내가 서쪽에서 동쪽으로 흘러내렸다. 이 시내를 따라 10리를 걸으니 용구채(龍駒寨)이다. 용구채는 동쪽으로 무관(武關)과 90리 떨어져 있으며, 서쪽으로는 상주와 통한다. 이 길은 섬서로 가는 샛길이다. 이 길 위를 오가는 말과 노새, 상인과 화물의 북적거림은 동관에 비해 조금도 뒤지지 않았다. 시내를 떠다니는 판선(板船)은 다섯 섬을 능히 실을 수 있었다. 시내의 물줄기는 상주의 서쪽에서 이곳으로 흘러, 무관의 남쪽을 지난 뒤 호촌(胡村)을 거쳐 소강구(小江口)에 이르러 한수(漢水)에 합쳐진다. 이리하여 급히 배를 구하여 겨우 예약했다. 비가 억수같이 쏟아지더니 하루 종일 그치지 않았다. 끝내 배를 띄우지 못했다.

### 3월 초여드레

뱃사공이 소금을 파는 바람에, 한참 지나서야 길을 나섰다. 큰비가 내린 뒤라 성난 시냇물은 수많은 말이 내달리는 듯, 양쪽 벼랑 사이에서 굽이치고 우레소리를 울리며 험준한 곳으로 밀려들었다. 건계(建溪)와 별 다름이 없었다. 잠시 후 비가 다시 내리기 시작했다. 오후에 영석탄(影石灘)에 이르렀다. 큰비가 쏟아지는지라, 소영석탄(小影石灘)에 배를 댔다.

### 3월 초아흐레

40리를 달려 용관(龍關)을 지났다. 50리를 더 나아가자, 북쪽에서 시내가 흘러내렸다. 이것은 무관에서 흘러온 물길이다. 이곳은 북쪽으로 무관과 40리 떨어져 있으며, 상주의 남쪽 경계이다. 이때 뜬구름이 모두 흩어지고 햇살이 하늘에 가득 퍼졌다. 아지랑이에 덮인 채 겹겹의 산봉우리가 아름다움을 다투고, 배는 성난 물길 위를 둥실 떠간다. 양쪽 언덕에 만발한 복숭아꽃과 오얏꽃은 따사로운 햇살을 받아 춤추는 듯하다. 선창을 나와 이물에 앉아 있노라니, 나도 모르게 신선이 된 듯하도다!

다시 80리를 달렸다. 때는 겨우 오후였다. 뱃사공이 가지고 온 소금을 땔나무 및 대나무와 바꾸느라 여러 차례 배를 멈추는 바람에, 더 이상 나아가지 못했다. 밤에 산 아래 물가에서 묵었다.

### 3월 초열흘

50리를 달려 연탄(蓮灘)에 닿았다. 큰 파도가 배 안으로 들이닥쳐 자루와 궤짝을 뒤짚어엎는 바람에 모두 물에 젖고 말았다. 20리를 달려 백성탄(百姓灘)을 지났다. 봉우리 하나가 시내 오른편에 우뚝 솟아 있는데, 벼랑이 물에 씻겨나가 금방이라도 무너져 내릴 듯이 위태로웠다. 배가 촉서루(蜀西樓)를 나오자, 산골짜기가 조금 훤히 트였다. 잠시 후 남양부(南陽府)의 석천현(淅川縣)의 경계에 들어섰다. 이곳은 섬서성과 하남성이 나뉘는 경계이다. 30리를 달려 호촌을 지나고, 40리를 달려 석묘만(石廟灣)에 닿았다. 강 언덕에 올라 여인숙에 투숙했다. 이곳은 남동쪽으로 균주(均州)의 태화산(太和山)에 오르기까지 약 130리 떨어져 있다고 한다.

### 원문

**二月晦** 入潼關, 三十五里, 乃稅駕西岳廟. 黃河從朔漠南下, 至潼關, 折而東. 關正當河、山隘口, 北瞰河流, 南連華岳, 惟此一線爲東西大道, 以百雉[1]鎖之. 舍此而北, 必渡黃河, 南必趨武關, 而華岳以南, 峭壁層崖, 無可度者. 未入關, 百里處卽見太華屼出雲表; 及入關, 反爲岡隴所蔽. 行二十里, 忽仰見芙蓉片片, 已直造其下, 不特三峰秀絶, 而東西擁攢諸峰, 俱片削層懸. 惟北面時有土岡, 至此盡脫山骨, 競發爲極勝處.

1) 치(雉)는 원래 성벽의 척도로서 높이 10자, 길이 30자를 가리킨다. 백치(百雉)는 여기에서 '길고 높은 성벽'을 의미한다.

**三月初一日** 入謁西岳神, 登萬壽閣. 向岳南趨十五里, 入雲臺觀. 覓導於十方庵. 由峪口入, 兩崖壁立, 一溪中出, 玉泉院當其左. 循溪隨峪行, 十里, 爲莎蘿宮, 路始峻. 又十里. 爲靑柯坪, 路少坦. 五里, 過寥陽橋, 路遂絶. 攀鎖上千尺㠉, 再上百尺峽. 從崖左轉, 上老君犁溝, 過猢猻嶺. 去靑柯五里, 有峰北懸深崖中, 三面絶壁, 則白雲峰也. 舍之南, 上蒼龍嶺, 過日月巖, 去犁溝. 又五里, 始上三峰足. 望東峰側而上, 謁玉女祠, 入迎陽洞. 道士李姓者, 留余宿. 乃以餘晷¹⁾上東峰, 昏返洞.

1) 구(晷)는 원래 '햇빛, 해그림자'를 뜻하며, 여구(餘晷)는 '해질녘의 짧은 시간'을 가리킨다.

**初二日** 從南峰北麓上峰頂, 懸南崖而下, 觀避靜處. 復上直躋峰絶頂. 上有小孔, 道士指爲仰天池. 旁有黑龍潭. 從西下, 復上西峰. 峰上石聳起, 有石片覆其上, 如荷葉. 旁有玉井甚深, 以閣掩其上, 不知何故. 還飯於迎陽. 上東峰, 懸南崖而下, 一小臺峙絶壑中, 是爲棋盤臺. 旣上, 別道士, 從舊徑下, 觀白雲峰, 聖母殿在焉. 下到莎蘿坪, 暮色逼人, 急出谷, 黑行三里, 宿十方庵. 出靑柯坪左上, 有杯渡庵、毛女洞; 出莎蘿坪右上, 有上方峰; 皆華之支峰也. 路俱峭削, 以日暮不及登.

**初三日** 行十五里, 入岳廟. 西五里, 出西門, 從小徑西南二十里、入泓峪, 卽華山之西第三峪也. 兩崖參天而起, 夾立甚隘, 水奔流其間. 循澗南行, 倏而東折, 倏而西轉. 蓋山壁片削, 俱犬牙錯入, 行從牙鏻中, 宛轉如江行調艎然. 二十里, 宿於木杯. 自岳廟來, 四十五里矣.

**初四日** 行十里, 山峪旣窮, 遂上泓嶺. 十里, 躡其巔. 北望太華, 兀立天表.

東瞻一峰, 嵯峨[1]特異, 土人云賽華山. 始悟西南三十里有少華, 卽此山矣. 南下十里, 有溪從東南注西北, 是爲華陽川. 溯川東行十里, 南登秦嶺, 爲華陰、洛南界. 上下共五里. 又十里爲黃螺鋪. 循溪東南下, 三十里, 抵楊氏城.

---

1) 차아(嵯峨)는 '산이 험준하게 솟아 있는 모양, 혹은 산석(山石)이 들쑥날쑥한 모양을 가리킨다.

**初五日** 行二十里, 出石門, 山始開. 又七里, 折而東南, 入隔凡峪. 西南二十里, 卽洛南縣峪. 東南三里, 越嶺, 行峪中. 十里, 出山, 則洛水自西而東, 卽河南所渡之上流也. 渡峪復上嶺, 曰田家原. 五里, 下峪中, 有水自南來入洛. 溯之入, 十五里, 爲景村. 山復開, 始見稻畦. 過此仍溯流入南峪, 南行五里, 至草樹溝. 山空日暮, 借宿山家. 自岳廟至木柸, 俱西南行, 過華陽川則東南矣. 華陽而南, 溪漸大, 山漸開, 然對面之峰崢崢也. 下秦嶺, 至楊氏城. 兩崖忽開忽合, 一時互見, 又不比木柸峪中, 兩崖壁立, 有迴曲無開合也.

**初六日** 越嶺兩重, 凡二十五里, 飯塢底岔. 其西行道, 卽向洛南者. 又東南十里, 入商州界, 去洛南七十餘里矣. 又二十五里, 上倉龍嶺. 蜿蜒行嶺上, 兩溪屈曲夾之. 五里, 下嶺, 兩溪適合. 隨溪行老君峪中, 十里, 暮雨忽至, 投宿於峪口.

**初七日** 行五里, 出峪. 大溪自西注於東, 循之行十里, 龍駒寨. 寨東去武關九十里, 西向商州, 卽陝省間道, 馬騾商貨, 不讓潼關道中. 溪下板船, 可勝五石舟. 水自商州西至此, 經武關之南, 歷胡村, 至小江口入漢者也. 遂趨覓舟, 甫定, 雨大注, 終日不休, 舟不行.

**初八日** 舟子以販鹽故, 久乃行. 雨後, 怒溪如奔馬, 兩山夾之, 曲折縈回, 轟雷入地之險, 與建溪無異. 已而雨復至, 午抵影石灘, 雨大作, 遂泊於小影石灘.

**初九日** 行四十里, 過龍關. 五十里, 北一溪來注, 則武關之流也. 其地北去武關四十里, 蓋商州南境矣. 時浮雲已盡, 麗日乘空, 山嵐重疊競秀, 怒流送舟, 兩岸濃桃艶李, 泛光欲舞, 出坐船頭, 不覺欲仙也! 又八十里, 日纔下午, 榜人以所帶鹽化遷柴竹, 屢止不進. 夜宿於山涯之下.

**初十日** 五十里, 下蓮灘. 大浪扑入舟中, 傾囊倒篋, 無不沾濡. 二十里, 過百姓灘, 有峰突立溪右, 崖爲水所摧, 岌岌[1]欲墮. 出蜀西樓, 山峽少開, 已入南陽淅川境, 爲秦, 豫界.[2] 三十里, 過胡村. 四十里, 抵石廟灣, 登涯投店. 東南去均州, 上太和, 蓋一百三十里云.

---

1) 급급(岌岌)은 '몹시 위태로운 모양'을 가리킨다.
2) 진(秦)은 섬서성의, 예(豫)는 하남성의 약칭이다.

# 태화산 유람일기(遊太和山日記)

## 해제

「태화산 유람일기」는 천계(天啓) 3년(1623년)에 서하객이 태화산을 유람하고 남긴 일기이다. 서하객은 3월 11일 호광의 경계로 들어와 12일 남쪽으로 균주에 도착하여 13일에 산에 올랐으며, 15일 산을 내려와 태화산 북쪽 기슭에 있는 초점에 당도했다. 이후 24일간 한수(漢水), 장강(長江)의 배편을 이용하여 4월 9일 집으로 돌아왔다. 태화산은 무당산(武當山)으로 지금의 호북성 단강구(丹江口)시에 위치하고 있다. 무당산은 진무대제(眞武大帝)가 수련했던 곳이기에 도교의 명산으로 널리 알려져 있으며, 무당파 권법의 본산지로서도 유명하다. 이곳에는 72봉(峰), 36암(岩), 24간(澗), 11동(洞), 10지(池), 9정(井) 등의 자연풍광이 있으며, 규모가 큰 건물이 많이 현존하는 바, 태화(太和), 남암(南岩), 자소(紫霄), 우진(遇眞), 옥허(玉虛), 오룡(五龍) 등의 6궁(宮)과 복진(復眞), 무화(無和)의 2관(觀) 등이 유명하다. 서하객은 이 글에서 숭산과 화산, 태화산의 식물과 기후의 차이와 함께, 평지와 산간의 식물의 차이 등을 비교하여 기술하고 있다.

이번 유람의 주요 여정은 다음과 같다. 선원령(仙猿嶺) → 조가점(曹家店) → 화룡령(火龍嶺) → 균주(均州) → 초점(草店) → 태자파(太子坡) → 자소궁(紫霄宮) → 낭선사(榔仙祠) → 삼천문(三天門) → 천주봉(天柱峰) → 태화궁(太和宮) → 납촉봉(蠟燭峰) → 남천문(南天門) → 조천궁(朝天宮) → 뇌공동(雷公洞) → 북천문(北天門) → 오룡궁(五龍宮) → 초점(草店)

## 역문

### 3월 11일

선원령(仙猿嶺)에 올랐다. 10리 남짓을 걸어 말라붙은 시내의 자그마한 다리에 이르렀다. 운현(鄖縣)의 경내인 이곳은 하남(河南)과 호광(湖廣)이 나뉘는 경계이다. 동쪽으로 5리를 가니 청천(淸泉)이라는 맑은 못이 있다. 물줄기가 어디에서 비롯되는지 보이지 않지만, 졸졸 흘러내려왔다. 그런데 이곳은 석천현(淅川縣)에 속해 있었다. 아마 운현과 석천현의 두 현의 경계가 들쭉날쭉하고, 산세에 따라 시내가 굽어진 터에, 길이 그 사이로 나 있기 때문이리라.

5리를 나아가 조그마한 고개를 넘었다. 여전히 운현에 속해 있었다. 고개를 내려오자, 옥황관(玉皇觀)과 용담사(龍潭寺)가 있다. 한 줄기 시냇물이 넘실거리며 남서쪽에서 북동쪽으로 흐르는데, 아마 운현에서 흘러내리는 것이리라. 시내를 넘어 남쪽으로 구리강(九里岡)을 올랐다. 그 등성이를 넘어 내려오자, 반도령(蟠桃嶺)이 나왔다. 시내를 거슬러 산간의 평지를 따라 10리쯤 걸으니 갈구구(葛九溝)이다. 다시 10리를 나아가 토지령(土地嶺)을 넘었다. 토지령 남쪽은 바로 균주(均州)의 경내이다.

여기에서 잇달아 산고개를 넘는 길에는 복숭아꽃과 오얏꽃이 활짝 피어나고 들꽃이 길 양쪽에 만발해 있다. 그윽하면서도 아름답기 그지 없는 경치이다. 산속의 우묵한 평지 속에는 인가가 마주보고 있으며, 시내를 따라 논밭들이 높고 낮게 마치 물고기 비늘처럼 가지런히 늘어서 있다. 산서와 섬서 일대의 논밭과는 달랐다. 다만 걸어가는 오솔길이 좁고 오가는 사람이 뜸한데다, 호랑이가 울부짖는 소리가 들려 왔다. 해가 뉘엿뉘엿 지고 있었다. 곧바로 우묵한 평지 속의 조가점(曹家店)에 여장을 풀었다.

## 3월 12일

5리를 걸어 화룡령(火龍嶺)에 올랐다. 화룡령을 내려와 물줄기를 따라 산골짜기를 빠져나와 40리를 걸어 행두강(行頭岡)으로 내려왔다. 15리를 걸어 홍분도(紅粉渡)에 이르렀다. 이곳은 한수(漢水)가 호호탕탕 서쪽에서 흘러오고, 강 언덕에는 시퍼런 암벽이 우뚝 선 채 푸른 물길이 감돌아 흐르고 있었다. 한수를 따라 동쪽으로 나아가 균주에 이르렀다. 정락궁(靜樂宮)이 균주성 한 가운데에 성의 반을 차지한 채 자리하고 있었다. 건물의 규모와 양식이 거대하고 장엄했다. 여장을 남성 밖에 풀었다. 내일 아침 일찍 산에 오르기로 했다.

## 3월 13일

말을 타고서 남쪽으로 내달렸다. 돌을 깔아 만든 길이 평탄하고 널찍했다. 30리를 달려 돌다리를 넘었다. 서쪽에서 동쪽으로 쏟아져 내리는 시내가 있었다. 태화산(太和山)에서 한수로 흘러드는 물길이다. 다리를 넘자 영은궁(迎恩宮)이 나왔다. 영은궁은 서쪽을 향해 있다. 앞쪽에 '제일 산(第一山)'이라는 세 글자가 크게 쓰어진 비석이 있다. 양양(襄陽) 사람인 미불(米芾)[1]의 필적인데, 서법이 날아갈듯 생동적이었다. 역시 천하 으뜸 이라 할 만하다.

다시 10리를 달려 초점(草店)을 지났다. 양양에서 오는 길이 이곳에서 합쳐졌다. 길은 점점 서쪽으로 나아갔다. 우진궁(遇眞宮)을 지나고 두 곳 의 험준한 곳을 넘어 우묵한 평지로 들어섰다. 이곳에서 서쪽으로 몇 리를 나아가면 옥허궁(玉虛宮)으로 가는 길이고, 남쪽으로 고개를 넘으면 자소궁(紫霄宮)[2]으로 가는 샛길이다. 고개를 넘었다. 초점에서 이곳까지 모두 10리이다. 회룡관(回龍觀)이 나왔다. 바라보니 산봉우리가 파란 자 줏빛을 띤 채 하늘 높이 솟구쳐 있었다. 아직도 50리나 먼 길이다. 온 산은 길 양옆으로 드높은 나무가 위아래로 빽빽했다. 마치 녹색의 장막 을 뚫고 지나는 듯했다.

이곳에서 산을 따라 내려갔다가 올라왔다. 20리만에 태자파(太子坡)[3] 를 지났다. 다시 내려와 우묵한 평지로 들어섰다. 시내를 건너는 돌다리 가 있다. 이곳은 구도간(九渡澗)의 하류이다. 그 위쪽은 평대십팔반(平臺十 八盤)인데, 자소궁으로 가고 태화궁에 오르는 큰길이다. 왼쪽으로 시내 에 들어서면 구도간을 거슬러 경대관(瓊臺觀)과 팔선라공원(八仙羅公院) 등 으로 향하는 길이다.

험준한 산길을 따라 10리를 올라갔다. 자소궁이 그곳에 있다. 자소궁 은 앞쪽에 우적지(禹迹池)를 굽어보고, 뒤쪽으로는 전기봉(展旗峰)에 의지 하고 있다. 층층의 평대와 빼어난 전각이 높이 툭 트여 있는 게 이채롭 다. 자소궁에 들어가 구경하고 참배했다. 전각의 오른편을 따라 오르자, 곧바로 전기봉의 서쪽에 이르렀다. 전기봉 가에는 태자동(太子洞)과 칠성 암(七星巖)이 있지만, 전부 둘러볼 틈이 없었다.

모두 5리를 걸어 남암(南巖)의 남천문(南天門)을 지났다. 남천문의 유람 을 제쳐두고, 서쪽으로 나아갔다. 고개를 넘어 낭선사(榔仙祠)에 당도하여 참배했다. 낭선사는 남암과 마주하여 우뚝 서 있다. 낭선사 앞에는 유난히 거대한 낭매나무 한 그루가 있는데, 껍질이 하나도 없이 매끄럽게 치솟은 채 여린 싹 하나도 트지 않았다. 그 곁에 여러 그루의 낭매나무 역시 높이 솟구쳐 있다. 낭매나무의 꽃빛깔은 복숭아꽃이나 살구꽃만큼 짙고, 꽃받침은 실처럼 늘어져 해당화 모양을 하고 있다. 매화나무와 빈랑나무는 본디 산속의 각기 다른 종류인데, 현제(玄帝)가 매화를 빈랑나무에 접붙여서 이 기이한 품종을 만들었다고 전해진다.[4]

모두 5리를 걸어 호두암(虎頭岩)을 지났다. 다시 3리를 걸어 사교(斜橋)에 이르렀다. 불룩하게 튀어나온 봉우리에 깎아지른 듯한 벼랑이 거듭 이어졌다. 길은 대부분 봉우리 틈새를 따라 뻗어있다. 5리를 나아가 삼천문(三天門)에 이르고, 조천궁(朝天宮)을 지났다. 가는 길 내내 돌층계가 구불구불 위로 뻗어 있고, 그 양쪽에는 쇠기둥에 밧줄이 달려 있었다. 삼천문에서 이천문(二天門)을 거쳐 일천문(一天門)으로 가는 길은 대체로 산봉우리 사이의 움푹 꺼진 곳을 따라 층계가 수직을 이루고 있다. 길은 비록 가파르고 험준하지만, 돌층계가 잘 갖추어져 있고 난간에 밧줄이 매어져 있는지라, 화산(華山)에서처럼 허공에 매달리듯 건너지는 않았다. 태화궁(太和宮)은 삼천문 안에 있었다.

해가 뉘엿뉘엿 지고 있었다. 젖 먹던 힘을 다해 금정(金頂), 즉 천주봉(天柱峰)이라는 곳에 당도했다. 산꼭대기의 여러 봉우리들은 모두 엎어놓은 종 모양으로 세 발 솥처럼 우뚝 솟아 가지런히 모여 있었다. 천주봉은 그 한 가운데에 우뚝 솟은 채 홀로 뭇 봉우리 밖으로 불쑥 나와 있고, 그 사면은 도려낸 듯 가팔랐다. 봉우리 꼭대기의 평평한 곳은 가로 세로로 여덟 자에서 열 자 정도일 뿐이다. 그 평지 위에 금전이 우뚝 서 있다. 금전에서는 현제와 네 장수를 받들어 모시고 있다. 금전에는 향로와 궤안이 모두 갖추어져 있으며, 이들은 모두 금으로 만들어져 있다. 조정에서는 천호(千戶)와 제점(提點)[5]을 각각 한 명씩 두어 감독하도록 했는데, 이들은 거의 빼앗듯이 향금[6]을 강제로 받아냈다. 금전에 들어가 급히 문을 두드렸으나, 문은 이미 닫혀 있었다. 태화궁으로 내려와 하룻밤을 묵었다.

1) 미불(米芾, 1051~1107)은 송대의 저명한 화가이자 서예가이다. 원명은 불(黻)이고 자는 원장(元章)이며 호는 양양만사(襄陽漫士), 녹문거사(鹿門居士), 해악거사(海岳居士) 등이다. 원래 대대로 태원(太原)에서 거주하다가 번성(樊城)을 거쳐 진강(鎭江)으로 옮겨와 살았는데, 미불의 거처가 강너머 양양(襄陽)과 마주했는지라 고개만 들면 바라보이는 한수(漢水)의 물안개와 첩첩의 산색이 그의 창작과 화풍에 지대한 영향을 미쳤다. 이 때문에 그를 흔히 미양양(米襄陽)이라 일컫는다.
2) 자소궁(紫霄宮)은 무당산의 궁관 가운데의 하나로서 뒤로 전기봉(展旗峰)에 기대어 있다. 영락 11년(1413년)에 지어졌으며, 안에 진무대제(眞武大帝)의 좌상과 여러 신을 모시고 있다.
3) 태자파(太子坡)는 명대 영락(永樂) 12년(1414년)에 세워졌으며, 자소궁 북동쪽에 위치하고 있다. 전해오는 이야기에 따르면 정락국(淨樂國)의 태자가 막 입산 수도했을 때 이곳에 거주했다고 한다.
4) 현제(玄帝)는 도교에서 떠받드는 진무대제로서 현천상제(玄天上帝)라고도 일컬으며, 현제라 약칭한다. 전해지는 이야기에 의하면, 현제가 수련할 적에 매화를 빈랑나무에 접을 붙였는데, 그가 득도할 수 있다면 이 나무가 꽃을 피우고 열매를 맺을 것이라고 말했다. 후에 이 나무가 꽃을 피우고 열매를 맺으니, 그 역시 수도에 성공했다.
5) 천호(千戶)는 금대(金代)에 설치된 군직(軍職)이다. 명대에는 천호소(千戶所)를 두어 1120명의 병사를 거느렸으며, 주요 부주(府州)에 주둔했다. 제점(提點)은 송대에 설치된 관직으로서, 명대에는 무당산에 제점을 두어 도사를 관리했다.
6) 향금(香金)은 사묘(寺廟)에 바치는 찬조비를 가리킨다.

## 3월 14일

옷을 갈아입고서 금정에 올랐다. 참배를 마치고 나자, 하늘이 파랗게 맑았다. 아래로 뭇 봉우리를 굽어보니, 가까운 것은 마치 고니가 목을 치켜들듯 우뚝 서 있고, 먼 것은 비단처럼 늘어서 있다. 참으로 세속의 때가 묻지 않은 심오하고 현묘한 곳이로다! 마침내 삼천문 오른편의 오솔길을 따라 골짜기를 내려갔다. 이 오솔길에는 돌층계도, 난간의 밧줄도 없는 채, 어지러이 흩어진 봉우리 사이로 뚫린 길이 그윽한 절경의 느낌을 자아냈다.

3리 남짓을 걸어 납촉봉(蠟燭峰) 오른쪽에 이르렀다. 샘물이 졸졸 길옆으로 넘쳐흐르고 있다. 그 아래는 납촉간(蠟燭澗)이다. 납촉간의 오른편을 따라 3리 남짓 나아갔다. 봉우리는 산을 좇아 돌아드는데, 아래로 평탄한 산언덕 속에 툭 트인 땅이 보였다. 이곳이 상경대관(上瓊臺觀)이다. 그 옆에 낭매나무 몇 그루가 있다. 둘레는 죄다 한 아름이고, 꽃빛깔이 허공에 흩어져 산을 비추어 바위 주변을 눈부시도록 아름답게 꾸며주었다. 이곳은 그윽하기 짝이 없고, 경치 또한 각별히 색달랐다.

내가 낭매나무의 열매를 달라 했더니, 상경대관의 도사는 입을 다문 채 아무 대답도 하지 않았다. 그러더니 잠시 후 이렇게 말했다. "이것은 금지된 물품입니다. 이전에 어떤 사람이 서너 개를 가져가는 바람에, 여러 명의 도사가 이에 연루되어 신세를 망쳤습니다." 그 말이 믿기지 않아 내가 더욱 강경하게 요구하자, 몇 개를 건네주었다. 모두 검게 문드러진 것이었는데도, 도사는 남이 알게 해서는 안된다고 신신당부했다. 중경대관(中瓊臺觀)에 이르렀을 때 나는 다시 낭매나무 열매를 달라 했는데, 중경대관의 주지 역시 거절하면서 없다고 대답했다.

곰곰이 생각해보니, 하경대관(下瓊臺觀)으로 나오면 옥허암(玉虛岩)으로 갈 수는 있어도 남암(南岩)과 자소궁으로는 갈 수 없다. 어찌 하나를 얻고 둘을 잃을 손가. 차라리 왔던 길로 올라가는 편이 나으리라. 길가 샘물이 넘쳐흐르던 곳에 가서 왼쪽으로 납촉봉을 넘으면, 남암에서 멀지 않을 게 틀림없으리라.

그런데 갑자기 뒤에서 누군가 외쳐 불렀다. 중경대관의 어린 도사가 스승의 명을 받들어 내게 급히 돌아오라는 것이었다. 중경대관의 주지가 나의 손을 잡고서 입을 열었다. "그대가 그토록 구하던 진귀한 나무를 다행히 두 개를 얻었으니, 조금이나마 그대의 바람을 만족시킬 수 있게 되었습니다. 다만 남에게 알려지게 되면 곧바로 처벌을 받을 것입니다." 꺼내어 자세히 살펴보았다. 모양은 영락없이 금귤과 같고 벌꿀과 같은 액즙이 스며 나오며, 껍질은 금과 같고 육질은 옥과 같았다. 평범한 물건이 아니었던 것이다. 진심으로 감사드린 후, 작별인사를 드렸다.

다시 3리 남짓을 올라, 곧바로 납촉봉의 움푹 꺼진 곳으로 나아갔다. 산봉우리는 삐죽삐죽 가지런하지 않은 채 모서리가 날카로웠다. 그 가운데를 지나노라니, 어렴풋이 흔들릴 것만 같았다. 납촉봉을 넘은 후, 벼랑을 따라 빙 에돌아 여러 굽이의 봉우리를 잇달아 넘었다. 봉우리 꼭대기의 흙과 바위는 지형에 따라 자주 색깔이 바뀌었다. 얼마 지나지 않아 경문을 읽는 소리가 들려오기에 봉우리 꼭대기를 쳐다보니, 저 멀리 봉우리가 우뚝 솟아 있었다. 어느덧 조천궁 오른편에 나와 있었던 것이다.

계속해서 8리를 올라 남암의 남천문에 이르렀다. 급히 정전으로 달려가 참배했다. 오른쪽으로 몸을 돌려 정전 뒤쪽으로 들어갔다. 높은 벼랑은 중간 부분이 움팬 채, 마치 긴 복도가 공중에 매달리듯 구불구불 산중턱까지 뻗어 있었다. 아래로 굽어보니 끝이 없었다. 이곳이 바로 남암, 혹은 자소암(紫霄岩)이라 한다. 이곳은 무당산의 서른여섯 곳의 봉우리 가운데 가장 아름다우며, 그 맞은편에 천주봉이 우뚝 솟아 있었다.

남암에서 정전으로 돌아왔다. 왼편의 돌층계를 따라 산간의 평지를 걸어갔다. 둘레가 몇 아름이나 되는 커다란 소나무와 삼나무가 가지와 잎사귀를 무성하게 늘어뜨린 채 수려한 자태를 뽐내고 있었다. 평평한 누대 한 곳이 외로이 우뚝 서서 사방으로 높은 봉우리를 바라보고 있었다. 이곳은 비승대(飛昇臺)이다. 날이 저물었다. 조천궁으로 돌아와 그곳의 나이어린 도사에게 선물을 주고서 또다시 낭매 열매 6개를 얻었다. 이튿날 또다시 그것을 구하려 했으나, 얻을 수 없었다.

### 3월 15일

남천문의 궁 왼편을 따라 뇌공동(雷公洞)으로 달려갔다. 뇌공동은 깎아지른 듯한 벼랑 사이에 있었다. 나는 자소궁으로 되돌아갔다가, 태자암(太子岩)에서 불이암(不二庵)을 거쳐 오룡궁(五龍宮)에 가고 싶었다. 그런데

가마꾼이 길을 에돌아가는 것은 불편하니, 차라리 남암에서 죽파교(竹笆橋)로 내려가 적수암(滴水岩)과 선려암(仙侶岩)의 여러 절경을 구경하느니만 못하다고 말했다.

이에 북천문(北天門)을 따라 내려와 숲이 우거진 오솔길을 나아갔다. 적수암과 선려암은 모두 길 왼쪽에 있었다. 깎아지른 듯한 벼랑은 날듯이 위로 치솟아 있고, 샘물이 벼랑 가운데로 떨어져 내렸다. 벼랑 안에는 방을 들일만한 공간이 있다. 그곳에서는 진무제를 받들어 모시고 있다. 죽파교에 이르자 비로소 샘물이 흘러내리는 소리가 들려왔다. 하지만 산골물을 따라 나아가지 않고 산에 의지하여 산고개를 넘었다. 가는 길 내내 툭 튀어나온 수많은 바위와 높은 암벽이 무성한 초목 사이에 어지러이 섞여 있고, 때때로 낭매화가 피어나 멀리 가까이를 눈부시도록 비추었다.

백운암과 선귀암(仙龜岩)을 지나 모두 20여 리를 나아갔다. 돌층계를 따라 산골짜기 밑에 이르자, 청양교(青羊橋)가 나왔다. 이곳의 산골물은 죽파교(竹笆橋)에서 흘러내린 하류이다. 양쪽 벼랑의 무성한 초목은 해를 가리고 있으며, 굽이지는 맑은 물 위에 다리가 걸쳐 있다. 물이 어디로 흘러가는지 알 수 없었다. 고개를 치켜들어 푸른 하늘을 쳐다보니, 마치 항아리의 입구와 같다.

청양교를 지나 곧바로 찬천령(攢天嶺)으로 올랐다. 5리를 걸어 오룡궁(五龍宮)[1]에 닿았다. 그 규모와 양식이 자소궁 및 남암과 매우 흡사했다. 궁전의 뒤편으로 1리 남짓 산을 올랐다. 산간의 평지로 돌아들자, 자연암(自然庵)이 나왔다. 잠시 후 오룡궁 궁전의 오른편으로 되돌아와 평지 쪽으로 꺾어 내려갔다.

2리 쯤 가자, 능허암(凌虛岩)이 나왔다. 겹겹의 산에 기대어 있는 능허암은 깊은 계곡을 굽어보면서 도원동(桃源洞)의 뭇 산을 마주보고 있었다. 산속 깊이 거대한 나무가 빽빽한 채, 보랏빛과 비취빛이 마치 그림처럼 서로 되비쳤다. 여기가 희이(禧夷) 선생[2]이 수도하시던 곳이다. 앞에는 전경대(傳經臺)가 외로이 계곡을 굽어보고 있는데, 비승대의 아름다움과 짝할 만했다. 되돌아오는 길에 궁전 왼편을 지나 낭매대(稂梅臺)에 올랐다. 곧바로 산을 내려와 초점에 이르렀다.

태화산(太華山)의 사방은 모두 암벽인지라, 봉우리 산기슭에는 거대하고 기묘한 나무가 없었다. 이 산의 봉우리에 이르러야 둘레가 세 아름이나 되는 소나무와 잣나무가 많이 있었다. 게다가 소나무는 모두 오침송으로, 씨앗이 연밥만 했다. 간혹 아직 떨어지지 않은 씨앗이 있기에, 따서 먹어보니 싱싱하고 향내가 대단히 좋았다.

반면 태화산(太和山)은 사방이 여러 산에 둘러싸인 채, 백 리 이내에 무성한 숲이 해를 가릴 듯 빽빽이 하늘 높이 솟구쳐 있다. 태화산 가까이의 수십 리 이내에는 둘레가 세 아름이나 되는 기이한 삼나무와 오래 묵은 잣나무가 산간의 평지를 가득 채우고 있다. 이는 아마 나라에서 벌목을 금했기 때문이리라. 숭산(嵩山)과 소실산(少室山) 사이에는 평탄한 산자락에서 꼭대기에 이르기까지 나무꾼들이 깡그리 벌목한 바람에, 오직 세 그루의 장군수만이 우뚝 솟구쳐 있을 따름이었다.

산, 골짜기, 하천과 들판은 철이 같아도 날씨가 달랐다. 숭산과 소실산을 나올 적에는 밭에 푸르게 자라난 보리싹을 보았다. 섬주(陝州)에 이르니 살구꽃이 피어 있고 연두빛의 버들가지가 봄바람에 한들거리며 손짓하더니, 동관에 들어서자 평탄한 한길 양쪽에 버드나무가 가지를 드리우고 배나무와 오얏나무가 들쑥날쑥 자라나 있었다. 그런데 홍욕으로 들어서자 층층이 쌓인 얼음과 눈이 여전히 산골짜기를 가득 채운 채, 참으로 봄바람이 건너오지도 않은 듯했다. 오저차(塢底岔)를 지나서야 다시 살구꽃이 보이고, 용구채(龍駒寨)를 나오자 붉은 복숭아꽃과 연두빛 버들가지로 곳곳마다 봄빛이 가득했다.

이미 청명절이 지났다는 생각이 문득 들자, 눈앞에 펼쳐진 정경에 절로 마음이 저려왔다. 이리하여 초점을 떠나 24일만인, 욕불절(浴佛節)[3] 이튿날에 집에 당도했다. 태화산의 낭매를 늙으신 어머님께 드려 장수를 축원했다.

---

1) 오룡궁(五龍宮)의 원명은 흥성오룡궁(興聖五龍宮)이다. 전해오는 이야기에 따르면, 당나라 정관(貞觀) 연간에 균주태수 요간(姚簡)이 기우제를 지내는데, 이곳에 오룡이 나타났기에 오룡사(五龍祠)를 지었다. 후에 원대에 오룡궁으로 개축했다.
2) 희이(禧夷)는 송나라 초의 은사 진단(陳摶, ?~989)의 호이다.
3) 석가모니의 생신인 음력 4월 초파일을 맞아 불교도들은 향료를 섞은 물로 불상을 닦는데, 이 행사를 욕불(浴佛)이라 일컫는다.

## 원문

**十一日** 登仙猿嶺. 十里餘, 有枯溪小橋, 爲鄖縣境, 乃河南、湖广界. 東五里, 有池一泓, 曰青泉, 上源不見所自來, 而下流淙淙. 地又屬淅川, 蓋二縣界址相錯, 依山溪曲折, 路經其間故也. 五里, 越一小嶺, 仍爲鄖縣境. 嶺下有玉皇觀、龍潭寺. 一溪滔滔自西南走東北, 蓋自鄖中來者. 渡溪, 南上九里岡, 經其脊而下, 爲蟠桃嶺, 溯溪行塢中十里, 爲葛九溝. 又十里, 登土地嶺, 嶺南則均州境. 自此連逾山嶺, 桃李繽紛, 山花夾道, 幽艷異常. 山塢之中, 居廬相望, 沿流稻畦, 高下鱗次, 不似山、陜間矣. 但途中蹊徑狹, 行人稀, 且聞虎暴叫, 日方下舂, 竟止塢中曹家店.

**十二日** 行五里, 上火龍嶺. 下嶺隨流出峽, 四十里, 下行頭岡. 十五里, 抵紅粉渡, 漢水汪然西來, 涯下蒼壁懸空, 清流繞面. 循漢東行, 抵均州. 静樂宮當州之中, 踞城之半, 規制宏整. 停行李於南城外, 定計明晨登山.

**十三日** 騎而南趨, 石道平敞. 三十里, 越一石梁, 有溪自西東注, 卽太和下流入漢者. 越橋爲迎恩宮, 西向. 前有碑大書'第一山'三字, 乃米襄陽筆, 書法飛動, 當亦第一. 又十里, 過草店, 襄陽來道, 亦至此合. 路漸西向, 過遇眞宮, 越兩隘下, 入塢中. 從此西行數里, 爲趨玉虛道; 南躋上嶺, 則走紫霄間道也. 登嶺. 自草店至此, 共十里, 爲回龍觀. 望岳頂青紫揷天, 然相去尙五十里. 滿山喬木夾道, 密布上下, 如行綠慕中.

從此沿山行, 下而復上, 共二十里, 過太子坡. 又下入塢中, 有石梁跨溪, 是爲九渡澗下流. 上爲平臺十八盤, 卽走紫霄、登太和大道; 左入溪, 卽溯九渡澗, 向瓊臺觀及八仙羅公院諸路也. 峻登十里, 則紫霄宮在焉. 紫霄前臨禹迹池, 背倚展旗峰, 層臺傑殿, 高敞特異. 入殿瞻謁. 由殿右上躋, 直造展旗峰之西. 峰畔有太子洞、七星岩, 俱不暇問. 共五里, 過南巖之南天門. 舍之西, 度嶺, 謁榔仙祠. 祠与南岩對峙, 前有榔樹特大, 無寸膚, 赤干聳立, 纖芽未發. 旁多榔梅樹, 亦高聳, 花色深淺如桃杏, 蒂垂絲作海棠狀. 梅与榔本山中兩種, 相傳玄帝揷梅寄榔, 成此異種云.

共五里, 過虎頭岩. 又三里, 抵斜橋. 突峰懸崖, 屢屢而是, 徑多循峰隙上. 五里, 至三天門, 過朝天宮, 皆石級曲折上躋, 兩旁以鐵柱懸索. 由三天門而二天門、一天門, 率取徑峰坳間, 懸級直上. 路雖陡峻, 而石級旣整, 欄索鉤連, 不似華山懸空飛度也. 太和宮在三天門內. 日將晡,[1] 竭力造金頂, 所謂天柱峰也. 山頂衆峰, 皆如覆鐘峙鼎, 離離[2]攢立; 天柱中懸, 獨出衆峰之表, 四旁嶄絶. 峰頂平處, 縱橫止及尋丈. 金殿峙其上, 中奉玄帝及四將, 爐案俱具, 悉以金爲之. 督以一千戶、一提点, 需索香金, 不啻御奪. 余入叩匆匆, 而門已闔, 遂下宿太和宮.

---

1) 포(晡)는 '오후 4시 전후의 신(申)시'를 가리키며 '해질녘, 저녁무렵'을 의미한다.
2) 리리(離離)는 '무성하고 많은 모양, 진하고 빽빽한 모양, 질서정연한 모양, 넓고 먼 모양 등을 가리킨다.

十四日 更衣上金頂. 瞻叩畢, 天宇澄朗, 下瞰諸峰, 近者鵠峙, 遠者羅列, 誠天眞奧區也! 遂從三天門之右小徑下峽中. 此徑無級無索, 亂峰離立, 路穿其間, 逈覺幽勝. 三里餘, 抵蠟燭峰右, 泉涓涓溢出路旁, 下爲蠟燭澗. 循澗右行三里餘, 峰隨山轉, 下見平丘中開, 爲上瓊臺觀. 其旁榔梅數株, 大皆合抱, 花色浮空映山, 絢爛岩際. 地旣幽絶, 景復殊異. 余求榔梅實, 觀中道士噤[1]不敢答. 旣而曰:"此系禁物. 前有人携出三四枚, 道流株連破家者數人." 余不信, 求之益力, 出數枚畀余, 皆已黝爛, 且訂無令人知. 及趨中瓊台, 余復求之, 主觀仍辭謝弗有. 因念由下瓊台而出, 可往玉虛岩, 便失南岩紫霄, 奈何得一失二, 不若仍由舊徑上, 至路旁泉溢處, 左越蠟燭峰, 去南岩應較近. 忽后有追呼者, 則中瓊台小黃冠[2]以師命促余返. 觀主握手曰:"公渴求珍植, 幸得兩枚, 少慰公懷. 但一洩於人, 罪立至矣." 出而視之, 形侔[3]金橘, 漉以蜂液, 金相玉質, 非凡品也. 珍謝別去. 復上三里餘, 直造蠟燭峰坳中. 峰參差廉利,[4] 人影中度, 兀兀[5]欲動. 旣度, 循崖宛轉, 連越數重. 峰頭土石, 往往隨地異色. 旣而聞梵頌聲, 則仰見峰頂遙遙上懸, 已出朝天宮右矣. 仍上八里, 造南岩之南天門, 趨謁正殿, 右轉入殿后, 崇崖嵌空, 如懸廊複道, 蜿蜒山半, 下臨無際, 是名南岩, 亦名紫霄岩, 爲三十六岩之最, 天柱峰正當其面. 自岩還至殿左, 歷級塢中, 數抱松杉, 連陰挺秀. 層對孤懸, 高峰四眺, 是名飛昇臺. 暮返宮, 賄其小徒, 復得榔梅六枚. 明日再索之, 不可得矣

---

1) 금(噤)은 '입을 다물다'를 의미한다.
2) 도사가 머리에 쓰는 관(冠)은 금속이나 나무로 만드는데, 관의 색깔로 노란색을 숭상하기에 흔히 황관(黃冠)이라 일컬으며 이로써 도사를 가리킨다.
3) 모(侔)는 '같다, 균등하다'를 의미한다.
4) 염리(廉利)는 '모서리가 날카롭다'를 의미한다.
5) 올올(兀兀)은 '희미한 모양, 어렴풋한 모양, 어슴푸레한 모양'을 가리킨다.

**十五日** 從南天門宮左趨雷公洞. 洞在懸崖間. 余欲返紫霄, 由太子岩歷不二庵, 抵五龍. 輿者轎夫謂迂曲不便, 不若由南岩下竹笆橋, 可覽滴水岩、仙侶岩諸勝. 乃從北天門下, 一徑陰森, 滴水、仙侶二岩, 俱在路左, 飛崖上突, 泉滴歷於中, 中可容室, 皆祠眞武. 至竹笆橋, 始有流泉聲, 然不隨澗行. 乃依山越嶺, 一路多突石危岩, 間錯於亂蒨叢翠中, 時時放榔梅花, 映

耀遠近.

　過白雲、仙龜諸岩, 共二十余里, 循級直下澗底, 則靑羊橋也. 澗卽竹笆橋下流, 兩崖蓊葱[1]蔽日, 淸流延回, 橋跨其上, 不知流之所去. 仰視碧落,[2] 宛若甕口. 度橋, 直上攢天嶺. 五里, 抵五龍宮, 規制与紫霄南岩相伯仲. 殿后登山里許, 轉入塢中, 得自然庵. 已還至殿右, 折下塢中, 二里, 得凌虛岩. 岩倚重巒, 臨絶壑, 面對桃源洞諸山, 嘉木尤深密, 紫翠之色, 互映如圖畵, 爲希夷習靜處. 前有傳經臺, 孤瞰壑中, 可与飛昇作匹. 還過殿左, 登榔梅臺, 卽下山至草店.

　華山四面皆石壁, 故峰麓無喬枝異幹; 直至峰頂, 則松柏多合三人圍者; 松悉五鬣, 實大如蓮, 間有未墮者, 采食之, 鮮香殊絶. 太和則四山环抱, 百里內密樹森羅, 蔽日參天; 至近山數十里內, 則異杉老柏合三人抱者, 連絡山塢, 蓋國禁也. 嵩、少之間, 平麓上至絶頂, 樵伐無遺, 獨三將軍樹巍然杰出耳. 山谷川原, 候同气異. 余出嵩、少, 始見麥畦靑; 至陝州, 杏始花, 柳色依依[3]向人; 入潼關, 則驛路旣平, 垂楊夾道, 梨李參差矣; 及轉入泓峪, 而層冰積雪, 猶滿澗谷, 眞春風所不度也. 過塢底岔, 復見杏花; 出龍駒寨, 桃雨柳烟, 所在都有. 忽憶日已淸明, 不勝景物悴憂傷情. 遂自草店, 越二十四日, 浴佛后一日抵家. 以太和榔梅爲老母壽.

---

1) 옹총(蓊葱)은 초목이 푸르게 무성한 모양을 가리킨다.
2) 벽락(碧落)은 푸른 하늘을 가리키는 도교 용어이다.
3) 의의(依依)는 '바람에 연약한 나뭇가지가 한들거리는 모양을 가리킨다.

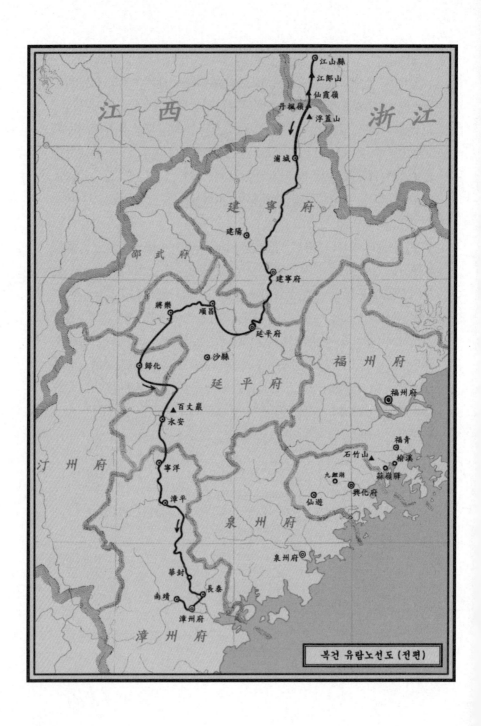

# 복건 유람일기 전편(閩遊日記前)

## 해제

「복건 유람일기」를 남기기 전에 서하객은 이미 두 차례나 복건성을 유람한 적이 있다. 즉 1616년에 무이산(武彝山)을 유람하면서 「무이산 유람일기」를 남겼으며, 1620년에는 구리호(九鯉湖)를 유람하면서 「구리호 유람일기」를 남겼다. 「복건 유람일기」는 전편과 후편으로 나뉘는데, 전편은 1628년에 유람한 기록이고 후편은 1630년에 유람한 기록이다. 전편과 후편은 유람한 시기가 다를 뿐만 아니라 여정도 다르기에 기록한 내용은 물론 감상 또한 다르다. 여기에서 다루는 「복건 유람일기」는 복건성을 유람한 세 번째 기록에 해당하는 전편으로서, 1628년 2월 20일 집을 떠나 3월 12일 단풍령(丹楓嶺)에 올라 복건성 경계에 들어선 후 4월 5일 남정(南靖)에 이르기까지의 여정을 기록하고 있다.

이번 유람의 주요 여정은 다음과 같다. 강산현(江山縣) → 산갱(山坑) →

선하령(仙霞嶺) → 단풍령(丹楓嶺) → 구목(九牧) → 선양(仙陽) → 포성(浦城) → 관전(觀前) → 금두산(金斗山) → 쌍계구(雙溪口) → 건녕부(建寧府) → 태평역(太平驛) → 연평부(延平府) → 삼련포(三連鋪) → 고탄포(高灘鋪) → 산간도(山澗渡) → 거협포(莒峽鋪) → 옥화동(玉華洞) → 영안현(永安縣) → 임전(林田) → 마산령(馬山嶺) → 영양현(寧洋縣) → 장평현(漳平縣) → 화봉(華封縣) → 장주부(漳州府) → 남정(南靖)

## 역문

숭정(崇禎) 황제가 연호를 바꾼 그 해[1] 2월, 문득 복건성과 광동성을 유람하고 싶은 흥취가 일었다. 20일 비로소 길을 나섰다. 3월 11일 강산현(江山縣)의 청호(靑湖)에 이르렀다. 복건성으로 들어서는 육로에 올라선 셈이다. 15리를 걸어 석문가(石門街)를 지나 강랑산(江郎山)과 얼굴을 마주하니, 마치 옛 친구를 다시 만난 듯했다. 15리를 나아가 협구(峽口)에 닿았다. 벌써 날이 저물었다. 다시 15리 길을 걸어 산갱(山坑)에서 하룻밤을 묵었다.

---

1) 옛 중국에서는 새로운 황제가 즉위하면 연호를 바꾸었다. 명대 마지막 황제인 주유검(朱由檢)은 즉위한 후 연호를 숭정(崇禎)으로 바꾸었는데, 그 해는 무신(戊辰)년 1628년이다. 건륭본에서는 청나라의 옹정(雍正) 황제의 이름이 윤정(胤禎)이었기에 피휘(避諱)하여 숭정(崇正)이라 고쳤다.

## 3월 12일

20리를 걸어 선하령(仙霞嶺)에 올랐다. 35리를 나아가 단풍령(丹楓嶺)[1]

을 올랐다. 고개 남쪽이 곧 복건성의 경계이다. 다시 7리를 나아가자, 서쪽에 고개를 넘어 뻗어나오는 길이 나왔다. 강서성(江西省) 영풍현(永豐縣)으로 가는 길인데, 영풍현까지는 아직 80리나 떨어져 있다. 시내를 따라 동쪽으로 꺾어들었다. 8리만에 이령(梨嶺)의 산기슭에 이르렀다. 4리를 더 가서 그 고갯마루에 올라섰다. 6리 길을 더 가서 구목(九牧)에서 하룻밤을 묵었다.

---

1) 단풍령(丹楓嶺)은 지금의 풍령(楓嶺)으로서, 서하객이 지났던 곳은 지금의 절강성과 복건성의 경계에 있는 풍령관(楓嶺關)이다.

## 3월 13일

35리만에 고개를 넘어 선양(仙陽)에서 식사를 했다. 선양령(仙陽嶺)은 그다지 높지 않았으며, 따사로운 햇빛 아래 만발한 진달래꽃이 무척 사랑스러웠다. 식사를 마친 후, 수레를 타고 30리를 나아가 포성(浦城)에 이르렀다. 시간은 아직 일러 해가 저물지는 않았다. 이즈음 천주부(泉州府)와 흥화부(興化府)의 해적들이 길을 가로막는다는 소문이 파다했다. 그래서 연평부(延平府)를 거쳐 영안현(永安縣)으로 가지 않으면 안되었다. 나역시 오래도록 옥화동(玉華洞)에 가보고 싶은 마음을 품고 있었기에 연평부로 가는 배를 구했다.

## 3월 14일

배를 띄워 40리를 나아가 관전(觀前)에 이르렀다. 뱃사공이 집에 들러야겠다고 일찍 배를 댔다. 나는 배다리를 건너 시내를 따라 왼쪽의 금두산(金斗山)에 올랐다. 돌층계는 잘 정비되어 있고, 높다란 소나무와 화사한 풀꽃의 그윽한 향내가 옷자락 속으로 파고들었다. 삼정(三亭)을 지나 현제궁(玄帝宮)으로 들어선 뒤, 정전 뒤쪽으로 고개를 올랐다. 산봉우리가 한 가운데에 우뚝 솟구쳐 있다. 사방은 산으로 에워싸이고, 시내 물줄기들은 마치 띠를 두른 듯하다. 바람에 이는 자욱한 안개 속에 해가 저물려 하니, 차마 아쉬워 발걸음을 떼지 못하도다!

### 3월 15일

날이 희미하게 밝아올 즈음 길을 나섰다. 사나운 물살에 배가 마구 요동쳤다. 120리를 달려 물가 바위 아래에 배를 댔다. 밤새도록 비바람이 몰아치고 시냇물은 우레처럼 요란했다.

### 3월 16일

60리를 달려 쌍계구(雙溪口)에 이르렀다. 물길이 숭안현(崇安縣)의 물길과 합쳐졌다. 다시 55리를 달려 건녕군(建寧郡)에 닿았다. 비가 쉬지 않고 내렸다.

### 3월 17일

강물이 몇 길이나 불어난 바람에, 함께 가던 배들이 죄다 발이 묶여 뜨지 못했다. 오전에 삼판선¹⁾을 구해, 그 배를 타고 길을 떠났다. 40리를 달려 태평역(太平驛)에 이르고, 다시 40리를 달려 대횡역(大橫驛)에 이르렀다. 배는 마치 나는 새처럼 달렸다. 30리를 나아가 암담탄(黯淡灘)에 닿았다. 거친 물길이 세차게 출렁거렸다.

내가 이전에 구리호(九鯉湖)를 유람할 적에 이곳을 지난 적이 있었다. 그때는 거대한 바위 벼랑이 우뚝 마주서 있는 게 보였을 뿐, 배가 벼랑 사이를 뚫고 지날 때 험준하다는 생각은 들지 않았다. 그런데 오늘은 하얀 물결이 산처럼 일어나고, 바위가 물결에 가려 아예 형체도 보이지 않았다. 전에 비해 배나 험준했다. 10리를 달려 연평부(延平府)에 이르렀다.

---

1) 삼판선(三板船)은 근해나 하천에서 노를 저어 다니는 소형 선박이다.

## 3월 18일

나는 가벼운 옷차림으로 연평부성의 서문을 나서 옥화동(玉華洞)을 구경하러 갔다. 남쪽으로 시내를 건넜다. 하인에게 짐을 가지고 사현(沙縣)에서 물길로 영안현(永安縣)에 가서 기다리라 명했다. 나는 육로로 40리를 걸어 사계(沙溪)를 건너 서쪽으로 나아갔다. 장락현(將樂縣)의 물길은 서쪽에서 흘러오고, 사현의 물길은 남쪽에서 흘러와 이곳에서 합류했다가, 연평부에 이르러 건계(建溪)와 합류한다. 남쪽으로 몸을 돌려 산으로 들어가 60리를 걸어 삼련포(三連鋪)에 숙소를 잡았다. 삼련포는 구녕(甌寧)과 남평(南平), 순창(順昌) 세 현의 경계이다.

## 3월 19일

5리를 걸어 백사령(白沙嶺)에 도착했다. 이곳은 순창현의 경내이다. 다시 25리를 나아가 순창현에 이르렀다. 순창현은 물가에 맞닿아 있다. 소무부(邵武府)의 물길은 서쪽에서 흘러나와 광택(光澤)[1]으로 흘러들고, 귀화현(歸化縣)의 물길[2]은 남쪽에서 흘러온다. 이 두 줄기는 현성의 남동쪽 모퉁이에서 만난다. 물길 너머로 현성을 바라보니, 시내의 둑은 마치 흐르는 물길에 띠를 두른 듯하다. 물길을 따라 남쪽으로 30리를 걸어 두원(杜源)에 이르렀다. 홀연 손바닥만한 크기의 눈발이 흩날렸다. 15리를 걸어 장락현의 경내에 들어섰다. 이곳은 양귀산(楊龜山) 선생[3]의 고향이다.

다시 15리를 나아가니 고탄포(高灘鋪)이다. 음침한 구름은 모두 흩어지고 하늘은 씻은 듯 맑았다. 아침해가 환한 햇살을 반짝였다. 뭇 봉우리에 쌓인 눈은 마치 옥고리를 두른 듯하다. 복건성에서는 눈 내리는 것 자체가 기이한 일인데, 늦봄에 눈이 내리니 더욱 기이하게 여겼다. 시골마을의 백성들과 저자거리의 아녀자들은 모두들 햇볕을 쬐거나 손난로를 가지고 다니는 터에, 나는 도리어 맨발로 내달리니 참으로 통쾌했다! 25리를 걸어 산간도(山澗渡)의 시골집에서 묵었다.

---

1) 소무(邵武)는 명대에 부(府)를 설치했으며, 지금의 소무현이다. 광택(光澤)은 소무부에 속한 현이며, 지금의 광택현이다. 여기에서의 '소무부의 물길'이란 서계(西溪) 혹은 자운계(紫雲溪)를 가리키며, 오늘날에는 부둔계(富屯溪)라 일컫는다.
2) 귀화(歸化)는 명대에 현(縣)을 설치했으며, 지금의 명계현(明溪縣)이다. '귀화현의 물길'이란 장계(將溪) 혹은 대계(大溪)를 가리키며, 오늘날에는 금계(金溪)라 일컫는다.
3) 양귀산(楊龜山)은 송대의 이학가인 양시(楊時, 1053~1135)이다. 그는 장락현 출신으로 자는 중립(中立)이고 별호는 양귀산이다. 그는 정호(程顥)·정이(程頤)에게 사사했으며, 만년에 장락현의 귀산(龜山)에서 은거했다.

## 3월 20일

산골물을 건넌 뒤, 대계를 거슬러 남쪽으로 나아갔다. 양쪽의 산이 문을 이루고 있었다. 이곳은 거협(莒峽)이다. 시냇가의 절벽은 아예 발을 들여놓을 수 없었다. 하는 수 없이 산허리를 따라 걸었다. 10리만에 거협포(莒峽鋪)를 빠져나왔다. 산골짝이 비로소 훤히 트였다. 다시 10리를 걸어 장락현에 들어섰다. 남쪽 관문을 나와서 시내를 건너 남쪽으로 나아갔다. 동쪽으로 꺾어 산에 들어서서 등령(滕嶺)을 올랐다.

남쪽으로 3리를 가자, 옥화동(玉華洞)[1]으로 가는 길이 나왔다. 방금 전에 등령을 지날 적에 바라보니, 남동쪽에 두 개의 봉우리가 우뚝 서 있는데, 푸른 암벽에 겹겹으로 싸여 있어 형태와 색깔이 다른 뭇 봉우리와 사뭇 달랐다. 봉우리 기슭에 이르니, 산봉우리가 마치 꼬리처럼 가로로 늘어진 채 동굴 어귀를 둘러싸고 있었다. 산속의 움푹 꺼진 곳에 자리 잡은 동굴 어귀는 그다지 툭 트여 있지는 않았다. 그렇지만 시퍼런 수풀이 위에 우거져 있고, 그 아래로 맑은 물이 흘러내리는지라, 나도 모르게 몸과·마음이 으스스해졌다. 산 중턱에 명대암(明臺庵)이 있는데, 옥화동 후문으로 가려면 거쳐야 하는 곳이다.

　나는 이때까지도 식사를 하지 못했다. 그러나 다시 길을 떠나 왼쪽으로 고개를 넘었다. 소나무에 휘감긴 돌층계를 뚫고 3리를 걸어가자 연꽃 모양의 푸른 산이 돌연 펼쳐졌다. 그 가운데에 명대암이 있었다. 명대암에서 식사를 하고서 옥화동 앞문으로 내려와 길잡이 해 줄 사람을 구했다. 그리고서 소나무 마디를 잘게 쪼개어 대광주리에 담았다. 길잡이에게 광주리를 어깨에 걸머지게 하고, 철사로 엮은 그물 망태를 손에 들게 했다. 그물 망태에 불을 붙인 소나무 마디를 놓고서, 불이 꺼지려 할 때마다 소나무 마디를 넣어 주었다.

　동굴 안으로 들어갔다. 층계를 따라 몇 자를 내려갔다. 물길이 흘러나오는 곳이 나왔다. 물길을 거슬러 구불구불 나아가다가 네 차례나 나무판자를 건넜다. 길은 문득 좁아졌다가 홀연 넓어지고, 느닷없이 올라가다가 돌연 내려간다. 바위의 색깔은 하얀색도 있고 노란색도 있으며, 뾰족한 바위는 매달려 있기도 하고 바닥에 곧추 서있기도 했다. '여지주(荔枝柱)', '풍루촉(風淚燭)', '만천장(幔天帳)', '달마도강(達摩渡江)', '선인전(仙人田)', '포도산(葡萄傘)', '선종(仙鐘)', '선고('仙鼓)'[2]만이 그 모양이 제법 그럴 듯했다.

　물길을 따라 끝까지 나아갔다. 깎아지른 듯한 층계를 기어 위로 올라가자, '구중루(九重樓)'[3]가 나왔다. 어두침침한 동굴 속을 멀리 바라보니 홀연 동이 틀 무렵의 밝은 빛이 새어나오는 듯했다. 이곳은 이른바 '오경천(五更天)'[4]이다. 이곳이 옥화동에서 가장 기이한 경관인데, 흡사 장공동(張公洞)[5]이 어둡다가 밝아지는 것과 똑같았다. 아마 동굴 문이 비스듬히 열려 있어 밝은 빛이 새어들어 비치기 때문이리라. 하지만 푸른 하늘은 여전히 보이지 않았다.

　동굴 속의 비스듬히 기운 고개를 따라 위를 쳐다보니 동굴 문의 틈새가 보이는데, 둥그런 햇살이 내리비치고 있었다. 그 동굴 문은 높은 곳에서 아래로 떨어져 내리는데, 크고 기이하며 멋지다는 점이 또한 장공동과 똑같다. 다만 장공동은 으스스하고 가파르며 기이하고 아름다운 경물이 모두 밝은 곳에 늘어서 있는 반면, 이곳 옥화동은 교묘하고 기이한 경물이 깊숙한 곳에 널려 있는데다가 동굴 문이 훨씬 넓다. 두 동굴의 같고 다른 점은 참으로 가리기가 힘들었다.

돌층계를 따라 동굴 꼭대기에 올랐다. 커다란 벼랑이 깎아낸 듯이 우뚝 서 있고, 좌우 양쪽은 마치 비취의 푸른색에 붉은색이 섞인 듯했다. 이건 참으로 장공동에서는 볼 수 없는 광경이었다.

산을 내려오자마자, 밭두둑이 나왔다. 사방이 산으로 둘러싸여 있는지라 물은 빠져나갈 길이 없어 콸콸 흐르다 가운데로 떨어져 내렸다. 아마 동굴 속을 흐르는 물길은 바로 여기에서 흘러든 것이리라.

다시 산 중턱에 올라 명대암을 지났다. 암자의 스님이 이렇게 말했다. "이 산의 바위는 모서리가 날카롭지요. 겉에 드러나는 곳마다 층층이 옥을 깎고 구름을 마름질할 정도의 정교한 형태를 지니고 있습니다. 하지만 애석하게도 풀과 나무에 가려져 있어서, 유람객들이 동굴만 알 뿐 봉우리를 알아주지 않습니다." 그리고는 나를 이끌고서 험한 산길을 더듬어 올라갔다. 그가 빽빽한 풀숲을 헤치며 내려가자, 성굴(星窟)이 나타났다. 성굴의 삼면에는 칼로 도려낸 듯한 절벽이 우뚝 서 있고, 아래는 몇 길의 깊이로 떨어져 내렸다. 석굴 옆에는 세 그루의 야생 귤나무가 자라나 있는데, 열매가 주렁주렁 매달려 있었다.

산허리에서 오른쪽으로 돌아 12리를 나아갔다. 홀연 두 산등성이가 만나는 지점이 나왔다. 가시덤불이 사방을 뒤덮고 있다. 그 가운데에 가지런히 이어진 돌층계는 낭떠러지와 비좁은 바위의 틈새를 감돌고 있다. 고개를 쳐들어 봉우리 꼭대기를 바라보니, 죽순 모양의 산봉우리가 홀로 높이 솟아 있다. 마침내 동굴 뒤쪽 높은 벼랑 위에서 다시 석문을 거쳐 명대암으로 내려왔다. 목욕을 하고서 잠자리에 들었다.

1) 옥화동(玉華洞)은 천계산(天階山)에 위치하여 있으며, 장락현으로부터 9㎞ 떨어져 있다. 전해오는 이야기에 따르면, 적송자(赤松子)가 약초를 캐던 곳이라고 한다. 동굴 안에는 장화(藏禾)·뇌공(雷公)·과자(果子)·계원(溪源)·황니(黃泥)·백운(白雲) 등의 여섯 곳의 동굴 방이 있고, 영천(靈泉)·용정천(龍井泉)·석천(石泉)이 모여 이룬 세 줄기의 시내가 있다.
2) '여지주'에서 '선고'까지는 동굴 안의 경물 명칭이다. 이 가운데 포도산(葡萄傘)은 선인산(仙人傘)이라고도 한다. 선종(仙鐘)과 선고(仙鼓) 또한 종고석(鐘鼓石)이라고도 일컫는데, 두드리면 쟁쟁 종소리가 울리고 둥둥 북소리가 울린다. 갖가지 여러 경물의 바위가 대단히 기묘한 모양을 지니고 있다.
3) 구중루(九重樓)는 바위가 녹아 떨어져 겹겹이 쌓인 모습이 마치 아홉 겹의 누대처럼 보인다고 하여 붙여진 이름이다.
4) 오경(五更)은 오전 3시부터 5시까지의 동 틀 무렵을 의미한다. 오경천(五更天)은 옥화동 깊숙이 있는데, 조그마한 구멍으로 새어 드는 햇빛이 동굴 안을 비추어 마치 안개기운이 막 걷혀 날이 새는 듯한 분위기를 자아낸다.
5) 장공동(張公洞)은 강소성 의흥(宜興)현 남서쪽의 우봉산(孟峰山) 기슭에 위치하여 있다. 전해지는 이야기로는 이곳에서 한대의 장도릉(張道陵)이 수도하고 당대의 장과로(張果老)가 은거했다고 한다. 동굴은 앞뒤 두 부분으로 나뉘어져 있으며, 동굴 속의 동굴이 72곳이나 있다. 선권동(善卷洞) 및 영곡동(靈谷洞)과 함께 의흥 삼동(三洞)으로 일컬어진다.

## 3월 21일

장락현 남문에 이르러 영안현으로 가는 길로 들어섰다.

## 3월 24일

비로소 영안현에 이르렀다. 배로 떠난 하인은 아직 도착하지 않았다.

## 3월 25일

영안현의 여관에 앉아 하인이 당도하기만을 기다렸다. 순창(順昌)의 술을 사와 누각 아래에서 술을 비웠다. 갑자기 쉬지 않고 외쳐 부르는 소리가 들려왔다. 누군가 했더니, 연평부에서 헤어졌던 하인이었다. 내일 아침 일찍 길을 떠나기로 결정했다.

## 3월 26일

현성을 따라 시내를 거슬러 남동쪽으로 20리를 갔다. 남쪽으로 돌아들어 25리만에 대설령(大泄嶺)에 올랐다. 험준한 산길을 자욱한 운무 속에 걸었다. 이렇게 쭉 15리 길을 걸어서야 임전(林田)이라는 평탄한 산비탈이 나왔다. 때는 마침 오후인데, 큰 비가 쏟아지는 바람에 도저히 길을 갈 수가 없었다. 임전에는 남쪽에서 흘러오는 시내가 두 줄기 있다. 동쪽의 시내는 핏물처럼 붉고, 서쪽의 시내는 푸른빛의 맑은 물인데, 이곳 임전에서 합류한다.

## 3월 27일

붉은빛의 시내를 거슬러 나아갔다. 한참이 지나 붉은빛 시내를 버려두고, 맑은 시내를 거슬러 나아갔다. 모두 20리를 걸어 갱원(坑源)의 위아래 다리를 넘어 마산령(馬山嶺)에 올랐다. 길을 오를수록 더욱 높아지고 안개 또한 더욱 짙어졌다. 마치 어제 대설령을 오를 때와 흡사했다. 5리를 걸어 마산령의 산마루를 지나니, 영양현(寧洋縣)의 경계이다.

5리를 내려가 고개머리에서 식사를 했다. 때는 마침 솟아오른 태양이 중천에 떠오를 즈음이다. 수많은 봉우리들의 모습이 마치 거울을 끌어당겨 얼굴을 비추듯 선명하다. 뒤돌아 위쪽의 고개를 바라보니 어느덧 보이지 않건만, 아래쪽에 나란히 늘어선 뭇 봉우리들은 발아래 모습을 드러내지 않는 게 없다. 마산령의 정상에서는 잇닿은 봉우리들이 서로 가려져 있었는데, 이곳에 내려와서야 비로소 훤히 트였다. 이곳이 남부의 최고봉이다.

토박이에게 물어보니, 이곳은 영양현을 설치하기 전에 영안현에 속했다. 그런데 지금은 고개 북쪽의 물과 북쪽은 연평부에 속하고, 고개 남쪽의 물과 남쪽은 장주부(漳州府)에 속한다고 한다. 산의 형세를 따라 하천의 귀속을 정했는데, 참으로 이와 같이 설치하는 것이 마땅하다. 이 곳은 남쪽의 영양현으로부터 30리 떨어져 있으며, 서쪽은 장주부의 용암현(龍巖縣)이고 동쪽은 연평부의 대전현(大田縣)이다.

산길을 내려온 지 10리만에 움푹 팬 곳을 따라 나아갔다. 시내의 다리를 건너 남쪽으로 갔다. 큰 시내가 동쪽으로 흘러간다. 고개를 넘어 다시 서쪽에서 흘러오는 작은 시내를 따라 남쪽으로 나아갔다. 20리만에 영양현의 동쪽 외곽 성에 이르렀다. 성의 북쪽을 에돌아 서쪽으로 나아갔다. 방금 전에 건넜던 큰 시내가 성의 남쪽을 거쳐 흘러오다가 마침 작은 시내와 만났다. 비로소 배를 띄울 만했다.

### 3월 28일

남쪽으로 내려가려 하는데, 강도가 출몰한다는 경보가 전해졌다. 이 바람에 이틀간이나 배를 띄우지 못했다.

### 4월 초하루

날이 밝자 배가 비로소 나아갔다. 시냇물은 산골짜기를 따라 남쪽으로 쏟아져 내렸다. 10여 리를 지나자, 서쪽으로 불쑥 치솟은 산봉우리 하나가 시냇물을 가로막았다. 물길은 산봉우리를 피해 서쪽으로 흐른 다음 다시 동쪽으로 꺾여 흘렀다. 물살이 병에 든 물을 쏟아붓는 듯했다. 이곳이 석취탄(石嘴灘)이다. 바위가 어지러이 무더기져 솟아 있는 사이로, 문 하나 크기의 물길이 뚫려 있었다. 간신히 배가 빠져나갈 만했다.

배가 그 돌문을 따라 푹 꺼져내렸다. 낙차가 한 길 남짓이었다. 그 여세로 구불거리더니 다시 낙차가 몇 길이었다. 암담탄(黯淡灘) 등의 여러 험한 곳과 비교하면, 물살의 규모는 사뭇 다르지만, 험하기는 곱절이다. 수많은 배들이 이곳에 이르러 마치 고기비늘처럼 늘어서 차례대로 내려갔다. 배 한 척이 지날 때마다, 배에 탄 사람들은 배에서 내려 언덕위로 올라가, 다함께 밧줄로 앞뒤에서 잡아당기고 있다가 때맞추어 놓아주어야 했다.

이곳을 지나자, 산골짜기는 깊숙하고 비좁아졌다. 겹겹의 산봉우리는 하늘 높이 솟구쳐 있다. 구불구불한 물길이 절벽을 뚫고 내려가는 모습이 마치 푸른 산을 가르고 구름을 꿰뚫는 듯하다. 30리를 나아가 관두(館頭)를 지났다. 어느덧 장평현(漳平縣) 경계에 이르러 있었다. 봉우리 하나가 다시 동쪽에서 불쑥 솟구쳐 있었다. 물길은 다시 동서쪽으로 빙둘러 꺾였다. 이곳은 유수탄(溜水灘)이다. 잇닿은 채 바짝 붙은 봉우리들과 튀어오르는 한 줄기 물결 속에, 배는 은하수에서 내려오고, 몸은 날아오를 듯한 폭포 속에 끼어있는 것만 같았다.

잠시 후 산세가 약간 열렸다. 20여 리를 나아가니, 석벽탄(石壁灘)이 나왔다. 이곳에는 바위들이 남쪽에서 툭 솟아나와 물길을 가로막고 있었다. 물길은 물러설 기미도 없이 맞부딪칠 기세이니, 석취탄 및 유수탄과 함께 가장 험한 여울로 꼽힌다. 이곳을 내려오자, 북동쪽에서 흘러오는 시내가 합쳐졌다. 더 내려가자, 북동쪽에서 흘러내리는 협계(夾溪)가 합쳐졌다. 물길이 커지면서, 물살은 잔잔해졌다. 다시 동쪽으로 20리를 나아갔다. 장평현에 닿았다.

영양현의 시냇물은 물길의 가파르고 빠르기가 건계의 열 배이다. 포성현(浦城縣)에서 민안진(閩安鎭)에 이르러 바다로 흘러들기까지는 800여 리 물길이고, 영양현에서 해징현(海澄縣)에 이르러 바다로 흘러들기까지는 300여 리이니, 물길이 짧을수록 물살은 더욱 거세리라. 하물며 이령(梨嶺)에서 아래로 연평부까지는 500리가 채 되지 않고, 연평부에서 위로 마령(馬嶺)까지는 400리가 못된 채 가파르니, 이렇게 볼 때 두 고개의 높이는 엇비슷하리라. 하지만 높이가 엇비슷해도 바다로 흘러들기까지의 거리가 짧으니, 물이 우레 소리를 내며 땅을 파고드는 기험한 모습은 마땅히 여기에서 읊어야 하리라.

## 4월 초이틀

화봉현(華封縣)으로 가는 배를 탔다. 몇 리를 가자 산세가 다시 합쳐졌다. 험한 여울과 세찬 물살이 겹겹이 나타나니, 건계의 태평탄(太平灘)이나 암담탄과 같은 곳이 이루 헤아릴 수 없이 많았다. 60리를 나아가 화봉에 이르렀다. 북계(北溪)는 이곳에 이르러 바위 등성이를 따라 쏟아져 내렸다. 그래서 노를 저어 나아갈 수가 없어서, 배에서 내려 고개를 넘었다.

무릇 물길이란 발원하는 처음에는 대나무 뗏목조차 띄울 수 없는 법이다. 설사 황하(黃河)의 삼문집진(三門集津)[1]처럼 배를 띄운다 해도 물길을 내려가다가 가로막히고 마는지라, 배가 오르내릴 수는 없다. 그러나 한나라와 당나라 때에는 황하의 수로를 이용하여 양곡을 운반했으며, 밧줄로 끌어당긴 흔적이 아직까지도 남아 있다. 그렇다면 물길의 험하기는 화봉현만 못하다고 할 수 있다. 화봉현은 예부터 지금까지 배가 운항한 적이 한 번도 없기 때문이다. 나는 물길을 따라 그 험한 곳을 끝까지 가보기로 마음먹었다. 하지만 토박이들은 산고개를 넘어갈 줄만 아는지라, 길잡이를 해줄 수가 없었다.

---

1) 삼문(三門)은 황하 중류의 유명한 협곡의 하나로서, 삼문협시(三門峽市)와 산서성 평륙(平陸)현 사이에 있다. 이곳의 강바닥에는 바위섬이 있어서 물길을 급류하게 만드는 세 곳이 있는 바, 북쪽의 것을 '인문(人門)', 중간의 것을 '신문(神門)', 남쪽의 것을 '귀문(鬼門)'이라 하며, 이 세 곳을 삼문이라 일컫는다.

## 4월 초사흘

고개에 올라 10리만에 고갯마루에 이르렀다. 서쪽에서 흘러오는 시냇물이 산기슭을 타고 흘러내렸다. 시냇물을 고개 숙여 내려다보니, 한 줄기 좁은 띠에 지나지 않았다. 다시 5리를 나아갔다. 길이 무너지듯 푹 꺼져 내렸다. 2리를 더 가서 시내에 이르렀다. 배를 타고서 80리를 나아가 서계(西溪)에 닿았다. 남서쪽으로 30리 길을 가면, 장주부(漳州府)가 나온다. 물길을 따라 남동쪽으로 20리를 나아가면, 강동도(江東渡)가 나온다. 이곳은 흥화부와 천주부(泉州府)에서 넘어오는 역참이 있는 길이다. 다시 물길을 따라 60리를 나아가면, 해징현(海澄縣)을 나와 바다로 흘러든다.

## 4월 초나흘

수레를 타고서 20리를 나아가 장주부의 북문에 들어섰다. 관리로 일하는 친척 숙부를 찾아뵈었는데, 그는 남정(南靖)에서 근무하고 있었다. 남정은 장주부에서 30리 떨어져 있다. 그리하여 빗속에 남문을 나와 밤배로 남정에 갔다.

## 4월 초닷새

새벽녘에야 남정에 도착했다. 물길을 거슬러 나아간 데다 구불구불에돌았기 때문이다. 시내는 남평현(南平縣)에서 흘러 내려 남정에 이르기까지 60리이다. 물살은 서계만큼이나 호호탕탕하다. 장주부 남문을 거쳐 역시 해징현에 이르러 바다로 흘러든다. 장주라는 이름이 붙게 된데에는 두 시내 가운데 어느 시내가 주된 역할을 했는지 알 길이 없다.

## 원문

崇禎改元戊辰之仲春,[1] 發興爲閩[2]、廣游. 二十日, 始成行. 三月十一日, 抵江山之青湖, 爲入閩登陸道. 十五里, 出石門街, 與江郎爲面, 如故人再晤. 十五里, 至峽口, 已暮. 又行十五里, 宿於山坑.

---

1) 중춘(仲春)은 음력 2월을 의미한다.
2) '민(閩)'은 복건성의 약칭이다. 복건성을 흐르는 가장 큰 하천이 민강(閩江)이기에 '민'이라 약칭했다.

**十二日** 二十里, 登仙霞嶺. 三十五里, 登丹楓嶺, 嶺南卽福建界. 又七里, 西有路越嶺而來, 乃江西永豐道, 去永豐尙八十里. 循溪折而東, 八里至梨嶺麓, 四里登其巔, 前六里, 宿於九牧.

**十三日** 三十五里, 過嶺, 飯於仙陽. 仙陽嶺不甚高, 而山鵑麗日, 頗可愛. 飯後得興, 三十里抵浦城, 日未晡也. 時道路俱傳泉、興[1]海盜爲梗, 宜由延平上永安. 余亦久蓄玉華之興, 遂覓延平舟.

---

1) 천(泉)은 천주부(泉州府, 지금의 천주시), 홍(興)은 홍화부(興化府, 지금의 보전현莆田縣)를 가리킨다.

**十四日** 舟發四十里, 至觀前. 舟子省家早泊, 余遂過浮橋, 循溪左登金斗山. 石磴修整, 喬松艶草, 幽襲人裾. 過三亭, 入玄帝宮, 由殿後登嶺. 兀兀中懸, 四山環拱, 重流帶之, 風烟欲暝, 步步惜別!

**十五日** 辨色[1]卽行. 懸流鼓楫, 一百二十里, 泊水礦. 風雨徹旦, 溪喧如雷.

**十六日** 六十里, 至雙溪口, 與崇安水合. 又五十五里, 抵建寧郡. 雨不止.

**十七日** 水漲數丈, 同舟俱閣[1]不行. 上午得三板舟, 附之行. 四十里, 太平驛, 四十里, 大橫驛, 過如飛鳥. 三十里, 黯淡灘, 水勢奔涌. 余昔遊鯉湖過此, 但見穹石崿峙, 舟穿其間, 初不謂險; 今則白波山立, 石悉沒形, 險倍昔時. 十里, 至延平.

**十八日** 余以輕裝出西門, 爲玉華洞遊. 南渡溪, 令奴携行囊由沙縣上水, 至永安相待. 余陸行四十里, 渡沙溪而西. 將樂之水從西來, 沙縣之水從南來, 至此合流, 亦如延平之合建溪也. 南折入山, 六十里, 宿三連鋪, 乃甌窐、南平、順昌三縣之界.

**十九日** 五里, 越白沙嶺, 是爲順昌境. 又二十五里, 抵縣. 縣臨水際, 邵武之水從西來, 通光澤; 歸化之水從南來, 俱會城之東南隅. 隔水望城, 如溪堤帶流也. 循水南行三十里, 至杜源, 忽雪片如掌. 十五里, 至將樂境, 乃楊龜山故里也. 又十五里, 爲高灘鋪. 陰霾[1]盡舒, 碧空如濯, 旭日耀芒, 群峰積雪, 有如環玉. 閩中以雪爲奇, 得之春末爲尤奇. 村氓市媼, 俱曝日提爐; 而余赤足飛騰, 良大快也! 二十五里, 宿於山澗渡之村家.

**二十日** 渡山澗, 溯大溪南行. 兩山成門曰莒峽. 溪崖不受趾, 循山腰行. 十里, 出莒峽鋪, 山始開. 又十里, 入將樂. 出南關, 渡溪而南, 東折入山, 登滕嶺. 南三里, 爲玉華洞道. 先是過滕嶺卽望東南兩峰聳立, 翠壁嶙峋, 逈與諸峰分形異色. 抵其麓, 一尾橫曳, 迴護洞門. 門在山坳間, 不甚軒豁, 而森碧上交, 清流出其下, 不覺神骨俱冷. 山半有明臺庵, 洞後門所經. 余時未飯, 復出道左登嶺. 石磴縈松, 透石三里, 靑芙蓉頓開, 庵當其中. 飯於庵, 仍下至洞前門, 覓善導者. 乃碎斫松節置竹簣中, 導者肩負之, 手提鐵絡,[1] 置松燃火, 爐輒益之. 初入, 歷級而下者數尺, 卽流所從出也. 溯流屈曲, 度木板者數四, 倏隘倏穹, 倏上倏下, 石色或白或黃, 石骨或懸或竪, 惟‘荔枝柱’、‘風淚燭’、‘幔天帳’、‘達摩渡江’、‘仙人田’、‘葡萄傘’、‘仙鐘’、‘仙鼓’最肖. 沿流旣窮, 懸級而上, 是稱‘九重樓’. 遙望空濛,[2] 忽曙色欲來, 所謂‘五更天’也. 至此最奇, 恰與張公洞由暗而明者一致. 蓋洞門斜啓, 玄朗映徹, 猶未睹天碧也. 從側嶺仰矚, 得洞門一隙, 直受圓明. 其洞口由高而墜, 弘含奇瑰, 亦與張公同. 第張公森懸詭麗者, 俱羅於受明之處; 此洞炫巧爭奇, 遍布幽奧, 而辟戶更拓. 兩洞同異, 正在伯仲間也. 拾級上達洞頂, 則穹崖削天, 左右若靑玉楨[3]膚, 實出張公所未備. 下山卽爲田塍. 四山環鎖, 水出無路, 汨然[4]中墜, 蓋卽洞間之流、此所從入也. 復登山半, 過明臺庵. 庵僧曰 : “是山石骨棱厲, 透露處層層有削玉裁雲[5]態, 苦爲草樹所翳, 故游者知洞而不知峰.” 遂導余上拾鳥道, 下披蒙茸,[6] 得星窟焉. 三面削壁叢懸, 下墜數丈. 窟旁有野橘三株, 垂實累累. 從山腰右轉一二里, 忽兩山交脊處, 棘翳四塞, 中有石磴齒齒,[7] 縈回於懸崖夾石間. 仰望峰頂, 一筍森森獨秀. 遂由洞後穹崖之上, 再歷石門, 下浴庵中, 宿焉.

---

1) 철락(鐵絡)은 ‘철사를 얽어 엮은 바구니’를 가리킨다.
2) 공몽(空濛)은 ‘이슬비가 뿌옇게 내리거나 안개가 자욱하여 어둠침침한 모양’을 가리킨다.
3) 정(楨)은 ‘붉은색’을 의미한다.
4) 골연(汨然)은 ‘물이 흐르는 모양’을 가리킨다.
5) 재운(裁雲)은 ‘떠다니는 구름을 마름질할 정도로 빼어난 솜씨’를 의미한다.
6) 몽용(蒙茸)은 ‘풀이 더부룩하게 자란 모양’을 가리킨다.

**二十一日** 仍至將樂南門, 取永安道.

**二十四日** 始至永安, 舟奴猶未至.

**二十五日** 坐待奴於永安旅舍. 乃市順昌酒, 浮白[1]飮酒樓下. 忽呼聲不絶, 則延平奴也. 遂定明日早行計.

---

1) 부(浮)는 원래 '벌주를 내려 마시게 함'을 의미하며, 백(白)은 '술을 마신 후 빈 잔을 들어 다 마셨음을 알리는 것'을 의미한다. 부백(浮白)은 흔히 '술을 마시다'를 의미한다.

**二十六日** 循城溯溪, 東南二十里, 轉而南二十五里, 登大泄嶺, 岧嶢[1]行雲霧中. 如是十五里, 得平坡, 曰林田. 時方下午, 雨大, 竟止. 林田有兩溪自南來, 東渾赤如血, 西則一川含綠, 至此合流.

---

1) 초요(岧嶢)는 '산이 높고 험한 모양'을 가리킨다.

**二十七日** 溯赤溪行. 久之, 舍赤溪, 溯澄溪. 共二十里, 渡坑源上下橋, 登馬山嶺. 轉上轉高, 霧亦轉重, 正如昨登大泄嶺時也. 五里, 透其巔, 爲寧洋界. 下五里, 飯於嶺頭. 時旭日將中, 萬峰若引鏡照面. 回望上嶺, 已不可睹, 而下方衆岫騈列, 無不獻形履下. 蓋馬山絶頂, 峰巒自相虧蔽, 至此始廓然爲南標. 詢之土人, 寧洋未設縣時, 此猶屬永安; 今則嶺北水俱北者屬延平, 嶺南水俱南者屬漳州. 隨山奠川, 固當如此建置也. 其地南去寧洋三十里, 西爲本郡之龍巖, 東爲延平之大田云. 下山十里, 始從坑行. 渡溪橋而南, 大溪遂東去. 逾嶺, 復隨西來小溪南行, 二十里, 抵寧洋東郭. 繞城北而西, 則前大溪經城南來, 恰與小溪會, 始勝舟.

**二十八日** 將南下, 傳盜警, 舟不發者兩日.

**四月初一日** 平明, 舟始前, 溪從山峽中懸流南下. 十餘里, 一峰突而西, 橫絕溪間, 水避而西, 復從東折, 勢如建瓴,[1] 曰石嘴灘. 亂石叢立, 中開一門, 僅容舟. 舟從門隧, 高下丈餘, 餘勢屈曲, 復高下數丈, 較之黯淡諸灘, 大小雖殊懸, 險更倍之也. 衆舟至此, 俱鱗次以下. 每下一舟, 舟中人登岸, 共以纜前後倒曳之, 須時乃放. 過此, 山峽危逼, 復嶂挿天, 曲折破壁而下, 眞如劈翠穿雲也. 三十里, 過館頭, 爲漳平界. 一峰又東突, 流復環東西折, 曰溜水灘. 峰連嶂合, 飛濤一縷, 直舟從雲漢, 身挾龍秋矣. 已而山勢少開, 二十餘里, 爲石壁灘. 其石自南而突, 與流相扼, 流不爲却, 搗擊之勢, 險與石嘴、溜水而三也. 下此, 有溪自東北來合; 再下, 夾溪復至東北來合, 溪流遂大, 勢亦平. 又東二十里, 則漳平縣也.

寧洋之溪, 懸溜迅急, 十倍建溪. 蓋浦城至閩安入海, 八百餘里, 寧洋至海澄入海, 止三百餘里, 程愈迫則流愈急. 況梨嶺下至延平, 不及五百里, 而延平上至馬嶺, 不及四百而峻, 是二嶺之高伯仲也. 其高旣均, 而入海則減, 雷轟入地之險, 宜詠於此.

---

1) 령(瓴)은 고대에 물을 담는 병이다. 건령(建瓴)은 '건령수(建瓴水)'의 줄임말로 '병 속의 물을 쏟아붓다'를 의미하며, 높은 곳에서 아래쪽으로 막아내기 힘든 형세를 가리킨다.

**初二日** 下華封舟. 行數里, 山勢復合, 重灘疊溜, 若建溪之太平、黯淡者, 不勝數也. 六十里, 抵華封, 北溪至此皆從石脊懸瀉, 舟楫不能過, 遂舍舟逾嶺. 凡水惟濫觴發源之始, 不能浮槎,[1] 若旣通, 而下流反阻者, 止黃河之三門集津, 舟不能上下. 然漢、唐挽漕,[2] 纜跡猶存; 未若華封, 自古及今, 竟無問津[3]之時. 擬沿流窮其險處, 而居人惟知逾嶺, 無能爲導.

---

1) 사(槎)는 '대나무로 엮어 만든 뗏목'을 의미한다.

2) 만조(挽漕)는 '수로를 이용하여 양곡을 운반함'을 의미한다.
3) 문진(問津)은 원래 '나루터를 묻다'를 의미하며, 여기에서는 '배를 운항하다'를 의미한다.

**初三日** 登嶺, 十里至嶺巔, 則溪水復自西來, 下循山麓, 俯瞰只一衣帶水耳. 又五里, 則隤然[1]直下, 又二里, 抵溪. 舟行八十里, 至西溪. 西南陸行三十里, 卽漳郡; 順流東南二十里, 爲江東渡, 乃興、泉東來驛道也; 又順流六十里, 則出海澄入海焉.

---

1) 퇴연(隤然)은 '무너져서 떨어져 내리는 모양'을 가리킨다.

**初四日** 興行二十里, 入漳之北門. 訪叔司理, 則署印[1]南靖, 去郡三十里. 遂雨中出南門, 下夜船往南靖.

---

1) 서인(署印)은 원래 관인(官印)을 의미하며, 흔히 관직이나 관리로 근무함을 가리킨다.

**初五日** 曉達南靖, 以溯流迂曲也. 溪自南平來, 到南靖六十里, 勢於西溪同其浩蕩, 經漳郡南門, 亦至海澄入海. 不知漳之得名, 兩溪誰執牛耳[1]也?

---

1) 예전에 제후들은 맹세할 때 소의 귀를 잘라 뽑아낸 피를 옥쟁반에 담아 나누어 마셨다. 이때 주맹자(主盟者)가 옥쟁반을 들었기에 주맹자를 집우이(執牛耳)라 일컬었으며, 훗날 지도적인 지위에 있거나 주도적인 역할을 담당하는 이를 가리키게 되었다.

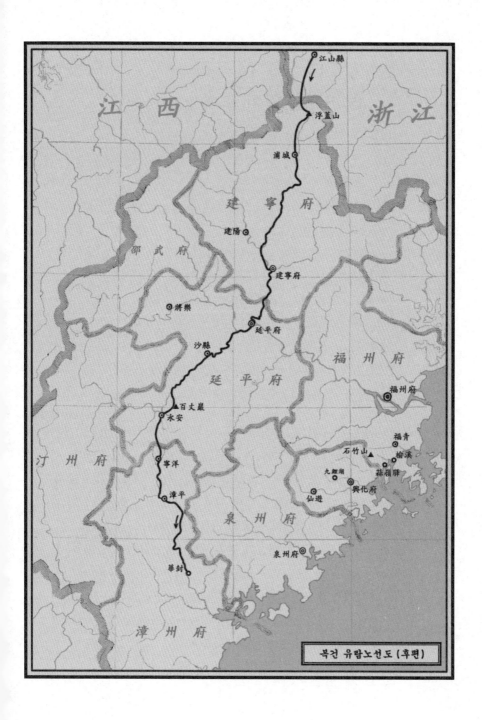

# 복건 유람일기 후편(閩遊日記後)

## 해제

「복건 유람일기 후편」은 숭정 3년(1630년)에 서하객이 네 번째로 복건성을 유람한 기록이다. 이 기록에는 지난번 유람했던 여정도 있지만, 새로이 탐험한 여정도 포함되어 있다. 이 글에는 특히 새로운 명승을 찾아나선 서하객의 집념과 경물에 대한 감회가 잘 드러나 있는데, 7월 17일 길을 떠나 8월 18일까지의 여정을 기록하고 있다.

이번 유람의 주요 여정은 다음과 같다. 강산현(江山縣)→ 보안교(寶安橋)→ 백화암(白花巖) → 용동(龍洞) → 구목(九牧) → 어량하가(漁梁下街) → 연평부(延平府) → 용계(榕溪) → 구현(舊縣) → 사현(沙縣) → 양구(洋口) → 쌍구(雙口)→ 횡쌍구(橫雙口) → 신릉포(新凌鋪) → 공천(鞏川) → 도원간(桃源澗) → 영안현(永安縣) → 장천(長倩) → 영양현(寧洋縣) → 화봉(華封)

## 역문

경오년[1] 봄, 장주부(漳州府)에서 관리로 일하는 친척 숙부께서 자신의 관서를 다녀가라고 재촉하셨다. 나는 올해는 유람다니기를 잠시 그만두기로 마음먹었던 터였다. 그러나 장주에서 보낸 사자가 끊임없이 오는 데다, 친척 할아버지인 염아(念莪)노인께서 고령에도 불구하고 무더위를 무릅쓴 채 집에 찾아오셔서 재촉하시는 바람에, 마침내 7월 17일 길을 떠났다. 21일에 항주(杭州)에 도착했다. 24일에 전당강(錢唐江)을 건넜다. 물결이 잔잔하여 주름 하나 잡히지 않으니, 마치 평지를 걷는 듯했다. 28일 용유현(龍遊縣)에 도착하여 청호(靑湖)로 가는 배를 구해 탔다. 구현(衢縣)으로부터 아직 20리 떨어져 있었다. 배는 장수담(樟樹潭)에 정박했다.

---

1) 경오(庚午)년은 숭정 3년인 1630년이다.

### 7월 30일

강산현(江山縣)을 지나 청호에 닿았다. 배에서 내려 뭍에 올랐다. 시내를 따라 명승을 찾다가 북쪽 모래톱에서 바위 벼랑을 발견했다. 벼랑은 일렁거리는 물결을 굽어보고 있고 맑은 못물이 절벽 밑에 철썩이고 있다. 바위 틈새는 무성한 나무로 우거지고, 바위의 색깔은 푸른빛을 띠고 있다. 우뚝 서 있는 바위의 모습은 물위에 얼굴을 내민 연꽃의 자태를 지니고 있다. 스님이 벼랑에 기대어 집을 들여놓았는데, 제법 그윽한 풍광의 느낌이 들었다.

나는 바위 위에 책상다리를 하고 앉아 있다가 유대여(劉對予)라는 사람을 만나게 되었다. 우리는 만나자마자 옛 친구처럼 허물이 없어졌다. 그리하여 그가 내게 이렇게 말했다. "강산현의 북쪽 20리에 좌갱(左坑)이란 곳이 있습니다. 그곳의 암석이 대단히 기기묘묘하니, 그윽한 곳을 찾는 유람길이라면 한번 들러보지 않을 수 없지요." 나는 기분 좋게 숙소로 돌아갔다. 하지만 어느덧 오후인지라, 길을 나서지는 못했다.

### 8월 초하루

비를 무릅쓰고 30리를 걸었다. 가는 길에 강랑산(江郎山)의 돌조각을 바라보았으나, 지척인데도 도무지 보이지 않았다. 그래서 먼저 강랑산 아래에 올라가 길 어귀까지 가보기로 했지만, 끝내 보지 못했다. 산갱령(山坑嶺)을 넘어 보안교(寶安橋)에서 하룻밤을 묵었다.

### 8월 초이틀

선하령(仙霞嶺)에 올라 소간령(小竿嶺)을 넘었다. 가까이의 안개는 이미 걷혔는데, 저 멀리 산봉우리만은 자욱한 안개 속에 똑똑히 보이지 않았다. 다시 10리를 나아가 이십팔도(二十八都)에서 식사를 했다. 이곳의 남동쪽에 부개산(浮蓋山)이 있는데, 절강·복건·강서의 세 성과 구주(衢州)·처주(處州)·광신(廣信)·건녕(建寧) 네 부의 경계에 걸쳐 있다. 이 산은 선하령과 이령(梨嶺) 사이에 우뚝 솟은 채, 뭇 봉우리 가운데 으뜸이다. 단풍령(丹楓嶺)은 서쪽에서 뻗어내리고, 필령(畢嶺)은 동쪽에서 가로막고 있으며, 이령은 부개산의 남쪽의 안산(案山)이다. 부개산의 괴이한 바위는 구름 속에 솟아 있고, 깎아지른 듯한 비취빛 봉우리에 안개가 휘날렸다. 나는 남쪽으로 소간령을 넘고 북쪽으로 이령을 넘으면서 멀리 부개산의 풍채를 바라볼 때마다 문득 마음이 끌리곤 했다.

식사를 마치자 부개산에 오르고 싶은 마음을 참을 수 없었다. 부개산에 오르는 길을 여기저기 물어보았다. 어느 한 목자가 "단풍령을 따라 오르면 길은 넓지만 멀고, 이십팔도의 시내 다리 왼편으로 고개를 넘어 백화암(白花巖)을 거쳐 오르면 길은 비좁지만 가깝습니다"라고 말했다. 나는 백화암을 거친다는 말에 더욱 기뻐했다. 길을 돌아갈지라도 그곳에 가보고 싶었는데, 하물며 가까운 길임에랴!

그리하여 다리를 건너 남쪽으로 수십 걸음을 걷다가 왼쪽의 오솔길을 따라 고개를 올랐다. 3리만에 고개를 내려온 다음, 남쪽으로 꺾어 시내 한 줄기를 건넜다. 다시 3리를 걸어 남쪽의 마을로 돌아 들어섰다. 부개산 북쪽 산기슭의 마을이 나왔다. 시냇물이 갈라져 흐르고 산고개가 들쑥날쑥하며 대나무가 맑고 그윽했다. 금죽리(金竹里)라는 마을이었다. 나무다리를 건너, 제지업을 하는 이의 울타리에 들어서서 조그마한 돌층계를 따라 올랐다. 처음에는 밭두둑이 층층으로 쌓여 있더니, 점점 가파른 낭떠러지가 솟구쳐 있다.

5리를 더 갔다. 큰 바위들이 무더기로 쌓여, 마치 바둑판에 별이 늘어져 있는 듯하다. 소나무와 대나무는 바위들과 틈새의 자리를 다투고 있다. 어느덧 절경지역에 들어서 있었다. 대나무 숲이 깊숙하고 바위들을 돌아드는 속에 백화암이라는 암자 하나가 우뚝 서 있었다. 스님이 백화암 뒷산의 꼭대기를 가리켰다. 잇닿은 산봉우리의 바위가 매우 기묘했다. 암자 오른쪽의 산등성이를 왼쪽으로 빙글 굽이돌면, 이산암(裏山庵)이 나온다. 이산(裏山)에서 높은 산등성이를 두 겹 넘어서 산의 남쪽으로 돌아 내려가면, 대사(大寺)라는 절이 나온다. 오른쪽에는 이첨정(梨尖頂)이 있고, 왼쪽에는 석룡동(石龍洞)이 있다. 앞쪽으로 이령을 굽어다보니 엎드려 손을 내뻗으면 잡을 수 있을 것만 같았다. 나는 백화암의 오른편을 따라 2리를 걸어가 이산암에서 쉬었다.

이산암에서 대사까지는 약 7리쯤 되는데, 길이 비좁고 가팔랐다. 먼저 산등성이 하나를 넘어 2리쯤 걷자, 산세가 북쪽으로 드리워졌다. 산등성이의 동쪽을 넘었다. 산언덕 아래 물이 모두 동쪽으로 흘러내리는데, 이곳은 포성현(浦城縣)과 갈라지는 경계이다. 다시 남쪽으로 1리를 올라 산등성이 하나를 넘었다. 그 왼쪽을 따라 오르자, 사봉(獅峰)이라는 곳이 나왔다. 하지만 자욱한 안개 속에 길이 막혀 있어 포기하고 말았다.

산등성이의 서쪽을 넘어 내려오다가, 몸을 돌려 남쪽으로 2리를 올랐다. 다시 산등성이 하나를 오르는데, 그 왼쪽으로도 사봉에 오를 수 있고, 오른쪽으로는 용동의 꼭대기에 오를 수 있었다. 남쪽으로 쭉 2리쯤 내려와 대사에 이르렀다. 바위 위에 대나무 그림자가 어려 있었다. 백화암은 전체적인 아름다움을 갖춘 채, 잇닿은 봉우리에 둘러싸여 있었다. 참으로 독특한 절경이었다. 비에 묶여 절 안에서 이틀을 지냈다.

## 8월 초나흘

비를 무릅쓰고 용동(龍洞)을 구경하러 나섰다. 길을 안내하는 스님과 함께 나무를 베어 길을 내고 어지러운 돌더미를 기어올랐다. 안개는 뭉게뭉게 피어나고, 가시나무는 날카롭게 찔러댔다. 벼랑을 뒤덮은 조그마한 바위들은 기괴하리만큼 흉물스러웠다. 돌더미를 뚫고서 골짜기를 빠져나왔다. 어여쁜 모습의 바위는 기이한 맛을 더해주어 골짜기의 험준함을 감추어주고, 높이 치솟은 바위는 험한 맛을 더해주어 골짜기의 드높음을 덜어주었다.

이렇게 2리를 가다가 나무 밑에서 험준한 산벼랑을 곁눈질로 바라보았다. 기어올라 그 안에 걸터앉았다. 오른쪽에는 비좁은 벼랑이 고작 한 자 간격으로 나란히 선 채, 위아래가 일(一)자처럼 깎아지른 듯했다. 마치 '일선천'이라는 곳과 흡사한데, 이곳이 꼭대기로 가려면 지나야 할 통로인 줄은 미처 몰랐다.

그리하여 등롱에 불을 붙여서 바위 틈새로 엉금엉금 기어들었다. 바위 틈새가 비좁은데다 높이 솟구친 점은 다른 곳의 일선천과 흡사했다. 다만 다른 곳의 일선천은 꼭대기가 틔어 있어 밝은 데 반해, 이 바위틈은 윗쪽이 맞닿아 있어서 어두웠다. 막 들어갔을 때에는 맞닿은 위쪽에 그래도 한 두 개의 구멍이 있어 밝은 빛을 뿌려주었는데, 깊이 들어가자 완전히 캄캄해져버렸다. 아래쪽은 물이 흐르는 모래바닥이어서 발이 젖기는 해도 길은 평탄했다.

도중에 마치 혀를 내민 듯한 모양의 돌조각이 비좁은 동굴 한 가운데에 우뚝 서 있었다. 높이는 고작 세 자이지만, 양쪽이 동굴 벽에 붙어 있다. 동굴 벽이 이미 두 어깨에 바싹 붙어 있는 터에, 돌조각이 또 가슴 앞을 가로막고 있는지라 꼼짝할 수 없었다. 이곳을 지나기가 너무나 힘들었다. 좀 더 들어가니 양쪽 동굴 벽이 더욱 좁아졌다. 어깨를 제대로 펼 수가 없어서 몸을 옆으로 뉘여 앞으로 나아갔다.

방금 전과 똑같은 모양의 돌조각이 비좁은 동굴 입구를 또 가로막고 있었다. 높이가 이전 것의 배나 되었다. 내가 오르지 못하자, 길을 안내하던 스님이 나를 잡아끌었다. 오르고 난 후, 스님은 다시 내려가지 못했다. 스님은 옷을 벗은 채 한참동안 이리저리 돌고 돌아 내려갔다. 나는 몸을 기울인 채 돌 위에 우두커니 서 있다가 역시 옷을 벗고 있는 힘을 다해 내려갔다. 돌을 따라 내려온 스님이 나를 받쳐주어서야 들어갈 수가 있었다.

안쪽의 동굴 벽은 조금 넓어져 어깨를 펼 수 있으며, 물은 꽤 깊어서 '용지(龍池)'라 일컬었다. 실눈으로 위를 바라보니 높아서 꼭대기는 보이지 않고, 다만 용 모양의 바위가 좁은 벽이 끝나는 곳의 벼랑에서 아래로 쭉 뻗어 있다. 동굴 안의 바위 색깔은 모두 자황색인데, 이 바위만 유독 하얀데다 바위 무늬가 거친 숫돌처럼 고기비늘 모양을 이루고 있어서 '용'으로 신화화했던 것이다.

등롱을 치켜들고서 두루 살펴본 후, 동굴을 나오기로 했다. 동굴이 좁아지는 곳은 위쪽이 바싹 다가붙고 아래쪽은 돌로 막혀 있었다. 들어올 때에는 위에서 몸을 매달리듯 내려온지라 그런 대로 순조로웠지만, 나갈 때에는 아래에서 몸을 뉘여 뚫고 나가야 했다. 가슴과 등이 양쪽 동굴 벽에 꽉 달라붙고 무릎 또한 꼼짝할 수 없었다. 게다가 날카로운 돌조각에 살갗이 찔리는지라, 앞뒤로 바싹 붙어 있을 수 없었다. 한 사람씩 넘어갈 때마다, 서두를수록 더욱 뻣뻣해졌다. 돌덩이처럼 굳어버리는 게 아닐까 걱정스러웠다.

동굴을 빠져 나오자, 다시 살아난 듯 기뻤다. 그런데 산속 안개가 홀연 맑게 개이면서 올라야 할 꼭대기가 저 멀리 보였다. 훤히 트인 골짜기를 따라 앞으로 나아가면서 잡초를 베고 가시나무를 뽑아냈다. 반 리를 채 가지 못해 다시 동굴이 나타났다. 동굴은 마치 누각이 겹겹이 포개져 있듯, 온통 큰 바위가 층층이 쌓여 있다. 동굴 안은 건조하고 상쾌하며 환하게 트여 있다. 한참동안 이리저리 어슬렁거리다가 다시 겹겹의 벼랑을 2리를 기어올라 꼭대기에 올랐다. 이곳이 부개산의 최고봉이다.

바위에 책상다리를 하고 앉아 있노라니, 북서쪽의 안개가 일시에 걷혔다. 아래로 금죽리 동쪽을 내려다보았다. 무너진 바위구덩이와 움푹 꺼진 골짜기가 층층이 마치 푸른 옥과 투명한 명주실과 같고, 멀리 가까이의 자태가 천태만상이었다. 오직 꼭대기 남쪽만은 가려져 제대로 보이지 않았다. 서쪽 고개를 따라 내려갔다. 알고 보니, 이 봉우리는 부개산의 동쪽 끝이었다. 여기에서 서쪽으로 나아갔다. 구불구불 이어진 여러 봉우리가 가라앉았다가 일어서기를 반복하다가 첩석암(疊石庵)에 이르러 끝이 났다. 이곳은 부개산 서쪽 모퉁이이고, 좀 더 내려가면 백화암이다. 잠시 후 두 곳의 봉우리를 잇달아 넘었다. 이산(裏山)에서 대사로 가는 세 번째 산등성이가 나왔다.

내가 한 봉우리를 넘을 때마다, 문득 그 봉우리가 맑아져 서쪽 봉우리의 수많은 바위들이 제 모습을 마음껏 드러냈다. 서쪽 봉우리를 끝까지 걷고서 다시 두 봉우리를 넘었다. 봉우리마다 바위들이 겹겹이 쌓여 있었다. 또 한 봉우리가 남쪽을 향해 한 가운데를 차지하고 있는데, 앞쪽에 두 개의 바위가 우뚝했다. 바위 하나는 비스듬한 채 날카로운데, '이두첨석(梨頭尖石)'이라 한다. 두 개의 바위는 높이가 수십 길이며, 강랑산의 지맥이라 할 만했다. 아래에는 온통 겹겹이 포개진 여러 개의 바위들이 얽혀 있고, 석판처럼 생긴 것이 떠받치고 있다. 만약 가운데의 움푹한 곳에 앉아본다면, 차마 발길을 돌리지 못하리라.

이 봉우리의 남쪽으로 뻗어내린 지맥에는 바위가 매우 빽빽하게 들어차 있었다. 이곳을 흔히 '쌍순석인(雙笋石人)'이라 일컫는다. 대사의 오른쪽에 모여 늘어선 봉우리들은 모두 이 지맥이다. 봉우리의 뒤편에는 다섯 개의 봉우리가 흩어져 있었다. 다섯 봉우리는 둥글게 에워싼 채로 나란히 우뚝 서 있으며, 그 가운데에 집을 지을 만한 평지가 감추어져 있다. 이러한 모습은 높다란 봉우리에서 보기 힘든 일이다.

다시 서쪽으로 두 봉우리를 넘었다. 부개산의 가운데 꼭대기가 나왔다. 이곳은 커다란 바위가 겹겹이 쌓여 이루어져 있다. 밑부분은 쟁반처럼 생기고, 윗부분은 덮개처럼 생겼다. 여러 개의 바위가 하나의 바위를 떠받치기도 하고, 하나의 바위 위에 여러 개의 바위가 평평하게 늘어서기도 했다. 위아래로 누대와 쌍궐을 이루고 있는지라, '부개선단(浮蓋仙壇)'이라 일컬어도 진정 헛소리가 아닐 터이다. 이 바위들은 높고 가파른데다 돌층계가 없어서, 기어오르기가 쉽지 않았다.

산마루를 오르니, 뭇 봉우리들이 제 모습을 모두 드러냈다. 산꼭대기의 바위는 마치 머리카락을 늘어뜨린 듯 사방에 이끼가 낀 채, 연둣빛 안개를 피워냈다. 곱고 어여쁘기 그지없었다. 서쪽을 바라보니, 첩석암과 석선암(石仙巖) 등의 절경이 서너 봉우리쯤 떨어져 있다. 날이 이미 정오를 넘었는지라, 절로 돌아와 밥을 먹었다. 대사를 떠나 남쪽으로 10리를 내려오자, 큰길이 나왔다. 어느덧 이령의 기슭에 이르러 있었다. 고개를 넘어 구목(九牧)을 지나 어량하가(漁梁下街)에서 하룻밤을 묵었다.

### 8월 초닷새

포성현으로 가는 배에 올라탔다. 나흘 만에 연평부에 도착했다.

## 8월 초열흘

다시 물길을 거슬러 영안현(永安縣)의 시내[1]를 따라 올랐다. 용계(榕溪)에 정박했다. 이곳은 남평현(南平縣)과 사현(沙縣)의 중간이며, 두 현은 60리 떨어져 있다. 이에 앞서 포성현의 시냇물은 작았다. 그런데 영안현의 시내는 물이 갑자기 불어난지라, 흐름을 따라 가든 거슬러 가든 뱃길이 모두 더뎠다.

---

1) 영안현의 시내란 사계(沙溪)를 가리키며, 명대에는 태사계(太史溪)라 일컬었다.

## 8월 11일

배는 산을 따라 남서쪽으로 굽이돌아 나아갔다. 험준한 바위들이 어지러이 솟아 있고, 물길은 세차게 내달렸다. 20리를 나아가다가, 배가 바위에 부딪혔다. 뱃사공은 가는 대오리와 면종이로 나무 조각을 싼 다음 구멍 난 곳에 박아 넣어 새어 들어오는 물을 틀어막을 따름이었다. 다시 10리를 달리니 시내 오른쪽에 산이 하나 나타났다. 마치 누워 엎드린 사자처럼 시내를 굽어보고 있다. 그 산의 꼭대기에는 낭떠러지가 두 층을 이루고 있는데, 그 위에 누각이 세워져 있다. 낭떠러지 아래에는 높이가 몇 길이나 되는 둥근 바위가 시내 가운데에 우뚝 튀어나와 있다. 이곳에서 동쪽으로 꺾어 10리를 더 나아갔다. 배는 달빛 아래 여울 한 곳으로 저어 올랐다. 구현(舊縣)에서 하룻밤을 묵었다.

## 8월 12일

산골짜기가 차츰 트이기 시작했다. 북서쪽으로 20리를 달려 사현(沙縣)에 도착했다. 사현의 성 남쪽은 대계(大溪)를 굽어보고 있으며, 어깨 높이의 성벽은 시내의 낭떠러지이다. 시내에는 큰 배들이 많이 정박해 있고, 양쪽에는 물레방아가 시냇물을 가두어 곡식을 찧고 있었다.

서쪽으로 10리를 달려 남쪽으로 꺾어 산속으로 들어섰다. 오른편의 바위는 깎아지른 듯 솟구치고, 왼편의 골짜기에는 옥젓가락 모양의 샘물이 움푹 팬 틈새로 떨어져 내렸다. 다시 남서쪽으로 20리를 달려 양구(洋口)에 배를 댔다.

양구에는 우계현(尤溪縣)으로 가는 길이 나 있다. 동쪽에는 이풍(里豐)이라는 이름의 산이 있는데, 이 일대에서는 가장 유명한 산이다. 어제는 배가 지나는 길에 엎드린 사자 모양의 낭떠러지인 복사애(伏獅崖)를 바라다보았는데, 오늘은 그곳의 서쪽을 에돌아 남쪽으로 향했다.

## 8월 13일

남서쪽으로 20리를 달려 차츰 산속으로 접어들었다. 25리를 더 나아가 쌍구(雙口)에 이르렀다. 북서쪽으로 꺾어돌아 5리를 달려 횡쌍구(橫雙口)[1]에 이르렀다. 시내 오른편에 북쪽에서 흘러오는 물길이 있는데, 남쪽에서 흘러온 영안의 시내와 이곳에서 합쳐졌다. 북쪽에서 흘러오는 시냇물[2]은 배로 암전(巖前)을 거쳐 70리를 나아갈 수 있다고 한다. 다시 5리를 달려 영안현의 경계인 신릉포(新凌鋪)라는 곳에 들어섰다.

---

1) 쌍구(雙口)는 오늘날의 신구(莘口)로서, 삼명시(三明市) 서쪽에 위치해 있다. 횡쌍구(橫雙口)는 오늘날의 횡사(橫砂)로 역시 삼명시 서쪽에 위치해 있다.
2) 북쪽에서 흘러오는 물길은 귀화계(歸化溪)이며, 귀화현에서 발원하는 이 시내는 오늘날 어당계(漁塘溪)라 일컫는다.

## 8월 14일

영안현의 경내로 나아갔다. 원숭이 울음소리가 들려왔다. 남쪽으로

40리를 달려 공천(鞏川)에 이르렀다. 큰 여울에 올라 남동쪽으로 나아갔다. 홀연 시내 오른쪽 봉우리에 바위가 불쑥 솟아있는 게 보였다. 잠시 후 그 아래로 가까이 다가갔다. 불쑥 솟은 모양은 들쑥날쑥한 모양으로 바뀌더니, 이내 깎아지른 듯한 모양으로 바뀌었다. 벽처럼 우뚝 선 채 이어져 봉우리가 되었다가, 암벽, 병풍, 기둥의 모습으로 차례차례 나타났다. 그 가운데 한 봉우리는 완전히 수직으로 솟구쳐 있는데, 누군가가 암벽에 '하늘을 찌르다(凌霄)'라고 크게 써놓았다. 시내 왼편의 기이한 풍광 또한 마치 오른편의 산봉우리와 아름다움을 다투는 듯하다.

얼마 지나지 않아 배는 북서쪽으로 꺾어 나아갔다. 왼편의 낭떠러지는 꽤 기이하기는 하지만, 이보다 훨씬 빼어난 곳이 있다. 도원간(桃源澗)이다. 이곳의 산봉우리는 줄지어 시내 남쪽에 늘어선 채, 위로는 하늘 높이 치솟아 있고, 아래로는 구불구불한 시내를 내려다보고 있다. 봉우리 아래는 깊숙이 갈라져 샘물이 세차게 흘러내린다. 봉우리 위를 쳐다보니, 구불구불한 난간이 공중에 매달린 채 높낮이를 달리하여 긴 띠를 두르고 있다.

나는 급히 배를 멈추고서 거기에 올랐다. 산골을 따라 들어갔다. 양쪽 벼랑 사이에 조그만 틈이 벌어져 있을 따름이다. 시내 가까이 대나무 그림자가 어른거렸다. 다리를 지나 골짜기를 건너 좀 더 올라갔다. 장춘포(長春圃)라는 문이 있었다. 발걸음을 재촉하여 가보았다. 시냇물 남쪽의 산봉우리는 방금 전에 쳐다보았던 곳인데, 문의 북쪽에 있었다. 이에 북쪽으로 올라갔다. 길가에 숫돌처럼 네모지고 평평한 바위가 하나 있었다. 때마침 저녁빛이 온 산에 가득한데다 길이 엇섞여 분간할 수가 없는지라, 대사전(大士殿)에 들어가 스님께 안내를 부탁했다.

스님을 따라 북쪽으로 나아갔다. 벼랑을 따라 문창각(文昌閣)을 지나 이리저리 돌아 두 곳의 정자를 넘었다. 가는 길 내내 깎아지른 듯한 절벽이 끊임없이 이어졌다. 여기에서 몸을 돌려 가파르고 좁은 틈새로 들어갔다. 그 틈은 겨우 선 한 줄기만큼 나누어져 있을 따름인데, 위로는 꼭대기까지 쪼갠 듯 갈라져 있고 멀리 산의 북쪽으로 통해 있다. 틈새 속은 어깨를 펼 수 없을 정도로 비좁은데, 여기를 깎아 길을 닦아 놓았다. 층층의 돌층계를 비스듬히 올라가 틈새를 뚫고 지났다. 나는 이전에 무이산(武彝山), 황산(黃山), 부개산(浮蓋山) 등에서 여러 곳의 '일선천'을 보았지만, 이처럼 거대하고 비좁으며, 깊숙하면서도 잘 닦여진 곳은 보지 못했다.

얼마 후 하늘이 보였다. 사방에 봉우리가 늘어서 있다. 틈새를 빠져 나와 오르니, 기평(棋坪)이라는 네모반듯한 바위가 있었다. 도중에 또 평대가 놓여 있다. 나무 한 그루가 공중에 떠 있는 듯한데, 뿌리는 평대 위에 휘감겨 있다. 양쪽 벼랑 사이에 다리 하나가 날듯이 걸려 있고, 위 아래는 모두 깎아지른 듯한 낭떠러지이다. 허공에 뜬 채 다리를 건넜다. 뭇 봉우리는 한데 모이고 바위는 갈라져 깊숙한 동굴을 이루고 있다. 이곳은 환옥(環玉)이라는 곳이다.

동굴을 나와 다시 기평에서 옆으로 서쪽 언덕을 지나 올라가자 우물이 보였다. 우물물이 달고 맑다. 봉우리 북쪽 모퉁이를 올라서자, 정자가 있고 훤히 트여 있다. 북계(北溪)에 둘러싸여 있을 뿐인데, 바짝 붙어 있는지라 굽어볼 수 없었다. 이곳에서 왼쪽으로 내려오니, 샘이 하나 있다. 샘물이 모여 못을 이루고 있으나, 해가 저문 탓에 가볼 겨를이 없었다. 그래서 남쪽으로 꼭대기에 올랐다. 팔각정이 그 위에 세워져 있다.

다시 서쪽 길을 따라 산을 내려왔다. 의운관(倚雲關)을 나서자, 수직의 돌층계가 틈 사이로 백 길이나 드리워져 있다. 이 산봉우리는 사방이 칼로 도려낸 듯 가파른데, 어두운 돌층계로서의 일선천과 밝은 돌층계로서의 백 길의 층계만 있을 뿐이다. 유람객들은 백 길의 돌층계로 내려가고 일선천으로 올라와야만 기이한 장관을 구경할 수 있었다. 이외에는 다른 길이 없다고 한다.

대사전으로 돌아왔다. 날이 어두워 나갈 수가 없었다. 도사가 제자에게 나무를 뽀개 불을 붙이게 한 다음, 나를 시냇가로 바래다주었다. 외로운 등불 한 점이 푸른 언덕을 뚫고 오니, 마치 무덤가의 도깨비불처럼 보였다. 도사가 "장춘포에서 2리를 가면 부진관(不塵館)이란 곳이 있지요. 그 곁에 백장암(百丈巖)이란 곳이 있는데, 구경할 만한 멋진 곳입니다"라고 말했다. 나는 그의 말에 고개를 끄덕였다. 배로 돌아와 뱃사공에게 밤에 떠나기를 재촉했지만, 뱃사공이 안 된다고 했다. 하는 수 없이 하인과 함께 힘껏 배를 저었다. 다행히 여울에 돌이 없고 달도 차츰 밝아졌다. 이경 무렵에 낡은 돌다리 아래에 배를 댔다. 20리를 저어 온 셈이다. 영안현에서 고작 2리 떨어진 곳이다.

## 8월 15일

영안현 성의 서쪽 다리 아래에 닿았다. 다리는 이미 망가져 있었다. 대계는 서쪽에서 흘러 내려오고, 다리 아래의 시내는 남쪽에서 흘러 내려온다. 내가 옥화(玉華)를 유람할 적과 달라진 게 없다. 성의 서쪽을 에돌아 남쪽으로 나아갔다. 남쪽에서 흘러 내려오는 시내를 거슬러 50리만에 장천(長倩)에 이르렀다. 시냇물은 산의 오른쪽에서 흘러나오고, 길은 산의 왼쪽을 따라 뻗어 있다. 나는 시냇물을 버려두고 산고개를 넘기로 했다.

두 곳의 고개를 넘어 남서쪽으로 나아갔다. 시내의 다리를 건너 5리를 가서 남쪽으로 계명교(溪鳴橋)를 건넜다. 다시 5리를 걸어 곧바로 남서쪽의 산모퉁이를 넘었다. 이제 어느덧 꼭대기에 다 왔거니 생각했는데, 그 위에 더 높은 산이 있었다.

더 이상 올라가지 못한 채 산허리를 따라 남쪽으로 가다가 짙푸른 산속에서 왔다 갔다 하면서 산밑을 내려다보았다. 시내는 굽이져 흐르는데, 성난 물소리만 들릴 뿐, 깊숙한지라 물은 보이지 않았다. 험준하게 잇닿은 산과 깎아지른 듯한 산봉우리가 이빨처럼 어긋버긋 솟구치고, 시냇물은 봉우리 밑에 철썩거리는데다 위는 숲이 우거져 있다. 그래서 나그네에게는 울창한 숲이 공중에 떠 있는 것만 보일 뿐, 물소리가 들리지 않는지라, 그저 산뿐이겠거니 여기리라.

한참을 걷다가 우연히 나무 틈새로 굽이진 여울이 살짝 보였다. 피처럼 붉은빛이 섞여 있었다. 5리를 더 가자, 붉은빛 시내가 나타났다. 5리를 더 걸어 임전(林田)에 이르렀다.

## 8월 16일

산을 따라 2리를 나아갔다. 봉우리가 남쪽에서 쭉 뻗어 내려왔다. 봉우리의 동편에는 자그마한 시내가 있고, 서편에는 큰 시내가 있다. 모두 북쪽으로 흐르다 임전에서 합쳐진 뒤, 대살령(大煞嶺) 서쪽으로 쏟아져 들어간다. 자그마한 시내를 건너 산봉우리를 따라 남쪽으로 5리를 올라 아랫다리에 이르렀다. 구불구불 남쪽으로 기어올랐다. 8리를 더 가서 윗다리에 이르렀다. 계곡물이 허공을 날듯이 떨어지고 다리가 높이 매달려 있었다. 양쪽에는 두 개의 봉우리가 하늘을 찌를 듯이 높이 솟구쳐 있었다.

다리를 건너자 길은 더욱 가팔랐다. 10리를 걸어 산골짜기에서 두 봉우리의 남쪽을 기어올라 고개마루에 올라섰다. 두 봉우리를 둘러보니 어느덧 발아래 있다. 이 고개의 높고 험준함을 따져보니, 대살령과 부개산(浮蓋山)은 틀림없이 이에 미치지 못할 것이다. 남쪽으로 35리를 내려와 영양현(寧洋縣)에 이르렀다.

## 8월 17일

배를 타고 화봉(華封)에 이르렀다.

## 8월 18일

오전에야 비로소 뭍에 올랐다. 점점 산비탈을 올랐다. 시냇물은 오른쪽을 좇아 흘렀다. 여울의 높은 바위가 가로막는 바람에, 배는 앞으로 나아가지 못했다. 10리를 걸어 산기슭을 지난 뒤, 다시 5리를 나아가 화봉의 꼭대기를 넘었다. 시냇물은 그 아래를 따라 서쪽으로 꺾여 흘러갔다. 멀리 서쪽의 몇 리 밖을 바라보았다. 여울 위의 바위가 겹겹으로 쌓여 있다. 세차게 흐르던 물살은 온통 바위투성이인 여울에 이르러 끊긴 채 보이지 않았다. 이곳은 골짜기 가운데 가장 험한 곳이다. 이전에 비에 가로막혀 가지 못했던 일이 떠올랐다. 오늘 좋은 기회를 만났으니, 어찌 놓치겠는가?

이리하여 북쪽으로 3리를 내려가니 마을이 보였다. 시내에서 그리 멀지 않으리라고 여겼다. 마을을 따라 서쪽으로 1리 남짓을 나아가 시냇가로 가려고 했다. 그렇지만 길을 찾지 못해 사탕수수밭 사이로 내려갔다. 사탕수수밭이 끝나자 다시 덩굴식물밭이 나왔다. 꽃은 콩과 같은데, 가느다란 꼬투리조차 아직 맺혀 있지 않았다. 다시 덩굴을 밟고서 나아갔다. 흙과 모래가 푸석푸석 흘러내려 도무지 발을 내딛을 수 없는지라, 덩굴을 층계로 삼았다. 얼마 가지 않아 덩굴도 없어지고, 온통 가시나무가 빽빽하여 발을 들여놓을 수가 없었다. 처음에는 몸을 모로 뉘여 나아가는데, 지세의 높낮이를 알 수 없어 때때로 돌구덩이에 빠지기도 하고 나무 끝에 걸리기도 했다.

잠시 후 문득 시내가 눈앞에 가로놓여 있었다. 시내를 따라 큰길이 뻗어 있다. 서쪽으로 3리를 가자, 시내가 바로 지척에 보였다. 여울 물소리가 귀를 울렸다. 방금 전에 바라볼 때에 시냇물이 끊겼던 험한 곳이 틀림없이 이곳이리라는 생각이 들었다. 이때 큰길이 서쪽으로 쭉 뻗어 있었다. 오진(吳鎭)과 나부(羅埠)로 통하는 길이다. 나는 시내로 내려가는 길이 있나 살펴보았으나 한참동안 찾지 못했다. 가시덤불 속에 감추어져 있는 오솔길을 찾아내고서 그 길을 따라 조심조심 기어 내려갔다. 처음에는 길의 흔적이 있는 듯했다. 그러나 얼마 가지 않아 아래에는 온통 낙엽만 쌓여 있었다. 낙엽은 높이가 한 자 남짓인데다 거미줄로 뒤덮여 있었다. 위에는 빽빽한 가시덤불이 머리에 부딪치고 발목에 걸렸다. 아무리 생각해보아도 벗어나기 힘들겠다는 생각이 들었다.

겨우 이곳을 빠져나왔다. 계곡물이 허공에서 시내로 쏟아져 내리고, 겹겹의 까마득한 바위는 움푹 팬 채 뻗어내렸다. 바위들은 모두 허공 중에 쌓여 있는데, 바위 위에 올라서자 다시 시내가 보였다. 그러나 바위에는 발을 내딛을 수 없고, 몸을 돌리면 자칫 깊은 덤불 속으로 떨어질 지경이었다. 아무리 생각해보아도 도저히 앞으로 나아갈 수 없을 것만 같았다.

그래서 나는 계곡물을 따라 바위를 기어오르고 물속을 걸었다. 마침내 시내 속의 바위에 이르렀다. 이 바위는 백 칸의 방만큼이나 컸다. 시내 남쪽에는 이 바위가 모로 서 있고, 시내 북쪽에는 무너져 내린 산벼랑이 물길을 가로막았다. 시냇물은 남쪽의 거대한 바위를 피하여 북쪽의 무너진 바위더미에 부딪쳤다. 아무리 부딪쳐도 뚫을 수 없자, 물은 틈새를 뛰어넘어 흘러간다. 흘러내리는 물은 오르내림이 몹시 심했다. 용솟음쳤다가 둥글게 말렸다. 벼랑은 파도로 인해 무너질 듯 기울어져 있었다. 이러니 배가 어떻게 다닐 수 있겠는가?

거대한 바위 위에 걸터앉았다. 그러다가 다시 시냇물 속에 불쑥 튀어나온 바위에 기어올랐다. 눈앞의 시냇물이 서쪽으로 흘러가는 것을 바라보았다. 그 쏟아져 내리는 세찬 기세는 이보다 더한 곳이 없을 것만 같았다. 한참동안 앉아 있다가 큰 시내를 거슬러 어지러운 바위를 밟으면서 나아갔다. 산모롱이의 시냇가에 다락밭이 층층이 이어져 있었다. 밭을 따라 가자 비로소 길이 나타났다. 그 길을 따라 서쪽으로 돌아들어, 방금 전에 걸터앉았던 바위를 지나 2리 남짓 걸었다. 여울의 물소리가 다시 전처럼 요란해졌다. 시냇가에 높다란 바위가 또 있다.

서쪽으로 2리를 가자 오솔길이 나왔다. 산등성이를 따라 시내를 내려 다보면서 내려갔다. 그제야 예전에 배로 내려가지 못했던 여울은 시내의 상류에 있고, 오늘 고갯마루에서 보았던, 바위투성이가 끊겼던 여울은 시내의 하류에 있음을 알게 되었다. 이곳의 산부리는 이 두 곳의 험한 여울 사이에 우뚝 서 있다. 만약 이곳에 오지 않았다면 두 곳의 여울은 아마 제대로 보지 못했으리라. 산고개를 넘은 후 배에 올랐다. 내일이면 장주부(漳州府)의 관아에 도착할 것이다.

## 원문

庚午春, 漳州司理叔促赴署. 余擬是年暫止游屐, 而漳南之使絡繹[1]於道, 叔祖念荙翁, 高年冒暑, 坐促於家, 遂以七月十七日啓行. 二十一日到武林.[2] 二十四日渡錢唐, 波平不縠,[3] 如履平地. 二十八日至龍遊, 覓得靑湖舟, 去衢尙二十里, 泊於樟樹潭.

---

1) 낙역(絡繹)은 '왕래가 잦아 끊이지 않음'을 의미한다.
2) 무림(武林)은 절강성 항주(杭州)의 별칭이며, 항주 서쪽에 무림산이 있기에 붙여진 이름이다.
3) 곡(縠)은 원래 '주름 잡힌 고운 명주'를 가리키는데, 여기에서는 '주름'의 의미로 쓰였다.

三十日 過江山, 抵靑湖, 乃舍舟登陸. 循溪覓勝, 得石崖於北渚. 崖臨迴瀾, 澄潭漱其址, 隙綴茂樹, 石色靑碧, 森森有芙蓉出水態. 僧結檻依之, 頗覺幽勝. 余踞坐石上, 有劉對予者, 一見如故, 因爲余言: "江山北二十里有左坑, 巖石奇詭, 探幽之屐, 不可不一過." 余欣然返寓, 已下午, 不成行.

八月初一日 冒雨行三十里. 一路望江郎片石, 咫尺不可見. 先擬登其下, 比至路口, 不果. 越山坑嶺, 宿於寶安橋.

初二日 登仙霞, 越小竿嶺, 近霧已收, 惟遠峰漫不可見. 又十里, 飯於二十八都. 其地東南有浮蓋山, 跨浙、閩、江西三省, 衢、處、信、寧四府[1]之境, 危峙仙霞、犁嶺間, 爲諸峰冠. 楓嶺西垂, 畢嶺東障, 梨嶺則其南案也; 怪石拿雲, 飛霞削翠. 余每南過小竿, 北逾梨嶺, 遙瞻豐采, 輒爲神往. 旣飯, 興不能遏止, 遍詢登山道. 一牧人言: "由丹楓嶺而上, 爲大道而遠; 由二十八都溪橋之左越嶺, 經白花巖上, 道小而近." 余聞白花巖益喜, 卽迂道且趨之, 況其近也! 遂越橋南行數十步, 卽由左小路登嶺. 三里下嶺, 折而南, 渡一溪, 又三里, 轉入南塢, 卽浮蓋山北麓村也. 分溪錯嶺, 竹木淸幽, 里號金竹云. 度木橋, 由業紙者篱門入, 取小級而登. 初皆田畦高疊, 漸漸直躋危崖. 又五里, 大石磊落, 棋置星羅, 松竹與石爭隙. 已入勝地, 竹深石轉, 中峙一庵, 卽白花巖也. 僧指其後山絶頂, 巒石甚奇. 庵之右岡環轉而左, 爲裏山庵. 由裏山越高岡兩重, 轉下山之陽, 則大寺也. 右有梨尖頂, 左有石龍洞, 前瞰梨嶺, 可俯而挾矣. 余乃從其右, 二里, 憩裏山庵. 裏山至大寺約七里, 路小而峻. 先躋一岡, 約二里, 岡勢北垂. 越其東, 塢下水皆東流, 卽浦城界. 又南上一里, 越一岡, 循其左而上, 是謂獅峰. 霧重路塞, 舍之. 逾岡西下, 復轉南上, 二里, 又越一岡, 其左亦可上獅峰, 右卽可登龍洞頂. 乃南向直下, 約二里, 抵大寺. 石痕竹影, 白花巖正得其具體, 而峰巒環列, 此眞獨勝. 雨阻寺中者兩日.

---

1) 구(衢)는 절강성 가장 서쪽의 구주부(衢州府)이고, 처(處)는 절강성 남서쪽의 처주부(處州府)이며, 신(信)은 절강성 가장 동쪽의 광신부(廣信府)이고, 녕(寧)은 복건성 가장 북쪽의 건녕부(建寧府)이다.

初四日 冒雨爲龍洞游. 同導僧砍木通道, 攀亂磧而上, 霧滃棘銛,[1] 芾石籠崖, 獰惡如奇鬼. 穿簇透峽, 窈窕者, 益之詭而藏其險; 岈峋[2]者, 益之險而斂其高. 如是二里, 樹底睨峭嶂. 攀踞其內, 右有夾壁, 離立僅尺, 上下如一, 似所謂'一線天'者, 不知其卽通頂所由也. 乃爇火篝燈, 匍匐入一罅. 罅夾立而高, 亦如外之一線天, 第外則頂開而明, 此則上合而暗. 初入, 其合處猶通竅一二, 深入則全黑矣. 其下水流沙底, 濡足而平. 中道有片石, 如舌上吐, 直竪夾中, 高僅三尺, 兩旁貼於洞壁. 洞旣束肩, 石復當胸, 無可攀踐, 逾之甚艱. 再入, 兩壁愈夾, 肩不能容. 側身而進, 又有石片如前阻其隘口, 高更倍之. 余不能登, 導僧援之. 旣登, 僧復不能下, 脫衣宛轉久之, 乃下. 余猶側佇石上, 亦脫衣奮力, 僧從石下掖之, 遂得入. 其內壁少舒可平肩, 水較泓深, 所稱'龍池'也. 仰睨其上, 高不見頂, 而石龍從夾壁盡處懸崖直下. 洞中石色皆赭黃, 而此石獨白, 石理粗礪成鱗甲, 遂以'龍'神之. 挑燈遍矚而出. 石隘處上逼下碨, 入時自上懸身而墜, 其勢猶順, 出則自下側身以透, 胸與背旣貼切於兩壁, 而膝復不能屈伸, 石質刺膚, 前後莫可懸接, 每度一人, 急之愈固, 幾恐其與石爲一也. 旣出, 歡若更生, 而嵐气忽澄, 登霄在望. 由明峽前行, 芟割莽開荊, 不半里, 又得一洞, 洞皆大石層疊, 如重樓復閣, 其中燥爽明透. 徘徊久之, 復上躋重崖, 二里, 登絕頂, 爲浮蓋最高處. 踞石而坐, 西北霧頓開, 下視<u>金竹里</u>以東, 崩坑墜谷, 層層如碧玉輕綃, 遠近萬狀; 惟頂以南, 尙鬱伏未出. 循西嶺而下, 乃知此峰爲<u>浮蓋</u>最東. 由此而西, 蜿蜒數峰, 再伏再起, 極於<u>疊石庵</u>, 乃爲西隅, 再下爲<u>白花巖</u>矣. 旣連越二蜂, 卽<u>裏山</u>趨寺之第三岡也. 時余每過一峰, 輒一峰開霽, 西峰諸石, 俱各爲披露. 西峰盡, 又越兩峰, 峰俱有石層疊. 又一峰南向居中, 前聳二石, 一斜而尖, 是名'梨頭尖石'. 二石高數十丈, 堪爲<u>江郎</u>支庶, 而下俱浮綴疊石數塊, 承以石盤, 如坐嵌空處, 俱可徙倚.[3] 此峰南下一支, 石多嶙峋, 所稱'雙笋石人', 攢列寺右者, 皆其派也. 峰後散爲五峰, 迴環離立, 中藏一坪可廬, 亦高峰所罕得者. 又西越兩峰, 爲<u>浮蓋</u>中頂, 皆盤石累疊而成, 下者爲盤, 上者爲蓋, 或數石共肩一石, 或一石復平列數石, 上下俱成疊臺雙闕, '浮蓋仙壇', 洵不誣稱矣. 其石高削無級, 不便攀躋. 登其巔, 群峰盡出. 山頂之石, 四旁有苔, 如髮下垂, 嫩綠浮烟, 娟然秀美可愛. 西望疊石、<u>石</u>

仙諸勝, 尙隔三四峰, 而日已過午, 遂還飯寺中. 別之南下, 十里, 卽大道, 已在梨嶺之麓. 登嶺, 過九牧, 宿漁梁下街.

---

1) 옹(滃)은 물이 콸콸 흐르는 모양 혹은 구름이 뭉게뭉게 피어나는 모양을 가리키며, 섬(銛)은 '날카롭다, 예리하다'를 의미한다.
2) 올얼(屼嵲)은 산이 위태로운 모양을 가리킨다.
3) 사의(徙倚)는 '배회하다, 한가롭게 슬슬 거닐다'를 의미한다.

**初五日** 下浦城舟, 凡四日, 抵延平郡.

**初十日** 復逆流上永安溪, 泊榕溪. 其地爲南平、沙縣之中, 各去六十里. 先是浦城之溪水小, 而永安之流暴漲, 故順逆皆遲.

**十一日** 舟曲隨山西南行, 亂石崢嶸, 奔流懸迅. 二十里, 舟爲石觸, 榜人以竹絲綿紙包片木掩而釘之, 止涌而已. 又十里, 溪右一山, 瞰溪如伏獅, 額有崖兩重, 閣臨其上, 崖下圓石高數丈, 突立溪中. 於是折而東, 又十里, 月下上一灘, 泊於舊縣.

**十二日** 山稍開, 西北二十里, 抵沙縣. 城南臨大溪, 雉堞[1]及肩, 卽溪崖也. 溪中多置大舟, 兩旁爲輪, 關水以舂. 西十里, 南折入山間. 右山石骨巉削, 而左山夾處, 有泉落坳隙如玉筯. 又西南二十里, 泊洋口. 其地路通尤溪. 東有山曰里豐, 爲一邑之望. 昨舟過伏獅崖, 卽望而見之, 今繞其西而南向.

---

1) 치(雉)는 성의 담 및 그 높이를 재는 단위를 가리키는 바, 높이 열 자에 길이 서른 자를 의미한다. 첩(堞)은 성 위에 나지막하게 쌓은 담을 가리킨다. 여기에서 치첩은 성벽을 의미한다.

**十三日** 西南二十里, 漸入山, 又二十五里, 至雙口. 遂折而西北行, 五里, 至橫雙口. 溪右一水自北來, 永安之溪自南來, 至此合. 其北來之溪, 舟通

<u>巖前</u>可七十里. 又五里入<u>永安</u>界, 曰<u>新凌鋪</u>.

**十四日** 行<u>永安</u>境內, 始聞猿聲. 南四十里爲<u>鞏川</u>. 上大灘十里, 東南行, 忽望見溪右峰石突兀. 旣而直逼其下, 則突兀者轉爲參差, 爲崩削, 俱盤亘壁立, 爲峰爲巖, 爲屛爲柱, 次第而見. 中一峰壁削到底, 或大書其上, 曰'凌霄'. 於是溪左之奇, 亦若起而爭勝者. 已舟折西北, 左溪之崖較詭異, 而更有出左溪上者, 則<u>桃源澗</u>也. 其峰排突溪南, 上逼層漢,[1] 而下瞰回溪, 峰底深裂, 流泉迸下, 仰其上, 曲檻飛欄, 遙帶不一, 急停舟登焉. 循澗而入, 兩崖僅裂一罅, 竹影逼溪內. 得橋渡澗再上, 有門曰<u>長春圃</u>. 亟趨之, 則溪南之峰, 前所仰眺者, 已在其北. 乃北上, 路旁一石, 方平如砥. 時暮色滿山, 路縱橫不可辨, 乃入<u>大士殿</u>, 得道人爲導. 隨之北, 卽循崖經<u>文昌閣</u>, 轉越兩亭, 俱懸崖綴壁. 從此折入峭夾間, 其隙僅分一線, 上劈山巓, 遠透山北, 中不能容肩, 鑿之乃受, 累級斜上, 直貫其中. 余所見'一線天'數處, <u>武彝</u>、<u>黃山</u>、<u>浮蓋</u>, 曾未見若此之大而逼、遠而整者. 旣而得天一方、四峰攢列. 透隙而上, 一石方整, 曰棋坪. 中復得一臺, 一樹當空, 根盤於上. 有飛橋架兩崖間, 上下壁削, 懸空而度, 峰攢石裂, 岈然成洞, 曰環玉. 出洞, 復由棋坪側歷西墺而上, 得一井, 水甚甘冽. 躋峰北隅, 有亭甚豁, 第北溪下繞, 反以逼仄不能俯瞰. 由此左下, 又有泉一泓匯爲池, 以暮不及往. 乃南上絕頂, 一八角亭冠其上. 復從西路下山, 出<u>倚雲關</u>, 則石磴垂絕, 罅間一下百丈. 蓋是山四面斗削, 惟一線爲暗磴, 百丈爲明梯, 遊者以梯下而一線上, 始盡奇槪, 舍此別無可階也.

還至<u>大士殿</u>, 昏黑不可出. 道人命徒碎木燃火, 送之溪旁, 孤燈穿綠塢, 幾若陰房磷火. 道人云: "由<u>長春圃</u>二里, 有<u>不塵館</u>, 旁又有一<u>百丈巖</u>, 皆有勝可游." 余頷之. 返舟, 促舟子夜行, 不可, 乃與奴輩幷力刺舟.[2] 幸灘無石, 月漸朗, 二鼓,[3] 泊廢石梁下. 行二十里, 去<u>永安</u>止二里.

---

1) 층한(層漢)은 '높은 하늘'을 의미한다.

**十五日** 抵城西橋下, 橋已毀. 而<u>大溪</u>自西來, 橋下之溪自南來, 依然余游<u>玉華</u>時也. 繞城西而南, 溯南來之溪以去, 五十里, 至<u>長倩</u>. 溪出山右, 路循山左, 乃舍溪登嶺. 越嶺兩重, 西南過溪橋, 五里, 南過<u>溪鳴橋</u>. 又五里, 直凌西南山角, 以爲已窮絶頂, 其上乃更復穹然. 不復上, 循山半而南, 紆折翠微間, 俯瞰山底, 溪回屈曲, 惟聞吼怒聲, 而深不見水, 蓋峻巒削岫, 錯立如交牙, 水漱其根, 上皆叢樹, 行者惟見翠葆[1]浮空, 非聞水聲, 幾以爲一山也. 久之, 偶於樹隙稍露回湍, 渾赤如血. 又五里與赤溪遇, 又五里, 止於<u>林田</u>.

---

1) 보(葆)는 '무성한 초목으로 뒤덮인 모양'을 가리킨다.

**十六日** 沿山二里, 有峰自南直下. 峰東有小溪, 西爲大溪, 俱北會<u>林田</u>, 而注於<u>大煞嶺</u>西者. 渡小溪, 循峰南上, 共五里, 到下橋. 逶迤[1]南躋, 又八里, 得上橋. 一泂飛空, 懸橋而度, 兩旁高峰挿天. 度橋, 路愈峻, 十里, 從山夾中直躋兩高峰之南, 登嶺巓. 回視兩高峰已在履下, 計其崇峻, <u>大煞</u>, <u>浮蓋</u>, 當皆出其下. 南下三十五里, 抵<u>寧洋縣</u>.

---

1) 위이(逶迤)는 '구불구불 가는 모양'을 가리킨다.

**十七日** 下舟達<u>華封</u>.

**十八日** 上午始抵陸. 漸登山阪, 溪從右去, 以灘高石阻, 舟不能前也. 十里, 過山麓, 又五里, 跨<u>華封</u>絶頂, 溪從其下折而西去. 遙望西數里外, 灘石重疊, 水勢騰激, 至有一灘純石, 中斷而不見水者, 此峽中最險處. 自念前以雨阻不能達, 今奈何交臂失之? 乃北下三里, 得村一塢, 以爲去溪不遠. 沿塢西行里許, 欲臨溪, 不得路, 始從蔗畦中下. 蔗窮, 又有蔓植者, 花如荳, 細莢未成, 復踐蔓行, 土流[1]沙削不受履, 方藉蔓爲級, 未幾蔓窮, 皆荊棘藤刺, 叢不能入. 初側身投足, 不辨高下, 時時陷石坎, 挂樹杪. 旣忽得一橫溪, 大道沿之. 西三里, 瞰溪咫尺, 灘聲震耳, 謂前所望中斷之險, 必當其處. 時大道直西去, 通吳鎮·羅埠. 覓下溪之路, 久不得, 見一小路伏叢棘中, 乃匍匐就之. 初猶有路影, 未幾, 下皆積葉, 高尺許, 蜘網翳之; 上則棘莽蒙密, 鉤髮懸股, 百計難脫; 比等到脫, 則懸澗注溪, 危石疊嵌而下. 石皆累空間, 登其上, 始復見溪, 而石不受足, 轉墮深莽. 余計不得前, 乃卽從澗水中攀石踐流, 遂抵溪石上. 其石大如百間屋, 側立溪南, 溪北復有崩崖壅水. 水旣南避巨石, 北激崩塊, 衝搗莫容, 躍隙而下, 下卽升降懸絶, 倒涌逆卷, 崖爲之傾, 舟安得通也? 踞大石坐, 又攀渡溪中突石而坐, 望前溪西去, 一瀉之勢, 險無逾此. 久之, 溯大溪, 踐亂石, 山轉處溪田層綴, 從之, 始得路. 循而西轉, 過所踞溪石二里許, 灘聲復沸如前, 則又一危磯也. 西二里, 得小路, 隨山脊直瞰溪而下, 始見前不可下之灘, 卽在其上流, 而嶺頭所望純石中斷之灘, 卽在其下流. 此嘴中懸兩灘間, 非至此, 則兩灘幾有遁形矣. 逾嶺下舟. 明日, 抵漳州司理署.

---

1) 토류(土流)는 원래 상류(上流)로 되어 있으나, 사고본(四庫本)에 의거하여 고쳤다.

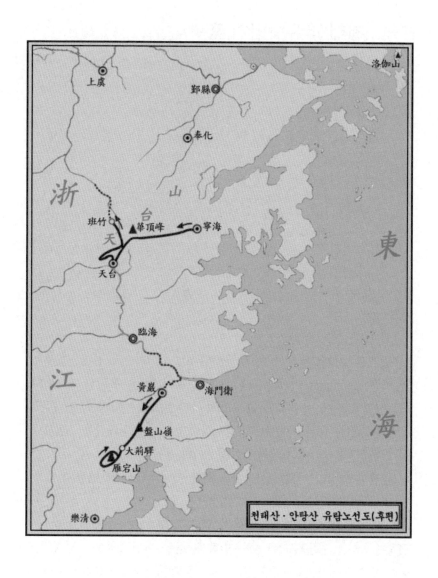

洛伽山

上虞　　　　鄞縣

奉化

浙

山

台

班竹　　華頂峰　　寧海

天

天台

臨海

江

黃巖　　海門衛

盤山嶺

大荊驛

雁宕山

樂清

東

海

천태산·안탕산 유람노선도(후편)

# 천태산 유람일기 후편(遊天台山日記後)

해제

「천태산 유람일기 후편」은 서하객이 1613년 처음으로 천태산을 유람한 이후, 숭정(崇禎) 5년(1632년)에 두 번째로 천태산을 유람한 기록이다. 그는 3월 14일에 유람길에 올라 20일 천태현으로 떠났다가, 안탕산을 유람한 후 4월 16일 천태현에서 북상하여 18일까지 천태산을 유람했다. 이 기록은 대단히 미려한 언어로 봉우리와 동굴, 시내와 수목, 궁궐 등의 경관의 특징을 자세히 서술했을 뿐만 아니라, 물길에 대한 분석 역시 엄밀한 과학정신을 잘 보여주고 있다.

이번 유람의 주요 여정은 다음과 같다. 영해(寧海)→ 차로구(岔路口)→ 근죽령(筋竹嶺)→ 천봉사(天封寺)→ 담화정(曇花亭)→ 찰령(察嶺)→ 한풍궐(寒風闕)→ 고명사(高明寺)→ 석순봉(石笋峰)→ 동백산(桐柏山)→ 경대(瓊臺)→ 쌍궐(雙闕)→ 동백궁(桐柏宮)→ 평두담(坪頭潭)→ 한암(寒巖)→ 명암(明巖)→ 평두담(坪頭潭) → 호국사(護國寺) → 도원(桃源) → 구리갱(九里坑) → 만년사(萬年寺) → 등공산(騰空山) → 우고령(牛牯嶺) → 회서(會墅) → 반죽(班竹)

## 역문

### 임신년[1] 3월 14일

영해(寧海)에서 말을 타고서 길을 떠났다. 45리를 달려 차로구(岔路口)에서 묵었다. 이곳의 남동쪽 15리에 상주역(桑洲驛)이 있는데, 태주부(台州府)로 가는 길이다. 남서쪽 10리에는 송문령(松門嶺)이 있는데, 천태산(天台山)으로 접어드는 길이다.

---

1) 임신(壬申)년은 숭정 5년인 1632년이다.

### 3월 15일

수모계(水母溪)를 건너 송문령에 오르고, 옥애산(玉愛山)을 지났다. 모두 30리 길이다. 근죽령(筋竹嶺)의 암자에서 식사를 했다. 이곳은 영해현과 천태현이 갈리는 경계이다. 산등성이를 30여 리를 걷는 동안 인적이 전혀 없었다. 이전의 미타암(彌陀庵) 역시 황폐해졌다. 고개를 내려가다가 어두운 깊은 산속에 시골집이 나왔다. 차를 끓여 주기에 바위 위에서 마셨다. 다시 10여 리를 나아가 고개를 넘어 천봉사(天封寺)에 들어섰다. 천봉사는 화정봉(華頂峰) 아래에 있으며, 천태산에서 가장 그윽한 절경을 자랑하는 곳이다. 나는 말에서 내려 무여(無餘) 스님과 함께 화정사(華

頂寺)로 올라갔다. 정인(淨因) 스님의 방에서 하룻밤을 묵기로 했다. 달빛이 몹시 밝았다. 화정사는 화정봉 꼭대기로부터 3리 떨어져 있다. 나는 달빛을 받으며 홀로 올라갔다. 그런데 그만 길을 잘못 들어 동쪽 봉우리인 망해첨(望海尖)으로 올라가고 말았다. 서쪽으로 돌아들어 제 길을 찾아 화정봉에 올랐다. 절에 돌아오니 벌써 1경[1]이 넘었다.

---

1) 1경은 초경(初更)이라고도 하며, 보통 저녁 8시 전후를 가리킨다.

## 3월 16일

날이 희부옇게 밝아올 즈음, 달빛을 타고 화정봉에 올라 일출을 구경했다. 옷과 신발이 모두 촉촉이 젖은지라, 절에 돌아와 불에 쬐어 말렸다. 절 오른쪽을 따라 고개를 넘어 남쪽으로 10리를 내려갔다. 물길이 나뉘는 고개에 닿았다. 고개 서쪽의 물길은 석량(石梁)으로 흘러나가고, 동쪽의 물길은 천봉사로 흘러나간다. 시냇물을 따라 북쪽으로 돌아들자, 물과 바위 모두 차츰 깊어졌다. 10리를 더 나아가 상방광사(上方廣寺)를 지나 담화정(曇花亭)에 이르렀다. 석량의 기이한 경관을 구경했다. 마치 처음 구경하는 양 신기하기만 했다.

## 3월 17일

물길이 나뉘는 고개를 나왔다. 남쪽으로 10리를 나아가 찰령(察嶺)에 올랐다. 찰령은 대단히 높은 고개로서, 화정봉과 함께 남북의 경계선을 이루고 있다. 서쪽으로 내려가 용왕당(龍王堂)에 이르렀다. 이곳은 여러 갈래의 길들이 모이는 곳이다. 남쪽으로 10리를 걸어 한풍궐(寒風闕)에 이르렀다. 남쪽으로 10리를 더 내려가 은지령(銀地嶺)에 이르렀다. 이곳에 있던 지자탑(智者塔)[1]은 이미 폐허로 변해 있었다.

왼쪽으로 돌아드니 대비사(大悲寺)가 있고 대비사 옆에 바위가 있다. 이 바위는 지자(智者) 대사께서 불경을 읽었다는 배경대(拜經臺)이다. 대비 사의 항여(恒如) 스님이 나를 위해 밥을 지어 주었다. 이에 짐을 나누어 다른 사람들에게는 국청사(國淸寺)에서 천태현으로 내려가게 하고, 나와 친척 서중소(徐仲昭)2)는 가벼운 옷차림으로 동쪽의 고명사(高明寺)로 내려 갔다. 고명사는 무량(無量) 법사께서 다시 지으신 절이다. 절 오른편에 그 윽한 시내가 있고, 시내 양쪽에는 원통동(圓通洞), 송풍각(松風閣), 영향암 (靈響巖) 등의 여러 절경이 있다.

---

1) 지자(智者)는 천태대사 지의(智顗, 538~597)의 별호이며, 본래의 성은 진(陳)이고 자 는 덕안(德安)이다. 그는 남조 진(陳)나라 태건(太建) 7년(575년)에 천태산에 들어와 초막을 짓고 10년간 불경을 강론하여 법화종(法華宗)을 발전시켰다. 이로부터 천태 산은 법화종의 중심이 되었기에 법화종을 천태종이라 일컫는다. 지자는 수(隋)나라 개황(開皇) 11년(592년)에 지자라는 별호를 부여받았으며, 흔히 사람들은 '지자대사' 라 일컬었다.
2) 서중소(徐仲昭)는 서하객의 먼 친척으로 이름은 준탕(遵湯)이다.

## 3월 18일

족형 서중소는 원통동에 남아 있었다. 절의 스님이 석순봉(石筍峰)의 기이한 풍광을 구경하자며 나를 데리고 나섰다. 시내를 따라 동쪽으로 내려가 나계(螺溪)에 이르렀다. 시내를 거슬러 북쪽으로 올라갔다. 양쪽 벼랑에 험준한 바위들이 치솟아 있고, 나무와 산마루에 폭포수가 어지 러이 날리고 있었다. 바위를 밟고 물길을 넘어 7리를 나아갔다. 산은 굽 이지고 시내는 쏟아져 내렸다. 어느덧 석순봉 밑에 와 있었다.

고개를 들어 봉우리를 쳐다보았지만 또렷이 보이지 않았다. 오른쪽 벼랑이 막아선 탓이었다. 그래서 벼랑 옆의 틈새를 따라 내려갔다가 석 순봉 위로 돌아나왔다. 비로소 바위덩이 하나가 산골물 속에 우뚝 서 있는 게 보였다. 흘러가던 산골물은 그 바위의 밑바닥에 부딪쳐 허공으로 튀어올라 폭포를 이루고 있다. 물과 돌이 이룬 기막힌 장관이다.

시내를 따라 북쪽으로 돌아들었다. 양쪽 벼랑은 더욱 험준해졌다. 벼랑 아래에 물이 모여 못을 이루고 있다. 이곳은 나사담(螺螄潭)이다. 위쪽의 벼랑은 벽처럼 솟구치고, 아래쪽의 못은 깊다. 벼랑 옆으로 매달려 있는 등나무를 붙잡고 기어올랐다. 바위 위에 걸터앉은 채 멀리 나사담 안쪽을 바라보았다. 나사담 위의 암벽은 중간이 칼로 잘라낸 양 네 덩이로 나뉘어져 있다. 마치 길이 교차하는 듯하다. 나사담의 물은 아래쪽이 얕아서 가장자리가 제대로 보이지 않았다.

맨 안쪽의 두 벼랑 위에는 바위덩이 하나가 가로로 박혀 있다. 영락없이 허공에 뜬 다리처럼 보인다. 그 바위 안에서 폭포수가 못 속으로 날듯이 떨어져 내렸다. 폭포의 높이는 석량과 엇비슷했다. 사방은 겹겹이 이어진 산벼랑이 빙 둘러 비추고 있다. 바라볼 수만 있을 뿐 다가갈 수는 없으니, 석량의 풍광보다 훨씬 나았다. 그 위에 '선인혜(仙人鞋)'라는 절경이 있다. 한풍궐의 왼편에 있으니 고개를 넘어가면 다다를 수 있다고 한다. 느닷없이 소낙비가 쏟아지는 바람에 가지 못하고 말았다. 송풍각으로 돌아와 쉬었다.

## 3월 20일

천태현(天台縣)에 도착했다.

## 4월 16일

안탕산(雁宕山)에서 돌아왔다. 천태산 서쪽의 절경을 모두 유람하기로 했다. 북쪽으로 7리를 나아가 적성산(赤城山) 기슭에 이르렀다. 쳐다보니 붉은 놀이 층층이 이어져 있고, 산꼭대기의 탑은 짙은 산안개와 짙푸른 수목 속에 우뚝 치솟아 있다. 1리를 올라 가운데의 바위에 이르렀다. 바위 속에 새로이 지어진 불사는 지난날의 쇠락한 모습과는 딴판이었다. 이때 나는 경대(瓊臺)[1]와 쌍궐(雙闕)로 가는 일에 마음이 급하여 윗 바위에는 갈 겨를이 없었다.

그리하여 서쪽으로 고개 하나를 넘었다. 소롯길로 7리를 걸어 낙마교(落馬橋)를 나왔다. 다시 15리를 나아가 북서쪽의 폭포산에 이르렀다. 산 왼쪽으로 고개에 올랐다. 5리를 걸어 동백산(桐柏山)에 올랐다. 고개를 넘어 북쪽으로 향하자, 평지가 나타났다. 뭇 봉우리들이 평지를 에워싸고 있는 모습이 마치 딴 세상과 같았다. 동백궁은 이 평지의 한가운데에 있는데, 중전(中殿)만이 남아 있다. 백이와 숙제[2]의 석상은 오른쪽 건물에 여전히 남아 있다. 조각의 풍격이 예스럽고 질박하다. 당나라 이전의 유물이다. 이곳에 도사가 거주하지 않은 지 이미 오래되었다.

한 무리의 농민들이 유람객이 오는 것을 보더니 하던 농사일을 멈추고서 다가와 물었다. 그 가운데 한 사람을 붙들어 길잡이로 삼았다. 서쪽으로 3리를 나아가 조그마한 고개 두 곳을 넘은 다음, 층층의 벼랑 속을 내려와 경대에 올랐다. 불쑥 솟구친 봉우리 하나가 겹겹의 구덩이를 내려다보고, 삼면은 온통 가파른 벼랑이 빙 둘러 에워싸고 있었다. 벼랑 오른편의 시내가 북서쪽의 수많은 산을 따라 곧바로 봉우리 아래로 흘러들었다. 이곳은 백장애(百丈崖)이다. 벼랑 밑의 산골물이 경대 발치 아래에 흘러오는데, 깊고 맑은 못물은 눈썹먹처럼 검푸르다. 이곳은 백장룡담(百丈龍潭)이다.

봉우리 앞에는 또 하나의 봉우리가 기둥처럼 우뚝 솟구쳐 있다. 높이는 사방을 두른 벼랑과 엇비슷하다. 이곳이 경대이다. 경대는 뒤쪽으로 백장애에 기대고, 앞쪽으로 쌍궐과 마주해 있다. 층층의 벼랑이 밖을 에워싼 채, 곁에는 아무 것도 붙어 있지 않았다. 경대에 오르려면, 북쪽 봉우리에서 떨어지듯 내려왔다가 얼핏 지척인 듯 보이는 평지의 산등성이를 넘은 다음, 다시 나뭇가지를 붙잡고 고개를 치켜들어 기어올라야 한다. 그런데 온통 가파른 바위와 흘러내리는 모래흙 속에는 발을 딛을 곳조차 없다.

경대의 끄트머리에서 다시 남쪽으로 기어 내려갔다. 바위 하나가 불쑥 치솟아 있다. 그 안의 움푹 팬 곳이 마치 잘 깎고 다듬어 신불을 안치한 감실처럼 보였다. 이곳은 선인좌(仙人坐)이다. 경대의 기이함은 가운데에 깎아지른 듯한 골짜기가 있고, 사방은 울창한 수목으로 에워싸여 있다는 점이다. 쌍궐 또한 경대를 에워싼 채 경대와 마주 보고 있는 벼랑이다. 이곳은 산골짜기 밑에서 다시 오르지 않는 한, 오를 수가 없다. 20년 전의 일을 떠올렸다. 그때 나는 운봉(雲峰) 스님과 함께 도원(桃源)에서 오는 터라 쌍궐의 바깥 산골을 거슬러 왔기에 신묘한 이곳까지 깊숙이 들어오지는 못했던 것이다. 이제야 비로소 벼랑 꼭대기에서 내려다보니, 높고 깊은 곳의 경관이 빠짐없이 아름다웠다.

동백궁(桐柏宮)에서 식사를 한 후 곧바로 산기슭으로 내려왔다. 남쪽을 향하여 소롯길을 따라 시내를 건넜다. 10리를 가자, 천태현과 관령(關嶺)으로 가는 한길이 나타났다. 다시 남쪽을 향해 소롯길로 들어섰다. 비좁은 산길을 10리 나아가자, 길 왼편에 봉우리 하나가 하늘을 괸 기둥마냥 우뚝 솟아 있었다. 누군가에게 물어보고서야 이곳이 청산줄(靑山茁)임을 알았다. 다시 남쪽에서 흘러오는 시내를 거슬러 10리를 나아갔다. 평두담(坪頭潭)[3]의 여관에 묵었다.

---

1) 경대(瓊臺)는 모습이 말의 안장과 흡사하다. 경대 위에는 의자 모양의 바위가 있으니, 이것이 선인좌(仙人座)이다. 경대에서 바라본 밤의 달(瓊臺夜月)은 천태산 팔경(八景) 가운데의 하나이다.
2) 백이(伯夷)와 숙제(叔齊)는 상(商)나라 말 고죽군(孤竹君)의 아들로서, 고죽군이 세상을 뜨자 서로 임금의 자리를 사양하여 잇달아 주(周)나라로 도망했다. 주나라 무왕(武王)이 상나라의 주왕(紂王)을 치려 하자, 두 사람은 이에 반대하여 간언했다. 후에 상나라가 망하자 주나라의 곡식을 먹는 것을 부끄러이 여겨 수양산(首陽山)으로 들어가 고사리를 캐어 먹으며 지내다 굶어 죽었다.
3) 평두담(坪頭潭)은 평두담(平頭潭)이라고도 하며, 사람이 못 속에 들어가면 못물이 머리 꼭대기까지 차오른다고 해서 붙여진 이름이다.

# 4월 17일

평두담에서 남서쪽으로 8리를 나아가 강사진씨(江司陳氏)[1]에 이르렀다. 시내를 건너 왼쪽으로 갔다. 8리를 더 나아가 남쪽으로 돌아들어 산으로 들어섰다. 두 곳의 조그마한 고개를 넘어 6리를 더 걸어갔다. 겹겹의 시내가 굽이져 돌아드는 속에 홀연 드높이 솟구친 바위가 보였다. 남쪽의 바위가 한암(寒巖)이고, 동쪽의 것은 명암(明巖)이다. 나는 하인에게 먼저 명암사(明巖寺)로 뛰어가서 밥을 지어놓으라 시키고, 우리들은 남쪽의 한암으로 향했다.

가는 길 왼편에는 깎아지른 듯한 절벽이 빙 둘러 늘어서 있다. 절벽 안에 매우 커다란 동굴이 있다. 동굴 앞에는 토끼가 쪼그려 앉아 있는 모양의 바위가 있는데, 입과 귀가 잘 갖추어져 있다. 가는 길 오른편에는 대계(大溪)[2]가 굽이져 흘렀다. 그 속에 우산 덮개 모양의 바위가 불쑥 솟아 있는지라 마음속으로 퍽 괴이하게 여겼다. 한암사(寒巖寺)에 들어가 스님에게 용수동(龍鬚洞)[3]과 영지석(靈芝石)을 물었더니, 바로 방금 전에 보았던 그 동굴과 바위라고 했다.

한암은 절의 뒤편에 있었다. 바위 위의 동굴은 드넓기는 넉넉했으나, 영롱하다 하기에는 뭔가 모자랐다. 동굴 오른쪽의 구멍을 따라 올라 작교(鵲橋)를 구경하고 나왔다. 왔던 길을 따라 1리를 나아가, 오른쪽으로 용수동에 들어섰다. 잡초와 가시덤불에 가려진 길을 1리쯤 올라가자, 마치 하늘에 오른 듯했다. 용수동은 둥글게 솟은 채 훤히 트여 있으며, 동굴 입구는 바위 하나에 비스듬히 기대어 있다. 그 모습이 안탕산의 석량과 매우 흡사하다. 다만 석량의 꼭대기에는 샘물이 한가운데에서 흩날리는지라, 보관사(寶冠寺)의 파초동(芭蕉洞)[4]과 매우 흡사하다.

산을 내려와 왔던 길의 어귀에 이르렀다. 동쪽으로 자그마한 개울을 거슬러 오르다가 남쪽으로 돌아 명암사에 들어섰다. 절은 바위 가운데에 있다. 사방이 바위벼랑으로 둘러싸여 있으며, 오직 동쪽의 팔촌관(八

寸關)으로 가는 길이 한 줄기 선처럼 나 있을 뿐이었다. 절 뒤쪽의 동굴에는 멋진 곳이 한두 군데가 아니다. 동굴 오른편에 죽순 모양의 바위가 불쑥 솟아 있다. 비록 영지석만큼 웅장하지는 않더라도 전체적으로 아름답기는 하나, 뭔가 모자라는 점이 있다.

식사를 한 후 왔던 길로 30리를 말을 달려 평두담으로 돌아왔다. 다시 북쪽으로 25리를 나아가 대계를 지나자, 서쪽의 관령에서 넘어오는 길이 나왔다. 이곳은 삼모(三茅)이다. 다시 북쪽으로 5리를 달렸다. 두 줄기의 자그마한 산골물을 넘은 다음, 곧바로 북쪽의 산에 이르렀다. 호국사(護國寺)에 들어가서 하룻밤을 묵었다.

---

1) 강사(江司)는 유람일기에 나타나는 지리적 위치로 볼 때 오늘날의 장사촌(張思村)을 가리키는데, 이러한 변화는 해음(諧音) 현상에서 비롯된 것이다. 이곳 마을 사람들은 거의 대부분이 진씨(陳氏)이기에, 서하객은 강사진씨(江司陳氏)라 일컬었을 것이다.
2) 대계(大溪)는 구강(甌江)의 주류로서 청전현(青田縣) 탑하촌(塔下村)에서 흘러 계구촌(溪口村)에 이르러 작은 시내와 만나는데, 전장은 50㎞이다.
3) 용수동(龍鬚洞)은 바위구멍 사이에 돌들이 어지러이 놓여 있는 바, 그 속을 흐르는 물이 마치 용의 수염처럼 흩어진다고 하여 붙여진 이름이다.
4) 보관사(寶冠寺)는 안탕산 서쪽 바깥 골짜기에 위치해 있으며, 파초동(芭蕉洞)은 초림동(蕉林洞)이라고도 일컫는다.

## 4월 18일

아침 일찍 도원(桃源)으로 서둘러 갔다. 도원은 호국사 동쪽 2리에 위치하고 있으며, 서쪽의 동백궁에서 고작 8리 떨어져 있을 따름이다. 어제 동백궁을 구경할 적에는 이곳을 남겨두었다가 돌아올 때 만년사에 오르는 길에 들르려고 했기에, 먼저 한암과 명암으로 갔던 것이다. 호국사에 이르러서야, 호국사 서쪽에 수계(秀溪)가 있는데, 수계를 따라 만년사(萬年寺)로 들어가면 구리갱(九里坑)의 빼어난 경관 또한 감상할 수 있음을 알게 되었다. 그래서 다시 특별히 도원으로 달려갔던 것이다.

산골짜기 입구에서 1리쯤 나아가자, 금교담(金橋潭)[1)이 나타났다. 금교담에서 위로 올라갔다. 두 산은 더욱 바짝 다가붙고, 푸른 절벽과 드높은 낭떠러지는 층층이 쌓인 채 굽이져 있다. 한 줄기 시내가 그 가운데를 뚫고 흐른다. 시내를 거슬러 오르다가 세 번 꺾어 시내 끝에 이르렀다. 몇 길의 폭포가 왼쪽 벼랑에서 시내로 쏟아져 내리고 있었다.

내가 예전에 이 폭포 아래에 왔을 적에는 길이 끝난지라 올라갈 수 없었다. 그때 고개 들어 쳐다보았더니, 높다란 벼랑이 북쪽에 우뚝 솟구쳐 있고, 시내 좌우에는 쌍환(雙鬟)[2]의 여러 봉우리들이 어여쁘게 모여 있었다. 산속의 운무가 비취빛 나무와 어울려 있는지라, 차마 발걸음이 떨어지지가 않았었다. 오늘은 문득 오른쪽 벼랑의 잡초더미 속에서 층층이 놓인 돌층계를 발견했다. 함께 온 서중소를 부를 여유도 없이, 비를 무릅쓴 채 가시를 헤치며 올랐다. 돌층계가 다하자, 돌이 깔려 있고 잔도가 걸쳐져 있었다. 벼랑의 왼쪽을 넘어서자, 어느덧 폭포 위로 나와 있었다.

다시 폭포를 거슬러 깊이 들어가 북쪽 바위 아래에 도착했다. 좁은 길과 돌층계는 모두 끊겼는데, 두 개의 폭포가 바위의 좌우에서 나뉘어 떨어져 내렸다. 멀리 바위 왼편을 바라보니, 돌층계가 아직 남아 있어 돌층계를 따라갔다. 왼쪽 폭포 위에 돌을 쌓아 다리를 만들었으나, 다리 가운데가 끊겨 있는지라 건너지는 못했다. 멀리 바라보니 폭포의 상류가 북동쪽 비좁은 암벽 사이에서 흘러나오고 있다. 거기에 한 줄기 선처럼 좁은 틈새가 있다. 물길을 밟아 들어갈 수가 있었다.

이곳의 경관은 오른편 바위 위의 폭포만 못했다. 그래서 돌아와 큰 바위 사이를 따라 북서쪽으로 올라갔다. 골짜기의 굴 아래에 이르자, 대단히 험하고 깊은 못이 보였다. 사방이 모두 골짜기 밑까지 쭉 바싹 붙어 있는지라, 붙잡고 기어오를 만한 것이 없었다. 다만 못 속에서 서쪽으로 바라보니, 바위 골짜기 안에 또 바위 골짜기가 있고, 폭포 위에 또 폭포가 걸려 있다. 북서쪽의 아득히 먼 산속에서 흘러오던 못물은 이곳에 이르러 굽이진 낭떠러지의 가파른 암벽 위에 어지럽게 떨어져 내렸다. 안개와 햇살이 서로 어울려 돋보이고, 바위는 날아갈 듯했다.

한참동안 있다가 되돌아 층층의 폭포 아래로 나왔다. 길을 찾지 못해 홀로 앉아 폭포를 구경하고 있던 서중소와 함께 호국사로 돌아왔다. 도원의 시내 어귀에도 자운사(慈雲寺)와 통원사(通元寺)로 가는 길이 있었다. 만년사(萬年寺)로 들어가면 길이 꽤 가까운데다가, 특히 수계의 경관이 빼어나다는 말을 듣고서, 밥을 먹은 후 곧장 수계로 가는 길에 올랐다.

서쪽으로 4리를 나아가다가 북쪽으로 방향을 돌려 시내로 들어섰다. 물길을 거슬러 3리를 나아가다가 차츰 동쪽으로 돌아들었다. 이곳이 구리갱이다. 구리갱이 끝나는 곳에 한 줄기 폭포가 동쪽 벼랑을 꿰뚫고 떨어져 내렸다. 위에는 어지러운 봉우리들이 빽빽하게 들어서 있는데, 오를 수 있는 길이 없다. 서쪽 고개를 따라 기어올라 폭포의 북쪽으로 돌아 나왔다. 폭포 뒤쪽을 빙 둘러보니, 두 개의 바위가 문처럼 그곳에 꽂힌 듯 솟아 있고, 그 안에 용담(龍潭)이 있다.

다시 북동쪽으로 몇 리를 올라갔다. 고개를 넘자, 산속의 평지가 훤히 열렸다. 다섯 봉우리에 둘러싸인 한 가운데에 만년사가 있었다. 만년사는 호국사로부터 30리 떨어져 있다. 만년사는 천태산의 서쪽 경계에 있고, 바로 천봉사와 마주하고 있는데, 천봉사와의 가운데에 석량 폭포가 있다. 만년사에는 오래된 삼나무가 매우 많았다. 만년사에서 식사를 했다.

다시 북서쪽으로 3리를 걸어 만년사 뒤편의 높다란 고개를 넘었다. 다시 서쪽의 고개 모퉁이를 돌아 10리만에 등공산(騰空山)에 이르렀다. 우고령(牛牯嶺)을 내려와 3리만에 산기슭에 이르렀다. 다시 서쪽으로 세 곳의 조그마한 고개를 넘었다. 모두 25리를 걸어 회서(會墅)를 나왔다. 큰길이 남쪽에서 뻗어 왔다. 천모산(天姥山)을 포함한 여러 봉우리들을 이미 넘어 왔으니, 회서는 평지이리라 생각했다. 다시 북서쪽으로 3리를 내려갔다. 차츰 시내가 이루어졌다. 시내를 따라 5리를 나아가, 반죽(班竹)의 여관에서 묵었다.

천태산의 시내는 내가 본 바로 다음과 같다. 정동쪽은 수모계(水母溪)이다. 찰령 북동쪽과 화정봉 남쪽에 물길이 나누어지는 고개가 있다. 이 고개는 그다지 높지 않다. 수모계는 서쪽으로 흘러 석량폭포를 이룬 다음, 동쪽으로 흘러 천봉사(天封寺)를 지난다. 이어 적성령(摘星嶺)을 에돌아 동쪽으로 흐르다가 송문령(松門嶺)을 빠져나와 영해(寧海)를 거쳐 바다로 흘러든다.

정남쪽은 한풍궐(寒風闕)의 시내이다. 국청사로 흘러내려가 절 동편의 불롱(佛隴)의 물길과 만난 다음, 천태현성 서쪽에서 대계(大溪)로 흘러든다. 국청사의 동쪽 시내는 나계이다. 이 시내는 선인혜(仙人鞋)에서 발원하여 나사담으로 떨어진 다음, 흘러나와 유계와 만나 천태현성 동쪽에서 대계로 흘러든다. 조금 더 동쪽으로는 유계(楢溪) 등의 여러 시내도 있으나 직접 가보지는 못했다.

국청사 서쪽의 시내로 규모가 큰 것은 폭포수(瀑布水)이다. 이 물길은 용왕당(龍王堂)을 따라 서쪽으로 흘러 동백산을 지난다. 이때의 시내를 여사계(女梭溪)라 한다. 이 시내는 앞으로 세 곳의 못을 지난 다음, 떨어져서 폭포를 이룬다. 이 시내는 청계(淸溪)의 원류이다. 조금 더 서쪽으로는 경대와 쌍궐의 시내가 있다. 이 시내는 분명히 만년사 남동쪽에서 발원했을 터인 이 시내는 동쪽으로 나한령(羅漢嶺)을 지나 깊은 구덩이에 고여 백장애의 용담을 이룬 뒤, 경대를 에돌아 나와 청계에서 합쳐진다. 다시 조금 더 서쪽으로는 도원(桃源)의 시내이다. 이 시내 상류에는 한 쌍의 폭포가 있는데, 동쪽의 것과 서쪽의 것이 엇섞인다. 이 시내의 발원지는 틀림없이 통원사(通元寺)의 근처일 터이지만, 끝까지 가보지는 못했다. 더 서쪽으로 가면 수계(秀溪)의 시내이다. 이 시내는 만년사가 있는 고개에서 발원하여 서쪽으로 내려가 용담폭포를 이룬다. 이어 좀 더 서쪽으로 흘러 구리갱이 되었다가 수계의 남동쪽으로 흘러간다. 이들 여러 시내는 청계의 서쪽에서 모두 남동쪽으로 흐르다가 대계로 흘러든다.

이밖에도 정서쪽에는 관령·왕도 등의 여러 시내가 있지만, 내가 직접 가보지는 못했다. 여기에서 좀 더 북쪽으로는 회서령(會墅嶺)의 여러 시내가 있는데, 역시 정서쪽의 물길로서 북서쪽으로 흘러 신창현(新昌縣)으로 들어간다. 조금 더 북쪽에는 복계(福溪)·나목계(羅木溪)가 있다. 이들 시내는 모두 천태산 북쪽에서 발원하며, 서쪽으로 흘러 신창대계(新昌大溪)를 이룬다. 하지만 이들 역시 내가 직접 가보지는 못했다.

---

1) 전해 오는 이야기에 따르면, 북송 인종(仁宗) 경우(景祐) 연간에 명조(明照) 스님이 도원에 약초를 캐러 갔다가, 눈부시게 빛나는 금빛 다리가 물위에 걸려 있고 두 명의 소녀가 물장난을 치고 있는 것을 보게 되었다. 이로부터 이 다리 아래의 못을 금교담(金橋潭)이라 일컫게 되었다고 한다.
2) 쌍환(雙鬟)은 금교담 위에 있는 봉우리로서 쌍녀봉(雙女峰)이라고도 한다. 봉우리 꼭대기에 있는 두 개의 바위가 쪽을 지고 있는 듯하여 붙여진 이름이다.

## 원문

**壬申 三月十四日** 自寧海發騎, 四十五里, 宿岔路口. 其東南十五里爲桑洲驛, 乃台郡道也; 西南十里松門嶺, 爲入天台道.

**十五日** 渡水母溪, 登松門嶺, 過玉愛山, 共三十里, 飯於筋竹嶺庵, 其地爲寧海、天台界. 陟山岡三十餘里, 寂無人烟, 昔彌陀庵亦廢. 下一嶺, 叢山杳冥中, 得村家, 瀹茗[1]飮石上. 又十餘里, 逾嶺而入天封寺. 寺在華頂峰下, 爲天台幽絶處. 卻騎,[2] 同僧無餘上華頂寺, 宿淨因房, 月色明瑩. 其地去頂尙三里, 余乘月獨上, 誤登東峰之望海尖, 西轉, 始得路至華頂. 歸寺已更餘矣.

**十六日** 五鼓,[1] 乘月上華頂, 觀日出. 衣履盡濕, 還炙衣寺中. 從寺右逾一嶺, 南下十里, 至分水嶺. 嶺西之水出石梁, 嶺東之水出天封. 循溪北轉, 水石漸幽. 又十里, 過上方廣寺, 抵曇花亭, 觀石梁奇麗, 若初識者.

**十七日** 仍出分水嶺, 南十里, 登察嶺. 嶺甚高, 與華頂分南北界. 西下至龍王堂, 其地爲諸道交會處. 南十里, 至寒風闕. 又南下十里, 至銀地嶺, 有智者塔已廢. 左轉得大悲寺, 寺旁有石, 爲智者拜經臺. 寺僧恒如爲炊飯, 乃分行囊從國清下至縣, 余與仲昭兄以輕裝東下高明寺. 寺爲無量講師復建, 右有幽溪, 溪側諸勝曰圓通洞、松風閣、靈響巖.

**十八日** 仲昭坐圓通洞. 寺僧導余探石笋之奇. 循溪東下, 抵螺溪. 溯溪北上, 兩崖峭石夾立, 樹巓飛瀑紛紛. 踐石躡流, 七里, 山迴溪墜, 已到石笋峰底, 仰面峰莫辨, 以右崖掩之也. 從崖側逾隙而下, 反出石笋之上, 始見一石矗立澗中, 澗水下搗其根, 懸而爲瀑, 亦水石奇勝處也. 循溪北轉, 兩崖愈峭, 下匯爲潭, 是爲螺螄潭, 上壁立而下淵深. 攀崖側懸藤, 踞石遙睇其內. 潭上石壁, 中劈爲四岐, 若交衢然. 潭水下薄, 不能窺其涯涘.[1] 最內兩崖之上, 一石橫嵌, 儼若飛梁. 梁內飛瀑自上墜潭中, 高與石梁等. 四旁重崖迴映, 可望而不可卽, 非石梁所能齊也. 其上有'仙人鞋', 在寒風闕之左, 可逾嶺而至. 雨驟, 不成行, 還憩松風閣.

**二十日** 抵天台縣. 至四月十六日自雁宕返, 乃盡天台以西之勝. 北七里, 至赤城麓, 仰視丹霞層亘, 浮屠[1]標其巔, 兀立於重嵐攢翠間. 上一里, 至中巖, 巖中佛廬新整, 不復似昔時凋敝.[2] 時急於瓊臺、雙闕, 不暇再躡上巖, 遂西越一嶺, 由小路七里, 出落馬橋. 又十五里, 西北至瀑布山左登嶺. 五里, 上桐柏山. 越嶺而北, 得平疇一圍, 群峰環繞, 若另辟一天. 桐柏宮正當其中, 惟中殿僅存, 夷、齊二石像尙在右室, 雕琢甚古, 唐以前物也. 黃冠久無住此者, 群農見游客至, 俱停耕來訊, 遂挾一人爲導. 西三里, 越二小嶺, 下層崖中, 登瓊臺焉. 一峰突瞰重坑, 三面俱危崖迴繞. 崖右之溪, 從西北萬山中直搗峰下, 是爲百丈崖. 崖根澗水至瓊臺脚下, 一泓深碧如黛, 是名百丈龍潭. 峰前復起一峰, 卓立如柱, 高與四圍之崖等, 卽瓊臺也. 臺後倚百丈崖, 前卽雙闕對峙, 層崖外繞, 旁絶附麗.[3] 登臺者從北峰懸墜而下, 度坳脊處咫尺, 復攀枝仰陟而上, 俱在削石流沙間, 趾無所着也. 從臺端再攀歴南下, 有石突起, 窟其中爲龕, 如琢削而就者, 曰仙人坐. 瓊臺之奇, 在中懸絶壑, 積翠四繞. 雙闕亦其外繞中對峙之崖, 非由澗底再上, 不能登也. 憶余二十年前, 同雲峰自桃源來, 溯其外澗入, 未深窮其窟奧. 今始俯瞰於崖端, 高深俱無遺勝矣. 飯桐柏宮, 仍下山麓, 南從小徑渡溪, 十里, 出天台、關嶺之官道. 復南入小徑, 隙行十里, 路左一峰兀立若天柱, 問知爲青山茁. 又溯南來之溪十里, 宿於坪頭潭之旅舍.

1) 부도(浮屠)는 부도(浮圖)라고도 하며, 범어인 Buddah의 음역이다. 부처, 불교, 스님 혹은 불탑을 의미하는 바, 여기에서는 불탑을 의미하며, 적성산(赤城山) 꼭대기의 적성탑(赤城塔)을 가리킨다.
2) 조폐(彫敝)는 '쇠잔하고 피로한 모습'을 가리킨다.
3) 부려(附麗)는 '덧붙이다, 의지하다'를 의미한다.

**十七日** 由坪頭潭西南八里, 至江司陳氏. 渡溪左行, 又八里, 南折入山. 陟小嶺二重, 又六里, 重溪迴合中, 忽石巖高峙, 其南卽寒巖, 東卽明巖也. 令僮先馳, 炊於明巖寺, 余輩遂南向寒巖. 路左俱懸崖盤列, 中有一洞岈然.

洞前石免蹲伏, 口耳俱備. 路右卽大溪縈迴, 中一石突出如擎蓋, 心頗異之.
旣入寺, 向僧索龍鬚洞靈芝石, 卽此也. 寒巖在寺後, 宏敞有餘, 玲瓏未足.
由洞右一穴上,[1] 視鵲橋而出. 由舊路一里, 右入龍須洞. 路爲莽棘所翳, 上
躋里許, 如歷九霄. 其洞圓聳明谽, 洞中斜倚一石, 頗似雁宕之石梁, 而梁
頂有泉中灑, 與寶冠之芭蕉洞如出一冶. 下山, 仍至舊路口, 東溯小溪, 南
轉入明巖寺. 寺在巖中, 石崖四面環之, 止東面八寸關通路一線. 寺後洞窈
窕非一, 洞右有石筍突起, 雖不及靈芝之雄偉, 亦具體而微[2]矣. 飯後, 由故
道騎而馳三十里, 返坪頭潭. 又北二十五里, 過大溪, 卽西從關嶺來者, 是
爲三茅. 又北五里, 越小澗二重, 直抵北山下, 入護國寺宿焉.

---

1) 일부 판본에는 '由洞右一上'이라 되어 있으나, 사고본(四庫本)에 의거하여 '혈(穴)'을
보충했다.
2) 구체이미(具體而微)는 전체적으로는 고루 잘 갖추어져 있으나 그래도 부족한 점이
있음을 의미한다. 이 말은 『맹자』「공손축상(公孫丑上)」에 "자하와 자유, 자장은 모
두 성인의 전체적인 자질을 잘 갖추고 있는 반면, 염우와 민자, 안연은 전체적으로
잘 갖추고는 있으되 부족한 점이 있다(子夏、子游、子張皆有聖人之體; 冉牛、閔子、
顏淵, 則具體而微)"라고 씌어진 데에서 비롯되었다.


十八日 晨, 急詣桃源. 桃源在護國東二里, 西去桐柏僅八里. 昨遊桐柏時,
留爲還登萬年之道, 故選寒、明. 及抵護國, 知其西有秀溪, 由此入萬年,
更可收九里坑之勝, 於是又特趨桃源. 初由澗口入里許, 得金橋潭. 由此而
上, 兩山愈束, 翠壁穹崖, 層累曲折, 一溪介其中. 溯之, 三折而溪窮, 瀑布
數丈, 由左崖瀉溪中. 余昔來瀑下, 路窮莫可上, 仰視穹崖北峙, 溪左右雙
鬟諸峰娟娟攢立, 嵐翠交流, 幾不能去. 今忽從右崖叢莽中, 尋得石徑層疊,
遂不及呼仲昭, 冒雨撥棘而上. 磴級旣盡, 復疊石橫棧, 度崖之左, 已出瀑
上. 更溯之入, 直抵北巖下, 蹊磴俱絶, 兩瀑自巖左右分道下. 遙睇巖左猶
有遺磴, 從之, 則向有累石爲橋於左瀑上者, 橋已中斷, 不能度. 睇瀑之上
流, 從東北夾壁中來, 止容一線, 可踐流而入. 計其勝不若右巖之瀑, 乃還,
從大石間向西北上躋, 抵峽窘下, 得重潭甚厲, 四面俱直薄峽底, 無可緣陟.

第從潭中西望, 見石峽之內復有石峽, 瀑布之上更懸瀑布, 皆從西北杳冥[1] 中來, 至此繽紛亂墜於迴崖削壁之上, 嵐光掩映, 石色欲飛. 久之, 還出層 瀑下. 仲昭以覓路未得, 方獨坐觀瀑, 遂同返護國. 聞桃源溪口, 亦有路登 慈雲、通元二寺, 入萬年, 路較近; 特以秀溪勝, 故飯後仍取秀溪道. 西行 四里, 北折入溪, 溯流三里, 漸轉而東向, 是爲九里坑. 坑旣窮, 一瀑破東崖 下墜, 其上亂峰森立, 路無可上. 由西嶺攀躋, 繞出其北, 迴瞰瀑背, 石門雙 揷, 內有龍潭在焉. 又東北上數里, 逾嶺, 山坪忽開, 五峰圍拱, 中得萬年寺, 去護國三十里矣. 萬年爲天台西境, 正與天封相對, 石梁當其中. 地中古杉 甚多. 飯於寺. 又西北三里, 逾寺後高嶺. 又向西升陟嶺角者十里, 乃至騰 空山. 下牛牯嶺, 三里抵麓. 又西逾小嶺三重, 共十五里, 出會墅. 大道自南 來, 望天姥山在內, 已越而過之, 以爲會墅乃平地耳. 復西北下三里, 漸成 溪, 循之行五里, 宿班竹旅舍.

　天台之溪, 余所見者 : 正東爲水母溪; 察嶺東北, 華頂之南, 有分水嶺, 不 甚高; 西流爲石梁, 東流過天封, 繞摘星嶺而東, 出松門嶺, 由寧海而注於 海. 正南爲寒風闕之溪, 下至國清寺, 會寺東佛隴之水, 由城西而入大溪者 也. 國清之東爲螺溪, 發源於仙人鞋, 下墜爲螺螄潭, 出與幽溪會, 由城東 而入大溪者也; 又東有栖溪諸水, 余屐未經. 國清之西, 其大者爲瀑布水, 水從龍王堂西流, 過桐柏爲女梭溪, 前經三潭, 墜爲瀑布, 則清溪之源也; 又西爲瓊臺、雙闕之水, 其源當發於萬年寺東南, 東過羅漢嶺, 下深坑而 匯爲百丈崖之龍潭, 繞瓊臺而出, 會於青溪者也; 又西爲桃源之水, 其上流 有重瀑, 東西交注, 其源當出通元左右, 未能窮也; 又西爲秀溪之水, 其源 出萬年寺之嶺, 西下爲龍潭瀑布, 西流爲九里坑, 出秀溪東南而去. 諸溪自 青溪以西, 俱東南流入大溪. 又正西有關嶺、王渡諸溪, 余屐亦未經; 從此 再北有會墅嶺諸流, 亦正西之水, 西北注於新昌; 再北有福溪、羅木溪, 皆 出天台陰, 而西爲新昌大溪, 亦余屐未經者矣.

---

1) 묘명(杳冥)은 깊고 멀어 잘 보이지 않음을 의미한다.

# 안탕산 유람일기 후편(遊雁宕山日記後)

### 해제

   서하객은 1613년 처음으로 안탕산을 유람한 이후, 숭정(崇禎) 5년(1632년)에 안탕산을 또다시 유람했다. 그는 천태산을 유람한 후 3월 21일부터 4월 15일까지 안탕산을 유람했으나 기록을 남기지 않았다. 그는 다시 4월 28일부터 5월 8일까지 안탕산을 유람하여 「안탕산 유람일기 후편」을 남겼는 바, 「안탕산 유람일기 후편」은 안탕산을 세 번째 유람한 기록이라 할 수 있다. 이번 유람길은 첫 번째 유람에 비해 넉넉한 일정 속에 이루어졌기에, 안탕산의 여러 절경을 두루 살펴보고 안탕산 지구의 산수에 대해 상세히 조사·분석했다. 특히 그는 이번 유람길에 안호(雁湖)에 대한 『대명일통지(大明一統志)』의 오류를 바로잡았다.

   이번 유람의 주요 여정은 다음과 같다. 황암(黃巖) → 암전포(巖前鋪) → 대형역(大荊驛) → 장가루(章家樓) → 석량동(石梁洞) → 영봉사(靈峰寺) → 정명사(淨名寺) → 향암(響巖) → 영암사(靈巖寺) → 천총동(天聰洞) → 능인사(能仁寺) → 나한사(羅漢寺) → 석문사(石門寺) → 능운사(凌雲寺) → 보관사(寶冠寺) → 나한사(羅漢寺) → 운정암(雲靜庵) → 대룡추(大龍湫) → 나한사(羅漢寺) → 영암사(靈巖寺) → 병하장(屛霞嶂) → 소룡추(小龍湫) → 진제사(眞濟寺) → 남합계(南閤溪) → 장오(莊塢) → 동선원(洞仙院) → 이두암(犁頭庵) → 대형역(大荊驛)


## 역문


내가 족형 서중소(徐仲昭)와 함께 천태산을 유람한 것은 임신년 3월이다. 4월 28일에 황암(黃巖)에 도착하여 다시 안탕산(雁宕山)을 찾았다. 말을 구해 현성의 남문을 나와 방산(方山)을 따라 10리를 달렸다. 이어 남서쪽으로 꺾어 30리를 나아가 수령(秀嶺)을 넘어 암전포(巖前鋪)에서 식사를 했다. 5리를 달리자, 낙청현(樂淸縣) 경계에 이르렀다. 다시 5리를 달려 반산령(盤山嶺)에 올랐다. 남서쪽의 운무 속에 연꽃 모양의 산봉우리들이 어렴풋이 드러나매, 이곳이 안탕산이다. 10리를 달리자 정가령(鄭家嶺)이 나오고, 다시 10리를 달리자 대형역(大荊驛)이 나왔다. 석문간(石門澗)을 건너자 방금 내린 비로 불어난 물이 말의 배까지 차올랐다. 다시 5리를 달려 장가루(章家樓)에서 하룻밤을 묵기로 했는데, 이곳은 안탕산의 동쪽 외곽의 골짜기이다. 장(章)씨가 흥성했을 때 누각을 세워 산을 오르는 유람객의 지친 몸을 쉬게 해주었는데, 지금 여관은 텅 비고 쇠락한 채 그 이름만 남아 있었다.

## 4월 29일

서쪽으로 안탕산에 들어서서 노승암(老僧巖)을 바라보면서 앞으로 달렸다. 2리를 달려 노승암의 기슭을 지났다. 다시 2리를 달려 북쪽으로 시내를 건너 석량동(石梁洞)에 올랐다. 석량동에서 시냇가로 되돌아와 서쪽으로 2리를 나아가 사공령(謝公嶺)을 넘었다. 사공령 안쪽은 동편 안쪽 골짜기이다. 고개 아래에는 북쪽에서 흘러오는 시내가 있다. 시내 양쪽은 온통 겹겹의 바위와 기괴한 봉우리들이 우뚝 솟구쳐 있는데, 흙은 한 치도 보이지 않은 채 마치 조각해놓은 듯 갖가지 모습을 띠고 있었다.

시내를 건너 북쪽으로 꺾어 1리쯤 나아가 영봉사(靈峰寺)에 들어섰다. 기이하고 가파른 봉우리가 절 앞에 나란히 서 있었다. 절 뒤에는 봉우리 하나가 홀로 치솟아 있다. 봉우리 한 가운데에 틈이 갈라져서, 위로 봉우리 꼭대기까지 뚫려 있다. 이곳은 영봉동이라는 곳이다. 천 개의 돌 층계를 딛고서 올라갔다. 석대는 아주 반듯하고, 동굴 안의 나한상은 더욱 산뜻했다.

영봉사로 내려와 식사를 했다. 스님과 함께 조담담(照膽潭)을 따라 시내 왼편을 넘어 풍동(風洞)을 구경했다. 풍동의 입구는 반원형일 뿐인데, 동굴 안의 바람이 동굴의 몇 걸음 밖까지 불어왔다. 시내 왼편을 따라 하나하나 벼랑의 여러 동굴을 찾아다녔다. 영봉사로 돌아오자 비가 억수같이 쏟아졌다. 나는 맨발로 우산을 받들고서 시내 북쪽으로 거슬러 올라갔다. 진제사(眞濟寺)에 막 이를 즈음 깊은 산골짜기에 짙은 안개가 자욱하여 아득히 아무 것도 보이지 않았다.

되돌아 나와 시내 동쪽으로 건너 벽소동(碧霄洞)으로 들어섰다. 수우(守愚) 스님께서 수련하시는 거처가 거기에 있었다. 그 분이 범상치 않다고 느낀 나는 하인에게 서중소를 불러오라고 시켰다. 서중소 또한 물길을 밟고 오더니, 수우 스님과 서로 만난 게 너무 늦었노라 한탄했다. 뉘엿

뉘엿 해가 지고 있었다. 영봉사로 돌아와 묵었다.

## 4월 30일

비를 무릅쓰고 물길을 따라 서쪽으로 꺾어 2리를 나아갔다. 북서쪽에서 흘러오는 시내가 합쳐지더니, 물살이 더욱 거세졌다. 시내를 건너 서쪽으로 가다가 시내를 거슬러 북서쪽으로 3리를 나아갔다. 정명사(淨名寺)에 들어설 무렵, 비는 더욱 세차게 내렸다. 운무 속에 양쪽 벼랑을 올려다보았다. 겹겹의 바위들이 마주 선 채 층층이 포개져 올라가는데, 층차를 분간할 수가 없었다. 옷과 신발은 물에 흠뻑 젖은 채 서쪽 골짜기로 더욱 깊이 들어갔다. 그 안에 수렴곡(水廉谷), 유마석실(維摩石室), 설법대(說法臺) 등의 여러 절경들이 있었다.

2리를 더 나아가 향암(響巖)에 이르렀다. 향암 오른쪽에는 두 곳의 동굴이 있고, 날듯이 떨어지는 폭포가 동굴 밖을 가리고 있었다. 나는 빽빽한 가시덤불 속에서 험준함을 무릅쓰고 올라가 보았다. 동굴 하나는 용왕동(龍王洞)이고, 다른 하나는 삼대동(三臺洞)이라고 한다. 두 동굴 앞에는 마치 노천의 무대처럼 불쑥 튀어나온 바위가 있는데, 잔도를 통해 지날 수 있었다.

동굴을 나와 되돌아오는 길에 향암의 위를 바라보았다. 봉우리 머리맡에 귀처럼 붙어 있는 바위가 있다. 이것은 '청시수(聽詩叟)'이다. 다시 서쪽으로 2리를 나아가 영암사(靈巖寺)에 들어섰다. 영봉사에서 서쪽으로 돌아들어 가는 길 내내 높다란 바위들과 병풍같은 산봉우리가 이어졌다. 산봉우리가 훤히 열린 곳이 정명사요, 틈새를 따라 쭉 들어가면 닿는 곳이 이른바 일선천(一線天)이요, 또다시 산봉우리가 트인 곳이 영암사이다. 영암사는 첩첩의 봉우리에 둥글게 에워싸인 그 가운데에 있다.

## 5월 초하루

나는 서중소와 함께 천총동(天聰洞)에 올랐다. 천총동 안에는 동쪽에 둥그런 동굴이 두 곳 있고, 북쪽에 기다란 동굴이 한 곳 있다. 모두 구멍이 뚫려 있어 훤했지만, 다만 가파른 바위가 곧게 뻗어내리고 사이가 떠 있는지라 도저히 갈 수 없었다.

이에 나는 다시 영암사로 내려가 사다리를 지고서 풀숲을 헤쳐 나아갔다. 하인에게는 다른 언덕에 올라가게 하고서, 나는 곧바로 둥그런 동굴 아래로 가서 사다리를 타고 올랐다. 사다리가 닿지 않자, 나무를 베어 바위틈에 가로로 박아 넣은 후 나무를 밟고 올랐다. 그래도 여전히 동굴 입구에 닿지 않자, 새끼줄로 사다리를 끌어올려 바위틈에 자라난 나무에 걸쳤다. 사다리를 다 오르면 나무로 잇고, 나무를 다 밟으면 사다리로 이었다. 사다리와 나무가 모두 다 하면 새끼줄을 끌어당겨 나무에 묶었다. 이렇게 해서 마침내 둥그런 동굴 안으로 들어선 뒤, 서중소를 불러 서로 마주한 채 이야기를 나누었다. 다시 똑같은 방법으로 기다란 동굴에 들어갔다가 내려왔다.

어느덧 정오가 되었다. 서쪽으로 소룡추(小龍湫) 아래에 이르러 검천(劍泉)을 찾아보려 했으나 끝내 찾지 못했다. 자갈밭 위에 앉아 올려다보니, 빙 두른 봉우리는 하늘에 닿아 있고, 가파른 봉우리는 거꾸로 꽂혀 있었다. 그 한 가운데에 나는 듯이 흘러내리는 물줄기가 걸려 있으니, 참으로 하늘에 비단이 늘어진 듯했다.

서쪽으로 소전도봉(小剪刀峰)을 지나고 다시 철판장(鐵板嶂)을 지났다. 철판장의 봉우리들은 병풍처럼 펼쳐진 채 층층의 바위 위에 꽂혀 있고, 아래로 문처럼 벌어진 틈에는 오직 구름만이 피었다가 사라질 뿐 사람의 자취는 끊겨 있었다. 다시 관음암(觀音巖)을 지났다. 길은 점점 서쪽으로 향했다. 바위가 차츰 훤히 트였다. 이곳은 이첨봉(犁尖峰)인데, 상운봉(常雲峰)과 나란히 솟구쳐 있었다. 상운봉에서 남쪽으로 내려갔다. 지세가 아래로 고꾸라지다가 다시 솟구쳤다. 이곳은 대신봉(戴辰峰)이다. 그 고꾸라질 듯한 곳에 평지가 있으니, 이곳은 마안령(馬鞍嶺)이다. 마안령을 경계로 안쪽 골짜기의 동쪽과 서쪽이 나뉘어진다. 영암에서 마안령까지는 모두 4리이며, 드높은 산악이 솟구친 채 쉬지 않고 이어져 있다. 마안령을 넘자, 해가 차츰 서쪽으로 뉘엿뉘엿 지고 있었다. 2리를 나아가 서쪽으로 대룡추(大龍湫)의 시내 어귀를 지났다. 2리를 더 나아가 남서쪽으로 능인사(能仁寺)에 들어와 하룻밤을 묵었다.

## 5월 초이틀

능인사 뒤쪽의 산언덕에서 방죽[1]을 찾았으나 쓸 만한 게 없었다. 산언덕 위에 담화암(曇花庵)이 있는데, 자못 그윽했다. 능인사를 나와 오른쪽으로 나아가 연미천(燕尾泉)을 구경했다. 연미천은 대룡추에서 흘러나온 시냇물이 두 갈래로 나뉘어 바위 사이로 떨어지는 모습이 제비 꼬리와 흡사하기에 연미라 이름했다.

이어 북쪽으로 물길을 거슬러 2리를 나아가 서쪽으로 대룡추의 시내 어귀로 들어섰다. 서쪽으로 2리를 더 나아가 연운장(連雲嶂)을 좇아 들어갔다. 대전도봉(大剪刀峰)이 산골물 속에 우뚝 솟아 있었다. 양쪽 벼랑의 암벽은 둥글게 합쳐지고, 대룡추의 물은 하늘에서 떨어져 내렸다. 부족정(不足亭)에 앉아 사방을 둘러보았다. 앞으로는 용탄(龍灘)을 마주하고, 뒤로는 대전도봉이 둘러싸고 있다. 나는 사방의 뭇 산 속에 놓여 있었다.

연운장을 나서서 화암령(華巖嶺)을 넘었다. 모두 2리를 걸어 나한사(羅漢寺)에 들어섰다. 나한사는 황폐해진지 오래인데, 와운(臥雲) 법사께서 최근에 면모를 일신시켰다. 와운 법사는 연세가 80여 세이다. 그는 비래석(飛來石)의 나한을 닮은, 안탕산의 개산조사이다. 내가 법사께 함께 산꼭대기까지 가자고 청하자, 법사는 함께 상운봉에 오르기로 승낙했다. 그런데 안호(雁湖)는 오히려 나한사의 서쪽에 있는지라, 석문사(石門寺)를 거치는 게 편했다.

때가 벌써 오후인지라 상운봉에 오르는 것은 훗날을 기약했다. 그리고는 법사의 제자와 함께 서쪽으로 동편 고개를 넘어 서쪽의 바깥 골짜기까지 모두 4리만에 석문사 옛터를 지났다. 시내를 따라 서쪽으로 1리 나아갔다. 서쪽에서 흘러오는 시내와 합쳐졌는데, 능운사(凌雲寺)와 보관사(寶冠寺)의 물길들이다. 두 시냇물은 합쳐진 후 남쪽으로 흘러 바다로 흘러든다. 이리하여 다시 서쪽에서 흘러오는 시내를 거슬러 능운사에서 묵었다.

절은 함주봉(含珠峰) 아래에 있다. 봉우리는 홀로 하늘을 뚫고 솟구치다가 홀연 두 봉우리로 갈라졌다. 꼭대기에서 발치까지는 고작 지척의 거리이며, 가운데에 구슬처럼 둥근 돌을 품고 있어 더욱 기묘해 보인다. 시내를 따라 북쪽으로 바위틈에 들어섰다. 매우담(梅雨潭)[2]이 나왔다. 폭포수가 날듯이 절벽에서 쏟아져 부딪치는데, 기세가 심히 웅장하다. 부슬부슬 비 내리는 풍경[3]과는 전혀 달랐다.

---

1) 방죽(方竹)은 대나무의 일종으로 외형이 약간 네모져 있다. 중국의 화동과 화남 지역에서 관상용으로 재배되는데, 옛사람들은 이 대나무로 지팡이를 만들었다.
2) 매우담(梅雨潭)은 매우폭포가 떨어져내려 생긴 못이다. 이 폭포는 폭포수가 빠져나가는 곳에 가로놓인 벼랑에 부딪쳐 물안개를 피어 올리는데, 그 모습이 마치 장마철의 보슬비와 같기에 매우담이라 일컬어졌다.
3) '부슬부슬 비 내리는 풍경'이란 폭포수가 벼랑에 부딪쳐 보슬비처럼 흩어져 내리는 모습을 가리킨다.

## 5월 초사흘

계속해서 동쪽으로 3리를 나아갔다. 시내를 거슬러 북쪽으로 석문사에 들어선 뒤, 황(黃)씨 묘당에 짐을 부렸다. 돌층계를 밟아 북쪽으로 안호 꼭대기로 오르는데, 길이 그다지 가파르지 않았다. 쭉 2리를 오르는데, 지금까지는 산이 차츰 낮아지면서 바다의 섬들이 눈앞에 떠오르더니, 위로 올라갈수록 바다가 문득 발 아래 가까이 다가왔다. 다시 위로 4리를 올라 드디어 산등성이를 넘었다.

산은 북동쪽의 가장 높은 곳에서부터 구불구불 계속 이어져 서쪽으로 뻗어오다가 네 갈래로 흩어지는데, 모두 바위산에서 흙산으로 바뀐다. 네 갈래의 산등성이는 보일락말락 솟아 있다. 갈래 사이에 끼어 있는 곳에는 우묵한 구덩이가 세 곳 이루어져 있고, 각각의 구덩이마다 등성이가 남북으로 가로 놓여 구덩이 안을 둘로 나누고 있다. 모두 헤아려 보니, 구덩이가 여섯 곳만이 아니다. 구덩이 안에는 물이 쌓여 잡초가 무성한지라 눈길 닿는 곳마다 푸릇푸릇한 기운이 가득했다. 이곳이 이른바 안호이다.

안호의 물이 나뉘어 남쪽으로 떨어지는 물 가운데, 어떤 것은 석문사에서 흘러나오고, 또 어떤 것은 능운사의 매우담으로 흘러나오고, 또 어떤 것은 보관사의 날듯한 폭포가 된다. 북쪽으로 떨어지는 물은 안탕산 북쪽의 여러 물길이 된다. 이 모두는 대룡추의 물길과는 전혀 관계가 없다.

산등성이를 넘은 후 남쪽으로 대해를 멀리 바라보고 북쪽으로 남합(南閤)의 시내를 굽어보았다. 멀리 가까이로 시야를 가리는 게 없는데, 오직 동쪽의 봉우리만이 하늘 높이 치솟아 있다. 나는 북서쪽을 따라 다른 길로 보관사에 내려가고 싶었지만, 바위가 겹겹이 쌓이고 잡초가 무성하여 발 딛을 곳조차 없었다. 다시 왔던 길을 되짚어 석문사로 내려갔다가 서쪽으로 능운사를 지났다. 함주봉 밖을 따라 2리를 나아가 산골물을 좇아 보관사에 들렀다.

보관사는 서쪽 골짜기의 우묵한 평지에 자리잡고 있는데, 폐허가 된 지 이미 오래되었다. 보관사의 가장 깊숙한 곳에 바위 벼랑이 둥글게 에워싸고 있다. 돌층계와 길은 모두 끊겨 있다. 벼랑 발치에 동굴 하나가 높이 걸려 있고, 동굴 입구에는 비스듬히 기운 바위가 기대어 있다. 동굴 문은 양쪽으로 나뉘어진 채 툭 트여 넓고 훤하며, 그 가운데로부터 폭포수가 흩어져 날렸다. 동굴 안에는 파초가 많은데 복건성의 미인초와 자못 흡사하고, 동굴 밖에는 죽순이 삐죽이 자라나 어느덧 점점 숲을 이루어가고 있다.

동굴에 이르자, 귀에 들리는 폭포소리가 우레와 같았다. 그러나 벼랑의 바위가 빙 둘러 가로막고 있는지라 아득히 보이지 않았다. 이에 산을 내려와 시내를 건너 동굴의 오른편 옆구리를 쳐다보았다. 벼랑의 바위가 둥글게 말려 벌어진 틈새로 폭포수가 곧바로 쏟아져 내렸다. 폭포수는 둥글게 움푹 팬 곳에 부딪쳤다가 다시 솟구쳐 올라 시냇물을 이루어 흘러간다. 폭포는 높이가 대룡추에 버금가지만, 꽤 웅장한 경관처럼 보였다. 그러므로 안탕산의 둘째가는 폭포라고 말할 수는 없으리라. 동쪽으로 왔던 길을 되짚어 나왔다. 나한사에서 하룻밤을 묵었다.

## 5월 초나흘

아침 일찍 상운봉을 바라보니 흰 구름이 자욱이 끼어 있었다. 그렇지만 기가 꺾이지 않은 채 와운 법사께 함께 오르기를 재촉했다. 동쪽으로 화암(華巖)을 넘어 2리를 나아갔다. 연운장의 왼쪽, 그리고 도송동의 오른쪽으로 돌층계를 밟고서 서쪽으로 모두 3리를 올랐다. 굽어보니, 전도봉(剪刀峰)이 어느덧 발아래 놓여 있었다.

1리를 나아갔다. 산이 굽이돌고 시냇물이 흘렀다. 이곳은 대룡추의 상류이다. 시내를 건너 백운려(白雲廬)와 운외려(雲外廬)를 지났다. 다시 북쪽으로 운정암(雲靜庵)에 들어섰다. 운정암과 백운려, 운외려 및 산길은 모두 잘 정비되어 있어 예전과 사뭇 달랐다. 와운 법사는 그의 제자에게 죽순을 캐어 밥을 짓게 했다.

식사를 마치자, 여러 봉우리들의 구름기운이 갑자기 흩어졌다. 서중소는 정운암에 남아 쉬기로 하고, 나는 와운 법사와 함께 곧바로 동쪽 봉우리에 올랐다. 2리를 더 올라가자 차츰 물소리가 들려왔다. 대룡추가 둥글게 말린 벼랑 속에서 떨어져 내리고 있었다. 폭포수는 산꼭대기의 남쪽, 상운봉의 북쪽에서 흘러나왔다. 두 봉우리 사이의 우묵한 평지가 그 발원지이다. 대룡추의 물을 거슬러 2리를 오르자 물소리는 차츰 희미해졌다.

2리를 더 나아가 산등성이를 넘었다. 이 등성이는 북쪽으로 안탕산 꼭대기에 기대어 있고, 남쪽으로 두 갈래로 나누어진다. 동쪽 갈래는 관음암(觀音巖)이고 서쪽 갈래는 상운봉이다. 이곳이 바로 두 갈래의 산줄기가 지나는 곳이다. 산등성이의 동쪽은 오가갱(吳家坑)이다. 둥글게 에워싼 산봉우리 가운데, 가까이 있는 것은 철판장이고, 두 번째로 에워싼 것이 영암이다. 다시 에워싼 것이 정명사이고, 또 다시 에워싼 것이 영봉이며, 바깥의 마지막 것이 사공령(謝公嶺)이다.

산등성이의 서쪽의 움푹 팬 구덩이는 대룡추의 뒤쪽이다. 둥글게 에워싼 산봉우리 가운데, 가까이 있는 것은 대룡추의 맞은편 벼랑이고, 두 번째로 에워싼 것이 부용봉(芙蓉峰)이다. 다시 에워싼 것이 능운사이고, 또 다시 에워싼 것이 보관사이며, 그 위의 끄트머리가 이가산(李家山)이다. 이들이 안탕산의 남쪽에 위치한 여러 봉우리들이다. 관음암과 상운봉은 이 여러 봉우리의 한가운데에 있는데, 이미 나의 지팡이와 발아래에 엎드려 있다. 오직 북쪽의 봉우리만은 마치 천자의 병풍을 지고 있는 양 뒤쪽에 가로막고 서 있다.

북쪽으로 2리를 올라가자, 산등성이 하나가 엇비슷한 높이로 우뚝 치솟아 있는데, 등성이의 너비는 담처럼 좁다. 양 끄트머리는 높이 솟아오르고, 북쪽은 무너지듯 푹 꺼져 있다. 이곳은 남합계(南閤溪)가 가로질러 흐르는 분계선인데, 봉우리가 빙 둘러싸고 있는 남쪽의 모습과는 달랐다. 내가 동쪽 산마루에서 서쪽 꼭대기로 건너갈 때 갑자기 후다닥 달리는 소리가 크게 일어났다. 알고 보니 수십 마리의 놀란 사슴들이었다. 사슴 떼가 달려가는 북쪽 봉우리는 가운데가 도끼로 내리친 듯 쪼개져 있고, 그 가운데에 죽순 모양의 바위가 들쑥날쑥하고 벼랑이 어지럽도록 빽빽하게 들어서 있는데, 깊고 아득하여 밑바닥이 보이지 않았다. 사슴 떼는 그 속으로 뛰쳐 내려갔는데, 그들 가운데에 구덩이에 빠진 녀석도 있는 듯했다. 여러 스님들이 와서 돌조각을 던지자, 떨어지는 소리가 마치 비단을 찢는 듯하다가 한참 후에야 잠잠해졌다. 사슴 떼의 더욱 슬피 울부짖는 소리가 끊이지 않았다.

여기에서 조금 더 서쪽으로 나아갔다. 바위등성이는 중간이 끊기고, 봉우리 역시 차츰 낮아졌다. 북서쪽으로 멀리 안호를 바라보니, 멀어질수록 더욱 낮다. 나는 20년 전에 안호를 찾아와 동쪽의 높은 봉우리를 구경한 적이 있었다. 그때 깎아지른 듯한 절벽에 가로막히자 밧줄을 걸어 내려갔던 적이 있는데, 그때 내려갔던 곳이 바로 이곳이다. 이전에는 안호의 서쪽을 돌아다녔는데, 이번에는 동쪽으로 안호 위쪽에 나와 있다. 그래서인지 아쉬운 마음은 들지 않았다.

운정암으로 되돌아 내려왔다. 시내를 따라 대룡추 위에 이르러 폭포 아래의 용담을 내려다보았다. 양쪽 벼랑 사이를 감돌아 흐른 물은 둥글게 말린 암벽에서 못으로 떨어졌다가 튀어올라 물보라를 뿜으며 떨어졌다. 이 신기하고 기이한 현상은 가까이에서는 볼 수 없었다. 시내를 넘어 서쪽으로 올랐다. 남쪽의 대룡추와 마주한 벼랑으로 나간 다음, 두 봉우리를 타고서 남쪽으로 나아갔다. 이 고개는 석문사의 동쪽이자 나한사의 서쪽에 있는데, 남쪽으로 뻗어 부용봉을 이루고, 더 남쪽으로 뻗어내려가 동령(東嶺)이 된다. 부용봉은 나한사의 남서쪽 모퉁이에 둥글게 이어진 채 우뚝 솟구쳐 있다. 부용봉 아래에 이르자 비로소 길이 보였다. 동쪽으로 나한사에 이르렀을 때, 해는 어느덧 서쪽으로 기울어 있었다. 서중소도 먼저 도착해 있었다.

## 5월 초닷새

와운 법사와 작별하고서 나한사를 나왔다. 시내를 따라 1리를 나아가 대룡추 시내 어귀에 이르렀다. 모두 4리를 걸어 마안령을 넘어 내려갔다. 북쪽으로 관음봉 아래를 바라보았다. 암벽에 문 모양의 바위틈이 있는데, 층층이 늘어선 틈이 한 줄기가 아니었다. 서중소는 이미 일찌감치 영암사로 떠났다. 나는 하인 한 명을 데리고 북쪽으로 관음봉 아래에 이르렀다. 나무꾼이 다니는 오솔길을 따라 서쪽으로 돌아 2리를 나아갔다. 관음봉과 상운봉의 산자락에 이르러서야, 비로소 두 봉우리가 꼭대기는 서로 멀리 치솟아 있지만, 산자락의 암벽은 서로 이어져 성벽을 이루고 있음을 알게 되었다.

다시 벼랑의 동쪽을 따라 1리쯤 올라 바위틈 위로 나왔다. 나무가 울창하게 우거져 밑이 내려다보이지 않았다. 벼랑 끄트머리에는 우산 덮개 모양의 거대한 바위가 있는데, 위는 숫돌처럼 매끄럽고 아래는 사방이 텅 비어 있다. 이 바위 위에 한참동안 앉아 있다가, 다시 아래쪽으로 바위틈을 따라 안으로 들어갔다. 층층의 벼랑에 갈라진 바위틈을 더듬어 나아갈 수가 있었다. 바위틈 바깥에 봉우리 하나가 우뚝 치솟아 구름에 바짝 닿아 있다. 둥그런 꼭대기는 손을 맞잡은 듯하고 높이는 노승암(老僧巖)만 하다. 영락없이 어린 아이가 공손하게 손을 맞잡은 형상이었다.

길모퉁이를 나왔다. 오(吳)씨 성의 사람들이 이곳에 많이 살고 있었다. 오응악(吳應岳)이란 이가 나를 붙들어 식사를 대접했다. 나는 그를 잡아끌어 함께 시내를 거슬러 들어갔다. 이곳이 바로 산꼭대기에서 멀리 바라보았던 오가갱의 시내인데, 철판장과 관음봉 사이에 있다. 시내 왼편의 황애(黃崖)와 층동(層洞)으로 올라가고자 했다. 황애는 철판장의 서쪽에 있고, 층동은 황애의 왼쪽에 있었다. 두 곳은 마치 위아래 두 층으로 이루어진 듯했다. 그 아래에 이르면 올라갈 수가 없고, 그 위로 나오면 동굴 또한 깎아지른 듯한 절벽 사이에 있는지라 내려올 수가 없었다. 그리하여 벼랑을 따라 동쪽으로 나아갔다. 바위틈이 또 나타났다. 그러나 그 위를 쳐다보니 층층이 쌓여 들어갈 수는 있으나, 나무를 얽어 사다리를 걸치지 않으면 오를 수 없을 것 같았다.

이곳에서 앵취암(鶯嘴巖)이라는 자그마한 봉우리를 내려와 오씨와 작별했다. 동쪽으로 철판장 아래를 지나니 훨씬 큰 바위틈이 보였다. 아래쪽에 동굴에서 흘러나오는 시내가 있는 듯했다. 급히 물길을 거슬러 들어가 동굴 아래에 이르자 돌무더기에 가로막혔다. 그러나 벼랑 왼쪽에 곧바로 올라가는 길이 있다. 깎아지른 듯한 벼랑 사이에 구덩이가 패어 있고, 붙들 수 있는 등나무가 드리워져 있다. 드디어 힘을 내어 기어올랐다. 옷이 걸리면 옷을 벗고, 지팡이가 거치적거리면 지팡이를 버렸다. 벼랑 하나를 곧추 오르고 나서 다시 벼랑 하나를 가로지르기를 두 번 거듭했다. 이어 다리 모양의 잔도를 지나기를 두 번 하고서야 마침내 바위틈 안으로 들어갔다.

바위는 문처럼 마주 솟아 있고, 가운데가 넓었다. 층층의 돌층계를 밟고서 오를 수 있었다. 다시 두 겹의 바위 문을 들어서서 그 위쪽을 바라보았다. 암벽이 둥글게 치솟아 있고, 둘러싸인 푸른 하늘이 마치 우물처럼 가운데에 걸려 있다. 암벽이 끝나자, 동굴 안으로 뚫고 들어갔다. 동굴 바닥의 햇빛이 비치는 곳에 나무 사다리가 있었다. 원숭이처럼 사다리를 올랐다. 마치 누각을 오르는 듯한 기분이 들었다.

동굴 왼쪽으로 돌아서자 평탄한 언덕이 나타났다. 뒤쪽에는 철판장이 드높이 늘어서고, 동서로는 가파른 벼랑이 둥글게 에워싸며, 남쪽으로는 바위틈이 아래로 엎드려 있다. 툭 트인 채 빙 둘러 있는 모습이 참으로 신선이 거처하는 곳이로다! 안에는 띠집이 한 채 있지만, 사는 이 없이 텅 비어 있다. 공터에 차나무가 많이 자라나 있다. 이 때문에 돌구덩이를 파고 나무 사다리를 두어 동굴과 언덕 사이를 오갔으리라. 시냇가로 내려오니, 사람이 살고 있었다. 마침내 소전도봉을 넘어 동쪽으로 2리를 나아갔다. 영암사에 들어가서 서중소와 만났다.

## 5월 초엿새

영암사의 스님을 모시고 병하장(屛霞嶂) 유람에 나섰다. 용비동(龍鼻洞)의 오른편을 따라 바위틈 위로 기어올랐다. 반 리만에 동굴이 나왔는데, 그 모습이 매우 기이했다. 다시 반 리를 올랐다. 벼랑은 우뚝 치솟고 길이 끊겼다. 벼랑 끝에 사다리가 매달려 있었다. 아마도 숯을 굽는 이들이 남겨놓은 것이리라. 사다리를 타고서 그 위로 빠져 나오자, 세 개의 거대한 바위가 두 벼랑 사이에 가로로 겹쳐져 있다. 안쪽에 덮여진 바위는 방을 이루고, 그 바깥에 선교(仙橋)가 걸쳐져 있다. 넓고 밝은 방은 그윽한 채, 겹겹의 바위 옆에 감추어져 있다. 비록 철판장(鐵板嶂)이나 석문(石門)만큼 기이한 경관이 모여 있지는 않았지만, 그윽하고 오묘한 맛은 나름대로 하나의 별세계를 이루고 있었다.

다시 동굴 왼편 위로 뚫고 나왔다. 덩굴을 붙잡고서 기어올라 잔도를 넘었다. 병하장의 가운데 층이 나왔는데, 아마 용비동의 꼭대기이리라. 벼랑의 끄트머리 또한 아주 넓고 지세가 툭 트여 있어 집을 지을 만했다. 뒤쪽의 병하장은 하늘에 닿을 듯이 솟아 있다. 병하장 오른쪽에는 바위가 바깥으로 뒤덮고 있는데, 그 앞으로 샘물이 휘날려 떨어지고 있다. 오른쪽으로 벼랑의 바위를 다시 기어올라 거의 병하장의 꼭대기에 이르렀을 즈음, 깎아지른 듯한 바위에 가로막히고 말았다. 바위 옆 한 줄기 바위틈에 풀과 나무가 붙어 자라고 있어서 발을 내딛을 수가 있는지라, 바위틈을 따라 내려갔다. 벼랑의 암벽 사이에는 수많은 덩굴이 길게 늘어져 있어서 잡아당길 수 있었다. 바위는 잘려진 듯 가팔라서 나무가 자라나 있지 않았다. 나무가 없어서 발을 딛을 곳이 없을 때에는 덩굴을 드리워 내려갔다.

이렇게 하여 서쪽으로 바위등성이를 다섯 겹이나 넘어 몇 리를 계속 오르내리고서야 비로소 산골물이 가장 깊은 곳에 내려왔다. 이곳은 소룡추(小龍湫)의 상류이다. 이 산골물은 안탕산 꼭대기의 남동쪽에서 발원한다. 오른쪽에는 철판장이 있고, 왼쪽에는 병하장이 있다. 두 봉우리 사이는 움푹 내려앉아 가파른 골짜기를 이루고, 겹겹이 포개진 벼랑이 산골짜기를 가로막고 있다. 위아래 어디에도 길이 없는지라 밧줄을 걸지 않으면 건널 수가 없다. 산골물에 들어서서 바위를 밟으며 물길을 따라 동쪽으로 1리 남짓 나아갔다. 큼지막한 바위가 산골물 속에 가로로 누워 있다. 바위를 타넘지 못한 물은 바위 아래에 구멍을 낸 채 부딪치고, 산골 양쪽의 가파른 벼랑은 모두 까마득히 곧추서 있다.

나그네의 나아갈 길이 끊기고 말았다. 이에 나무를 묶어 사다리를 만들어 벼랑 끄트머리로 올랐다가, 다시 사다리를 타고 내려와 앞쪽의 산골물 하류에 들어섰다. 가로로 누운 큼지막한 바위 아래에 열 길 높이의 깃발을 세울 만큼의, 가운데가 휑뎅그렁한 동굴이 있다. 산골물은 큼지막한 바위 뒤에서 병 속에 든 물이 쏟아지듯이 아래의 못으로 흘러내렸다. 깊은 못에는 푸른 물결이 일렁이고 있다. 그 얽매이지 않는 자유자재로움이 우리 마음속에 촉촉이 배어들었다. 좌우의 양쪽 벼랑마다 높이 마주선 동굴이 있다.

여기에서 앞으로 나아가자, 소룡추(小龍湫)가 쏟아져 내리는 곳이 나왔다. 나는 두 번이나 검천(劍泉)을 찾았으나, 그때마다 절의 스님은 "용추 위에 있으나 사람의 힘으로는 닿기 어렵습니다"라고 말씀하셨다. 이번에도 여전히 아득할 따름인데, 이미 사라져버린 지 오래임을 알게 되었다. 이곳에서 두 봉우리를 가로질러 내려갔다. 선교를 거쳐 석실에 이르고 싶어서, 나무를 베어 묶어 사다리를 만들었다. 높다란 봉우리를 네 번이나 빙빙 돌다가 굽어보니, 독수봉(獨秀峰)과 쌍란봉(雙鸞峰) 등의 여러 봉우리가 발아래 가까이에 있다. 어느덧 선교 가까이에 와 있었다. 가로막은 벼랑이 중간에 끊기고 해도 이미 서쪽으로 기운데다, 몹시 피곤했다. 그래서 왔던 길을 되밟아 다시 병하장 옆의 석실을 거쳐 영암사로 돌아와 짐을 꾸렸다. 정명사를 지나 영봉사에 이르러 하룻밤을 묵었다.

# 5월 초이레

영봉사 앞의 시내를 거슬러 올라 남벽소강(南碧霄岡)을 구경했다. 높고 널찍하기는 하나 신기한 곳은 없었다. 다시 3리를 나아가 서쪽으로 돌아들었다. 시내 북쪽의 산언덕에 있는 진제사(眞濟寺)가 바라다 보였다. 이 시내는 서쪽으로 깎아지른 듯한 낭떠러지를 따라 골짜기를 통과하여 흘러왔다. 골짜기 남쪽의 봉우리는 '오마조천(五馬朝天)'인데, 산세가 대단히 험준했다. 골짜기 양쪽의 돌길은 매우 비좁고, 골짜기 안에는 사람이 살지 않아 가시나무와 띠풀이 길을 가로막고 있었다. 1리쯤 갔으나 너무 힘들어 끝까지 갈 수가 없었다.

북쪽으로 진제사를 지났다. 진제사는 외진 북쪽 골짜기에 자리 잡은지라 유람객의 발길이 미치지 않았다. 진제사 오른쪽으로 작은 시내를 3리 거슬러 마가산령에 오르자 길이 몹시 가팔랐다. 산마루에 올라 안탕산 꼭대기를 바라보았다. 뾰족뾰족한 봉우리들이 마치 연꽃 모양으로 떼지어 모여 있다. 북쪽으로 남합을 굽어보니, 어느덧 발아래 놓여 있다. 발걸음을 날 듯이 하여 4리 남짓을 내려오자 새로운 암자가 보였다. 암자 안에 짐을 풀어놓고서, 남합계를 거슬러 안탕산 북쪽의 여러 절경을 찾아 나섰다.

남합계는 안탕산 북서쪽의 약요령(箬裊嶺)에서 발원하는데, 이곳에서 30여 리 떨어져 있으며 영가현(永嘉縣)과의 분계선이다. 약요령에서 남쪽으로 나아가면, 부용(芙蓉)으로 통하고 낙청현(樂靑縣)에 들어설 수 있다. 약요령에서 서쪽으로 풍림(楓林)을 지나면, 온주부(溫州府)로 가는 길에 들어선다. 시내 남쪽은 곧 안탕산의 북쪽인데, 산세가 높고 드넓으며 대나무가 울창하다. 그렇지만 안탕산 남쪽만큼 높고 험준하지는 않다. 시내 북쪽의 큰 산은 약요령에서 구불구불 뻗어나오는데, 온통 층층의 벼랑과 괴이한 봉우리 투성이이다. 열리고 닫힘이 변화무상하여 구름안개와 기묘함을 다투다가, 남합(南閤)에 이르러서야 그쳤다.

안탕산 북쪽에 있는 또 하나의 시내는 북합(北閤)에서 흘러와 합쳐진 뒤, 함께 동쪽으로 석문담(石門潭)으로 흘러 내려간다. 석문 안에는 평탄한 밭이 천 묘[1]나 되었다. 이곳에 사는 사람들은 석문을 문으로 삼기에 '합'이라는 명칭[2]이 나온 것이다. 석문의 남북은 시냇물로 나뉘어진다. 남합에는 장공의(章恭毅)[3]의 저택이 있고, 서쪽으로 들어가면 석불동(石佛洞), 산수암(散水巖), 동선암(洞仙巖) 등의 여러 절경이 있다. 북합에는 백암사의 옛터가 있고, 좀더 서쪽으로 가면 경관이 더욱 기이한 왕자진선교(王子晉仙橋)[4]가 있다.

나는 비를 무릅쓰고 남합 끝까지 가보기로 했다. 먼저 장공의의 저택에 들렀는데, 모여 사는 가족이 대단히 번창했다. 시내를 5리 거슬러 올라 이두암(犁頭庵)을 지났다. 이곳의 남쪽이 바로 석불동이다. 길에 잡초가 무성하여 도저히 들어갈 수 없었다. 서쪽으로 10리를 나아가 장오(莊塢)에 닿았다. 시내 양쪽에 사는 이들은 성이 모두 섭(葉)씨이다. 산수암은 북쪽 언덕 속에 있는데, 바위 벼랑이 가로로 끊임없이 이어지고 폭포가 허공에서 나는 듯이 떨어져 내린다. 산수암의 왼쪽으로 고개를 넘으니 조그마한 암자가 나타났다. 이때 날은 이미 어둡고 비까지 흩뿌렸다. 토박이들이 나에게 장오에 묵어가라고 붙잡더니, 동선원(洞仙院)의 절경에 대해 상세히 이야기해주었다.

---

1) 묘(畝)는 토지 면적의 단위로서, 사방 여섯 자를 일보(一步)라 하고 백보(百步)를 일묘(一畝)라 한다.

2) 합(閤)은 본래 '대문 옆에 붙어있는 작은 쪽문'을 의미하는 바, 여기에서는 남합과 북합의 '합'이라는 명칭이 문 모양을 지닌 석문에서 비롯되었음을 밝히고 있다.

3) 장공의(章恭毅)는 명대의 학자이자 정치가인 장륜(章綸, 1413~1483)이다. 그의 자는 대경(大經), 호는 규심(葵心), 시호는 공의(恭毅)이며, 낙청현 출신으로 호언경(胡彦卿), 왕십붕(王十朋) 등과 함께 '안산칠현(雁山七賢)'으로 불리운다. 저서로는『장공의공집(章恭毅公集)』,『곤지집(困志集)』,『진사록(進思錄)』등이 있다.

4) 왕자진(王子晉)은 주(周)나라 영왕(靈王)의 태자로서 성이 희(姬), 이름은 진(晉)이며, 생황을 즐겨 불었다고 한다. 전해 오는 이야기에 따르면, 부구생(浮丘生)의 초대를 받아 숭산(嵩山)에 오른 후 백학을 타고 구씨산(緱氏山)으로 날아갔다고 한다. 선교(仙橋)는 거북의 등 모양의, 길이 약 100미터의 다리이며, 왕자진이 이곳에서 생황을

불면서 학을 타고 날아갔다고 한다.

## 5월 초여드레

비가 그치지 않고 내렸다. 서쪽으로 시내를 거슬러 3리를 나아가자 산골짜기는 더욱 깊어졌다. 물길을 따라 굽이돌아 북쪽으로 다시 2리를 나아갔다. 시내 너머로 오솔길이 하늘높이 솟은 돌층계를 따라 뻗어 있다. 동쪽으로 시내를 건너 오솔길을 따라갔다. 홀연 봉우리가 에워싸고 시내는 굽이졌다. 골짜기 안으로 깊숙이 들어가자, 구름안개에 휩싸인 산봉우리가 어지러웠다. 산봉우리는 장오의 뒤쪽에서 이곳까지 끊임없이 뻗어오더니, 또다시 틈을 벌려 이 아름답고 기이한 경관을 드러낸 것이다. 토박이를 붙들어 물어보니, "이곳은 소찬조(小篡厝)요 동선원은 아직 이곳 바깥쪽의 대계의 상류에 있소"라고 대답했다.

다시 이곳에서 나와 시내를 건너 1리쯤 갔다. 동쪽에서 흘러 들어오는 시내가 나타났다. 동선오(洞仙塢)의 시내이다. 대계(大溪)를 건너 작은 시내를 거슬러 동쪽으로 올라갔다. 그 속의 봉우리들과 띠집은 예전과 다름이 없다. 동선원은 골짜기 안의 벼랑에 있다. 봉우리에 기대어 북쪽을 향하고 있는데, 층층이 자란 대나무 숲에 가려져 있다. 이에 덤불을 헤치고 바위틈을 기어올랐다. 처음에는 몹시 비좁더니 위로 갈수록 차츰 넓어졌다.

이어 남쪽을 향하여 장오로 나와서 동쪽을 향해 이두암으로 돌아왔다. 석불동으로 가는 길은 끝내 찾아내지 못했다. 하는 수 없이 이두암을 나와 남합에 들러 왕자진선교를 찾았다. 선교는 북합 밑에 있으며, 20리나 떨어져 있다고 한다. 서중소가 있는, 새로 지은 암자가 아주 가깝다는 게 생각났다. 그 암자로 돌아가 그와 만났다. 날은 어느덧 저물고 말았다. 끝내 북합을 구경할 짬을 내지 못한 채, 동쪽을 향해 대형역(大荊驛)으로 달려가 귀로에 올랐다.

# 원문

余與仲昭兄游天台, 爲壬申[1]三月. 至四月二十八日, 達黃巖, 再訪雁山.
覓騎出南門, 循方山十里, 折而西南行, 三十里, 逾秀嶺, 飯於巖前鋪. 五里,
爲樂清界, 五里, 上盤山嶺. 西南雲霧中, 隱隱露芙蓉一簇, 雁山也. 十里, 鄭
家嶺, 十里, 大荊驛. 渡石門澗, 新雨溪漲, 水及馬腹. 五里, 宿於章家樓, 是
爲雁山之東外谷. 章氏盛時, 建樓以憩山游之屐, 今旅肆寥落,[2] 猶存其名.

---

1) 임신(壬申)년은 숭정 5년인 1632년이다.
2) 요락(寥落)은 텅 비어 쓸쓸함을 의미한다.

---

**二九日** 西入山, 望老僧巖而趨. 二里, 過其麓. 又二里, 北渡溪, 上石梁洞.
仍還至溪旁, 西二里, 逾謝公嶺. 嶺以內是爲東內谷. 嶺下有溪自北來, 夾
溪皆重巖怪峰, 突兀無寸土, 雕鏤百態. 渡溪, 北折里許, 入靈峰寺. 峰峰奇
峭, 離立滿前. 寺後一峰獨聳, 中裂一罅,[1] 上透其頂, 是名靈峰洞. 躡千級
而上, 石臺重整, 洞中羅漢像俱更新. 下飯寺中. 同僧自照膽潭越溪左, 觀
風洞. 洞口僅半規, 風蓬蓬[2]出射數步外. 遂從溪左歷探崖間諸洞. 還寺, 雨
大至, 余乃赤足持傘泝溪北上. 將抵眞濟寺, 山深霧黑, 茫無所睹, 乃還過
溪東, 入碧霄洞. 守愚上人精舍在焉. 余覺其有異, 令僮還招仲昭, 亦踐流
而至, 恨相見之晚, 薄暮, 返宿靈峰.

---

1) 문(罅)은 '그릇이나 도자기 따위에 간 금이나 흠집'을 의미하는 바, 여기에서는 '바
위의 갈라진 틈'을 가리킨다.
2) 봉봉(蓬蓬)은 '바람이 부는 모양'을 가리킨다.

---

**三十日** 冒雨循流, 西折二里, 一溪自西北來合, 其勢愈大. 渡溪而西, 泝而
西北行, 三里, 入淨名寺. 雨益甚, 雲霧中仰見兩崖, 重巖夾立, 層疊而上,

莫辨層次. 衣履沾透, 益深窮西谷, 中有水廉谷、維摩石室、說法臺諸勝. 二里, 至響巖. 巖右有二洞, 飛瀑罩其外, 余從榛莽[1]中履險以登. 其洞一名龍王, 一名三臺. 二洞之前, 有巖突出, 若露臺然, 可棧而通也. 出洞, 返眺響巖之上, 一石側耳附峰頭, 爲'聽詩叟'. 又西二里, 入靈巖. 自靈峰西轉, 皆崇巖連嶂, 一開而爲淨名, 一邏直入, 所稱一線天也; 再開而爲靈巖, 疊嶂迴環, 寺當其中.

---

1) 진망(榛莽)은 '잡초 혹은 잡목으로 우거진 덤불'을 의미한다.

**五月朔** 仲昭與余同登天聰洞. 洞中東望圓洞二, 北望長洞一, 皆透漏通明, 第峭石直下, 隔不可履. 余乃復下至寺中, 負梯破莽, 率僮逾別塢, 直抵圓洞之下, 梯而登; 不及, 則斫木橫嵌夾石間, 踐木以升; 復不及, 則以繩引梯懸石隙之樹. 梯窮濟以木, 木窮濟以梯, 梯木俱窮, 則引繩揉樹, 遂入圓洞中, 呼仲昭相望而語. 復如法躡長洞而下, 已日中矣. 西抵小龍湫之下, 欲尋劍泉, 不可得. 踞石磧而坐, 仰視迴嶂逼天, 峭峰倒插, 飛流挂其中, 眞若九天曳帛者. 西過小剪刀峰, 又過鐵板嶂. 嶂方展如屛, 高插層巖之上, 下開一隙如門, 惟雲氣出沒, 阻絶人跡. 又過觀音巖, 路漸西, 巖漸拓, 爲犁尖, 復與常雲并峙, 常雲南下, 跌而復起, 爲戴辰峰. 其跌處有坳, 曰馬鞍嶺, 內谷之東西分者, 以是嶺爲界. 從靈巖至馬鞍嶺, 凡四里, 而崇巒岠嵼, 應接不暇. 逾嶺, 日色漸薄崦嵫.[1] 二里, 西過大龍湫溪口, 又二里, 西南入宿能仁寺.

---

1) 엄자(崦嵫)는 본디 감숙성(甘肅省) 천수현(天水縣)의 서쪽에 있는 산으로서, 해가 지는 산으로 알려져 있다.

**初二日** 從寺後塢覓方竹, 無佳者. 上有曇花庵, 頗幽寂. 出寺右, 觀燕尾泉, 卽溪流自龍湫來者, 分二股落石間, 故名. 仍北溯流二里, 西入龍湫溪口. 更西二里, 由連雲嶂入, 大剪刀峰矗然立澗中, 兩崖石壁迴合, 大龍湫之水從天下隊. 坐看不足亭, 前對龍灘, 後揖剪刀, 身在四山中也. 出連雲嶂, 逾華嚴嶺, 共二里, 入羅漢寺. 寺久廢, 臥雲師近新之. 臥雲年八十餘, 其相與飛來石羅漢相似, 開山巨手也. 余邀師窮頂, 師許同上常雲, 而雁湖反在其西, 由石門寺爲便. 時已下午, 以常雲期之後日, 遂與其徒西逾東嶺, 至西外谷, 共四里, 過石門寺廢址. 隨溪西下一里, 有溪自西來合, 即凌雲、寶冠諸水也, 二水合而南入海. 乃更溯西來之溪, 宿於凌雲寺. 寺在含珠峰下, 孤峰挿天, 忽裂而爲二, 自頂至踵, 僅離咫尺, 中含一圓石如珠, 尤奇絶. 循溪北入石夾, 即梅雨潭也. 飛瀑自絶壁下激, 甚雄壯, 不似空濛[1]雨色而已.

---

1) 공몽(空濛)은 '아득한 모양, 멀고 어렴풋한 모양'을 가리키며, 공몽(空蒙)이라고도 한다.

**初三日** 仍東行三里, 溯溪北入石門, 停擔於黃氏墓堂. 歷級北上雁湖頂, 道不甚峻. 直上二里, 向山漸伏, 海嶼來前, 愈上, 海輒逼足下. 又上四里, 遂逾山脊. 山自東北最高處迤邐西來, 播爲四支, 皆易石而土, 四支之脊, 隱隱隆起, 其夾處匯而成窪者三, 每窪中復有脊, 南北橫貫, 中分爲兩, 總計之, 不止六窪矣. 窪中積水成蕪, 青青彌望,[1] 所稱雁湖也. 而水之分墮於南者, 或自石門, 或出凌雲之梅雨, 或爲寶冠之飛瀑; 其北墮者, 則宕陰諸水也, 皆與大龍湫風馬牛無及[2]云. 既逾岡, 南望大海, 北瞰南閣之溪, 皆遠近無蔽, 惟東峰尙高出雲表. 余欲從西北別下寶冠, 重巖積莽, 莫可寄足. 復尋舊路下石門, 西過凌雲, 從含珠峰外二里, 依澗訪寶冠寺. 寺在西谷絶塢中, 已久廢, 其最深處, 石崖迴合, 磴道俱絶. 一洞高懸崖足, 斜石倚門. 門分爲二, 軒豁透爽, 飛泉中灑, 內多芭蕉, 頗似閩之美人蕉; 外則新簜[3]高下, 漸已成林. 至洞, 聞瀑聲如雷, 而崖石迴掩, 杳不可得見. 乃下山涉溪, 迴望洞之右脅, 崖卷成罅, 瀑從罅中直隊, 下搗於圓坳, 復躍出坳成溪去. 其高亞龍湫, 較似壯勝, 故非宕山第二流也. 東出故道, 宿羅漢寺.

---

1) 미망(彌望)은 '눈에 가득차다, 시야에 가득하다'를 의미한다.

2) 『좌전(左傳)·희공(僖公)4년』에 "그대는 북해에 있고, 나는 남해에 있으니, 바람난 말과 소가 서로 만날 일이 없소(君處北海, 寡人處南海, 唯是風馬牛不相及也)"라는 글귀가 있다. 여기에서의 '풍(風)'은 '암수가 서로 유혹하다'를 의미하는 바, 풍마우무급(風馬牛無及)은 '아무 관계가 없음'을 가리킨다. 여기에서는 대룡추폭포와 안호의 물은 아무 관계가 없음을 밝혀,『대명일통지(大明一統志)』의 "용추의 물은 안탕산에서 비롯된다(龍湫之水卽自蕩來)"는 기록을 바로 잡고 있다.

3) 탁(籜)은 '죽순의 껍질, 갓 자라난 여린 대나무'를 의미한다.

**初四日** 早望常雲峰白雲濛翳, 然不爲阻, 促臥雲同上. 東逾華巖二里, 由連雲嶂之左, 道松洞之右, 躋級而上, 共三里, 俯瞰剪刀峰已在屐底. 一里, 山迴溪出, 龍湫上流也. 渡溪, 過白雲、雲外二廬, 又北入雲靜庵. 庵廬與登山徑, 修整俱異昔時, 臥雲令其徒采笋炊飯. 旣飯, 諸峰雲氣倏盡, 仲昭留坐庵中, 余同臥雲直躋東峰. 又二里, 漸聞水聲, 則大龍湫從卷崖中瀉下. 水出絶頂之南、常雲之北, 夾塢中卽其源也. 溯水而上, 二里, 水聲漸微. 又二里, 逾山脊. 此脊北倚絶頂, 南出分爲兩支, 東支爲觀音巖, 西支爲常雲峰, 此其過脈處也. 正脊之東爲吳家坑. 其峰之迴列者, 近爲鐵板嶂, 再繞爲靈巖, 又再繞爲淨名, 又再繞爲靈峰, 外爲謝公嶺而盡. 脊之西, 其坑卽龍湫背. 其峰之迴列者, 近爲龍湫之對崖, 再繞爲芙蓉峰, 又再繞爲凌雲, 又再繞爲寶冠, 上爲李家山而止. 此雁山之南面諸峰也. 而觀音、常雲二峰, 正當其中, 已伏杖履下, 惟北峰若負扆[1]然, 猶屏立於後. 北上二里, 一脊平峙, 狹如垣墻, 兩端昂起、北頹然直下, 卽爲南閤溪橫流界, 不若南面之環互矣. 余從東巓躋西頂, 倏躑躅[2]聲大起, 則駭鹿數十頭也. 其北一峰, 中剖若斧劈, 中則石笋參差, 亂崖森立, 深杳無底. 鹿皆奔墮其中, 想有隙塹者. 諸僧至, 復以石片擲之, 聲如裂帛, 半響始沉, 鹿益啼號不止. 從此再西, 則石脊中斷, 峰亦漸下, 西北眺雁湖, 愈遠愈下. 余二十年前探雁湖, 東覓高峰, 爲斷崖所阻, 懸緪[3]而下, 卽此處也. 昔歷其西, 今東出其上, 無有遺憾矣. 返下雲靜庵, 循溪至大龍湫上, 下瞰湫底龍潭, 圓轉夾崖間, 水從卷壁墜潭, 躍而下噴, 光怪[4]不可迫視. 遂逾溪西上, 南出龍湫之對崖, 歷兩峰而南, 其嶺卽石門東、羅漢之西, 南出爲芙蓉峰, 又南下爲東嶺者也. 芙蓉峰圓亘特立, 在羅漢寺西南隅. 旣至其下, 始得路. 東達於寺, 日已西, 仲昭亦先至矣.

---

1) 의(扆)는 '천자의 거처에 치는 병풍'을 의미한다.
2) 척촉(躑躅)은 '머뭇거리며 앞으로 나아가지 못하는 모양'을 가리키며, 여기에서는 놀란 사슴 떼가 어지럽게 튀어나가는 모습을 가리킨다.
3) 경(綆)은 본래 두레박줄을 의미하지만, 여기서는 일반적인 밧줄을 가리킨다.
4) 광괴(光怪)는 '신기하고 기이한 현상'을 의미한다.

**初五日** 別臥雲出羅漢寺, 循溪一里, 至龍秋溪口. 凡四里, 逾馬鞍而下. 北望觀音峰下, 有石壘若門, 層列非一. 仲昭已前向靈巖. 余挾一僮北抵峰下, 循樵路西轉二里, 直抵觀音、常雲之麓, 始知二峰上雖遙峙, 其下石壁連亘成城. 又循崖東躋里許, 出石壘之上, 叢木密蔭, 不能下窺; 崖端盤石如擎蓋, 上平如砥, 其下四面皆空. 坐其上久之, 復下循石壘而入, 層崖懸裂, 皆可捫而通也. 壘外一峰特起, 薄齊片雲, 圓頂拱袖, 高若老僧巖, 巖若小兒拱立. 出路隅, 居多吳氏, 有吳應岳者留餘餐. 余挾之溯溪入, 卽絶頂所望吳家坑溪也, 在鐵板、觀音之間. 欲上溪左黃崖層洞, 崖在鐵板嶂之西, 洞在崖之左, 若上下二層者. 抵其下, 不得上, 出其上, 洞又在懸崖間, 無可下也. 乃循崖東行, 又得一石壘, 望其上, 層疊可入, 計非搆木懸梯不能登. 從此下一小峰, 曰鶯嘴巖, 與吳別. 東過鐵板嶂下, 見其中石壘更大, 下若有洞流而成溪者. 亟溯流入, 抵洞下, 亂石窒塞, 而崖左有路直上, 鑿坎懸崖間, 垂藤可攀. 遂奮勇上, 衣礙則解衣, 杖礙則棄杖, 凡直上一崖, 復橫歷一崖, 如是者再, 又棧木爲橋者再, 遂入石壘中. 石對峙如門, 中寬廣, 得累級以升. 又入石門兩重, 仰睇其上, 石壁環立, 青天一圍, 中懸如井. 壁窮, 透入洞中. 洞底日光透處有木梯, 猱[1]升其上, 若樓閣然. 從閣左轉, 復得平墟, 後卽鐵板嶂高列, 東西危崖環繞, 南面石壘下伏, 軒敞迴合, 眞仙靈所宅矣! 內有茅屋一楹, 虛無人居. 隙地上多茶樹, 故坎石置梯, 往來其間耳. 下至溪旁, 有居民. 遂越小剪刀峰而東, 二里, 入靈巖, 與仲昭會.

1) 노(猱)는 긴팔원숭이로서, 동작이 민첩하고 타오르는 데에 능하다.

**初六日** 挾靈巖僧爲屛霞嶂之游. 由龍鼻洞右攀石磴上, 半里, 得一洞甚奇. 又上半里, 崖穹路絶, 有梯倚崖端, 蓋燒炭者所遺. 緣梯出其上, 三巨石橫疊兩崖間, 內覆石成室, 跨其外者爲仙橋. 其室空明幽敞, 蔽於重巖之側, 雖無鐵板嶂、石門之奇瑰攢合, 而幽邃自成一天. 復透洞左上, 攀藤歷棧, 遂出屛霞嶂之中層, 蓋龍鼻頂也. 崖端亦寬塏可廬,1) 後嶂猶上倚霄漢, 嶂右有巖外覆, 飛泉落其前. 由右復攀躋崖石, 幾造嶂頂, 爲削石所阻. 其側石隙一縷, 草木緣附, 可以着足, 遂隨之下. 崖間多修藤垂蔓, 各採而攜之. 當石削不受樹, 樹盡不受履處, 輒垂藤下. 如是西越石岡者五重, 降升不止數里, 始下臨絶澗, 卽小龍湫上游也. 其澗發源雁頂之東南, 右卽鐵板, 左卽屛霞, 二嶂中墜爲絶壑, 重崖虧蔽, 上下無徑, 非懸絚不能飛度也. 入澗, 踐石隨流, 東行里許, 大石橫踞澗中, 水不能越, 穴石下搗, 兩旁峭壁皆斗立, 行者路絶. 乃縛木爲梯升崖端, 復縋入前澗下流, 則橫石之下, 穹然中空, 可樹十丈旗. 水從石後建瓴2)下注, 匯潭漾碧, 倐然3)沁人. 左右兩崖, 俱有洞高峙. 由此而前, 卽龍湫下墜處也. 余兩次索劍泉, 寺僧輒云:"在龍湫上, 人力鮮達." 今仍杳然, 知淪沒已久. 欲從此橫下兩峰, 遂可由仙橋達石室, 乃斫木縛梯, 盤絶巘者數四, 俯視獨秀、雙鸞諸峰, 近在屐底. 旣逼仙橋, 隔崖中斷, 日已西, 疲甚, 乃返覓前轍, 復經屛霞側石室返寺, 攜囊過淨名, 投宿靈峰.

1) 개(塏)는 '지세가 높고 환하다'를 의미하며, 려(廬)는 '집을 짓다'를 의미한다.
2) 건령(建瓴)은 본래 『사기(史記)・고조본기(高祖本紀)』의 "비유하건대 마치 높은 집 위에서 병 속의 물을 쏟는 것과 같다(譬猶居高屋之上建瓴水也)"에서 나온 말로서, '병 속에 든 물을 쏟다'를 의미하며, '높은 데에서 아래쪽으로 막아낼 수 없는 형세' 를 가리킨다.
3) 소연(倐然)은 '얽매이지 않고 자유자재한 모습, 초탈한 모습'을 가리킨다. 『장자(莊子)・대종사(大宗師)』에 "자유자재로 무심히 갔다가 자유자재로 무심히 올 뿐이네(倐 然而往, 倐然而來而已矣)"라고 씌어 있다.

**初七日** 溯寺前溪, 觀南碧霄岡, 軒爽無他奇. 又三里, 西轉, 望眞濟寺在溪北塢中. 是溪西由斷崖破峽而來, 峽南峰爲'五馬朝天', 峥嶸尤甚. 兩旁逼仄石蹊, 內無居民, 棘茅塞路. 行里許, 甚艱, 不可窮歷. 北過眞濟寺, 寺僻居北谷, 游屐不到. 寺右溯小溪三里, 登馬家山嶺, 路甚峻. 登巔, 望雁頂棱簇如蓮花狀, 北瞰南閣, 已在屐底. 飛舄[1]而下, 四里餘, 得新庵, 弛擔於中, 溯南閣溪, 探宕陰諸勝. 南閣溪發源雁山西北之箬袅嶺, 去此三十餘里, 與永嘉分界. 由嶺而南, 可通芙蓉, 入樂淸; 由嶺而西, 走楓林, 則入甌郡[2]道也. 溪南卽雁山之陰, 山勢崇拓, 竹木蓊茸, 不露南面巑岏[3]態. 溪北大山, 自箬袅迤邐而來, 皆層崖怪峰, 變換闔辟, 與雲霧爭幻, 至閣而止. 又一山北之溪, 自北閣來會, 俱東下石門潭. 門內平疇千畝, 居人皆以石門爲戶牖, 此閣所由名, 而南北則分以溪也. 南閣有章恭毅宅, 西入有石佛洞、散水巖、洞仙巖諸勝. 北閣有白巖寺舊址, 更西有王子晉仙橋爲尤奇. 余冒雨窮南閣, 先經恭毅宅, 聚族甚盛. 溯溪五里, 過犁頭庵, 南卽石佛洞, 以路蕪不能入. 西十里至莊塢, 夾溪居民皆葉姓. 散水巖在北塢中, 石崖橫亘, 飛瀑懸流, 巖左登嶺有小庵. 時暮雨, 土人留宿莊塢, 具言洞仙院之勝.

---

1) 석(舄)은 '바닥이 겹으로 된 신발'을 가리키며, 비석(飛舄)은 '나는 듯이 빨리 달리다'를 의미한다.
2) 절강성의 온주부(溫州府)는 구강(甌江) 남쪽에 위치하고 있기에 구군(甌郡)이라 일컫기도 한다.
3) 찰얼(巑岏)은 '높이 치솟고 험준한 모양을 가리킨다.

**初八日** 雨未止. 西溯溪行三里, 山澗愈幽. 隨溪轉而北, 又二里, 隔溪小徑破雲磴而入. 東渡溪從之, 忽峰迴溪轉, 深入谷中, 則烟巒歷亂. 峰從莊塢之後連亘至此, 又開一隙, 現此瑰異. 執土人問之, 曰: "此小纂厝也, 洞仙尙在其外大溪上流." 復出而渡溪, 里許. 有溪自東來入, 卽洞仙塢溪矣. 渡大溪, 溯小溪東上, 其中峰巒茅舍, 與前無異. 洞仙卽在其內崖, 倚峰北向, 層篁[1]翳之. 乃破莽躋石隙而入, 初甚隘, 最上漸寬. 仍南出莊塢, 東還犁頭庵, 終不得石佛洞道. 遂出過南閣, 訪子晋仙橋, 在北閣底尙二十里. 念仲昭在新庵甚近, 還晤庵中. 日已晡, 竟不及爲北閣游, 東趨大荊而歸.

---

1) 황(篁)은 '대숲, 대나무 숲'을 의미한다.

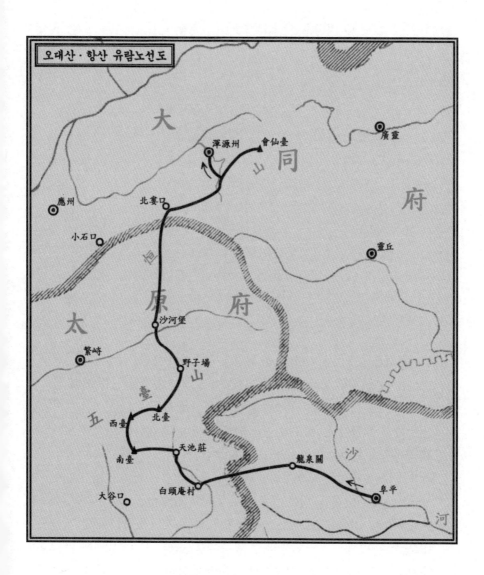

오대산·항산 유람노선도

大同山府

會仙臺
渾源州

廣靈

大

應州
北婁口

小石口

靈丘

恒
原
府

太

沙河堡

繁峙

野子場

臺
山

五

西臺
北臺

天池莊

龍泉關
沙

南臺

大谷口
白頭庵村

阜平

河

# 오대산 유람일기(遊五臺山日記)

## 해제

　서하객은 숭정(崇禎) 6년(1633년) 북경에 들렀다가 오대산(五臺山)과 항산(恒山)을 유람한 후 북경으로 되돌아왔다. 「오대산 유람일기」는 이때 남긴 기록으로서, 7월 28일 북경을 떠나 오대산을 유람하고 8월 5일 다시 산서 경계로 들어서기까지의 여정을 담고 있다. 오대산은 산서성 오대현 북동쪽에 위치하여 있으며, 대산(臺山)이라 일컫기도 한다. 다섯 봉우리가 우뚝 솟아 있으며, 봉우리 꼭대기가 대(臺)처럼 평탄하고 넓기에 오대산이라 일컬어졌다. 다섯 봉우리는 동쪽의 망해봉(望海峰), 서쪽의 괘월봉(掛月峰), 남쪽의 금수봉(錦繡峰), 북쪽의 섭두봉(葉斗峰), 가운데의 취암봉(翠巖峰)이며, 둥글게 에워싼 다섯 봉우리의 둘레가 모두 250㎞에 이른다. 오대산은 중국의 4대 불교명산 가운데의 하나로서, 역사적 및 예술적 가치가 높은 옛 건축물이 많다. 이번 유람길에 동쪽의 망해봉을 제

외한 나머지 봉우리에 오른 서하객은, 각 봉우리의 지세와 수목, 물길 등에 대해 기록했을 뿐만 아니라, 산 속의 각종 사묘(寺廟) 건축물에 대해서도 상세히 기록하고 있다.

이번 유람의 주요 여정은 다음과 같다. 부평현(阜平縣) → 태자포(太子鋪) → 안자령(鞍子嶺) → 오암채(五巖寨) → 용천관(龍泉關) → 장성령(長城嶺) → 천지장(天池莊) → 천불동(千佛洞) → 남대(南臺) → 금각령(金閣嶺) → 청량사(淸凉寺) → 마포천(馬跑泉) → 사자과(獅子窠) → 화도교(化度橋) → 서대(西臺) → 중대(中臺) → 북대(北臺) → 화암령(華巖嶺) → 야자장(野子場)


## 역문


## 계유년[1] 7월 28일

수도[2]를 나와 오대산 유람길에 올랐다. 8월 초나흘에 이르러 부평현(阜平縣) 남쪽 관문에 당도했다. 오대산은 당현(唐縣)에서 뻗어 나와 당하(唐河)에 이르러서야 비로소 울창해지더니, 황규(黃葵)에 이르러 점차 훤히 트인다. 산세는 그다지 높지 않다. 부평에서 남서쪽으로 돌다리를 건넜다. 북서쪽의 여러 봉우리가 다시 오르락내리락 솟아 있다. 시내 왼쪽을 따라 북쪽으로 8리를 나아가자, 자그마한 시내가 서쪽에서 흘러들었다. 큰 시내를 버리고 서쪽의 자그마한 시내를 거슬러 북쪽으로 돌아들었다. 산골짜기가 차츰 좁아졌다. 다시 7리를 가서 태자포(太子鋪)에서 식사를 했다.

북쪽으로 15리를 나아가자, 홀연 시냇물 소리가 들려왔다. 고개를 돌려 오른쪽 벼랑을 둘러보았다. 수십 길 높이의 암벽 중간이 움푹 꺼져 있다. 마치 오이를 깎아놓은 듯 아래로 쭉 뻗어내렸다. 그 위에도 움푹 꺼진 곳이 있다. 폭포가 따라 넘쳐흐르던 곳이다. 오늘은 가물어 물이 없지만, 폭포가 쏟아져 내린 흔적은 여전히 남아 있다. 산골물 밑바닥에서 두세 자 위에, 샘물이 움푹 꺼진 곳의 조그마한 구멍에서 넘쳐 흘러내려 시냇물을 이루고 있다.

좀 더 올라가 안자령(鞍子嶺)을 넘었다. 안자령 위에서 사방을 바라보았다. 북쪽의 산언덕은 제법 툭 트여 있고, 북동쪽과 북서쪽은 높은 봉우리가 마주 솟아 있다. 마치 신선의 손바닥이 하늘에 닿아 있는 듯한데, 오직 북쪽의 벌어진 틈만 약간 덜할 뿐이다. 더 멀리 뭇 봉우리 밖에 가로누운 산이 있다. 이곳은 용천관(龍泉關)인데, 여기에서 40리나 떨어져 있다.

안자령 아래에 남서쪽에서 흘러오는 물길이 있다. 처음에는 그 물길을 따라 북쪽으로 나아가는데, 잠시 후 물길이 동쪽 골짜기 속으로 흘러갔다. 다시 조그마한 고개를 넘자 북서쪽에서 흘러오는 큰 시내가 있다. 물살이 대단히 거센데, 역시 남동쪽 골짜기를 따라 흘러갔다. 이 물길은 틀림없이 남서쪽에서 흘러오는 시내와 합류하여 부평현 북쪽으로 흘러갈 것이다. 애초에 부평현을 지나 큰 시내를 버리고 서쪽으로 나아갈 때, 나는 서쪽의 시내를 용천관의 물길이라 여겼다. 그런데 안자령의 움푹 꺼진 암벽에서 흘러나온 이 시내가, 내가 고개를 넘은 후 다시 큰 시내의 상류와 만난 것이다. 큰 시내가 용천관에서 비롯되리라고는 생각하지 못했던 것이다.

시내에는 만년(萬年)이라는 돌다리가 걸려 있었다. 이 돌다리를 지나 물길을 거슬러 북서쪽의 드높은 봉우리를 바라보면서 발걸음을 재촉했다. 10리를 나아가 봉우리 아래로 바짝 다가갔다. 조그마한 산에 가려 오히려 첩첩이 쌓인 기세가 제대로 보이지 않았다. 몸을 돌려 북쪽으로 나아가자, 방금 보았던 북동쪽의 높은 봉우리는 바라볼수록 더욱 뚜렷하고 달려갈수록 더욱 가까워졌다. 봉우리의 높고 가파른 자태가 멀리

서 사람을 쫓아오는 듯했다. 20리를 가는 동안, 이 봉우리를 감상하느라 다른 일을 생각할 겨를이 없었다. 이 봉우리의 이름은 오암채(五巖寨), 혹은 오왕채(五王寨)라고 한다. 어느 노스님이 그 위에 초막을 지어 살고 있었다.

얼마 지나지 않아 북동쪽 봉우리 아래에 이르렀다. 시냇물이 넘쳐흘러 용천관의 큰 시내와 만났다. 토박이들이 그 시내 위에 돌다리를 쌓았는데, 용천관으로 가는 길에 거쳐야 할 곳은 아니다. 다리 왼쪽에서 북쪽으로 8리를 나아갔다. 때마침 시냇가에 무너져 내린 벼랑이 우뚝 서 있었다. 2리를 더 나아가자, 겹겹의 성벽이 비좁은 어귀를 가로막고 있었다. 이곳이 용천관이다.

---

1) 계유(癸酉)는 숭정 6년인 1633년이다.
2) 수도는 명나라의 수도인 지금의 북경을 가리킨다.

## 8월 초닷새

용천관의 남쪽 관문에 들어왔다가 동쪽 관문으로 빠져나왔다. 북쪽으로 10리를 나아갔다. 길은 차츰 오르막이었다. 산봉우리는 점점 기이해지고, 샘물소리는 점차 희미해졌다. 얼마 지나지 않아 가파른 돌길이 끊기고 말았다. 양쪽 벼랑의 높다란 봉우리와 깎아지른 듯한 암벽은 겹겹이 기이한 경관을 모아놓은 듯했다. 산속의 나무와 바위는 비단이 사방으로 엇섞인 듯 아름다움을 다투었다. 산을 오르는 수고로움을 더 이상 느낄 틈이 없었다.

이렇게 5리를 나아가자, 벼랑이 좁혀진 곳에 또다시 두 겹의 암벽 관문이 세워져 있다. 다시 5리를 쭉 올라가 장성령(長城嶺) 꼭대기에 올랐다. 먼 곳의 봉우리를 바라보니, 가장 높은 곳조차 발아래 엎드려 있고, 양쪽 가까운 봉우리는 껴안듯이 둘러싸고 있다. 오직 남쪽 산속에 있는 한 줄기 틈새 사이로 시선이 백리까지 미쳤다. 장령성 위에는 드높은 누대가 웅장하게 서 있었다. 이것은 용천상관(龍泉上關)이다. 용천상관 안에는 오래된 소나무 한 그루가 있다. 가지는 솟구치고 잎은 무성한 채, 하늘에 닿을 듯 크고 아름다웠다.

용천상관의 서쪽은 산서성(山西省) 오대현(五臺縣)의 경계이다. 고개를 내려가는 길은 매우 평탄했다. 경사가 올라왔던 길의 10분의 1도 채 되지 않았다. 13리를 나아가자, 구로령(舊路嶺)이 나왔다. 어느덧 평지에 이르러 있었다. 남서쪽에서 흘러오는 시내가 이곳에 이르러 산을 따라 북서쪽으로 흘러가고 있다. 나도 시내를 따라 나아갔다. 10리를 가자 오대현의 물길이 북서쪽에서 흘러와 합쳐지고, 합쳐진 물길은 호타하(滹沱河)[1]로 쏟아져 들어간다.

이에 북서쪽의 시내를 따라 몇 리를 나아가 천지장(天池莊)에 이르렀다. 북쪽으로 우묵한 평지를 20리 나아가 백두암촌(白頭庵村)을 지났다. 이곳은 남대(南臺)[2]로부터 고작 20리 떨어져 있을 따름인데, 사방의 산골짜기를 둘러보아도 그럴듯한 경관을 찾아볼 수가 없었다. 다시 북서쪽으로 2리를 나아갔다. 길 왼쪽에 백운사(白雲寺)가 있었다. 백운사의 앞에서 남쪽으로 꺾어 4리를 기어올랐다. 구불구불 3리를 오르면, 천불동(千佛洞)에 이른다. 이 길은 오대산에 오르는 샛길이다. 다시 서쪽으로 꺾어 3리만에 당도했다.

---

1) 호타하(滹沱河)는 산서성 번치현(繁峙縣)에서 발원하여 하북성에서 백하(白河)로 흘러들어가는 강이다.
2) 남대(南臺)는 오대 가운데의 하나인 금수봉(錦繡峰)을 가리킨다. 우뚝 치솟은 봉우리의 꼭대기는 사발을 엎어놓은 듯한데, 안개 기운이 봉우리를 자욱이 감싸고 온갖 꽃이 골짜기에 가득 피어난 모습이 마치 비단을 펼쳐놓은 듯하기에 금수봉이라 일컫는다.

## 8월 초엿새

바람이 성난 듯 세차게 불었다. 떨어지던 물방울조차 얼어붙었다. 바람이 잠잠해지고 해가 뜨는데, 마치 시뻘건 구슬이 푸른 숲속에서 솟구쳐 나오는 듯하다. 산허리를 따라 남서쪽으로 4리를 나아가 고개를 넘었다. 비로소 남대가 눈앞에 펼쳐졌다. 조금 더 올라가자, 등사(燈寺)[1]가 나왔다. 여기에서부터 길이 차츰 험준해졌다.

10리를 가서 남대의 꼭대기에 올랐다. 이곳에는 문수사리탑(文殊舍利塔)이 있었다. 북쪽으로 여러 평대가 둥글게 늘어서 있는데, 오직 남동쪽과 남서쪽에만 약간 빈틈이 있다. 정남쪽으로는 옛 남대[2]가 그 아래에 있으며, 멀리로는 우현(盂縣)의 여러 산이 병풍처럼 우뚝 치솟은 채 동쪽으로 용천관의 험준한 산세와 이어져 있다. 남대 오른쪽의 길을 따라 내려오는데, 길이 평탄하여 말을 탈 수가 있었다.

서쪽 고개를 따라 북서쪽으로 15리를 달렸다. 금각령(金閣嶺)이 나왔다. 다시 산의 왼쪽을 따라 북서쪽으로 5리를 내려가 청량석(淸凉石)에 닿았다. 청량사(淸凉寺)의 건물은 그윽하고 수려하며, 높낮이가 마치 그림처럼 정연하다. 영지 모양의 바위가 있는데, 가로 세로로 각각 아홉 걸음이다. 그 위에 사백 명이 올라설 수 있다. 표면은 평평하지만 아래가 가늘어, 아래쪽 바위와 닿아 있는 것이 거의 없다.

북서쪽을 따라 잔도를 타고서 돌층계를 올랐다. 12리만에 마포천(馬跑泉)[3]에 닿았다. 마포천은 산길 모퉁이의 우묵한 곳에 있다. 바위틈새는 겨우 말발굽의 반 정도의 크기인데, 그 속에서 물이 넘쳐 흘러나오고 있다. 우묵한 곳 역시 평탄하고 툭 트여 있어서 절을 지을 만한 곳이다. 그런데도 마포사는 오히려 마포천의 옆 1리 밖에 있었다. 다시 8리의 평탄한 길을 내려와 사자과(獅子窠)에서 하룻밤을 묵었다.

---

1) 등사(燈寺)는 금등사(金燈寺)로서 남대의 북동쪽에 위치하여 있다. 전해오는 이야기

에 따르면, 신등(神燈)이 이곳에 현현했기에 등사라고 일컫는다.

2) 오대의 위치는 시기에 따라 약간씩 다른 바, 옛 남대(古南臺)는 남대에서 2리쯤 떨
어져 있으며, 훨씬 더 옛적의 남대는 지금의 중대(中臺)이다.

3) 전해오는 이야기에 따르면, 송나라 때 양업(楊業)이 병사를 훈련할 때 말이 갈증이
심하자 발굽으로 땅을 파서 샘을 얻었기에 마포천(馬跑泉)이라 일컫는다.

## 8월 초이레

북서쪽으로 10리를 나아가 화도교(化度橋)를 건넜다. 산봉우리 하나가
중대(中臺)[1]에서 뻗어내렸다. 그 양쪽에서 샘물이 졸졸 흘러내리는데, 그
윽하고 조용하기 짝이 없다. 다시 그 오른쪽 산골물의 다리를 건너 산
을 따라 서쪽으로 올라갔다. 산길이 매우 가팔랐다. 10리를 더 나아가
서대(西臺)[2]의 꼭대기에 올랐다. 햇빛이 뭇 봉우리를 비치자, 하나하나가
멋진 자태와 기이한 풍모를 드러냈다. 그 서쪽에는 가까이로 폐마암(閉
魔巖)이요, 멀리로 안문관(雁門關)인데, 눈에 역력하여 몸을 굽히면 붙잡을
수 있을 것만 같다. 폐마암은 40리 밖에 있다. 이곳의 산봉우리는 온통
가파른 벼랑에 에워싸인 채 층층이 겹겹으로 쌓여 올라간다. 이 산속의
기이한 곳이라 할 만하다.

절에 들어가 불상에 머리를 조아리고서 곧바로 서대의 북쪽으로부터
3리를 내려왔다. 팔공덕수(八功德水)[3]가 나왔다. 절의 북쪽으로 왼편에
유마각(維摩閣)이 있다. 유마각 아래에는 두 개의 바위가 솟구쳐 있고, 그
위에 누각이 세워져 있다. 누각 기둥은 바위의 높낮이에 따라 들쑥날쑥
했는데, 아예 기둥을 세우지 않은 곳도 있다. 그 한가운데에 있는 것이
만불각(萬佛閣)이다. 모두 단향목으로 만들어진 금벽색의 불상이 나란히
늘어선 채 눈부시게 빛나고 있다. 만 개만이 아닌 듯했다. 만불각 앞에
는 3층의 누각이 두 줄로 늘어서 있고, 누각 주위를 둘러싼 건물 역시
3층이다. 건물과 건물 사이에는 복도가 세워져 있는지라 사람들이 허공
속을 오고가는 듯했다. 이 험준한 산속에 신력이 아니라면, 누각을 세울

수 없었으리라.

절에서 북동쪽으로 5리를 나아갔다. 큰길이 나왔다. 다시 10리를 나아가 중대(中臺)에 닿았다. 동대(東臺),[4] 남대를 바라보니 모두 5,60리 밖에 있지만, 남대 너머의 용천관은 오히려 더욱 가까이 있는 듯했다. 서대와 북대가 용천관과 이어져 있기 때문이리라. 이때 바람은 자고 햇살이 화창했다. 양쪽의 산은 마치 수염과 눈썹처럼 나뉘어 열려 있다. 나는 먼저 중대 남쪽으로 달려가 용번석(龍翻石)[5]에 올랐다. 이곳에는 어지러이 널린 수만 개의 바위가 산봉우리 마루에 솟아 있고, 아래로는 움푹한 평지를 굽어보면서 한가운데에 홀로 우뚝 치솟아 있다. 들리는 이야기로는 문수보살이 빛을 내뿜으며 모습을 드러냈던 곳이라고 한다.

중대에서 북쪽으로 곧바로 4리를 내려왔다. 음침한 벼랑에 수백 길의 얼음이 매달려 있다. 이것은 '만년빙(萬年氷)'이다. 이 움푹한 평지에도 인가가 있었다. 날이 추워진 지가 얼마 되지 않았는데도, 오대산 속의 얼음과 눈은 갖가지 모습을 띠고 있었다. 듣자하니 7월 27일에 눈이 내렸다고 한다. 그때는 마침 내가 북경을 떠났던 날이었다.

4리를 나아가 북쪽으로 조욕지(澡浴池)에 올랐다. 다시 북쪽으로 10리를 올라가 북대(北臺)에서 묵기로 했다. 북대[6]는 다른 대(臺)보다 험준했다. 나는 황혼의 햇빛을 틈타 절[7] 너머의 풍광을 사방으로 둘러보았다. 절에 돌아오자, 해가 지더니 바람이 거세게 불었다.

---

1) 중대(中臺)는 오대의 하나로서 취암봉(翠巖峰)을 가리킨다. 꼭대기에는 물이 맑고 푸른 태화지(太華池)가 있으며, 아래에는 골짜기 가득 소나무가 물결처럼 넘실거려 대단히 그윽하고 아름답다.
2) 서대(西臺)는 오대의 하나로서 괘월봉(掛月峰)을 가리킨다. 이 위에는 사람과 말의 발자취가 남아 있는데, 전해오는 이야기에 따르면 위(魏)나라 문제(文帝) 조비(曹丕)가 피서를 왔다가 남긴 흔적이라고 한다. 이곳은 달을 감상하기에 최적의 곳으로, 옥같이 둥근 달이 떠올라 봉우리 옆에 걸려 있으면 마치 선경(仙境)에 든 듯한 느낌을 자아낸다.
3) 팔공덕수(八功德水)는 불교의 용어로서, 서방 극락세계의 욕지(浴池) 가운데 여덟 가지 공덕을 갖추고 있는 물을 가리킨다. 여덟 가지 공덕이란 첫째 달고(甘), 둘째 차

갑고(冷), 셋째 부드럽고(軟), 넷째 담백하고(輕), 다섯째 깨끗하고(淸淨), 여섯째 냄새
나지 않으며(不臭), 일곱째 목을 상하지 않고(不損喉), 여덟째 배를 상하지 않음(不損
腹)을 가리킨다.
4) 동대(東臺)는 오대의 하나로서 망해봉(望海峰)을 가리킨다. 일출을 구경하기에 가장
알맞은 곳이다.
5) 용번석(龍翻石)은 어지럽게 널린 바위가 구불구불 오르내리는 모습이 마치 용이 꿈
틀거리는 듯하기에 붙여진 이름이다.
6) 북대(北臺)는 오대의 하나로서 섭두봉(葉斗峰)을 가리킨다. 해발 3058미터로 오대산
의 최고봉이다.
7) 절은 북대 꼭대기 위에서 세워져 있는 영응사(靈應寺)를 가리킨다. 오대의 봉우리마
다 절이 세워져 있는데, 동대에는 망해사(望海寺), 서대에는 법뢰사(法雷寺), 남대에
는 보제사(普濟寺), 중대에는 연교사(演敎寺)가 있다.

## 8월 초여드레

노스님 석당(石堂)이 나를 배웅하는 길에 여러 산을 가리키면서 이렇
게 말씀하셨다. "북대 아래로 동대의 서쪽에, 중대의 가운데에, 남대의
북쪽에 대만(臺灣)[1]이라는 산언덕이 있다오. 이것이 여러 대에 둘러싸인
개략적인 모습이오. 여기에서 정동쪽으로 약간 북쪽에 푸른빛을 띤 채
대단히 뾰족한 산이 있는데, 이곳은 항산(恒山)이오. 정서쪽으로 약간 남
쪽에 운무에 덮인 한 줄기가 있는데, 이곳은 안문관(雁門關)이지요. 곧장
남쪽으로 뻗어내린 여러 산은 남대 외에는 용천관만이 홀로 우뚝하지
요. 쭉 북쪽으로 안팎의 양쪽을 굽어보면 여러 산들이 마치 꽃봉오리와
같은데, 오직 이 산만이 북쪽에서 뭇 산을 에워싼 채 가파르게 층층이
쌓여 있는데다 산세가 험준하여 홀로 특이한 모습을 띠고 있소. 이것은
북대에서 두루 살펴본 개략적인 모습이오. 이곳은 동대에서 40리 떨어
져 있으며, 그 중간에 화암령(華巖嶺)이 있다오. 항산을 찾아가려면, 화암
령을 따라 북쪽으로 내려가시는 게 좋을 게요. 이렇게 하면, 오르내리는
40리 길의 여정을 줄일 수 있소이다." 나는 그의 말에 고개를 끄덕였다.
그와 헤어져 동쪽으로 똑바로 내려오기를 8리, 평탄하게 내려오기를
12리만에 화암령에 이르렀다. 북쪽 언덕에서 10리를 내려오자, 비로소

평탄한 길이 나왔다. 한 줄기 산골물이 북쪽에서 흘러오고 또 한 줄기 산골물이 서쪽에서 흘러오더니, 두 산골물이 만났다. 뭇 봉우리들은 모여들어, 깊은 골짜기 속에 '일호천(一壺天)'이란 절경을 이루고 있었다.

개울물을 따라 북동쪽으로 20리를 나아갔다. 야자장(野子場)이 나왔다. 남쪽으로 백두암에서 이곳에 이르기까지 수십 리 사이에 천화채(天花菜)²⁾가 자라나 있더니, 이곳을 나서자 완전히 모습을 감추었다. 이곳에서부터 병풍처럼 늘어선 양쪽 벼랑이 우뚝 치솟은 채 웅장하고 험준한 갖가지 모습을 뽐내고 있다. 이러한 경관이 10리에 이어졌다. 암벽의 깎아지른 듯한 벼랑 속에 층층의 누각이 불쑥 솟아 있다. 이곳은 현공사(懸空寺)이다. 암벽이 더욱 기이했다. 이곳은 북대의 바깥을 둘러싼 산이다. 이곳을 따라 나가지 않으면 오대산의 신묘한 멋을 거의 맛볼 수 없다고 한다.

---

1) 대만(臺灣)은 오늘날의 대회진(臺懷鎭)으로 오대현의 북동쪽 120㎞에 위치하여 있으며, 오대산 유람의 중심이라 할 수 있다.
2) 천화채(天花菜)는 『청량지(淸凉志)』에 따르면 "버섯류로서 땔나무에 자라며, 오대산의 품질 좋은 물품(菌類, 生於柴木, 臺山佳品也)"이다. 오늘날 오대산의 특산품으로서 대산향마(臺山香蘑), 혹은 대마(臺蘑)라고 부른다.

## 원문

**癸酉 七月二十八日** 出都爲五臺游. 越八月初四日, 抵阜平南關. 山自唐縣來, 至唐河始密, 至黃葵漸開, 勢不甚穹窿矣. 從阜平西南過石梁, 西北諸峰復崦嵫¹⁾起. 循溪左北行八里, 小溪自西來注, 乃捨大溪, 溯西溪北轉, 山峽漸束. 又七里, 飯於太子鋪. 北行十五里, 溪聲忽至. 回顧右崖, 石壁數十仞, 中坳如削瓜直下. 上亦有坳, 乃瀑布所從溢者, 今天旱無瀑, 瀑痕猶在削坳間. 離澗二三尺, 泉從坳間細孔泛濫出, 下瀯成流. 再上, 逾鞍子嶺. 嶺上四眺, 北塢頗開, 東北、西北, 高峰對峙, 俱如仙掌挿天, 惟直北一隙少殺. 復有遠山橫其外, 卽龍泉關也. 去此尙四十里. 嶺下有水從西南來, 初隨之北行, 已而溪從東峽中去. 復逾一小嶺, 則大溪從西北來, 其勢甚壯, 亦從東南峽中去, 當卽與西南之溪合流出皁平北者. 余初過皁平, 捨大溪而西, 以爲西溪卽龍泉之水也, 不謂西溪乃出鞍子嶺坳壁, 逾嶺而復與大溪之上流遇, 大溪則出自龍泉者. 溪有石梁曰萬年, 過之, 溯流望西北高峰而趨. 十里, 逼峰下, 爲小山所掩, 反不睹嶙峋之勢. 轉北行, 向所望東北高峰, 瞻之愈出, 趨之愈近, 峭削之姿, 遙遙逐人, 二十里之間, 勞於應接. 是峰名五巖寨, 又名吳王寨, 有老僧廬其上. 已而東北峰下, 溪流溢出, 與龍泉大溪會, 土人搆石梁於上, 非龍關道所經. 從橋左北行八里, 時遇崩崖矗立溪上. 又二里, 重城當隘口, 爲龍泉關.

---

1) 용종(峂嵸)은 '위아래로 매우 많은 모양'을 가리킨다.

**初五日** 進南關, 出東關. 北行十里, 路漸上, 山漸奇, 泉聲漸微. 旣而石路陡絶, 兩崖巍峰峭壁, 合沓攢奇, 山樹與石競麗錯綺, 不復知升陟之煩也. 如是五里, 崖逼處復設石關二重. 又直上五里, 登長城嶺絶頂. 迴望遠峰, 極高者亦伏足下, 兩旁近峰擁護, 惟南來一線有山隙, 徹目百里. 嶺之上, 巍樓雄峙, 卽龍泉上關也. 關內古松一株, 枝聳葉茂, 干雲俊物.[1] 關之西, 卽爲山西五臺縣界. 下嶺甚平, 不及所上十之一. 十三里, 爲舊路嶺, 已在平地. 有溪自西南來, 至此隨山向西北去, 行亦從之. 十里, 五臺水自西北來會, 合流注滹沱河. 乃循西北溪數里, 爲天池莊. 北向塢中二十里, 過白頭庵村, 去南臺止二十里, 四顧山谷, 猶不可得其彷彿. 又西北二里, 路左爲白雲寺. 由其前南折, 攀躋四里, 折上三里, 至千佛洞, 乃登臺間道. 又折而西行, 三里始至.

**初六日** 風怒起, 滴水皆冰. 風止日出, 如火珠[1]涌吐翠葉中. 循山半西南行, 四里, 逾嶺, 始望南臺在前. 再上爲燈寺, 由此路漸峻. 十里, 登南臺絶頂, 有文殊舍利塔. 北面諸臺環列, 惟東南·西南少有隙地. 正南, 古南臺在其下, 遠則孟縣諸山屏峙, 而東與龍泉崝嶸接勢. 從臺右道而下, 途甚夷, 可騎. 循西嶺西北行十五里, 爲金閣嶺. 又循山左西北下, 五里, 抵淸凉石. 寺宇幽麗, 高下如圖畵. 有石爲芝形, 縱橫各九步, 上可立四百人, 面平而下銳, 屬於下石者無幾. 從西北歷棧拾級而上, 十二里, 抵馬跑泉. 泉在路隅山窩間, 石隙僅容半蹄, 水從中溢出, 窩亦平敞可寺, 而馬跑寺反在泉側一里外. 又平下八里, 宿於獅子窠.

1) 화주(火珠)는 구슬 모양의 옥석으로 화제주(火齊珠)라고도 한다. 원래는 고대의 궁궐이나 탑묘의 건물의 대들보에 이것의 형상을 새겨 넣어 장식으로 삼는데, 여기에서는 숲 속에서 솟아오르는 붉은 태양을 가리킨다.

**初七日** 西北行十里, 度化度橋. 一峰從中臺下, 兩旁流泉淙淙,[1] 幽靚迥絶. 復度其右澗之橋, 循山西向而上, 路欹甚. 又十里, 登西臺之頂. 日映諸峰, 一一獻態呈奇. 其西面, 近則閉魔巖, 遠則雁門關, 歷歷可府而挈也. 閉魔巖在四十里外, 山皆陡崖盤亘, 層累而上, 爲此中奇處. 入叩佛龕, 卽從臺北下, 三里, 爲八功德水. 寺北面, 左爲維摩閣, 閣下二石聳起, 閣架於上, 閣柱長短, 隨石參差, 有竟不用柱者. 其中爲萬佛閣, 佛俱金碧旃檀, 羅列輝映, 不啻萬尊. 前有閣二重, 俱三層, 其周廬環閣亦三層, 中架復道, 往來空中. 當此萬山艱阻, 非神力不能運此. 從寺東北行, 五里, 至大道, 又十里, 至中臺. 望東臺·南臺, 俱在五六十里外, 而南臺外之龍泉, 反若更近, 惟西臺·北臺, 相與連屬. 時風淸日麗, 山開列如鬢眉. 余先趨臺之南, 登龍翻石. 其地亂石數萬, 湧起峰頭, 下臨絶塢, 中懸獨聳, 言是文殊放光攝影處. 從臺北直下者四里, 陰崖懸冰數百丈, 曰'萬年冰'. 其塢中亦有結廬者. 初寒無幾, 臺間冰雪, 種種而是. 聞雪下於七月二十七日, 正余出都時也. 行四里, 北上澡浴池. 又北上十里, 宿於北臺. 北臺比諸臺較峻, 余乘日色, 周眺寺外. 及入寺, 日落而風大作.

---

1) 종종(淙淙)은 '물이 흐르는 소리나 모양을 가리킨다.

**初八日** 老僧石堂送余, 歷指諸山曰 : "北臺之下, 東臺西, 中臺中, 南臺北, 有塢曰臺灣, 此諸臺環列之槪也. 其正東稍北, 有浮靑特銳者, 恒山也. 正西稍南, 有連嵐一抹者, 雁門也. 直南諸山, 南臺之外, 惟龍泉爲獨雄. 直北俯內外二邊, 諸山如蓓蕾,[1] 惟茲山北護, 峭削層疊, 嵯峨之勢, 獨露一班. 此北臺歷覽之槪也. 此去東臺四十里, 華嚴嶺在其中. 若探北岳,[2] 不若竟由嶺北下, 可省四十里登降." 余頷之. 別而東, 直下者八里, 平下者十二里, 抵華嚴嶺. 由北塢下十里, 始夷. 一澗自北, 一澗自西, 兩澗合而群峰湊, 深壑中'一壺天'也. 循澗東北行二十里, 曰野子場. 南自白頭庵至此, 數十里內, 生天花菜, 出此則絶種矣. 由此, 兩崖屛列鼎峙, 雄峭萬狀, 如是者十里. 石崖懸絶中, 層閣傑起, 則懸空寺也, 石壁尤奇. 此爲北臺外護山, 不從此出, 幾不得臺山神理云.

---

1) 배뢰(蓓蕾)는 '꽃봉오리'를 의미한다.
2) 북악(北岳)은 오악(五岳) 가운데의 하나인 항산(恒山)을 가리킨다.

# 항산 유람일기(遊恒山日記)

## 해제

　「항산 유람일기」는 숭정 6년(1633년)에 서하객이 오대산에 이어 항산을 유람했던 기록이다. 이 일기에는 8월 8일에 오대산을 떠나 항산으로 향한 이후 11일 항산의 꼭대기에 올랐다가 혼원주(渾源州)로 되돌아가기까지의 일정이 실려 있다. 항산은 원래 현악(玄岳), 혹은 자악(紫岳), 음악(陰岳)으로 일컬어지다가, 명대에 오악의 하나로 손꼽히면서 북악(北岳) 항산이라 일컬어지기 시작했다. 이 일기에는 항산의 풍광이 핍진하게 묘사되어 있을 뿐만 아니라, 산을 오르는 서하객의 고초와 이를 이겨내는 끈기가 잘 드러나 있다.

　이번 유람의 주요 여정은 다음과 같다. 동저산(東底山)→사하보(沙河堡) →의흥채(義興寨)→주가방(朱家坊)→호로취(葫芦嘴)→토령(土嶺)→전간령(箭筸嶺)→용욕구(龍峪口)→대운사(大雲寺)→용산(龍山)→현공사(懸空寺)

→ 항산묘(恒山廟) → 망선정(望仙亭) → 호풍구(虎風口) → 비석굴(飛石窟) → 북악전(北岳殿) → 회선대(會仙臺) → 혼원주(渾源州)


## 역문

북대(北臺)로부터 70리만에 산이 비로소 훤히 열렸다. 동저산(東底山)이 나타났다. 오대산의 북쪽 끄트머리로서, 번치현(繁峙縣) 경계에 속한다.

### 8월 초아흐레

남쪽의 산을 나왔다. 산속에서부터 함께 흘러오던 큰 시내는 나와 길을 달리하여 서쪽으로 흘러갔다. 나는 북쪽으로 평지를 내달리면서 바깥 너머의 산을 바라보았다. 높이는 오대산의 10분의 4에 채 미치지 않았다. 그러나 낮은 담처럼 길게 감돈 채, 동쪽으로 평형(平邢)에 닿아 있고 서쪽으로 안문(雁門)에 이어져 있었다. 평지를 가로질러 15리만에 북쪽으로 산기슭에 이르렀다. 사하(沙河)를 건너자, 곧바로 사하보(沙河堡)가 나왔다.

사하보는 산에 기대어 강물을 굽어보는데, 벽돌을 쌓은 담이 높고 가지런하다. 사하보에서 북서쪽으로 70리를 나아가 소석구(小石口)를 나오면, 대동부(大同府)의 서쪽 대로가 나온다. 북쪽으로 쭉 60리를 나아가 북쪽 길 어귀를 나오면, 대동부의 동쪽 대로가 나온다. 나는 사하보 뒤를 따라 산에 올랐다. 북동쪽으로 몇 리를 나아가 골짜기 어귀에 이르렀다. 북쪽에서 남쪽으로 흐르는 물길이 있다. 이 물길은 사하로 흘러드는 물이다.

물길을 따라 골짜기에 들어서서 물길과 함께 굽이져 돌았다. 황량한
골짜기에는 사람의 흔적이 보이지 않았다. 몇 리를 가자 의흥채(義興寨)
가 나왔다. 몇 리를 더 가자 주가방(朱家坊)이 나왔다. 다시 몇 리를 가자
호로취(葫蘆嘴)에 이르렀다. 나는 산골물을 버리고 산에 올랐다. 산부리
를 따라 올라가자 지세는 다시 우묵한 평지로 되었다. 시냇물을 따라
북쪽으로 나아가면 혼원주(渾源州)의 경계가 나온다. 다시 몇 리를 나아
가자, 토령(土嶺)이 나왔다. 이곳은 혼원주로부터는 60리 길이요, 남서쪽
으로 사하로부터는 모두 50리 길이다. 나와 성이 같은 주민의 집에서
하룻밤을 묵었다.

## 8월 초열흘

남쪽에서 흘러오는 산골물을 따라 북쪽으로 3리를 갔다. 산골물은 서
쪽에서 흘러오는 산골물과 합쳐져 함께 북동쪽으로 꺾여 흘러갔다. 나
는 서쪽의 산골물을 거슬러 들어갔다. 또 한 줄기의 산골물이 북쪽에서
흘러왔다. 산골물의 서쪽을 좇아 고개를 넘었다. 길이 몹시 험했다. 북
쪽을 향하여 곧바로 오르기를 6~7리 길, 서쪽으로 구부러졌다가 다시
북쪽으로 기어오르기를 5~6리 길, 이렇게 해서 두 겹의 봉우리를 올라
산마루에 이르렀다. 이곳은 전간령(箭筆嶺)이라는 곳이다.

사하에서부터 산을 오르고 물을 건너며 산골짜기를 빙빙 돌면서 거
쳤던 곳은, 온통 흙더미의 황량한 산언덕일 뿐이었다. 그런데 뜻밖에도
이곳에 이르자, 홀연 높이 솟구치긴 했어도 고개 남쪽은 지금까지와 별
로 다르지 않았다. 하지만 고개 북쪽을 넘어 동서 양쪽을 굽어보니 전
혀 달랐다. 봉우리는 잇닿아 있고, 암벽은 무너진 채 푸른색과 붉은색이
서로 비추어 대단히 아름다웠던 것이다. 치솟아 빙 둘러 비치는 것은
모두 바위인데, 바위마다 나무가 자라나 있다. 바위의 색깔은 똑같으나
타고난 무늬가 아름다움을 달리하고, 나무의 색깔은 다르지만 색깔이

엇섞인 채 채색 비단을 이루고 있다. 나무를 얻은 데다 우뚝 솟구친 채 비스듬히 끼어 있는 바위는, 마치 아름다운 비단으로 덮은 듯 더욱 기이했다. 돌을 얻은 데다 나지막이 똬리를 튼 듯한 나무는, 마치 우뚝 솟은 바위로 가장자리를 두른 듯 더욱 예스러웠다.

이러한 경관 속에 50리를 나아가 커다란 흙산 밑에 이르렀다. 골짜기에서 솟구치는 샘물이 남쪽에서 북쪽으로 쏟아져 내렸다. 그 물길을 따라 우묵한 평지의 길목으로 나왔다. 이곳은 용욕구(龍峪口)이다. 성벽이 굽어보는 곳인데, 마을이 제법 컸다. 곳곳에 심어진 매화나무와 살구나무가 숲을 이룬 채 산기슭을 뒤덮고 있다.

얼마 후 골짜기를 빠져나왔다. 다시 평지가 나타났다. 평지 북쪽에는 외곽의 산이 빙 둘러싼 채 길게 동쪽에서 서쪽으로 뻗어 있다. 동쪽으로는 혼원주로부터 30리, 서쪽으로는 응주(應州)로부터 70리 떨어진 곳이다. 용욕구에서 바깥 너머를 굽어보았을 적에는, 높고 낮음과 멀고 가까움이 동저산에서 사하와 협구(峽口)의 여러 산을 바라볼 때처럼 한결같았다. 그런데 이곳에서 산을 따라 동쪽으로 나아가면서 멀리 용욕구의 동쪽을 바라보니, 산이 훨씬 가파르고 험준했다. 물어보고서야 이곳이 용산(龍山)임을 알게 되었다.

용산이란 명칭은 산서에서 예부터 널리 알려져 왔다. 하지만 항산과 어깨를 나란히 하고 있는 줄은 몰랐다. 여기까지 오는 길에 이미 서쪽으로 용산의 안쪽을 넘어왔거니와 또한 북쪽에서 용산의 경관을 구경했던 것이다. 나도 모르는 사이에 용산을 유람한 셈이니, 오대산에서 보지 못한 것을 항산 유람길에서 얻은 뜻밖의 소득이라 할 수 있으리라. 동쪽으로 10리를 나아갔다. 용산의 대운사(大雲寺)가 나왔다. 절은 남쪽으로 산을 향하고 있었다.

다시 동쪽으로 10리를 나아갔다. 북서쪽으로 곧장 항산의 산기슭에 이르는 큰길이 나왔다. 방향을 꺾어 큰길을 따라갔다. 산기슭으로부터는 아직 10리나 떨어져 있다. 멀리 바라보니, 항산의 두 봉우리가 이어진 채 마주 치솟아 있는데, 수레와 마차가 끊임없이 이어진 채 산봉우리 사이를 뚫고 지났다. 이 길은 대동부에서 도마관(倒馬關)과 자형관(紫荊關)으로 가는 대로이다.

이 길을 따라 항산 아래에 이르렀다. 두 개의 벼랑이 벽처럼 솟아 있고, 그 사이로 산골물이 틈새만한 골짜기를 뚫고 흘러들었다. 물길은 빠져나갈 곳이 없을 정도로 비좁은데도, 구불구불 오르내리면서 아름답고 그윽한 경관을 이루고 있다. 이궐(伊闕)의 쌍봉(雙峰)[1]이나 무이산(武彝山)의 구곡(九曲)조차도 이곳의 경관에는 미치지 못하리라.

때마침 맑은 물이 아직 불어나지 않은지라, 산골물을 거슬러 나아갔다. 어느 해에 양쪽 벼랑에 돌구덩이를 뚫었는지 알 수 없지만, 네댓 자 너비에 깊이가 한 길 정도인 구덩이가 위아래에 늘어서 있다. 아마 물이 넘쳐흘렀을 때 나무를 끼워 넣어 잔도로 사용했을 것이다. 지금은 낡아 쓰지 않은 지 오래된 채 오직 두 개의 나무만이 높이 내걸려 있는데, 나무는 잔도의 기둥으로 썼던 거목인 듯하다.

세 번을 굽이돌자, 골짜기는 더욱 좁아지고 벼랑은 한층 높아졌다. 서쪽 벼랑의 중간쯤에 층층의 누각이 높이 매달려 있고 구부러진 건물이 비스듬히 기대어 있다. 마치 신기루처럼 보이는데, 이곳이 현공사(懸空寺)이다. 오대산의 북쪽 골짜기에도 현공사가 있으나, 이곳에 비하면 그곳은 제대로 갖추었다고 말할 수 없었다.

현공사를 쳐다보았다. 불현듯 신비한 느낌에 사로잡혔다. 기운을 내어 홀로 올라가기로 했다. 현공사에 들어서자 누각의 높낮이가 들쑥날쑥하고 난간 주변의 길이 구불구불하다. 벼랑은 도려낸 듯 곧추서 있다. 참으로 천하의 대장관이다. 절의 장식은 절경을 한층 더해 주었다. 바위에 의지하여 누각을 세우면서도 바위의 제한을 받지 않은 것은 오직 이곳뿐이다. 게다가 스님들이 거처하는 집은 위치가 차례에 맞았다. 무릇 손님을 접대하는 방과 불상을 모신 방은 밝은 창문과 따뜻한 침대를 갖추고 있으며, 여덟 자 내지 열 자의 규모 이내에 엄숙하면서도 아담했다.

얼마 후 현공사에서 내려왔다. 다시 골짜기에서 서너 굽이를 돌아나왔다. 골짜기 어귀가 휜히 트여 있는데, 잇닿은 산봉우리와 골짜기가 서로 가리면서 돋보였다. 마치 별세계에 와 있는 듯한 기분이 들었다. 다시 1리를 나아갔다. 산골물 동쪽의 언덕 위에 편액이 걸려 있는 세 겹의 문이 높이 늘어서 있다. 문 아래에는 수백 개의 돌계단이 이어져 있다. 이곳은 북악항산묘(北岳恒山廟)의 산문이다. 항산묘에서 10리 너머의 좌우 양쪽에는 온통 흙산이 층층이 쌓여 있다. 북악의 꼭대기는 아득히 멀어 잘 보이지 않았다. 산문 곁의 토박이의 집에서 하룻밤을 묵었다. 내일 항산의 꼭대기에 오를 준비를 했다.

---

1) 이궐(伊闕)은 하남성(河南省) 낙양시(洛陽市)의 남쪽에 위치하여 있으며, 쌍봉(雙峰)은 궐문처럼 마주보고 치솟은, 이궐의 용문산(龍門山)과 향산(香山)을 가리킨다.

## 8월 11일

바람이 자고 고요해졌다. 하늘은 씻은 듯이 맑고 푸르렀다. 지팡이를 짚고서 항산 유람에 나섰다. 동쪽을 바라보면서 나아갔다. 흙등성이가 낮은 구릉인지라 기어오르기에 그다지 힘들지 않았다. 대체로 산줄기는 용천관에서 뻗어내리는데, 모두 세 겹을 이루고 있었다. 용천관의 한 겹은, 용천관 안쪽의 경우 산세가 가파르고 험준하지만, 용천관 바깥은 오히려 평탄하고 드넓은 흙등성이이다. 오대산의 한 겹은 비록 높이 치솟아 있지만, 솟구쳐 튀어나온 곳은 모두 동저산 일대의 골짜기를 빠져나오는 지역에 있다. 세 번째 겹은 골짜기 어귀에서 산으로 뻗어들어 북쪽으로 향하는데, 서쪽은 용산의 꼭대기 끝에 이르고 동쪽은 항산의 남쪽에 이른다. 이 산줄기는 모두 칼날같은 기세를 감추고 있지만, 북쪽에 이르자마자 봉우리마다 깎아지른 듯 험준해져 높고 험한 본모습을 드러낸다.

1리를 나아가 북쪽으로 돌아들었다. 산속은 온통 석탄 투성이인지라, 깊이 파지 않아도 캐낼 수 있었다. 1리를 더 나아가자 흙과 돌이 모두 붉은색을 띠고 있고, 길가에 규룡처럼 구불구불 서린 모양의 소나무가 나란히 서 있다. 이곳은 망선정(望仙亭)이다. 다시 3리를 나아갔다. 벼랑의 바위들이 차츰 솟구치고, 소나무의 그림자가 체질에 걸러진 듯 어른어른했다. 이곳은 호풍구(虎風口)이다.

여기에서부터 돌길이 구불구불 이어져 있었다. 벼랑을 따라 가파른 암벽을 타고 올라갔다. 3리를 가자 '삭방제일산(朔方第一山)'이라 쓰여진 커다란 패방이 나타났다. 그 안에는 관아와 주방, 우물이 모두 갖추어져 있었다. 패방의 오른쪽에서 동쪽으로 돌층계를 오르자 벼랑 중간에 침궁이 있고, 침궁 북쪽에 비석굴(飛石窟)이 있었다. 전해오는 이야기로는, 진정부(眞定府)에 있는 항산(恒山)[1]은 이곳에서 날아간 것이라 한다.

조금 더 올라가자, 북악전(北岳殿)이 나왔다. 북악전은 위로는 깎아지른 듯한 벼랑을 이고 있고, 아래로는 관아에 닿아 있다. 북악전 앞쪽에는 돌층계가 하늘 높이 뻗어 있고, 곁채의 문 위아래에는 높다란 비석이 숲을 이루고 있다. 북악전에서 오른쪽으로 올라갔다. 북악전에 기대어 방을 들인 석굴이 있다. 이곳은 회선대(會仙臺)이다. 회선대 안에는 여러 신선들의 석상이 빽빽하게 빙 둘러 늘어서 있다.

나는 이때 가파른 벼랑을 기어오르고 싶어서 꼭대기에 오르기로 했다. 회선대에서 되돌아 내려오면서 북악전의 동쪽을 지나는 길에, 멀리 두 곳의 벼랑이 끊긴 곳을 바라보았다. 그 속에 늘어져 있는 풀숲이 천 길이다. 이곳이 바로 꼭대기로 오르는 샛길이다. 나는 겉옷을 벗어던지고 기어오르기 시작했다. 2리를 나아가 가파른 벼랑 위로 나와 꼭대기를 쳐다보았다. 꼭대기는 여전히 허공중에 우뚝 솟아 있다. 온 산에 빽빽이 들어찬 키 작은 나무들과 마구 갈라진 마른 대나무가지는 그저 옷을 당기고 목덜미를 찌를 수 있을 뿐, 당기거나 밟으면 금방 툭툭 부러져버렸다. 내가 있는 힘껏 애를 써보건만, 마치 거센 파도에 휘말린 듯

헤어 나오지 못했다. 나는 더욱 기운을 북돋아 기어올랐다. 한참 만에 가시덤불이 다하고서야 겨우 꼭대기에 올라섰다.

이때 날씨는 맑고 화창했다. 항산의 북쪽을 굽어보니, 벼랑은 제멋대로 무너져 꺼져내린 채 잡목만이 우거져 있다. 이 산은 흙산에는 나무가 없는 반면, 돌산에는 오히려 나무가 있다. 북쪽이 바위투성이인지라 나무는 모두 북쪽에 자라나 있다. 혼원주의 성 한 군데가 산기슭에 있었다. 북쪽으로는 한 겹의 산 너머로 아득히 끝이 보이지 않지만, 남쪽으로는 용천관이, 서쪽으로는 오대산이 보였다. 푸른 산봉우리들이 이곳 항산과 짝을 이루고 있었다. 가까이로는 용산이 서쪽에 뻗어 있고, 지맥의 봉우리들이 마치 어깨를 나란히 하고 소매를 맞대듯이 동쪽으로 이어진 채 아래로 사막을 내리누르고 있었다.

얼마 후 서쪽의 봉우리로 내려왔다. 전에 골짜기에 들어올 적에 보았던 깎아지른 듯한 벼랑을 찾았으나, 내려다보니 아득한지라 내려갈 엄두가 나지 않았다. 문득 고개를 돌려 동쪽을 바라보았다. 누군가 그 위에서 바람에 흩날리듯 사뿐히 거닐고 있었다. 그래서 다시 그가 있는 곳으로 올라가 그에 물어보았다. 그는 남동쪽의 소나무와 잣나무 사이를 가리켰다.

나는 그곳을 바라보면서 발걸음을 재촉했다. 올라올 적에 들린 침궁 뒤쪽의 가파른 벼랑의 꼭대기가 나왔다. 얼마 지나지 않아 과연 길이 나타났다. 남쪽으로 소나무와 잣나무가 우거진 숲을 지났다. 방금 전에 꼭대기에서 보았을 때에는 푸른 소나무와 잣나무가 마치 마늘잎과 풀줄기처럼 가늘어 보였으나, 여기에 이르니 두 사람이 팔을 벌려 안아야 할 정도의 둘레에 하늘 높이 치솟은 커다란 나무였다. 호풍구의 소나무와 잣나무보다도 백배는 더 되어 보였다.

벼랑의 틈새를 따라 쭉 내려왔다. 마침 침궁의 오른편, 즉 비석굴이 나왔다. 내가 방금 전에 올랐던 비좁고 험준한 곳을 살펴보니, 가운데는 그저 바위 한 조각만한 틈새가 나 있을 따름이다. 산에서 5리를 내려

와, 현공사의 가파른 벼랑을 좇아 빠져나왔다. 15리를 더 걸어 혼원주의
서쪽 관문밖에 이르렀다.

---

1) 진정부(眞定府)는 지금의 하북성 정정(正定)을 가리킨다. 진정부의 항산(恒山)은 하
북성 곡양현(曲陽縣) 북서쪽에 위치하여 있으며, 하북항산, 상산(常山), 대무산(大茂
山)이라 부르기도 한다. 명대 이전에는 이곳을 오악의 하나인 북악이라 여겼다. 전해
오는 이야기에 따르면, 원래 북악은 지금의 항산으로 요(堯) 임금이 이곳에 악묘를
세우고 매년 이곳을 순시했다. 그런데 순(舜) 임금이 어느 해 곡양 북서부까지 행차
했다가 눈에 막혀 나아가지 못했을 때, 홀연 커다란 바위가 땅에 떨어졌는데, 이 바
위가 항산에서 날아왔음을 알고서 훗날 항산을 지금의 곡양으로 옮기고 악묘를 따
로 세웠다. 이로 인해 혼원에 있는 항산에는 비석굴(飛石窟)이 남아 있다.

## 원문

去北臺七十里, 山始豁然,[1] 曰東底山. 臺山北盡, 卽屬繁峙界矣.

---

1) 활연(豁然)은 '눈앞을 가로막은 것이 없이 환하게 터져서 시원스러운 모양'을 가리
킨다.

**初九日** 出南山, 大溪從山中俱來者, 別而西去. 余北馳平陸中, 望外界之
山, 高不及臺山十之四, 其長繚繞[1]如垣, 東帶平邢, 西接雁門. 橫而徑者十
五里, 北抵山麓, 渡沙河, 卽爲沙河堡. 依山矙流, 磚甃高整. 由堡西北七十
里, 出小石口, 爲大同西道; 直北六十里, 出北路口, 爲大同東道. 余從堡後
登山, 東北數里, 至峽口, 有水自北而南, 卽下注沙河者也. 循水入峽, 與流
屈曲, 荒谷絶人. 數里, 義興寨. 數里, 朱家坊. 又數里, 至葫蘆嘴, 舍澗登山.
循嘴而上, 地復成塢, 溪流北行, 爲渾源界. 又數里, 爲土嶺, 去州尚六十里,
西南去沙河, 共五十里矣. 遂止居民同姓家.

**初十日** 循南來之澗北去三里, 有澗自西來合, 共東北折而去. 余溯西澗入, 又一澗自北來, 遂從其西登嶺, 道甚峻. 北向直上者六七里, 西轉, 又北躋而上者五六里, 登峰兩重, 造其巔, 是名箭筈嶺. 自沙河登山涉潤, 盤旋山谷, 所値皆土魁荒阜; 不意至此而忽躋穹窿, 然嶺南猶復阿蒙<sup>1)</sup>也. 一逾嶺北, 瞰東西峰連壁隤, 翠蜚丹流.<sup>2)</sup> 其盤空環映者, 皆石也, 而石又皆樹; 石之色一也, 而神理又各分姸; 樹之色不一也, 而錯綜又成合錦. 石得樹而嵯峨傾嵌者, 幀以藻繪而愈奇; 樹得石而平鋪倒蟠者, 緣以突兀而尤古. 如此五十里, 直下至阬<sup>3)</sup>底, 則奔泉一壑, 自南注北, 遂與之俱出塢口, 是名龍峪口, 堡臨之. 村居頗盛, 皆植梅杏, 成林蔽麓. 旣出谷, 復得平陸. 其北又有外界山環之, 長亦自東而西, 東去渾源州三十里, 西去應州七十里. 龍峪之臨外界, 高卑遠近, 一如東底山之視沙河、峽口諸山也. 於是沿山東向, 望峪之東, 山愈嶙嶒斗峭,<sup>4)</sup> 問知爲龍山. 龍山之名, 舊著於山西, 而不知與恒岳比肩; 至是旣西涉其闕域, 又北覽其面目, 從不意中得之, 可當五臺桑楡之收<sup>5)</sup>矣. 東行十里, 爲龍山大雲寺, 寺南面向山.

又東十里, 有大道往西北, 直抵恒山之麓, 遂折而從之, 去山麓尙十里. 望其山兩峰亘峙, 車騎接軫,<sup>6)</sup> 破壁而出, 乃大同入倒馬、紫荊大道也. 循之抵山下, 兩崖壁立, 一澗中流, 透罅而入, 逼仄如無所向, 曲折上下, 俱成窈窕, 伊闕雙峰、武彝九曲, 俱不足以擬之也. 時清流未泛, 行卽溯澗. 不知何年兩崖俱鑿石坎、大四、五尺, 深及丈, 上下排列, 想水溢時揷木爲閣道者, 今廢已久, 僅存二木懸架高處, 猶棟梁之巨擘<sup>7)</sup>也. 三轉, 峽愈隘, 崖愈高. 西崖之半, 層樓高懸, 曲榭斜倚, 望之如蜃吐重臺<sup>8)</sup>者, 懸空寺也. 五臺北壑亦有懸空寺, 擬此未能具體. 仰之神飛, 鼓勇獨登. 入則樓閣高下, 檻路屈曲. 崖旣矗削, 爲天下巨觀, 而寺之點綴, 兼能盡勝. 依巖結構, 而不爲巖石累者, 僅此. 而僧寮位置適序, 凡客坐禪龕, 明窗暖榻, 尋丈之間, 肅然中雅. 旣下, 又行峽中者三四轉, 則洞門豁然, 巒壑掩映, 若別有一天者.

又一里, 澗東有門榜三重, 高列皁上. 其下石級數百層承之, 則<u>北岳恒山廟</u><sup>9)</sup>之山門也. 去廟尙十里, 左右皆土山層疊, 岳頂杳不可見. 止門側土人家, 爲明日登頂計.

---

1) 아몽(阿蒙)은 삼국시대 오(吳)나라의 여몽(呂蒙)을 가리킨다. 여몽은 오왕(吳王) 손권(孫權)의 신하 장수로서, 본래 무식한 사람이었으나 전공을 쌓아 장군이 되었다. 어느 날 손권에게서 공부하라는 충고를 받은 여몽은 전지(戰地)에서도 손에서 책을 놓지 않고 학문에 정진했다. 훗날 그의 절친한 친구였던 노숙(魯肅)이 박식해진 그를 보고서 "자네는 이제 오나라에 있을 때의 여몽이 아닐세 그려(非吳下阿蒙)"라고 말하자, 여몽은 "무릇 선비란 헤어진 지 사흘이 지나서 다시 만났을 땐 눈을 비비고 대해야 하는 걸세(士別三日, 卽更刮目相對)'"라고 대꾸했다고 한다. 여기에서 아몽(阿蒙)은 전과 다름없는 모습이나 태도를 가리킨다.
2) 취비단류(翠蜚丹流)는 화초와 수목, 바위의 붉고 푸른색이 어울려 대단히 아름다움을 가리킨다. 여기에서 '비(蜚)'는 '비(飛)'와 같다.
3) 갱(阬)은 커다란 흙산을 의미한다.
4) 린증두초(嶙嶒斗峭)는 높고 험하며 가파른 모양을 가리킨다.
5) 상유(桑楡)는 원래 뽕나무와 느릅나무를 의미하나, 저녁 해가 서쪽의 뽕나무와 느릅나무에 비친다고 하여 서쪽 혹은 만년을 의미하기도 한다. 상유지수(桑楡之收)는 『후한서(後漢書)·풍이전(馮異傳)』의 "동쪽 모퉁이에서 잃었다가 서쪽에서 거두었다(失之東隅, 收之桑楡)"에서 비롯된 말로, 이전에 부족했던 점을 훗날 다른 곳에서 보충한다는 의미를 지니고 있다. 여기에서는 오대산에서 보지 못했던 용산의 기이한 풍광을 항산에서 보게 되었다는 뜻이다.
6) 진(軫)은 원래 '수레의 뒤에 있는 가로나무'를 의미하며, 접진(接軫)은 '수레가 서로 부딪치며 다닐 정도로 왕래가 잦음'을 가리킨다.
7) 벽(擘)은 원래 '엄지손가락'을 의미하며, 거벽(巨擘)은 여기에서 '잔도를 지탱해주던 거목(巨木)'을 가리킨다.
8) 신토중대(蜃吐重臺)는 '대합이 토해낸 겹겹의 누대'를 의미하는 바, 신기루를 가리킨다.
9) 항산묘(恒山廟)는 북악묘(北岳廟)라고도 일컬으며, 북위(北魏) 태무제(太武帝) 시기에 세워졌다.

**十一日** 風翳淨盡, 澄碧如洗. 策杖登岳, 面東而上, 土岡淺阜, 無攀躋勞. 蓋山自<u>龍泉</u>來, 凡三重. 惟龍泉一重峭削在內, 而關以外反土脊平曠; <u>五臺</u>一重雖崇峻, 而骨石聳拔, 俱在<u>東底山</u>一帶出峪之處; 其第三重自峽口入山而北, 西極<u>龍山</u>之頂, 東至<u>恒岳</u>之陽, 亦皆藏鋒斂鍔,<sup>1)</sup> 一臨北面, 則峰峰陡削, 悉現巖巖<sup>2)</sup>本色. 一里轉北, 山皆煤炭, 不深鑿卽可得. 又一里, 則土石皆赤, 有虯松離立道旁, 亭曰望仙. 又三里, 則崖石漸起, 松影籬陰, 是名虎風口. 於是石路縈迴, 始循崖乘峭而上. 三里, 有傑坊曰'朔方[3]第一山', 內則官廨廚井俱備. 坊右東向拾級上, 崖半爲寢宮, 宮北爲飛石窟, 相傳眞定府恒山從此飛去. 再上, 則北岳殿也. 上負絶壁, 下臨宮廨, 殿下雲級挿天, 廡門上下, 穹碑森立. 從殿右上, 有石窟倚而室之, 曰會仙臺. 臺中像群仙, 環列無隙. 余時欲躋危崖, 登絶頂. 還過岳殿東, 望兩崖斷處, 中垂草莽者千尺, 爲登頂間道, 遂解衣攀躡而登. 二里, 出危崖上, 仰眺絶頂, 猶然天半, 而滿山短樹蒙密, 槎枒[4]枯竹, 但能鉤衣刺領, 攀踐輒斷折, 用力雖勤, 若墮洪濤, 汩汩[5]不能出. 余益鼓勇上, 久之棘盡, 始登其頂. 時日色澄麗, 俯瞰山北, 崩崖亂墜, 雜樹密翳. 是山土山無樹, 石山則有; 北向俱石, 故樹皆在北. 渾源州城一方, 卽在山麓, 北瞰隔山一重, 蒼茫無際; 南惟龍泉, 西惟五臺, 靑靑與此作伍; 近則龍山西亘, 支峰東連, 若比肩連袂, 下扼沙漠者. 旣而下西峰, 尋前入峽危崖, 俯瞰茫茫, 不敢下. 忽回首東顧, 有一人飄搖[6]於上, 因復上其處問之, 指東南松柏間. 望而趨, 乃上時寢宮後危崖頂. 未幾, 果得徑, 南經松柏林. 先從頂上望, 松柏葱靑, 如蒜葉草莖, 至此則合抱參天, 虎風口之松柏, 不啻百倍之也. 從崖隙直下, 恰在寢宮之右, 卽飛石窟也. 視余前上隘, 中止隔崖一片耳. 下山五里, 由懸空寺危崖出. 又十五里, 至渾源州西關外.

---

1) 봉(鋒)은 날선 무기를, 악(鍔)은 칼날을 가리키는 바, 장봉렴악(藏鋒斂鍔)은 날카로운 기세를 드러내지 않음을 의미한다.
2) 암암(巖巖)은 바위가 높이 쌓인 모양 혹은 높고 험준한 모양을 가리킨다.
3) 삭방(朔方)은 북방을 의미한다.
4) 사아(槎枒)는 나뭇가지가 삐죽삐죽 갈라진 모양을 가리킨다.
5) 골골(汩汩)은 물결치는 소리 혹은 빠져있는 모양을 가리킨다.
6) 표요(飄搖)는 날아오르는 모양, 행동이 시원시원한 모습을 가리킨다.

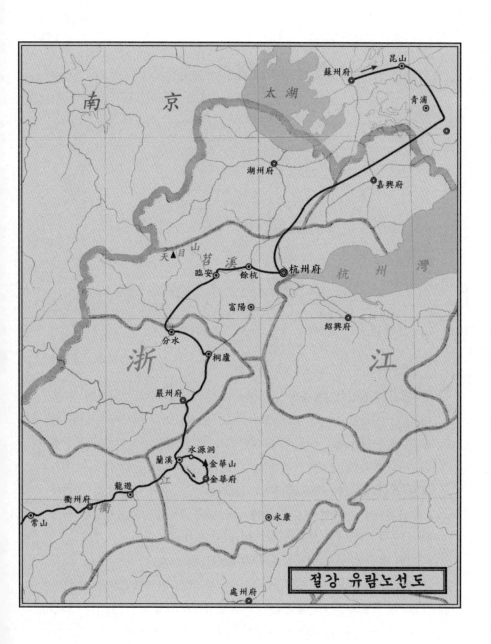

절강 유람노선도

# 절강 유람일기(浙遊日記)

## 해제

「절강 유람일기」는 숭정(崇禎) 9년(1636년)에 서하객이 그의 나이 50세에 절강 지역을 유람한 기록이다. 주로 수로를 따라 이루어진 이번 유람길에는 정문(靜聞) 스님 외에 하인인 고행(顧行)과 왕이(王二)가 동행했다. 서하객은 9월 19일 길을 떠나 10월 초 항주(杭州)에 들어선 후 10월 16일 상산현(常山縣) 서쪽 경계에 이르기까지, 항주와 부양(富陽), 금화(金華), 난계(蘭溪) 등지의 명승을 두루 유람했다. 이 일기에는 절강의 수려한 산수와 아름다운 풍광이 잘 묘사되어 있다.

이번 유람의 주요 여정은 다음과 같다. 무석(無錫) → 소주부(蘇州府) → 곤산(昆山) → 사산(佘山) → 소곤산(小昆山) → 서당(西塘) → 오진(烏鎭) → 연시(連市) → 조촌(曹村) → 당서(唐棲) → 종목장(櫻木場) → 항주부(杭州府) → 소경사(昭慶寺) → 영은사(靈隱寺) → 여항현(餘杭縣) → 임안현(臨安縣) → 황담(皇潭)

→ 건오령(乾塢嶺) → 삼구산(三九山) → 명동(明洞) → 유동(幽洞) → 마령(馬嶺) → 포두(鋪頭) → 동려(桐廬) → 엄주부(嚴州府) → 난계(蘭溪) → 금화부(金華府) → 부용봉(芙蓉峰) → 조진동(朝眞洞) → 빙호동(冰壺洞) → 쌍룡동(雙龍洞) → 상동사(上洞寺) → 동창(洞窗) → 백운동(白雲洞) → 자운동(慈雲洞) → 수원동(水源洞) → 횡산두(橫山頭) → 구가언(裘家堰) → 용유(龍遊) → 구주부(衢州府) → 상산현(常山縣) → 신가포(辛家鋪)

## 역문

## 병자년[1] 9월 19일

나는 오랫동안 서쪽을 여행하고자 했으나 2년동안 미루어 왔다. 하지만 곧 머잖아 나이 들어 병든 몸이 될 터이니, 더 이상 늦추기 어려워질 게 틀림없었다. 황석재(黃石齋)[2] 선생이 만나러 오기를 기다리고 싶었지만, 석재 어르신은 아무 소식이 없었다. 또한 서중소(徐仲昭) 형과 손을 맞잡아 헤어지고 싶었으나, 중소형 또한 이곳 남쪽으로 오지 않았다. 어젯밤 토독장(土瀆莊)에 가서 중소형을 만났다. 오늘 길을 떠날 계획이었는데, 마침 두약(杜若) 숙부께서 오셨다. 나는 그와 함께 한밤중까지 술을 마시다가, 술에 취한 김에 배를 띄우고 말았다. 나와 동행한 이는 정문(靜聞) 스님[3]이다.

---

1) 병자(丙子)년은 숭정 9년인 1636년이다.
2) 황석재(黃石齋, 1585~1646)는 복건성 장포현(漳浦縣) 출신의 황도주(黃道周)이며, 자는 유평(幼平), 유현(幼玄)이고 호는 석재(石齋) 혹은 약재(若齋)이다. 그는 천계(天啓) 2년(1622년)에 벼슬에 나아가 한림원 편수(編修)를 제수받았으며 후에 우중윤(右中允)

에 올랐으나, 황제의 뜻을 거슬러 관직을 박탈당한 후 하옥되었다. 청나라 병사가 명나라를 공격하자 반청투쟁을 벌이다가 강녕(江寧)에서 죽임을 당했다. 그는 천문에 정통하고 고금에 능통하여 그의 학문을 흠모하는 이가 많았으며, 사람들에게 흔히 석재선생이라 일컬어졌다. 서하객은 그를 대단히 존경했으며, 여러 차례 방문하기도 했다.

3) 정문(靜聞)은 강음(江陰) 영복사(迎福寺)의 스님으로서, 혈서로 『법화경(法華經)』을 쓰기도 했다. 그는 서하객과 함께 천태산을 유람했던 연주(蓮舟) 법사의 제자이며, 서하객과 뜻이 맞아 함께 자주 여행했던 벗이었다.

## 9월 20일

날이 채 밝기도 전에 무석현(無錫縣)에 이르렀다. 날이 밝자 먼저 사람을 보내 왕효선(王孝先)에게 알리도록 했다. 나는 직접 왕수시(王受時)를 만나러 갔으나, 그는 출타하고 없었다. 곧바로 왕충인(王忠紉)을 만나러 갔다가, 충인이 붙드는 바람에 정오까지 술을 마셨다. 왕효선이 찾아오고, 얼마 지나지 않아 왕수시 역시 돌아왔다. 나는 이미 취한 터에 다시 왕효선과 함께 왕수시의 집으로 가서 술을 마셨다. 왕효선은 고동서(顧東曙)의 집안 편지를 나의 주머니 속에 넣어주었다. (당시 고동서는 창오도蒼梧道에 근무하고 있었으며, 이 집안 편지는 그의 아들인 고백창顧伯昌이 아버지에게 보내는 것이었다.) 밤이 깊도록 술을 마신 후에야 배로 돌아왔다.

## 9월 21일

현성에 들어가 왕효선을 만나 또다시 그와 술을 조금 마셨다. 오전에 배를 출발하여 저녁 무렵에 호구(虎丘)[1]를 지나 반당(半塘)에 배를 댔다.

---

1) 호구(虎丘)는 소주시(蘇州市) 북쪽 교외에 있는 조그마한 산언덕으로, '오 땅의 제일가는 명승(吳中第一名勝)'이라 일컬어지는 풍경구이다.

## 9월 22일

아침에 서중소 형을 위해 반당에서 대나무의자를 구입했다. 낮에는 문문(文文) 노인의 아들을 만나러 갔고, 창문(閶門)[1]에서 물건을 샀다. 저녁에는 봉문(葑門)[2]에 갔다가 함휘(含暉) 형을 만났다. 나를 보자마자 온 얼굴에 눈물이 흘러내렸다. 나도 모르게 측은한 마음이 일었다. 함휘는 소주에 은거한 지 거의 15년이 되었으며, 나는 중소 형과 여러 번 그를 방문하기도 했다. 그는 비록 정처없이 떠돌아다닌 끝에 뒤이어 집안이 기울고 아들도 세상을 떠났지만, 그래도 시와 글을 지으며 마음을 달래면서 지내고 있었다. 그러나 이번에는 이전과 크게 달라져 있었는데, 그의 손자가 한없이 돈을 뜯어내는데다가 불효를 일삼기 때문이었다. 그리하여 다시 함께 나의 배로 돌아와 술을 약간 마셨다. 그는 나를 위하여 제초여(諸楚璵)에게 보내는 편지를 써주었다. (제초여는 횡주(橫州)의 군수이다.) 밤이 깊어서야 헤어졌다.

---

1) 창문(閶門)은 소주 옛 성의 동쪽 북단에 위치한 성문이다.
2) 봉문(葑門)은 소주 옛 성의 동쪽 남단에 위치한 성문이다.

## 9월 23일

다시 창문에 가서 염색된 비단과 표구된 서첩을 구했다. 오전에 배를 띄워 70리를 나아가 저녁에 곤산(昆山)[1]에 도착했다. 다시 10여 리를 나아가 내촌(內村)에서 나와 청양강(靑洋江)으로 내려갔다. 강을 가로질러 건너 강 동쪽의 조그마한 다리 곁에 정박했다.

---

1) 곤산(昆山)은 소주부에 속한 현으로서, 지금의 곤산현이다.

## 9월 24일

5경에 길을 떠났다. 20리를 나아가 녹가방(綠葭浜)[1]에 이를 무렵에야 날이 밝아오기 시작했다. 한낮에 청포현(靑浦縣)을 지났다. 오후에 사산(佘山)의 북쪽에 이르렀다. 정문 스님과 함께 뭍에 올라 산속의 탑자리가 우묵한 곳으로 길을 잡아 남쪽으로 나아갔다. 먼저 황폐해진 농원을 지났다. 이곳은 8년 전 중추절에 노래 부르고 춤추던 곳으로, 시자야(施子野)의 별장이다. 그 해 시자야가 농원을 멋지게 꾸미고서 노래 부르는 이들을 부른 지 얼마 되지 않았을 때, 진미공(陳眉公)[2]과 내가 이곳을 찾았는데, 그 화려함은 대단했다. 3년이 채 되지 않아, 내가 장경(長卿)과 함께 이곳을 지나는 길에 이 아름다운 농원을 다시 찾았다. 하지만 거문고는 그대로 있건만 사람은 죽어 벌써 주인이 바뀌었음을 느꼈다. (병부시랑 왕념생王念生에게 팔아넘긴 지 이미 오래였다.)

지금은 쇠락한 정자와 허물어진 담만이 남아 있을 뿐이었다. 세 번 왔을 때마다 그 면모가 다르니 참으로 상전벽해로다! 탑자리의 우묵한 곳을 넘었다. 절의 문은 사라진 채, 오직 커다란 종만이 나무 사이에 달려 있을 뿐이었다. 산의 남쪽에 있는 서(徐)씨의 별장 역시 이미 주인이 바뀌어 있었다. 그래서 서둘러 진미공의 완선려(頑仙廬)로 달려갔다.

진미공은 멀리서 손님이 오는 것을 보고 처음에는 얼른 몸을 피했다. 나라는 것을 알고서야 다시 나와 나의 손을 붙들고서, 자신이 숨어 지내는 숲속으로 끌어 들였다. 밤이 깊도록 술을 마셨다. 내가 작별을 고하려 하자, 그는 나를 위해 계족산(鷄足山)의 두 스님(스님 한 분은 홍변弘辯이고 다른 한 분은 안인安仁이다)에게 보내는 편지 한 통을 써 주었다. 잠시만 더 머물다 가라고 억지로 붙드는 바람에 끝내 배를 띄우지 못했다.

---

1) 방(浜)은 평야지대에 배수나 관개를 목적으로 만들어진 작은 운하로서, 지명에 흔히 사용된다. 녹가방(綠葭浜)은 곤산현 남동쪽에 위치하여 있다.
2) 진미공(陳眉公)은 명말의 문학가이자 서화가인 진계유(陳繼儒, 1558~1639)이다. 그

는 지금의 상해시 송강(松江)인 화정(華亭) 사람이며, 자는 중순(仲醇)이고 호는 미공
(眉公)이다.

## 9월 25일

아침 일찍 진미공은 벌써 나를 위해 두 스님에게 보내는 편지를 써놓
고, 내게 보낼 선물을 마련해놓았다. 그리고서 우리를 붙들어 아침 식사
를 대접했다. 아울러 그는 왕충인의 어머니의 장수를 축원하는 시를 두
폭에 쓰고, 홍향미(紅香米)로 쓴 불경과 관음상을 나에게 선물로 주었다.
오전에야 길을 나섰다. 이전의 여정은 동쪽으로 돌아가는 길이었는데,
여기에서는 서쪽으로 떠나는 길에 오른 셈이다.

3리를 나아가 인산(仁山)[1]을 지났다. 다시 북서쪽으로 3리를 나아가
천마산(天馬山)을 지났다. 다시 서쪽으로 3리를 나아가 횡산(橫山)을 지났
다. 다시 서쪽으로 2리를 나아가 소곤산(小崑山)을 지났다. 다시 서쪽으로
3리를 나아가 묘호(泖湖)[2]에 들어섰다. 배는 서쪽으로 가로질러 건너 묘
사(泖寺) 옆을 스쳐 지났다. 묘사는 물길 가운데에 있었다. 겹겹의 높은
누각과 사각형의 5층탑이 일렁이는 물결에 비쳤다. 역시 수향(水鄉)의 명
승다웠다.

서쪽으로 경안교(慶安橋)에 들어서서 10리 만에 장련당(章練塘, 이곳은 장
주현長洲縣 남쪽 경내로, 만 호가 모여 사는 마을이다)에 이르렀다. 다시 서쪽으
로 10리를 나아가자, 장가만(蔣家灣)이 나왔다. 어느덧 가선현(嘉善縣)에
속해 있었다. 저녁에 배를 저어 나아가려 했다. 그러나 수많은 게잡이
배에 놀라 급히 정가택(丁家宅)으로 들어와 배를 댔다. (정가택은 가선현嘉善
縣 북쪽 36리에 위치해 있으며, 상서 개정공改亭公의 고향이다.)

---

1) 인산(仁山)은 지금의 진산(辰山)이다. 인산부터 아래로 천마산(天馬山), 횡산(橫山), 소
   곤산(小崑山)은 모두 상해시 송강현의 북서쪽 경계에 있는 산들로, 북쪽에서 남서쪽
   으로 차례로 배열되어 있다.
2) 묘호(泖湖)는 지금의 묘하(泖河)로서, 황포강(黃浦江)의 상류이다.

## 9월 26일

두 곳의 늪을 지나 15리 만에 서당(西塘)[1]에 닿았다. 이곳 역시 제법 큰 진(鎭)이다. 날이 비로소 밝아오기 시작했다. 서쪽으로 10리를 나아가 하우탕(下圩蕩)에 이르렀다. 다시 남쪽으로 두 곳의 늪을 지난 뒤, 서쪽으로 5리를 저어가 당모촌(唐母村)에 이르렀다. 뽕나무밭이 보이기 시작했다. 다시 남서쪽으로 13리를 가자, 왕강경(王江涇)이 나왔다. 이곳의 시장은 더욱 흥성했다. 쭉 서쪽으로 20여 리를 저어가 난계(瀾溪) 속으로 나왔다. 남서쪽으로 10리를 저어가 전마두(前馬頭)에 이르고, 다시 10리를 나아가 사고교(師姑橋)에 이르렀다. 다시 8리를 가는데, 해는 아직 서산에 지지 않았지만, 여정을 따져보니 오진(烏鎭)으로부터 아직도 20리나 남아 있었다. 도적을 방비하기 위해 십팔리교(十八里橋) 북쪽의 오점촌방(吳店村浜, 이곳은 오강현(吳江縣)에 속한다)에 배를 댔다.

---

1) 서당(西塘)은 가선현(嘉善縣) 북쪽 경계에 위치해 있다.

## 9월 27일

날이 밝자 출발했다. 20리를 저어가 오진(烏鎭)[1]에 이르렀다. 배에서 내려 정상보(程尙甫)를 찾아갔다. 정상보는 마침 호부(虎埠)에 놀러갔고, 두 아들이 나와 맞았다. 나는 주머니 속의 돈을 꺼내 몇 년 전의 책값을 갚고서 되돌아 나왔다. 남서쪽으로 18리를 저어가 연시(連市)[2]에 이르렀다. 18리를 더 저어가 한산교(寒山橋)에 닿았다. 다시 18리를 나아가 신시(新市)에 이르고, 15리를 더 저어가 조촌(曹村)에 이르렀다. 날이 아직 저물지 않았으나, 배를 정박했다.

---

1) 오진(烏鎭)은 절강성 동향현(桐鄕縣) 북쪽에 위치하여 있다.
2) 연시(連市)와 한산교(寒山橋)는 절강성 호주시(湖州市) 남동쪽에 위치하여 있다.

## 9월 28일

조촌에서 남쪽으로 25리를 저어가 당서(唐棲)에 닿았다. 배를 저어가기에 매우 좋은 순풍이 불었다. 50리를 달려 북신관(北新關)에 들어섰다. 다시 7리를 저어가 종목장(樱木場)에 이르렀다. 막 정오를 넘어서고 있었다. 나는 하인에게 항주성(杭州城)에 들어가 서생인 조목상(曹木上)의 집에 가서 황석재의 행방을 수소문하라고 일렀다. 그러나 석재 어르신은 남방에서 아직 북쪽으로 돌아오시지 않았다고 한다. 그때 마침 조목상 역시 남경(南京)의 국자감에 갔는지라 황석재의 소식을 물어볼 길이 없었다. 그래서 배 안에서 편지를 써서 그의 집에 갖다 놓고서 배로 돌아왔다. 이후로 나의 갈 길 멀고 험준할 터이니, 소식을 전할 길이 없으리라 여겼기 때문이다. 저녁에 소경사(昭慶寺)에 들렀다가, 다시 배 안에서 하룻밤을 묵었다.

## 9월 29일

서중소 형과 진전(陳全)[1]에게 부칠 편지를 또 썼다. 정문 스님은 정자사(淨慈寺)와 오산(吳山)에 놀러 갔다. 오늘도 배 안에서 묵었다.

---

1) 진전(陳全, 1590~1646)은 진함휘(陳函輝)로 자는 목숙(木叔), 호는 소한산자(小寒山子)이다. 절강성 임해(臨海) 출신으로 숭정 7년에 관직에 나아가 정강령(靖江令)이 되었으며, 서하객과 자주 왕래했다. 청나라 병사가 태주부(台州府)에 침입하자 운봉산(雲峰山)의 절에서 목매달아 자살했다.

## 9월 30일

아침 일찍 성에 들어갔다. 시장에서 인삼을 사서 집에 부쳐 보냈다. 한낮에 배로 돌아와 짐 가운데 무거운 것들을 부쳐 보냈다. 나는 정문 스님과 함께 호수를 건너 용금문(涌金門)에 들어가 구리솥과 죽통 등 여행에 필요한 장비를 구입했다. 저녁에 조천문(朝天門)에서 소경사(昭慶寺)로 급히 돌아왔다. 몸을 씻은 후 잠을 잤다. 이날 또다시 담융(湛融) 법사께 은자 열 냥을 빌려 여비에 보탰다.

## 10월 초하루

날씨는 대단히 맑은데, 북서풍이 자못 거셌다. 나는 정문스님과 함께 보석산(寶石山) 산마루에 올랐다. 커다란 바위들이 첩첩이 쌓인 곳은 낙성석(落星石)이다. 서쪽 봉우리에 불쑥 튀어나온 바위가 더욱 높이 솟구쳐 있고, 남쪽으로는 호수와 강의 풍광이 바라보였다. 북쪽으로는 고정산과 덕청산 등이 보이고, 동쪽으로는 항주성의 수많은 가구에서 내뿜는 연기가 보였다. 곳곳마다 똑똑히 보였다.

산에서 5리를 내려와 악왕분(岳王墳)[1]을 지났다. 10리를 나아가 비래봉(飛來峰)에 닿았다.저자에서 밥을 먹고서 곧바로 봉우리 아래의 여러 동굴[2]에 들어갔다. 대체로 이 봉우리는 풍목령(楓木嶺)에서 동쪽에서 뻗어 내려와 영은사(靈隱寺)[3] 앞에 병풍처럼 늘어섰다가, 이 봉우리에 이르러 뼈대만 드러내고 있다. 바위는 모두 움푹 팬 채 영롱하기 그지없는데, 세 개의 동굴이 나란히 늘어서 있다. 동굴은 모두 뚫린 채 뒤얽혀 있으며, 그다지 깊은 모양은 아니다. 이곳은 예전에는 양(楊)씨 성의 중이 파고 뚫어 못쓰게 만들더니, 지금은 떠돌이 걸인들이 떠들고 더럽혀 엉망으로 만들어 버렸다고 한다. 마침 이때만큼은 뭇 걸인들이 쥐죽은 듯 조용했다. 산속의 바위는 시원스럽고 사방에 시끄러운 소리 한 점도 들리지 않았다. 마치 산은 그 뼈대를 씻은 듯하고, 하늘은 그 얼굴을 씻은 듯하다.

나는 동굴 아래 곳곳을 두루 돌아다니다가 다시 각각의 꼭대기로 기어올랐다. 동굴 꼭대기에는 신령스러운 바위가 한데 모여 있고, 괴이한 모습의 나무가 아른거렸다. 그 위에 걸터앉아 있노라니, 서왕모(西王母)가 사는 군옥산(群玉山)⁴⁾ 산머리에 조금도 뒤지지 않았다. (이 봉우리는 이전에는 영은사의 소유였으나, 지금은 장(張)씨 성의 사람의 소유이다.)

산을 내려와 산골물을 건너자, 곧 영은사가 나왔다. 한 노스님이 승복을 겨드랑이에 낀 채 평 대의 중앙에 앉아 말없이 고개를 쳐들고서 햇볕을 쬐고 있었다. 한참이 지나도록 눈 한 번 깜짝하지 않았다. 잠시 후 법륜전에 들어섰다. 법륜전 동쪽에 나한전을 새로 짓고 있는데, 오백 나한의 반만을 빚어놓았을 뿐 그 나머지 반은 서쪽의 건물이 지어지기를 기다리고 있었다. 이날 유독 이 절에는 아리따운 여인들이 두세 명씩 짝지어 끊임없이 이어졌다. 바람에 흩날리는 화장의 향내에 더욱 아름다워 보였다. 햇볕 아래 앉아 하늘을 쳐다보는 노스님의 모습과 마찬가지로 뜻밖의 기이한 만남이었다. 이 때문에 절 안에서 한참동안 이리저리 돌아다녔다.

오후에 포원(包園)에서 서쪽으로 풍수령(楓樹嶺)에 올랐다가, 상천축(上天竺)으로 내려와 중천축(中天竺)과 하천축(下天竺)⁵⁾을 돌아나왔다. 다시 하천축의 뒤쪽을 따라 서쪽으로 뒷산을 좇아 가다가 삼생석(三生石)⁶⁾을 보았다. 뾰족한 바위의 형태가 우뚝할 뿐만 아니라 표면의 색깔 또한 맑고 윤이 났다. 가만 헤아려 보니, 이곳은 영은사 맞은편에 병풍처럼 두른 산봉우리의 남쪽 기슭이리라. 여기에서 동쪽으로 비래봉 끝까지 산속 경관은 영험하고 빼어났다. 하천축에서 5리를 나아가 모가보(毛家步)⁷⁾로 나와 호수를 건넜다. 어느덧 해는 서산에 지고 있었다. 소경사에 당도했을 때는 어두컴컴했다.

---

1) 악왕분(岳王墳)은 남송(南宋)의 애국 명장인 악비(岳飛)의 묘를 가리킨다.
2) 비래봉(飛來峰) 기슭에는 세 개의 동굴, 즉 금광동(金光洞, 혹은 청림동青林洞, 사옥동射旭洞이라고도 한다), 용홍동(龍泓洞, 혹은 통천동通天洞이라고도 한다), 그리고 호원동(呼猿洞)이 있다.
3) 영은사(靈隱寺)는 비래봉 아래에 있는 사찰로서, 동진(東晉) 함화(咸和) 원년(326년)에 세워졌으며, 선종의 다섯 산 가운데 하나이다.

4) 군옥산(群玉山)은 전해 오는 이야기에 따르면 서왕모(西王母)가 사는 곳이다.

5) 상천축(上天竺), 중천축(中天竺), 하천축(下天竺)은 영은사 남쪽에 위치하여 있으며, 남북으로 차례대로 늘어서 있다.

6) 삼생(三生)은 불교 용어로서 전생(前生), 현생(現生)과 후생(後生)을 가리킨다. 삼생석(三生石)에 대해서는 당나라의 원교(袁郊)의 『감택요(甘澤謠)·원관(圓觀)』에 다음과 같은 이야기가 전해지고 있다. 당나라 때 이원(李源)이 절친한 벗인 원관 스님과 함께 삼협(三峽)을 유람하던 중 물을 긷는 아낙을 보았다. 원관이 "저 임신한 아낙은 성이 왕씨인데, 내가 몸을 의탁할 곳이오"라고 말하고서, 12년 후 중추절 달밤에 항주의 천축사(天竺寺) 밖에서 만나기로 약속했다. 이날 밤 원관은 과연 세상을 떠났고, 임신한 아낙은 아이를 낳았다. 12년이 흐른 중추절 밤에 약속장소에 나간 이원은 노래를 부르는 목동을 만났으며, 이 목동이 원관의 후신임을 알게 되었다고 한다. 이후 사람들은 항주 천축사 뒷산에 있는 삼생석을 이원과 원관이 다시 만난 곳이라 여기게 되었으며, 삼생석은 전생의 인연이라는 의미로 쓰이게 되었다.

7) 모가보(毛家步)는 지금의 모가부(茅家埠)이며, 영은사의 동쪽, 서호의 서쪽에 위치하여 있다.

## 10월 초이틀

오전에 종목장을 출발하여 5리만에 관음관(觀音關)을 나왔다. 서쪽으로 10리를 가자, 여아교(女兒橋)가 나왔다. 다시 10리를 나아가 노인포(老人鋪)에 이르렀다. 5리를 더 나아가 창전(倉前)에 이르고, 다시 10리를 나아가 여항현(餘杭縣)의 시내 남쪽에 묵었다. 효렴[1] 하박암(何樸庵)을 찾아갔으나, 그는 하루 전에 항주에 들어가고 없었다.

1) 효렴(孝廉)은 명청대의 거인(擧人)에 대한 칭호이다.

## 10월 초사흘

여항의 남문교(南門橋)에서 짐꾼을 구했다. 서문을 빠져나와 초계(苕溪) 북쪽 강언덕을 따라 나아갔다. 10리를 나아가 정교포(丁橋鋪)에 이르렀다. 10리를 더 나아가 마교(馬橋)를 건넜다. 이곳은 여항현과 임안현(臨安縣)의 경계이다. [그 북쪽으로는 경산(徑山)에 이를 수 있다.] 다시 2리를 가자,

청산(靑山)이 나왔다. 이곳은 민가와 시장이 매우 흥성했다. 시내와 산은 차츰 합쳐지는데, 다시 날카로운 두 개의 봉우리(하나는 자미봉紫微峰이고 다른 하나는 대산大山이다)가 병풍처럼 솟구쳐 있다.

다시 15리를 가자 산세가 다시 훤히 트였다. 십금정(十錦亭)에 이르렀다. 십금정의 북쪽에서 서쪽으로 가는 길은 어잠현(於潛縣)과 휘주부(徽州府)로 통하는 길이며, 십금정 남쪽에서 서쪽으로 가는 길은 임안현으로 통하는 길이다. 십금정에서 남서쪽으로 다시 1리를 가자, 장교(長橋)라는 돌다리가 시내 위에 걸쳐져 있다. 다리를 넘어 남쪽으로 다시 1리를 나아가 임안현의 동쪽 관문에 들어섰다. 서쪽 관문(흙으로 쌓은 성은 매우 낮으며 현의 관아는 낡고 비좁다)을 빠져나왔다. 그 너머는 여가항인데, 거리는 오히려 성안보다 다소 번창했다.

다시 2리를 나아가 황담(皇潭)에 이르렀다. 거리는 여가항과 똑같다. 황담 서쪽에 길이 남북으로 나뉘어 있다. 북쪽의 길은 어잠현으로 통하는 길이고, 남쪽의 길은 신성(新城)으로 통하는 길이다. 잠시 후 다시 산을 따라 남서쪽으로 8리만에 고감(高坎)에 이르렀다. 그제야 비로소 뗏목을 띄울 수가 있었다. 3리를 더 나아가 남쪽으로 요류오(裊柳塢)에 들어섰다. 다시 비좁은 산길로 접어들었다. 5리를 나아가 하우교(下圩橋)에 이르렀다. 다리 남쪽으로부터 시내를 거슬러 서쪽으로 2리만에 전장에 닿았다. 이곳은 온 마을이 장씨 집안이다.

분수(分水)로 가는 길은 신령(新嶺)을 거쳐가면 샛길이고, 전장(全張)을 거쳐가면 돌아가는 길이었다. 나는 신령으로 가는 길이 비좁은데다 숙박할 곳도 없다는 이야기를 들은 터라, 마침내 전장의 백옥암(白玉庵)에서 하룻밤을 묵기로 했다. 백옥암의 의여(意餘)라는 스님은 항주 사람이었다. 그는 내가 유람하기를 좋아한다는 말을 듣고서 밤늦도록 등불을 밝힌 채 차를 다려내면서, 나에게 일본(日本)을 여행했던 일을 매우 상세히 들려주었다.

## 10월 초나흘

닭 울음소리에 일어나 밥을 지어먹었다. 날이 밝아올 즈음에 서쪽으로 길을 나섰다. 2리를 나아가 다리를 지났다. 남쪽으로 꺾어들어 6리를 더 나아가 건오령(乾塢嶺)에 올랐다. 건오령은 매우 평탄한데, 어잠현의 산이 서쪽으로 뻗어내린 산줄기이다. 동서 양쪽 모두가 높고 험준한 산과 봉우리로서, 이 산골짜기에서 유독 움푹 꺼져 있었다. 등성이를 지나는 곳은 너비가 한 자 남짓이고, 남북으로 밭두둑이 층층이 뻗어내려 온통 논을 이루고 있었다. 북쪽의 물길은 하우교로 흘렀다가 청산을 거쳐 초계(苕溪)로 흘러든다. 남쪽의 물길은 사탕(沙宕)으로 흘렀다가 신성현(新城縣)을 거쳐 절강(浙江)으로 흘러든다. 이 낮은 비탈고개가 두 줄기의 물길을 나누고 있으리라고는 생각지 못했다.

이 산줄기는 동쪽으로 건너뛰어 하늘 높이 솟구쳤다. 이곳이 오첨산(五尖山)이다. (오첨산의 북동쪽이 곧 신령新嶺이다.) 그 서쪽 기슭을 따라 다시 5리만에 당가교(唐家橋)를 지났다. 이곳은 신성현의 북쪽 경계이다. 백석애산(白石崖山)이 그 남쪽을 가로막고 있다. 그래서 물길을 따라 남서쪽으로 나아갔다. 5리를 나아가 화룡교(華龍橋)에 이르렀다. 서쪽의 우묵한 평지에서 흘러오는 물길이 합쳐졌다. 다리를 지나 남쪽으로 조그마한 고개를 넘어 2리만에 사탕에 이르렀다. 앞쪽에 산골물에 걸쳐진 조안교(趙安橋)라는 다리가 있다. 이곳은 신성현으로 통하는 길이다.

다리에서 북서쪽으로 산골물을 거슬러 가다가, 삼구산(三九山) 북쪽 기슭을 따라 후엽오(後葉塢)로 들어섰다. '삼구(三九)'라는 명칭은, 동쪽으로는 조안교에서 남쪽의 주촌(朱村)에 이르고, 북쪽으로는 조안교에서 남서쪽의 백분장(白粉牆)에 이르며, 그리고 남쪽으로는 백분장에서 남동쪽으로 주촌에 이르는데, 삼면이 모두 9리이기에 붙여진 것이다. 후엽오에서 9리를 나아가면 백분장에 이른다. 백분장은 삼구산이 북쪽에서 뻗어내린 산줄기인데, 역시 매우 평탄하다. 동쪽으로 흐르는 물길은 후엽

오를 거쳐 조안교로 빠지고, 서쪽으로 흐르는 물길은 이왕교(李王橋)를 거쳐 주촌에서 합쳐진다. '삼구'로써 산의 이름을 붙인 것은 또한 물길이 사방을 빠짐없이 에워싸고 있기 때문이다.

백분장의 서쪽으로 2리를 가자, 나촌교(羅村橋)가 나왔다. 물길은 북쪽에서 흘러오고, 길은 갈라져 북쪽으로 뻗어 있다. 이 길은 신성현으로 가는 길이다. 물길을 따라 남쪽으로 1리쯤 나아가자, 발우교(鉢盂橋)가 나왔다. 물이 서쪽의 용문감(龍門龕)에서 흘러왔다. [용문감에는 사선전도령(四仙傳道嶺)이 발우교의 서쪽 4리에 위치하고 있으며, 어잠현 경계에 속한다.] 다리의 북쪽에서 곧바로 꺾어 동쪽으로 나아갔다. 1리쯤 뒤에 다시 남쪽으로 꺾었다. 이곳의 동쪽은 삼구산이고, 서쪽은 동산(洞山)이다. 그 우묵한 평지에는 동서 양쪽에 온통 첩첩이 쌓인 바위봉우리가 칠을 바른 듯 검고, 붉은 단풍나무와 노란 살구나무, 푸른 대나무와 파란 소나무가 사이사이에 엇섞여 마치 비단과 같다. 물이 암벽을 뚫고 떨어지면서 마치 눈처럼 새하얗게 바위를 씻어내렸다. 지금 비록 오랫동안 가물어 물이 흐르지 않아도, 시커먼 벼랑에 새하얀 골짜기가 곳곳에 비단처럼 걸려 있다. 몹시 기이한 생각이 들었다.

2리를 나아가 이왕교를 건넜다. 동산의 동쪽 기슭에 이르렀다. 급히 짐을 오씨의 사당에 놓아두고서, 하인에게 밥을 지어먹고 숙박할 만한 곳을 찾게 했으나 찾지 못했다. 그런데 오(吳)씨 성을 지닌 두 사람이 다가오더니, 한 사람은 나를 위해 밥을 짓고, 다른 한 사람은 동굴 구경에 필요한 초를 주었다. 나는 어공(魚公)이 글을 쓴 부채를 답례로 주었다. [동산은 용문감 남쪽에서 동쪽으로 구불구불 뻗어내리는데, 바위 모서리가 날카롭고 무늬가 겹쳐져 있다. 남동쪽의 산 중턱에 열려 있는 두 개의 동굴은 이왕교 아래를 굽어보고 있다.] 나는 마침내 정문 스님과 함께 서쪽으로 산에 올랐다.

조그마한 산골물을 따라 올라갔다. 바위는 모두 구렁을 뚫고 나와 골짜기에 쭈그려 앉은 듯하고, 맑은 물은 바위를 씻어 내리면서 졸졸 소리를 내고 있다. 산골물 양쪽으로 바위조각이 밭에 솟구쳐 있다. 비스듬히 기운 것은 이랑이 되고, 툭 튀어나온 것은 평대를 이루고 있다. 대나무와 나무는 바위를 뚫고 자라나 있다. 나뭇가지는 바위 위로 솟아 있되 뿌리는 보이지 않고, 나무줄기는 바위 꼭대기를 뒤덮어 구멍 하나 보이지 않았다.

더 위로 올라갔다. 홀연 커다란 바위가 산골물을 가로막은 채 서 있다. 네모 반듯이 조금도 기울지 않고, 가느다란 무늬는 회오리바람에 주름진 물결과 같다. 참으로 기묘하고 괴이했다. 좀 더 올라가자 높다란 대나무 숲 속에 새로 지어진 수양묘(睢陽廟)가 있다. 설봉(雪峰)의 유체가 이곳(영은암靈隱庵이라고도 한다)에 간직되어 있다. 암자 뒤쪽에는 깎아지른 듯한 벼랑이 허공에 치솟아 마치 겹겹의 병풍이 파랗게 솟구친 듯하다. 병풍의 남쪽이 곧 명동(明洞)이다.

명동은 마치 누각처럼 툭 트여 있다. 그 너머에는 다섯 개의 돌기둥이 늘어서 있다. 마치 사명산(四明山)의 분창(分窓)과 같다. [다만 사명산의 바위 빛깔은 조금 떨어진데다 이곳에 늘어선 돌기둥처럼 굽어져 있지 않았다.] 중간에 돌기둥 하나가 있는데, 위쪽의 동굴 처마에 닿아있지 않다. 처마 아래에도 바위가 늘어져 있는데, 아래쪽의 돌기둥에 닿아있지 않는다. 위아래가 서로 마주본 채, 떨어진 간격은 여덟 치가 채 되지 않는다. 돌기둥 곁에 곧게 뻗은 나무는 동굴 처마 끝에 닿아 굽어져 바깥으로 뻗어 나와 있다. 나무의 푸른빛이 암벽을 스쳐 오르니, 바위의 검은 빛깔이 더욱 두드러져 보인다.

남쪽으로 더 가자, 유동(幽洞)이 나왔다. 두 동굴은 나란히 뚫려 있다. 그 가운데에는 암벽이 가로막고 있는데, 암벽의 색깔이 북숭아꽃처럼 분홍빛을 띠고 있다. 동굴 입구는 높고, 안은 뒤집어진 다리문과 같다. 고함을 지르자 메아리가 끊임없이 울려 퍼졌다. 아마도 동굴 안이 텅 비고 밑바닥이 없기 때문일 것이다.

동굴에 들어서서 20길을 채 가지 않아 홀연 북쪽으로 돌았다가 남쪽으로 돌아들었다. 북쪽에 있는 것은 마른동굴이다. 돌층계를 오르자, 마치 누각을 오르는 듯했다. 30길을 걸은 후 다시 남쪽으로 돌아들었다. 자그마한 누각이 지어져 있는데, 제법 그윽하고 기이한 느낌이 들었다. 남쪽에 있는 것은 물동굴이다. 돌아들자 곳곳에 밭이 있다. 밭두둑이 층층이 늘어져 있는데, 물이 그 안에 가득했다. 물은 밖에서 흘러들지 않아도 마르지 않았다.

밭두둑을 따라 구불구불 걸어 약 20길을 나아갔다. 갑자기 졸졸 흐르는 물소리가 들려왔다. 조그마한 문을 뚫고 들어갔다. 남쪽에서 흘러오던 시내는 이곳에 이르러 깊은 구렁을 뚫고 아래로 떨어져 내린다. 시내는 굽이져 밑바닥이 보이지 않은 채, 그저 물소리만 들려올 따름이다. 시내를 따라 남쪽으로 가다가 다시 산골짜기를 지났다. 이어 조그마한 돌문을 뚫고 들어섰다. 물길 속을 걸어야 했기에, 옷을 걷어 올리고 양말을 벗은 채로 물길을 거슬러 올랐다.

다시 30길을 가자, 시냇물 가운데에 바위가 있다. 거꾸로 드리운 모습은 연꽃과 같고, 아래로 말려 있는 모습은 코끼리의 코와 같다. 평탄한 모래바닥과 좁은 돌문이 홀연 조여졌다가 갑자기 훤히 트였다. [마치 형계(荊溪)[1]의 백학동(白鶴洞)과 흡사했다. 그러나 백학동은 산기슭에 묻혀 있는지라 물을 얻기가 수월한 반면, 이 동굴은 높은 산마루에 생겨나 있는데도 마찬가지로 물이 있으니 더욱 기이할 따름이었다.] 더 들어가자 바위동굴이 끝났다. 한쪽에 모여 있는 물은 그다지 깊지 않은데, 모인 물이 어디에서 흘러오는지, 떨어져 내리는 물은 어디로 흘러가는지 도무지 알 길이 없었다.

동굴을 빠져나왔다. 한나절 동안 이미 세상을 벗어나 있었던 듯한 기분이 들었다. 산을 내려와 오사(吳祠)에서 식사를 했다. 이어 남쪽에서 흘러오는 시내를 거슬러 2리를 나아가 태평교(太平橋)에 이르렀다. 태평교의 서쪽에 사는 이들은 고씨이고, 동쪽에 사는 이들은 오씨이다. 이들 역시 이왕교에 사는 오씨의 지파인데, 조상을 모시는 널찍한 사당을 갖추고 있었다.

이때 해는 중천에 높이 떠 있었다. 그런데 근처에 집이 있는 짐꾼이 집에 돌아가고 싶어하는 데다 마령(馬嶺)에는 숙박할 만한 여관이 없다고 핑계를 대는지라, 사당에 묵기로 했다. 이날은 겨우 35리 밖에 다니지 못했다. 하지만 구경한 두 곳의 동굴이 뜻밖의 소득이니, 어찌 다행이라 하지 않을 수 있으랴! 이날 밤 바람이 휘몰아치고 먹구름이 끼더니만, 날이 밝을 즈음에 개었다.

---

1) 형계(荊溪)는 절강성 남부에 위치하여 있으며, 의흥(宜興)을 거쳐 태호(太湖)로 흘러든다.

## 10월 초닷새

새벽닭이 두 번 울었다. 하인을 깨워 밥을 짓게 했다. 밥이 다 익었을 때 집에 돌아갔던 짐꾼이 돌아왔다. 그런데 오래도록 나를 따라다녔던 하인 왕이(王二)가 도망쳐버렸다. 식사를 마친 후 다시 이리저리 짐꾼 한 사람을 구하러 돌아다니느라, 한참만에야 길을 떠났다.

남쪽으로 2리를 나아가 마령에 올랐다. 약 1리쯤만에 고갯마루에 당도했다. [고개 북쪽은 신성현에 속하고, 물길 역시 신성현으로 흘러나갔다. 고개 남쪽은 어잠현에 속하고 현은 그 북서쪽 50리에 있으며, 물길은 응저부(應渚埠)를 거쳐 분수현(分水縣)으로 흘러간다.]

마령에서 내려와 남쪽으로 2리를 나아가자, 내저촌오(內楮村塢)가 나왔다. 1리를 더 나아가자 외저촌오(外楮村塢)가 나왔다. 이곳부터 남쪽으로는 집집마다 닥나무를 심어 종이를 만드는 일을 생업으로 삼고 있었다. 산간의 평지를 따라 남서쪽으로 7리를 나아가 태구교(兌口橋)를 지났다. 갈림길이 남북으로 나뉘어 있었다. [북쪽으로 어잠에 이르기까지는 40리이고,] 남쪽으로 응저부에 이르기까지는 18리이다. 태구교를 흐르는 물은 북쪽의 어잠에서 흘러나왔다가, 동쪽의 마령에서 흘러나온 물과 합쳐져 남쪽으로 흘러간다. 길 역시 이 물길을 따라 뻗어 있었다.

8리를 나아가 판교(板橋)를 지났다. 판교 아래를 흐르는 물은 서쪽의 움푹한 평지에서 흘러나와 앞쪽의 물과 합쳐졌다. [이 물길을 거슬러 서쪽으로 나아가면, 어잠현과 창화현(昌化縣)으로 가는 길이 나온다.] 다시 남쪽으로 5리를 나아가 보안평(保安坪)에 이르렀다. 1리를 더 가자, 옥간교(玉澗橋, 다리는 새롭게 잘 정비되어 있고, 민가와 시장 역시 번창하다. 배석排石이라고도 일컫는다)가 나왔다. 산이 비로소 활짝 열리기 시작했다.

다시 동쪽으로 2리를 나아가 당가공(唐家拱)에서 발길을 멈추었다. 이곳은 응저부의 북쪽 2리에 위치해 있으며, 원래 시장이나 가게가 없었다. 짐꾼이 응저부에서 동려현(桐廬縣)으로 가는 배가 틀림없이 북쪽으로 에돌아 이곳을 거쳐가리라고 여겼기에 시냇가에서 멈추었던 것이다. 한참이 지난 후에 동려로 가는 배를 얻어 탔다. [응저부는 어잠현의 남쪽 경계이고 시내의 남쪽은 분수현에 속한다. 어잠현의 물길은 북쪽으로 옥간교를 지나고, 창화현의 물길은 서쪽의 마차부(麻汊埠)에서 흘러나온다. 이 물길들은 모두 응저부에서 만나면서 물길이 거세지기 시작한다. 다만 옥간교 위쪽으로는 배를 저어갈 수가 없고, 마차부 위쪽으로는 작은 배로만 창화현에 이를 수 있다. 어잠현에서 흘러오는 물은 참으로 창화현의 것에 비해 상대가 되지 않았다.]

때는 어느덧 한낮이었다. 쌀을 살 가게가 없어서 응저부(應渚埠)로 구하러 가고자 했다. 그러나 배는 기다려줄 수 없다고 했다. 그냥 배편을 타고 떠나는 수밖에 없었다. 배를 타고서 남동쪽으로 10리를 나아가 분수현에 이르렀다. 분수현은 시내의 서쪽에 있다. 분수현에는 원래 남동쪽으로 흘러가는 한 줄기 물길만이 있었다. 그 서쪽은 비록 산세가 드넓게 트여 있지만, 오직 육로로 80리를 가야 순안현(淳安縣)에 이를 수 있었다. 나는 애초에 육로로 가려 했다. 하지만 하인 왕이가 도망치는 바람에 육로로 가기가 불편했다. 하는 수 없이 계속 수로를 따라 남동쪽을 향하여 나아갔다.

분수현을 떠나 남동쪽으로 20리를 나아가 포두(鋪頭)에 이르렀다. 10리를 더 가자, 초산(焦山)이 나왔다. 민가와 시장이 번창했다. 이미 날이 저물어 쌀을 살 수 없는지라, 뱃사공에게 여분의 쌀을 빌어 밥을 지어 먹었다. 뱃사공은 물길을 따라 한밤중에 50리를 저어가 구현(舊縣)에 이르렀다. 어느덧 한밤중이었다.

## 10월 초엿새

닭이 두 번 울자 배를 띄웠다. 동이 틀 무렵, 절강을 빠져나와 어느덧 동려의 현성 아래에 이르렀다. 심부름꾼 아이에게 배를 내려 쌀을 사게 했다. 계속해서 그 배를 타고서 15리만에 탄상(灘上)에 이르렀다. 그곳에는 백여 척의 미곡선이 정박하여 하역을 기다리고 있었다. 내가 탄 배가 멈추었다. 서둘러 밥을 구해 먹었다.

식사를 마친 후, 배 한 척을 구해 옮겨 타고 떠났다. 때가 벌써 오전이었다. 다시 2리를 나아가 청사구(淸私口)를 지났다. 다시 3리를 나아가 칠리롱(七里籠)에 들어섰다. 북동풍이 매우 순조로웠다. 나는 깜빡 잠이 들었는데, 배는 어느덧 엄기(嚴磯)를 지나 있었다. 40리를 가자, 오석관(烏石關)이 나왔다. 10리를 더 달려 동쪽 관문의 여인숙에서 묵었다.

## 10월 초이레

안개가 자욱하여 지척을 분간할 수 없었다. 뱃사공이 식사를 마치고서 배를 저어갔다. 오전에 다시 안개가 걷혔다. 70리를 나아가 향두(香頭, 향두는 산 북쪽에 있는 커다란 마을이다. 장張씨와 섭葉씨 등의 여러 성씨 가운데에 고관을 지낸 이가 제법 많다)에 이르렀다. 어느덧 날이 저물었다. 달은 밝고 순풍이 불었다. 20리를 저어가 난계(蘭溪)에 배를 댔다.

## 10월 초여드레

아침 일찍 배다리에 올랐다. 다리 안팎의 배들이 물고기 비늘마냥 빽빽이 이어져 있었다. 이는 조정의 군대가 구주부(衢州府)에서 곧 올 터인지라, 배다리로 봉쇄하여 배를 막아 마음대로 오르내리지 못하게 했기 때문이다. 그래서 여행짐을 하인 고(顧)씨에게 건네 잘 간수하여 남문의 객사에서 기다리라 하고서, 나는 정문 스님과 함께 금화(金華)의 세 동굴 1)을 구경하러 나섰다.

금화산(金華山)2)은 동서로 가로누운 채 솟구쳐 있었다. 산 남쪽에 금화부의 부성이 있고, 북쪽에 포강현(浦江縣)이 있다. 서쪽 끄트머리는 난계현이고, 동쪽은 의오현(義烏縣)이다. 남동쪽의 영강현(永康縣)에서 흘러나온 무수(婺水)는 부성의 남문을 거쳐 북서쪽으로 흐르다가 난계현에 이르러 구강(衢江)과 합쳐졌다. 나는 처음에는 육로로 갈 생각이었으나, 시내 속에 물길을 거슬러 동쪽으로 향하는 배를 보고서 배를 타고 가기로 했다.

시냇물은 모래 언덕 사이를 흐르고, 사방의 산은 저 멀리 떨어져 있다. 여기저기 빽빽한 새빨간 단풍이 비단과 아름다움을 다투고 노을을 마름질해놓은 듯하다. 겹겹이 비치는 경관이 더욱 기이했다. 북산(北山)2)은 하늘 너머로 우뚝 솟아 마치 병풍을 지고 있는 듯하다. 내가 탄 배는 북산을 등지고 남동쪽으로 저어갔다. 옆 사람에게 "세 동굴은 어디에 있습니까?"라고 묻자, "북쪽에 있소이다"라고 대답했다. "부성은 어디에 있습니까?"라고 묻자, "남쪽에 있소이다"라고 대답했다. 그제야 세 동굴은 부성으로 갈 필요가 없으며, 만약 육로로 반나절만 간다면 도중에 들어갈 수 있음을 깨달았다. 하지만 이때는 이미 배를 타고 가는 중이니 돌이킬 수 없는 일이었다.

45리를 나아가 소계(小溪)에 이르렀다. 어느덧 날이 저물었다. 달빛이 씻은 듯이 맑았다. 다시 15리를 저어가 뭍에 올랐다. 하마두(下馬頭)의 여인숙에 투숙하려 했으나, 밤이 깊은지라 문을 닫아걸고서 받아주지 않았다. 왕(王)씨 성을 가진 이(호는 경천敬川이며, 고교부高橋埠 사람이다)를 우연히 만났다. 늦은 밤에 돌아가다가 길손들이 투숙할 곳이 없음을 보고서 서문 밖으로 안내해주었다. 여인숙에서 함께 묵었다.

---

1) 금화의 세 동굴(金華三洞)은 금화산에 있는 쌍룡동(雙龍洞), 빙호동(冰壺洞), 조진동(朝眞洞)의 세 곳을 가리킨다.
2) 금화산(金華山)은 해발 1310미터로 금화부(金華府)의 북쪽에 위치하여 있으며, 북산(北山)이라 일컫기도 한다.

## 10월 초아흐레

아침에 일어나니 하늘이 씻은 듯이 맑았다. 왕경천(王敬川)과 함께 난계문으로 들어서자마자, 곧바로 금화현(金華縣)[1]의 관아 앞을 지났다. 관아 앞에는 사람들이 흐르는 물처럼 이어져 있었다. 아마 현의 장관이 갓 세상을 떠났기 때문일 것이다. (현의 장관은 흡현歙縣 출신으로 이름은 항인룡項人龍이다. 신미년인 1631년에 벼슬길에 올랐는데, 닷새 동안에 그와 그의 아버지, 그리고 자식 모두 세 사람이 이질로 죽었다.)

다시 동쪽으로 소방령(蘇坊嶺)에 올랐다. 이 고개는 자못 평탄하고, 저잣거리가 나 있었다. 고개에서 동쪽으로 내려가자, 사패방(四牌坊)이 나왔다. 소방에서 이곳까지 저자가 제법 흥성했다. 남쪽으로 가자, 군의 치소(治所)가 나왔다. 왕경천과 함께 흡현 출신이 경영하는 면가게에 들어갔다. 맛이 아주 좋아 각자 두 사람의 몫을 먹었다. 이어 서문을 나서서 성벽을 따라 북서쪽으로 나아갔다. 왕경천은 못내 아쉬워하더니 한참만에야 헤어졌다.

오르락내리락하는 산언덕이 나왔다. 10리를 나아가 나점(羅店)에 이르렀다. 세 동굴이 어디 있는지 물었더니 서쪽에 있다고 대답했다. 끝이 날카로운 봉우리 하나가 앞으로 기울어져 있는 게 보였지만, 동쪽에 있었다. 그래서 토박이를 붙들고 자세히 물어보니 이렇게 대답했다. "북산의 산 중턱에 녹전사(鹿田寺)가 있지요. 북산에서 동쪽으로 뻗어내린 산맥이 남쪽으로 꺾여 높이 솟구친 것이 부용봉(芙蓉峰), 곧 첨봉(尖峰)인데, 이곳이 부성의 산맥이 시작되는 곳입니다. 북산에서 서쪽으로 뻗어내린 산맥이 한데 모여서 남쪽의 세 동굴을 맺고, 세 동굴의 서쪽이 난계의 경계입니다." 이때 세 동굴을 거쳐 난계현으로 되돌아가고 싶었지만, 동쪽에 다른 멋진 경관이 있을까 싶어 부용봉을 바라보며 나아갔다.

나점에서 북동쪽으로 5리를 가자, 지자사(智者寺)가 나타났다. 절은 부용봉의 서쪽에 있다. 이 절은 북산 남쪽 기슭에서 제일가는 사찰인데, 지금은 쇠락한 지 이미 오래이다. 다만 전각 안에 비석 하나[2]가 남아 있을 뿐인데, 송나라 때 육유(陸遊)[3]가 지자(智者) 대사를 위하여 이 절을 중건할 때에 글을 짓고 글씨도 그가 손수 썼다. 비석의 뒷면에는 육유가 지자 대사에게 보낸 몇 편의 편지글이 새겨져 있다. 비문의 글자체는 해서이고 편지글은 행서인데, 모두 풍치를 지니고 있다. [탁본 기술을 갖춘 이가 없어서 탁본 한 부를 얻는 즐거움을 누리지 못함이 유감스러웠다.] 절 동쪽에는 또한 부용암(芙蓉庵)이 있으며, 부용봉에 오를 수 있는 길이 있다. 나는 봉우리의 끄트머리가 비록 둥글기는 하지만, 높이가 북산의 반에도 미치지 못함을 보고서 오르지 않기로 했다.

곧바로 지자사에서 북서쪽으로 고개를 넘었다. 봉우리의 움푹한 평지를 올라 5리를 나아가자, 청경암(淸景庵)이 나왔다. 청경암의 도수(道修) 스님은 우리를 붙들어 식사를 대접한 후, 나를 이끌어 북쪽의 움푹한 평지에서 양가산(楊家山)에 올랐다. 양가산은 북산에서 남쪽으로 뻗어 내린 두 번째 층이다. 조금 더 뻗어 내려가면 부용봉이 세 번째 층을 이루고 있었다. 양가산의 서쪽을 에돌아 두 산의 중간에서 북쪽으로 뚫고 올라갔다. (동쪽은 양가산으로 민가가 수십 채 있으며, 서쪽은 백망산白望山으로 선인이 흰 사슴을 바라보던 곳이다.)

대략 7리를 나아가자, 뒤쪽에는 북산이 솟구쳐 있고 앞에는 양가산이 늘어서 있다. 그 중간에는 우묵한 평지가 펼쳐져 있는데, 거대한 바위가 툭 튀어나온 채 깔려 있다. 누군가 돌층계를 쌓고 평대를 만들었으며, 대나무를 심고 방을 들여놓았다. 이곳은 주개부(朱開府,[4] 주개부의 이름은 주대전朱大典이다)의 산장이다. 산장의 북동쪽에는 층층이 쌓인 바위가 더욱 많았다. 큰 것은 사자나 코끼리와 흡사하고, 작은 것은 사슴이나 돼지와 흡사하다. 모두 평지의 풀더미 속에 엎드려 숨어 있다. 이곳이 석랑(石浪), 즉 전설 속의 황초평(黃初平)이 바위를 큰소리로 꾸짖어 양이 되게 했다는 곳이다.[5] 그런데 지금은 어찌하여 다시 바위로 변했을꼬? 바위 위에는 녹전사(鹿田寺)가 있었다. 옥녀가 사슴을 몰아 밭을 갈았다는 이야기에서 붙여진 이름이다. 절의 전각 앞에는 모습이 흡사한 순록석(馴鹿石)이라는 바위가 있다.

순록사는 그 유래가 이미 오래되었으나, 후에 몇몇 환관들에게 야금야금 먹혀버렸다. 그러다가 이곳 수령인 장조서(張朝瑞, 해주海州 사람이다)가 전각을 새로 짓고 양 모양의 바위를 보존했다. 도적수(屠赤水)[6]의 유람기가 이곳 전각에 새겨져 있다. 내가 그곳에 이르렀을 때는 어느덧 오후였다. 그곳 사람에게 물어보니, 투계암(鬪鷄巖)이 전각 동쪽에 있었다.

곧바로 정문 스님과 함께 동쪽으로 2리를 나아가 산교를 넘었다. 산교에서 동쪽으로 1리를 내려갔다. 두 개의 산봉우리가 가로 서 있고, 그 사이로 산골물이 흘러나온다. 봉우리의 바위는 모두 허공으로 솟구쳐 올라 마치 산골짜기로 치달리는 듯하다. 그 형상은 마치 성난 닭의 볏처럼 우뚝 솟구치고, 시냇물이 그 아래로 용솟음친다. 이곳 또한 뛰어난 명승이었다.

투계암에서 동쪽으로 몇 리를 내려왔다. 적송궁(赤松宮)이 나왔다. 이곳은 부성의 동문으로 들어가는 길로서, 부용봉의 동쪽 산골에 위치하여 있었다. 투계암 위에는 성이 조(趙)씨인 나무꾼이 살고 있었다. 그의 말에 따르면, 북산 산마루에는 기반석(棋盤石)이 있고, 기반석 뒷쪽에는 서옥호(西玉壺)의 물이 기반석 아래로 쏟아져 내린다. 가뭄이 들 때 이 물을 길러 기우제를 지내면 대단히 영험하다고 했다.

이때 해는 어느덧 서산 너머로 기울고 있었다. 나는 정문 스님과 함께 서둘러 가시덤불 속을 기어올랐다. 한참동안 기어오르다 문득 외쳐 부르는 소리가 들려왔다. 알고 보니 나무꾼 조씨가 우리가 길을 잘못 들어 서쪽으로 가는 것을 보고서, 동쪽의 무성한 수풀 속으로 가도록 가리켜주었다. 곧바로 기어오른 지 2리만에야 기반석 가에 이르렀다. 기반석 앞에는 평대가 있고, 뒤에는 돌더미가 높이 쌓여 있다. 중간에 한 칸의 방이 있고, 그 방안에 신선의 상이 빚어져 있다. 이것이 바로 이 산의 산신이다. 신선의 상 뒤쪽의 석실 아래에 한 그릇의 물이 놓여 있는데, 아마 기우제를 지낼 때 사용했던 물이리라.

그런데 그 위에서도 산골물이 맑은 소리를 내면서 산꼭대기에서 흘러 내려왔다. 이때 해는 벌써 금방이라도 서산에 질 것만 같았다. 이에 물길을 거슬러 좀 더 올라갔다. 바위 협곡이 문처럼 서 있고, 그 속에서 물이 흘러나왔다. 문 모양의 협곡 위로 또다시 평평한 구렁이 나왔다. 이곳이 이른바 서옥호이다. 들리는 이야기로는, 동쪽에도 동옥호가 있는데, 두 곳 모두 산마루에서 물이 나오는 구렁이라고 한다.

서옥호의 물 가운데 남쪽으로 흘러내리는 물은 기반석을 지나 세 곳의 동굴로 스며들고, 북쪽으로 흘러내리는 물은 이수원(裏水源)에서 난계의 북쪽으로 흘러나온다. 동옥호의 물 가운데 남쪽으로 흘러내리는 물은 적송궁을 거쳐 금화로 나오고, 동쪽으로 흘러내리는 물은 의오(義烏)로 나오며, 북쪽으로 흘러내리는 물은 포강(浦江)으로 흘러나온다. 대체로 이것이 금화부 전체의 물길이리라. 서옥호는 이전에 반천(盤泉)이라고도 일컬었다. 그 위쪽에 갈라져 우뚝 솟은 봉우리를 지금은 삼망첨(三望尖)이라고도 부르고, 우아하게 금성봉(金星峰)이라고 부르기도 한다. 어쨌든 이곳이 이른바 북산이다.

겨우 봉우리마루에 올랐다. 마침 지는 해가 못 속 깊이 잠겨 있었다.

봉우리 아래로 물빛 한 조각이 지는 해를 받아 일렁거렸다. 서쪽에서 흘러오는 구강의 한 굽이가 바로 그곳이리라. 저녁 해는 이미 지고 밝은 달이 이어 빛을 뿌렸다. 천지의 온갖 소리는 모두 사라지고, 온통 씻은 듯이 푸르렀다. 참으로 옥호수로 뼈를 씻어낸 듯, 우리 두 사람의 몸과 그림자가 달라진 기분이 들었다.

인간세상의 분망함을 되돌아볼 새, 이처럼 맑은 빛을 그 누가 또 알손가? 누군가 누각에 올라 큰 소리로 노래하고 강가를 굽어보면서 술을 들이킨다 할지라도, 홀로 뭇 산의 산마루에 올라 길이 끊긴 우리에 비한다면, 속세의 겉모습과 사뭇 다름이 어찌 하늘과 땅의 차이일 뿐이겠는가? 설사 산 속의 정령과 괴수가 떼 지어 나에게 달려들더라도 두려움이 없으리니, 하물며 우주와 더불어 고요히 떠돎에랴!

한참동안 이리저리 서성거리다가 2리를 내려와 반석에 이르렀다. 다시 풀숲과 가시덤불 속에서 2리를 내려와 투계암에 이르렀다. 우리가 다가오는 소리를 듣고서 문을 열고 나온 나무꾼 조씨 역시 산 속에 거주한 이래 우리 같은 사람은 처음 본다고 했다. 다시 서쪽으로 1리를 올라가 산교(山橋)에 이르렀다. 서쪽으로 2리를 더 가자, 녹전사가 나왔다. 우리들이 오래도록 돌아오지 않자, 서봉(瑞峰)과 종문(從聞) 스님이 방금 막 길을 나누어 큰 소리로 외쳐 부르고 있었다. 그 소리가 온 산골짜기를 뒤흔들었다. 절에 들어와 몸을 씻고서 잠자리에 들었다.

---

1) 금화에는 명대에 부(府)를 설치했으며, 여기에서 말하는 금화현이란 금화부 외곽에 위치한 금화현(金華縣)을 가리킨다.
2) 이 비석은 「중수지자광복사기비(重修智者廣福寺記碑)」를 가리킨다.
3) 육유(陸遊, 1125~1210)는 자가 무관(務觀), 호는 방옹(放翁)으로, 남송의 저명한 애국 시인이다.
4) 개부(開府)는 '부서를 설치하다'의 의미로서, 한나라 때에는 삼공(三公)만이 부서를 설치하고 관속을 둘 수 있었으나, 후에는 장군이 부서를 설치하고 도독이 군무를 담당했기에, 외성의 독무(督撫)를 개부라 일컬었다.
5) 전해 오는 이야기에 따르면, 단계(丹溪) 출신 황초평(黃初平)은 열다섯 살 때 양을 치러 산에 갔다가 도사에게 이끌려 금화산 석실에 간 후 40여 년간 집에 돌아가지

않았다. 그의 형인 초기(初起)가 산에 올라 그를 찾아 "양은 어디에 있느냐?"고 묻자, 초평은 "가까이 산의 동쪽에 있습니다"라고 대답했다. 초기가 둘러보니 하얀 바위만 첩첩이 쌓여 있을 뿐 아무 것도 보이지 않았다. 초평이 "양아! 일어나거라"라고 꾸짖자 돌은 모두 양떼로 변했다. 이로 인하여 형상이 양을 닮은 바위를 흔히 '질석(叱石)'이라 일컫는다.

6) 도적수(屠赤水, 1542~1605)는 명대 희곡가인 도륭(屠隆)이며, 적수는 그의 호이다.

## 10월 초열흘

닭이 울자 일어나 밥을 먹었다. 하늘빛이 어느덧 희부옇게 밝아오고 있었다. 서봉 스님은 나를 위해 몇 묶음의 홰를 만들었다. 그는 홰를 종문 스님과 어깨에 나누어지고서 뒤쫓아왔다. 주장(朱莊) 뒤에서 서쪽으로 1리를 나아가 북쪽의 고개로 올랐다. 몹시 가파른 고개를 1리쯤 오르자, 봉우리마루 위에 바위 하나가 우뚝 솟아 있었다. 그 바위 곁에서 북산을 따라 동쪽으로 가면 옥호에 이를 수 있고, 바위 곁에서 봉우리를 넘어 북쪽으로 가면 조진동(朝眞洞)이 나온다.

조진동의 동굴 입구는 높은 봉우리 위에 있었다. 동굴 입구는 서쪽을 향한 채 봉긋 솟아 있고, 아래로 깊은 골짜기를 굽어보고 있다. 그 속에 여러 채의 집들이 둥글게 모여 있다. 불현듯 '진나라에서 도화원으로 도망쳐 온 사람들이 아닐까?' 하는 생각이 들었는데, 어디에서 이곳에 오게 되었는지 알 길이 없었다. 물어보니, 그들은 쌍룡동 바깥의 주민임을 알게 되었다.

대체로 북산은 옥호에서 서쪽으로 뻗어내리는데, 그 가운데 갈래는 이곳에 이르러 끝나고, 뒤쪽에 다시 생겨난 갈래 하나는 서쪽의 난계현까지 뻗어내린다. 뒤쪽의 갈래는 층층이 나뉘어 남쪽으로 뻗어 내리는데, 첫 번째로 둥글게 에워싸인 곳은 용동오(龍洞塢)요, 두 번째로 둥글게 에워싸인 곳은 강당오(講堂塢)요, 세 번째로 둥글게 에워싸인 곳은 영롱암오(玲瓏巖塢)이다. 금화부의 경계는 여기에서 끝난다. 영롱암(玲瓏巖)의 서쪽에 또다시 둥글게 에워싸인 곳은 유갱(鈕坑)으로, 이곳은 난계현의 동쪽 경계이다. 두 번째로 둥글게 에워싸인 곳은 백갱(白坑)이며, 세 번째로 둥글게 에워싸인 곳은 수원동(水源洞)이다. 높은 벼랑과 커다란 구렁은 이곳에서 끝난다.

뒤쪽의 갈래는 가운데 갈래를 층층이 둘러싸고, 가운데 갈래는 서쪽의 끄트머리에 이르러 무너져 내리듯 아래로 떨어져 내린다. 한 번 떨어져 이루어진 곳은 조진동인데, 동굴이 높은 곳에 우뚝 솟아 있기에 동굴 바닥은 메말라 있다. 두 번 떨어져 이루어진 곳은 움푹한 빙호동(冰壺洞)인데, 동굴이 깊이 팬지라 물이 동굴 속에서 흘러내린다. 세 번 떨어져 이루어진 곳은 쌍룡동(雙龍洞)인데, 동굴의 모습은 변화가 심하며 물이 평탄하게 흐른다. 이른바 이 세 동굴은 동굴 입구가 모두 서쪽을 향한 채 층을 지어 뻗어내리며, 각각 1리 남짓 떨어져 있다. 하지만 산세가 험준한지라 굽어보든 쳐다보든 서로 보이지 않으나, 동굴 속의 물은 실제로 층층이 떨어져 내린다.

가운데 갈래가 다한 후, 남쪽으로 뻗어내린 산맥은 다시 한번 솟아올라 백망산(白望山)을 이룬다. 이 산은 북산 앞쪽에 동쪽의 양가산(楊家山)과 나란히 늘어선 채, 녹전사로 들어서는 문의 역할을 한다. 조진동의 동굴 입구는 훤히 트여 있고, 안쪽은 차츰 아래로 움푹 패어 있다. 횃불을 들고 깊이 들어가자, 왼쪽에 마치 곁방 모양의 구멍이 있다. 이 구멍을 따라 구불구불 나아가자, 구멍이 끝나고 물이 떨어져 내렸다. 구멍의 바닥은 여전히 말라 있었다. 물이 어디로 빠져나가는지 도무지 알 수가 없다.

곁방을 빠져 나오자 곧바로 동굴 바닥에 이르렀다. 커다란 바위가 들쑥날쑥하다. 쳐다보면 더욱 높아 보이고, 굽어보면 더욱 깊어 보인다. 바위틈을 따라 기어올랐다가 내려오니, 커다란 틈새가 있다. 홀연 한 오라기 빛이 하늘에서 비쳤다. 동굴 꼭대기는 천 길 높이 감돌아 있는데, 그곳의 작은 원형의 바위틈에서 햇빛이 쏟아지는 모습이 영락없이 반달과 같다. 캄캄한 어둠 속에서 밝은 빛을 보니, 밝은 옥구슬로 만든 횃불과 다름없다. 안쪽 동굴을 걸어나오자 왼쪽에 두 개의 동굴이 또 있다. 아래 동굴은 그다지 멀리 뻗어있지 않고, 윗동굴은 역시 곁방인 양 구불구불하다. 오른쪽에 높이 매달려 있는 구멍으로 아래를 내다보니, 바닥이 보이지 않는다. 아마도 안쪽 동굴의 깊숙이 꺼져 내린 곳이리라.

동굴을 나와 계속해서 불쑥 튀어나온 바위봉우리 마루에서 남쪽으로 1리쯤 내려와 북서쪽으로 꺾어들었다. 다시 1리쯤 나아가자, 빙호동이 보였다. 빙호동은 조진동에서 아래로 꺼져 내린 다음 층이다. 동굴 입구는 마치 쩍억 벌린 입처럼 치켜 떠 있다. 먼저 지팡이를 던져버린 채 횃불을 드리웠으나, 물 흐르는 소리만 들려올 뿐 밑바닥은 보이지 않는다. 그래서 바위틈으로 높이 기어올라 동굴 목구멍까지 들어갔다. 홀연 우르르 울리는 물소리가 들려왔다. 횃불을 손에 들고 따라 들어갔다. 동굴 한 가운데에 폭포 한 줄기가 허공에서 떨어져 내리고 있었다. [폭포수가 뿜어내는, 얼음꽃과 옥가루 같은 물방울이 어둠 속에서도 하얗게 반짝였다.] 바위 위에 떨어진 물이 어디로 흘러가는지는 알 수가 없다. 다시 횃불을 쥐고서 사방으로 이리저리 다녔다. 깊이는 조진동보다 더하지만, 구불구불하기는 조진동에 미치지 못했다.

동굴을 나서서 곧바로 1리쯤 내려가자, 쌍룡동이 나왔다. 이 동굴에는 두 개의 입구가 열려 있었다. (서봉 스님이 "이 동굴에는 원래 문이 하나밖에 없었지요. 남쪽을 향한 저것은 만력 연간에 물줄기가 벼랑의 바위에 부딪쳐 생긴 것입니다"라고 말했다.) 하나는 남쪽을 향하고, 다른 하나는 서쪽을 향해 있는데, 모두 바깥 동굴의 문이다. 이 동굴은 드넓고 툭 트여 있다. 마치 드넓은 건물이 높이 솟구치고 사방에 창문이 열려 있는 듯하다. 더 이상 구부러진 곁방의 모습이 아니었던 것이다. 바위의 힘줄은 기세 넘치고, 아래로 드리워진 돌고드름은 갖가지 기이한 형상을 빚어내고 있다. '쌍룡'이라는 명칭은 여기에서 비롯되었다. 동굴 가운데에는 아주 오래된 두 개의 비석이 있었다. 하나는 똑바로 세워진 채 '쌍룡동'이란 세 글자가 씌어져 있고, 다른 하나는 바닥에 누운 채 '빙호동'이란 세 글자가 새겨져 있었다. 모두 조필(燥筆)[1]로 비백(飛白)[2]의 형태를 지니고 있다. 성명을 적어놓지는 않았으나, 틀림없이 최근에 씌어진 것은 아닐 것이다.

흐르는 물은 동굴 뒤쪽에서 안쪽 문을 뚫고 서쪽으로 나와 바깥 동굴을 거쳐 흘렀다. 물이 빠져나가는 곳을 살펴보니, 낮게 뒤덮고 있는 바위가 겨우 한 자 다섯 치의 틈만 남아 있을 뿐이다. 마치 동정산(洞庭山)[3] 왼편에 있는 흙언덕의 동굴처럼, 몸을 바짝 땅바닥에 붙여야 들어갈 수 있을 듯했다. 다만 그곳의 바닥은 흙인데, 이곳은 물이라는 점이 다를 뿐이다. 서봉 스님이 나를 위해 반(潘)씨 할머니(반씨 할머니는 동굴 입구 밖에 거주하고 있다)댁에서 목욕 대야를 빌려 왔다. 할머니는 몇 개의 과일을 우리에게 함께 보내주었다.

그리하여 옷을 벗어 대야에 집어넣고서, 알몸으로 물바닥에 엎드려 대야를 밀면서 좁은 틈을 나아갔다. 좁은 틈을 대여섯 자 나아가자, 갑자기 휜하니 드넓고 높아졌다. 석판 하나가 동굴 속에 바닥에서 몇 자 높이로 평평하게 걸려 있다. 두터운 부분은 수십 길이요, 얇은 부분은 고작 몇 치밖에 되지 않는다. 그 왼쪽에는 돌고드름이 드리워져 있는데, 색깔이 반질반질하고 형상이 변화무상하여, 마치 옥기둥과 의장용 깃발이 동굴 속에 늘어서 있는 듯하다. 그 아래로는 작은 문으로 나뉘어 틈이 쪼개져 있다. 틈은 구불거리고 바위는 영롱한 빛을 띠고 있다.

물길을 거슬러 조금 더 나아가자, 물이 지나는 도랑이 더욱 낮아져 도저히 몸을 들이밀 수가 없었다. 도랑 곁 바윗가의 조그마한 구멍에서 물이 흘러나오고 있다. 구멍의 크기는 겨우 손가락을 집어넣을 수 있을 정도인데, 그 속에서 흘러나오는 물을 입을 대어 받아 마셔보았다. 달고 차가운 맛이 각별했다. 이는 아마 안쪽 동굴이 바깥 동굴보다 훨씬 더 깊고 넓기 때문이리라.

요컨대 조진동은 구멍으로 비쳐 들어오는 빛이 기이하고, 빙호동은 폭포에서 휘날리는 무수한 구슬방울이 기이하다. 반면 쌍룡동은 밖에 두 개의 입구가 있고, 속에 겹겹의 바위 장막이 걸려 있으니, 물 속과

뭍 위, 어두운 곳과 밝은 곳 모두가 기이하다고 할 수 있다.

동굴을 나왔다. 해는 어느덧 중천에 떠 있었다. 반씨 할머니가 조밥을 지어 우리를 대접했다. 할머니의 호의에 감사드리고서 식사를 한 후, 항주의 우산 한 자루를 답례로 드렸다. 이어 두 스님과 작별한 다음, 서쪽으로 고개 하나를 넘었다. 고개 서쪽에 우묵한 평지가 또 이루어져 있었다. 그곳에서 북쪽으로 들어서서 동쪽으로 몸을 돌려 나아갔다. 쌍룡동에서 약 5리쯤 떨어진 곳이었다.

반 리쯤 산을 더 오르자, 강당동(講堂洞)이 나타났다. 강당동에도 두 개의 입구가 있었다. 하나는 북서쪽을, 다른 하나는 남서쪽을 향하고 있는데, 드넓고 깨끗함은 쌍룡동 보다 나으며, 그윽하되 쌍룡동만큼 어두컴컴하지 않았다. 참으로 거주하거나 쉴 만한 곳이었다. 이곳은 예전에 유효표(劉孝標)[4]가 은거하던 곳인데, 지금은 동굴 속에 백의관음상(白衣觀音像)을 모시고 있었다. 이곳은 북산의 뒤쪽 갈래가 남쪽으로 뻗어내린 첫 번째 고개인데, 이곳 남쪽으로는 세 동굴을 빙 둘러 에워싸고, 북쪽으로는 이 동굴을 만들어놓은 것이다.

고개 아래 우묵한 평지에 사는 주민들은 석회 제조를 생업으로 삼고 있다. 산골물이 말라붙어 바닥에 흐르는 물이 없는지라, 모두들 산에 올라 강당동 위에서 물을 긷고 있었다. 산골물을 건너 다시 서쪽으로 두 번째 고개를 넘었다. 이 고개는 북산 뒤쪽 갈래가 남쪽으로 뻗어내려온 두 번째 층이다. 고개를 내려왔다. 고개 아래의 우묵한 평지는 매우 좁기는 하지만, 산골물이 북쪽에서 졸졸 흘러내리고 있다.

다시 산골물을 건너 서쪽으로 나아가다가, 조금 더 고개를 따라 북쪽으로 올랐다. 돌층계가 쌓여 있고, 물이 솟구치고 있다. 이곳은 북산의 뒤쪽 갈래가 남쪽으로 뻗어내려온 세 번째 층이다. 바깥은 비좁고 안이 구불거리는 곳이 나왔다. 이곳은 영롱암(玲瓏巖)이며, 강당동으로부터 약 6리쯤 떨어져 있다. 영롱암 아래 우묵한 평지에 가옥이 줄지어 늘어서 구렁을 이루고 있다. 진나라 사람들의 도화원의 경관도 이만하지는 못할 것이다.

몸을 돌려 서쪽으로 나아갔다. 고개를 넘으니, 곧 난계현의 경계였다. 고개를 내려오자, 유갱이 나왔다. 이곳에도 수십 가구의 주민이 살고 있었다. 고개 하나를 더 넘자, 사산사(思山祠)가 나왔다. 이곳은 북산의 뒤쪽 갈래가 남쪽으로 뻗어내린 네 번째 층으로, 영롱암에서 서쪽으로 약 6리쯤 떨어져 있다. 이때 해는 벌써 서산에 지려 했다. 동원사(洞源寺)로 가는 길을 묻자, 어떤 이는 10리, 또 어떤 이는 5리라 한다.

[서둘러 고개를 내려와] 산골물을 따라 남쪽으로 5리를 달렸다. 저물녘에 백갱에 이르렀다. 주민이 제법 많고, 이들 역시 석회를 만들고 있다. 다시 서쪽으로 석탑령(石塔嶺)을 넘었다. 이곳은 북산 뒤쪽 갈래가 남쪽으로 뻗어내린 다섯 번째 층이다. 동원사는 고개 뒤쪽의 높은 봉우리의 북쪽에 있었다. 이 고개에서 길을 뚫고 1리쯤 올랐다. 바른 길이 산 앞쪽 아래의 동굴 가에 있었다. 아마 이곳에도 세 동굴이 있는 듯하다. 즉 아래는 수원동(水源洞, 용설동涌雪洞이라고도 함), 위는 상동(上洞, 백운동白雲洞이라고도 함), 가운데는 자운동(慈雲洞)이었다. 이곳은 모두 '수원(水源)'을 명칭으로 삼기에, 같은 절을 수원사(水源寺)라고 부르기도 하고 상동사(上洞寺)라 부르기도 한다. 그런데 수원사와 수원동은 지역이 달랐다. 그래서 고개 윗길로 절에 이르는 노정은 짧기에 방금 전 어떤 이는 5리라 말했고, 수원동에서 고개를 내려와 다시 오르는 노정은 길기에, 방금 전에 어떤 이는 10여 리라고 말했던 것이다.

날이 어두워져 산길을 분간할 수 없고 물어볼 곳도 없었다. 그래서 큰길을 따라 산을 내려왔다. 얼마 지나지 않아 서쪽으로 갈라져 내려가는 길이 보였다. 정문 스님에게 억지로 이 길을 따르자고 했다. 한참을 가도 절은 보이지 않고, 그저 곳곳 가득 석회가마만 보일 따름인데다, 산길이 어지러이 갈라졌다. 한참 헤매고 있을 때, 가물거리는 등불 하나가 보였다. 급히 그곳으로 달려가 보니 물방앗간이었다. 물방앗간의 주인이 이렇게 말했다. "이곳이 바로 수원입니다. 이 산간 평지에서 북쪽

으로 홍교(洪橋)를 넘어서 오른편 산고개를 따라 올라 약 3리쯤 나아가
면 상동사(上洞寺)입니다"라고 말했다.

밤이 깊어 걷기 어려운지라 그 물방앗간에 묵고자 했다. 그러자 주인
은 "달빛이 대낮처럼 밝고, 이곳의 산길 또한 다른 갈림길이 없으니, 가
셔도 괜찮을 겁니다"라고 말했다. 그제야 상동사가 북산의 다섯 번째
층의 북쪽에 있음을 깨달았다. 그리하여 시내를 거슬러 북서쪽으로 홍
교에 이른 다음, 백갱에서 약 4리쯤을 내려왔다. 다리를 건너 북쪽으로
고개를 1리쯤 올랐다. 동쪽으로 돌아들어 다시 1리쯤 나아가자, 비로소
절이 나왔다. 억지로 절 안에서 묵기로 했다. 절의 스님이 영동(靈洞)을
이야기하는 소리를 막 들었을 때, 조(趙) 상국에게 '육동영산(六洞靈山)'[5]
의 여러 석각이 있다는 사실이 떠올랐다. 하지만 설마 이것일라고? 끝
내 똑똑히 알지 못한 채 잠이 들고 말았다.

---

1) 조필(燥筆)은 물을 적게 넣어 먹을 진하게 갈고 붓끝을 메마르게 하여 글씨를 쓰는
방법이다.
2) 비백(飛白)은 붓끝이 메말라 필획 속에 공백이 생기도록 하는, 중국의 특수한 풍격
의 서법이다. 전해 오는 이야기에 따르면, 동한(東漢)의 채옹(蔡邕)이 만들었으며, 주
로 궁궐에서 사용했다고 한다.
3) 동정산(洞庭山)은 강소성 소주시(蘇州市) 근처의 태호(太湖) 가운데에 있는 산이다.
4) 유효표(劉孝標, 462~521)는 본명이 유준(劉峻)이고 효표는 그의 자이다. 그는 배송
지(裴松之)가 『삼국지』를 주석한 방법을 취하여 『세설(世說)』을 주석했다.
5) 육동(六洞)은 난계시 남동쪽에 위치한 육동산을 가리키며, 해발 370미터이다. 이 산
에는 석회암 동굴이 많이 있는데, 용설동(涌雪洞)·백운동(白雲洞)·가가동(呵呵洞)·
무저동(無底洞)·루두동(漏斗洞) 등의 여섯 동굴이 유명하다. 이들 동굴로 인해 영동
산(靈洞山) 혹은 육동영산(六洞靈山)이라 일컫기도 한다.

## 10월 11일

날이 환히 밝아서야 일어났다. 스님은 이미 출타하시고 계시지 않았
다. 나는 앞쪽 전각을 지나다가 황정보(黃貞父)가 지은 비문을 읽어보았
다. 그제야 이른바 '여섯 동굴(六洞)'이 금화의 '세 동굴'과 이곳의 '세 동

굴'을 합하여 여섯이라 했음을 알게 되었다. 전각을 나서자 조상국의 사당이 바로 그 앞에 있었다. 높다란 누각이 있었다. 그의 문집이나 잡기 가운데에서 언급했던 영동산방(靈洞山房)이 바로 이곳이다. 내가 이곳을 흠모한지 오래였다. 그런데 오늘 뜻밖에 만나게 되었으니, 산은 과연은 사람의 뜻을 이룸에 영묘하도다!

아침 식사를 기다릴 새도 없이, 정문 스님과 절 뒤편의 돌층계를 따라 북쪽으로 올라갔다. 먼저 백운동(백운동은 절의 북쪽 2리에 있다)을 찾아 나섰다. 1리를 나아가 고갯마루에 이르렀다. 고개를 넘어 북쪽으로 나아갔다. 고개의 움푹 팬 곳이 홀연 마치 사발이나 경쇠처럼 빙 둘러 꺼져 있다. 풀숲을 헤치고 따라 내려가자, 깊숙한 동굴 하나가 나타났다. 아래로 움푹 꺼져내려 깊고도 컴컴했다. 이곳이 백운동이라는 곳인가 하는 생각이 들었으나, 너무 좁은지라 의심이 들기도 했다. 꼭대기에 홀연 나무꾼이 나타났다. 그를 쳐다보면서 물어보았다. 그는 "백운동은 아직 더 북쪽에 있구요, 이곳은 동창(洞窗)입니다"라고 대답했다.

그래서 다시 위로 올라가 북쪽으로 향했다. 두 곳의 산 사이에 빙 둘러 이루어진 구덩이가 나왔다. 너비 백 길에 깊이가 수십 길이나 되는 이 구덩이는 나선형으로 내려가는데, 구덩이 안에는 물이 없었다. [만약 그 안에 물이 있다면 선유현(仙遊縣)의 이호(鯉湖)와 같을 것이다.] 그러나 물이 없더라도 내가 보았던 산꼭대기 가운데에서, 사방이 둘러싸여 있으면서도 물이 쏟아지는 틈새가 없는 경우는 이곳뿐이었다.

다시 내려오다가 갈림길 왼쪽에서 서쪽으로 산골짜기를 돌아들었다. 백운동이 나왔다. 동굴 입구는 북쪽을 향하고 있다. 입구 꼭대기에는 바위 하나가 가로로 갈라져 다리를 이룬 채 앞쪽에 걸려 있는데, 동굴 입구에서 쳐다보니 오작교가 허공에 떠 있는 듯하다. 동굴에 들어서서 왼쪽으로 굽이돌았다. 내려갈수록 점점 어두워졌다. 봉긋 솟은 문이 나왔다. 그 안은 매우 깊은 듯하고, 밖에는 바위 병풍이 멀리 우뚝 솟아 있다.

어둠 속에서 지팡이로 땅바닥을 더듬어 수십 걸음을 나아갔다. 동굴은 더욱 넓어졌다. 하지만 등불이 없어서 사면을 둘러보아도 아무 것도 보이지 않았다. 하는 수 없이 발걸음을 돌이켜 나오고 말았다. 봉긋 솟은 바위 문의 안까지 나왔다. 처음 들어섰을 때에는 몹시 어두웠던 곳이다. 이곳에 이르자 빛이 비치면서 하나하나 똑똑히 보였다. 이에 다시 바위 병풍을 돌아 동굴을 나왔다. 고개를 넘어 절로 돌아왔다.

식사를 마치고 절을 나섰다. 왔던 길을 되짚어 서쪽으로 내려왔다. 2리만에 홍교에 도착했다. 다리를 건너지 않은 채 다리 왼쪽의 인가 뒤편을 따라 반 리를 나아가 자운동에 올랐다. 동굴 입구는 서쪽을 향하고 있다. 동굴은 넓은데다 위아래가 평평하다. 중간에는 아래로 매달린 네댓 개의 돌기둥이 공간을 나눈 채, 동굴을 안팎 두 겹으로 가르고 있다. [동굴 안의 바위는 곳곳마다 옥구슬 창문이나 비취 장막과 같다. 동굴 안은 넓고도 깊으며, 바위의 겉빛깔은 모두 대단히 아름답다.] 동굴의 북쪽 모퉁이는 다시 깊숙한 구멍으로 통해 있다. 구불구불 깊이 들어갔으나, 횃불이 없는지라 되돌아 나오고 말았다.

자운동에서 내려와 홍교를 건넌 후 산골물을 따라 동쪽으로 나아갔다. 산 위의 바위는 반쯤 깎여나가, 금방 쓰러질 듯 치솟은 채 암벽을 이루고 있다. 산 아래에 석회 가마에 불을 지필 땔나무가 제멋대로 쌓여 길을 가로막고 있다. 이곳은 바로 어젯밤에 올 적에 길을 물어볼 곳이 없었던 곳이다. 돌다리를 건너자, 수원동이 바로 그 곁에 있다. 동굴 입구는 남쪽을 향한 채, 산골물 위에 걸쳐져 있다. 동굴 입구에는 바위들이 어지러이 아래로 드리워져 있고, 가운데에는 돌기둥 하나가 마치 받쳐 올리듯 아래에서 위로 이어져 있다. [동굴 입구 위에는 영롱한 바위들이 뒤죽박죽 뒤섞여 있는데, 또 하나의 구멍이 뚫려 있어 신기루 모양을 빚어내고 있다.]

동굴 안은 위아래 두 층으로 나뉘어 있다. 아래층은 산골물이 흘러나가는 곳이다. 물이 이미 말라 있지만, 동굴을 나서서 몇 걸음만 나아가면 산골 속에 물이 흘러넘쳤다. 이는 아마 물이 물방아에 의해 동굴 옆으로 이끌려왔기 때문이리라. 위층은 동굴 입구 어귀에서 돌층계를 올라 안으로 들어갈수록 차츰 아래로 내려간다. 내려가면서 한없이 넓어진다는 느낌이 들었다. 아주 멀리서 물소리가 들렸지만, 횃불이 없는지라 끝까지 가볼 수 없었다.

동굴을 나와 동굴 입구의 [그 받쳐 올린 듯한 돌기둥 안쪽에 앉아, 예스럽고 기묘한 바위 모습을 구경했다.] 이틀 사이를 떠올려보니, 금화에서 네 곳의 동굴을 구경하고, 난계에서 또 네 곳의 동굴을 구경했다. 이전에는 여섯 곳의 동굴이 신기하다고 여겼는데, 지금은 여덟 곳의 동굴이 모두 빼어나게 아름답다는 생각이 들었다. 이곳에 왔으니, 어찌 우열을 가리지 않을 수 있으랴! 쌍룡동이 첫째요, 수원동이 둘째이며, 강당동이 셋째요, 자운동이 넷째며, 조진동이 다섯째요, 수호동이 여섯째이며, 백운동이 일곱째요, 동창이 여덟째이다. 이것은 금화부의 여덟 곳의 동굴에 등급을 매긴 것이다.

신성현의 옛터에 동산이 있다. 산 위에 두 개의 동굴이 나란히 열려 있는데, 왼쪽의 동굴은 밝은 명동(明洞)이고, 오른쪽의 동굴은 어두운 유동(幽洞)이다. 명동에서는 채색 구름을 볼 수 있고, 유동에는 물과 뭍이 나뉘어 있다. 그 안에는 선경 속의 밭이 그득하고 밭두둑이 겹겹이 쌓여 잔잔한 물결과 같았다. 또한 옥구슬과 같은 창문이 층층이 늘어서고 좁은 문이 갈라지며 구멍은 구불구불 돌았다. 이 동굴의 장점으로 동창의 모자람을 메우거나, 반대로 동창의 장점으로 이 동굴의 모자람을 메운다면, 쌍룡동과 수원동 사이에 놓아야 할 터이며, 다른 동굴은 도저히 따라올 수가 없을 것이다.

한참동안 품평하고서야 정문 스님과 함께 동원사를 떠났다. 어젯밤 올 적에 길을 물었던 물방앗간을 지나 서쪽의 산고개를 따라 우묵한 평지로 나왔다. 남서쪽으로 15리를 나아가 난계현의 남쪽 관문에 이르렀다. 여관에 들어가자, 하인 고씨는 아직 식사를 하지 않은 터였다. 서둘러 밥을 먹고서 타고 갈 배를 찾았다. 이 당시 구원병의 군대가 북쪽으로 올라가려 던 참이었다. 그래서 배를 빌려 대기시켜 놓고 있었는데, 군대가 오래도록 오지 않았다. 홀연 한 척의 배가 북쪽에서 다가왔다. 급히 배에 올라타고 보니, 베를 실어나는 배였다. 뱃사공은 배를 출발시키고 싶지 않았으나, 배를 빌린 사람이 또 오자 배를 띄웠다. 5리를 나아가 횡산두(橫山頭)에 배를 댔다.

## 10월 12일

날이 밝자 배를 띄웠다. 20리를 가자, 시내의 남쪽에 청초갱(青草坑)이 나왔다.(이곳은 탕계현(湯溪縣)에 속한다.) 때는 어느덧 한낮이었다. 물은 말라 얕고, 배는 무거운지라 앞으로 나아가기가 쉽지 않았다. 다시 15리를 저어가 구가언(裘家堰)에 이르렀다. 뱃사공이 짐을 실어나르는 바지선을 찾아내 함께 정박했다. 이날 밤에 보슬비가 내리고 동풍이 꽤 거세게 불었다.

## 10월 13일

날이 밝자, 안개기운이 다시 걷혔다. 뱃사공이 선창에 쌓아놓은 베를 꺼내 바지선에 옮겨 실었다. 이때 바람이 항해하기 좋은 순풍으로 바뀌었다. 20리를 달려 호진(胡鎮)에 이르고, 다시 20리를 달려 용유(龍遊)에 닿았다. 때는 겨우 오후쯤이다. 바지선을 기다려 바꾸어 타고 배를 댔다.

## 10월 14일

날이 밝았다. 배를 타는 여러 승객들이 배의 운항이 지체되었다고 하여, 모두들 뱃삯을 돌려 받아 뭍으로 올라가 버렸다. 그 바람에 배는 가

벼워지고 넓찍해졌다. 비록 늦어지기는 했어도 언짢지는 않았다. 아침 안개가 말끔히 걷히자, 먼 산이 사방에 훤히 열렸다. 다만 바람이 약간 역풍으로 부는지라, 물이 얕은 자갈밭에서는 저어가기가 쉽지 않았을 따름이다. 45리를 달려 안인(安仁, 용유현과 서안현西安縣의 경계이다)에 이르렀다.

다시 10리를 달려 양촌(楊村)에 배를 댔다. (양촌은 구주衢州로부터 아직 25리나 떨어져 있다.) 이날 모두 55리를 달려 앞서 가던 배를 따라잡아 함께 정박했다. 늦어진 배가 이 배만이 아님을 비로소 알았다. 강물은 맑고 달빛 밝아 물과 하늘이 한데 공활했다. 이러한 때 온갖 시름 사라져, 이한 몸이 주변의 마을, 나무, 인가와 더불어 수정 한 덩어리로 녹아들도 다. 그야말로 안팎이 하나되어 찌꺼기 한 점 남아 있지 않으니, 눈앞의 경물이 온통 날아오르는도다.

### 10월 15일

날이 밝을 즈음에 잇달아 두 곳의 여울을 넘었다. 구원병의 군대가 철수한 후, 화물선이 밀물처럼 내려오고 있었다. 이로 인해 모래 뱃길이 막히고 비좁아, 위아래로 빽빽하게 늘어섰다. 전에는 배가 없어서 고생 하더니, 이제는 배가 너무 많아 고생한다. 길을 가는 것이 이처럼 어려 울 줄이야!

10리를 나아가 장수담(漳樹潭)을 지나 계명산(鷄鳴山)에 이르렀다. 거룻 배를 타고 물길을 거슬러 15리를 나아가 구주부(衢州府)에 닿았다. 정오 에 가까운 때였다. 배다리를 지나 다시 남쪽으로 3리를 나아가 드디어 상산계(常山溪)의 어귀에 들어섰다. 풍향이 좋은지라 돛을 높이 올리고서 다시 2리를 달려 화초산을 지났다. 시내의 양쪽 언덕에 펼쳐진 푸른 귤 나무와 붉은 단풍에 눈길을 뗄 수 없었다.

다시 10리를 달리다가 북쪽으로 돌아들었다. 다시 5리를 나아가자,

황부가(黃埠街)가 나왔다. 이곳에는 굴나무가 수없이 자라나 있고, 집집마다 굴을 담은 광주리가 가득했다. 강에는 굴을 파는 배들이 고기비늘처럼 줄지어 섰다. 내가 막 굴을 사러 오르려 하자, 순풍을 탐낸 뱃사공은 다시 돛을 걸고 서쪽으로 나아갔다. 5리를 달리자 해가 졌다. 달빛속에 10리를 달려 구계탄(溝溪灘) 위쪽에 배를 댔다. (배를 댄 곳의 서쪽이 바로 상산현常山縣 경계이다.)

## 10월 16일

떠오르는 해는 눈부시도록 밝았다. 동풍이 더욱 거세게 불었다. 아침에 일어나 초언(焦堰)을 지났다. 산은 빙글 두르고 시내는 굽이져 흐른다. 배는 어느덧 상산현의 경내에 들어서 있다. 대체로 서안현(西安縣)에는 굴이 많은 반면 상산현에는 산이 많다. 또한 서안현의 초목이 환하고 어여쁜 데 반해, 상산현의 나무는 음침했다.

물길을 거슬러 45리를 나아가 한낮이 지나 상산현에 이르렀다. 돛에 바람을 안고 빨리 달린 덕분이다. 시내 언덕에 올라 현성의 동문에서 짐꾼을 구했다. 성안을 1리쯤 통과하여 서문을 나섰다. 10리를 가서 신가포(辛家鋪)에 이르렀다. 산길은 스산해지고, 민가 한 채도 보이지 않았다. 다시 5리를 나아가자 황량한 집 몇 채가 보였다. 해는 이미 서산에 져버렸는지라, 혹시 앞길에 묵을 곳이 없을까 염려되어 이곳(이곳의 지명은 십오리十五里이다)에 머물기로 했다.

# 원문

**丙子九月十九日** 余久擬西遊, 遷延二載, 老病將至, 必難再遲. 欲候黃石齋先生一晤, 而石翁杳無音至; 欲與仲昭兄把袂而別, 而仲兄又不南來. 咋晚趨晤仲昭兄於土瀆莊. 今日爲出門計, 適杜若叔至, 飮至子夜, 乘醉放舟. 同行者爲靜聞師.

**二十日** 天未明, 抵錫邑.[1] 比曉, 先令人知會王孝先, 自往看王受時, 已他出. 卽過看王忠紉, 忠紉留酌至午, 而孝先至, 已而受時亦歸. 余已醉, 復同孝先酌於受時處. 孝先以顧東曙家書附橐中. (時東曙爲蒼梧道, 其乃郞伯昌所寄也.) 飮至深夜, 乃入舟.

---

1) 읍(邑)은 현(縣)의 별칭이며, 석읍(錫邑)은 무석현(無錫縣)을 가리킨다. 무석현은 서하객의 고향인 강음(江陰)과 함께 상주부(常州府)에 속해 있었으며, 오늘날의 강소성 무석시이다.

**二十一日** 入看孝先, 復小酌. 上午發舟, 暮過虎丘, 泊於半塘.

**二十二日** 早爲仲昭市竹椅於半塘. 午過看文文老乃郞, 并買物閶門. 晚過疁門看含暉兄. 一見輒涕淚交頤,[1] 不覺爲之惻然. 蓋含暉遁跡吳門[2]且十五年, 余與仲昭屢訪之. 雖播遷[3]之餘, 繼以家蕩子死, 猶能風騷自遣; 而玆則大異於前, 以其孫之剝削[4]無已, 而繼之以逆也. 因復同小酌余舟, 爲余作與諸楚璵書,[5] (諸爲橫州守.) 夜半乃別.

---

1) 이(頤)는 '턱'을 의미하며, 교이(交頤)는 '온 얼굴, 볼 가득'을 의미한다.
2) 오문(吳門)은 소주(蘇州)의 별칭이다.
3) 파천(播遷)은 '이리저리 정처없이 떠돌아다니다'를 의미한다.
4) 박삭(剝削)은 '벗기고 깎다, 벗겨 빼앗다'를 의미한다.

5) 제초여(諸楚璵)는 정축(丁丑) 8월 15일의 기록에 제초여(諸楚餘)라 씌어 있다.

**二十三日** 復至閶門取染紬裱帖. 上午發舟. 七十里, 晚至昆山. 又十餘里, 出內村, 下靑洋江, 絶江而渡, 泊於江東之小橋渡側.

**二十四日** 五鼓行. 二十里至綠葭浜, 天始明. 午過靑浦. 下午抵佘山北, 因與靜聞登陸, 取道山中之塔凹而南. 先過一壞圃, 則八年前中秋歌舞之地, 所謂施子野之別墅也. 是年, 子野繡圃徵歌甫就, 眉公同余過訪, 極其妖艶. 不三年, 余同長卿過, 復尋其勝, 則人亡琴在, 已有易主之感. (已售兵郎[1]王念生.) 而今則斷榭零垣, 三頓而三改其觀, 滄桑之變如此. 越塔凹, 則寺已無門, 惟大鐘猶懸樹間, 而山南徐氏別墅亦已轉屬. 因急趨眉公頑仙廬. 眉公遠望客至, 先趨避; 詢知余, 復出, 挽手入林, 飮至深夜. 余欲別, 眉公欲爲余作一書寄鷄足二僧, (一号弘辯, 一号安仁.) 强爲少留, 遂不發舟.

---

1) 병랑(兵郞)은 병부의 부장관인 병부시랑의 약칭이다.

**二十五日** 淸晨, 眉公已爲余作二僧書, 且修以儀. 復留早膳, 爲書王忠紉乃堂壽詩二紙, 又以紅香米寫經大士[1]饋余. 上午始行. 蓋前猶東迁之道, 而至是爲西行之始也. 三里, 過仁山. 又西北三里, 過天馬山. 又西三里, 過橫山. 又西二里, 過小昆山. 又西三里入泖湖, 絶流而西, 掠泖寺而過. 寺在中流, 重臺傑閣, 方浮屠五層, 輝映層波, 亦澤國之一勝也. 西入慶安橋, 十里爲章練塘. (其地爲長洲南境, 亦萬家之市也.) 又西十里爲蔣家灣, 已屬嘉善. 貪晩行, 爲聽蟹[2]群舟所驚, 亟入丁家宅而泊. (在嘉善北三十六里, 卽尙書改亭公之故里.)

---

1) 대사(大士)는 '덕행이 고상한 사람 혹은 불교에서의 보살'을 의미한다.
2) 청해(聽蟹)는 게잡이 방법의 하나로, 밤에 밝은 등불로 게를 유인하여 잡는 방법이다.

二十六日 過二蕩, 十五里爲西塘, 亦大鎭也, 天始明. 西十里爲下圩蕩, 又南過二蕩, 西五里爲唐母村, 始有桑. 又西南十三里爲王江涇, 其市愈盛. 直西二十餘里, 出瀾溪之中. 西南十里爲前馬頭, 又十里爲師姑橋. 又八里, 日尙未薄崦嵫,[1] 而計程去烏鎭尙二十里, 戒於萑苻,[2] 泊於十八里橋北之吳店村浜.(其地屬吳江.)

1) 엄자(崦嵫)는 감숙성(甘肅省) 천수현(天水縣) 서쪽에 있는 산으로, 해가 지는 곳이라 전해진다.
2) 환부(萑苻)는 춘추시대 정(鄭)나라의 국경지대에 있던 늪지의 이름으로, 도적떼의 소굴로 이름높은 곳이다.

二十七日 平明行, 二十里抵烏鎭, 入叩程尙甫. 尙甫方遊虎埠, 兩郎出晤. 捐橐中資, 酬其昔年書價, 遂行. 西南十八里, 連市. 又十八里, 寒山橋. 又十八里, 新市. 又十五里, 曹村, 未晚而泊.

二十八日 南行二十五里, 至唐棲, 風甚利. 五十里, 入北新關. 又七里, 抵梜木場, 甫過午. 令僮子入杭城,[1] 往曹木上解元[2]家, 詢黃石翁行旆,[3] 猶未北至. 時木上亦往南雍,[4] 無從訊. 因作書舟中, 投其家, 爲返舟. 計此後行踪修阻, 無便鴻[5]也. 晚過昭慶, 復宿於舟.

1) 항성(杭城)은 항주부성(杭州府城)을 가리키며, 지금의 항주시이다.
2) 해원(解元)은 원래 과거에서 향시(鄕試)의 일등을 가리킨다. 송나라 및 원나라 이후에는 독서인에 대한 통칭으로 사용되었다.
3) 패(旆)는 '끝 부분이 제비꼬리 모양으로 갈라진 기'를 의미한다. 여기에서의 행패(行旆)는 '다녀간 흔적이나 행방'을 가리킨다.
4) 남옹(南雍)은 남경(南京)의 벽옹(辟雍, 천자의 도성에 설립한 대학)이라는 의미이며, 명나라 때 남경에 설립한 국자감을 가리킨다.
5) 편홍(便鴻)은 원래 기러기를 통해 소식을 전하던 고사에서 '인편에 부쳐 보낸 편지'를 의미한다. 여기에서는 서신을 주고 받을 방법을 가리킨다.

二十九日 復作寄仲昭兄與陳木叔全公書, 靜聞往遊淨慈、吳山. 是日復宿於舟.

**三十日** 早入城, 市參寄歸. 午下舟, 省行李之重者付歸. 余同靜聞渡湖入
涌金門, 市銅炊、竹筒諸行具. 晚從朝天門趨昭慶, 浴而宿焉. 是日復借湛
融師銀十兩, 以益遊貲.

**十月初一日** 晴爽殊甚, 而西北風頗厲. 余同靜聞登寶石山巓. 巨石堆架者
爲落星石. 西峰突石尤屼嵲, 南望湖光江影, 北眺皇亭、德清諸山, 東瞰杭
城萬竈, 靡不歷歷. 下山五里, 過岳王墳. 十里至飛來峰, 飯於市, 卽入峰下
諸洞. 大約其峰自楓木嶺東來, 屛列靈隱之前, 至此峰盡骨露; 石皆嵌空玲
瓏, 駢列三洞; 洞俱透漏穿錯, 不作深杳之狀. 昔黥[1]於楊髠[2]之刊鑿, 今苦
於遊丐之喧汚; 而是時獨諸丐寂然, 山間石爽, 毫無聲聞之溷, 若山洗其骨,
而天洗其容者. 余遍歷其下, 復各捫其巓. 洞頂靈石攢空, 怪樹搏影,[3] 跨坐
其上, 不減群玉山頭也. (其峰昔屬靈隱, 今爲張氏所有矣.) 下山涉澗, 卽爲靈隱.
有一老僧, 擁衲默坐中臺, 仰受日精, 久不一瞬. 已入法輪殿, 殿東新構羅
漢殿, 止得五百之半, 其半尙待西構也. 是日, 獨此寺麗婦兩三群, 接踵而
至, 流香轉艷, 與老僧之坐日忘空, 同一奇遇矣. 爲徘徊久之. 下午, 由包園
西登楓樹嶺, 下至上天竺, 出中、下二天竺. 復循下天竺後, 西循後山, 得
'三生石', 不特骨態嶙峋, 而膚色亦淸潤. 度其處, 正靈隱面屛之南麓也, 自
此東盡飛來, 獨擅靈秀矣. 自下天竺五里, 出毛家步渡湖, 日色已落西山,
抵昭慶昏黑矣.

---

1) 경(黥)은 '이마에 먹을 새겨 넣는 형벌'을 의미하며, 여기에서는 '파괴하다, 못쓰게
   만들다'를 의미한다.
2) 곤(髠)은 '머리를 깎다'를 의미하며, 흔히 스님을 낮추어 부르는 말로 사용된다.
3) 박영(搏影)은 '그림자를 붙잡다'라는 뜻에서 '아른거려 붙잡을 수 없다'라는 의미로
   쓰인다.

初二日 上午, 自檟木場五里出觀音關. 西十里, 女兒橋. 又十里, 老人鋪. 又五里, 倉前. 又十里, 宿於餘杭之溪南. 訪何孝廉樸庵, 先一日已入杭城矣.

初三日 自餘杭南門橋得擔夫, 出西門, 沿茗溪北岸行. 十里, 丁橋鋪. 又十里, 渡馬橋, 則餘杭, 臨安之界也. [其北可達徑山.] 又二里爲青山, 居市甚盛. 溪山漸合, 又有二尖峰屏峙. (一名紫薇, 一名大山.) 十五里, 山勢復開. 至十錦亭, 一路從亭北西去者, 於潛, 徽州道也; 從亭南西去者, 卽臨安道也. 從亭西南又一里, 一石梁橫跨溪上, 曰長橋. 越橋而南又一里, 入臨安東關. 出西關, (土城甚低, 縣廨穪盛.) 外爲呂家巷, 闤闠[1]反差盛於城. 又二里爲皇潭, 其闤闠與呂家巷同. 其西路分南北, 北者亦於潛之道, 南者新城道也. 已而復循山向西南行, 又八里爲高坎, 始通排.[2] 又三里, 南入曩柳塢, 復入山隘. 五里爲下圩橋. 由橋南溯溪西上, 二里爲全張, 一村皆張氏之房也. 走分水者, 以新嶺爲間道, 以全張爲迂道. 余聞新嶺路隘而無託宿, 遂宿於全張之白玉庵. 僧意餘, 杭人也. 聞余好遊, 深夜籌燈淪茗, 爲余談其遊日本事甚詳.

---

1) 환궤(闤闠)는 '시가지, 거리'를 의미한다.
2) 배(排)는 '대나무를 엮어 만든 간이 뗏목'을 가리킨다.

初四日 鷄鳴作飯, 昧爽西行. 二里, 過橋, 折而南又六里, 上乾塢嶺. 其嶺甚坦夷, 蓋於潛之山西來過脈, 東西皆崇山峻嶺, 獨此峽中坳. 過脊處止丈餘, 南北疊塍而下, 皆成稻畦. 北流至下圩橋, 由青山入茗; 南流至沙宕, 由新城入淅, 不意平陀遂分兩水. 其山過東, 遂插天而起, 曰五尖山. (五尖之東北卽新嶺矣.) 循其西麓, 又五里過唐家橋, 則新城北界也. 白石崖山障其南. 遂循水西南行, 五里爲華龍橋, 有水自西塢來合. 過橋, 南越一小嶺, 二里至沙宕, 前有一石梁跨澗, 曰趙安橋, 則入新城道也. 由橋北西溯一澗, 沿三九山北麓而入後葉塢. '三九'之名, 以東則從趙安橋南至朱村, 北則從趙安橋西南至白粉牆, 南則從白粉牆東南至朱村, 三面皆九里也. 由後葉塢九里至白粉牆, 爲三九山北來之脊. 其脊亦甚坦夷, 東流者由後葉出趙安橋, 西流者由李王橋合朱村, 此'三九'所以名山, 亦以水繞無餘也. 白粉牆之西二里, 爲羅村橋, 有水自北來, 有路亦岐而北, 則新城道也. 循水南行里許, 爲鉢盂橋, 有水西自龍門龕來. [龕有四仙傳道嶺, 在橋西四里, 乃於潛境.] 由橋北卽轉而東, 里餘復折而南. 其地東爲三九, 西爲洞山, 環塢一區, 東西皆石峰嶙峋, 黑如點漆, 丹楓黃杏, 翠竹靑松, 間錯如繡, 水之透壁而下者, 洗石如雪, 今雖久旱無溜, 而黑崖白峽, 處處如懸匹練, 心甚異之. 二里, 渡李王橋, 遂至洞山之東麓. 急置行李於吳氏先祠, 令僮覓炊店, 不得. 有吳姓者二人至, 一爲余炊, 一爲贈燭遊洞, 余以魚公書扇答之. [洞山者, 自龍門龕南迤邐東來, 其石棱銳紋疊. 東南山半開二洞, 正瞰橋下.] 余遂同靜聞西向躡山.

沿小澗而上, 石皆峽蹲壑透, 清流漱之, 淙淙有聲. 澗兩旁石片涌出田畦中, 側者成塍, 突者成臺, 竹樹透石而出, 枝聳石上而不見其根, 幹壓石巔而不見其竇. 再上, 忽一大石當澗而立, 端方無倚, 而紋細如波縠之旋風, 最爲靈異. 再上, 修竹中有新建睢陽廟, 雪峰之龕在焉. (一名靈隱庵) 庵後危壁倚空, 疊屛聳翠,[1] 屛之南卽明洞也. 如軒斯啓, 其外五柱穿列, 正如四明之分窗, [但四明石色劣下, 不能若此列柱連卷也.] 中有一柱, 上不至檐, 檐下亦垂一石, 下不至柱, 上下相對, 所不接者不盈咫. 柱旁有樹高撑, 至檐端輒遜而外曲, 翠色拂巖而上, 黑石得之益章. 再南卽爲幽洞. 二洞並啓, 中間石壁, 色輕紅若桃花. 洞口高懸, 內若橋門之覆空, 得呼聲輒傳響不絶, 蓋其內空峒無底也. 廿[2]丈之內, 忽一轉而北, 一轉而南. 北者爲乾洞,[3] 拾級而上, 如登樓躡閣. 三十丈後, 又轉而南, 闢一小閣, 頗覺幽異. 南者爲水洞, 一轉卽仙田成畦, 塍界層層, 水滿其中, 不流不涸. 人從塍上曲折而入, 約廿丈, 忽聞水聲潺潺. 透一小門而入, 見一小溪自南來, 至此破壑下墜, 宛轉無底, 但聞其聲. 循溪而南, 又過一峽. 仍透小門而入, 須從水中行, 乃

短衣去襪, 溯水躡流. 又三十丈, 中有石倒垂若蓮花,[4] 下卷若象鼻者. 平沙
隘門, 忽束忽敵. [正如荊溪白鶴洞, 而白鶴潛伏山麓, 得水爲易, 此洞高闢
山巔, 兼水尤奇耳.] 再入, 則石洞既盡, 匯水一方, 水不甚深, 又不知匯者何
來, 墜者何去也. 及出洞, 半日之間, 已若隔世. 下山, 飯於吳祠. 乃溯南來
之溪, 二里至太平橋. 橋西爲高氏, 橋東爲吳氏, 亦李王橋之吳氏之派也,
亦有先祠甚宏暢. 時日色甚高, 因擔夫家近, 欲歸宿, 托言馬嶺無宿店, 遂
止祠中. 是日行僅三十五里, 而所遊二洞, 以無意得之, 豈不幸哉! 是晚風
吼雲屯, 達旦而止.

---

1) 용취(聳翠)는 '산줄기나 나무가 높이 솟구치고 푸른 모양'을 가리킨다.
2) 입(廿)은 '스물, 이십'을 의미한다.
3) 건동(乾洞)은 물이 없는 마른동굴이다. 이와 반대로 물이 차 있는 동굴은 물동굴(水
洞)이라 한다.
4) 진본(陳本)과 건륭본(乾隆本)은 '石俱倒垂若蓮花'라고 되어 있다. '中有' 아래에 '石'
이 빠진 듯하다.

初五日 鷄再鳴, 令僮起炊. 炊熟而歸宿之擔夫至, 長隨夫王二已逃矣. 飯
後又轉覓一夫, 久之後行. 南二里, 上馬嶺, 約里許達其巔. [嶺以北屬新城,
水亦出新城. 嶺南則屬於潛, 縣在其西北五十里, 水由應渚埠出分水縣.]
下馬嶺, 南二里爲內楮村塢, 又一里爲外楮村塢, 從此而南, 家家以楮爲業.
隨山塢西南七里, 過兌口橋, 岐分南北, [北達於潛可四十里], 南抵應渚埠
十八里. 兌口之水北自於潛, 馬嶺之水東來, 合而南去, 路亦隨之. 八里, 過
板橋. 橋下水自西塢來, 與前水合, [溯水西走, 路可達於潛及昌化] 又南五
里爲保安坪. 又一里爲玉澗橋, (橋甚新整, 居市亦盛, 又名排石.) 山始大開. 又東
二里, 止於唐家拱. 其地在應渚埠北二里, 原無市肆, 擔夫以應埠之舟下桐
廬者, 必北曲而經此, 遂止於溪畔. 久之得桐廬舟. [蓋應渚埠爲於潛南界,
溪之南卽隷分水, 於潛之水北經玉澗橋, 昌化之水西自麻汊埠, 俱會於應
渚, 而水勢始大. 顧五澗橋而上, 已不勝舟, 麻汊埠而上, 小舟直抵昌化, 於
潛水固不敵昌化也.] 時日已中, 無肆覓米, 欲覓之應埠, 而舟不能待, 遂趁

之行. 下舟東南行十里, 爲分水縣. 縣在溪之西. 分水原止一水東南去, 其西雖山勢谿達, 惟陸路八十里達於淳安. 余初欲從之行, 爲王奴遁去, 不便於陸, 仍就水道, 反向東南行矣. 去分水東南二十里爲鋪頭. 又十里爲焦山, 居市頗盛. 已暮, 不能買米, 借舟人餘米而炊. 舟子順流夜槳, 五十里, 舊縣, 夜過半矣.

**初六日** 鷄再鳴, 鼓舟, 曉出浙江, 已桐廬城下矣. 令僮子起買米. 仍附其舟, 十五里至灘上. 米舟百艘, 皆泊而待剝, 余舟遂停. 亟索飯, 飯畢得一舟, 別附而去, 時已上午. 又二里過淸私口, 又三里, 入七里籠. 東北風甚利, 偶假寐, 已過嚴磯. 四十里, 烏石關. 又十里, 止於東關[1]之逆旅.

---

1) 동관(東關)은 엄주부(嚴州府)의 동관을 가리킨다. 명대의 엄주부는 지금의 건덕현(建德縣) 동쪽의 매성(梅城)이다.

**初七日** 霧漫不辨咫尺, 舟人飯而後行, 上午復霽. 七十里, 至香頭已暮. (香頭, 山北之大村落也, 張、葉諸姓, 簪纓[1]頗盛.) 月明風利, 二十里, 泊於蘭溪.

---

1) 잠(簪)은 옛사람들이 관(冠)이 벗겨지지 않도록 관의 끈을 꿰어 머리에 꽂는 비녀를 가리키고, 영(纓)은 턱 아래로 매는 갓끈을 가리킨다. 이 두 가지는 높은 관직에 오른 이의 관식(冠飾)인 바, 잠영은 고관을 가리킨다.

**初八日** 早登浮橋, 橋內外諸舡鱗次,[1] 以勤王師自衢將至, 封橋聚舟, 不聽許上下也. 遂以行囊令顧僕守之南門旅肆中, 余與靜聞俱爲金華三洞[2]遊. 蓋金華之山, 橫峙東西, 郡城在其陽, 浦江在其北, 西垂盡處則爲蘭溪, 東則義烏也. 婺水東南從永康經郡之南門, 而西北抵蘭溪與衢江合. 余初欲陸行, 見溪中有舟溯流而東, 遂附之. 水流沙岸中, 四山俱遠, 丹楓疏密, 鬪錦裁霞, 映疊尤異. 然北山突兀天表, 若負扆然, 而背之東南行. 問 : "三洞何在?" 則曰 : "在北." 問 : "郡城何在?" 則曰 : "在南." 始悟三洞不必至郡, 若陸行半日, 便可從中道而入, 而時已從舟, 無及矣. 四十五里至小溪, 已暮, 月色如洗. 又十五里登陸, 投宿下馬頭之旅肆, 以深夜閉門不納. 遇一王姓者, (號敬川, 高橋埠人.) 將乘月歸, 見客無投宿處, 因引至西門外, 同宿於逆旅.

---

1) 린차(鱗次)는 '물고기의 비늘처럼 빽빽이 늘어서 있는 모양을 가리킨다.

**初九日** 早起, 天色如洗, 與王敬川同入蘭溪西門,[1] 卽過縣前. 縣前如水, 蓋縣君初物故[2]也. (爲歙人項人龍, 辛未進士, 五日之內, 與父與子三人俱死於痢.) 又東上蘇坊嶺, 嶺頗平, 闤闠夾之. 東下爲四牌坊, 自蘇坊至此, 街肆頗盛, 南去卽郡治矣. 與王敬川同入歙人面肆, 面甚佳, 因一人兼兩人饌. 仍出西門, 卽循城西北行, 王猶依依, 久之乃別. 遂有崗隴高下, 十里至羅店. 問三洞何在, 則曰西; 見尖峰前倚, 則在東. 因執土人詳詢之, 曰 : "北山之半爲鹿田寺. 其東下之脈, 南峙爲芙蓉峰, 卽尖峰也, 爲郡龍之所由; 萃其西下之脈, 南結爲三洞, 三洞之西卽蘭溪界矣." 時欲由三洞返蘭溪, 恐東有餘勝, 遂望芙蓉而趨. 自羅店東北五里, 得智者寺. 寺在芙蓉峰之西, 乃北山南麓之首刹也, 今已凋落. 而殿中猶有一碑, 乃宋陸務觀爲智者大師重建茲寺所撰, 而字卽其手書. 碑陰又鐫務觀與智者手牘數篇. 碑楷牘行, 俱有風致, [恨無拓工, 不能得一通爲快.] 寺東又有芙蓉庵, 有路可登芙蓉峰. 余以峰雖尖圓, 高不及北山之半, 遂捨之. 仍由智者寺西北登嶺, 升陟峰塢, 五里得清景庵. 庵僧道修留飯, 復引余由北塢登楊家山. 山爲此山南下之第二層, 再下則芙蓉爲第三層矣. 繞其西, 從兩山夾中北透而上, (東爲楊家山, 有居民數十家; 西爲白望山, 爲仙人望白鹿處.) 約共七里, 則北山上倚於後, 楊家山排列於前, 中開平塢, 巨石鋪突, 有因累級爲臺者, 種竹列舍, 爲朱開府之山莊也. (朱名大典.) 其東北石累累愈多, 大者如獅象, 小者如鹿豕, 俱蹲伏平莽中, 是爲石浪, 卽初平叱石成羊處, 豈今復化爲石耶? 石上卽爲鹿田寺, 寺以玉女驅鹿耕田得名. 殿前有石形似者, 名馴鹿石.

此寺其來已久, 後爲諸宦所蠶食, 而郡公張朝瑞(海州人), 創殿存羊, 屠赤水有遊紀刻其間. 余至已下午, 問鬪鷄巖在其東, 卽同靜聞二里東過山橋. 山橋東下一里, 兩峰橫夾, 澗出其中, 峰石皆片片排空赴澗, 形若鷄冠怒起, 溪流奔躍其下, 亦一勝矣. 由巖東下數里, 爲赤松宮, 乃郡城東門所入之道, 蓋芙蓉峰之東坑也. 鬪鷄巖上有樵者趙姓居之, 指北山之巓有棋盤石, 石後有西玉壺水從石下注, 旱時取以爲雩祝,[3] 極著靈驗. 時日已下春, 與靜聞亟從蓁莽中攀援而上. 上久之, 忽聞呼聲, 蓋趙樵見余誤而西, 復指東從積莽中行. 約直躡者二里, 始至石畔. 石前有平臺, 後聳疊塊, 中列室一楹, 塑仙像於中, 卽此山之主. 像後石室下有水一盆, 蓋卽雩祝之水也. 然其上尙有澗, 泠泠[4]從山頂而下. 時日已欲墮, 因溯流再躋, 則石峽如門, 水從中出, 門上更得平壑, 則所稱西玉壺矣. 聞其東尙有東玉壺, 皆山頭出水之壑. 西玉壺之水, 南下者由棋盤石而潛溢於三洞, 北下者從裏水源而出蘭溪之北; 東玉壺之水, 南下者由赤松宮而出金華, 東下者出義烏, 北下者出浦江, 蓋亦一郡分流之脊云. 玉壺昔又名盤泉, 分峯於上者, 今又稱爲三望尖, 文之者爲金星峰, 總之所謂北山也. 甫至峰頭, 適當落日沉淵, 其下恰有水光一片承之, 混漾不定, 想卽衢江西來一曲, 正當其處也. 夕陽已墜, 皓魄明月繼輝, 萬籟盡收, 一碧如洗, 眞是濯骨玉壺, 覺我兩人形影俱異, 迥念下界碌碌, 誰復知此淸光! 卽有登樓舒嘯, 釃酒臨江, 其視余輩獨躡萬山之顚, 徑窮路絶, 迥然塵界之表, 不啻霄壤矣. 雖山精怪獸群而狎我, 亦不足爲懼, 而況寂然不動, 與太虛同遊也耶! 徘徊久之, 仍下二里, 至盤石. 又從莽棘中下二里, 至鬪鷄巖. 趙樵聞聲, 啓戶而出, 亦以爲居山以來所未有也. 復西上一里至山橋, 又西二里至鹿田寺. 僧瑞峰、從聞以余輩久不至, 方分路遙呼, 聲震山谷. 入寺, 浴而就臥.

---

1) 난계서문(蘭溪西門)은 하루 전날인 초여드레의 일기에서 '서문 밖의 여인숙에서 묵었다'고 했으므로, 난계현의 서문을 가리키는 것이 아니다. 건륭본이나 사고본의 하

루 전날 일기에도 '금화 서문 밖에 이르렀다(抵金華西門外)'고 기록되어 있는 바, 하루 전날 묵은 곳은 금화부의 서문 밖이다. 이 서문을 나서면 북서쪽으로 난계현에 이를 수 있기에, 흔히 난계문 혹은 난계서문이라 일컬었던 것이다.

2) 물(物)은 '죽다'의 의미로서 몰(歿)과 같으며, 물고(物故)는 '사망'을 의미한다.

3) 우축(雩祝)은 고대에 비를 내려달라고 기원하여 거행하는 제사를 가리킨다.

4) 령령(泠泠)은 '물이 맑게 흐르는 소리'를 가리킨다.

初十日 鷄鳴起飯, 天色已曙. 瑞峰爲余束炬數枚, 與從聞[1]分肩以從, 從朱莊後西行一里, 北而登嶺. 嶺甚峻, 約一里, 有石聳突峰頭. 由石畔循北山而東, 可達玉壺; 由石畔逾峰而北, 卽朝眞洞矣. 洞門在高峰之上, 西向穹然, 下臨深壑, 壑中居舍環聚, 恍疑避秦, 不知從何而入. 詢之, 卽雙龍洞外居人也. 蓋北山自玉壺西來, 中支至此而盡, 後復生一支, 西走蘭溪. 後支之層分而南者, 一環而爲龍洞塢, 再環而爲講堂塢, 三環而爲玲瓏巖塢, 而金華之界, 於是乎盡. 玲瓏巖之西, 又環而爲鈕坑, 則蘭溪之東界矣; 再環而爲白坑, 三環而爲水源洞, 而崇崖巨壑, 亦於是乎盡. 後支層繞中支, 中支西盡, 頹然下墜: 一墜而朝眞闢焉, 其洞高峙而底燥; 再墜而冰壺注焉, 其洞深奧而水中懸; 三墜而雙龍竅焉, 其洞變幻而水平流. 所謂三洞也, 洞門俱西向, 層累而下, 各去里許, 而山勢崭絶, 俯瞰仰觀, 各不相見, 而洞中之水, 實層注焉. 中支旣盡, 南下之脈復再起而爲白望山, 東與楊家山駢列於北山之前, 而爲鹿田門戶者也. 朝眞洞門軒豁, 內洞稍窪而下. 秉燭深入, 左有一穴如夾室, 宛轉從之, 夾窮而有水滴瀝, 然隙底仍燥, 不知水從何去也. 出夾室, 直窮洞底, 則巨石高下, 仰眺愈穹, 俯瞰愈深. 從石隙攀躋下墜, 復得巨夾, 忽有光一縷自天而下. 蓋洞頂高盤千丈, 石隙一規, 下逗天光, 宛如半月, 幽暗中得之, 不啻明珠寶炬矣. 旣出內洞, 其左復有兩洞, 下洞所入無幾, 上洞宛轉亦如夾室, 右有懸竅, 下窺無底, 想卽內洞之深墜處也.

出洞, 仍從突石峰頭南下, 里許, 折而西北, 又里許, 得冰壺洞, 蓋朝眞下墜之次重矣. 洞門仰如張吻, 先投杖垂炬而下, 滾滾不見其底; 乃攀隙倚空入其咽喉, 忽聞水聲轟轟. 愈秉炬從之, 則洞之中央, 一瀑從空下墜, [冰花玉屑, 從黑暗處耀成潔采.] 水墜石中, 復不知從何流去. 復秉炬四窮, 其深

陷躓於朝眞, 而屈曲不及也. 出洞, 直下里許, 得雙龍洞. 洞闢兩門, [瑞峰曰
: "此洞初止一門. 其南向者, 乃萬歷間水傾崖石而成者."] 一南向, 一西向,
俱爲外洞. 軒曠宏爽, 如廣廈高穹, 閶闔四啓, 非復曲房夾室之觀. 而石筋
夭矯, 石乳下垂, 作種種奇形異狀, 此'雙龍'之名所由起. 中有兩碑最古, 一
立者, 鐫'雙龍洞'三字, 一仆者, 鐫'冰壺洞'三字, 俱用燥筆作飛白之形, 而
不著姓名, 必非近代物也. 流水自洞後穿內門西出, 經外洞而去. 俯視其所
出處, 低覆僅餘尺五, 正如洞庭左衽2)之墟, 須帖地而入, 第彼下以土, 此下
以水爲異耳. 瑞峰爲余借浴盆於潘姥家, (姥居洞口.) 姥餉以茶果. 乃解衣置
盆中, 赤身伏水推盆而進隘. 隘五六丈, 輒穹然高廣, 一石板平庋洞中, 離
地數尺, 大數十丈, 薄僅數寸. 其左則石乳下垂, 色潤形幻, 若瓊柱寶幢, 橫
列洞中. 其下分門剖隙, 宛轉玲瓏. 溯水再進, 水竇愈伏, 無可容入矣. 竇側
石畔一竅如注, 孔大僅容指, 水從中出, 以口承之, 甘冷殊異, 約內洞之深
廣更甚於外洞也. 要之, 朝眞以一隙天光爲奇, 冰壺以萬斛珠璣爲異, 而雙
龍則外有二門, 中懸重幄, 水陸兼奇, 幽明湊異者矣.

出洞, 日色已中, 潘姥爲炊煮黃粱以待. 感其意而餐之, 報之以杭傘一把.
乃別二僧, 西逾一嶺. 嶺西復成一塢, 由塢北入, 仍轉而東, 去雙龍約五里
矣. 又上山半里而得講堂洞焉. 其洞亦有二門, 一西北向, 一西南向, 軒爽
高潔, 冗出雙龍洞之上, 幽無雙龍洞之黯, 眞可居可憩之地. 昔爲劉孝標揮
麈3)處, 今則塑白衣大士4)於中. 蓋卽北山後支南下第一嶺, 其陽迴環三洞,
而陰又闢成此洞也. 嶺下塢中, 居民以燒石爲業, 其澗涸而無底流, 居人俱
登山汲水於講堂之上. 渡澗, 復西逾第二嶺, 則北山後支南下之第二層也.
下嶺, 其塢甚逼, 然澗中有流淙淙北來. 又渡而西, 再循嶺而上, 磴闢流涌,
則北山後支南下之第三層也. 外隘而中轉, 是名玲瓏巖, 去講堂又約六里
矣. 塢中居室鱗次, 自成洞壑, 晉人桃源不是過. 轉而西, 逾其嶺, 則蘭溪界
也. 下嶺爲鈕坑, 亦有居人數十家. 又逾一嶺曰思山祠, 則北山後支南下之
第四層也, 去玲瓏巖西又約六里矣. 時日已將隳, 問洞源寺路, 或曰十里,
或曰五里. [亟下嶺], 循澗南趨五里, 暮至白坑. 居人頗多, 亦俱燒石. 又西

逾石塔嶺, 則北山後支南下之第五層也. 洞源寺卽在嶺後高峰之北, 從此嶺穿徑而上僅里許, 而其正路在山前洞之旁. 蓋此地亦有三洞, 下爲水源洞(一名涌雪), 上爲上洞(一名白雲), 中爲紫雲洞, 而其地總以'水源'名, 故一寺而或名水源, 或名上洞. 而寺與水源洞異地, 由嶺上徑道抵寺, 故前曰五里; 由水源洞下嶺復上, 故前曰十數里. 時昏黑不辨山路, 無可詢問, 竟循大路下山. 已見一徑西岐而下, 强靜聞從之. 久而不得寺, 只見石窯滿前, 徑路紛錯. 正徬徨間, 望見一燈隱隱, 亟投之, 則水舂也. 其人曰: "此地卽水源, 由此塢北過洪橋, 循右嶺而上, 可三里卽上洞寺矣." 以深夜難行, 欲止宿其中. 其人曰: "月色如晝, 至此山徑亦無他岐, 不妨行也." 始悟上洞寺在北山第五層之陰. 乃溯溪西北至洪橋, 自白坑來約四里矣. 渡橋北, 躡嶺而上里餘, 轉而東又里餘, 始得寺, 强投宿焉. 始聞僧有言靈洞者, 因憶趙相國有'六洞靈山'諸刻, 豈卽是耶? 竟未悉而臥.

---

1) 일부 판본에는 정문(靜聞)으로 기록되어 있으나, 이어지는 내용으로 볼 때 종문(從聞)이 타당하다.
2) 좌임(左袵)은 옷을 입을 때 오른쪽 옷섶을 왼쪽 옷섶의 위로 여밈을 의미한다. 여기에서는 왼쪽의 의미로 쓰였다.
3) 주(麈)는 고라니를 의미한다. 고라니의 꼬리(麈尾)는 먼지가 잘 떨린다 하여, 고라니의 꼬리털로 만든 먼지떨이는 청담(淸談)을 하던 이들이 많이 가지고 다녔다. 여기에서 휘주(揮麈)는 '청담을 즐기며 은거하다'를 의미한다.
4) 백의대사(白衣大士)는 백의선인(白衣仙人)이라고도 하며 관음보살을 가리킨다. 관음보살이 늘 흰 옷을 입고 흰 연꽃 속에 앉았기에 붙여진 이름이다.

十一日 平明起, 僧已出. 余過前殿, 讀黃貞父碑, 始知所稱'六洞'者, 以金華之'三洞'與此中之'三洞', 總而得六也. 出殿, 則趙相國之祠正當其前, 有崇樓傑閣, 集、記所稱靈洞山房者是也. 余艶[1]之久矣, 今竟以不意得之, 山果靈於作合耶! 乃不待晨餐, 與靜聞從寺後躡磴北上, 先尋白雲洞. (洞在寺北二里.) 一里至嶺頭, 逾嶺而北, 嶺凹忽盤旋下注如盂磐. 披莽從之, 一洞岈然, 下墜深黑, 意卽所云白雲而疑其隘. 忽有樵者過頂上, 仰而問之, 曰: "白雲尙在此. 此洞窗也." 乃復上, 北行. 兩山夾中, 又回環而成一注, 大

且百丈, 深數十丈, 螺旋而下, 而中竟無水; [倘置水其中, 卽仙遊鯉湖矣.]
然卽無水, 余所見山頂四環而無隙瀉者, 僅此也, 又下, 從歧左西轉山夾,
則白雲洞在焉. 洞門北向, 門頂一石橫裂成梁, 架於其前, 從洞仰視, 宛然
鵲橋之橫空也. 入洞, 轉而左, 漸下漸黑, 有門穹然, 內若甚深, 外有石屛遙
峙. 從黑暗中以杖探地而入數十步, 洞愈寬廣, 第無燈炬, 四顧無所見, 乃
返步而出. 出至穹門之內, 初入黑甚者, 至此光定, 已歷歷可睹. 乃復轉屛
出洞, 逾嶺而還. 飯而出寺, 仍舊路西下, 二里至洪橋. 未渡, 復從橋左人居
後半里上紫雲洞. 洞門西向, 洞旣高亢, 上下平整. 中有垂柱四五枚, 分門
列戶, 界爲內外兩重. [瓊窓翠幬, 處處皆是, 亦敞亦奧, 膚色俱勝.] 洞之北
隅復通一奧, 宛轉深入, 以無炬而返. 下渡洪橋, 循澗而東, 山石半削, 髡爲
危壁. 其下石窯柴積, 縱橫塞路, 卽夜來無問津處也. 渡石梁, 水源洞卽在
其側. 洞門南向, 正跨澗上. 洞口垂石繽紛, 中有一柱, 自下屬上, 若擎之而
起; [其上嵌空紛綸,[2] 復闢一竇, 幻作海蜃狀.] 洞內上下分二層. 下層卽水
澗所從出, 澗水已涸, 出洞數步, 卽有水溢於澗中, 蓋爲水碓引出洞側也.
上層由洞門躐蹬而上, 漸入漸下, 旣下而空廣愈覺無極, 聞水聲甚遠, 以無
炬不及窮.

出坐洞口[擎柱內, 觀石態古幻.] 念兩日之間, 於金華得四洞, 於蘭溪又
得四洞, 昔以六洞湊靈, 余且以八洞盡勝, 安得不就此一爲殿最![3] 雙龍第
一, 水源第二, 講堂第三, 紫霞第四, 朝眞第五, 冰壺第六, 白雲第七, 洞窗
第八, 此由金華八洞而等第之. 若夫新城之墟, 聿有洞山, 兩洞齊啓, 左明
右暗, 明覽雲霞, 暗分水陸, 其中仙田每每,[4] 膥疊波平, 瓊戶重重, 隘分寶
轉, 以斯洞之有餘, 補洞窗之不足, 法彼入此, 當在雙龍, 水源之間, 非他
洞之所得侔也. 品第久之, 始與靜聞別洞源而去. 過夜來問津之春, 循西嶺
出塢, 西南行十五里, 而達於蘭溪之南關. 入旅肆, 顧仆猶未飯, 亟飯而覓
舟. 時因援師之北, 方籍舟以待, 而師久不至. 忽有一舟自北來, 亟附之, 乃
布舟也. 其意猶未行, 而籍舟者復至, 乃刺舟五里, 泊於橫山頭.

1) 염(艶)은 '흠모하다, 부러워하다'를 의미한다.
2) 분륜(紛綸)은 '뒤죽박죽 어지러이 많은 모양'을 가리킨다.
3) 전최(殿最)는 '우열을 가려 순위를 매기다'를 의미한다. 고대에는 업적이나 군공을 가려 하등을 전(殿)이라 하고, 상등을 최(最)라 했다.
4) 매매(每每)는 '풀이 무성한 모양'을 가리킨다.

**十二日** 平明發舟. 二十里, 溪之南爲<u>靑草坑</u>. (其地屬湯溪.) 時日已中, 水涸舟重, 咫尺不前. 又十五里, 至<u>裘家堰</u>, 舟人覓剝舟[1]同泊焉. 是夜微雨, 東風頗厲.

---

1) 박주(剝舟)는 사람이나 화물을 실어 나르는 작은 배로서 일종의 바지선이다. 박선(駁船)이라고도 하며, 스스로 항해하지 못하고 다른 배의 앞이나 뒤에 매달려 다닌다.

**十三日** 天明, 雲氣復開. 舟人起布一艙付剝舟, 風已轉利. 二十里至<u>胡鎭</u>, 又二十里於<u>龍遊</u>, 日才下午. 候換剝舟, 遂泊.

**十四日** 天明, 諸附舟者, 以舟行遲滯, 俱索舟價登陸去, 舟輕且寬, 雖遲不以爲恨也. 早霧旣收, 遠山四闢, 但風稍轉逆, 不能驅帆上磧耳. 四十五里, <u>安仁</u>. (爲龍遊、西安界.) 又十里, 泊於<u>楊村</u>. (去衢州尙二十五里.) 是日共行五十五里, 追及先行舟同泊, 始知遲者不獨此舟也. 江淸月皎, 水天一空, 覺此時萬慮俱淨, 一身與村樹人烟俱熔, 徹成水晶一塊, 直是膚裏無間, 渣滓不留, 滿前皆飛躍也.

**十五日** 昧爽, 連上二灘. 援師旣撒, 貨舟涌下, 而沙港澀隘, 上下推擠, 前苦舟少, 茲苦舟多. 行路之難如此! 十里, 過<u>漳樹潭</u>, 至<u>鷄鳴山</u>. 輕帆溯流, 十五里至<u>衢州</u>, 將及午矣. 過浮橋, 又南三里, 遂西入<u>常山溪</u>口. 風正帆懸, 又二里, 過<u>花椒山</u>, 兩岸橘綠楓丹, 令人應接不暇. 又十里, 轉而北行. 又五里, 爲<u>黃埠街</u>. 橘奴[1]千樹, 筐篚滿家, 市橘之舟鱗次河下. 余甫登買橘, 舟貪風利, 復掛帆而西. 五里, 日沒. 乘月十里, 泊於<u>溝溪灘之上</u>. (其西卽爲常山界.)

1) 귤노(橘奴)는 판매할 목적으로 심어 가꾼 귤나무를 가리킨다.

**十六日** 旭日鮮朗, 東風愈急. 晨起, 過<u>焦堰</u>, 山迴溪轉, 已在<u>常山</u>境上. 蓋<u>西安</u>多橘, <u>常山</u>多山; <u>西安</u>草木明艷, <u>常山</u>則山樹黯然矣. 溯流四十五里, 過午抵<u>常山</u>, 風帆之力也. 登岸覓夫於東門. 徑城里許, 出西門. 十里, <u>辛家鋪</u>, 山徑蕭條, 無一民舍. 又五里, 得荒舍數家, 日已西沉, 恐前無宿處, 遂止其間. (地名十五里.)